Sans foi ni loi

Karin Slaughter

Sans foi ni loi

Traduit de l'anglais (États-Unis)
par Paul Thoreau

ÉDITIONS
FRANCE
LOISIRS

Titre original : *Faithless*
A Delacorte Press Book,
publié par Bantam Dell, a division of Random House, Inc.,
New York.

Édition du Club France Loisirs,
avec l'autorisation des Éditions Grasset

Éditions France Loisirs
123, boulevard de Grenelle, Paris
www.franceloisirs.com

ISBN : 2-7441-9620-7

Pour Susan et Richard, et mes amis de Bantam

Dimanche

Chapitre Un

Sara Linton se tenait à la porte d'entrée de la maison de ses parents, les mains prises par tant de sacs de courses qu'elle en avait les doigts tout engourdis. En s'aidant du coude, elle essaya d'ouvrir la porte, mais elle se cogna l'épaule contre le panneau vitré. Elle recula un peu et appuya le pied contre la poignée, mais la porte refusait toujours de bouger. Enfin, elle renonça et frappa avec le front.

À travers la vitre dépolie, elle vit son père approcher dans le couloir. Il lui ouvrit, avec un air renfrogné qui ne lui ressemblait pas.

— Pourquoi n'as-tu pas fait deux voyages ? lui demanda Eddie, en la déchargeant de quelques sacs.

— Pourquoi la porte est-elle fermée à clef ?

— Ta voiture est à cinq mètres à peine.

— Papa, répliqua Sara. Pourquoi la porte est-elle fermée à clef ?

Il regarda par-dessus l'épaule de sa fille.

— Ta voiture est crasseuse, continua-t-il en posant les sacs par terre. Tu crois que tu vas pouvoir aller mettre tout ça dans la cuisine, en deux voyages ?

Elle ouvrit la bouche pour lui répondre, mais il descendait déjà les marches du perron.

— Où vas-tu ?

— Laver ta voiture.

— Mais il fait à peine dix degrés, dehors.

Il se retourna et lui lança un regard entendu.

— La crasse, ça colle par tous les temps.

C'était dit sur le ton d'un acteur shakespearien, loin de l'accent d'un plombier de la Géorgie profonde.

Avant qu'elle ait pu formuler une réponse, il était dans le garage.

Elle attendit sous la véranda, le temps que son père ressorte avec le matériel nécessaire à cette séance de lavage. Peu après, il retroussa son pantalon de survêtement et s'agenouilla pour remplir le baquet d'eau. Elle reconnut ce pantalon, qui datait du lycée – son lycée à elle, car elle le portait pour les entraînements d'athlétisme.

— Tu vas rester plantée là et laisser entrer ce froid ? lui lança Cathy, en tirant sa fille à l'intérieur avant de fermer derrière elle.

Sara se pencha pour que sa mère puisse l'embrasser sur la joue. Depuis la sixième déjà, elle la dépassait d'une bonne tête – ce qui la consternait. Alors que Tessa, sa sœur cadette, avait hérité la silhouette menue, les cheveux blonds et le maintien naturel de leur mère, elle-même avait l'air de la fille du voisin qui serait venue déjeuner un beau jour et aurait décidé de rester.

Cathy se baissa pour ramasser quelques sacs, puis elle sembla se raviser.

— Tu peux les prendre ?

Sara souleva les huit sacs à deux mains, sans ménagement pour ses doigts ankylosés.

— Qu'est-ce qui ne va pas, maman ?

Elle trouvait que sa mère n'avait pas l'air dans son assiette.

— Isabella, lui répondit-elle.

Sara réprima un rire. Sa tante Bella était la seule personne de sa connaissance qui ne voyageait jamais sans son stock personnel de spiritueux.

— Rhum ?

— Tequila, chuchota Cathy, comme elle aurait dit « cancer ».

Sara eut un mouvement de dégoût, une manière de montrer qu'elle compatissait.

— A-t-elle précisé combien de temps elle resterait ?

— Pas encore, lui répondit-elle.

Bella détestait Grant County et sa dernière visite remontait à la naissance de Tessa. Deux jours plus tôt, elle avait débarqué avec trois valises à l'arrière d'un cabriolet Mercedes, sans aucune explication.

En temps normal, et quelle que soit la nature de son secret, Bella ne s'en serait jamais tirée comme ça, mais en vertu du nouveau credo en vigueur dans la famille Linton – « Moins on en sait, moins on en parle, mieux l'on se porte » –, personne n'avait insisté pour lui soutirer des révélations. Tant de choses avaient changé, depuis l'agression qu'avait subie Tessa l'an dernier. Ils étaient encore tous traumatisés, même si personne n'avait envie d'en parler. En une fraction de seconde, l'agresseur avait transformé la personnalité de Tessa, et pas seulement la sienne, mais celle de toute la famille. Au point que souvent Sara se demandait si aucun d'entre eux s'en remettrait jamais tout à fait.

— Pourquoi la porte était-elle fermée ? redemanda-t-elle.

— Ça doit être ta sœur, fit Cathy, et l'espace d'un instant, elle eut les yeux humides.

— Maman...

— Allez, avance, l'interrompit-elle, en lui désignant la cuisine. J'arrive dans une minute.

Sara changea ses sacs de position et se rendit au fond du couloir, en jetant un œil sur les photos alignées aux murs. Personne ne pouvait traverser de la porte d'entrée vers l'arrière de la maison sans profiter d'un superbe reportage sur la scolarité des filles Linton. Tessa, bien entendu, qui sur presque toutes les photos était mince et superbe. Sara, elle, n'avait pas cette chance. Il y avait un cliché particulièrement hideux, pris dans un camp de vacances en été, elle était en troisième, qu'elle aurait volontiers arraché du mur si sa mère l'avait laissée faire. Elle était debout dans un bateau, vêtue d'un maillot de bain qui avait l'air d'un patron en papier noir épinglé sur ses épaules osseuses. Une éruption de taches de rousseur lui constellait le nez, donnant à sa peau une teinte orangée peu plaisante à voir. Avec ses cheveux roux qui avaient séché au soleil, on aurait dit un clown afro.

— Ma chérie ! s'exclama une Bella enthousiaste, en ouvrant grand les bras dès qu'elle fut entrée dans la cuisine. Regarde-toi ! ajouta-t-elle aussitôt, comme si c'était un compliment.

Sara savait qu'elle n'était pas sous son meilleur jour. Elle était tombée du lit une heure plus tôt et ne s'était pas donné la peine de se coiffer. En digne fille de son père, la chemise qu'elle portait était celle dans laquelle elle avait dormi ; quant à son pantalon de survêtement, une relique de son ancienne équipe d'athlétisme universitaire, ce n'était guère mieux. Bella, en revanche, portait une robe de soie bleue qui avait dû coûter une fortune. Des boucles d'oreilles serties de diamant scintillaient à ses oreilles et elle portait tout un assortiment de bagues qui faisaient étinceler les rayons du soleil ruisselant par les fenêtres de la cuisine. Comme d'habitude, son maquillage et sa coiffure étaient parfaits, et elle avait superbe allure, même à onze heures un dimanche matin.

— Je suis désolée de ne pas être passée plus tôt, s'excusa Sara.

— Pff ! fit sa tante en repoussant ses excuses d'un revers de main avant de s'asseoir. Depuis quand fais-tu les courses pour ta mère ?

— Depuis qu'elle est coincée à la maison pour te recevoir, c'est-à-dire depuis deux jours. Sara posa les sacs sur le comptoir, et se massa les doigts pour activer la circulation du sang.

— Je ne suis pas une invitée difficile, protesta sa tante. C'est plutôt ta mère qui aurait besoin de se distraire.

— Avec de la tequila ?

Bella eut un sourire malicieux.

— Elle n'a jamais tenu l'alcool. D'ailleurs je suis convaincue que c'est la seule raison qui l'a poussée à épouser ton père.

Sara rangeait le lait dans le réfrigérateur, et elle éclata de rire. Elle repéra un plat de poulet prêt à griller, et son cœur s'emballa.

Bella lui expliqua :

— On a écossé des petits pois, hier soir.

— Superbe, marmonna Sara, songeant que c'était la meilleure nouvelle de la semaine. La cassolette de petits pois de Cathy serait un parfait accompagnement pour son poulet grillé. Comment c'était, l'église ?

— L'invocation des tourments de l'enfer, c'était un peu trop pour mon goût, avoua Bella, en prenant une orange dans le compotier posé sur la table. Parle-moi de toi. Il t'arrive des trucs intéressants ces derniers temps ? Du nouveau ?

— La routine, répondit-elle, en fouillant dans les conserves.

Sa tante pela l'orange.

— Enfin, parfois, la routine, c'est réconfortant, fit-elle, l'air déçu.

Sara acquiesça avec un « mmh » en posant une boîte de soupe sur l'étagère au-dessus de la cuisinière.

— Très réconfortant.

— Mmh, répéta-t-elle, sachant exactement à quoi l'on allait aboutir.

Quand elle était en faculté de médecine, à l'Emory University d'Atlanta, elle avait vécu une brève période avec tante Bella. Les fêtes jusque tard dans la nuit, l'alcool et le défilé permanent des messieurs avaient fini par les séparer. Sara devait se lever à cinq heures du matin pour aller en cours, sans compter qu'elle avait besoin de soirées paisibles pour étudier. Bella, il fallait lui rendre cette justice, avait bien essayé de mettre un bémol à sa vie sociale, mais elles étaient tombées d'accord : mieux valait que Sara se trouve un endroit rien qu'à elle. Tout s'était déroulé de façon cordiale, jusqu'à ce que sa tante lui suggère d'orienter ses recherches vers un des logements de la maison de retraite, du côté de Clairmont Road.

Cathy était de retour dans la cuisine et s'essuyait les mains sur son tablier. Elle déplaça la boîte de soupe que Sara avait rangée sur l'étagère, en poussant sa fille au passage.

— Tu as pris tout ce qu'il y avait sur la liste ?

— Sauf la bouteille de sherry de cuisine, lui avoua-t-elle, en s'asseyant en face de Bella. Tu ne savais pas qu'on ne peut pas acheter d'alcool le dimanche ?

— Si, fit sa mère, sur un ton de reproche. C'est pour ça que je t'avais demandé d'aller à l'épicerie hier soir.

— Désolée, s'excusa-t-elle en prenant un quartier d'orange à sa tante. J'ai dû négocier avec une compagnie d'assurance-santé de la côte Ouest jusqu'à huit heures. C'était le seul horaire possible pour se parler.

— Tu es médecin ! intervint Bella. Pourquoi est-ce que tu dois discuter avec des compagnies d'assurance ?

— Parce qu'elles ne veulent pas rembourser les examens que je prescris.

— Ce n'est pas leur obligation ?

Sara haussa les épaules. Elle avait fini par craquer et elle avait embauché une femme à plein temps rien que pour déjouer les pièges que lui tendaient les assurances-santé. Néanmoins, pour chaque journée qu'elle consacrait à la clinique pédiatrique, elle devait gâcher deux ou trois heures à remplir des formulaires fastidieux ou à s'entretenir au téléphone, et parfois à hurler, avec les contrôleurs des assurances.

Elle avait décidé d'arriver une heure plus tôt le matin pour essayer de tenir le rythme, mais ça ne changeait pas grand-chose.

— Ridicule, murmura sa tante en croquant un quartier de fruit.

Elle avait la soixantaine bien sonnée, mais autant que Sara se souvienne, elle n'avait jamais été malade un seul jour de son existence. Après tout, peut-être que le régime tequila et cigarette sur cigarette jusqu'à l'aube n'était pas si mauvais.

Cathy fouilla dans les sacs.

— Tu as trouvé de la sauge ?

— Je crois.

Sara se leva pour l'aider à la retrouver, mais Cathy l'écarta.

— Où est Tess ? demanda Sara.

— À l'église, lui répondit-elle.

Sara se garda bien de critiquer le ton désapprobateur de sa mère. À l'évidence, Bella préférait s'abstenir de tout commentaire, elle aussi, même si elle haussa le sourcil à l'intention de sa nièce, en lui tendant un deuxième quartier d'orange. Tessa avait cessé de suivre les services de l'église baptiste, où Cathy se rendait depuis que Bella et elle étaient enfants, préférant satisfaire ses besoins spirituels en fréquentant une plus petite église, dans un comté voisin. En des circonstances normales, Cathy aurait été heureuse de savoir qu'une de ses filles au moins n'était pas une païenne et une mécréante, pourtant quelque chose la tracassait dans le choix de Tessa. Et comme souvent ces derniers temps, personne ne souhaitait creuser la question.

Cathy ouvrit le réfrigérateur et déplaça le lait de l'autre côté de la clayette.

— À quelle heure es-tu rentrée à la maison, hier soir ?

— Vers neuf heures, fit Sara, en pelant une autre orange.

— Tu vas te couper l'appétit, la prévint sa mère. Est-ce que Jeffrey a tout installé ?

— Presq...

Elle s'était ressaisie à la dernière seconde, et son visage vira à l'écarlate. Elle dut avaler plusieurs fois sa salive avant de pouvoir parler à nouveau.

— Comment l'as-tu appris ?

— Oh, ma chérie ! fit Bella avec un petit rire. Si tu ne veux pas que les gens se mêlent de tes affaires, tu ne vis pas dans le bon patelin. C'est la raison pour laquelle je suis partie à l'étranger dès que j'ai pu me payer un aller simple.

— Ou plutôt dès que tu as dégotté le type qui allait te le payer, ajouta Cathy avec ironie.

Sara s'éclaircit de nouveau la gorge ; elle avait la sensation que sa langue avait doublé de volume.

— Papa est au courant ?

Cathy haussa le sourcil, comme sa sœur quelques instants auparavant.

— À ton avis ?

Sara respira à fond, expira, les dents serrées, avec un léger sifflement. Soudain, la déclaration de son père à propos de la crasse qui collait par tous les temps revêtait tout son sens.

— Il est en colère ?

— Un peu, concéda sa mère. Enfin, déçu surtout.

— Ah là là..., fit Bella. Petits patelins, esprits mesquins.

— Ce n'est pas le patelin, nuança Cathy. C'est Eddie.

Bella s'adossa à sa chaise, comme si elle s'apprêtait à raconter une histoire.

— Moi aussi, j'ai vécu dans le péché avec un garçon. J'étais à peine sortie de la fac, je venais de m'installer à Londres. Il était soudeur, mais il avait de ces mains… oh, des mains d'artiste. Je ne t'ai jamais dit…

— Si, Bella, fit Cathy d'une voix agacée.

Sa sœur avait toujours été en avance sur son époque, ayant tour à tour été beatnik, hippie et végétalienne. Mais à son grand désarroi, elle n'était jamais parvenue à scandaliser sa famille. Sara était convaincue que l'une des raisons qui avaient amené sa tante à quitter le pays, c'était justement pour raconter qu'elle était le mouton noir. À Grant, personne n'avait mordu à l'hameçon. Mamy Earnshaw, qui militait pour le suffrage des femmes, avait été fière de l'attitude effrontée de sa fille et Grand-Papa appelait Bella son « petit pétard à mèche », devant tous ceux qui voulaient bien l'écouter. En fait, la seule fois où elle était arrivée à choquer quelqu'un, c'était le jour où elle avait annoncé son mariage avec un courtier en Bourse du nom de Colt, et qu'elle partait s'installer dans une banlieue résidentielle. Heureusement, cela n'avait duré qu'un an.

Sara sentit le feu du regard de sa mère la transpercer comme un rayon laser. Elle finit par céder.

— Quoi ? s'enquit-elle.

— Je ne vois pas pourquoi tu ne l'épouses pas, c'est tout.

Elle fit pivoter la bague qu'elle avait au doigt. Jeffrey avait été footballeur à l'Université d'Auburn, et elle avait fini par porter la chevalière aux armes de son équipe comme une brave fille qui se languit d'amour.

Sa tante souligna une évidence, comme si cela participait de l'attrait qu'elle lui trouvait.

— Ton père ne peut pas le supporter.

Cathy croisa les bras et répéta sa question.

— Pourquoi ? reprit-elle avant de marquer une pause. Pourquoi ne l'épouses-tu pas, et puis voilà ? Il en a envie, n'est-ce pas ?

— Oui.

— Alors pourquoi ne dis-tu pas oui et qu'on en finisse ?

— C'est compliqué, lui répondit-elle, espérant qu'on en resterait là.

Les deux femmes connaissaient son histoire avec Jeffrey, depuis le jour où elle était tombée amoureuse de lui jusqu'à leur mariage, puis à cette fin de journée où Sara était rentrée tôt de son travail pour le découvrir au lit avec une autre. Dès le lendemain, elle avait entamé une procédure de divorce, mais pour une raison obscure, elle était incapable de le laisser filer.

Pour sa défense, il fallait admettre que Jeffrey avait changé. Il avait mûri et était devenu l'homme qu'elle avait entrevu en lui voilà presque quinze ans. Elle éprouvait pour lui un amour nouveau, en un sens plus excitant qu'au début. Elle ne ressentait plus ce vertige, cette espèce d'obsession du « s'il-ne-m'appelle-pas-je-vais-mourir » qu'elle avait connue. Elle se sentait à l'aise avec lui. Elle savait que quoi qu'il arrive, il serait là, rien que pour elle. Elle savait aussi, après avoir vécu cinq ans seule, que sans lui elle était malheureuse.

— Tu es trop orgueilleuse, lâcha sa mère. Si c'est ton ego...

— Ce n'est pas mon ego, la coupa-t-elle, sans savoir comment s'expliquer, et acceptant d'autant plus mal de s'y sentir obligée.

C'était bien sa chance que ses rapports avec Jeffrey soient le seul thème que sa mère se sente d'humeur à aborder.

Elle alla rincer son orange dans l'évier. Pour changer de sujet, elle questionna Bella.

— Comment c'était, la France ?

— Français, lui répliqua-t-elle, ne lâchant pas prise aussi facilement. Tu lui fais confiance ?

— Oui, dit-elle, plus que la première fois, c'est pour ça que je n'ai pas besoin d'un bout de papier qui me dise ce que je ressens.

— Je savais que vous vous remettriez ensemble, vous deux, affirma sa tante, avec une mimique plus que satisfaite, avant de pointer du doigt sa nièce. Si tu avais vraiment voulu qu'il sorte de ta vie, tu aurais abandonné ton boulot de médecin légiste.

— C'est juste un poste à mi-temps, lui rappela-t-elle, mais elle savait bien que Bella venait de marquer un point.

Jeffrey était chef de la police de Grant County. Sara était médecin légiste. Tous les décès suspects survenus dans cette région qui comptait trois villes l'avaient chaque fois réintroduit dans son existence.

Cathy retourna prendre le dernier sac de courses et sortit un litre de Coca.

— Quand allais-tu nous en faire part ?

— Aujourd'hui, mentit-elle.

Le regard que sa mère lui décocha par-dessus son épaule suffit à lui démontrer que son bobard était assez mal ficelé.

— Plus tard, rectifia-t-elle en se séchant les mains sur son pantalon, et elle s'assit à table. Tu nous prépares un rôti, pour demain ?

— Oui, lui répondit sa mère, mais elle refusait de s'écarter de son sujet. Nous habitons dans la même rue, et à moins d'un kilomètre l'une de l'autre, Sara. Croyais-tu que ton père ne verrait pas la voiture de Jeffrey garée dans l'allée, tous les matins ?

— À ce que j'ai cru comprendre, renchérit Bella, la voiture y serait de toute façon, qu'il s'installe chez elle ou pas.

Sara regarda Cathy verser le Coca dans un grand Tupperware. Elle allait y ajouter quelques ingrédients et mettre le rôti à mariner avec sa mixture toute la nuit, puis elle le ferait mijoter toute la journée du lendemain. Le résultat serait une viande d'une tendresse exceptionnelle. Pourtant, si facile que cela paraisse, Sara n'avait jamais réussi à reproduire la recette maternelle. L'ironie de la situation ne lui échappait pas : avoir décroché sa licence en chimie, avec mention, dans l'une des facultés de médecine les plus réputées du pays, mais être absolument incapable de cuisiner le rôti au Coca comme sa mère.

Cette dernière ajouta quelques condiments, d'un air absent, en répétant sa question.

— Quand allais-tu nous l'annoncer ?

— Je n'en sais rien, admit-elle. Nous voulions d'abord nous faire à cette idée nous-mêmes.

— N'espère pas que ton père s'y fasse dans un proche avenir, l'avertit-elle. Tu sais qu'il a des idées très arrêtées sur le sujet.

Bella s'esclaffa.

— Ton bonhomme n'a pas posé le pied dans une église depuis près de quarante ans.

— De sa part, il ne s'agit pas d'une objection d'ordre religieux, précisa Cathy avant de s'adresser de nouveau à Sara. Mais nous nous souvenons tous les deux à quel point cela t'a anéantie de découvrir que Jeffrey était un cavaleur. Simplement, c'est dur pour ton père de t'avoir vue brisée comme ça. Alors le voir revenir tranquillement faire le joli cœur...

— C'est tout sauf tranquille, nuança-t-elle.

Dans leur réconciliation, rien n'avait été facile.

— Je ne peux pas te promettre que ton père réussira à lui pardonner un jour.

Sa sœur la cueillit au vol.

— Eddie t'a bien pardonnée, toi.

Sara vit sa mère pâlir d'un coup. Cathy s'essuya les mains sur son tablier, avec des gestes secs et mesurés et reprit d'une voix sourde.

— Le déjeuner sera prêt d'ici quelques heures, et elle sortit de la cuisine.

Bella haussa les épaules et soupira.

— J'aurai essayé, ma grande citrouille.

Sara se mordit la langue. Voici quelques années, Cathy lui avait avoué ce qu'elle appelait une incartade dans son mariage, survenue avant la naissance de sa fille aînée. Même si elle lui avait assuré que cette liaison n'avait jamais été consommée, Eddie et Cathy avaient failli divorcer à cause de cet homme. Elle s'imaginait bien que sa mère n'appréciait guère s'entendre rappeler cette sombre période de son passé, surtout devant l'aînée de ses enfants. Sara n'appréciait pas beaucoup non plus.

— Y'a quelqu'un ?

C'était Jeffrey, qui appelait depuis le vestibule.

Elle essaya de dissimuler son soulagement.

— Par ici, cria-t-elle.

Il entra tout sourire et Sara se dit que son père était trop occupé à laver sa voiture pour venir lui chercher des noises.

— Eh bien ! dit-il, et son regard effectua un aller-retour entre les deux femmes, avec un sourire d'approbation. Quand je rêve de ce genre de scène, en général nous sommes tout nus.

— Espèce de vieux dégoûtant, fit Bella, sur le ton de la réprimande.

Mais Sara vit ses yeux s'illuminer de plaisir. Malgré toutes ses années vécues en Europe, elle restait une reine de beauté du Sud profond, jusqu'au bout des ongles.

Jeffrey Tolliver lui prit la main et la lui baisa.

— Chaque fois que je te revois, tu as embelli, Isabella.

— Un bon cru, mon cher. À boire, voulais-je dire, compléta-t-elle avec un clin d'œil.

Il éclata de rire et Sara attendit une accalmie avant de lui poser sa question.

— Est-ce que tu as vu papa ?

Il secoua la tête au moment où la porte d'entrée claquait. Les pas lourds d'Eddie résonnèrent dans le couloir.

Elle saisit la main de Jeffrey.

— Sortons marcher, proposa-t-elle, en le traînant quasiment par la porte de derrière. Dis à maman que nous serons revenus pour le déjeuner, glissa-t-elle à sa tante.

Là-dessus, elle le tira vers le flanc de la maison, loin des fenêtres de la cuisine, et il manqua trébucher en descendant les marches de la véranda.

— Qu'est-ce qui se passe ? demanda-t-il en se frottant le bras comme s'il s'était fait mal.

— Encore endolori ? lui demanda-t-elle.

Il avait été blessé à l'épaule, cela datait un peu, mais malgré la kinésithérapie, son articulation continuait de le faire souffrir.

Il eut un geste à moitié résigné.

— Ça va.

— Désolée, dit-elle, en posant la main sur son épaule valide.

Incapable de s'arrêter là, elle le serra dans ses bras et enfouit son visage dans le creux de son cou. Elle prit une profonde inspiration ; elle adorait son odeur.

— Seigneur, tu sens si bon.

Il lui caressa les cheveux.

— Que se passe-t-il ?

— Tu me manques.

— Je suis là.

— Non, dit-elle en se reculant, pour mieux le voir. Cette semaine...

Ses cheveux avaient poussé sur les côtés et elle les lui replaça derrière les oreilles.

— Tu passes, tu entres, tu déposes quelques cartons et tu files, reprit-elle.

— Mes locataires emménagent mardi. Je leur ai promis que la cuisine serait prête d'ici là.

Elle lui embrassa l'oreille, en chuchotant.

— J'avais oublié à quoi tu ressemblais.

— C'était assez chargé, au bureau, ces derniers temps, expliqua-t-il en s'écartant de quelques centimètres. Paperasses et compagnie. Entre ça et la maison, je n'ai pas une minute à moi, et encore moins pour te voir.

— Ce n'est pas ça, reprit-elle, étonnée de le voir sur la défensive.

Ils travaillaient trop tous les deux. Elle n'était guère en situation de lui jeter la pierre.

Il recula de deux pas.

— Je sais que je n'ai pas répondu à deux ou trois de tes coups de fil.

— Jeff, l'interrompit-elle. J'ai compris que tu étais débordé. Ce n'est pas grave.

— Qu'y a-t-il, alors ?

Elle croisa les bras, elle avait froid, soudain.

— Papa est au courant.

Il eut l'air de se détendre un peu, et elle se demanda, à le voir soulagé ainsi, s'il ne s'était pas attendu à pire.

— Tu ne t'imaginais quand même pas qu'on allait pouvoir tenir ça secret, si ?

— Je ne sais pas, admit-elle.

Elle voyait bien qu'il avait une idée derrière la tête, mais elle ne savait pas trop comment lui tirer les vers du nez.

— Allons marcher autour du lac, d'accord ?

Il jeta un coup d'œil derrière lui, vers la maison.

— OK.

Ils traversèrent le jardin par le chemin dallé de pierres qui menait à la rive, et que son père avait tracé avant sa naissance. Ils tombèrent dans un silence complice et, se tenant par la main, coupèrent par le sentier de terre. Elle glissa sur un rocher mouillé et il la rattrapa par le coude, amusé par sa maladresse. Au-dessus d'elle, elle entendit les écureuils jacasser. Un grand busard plongea en un long piqué qu'il finit par arrondir juste au-dessus des arbres, les ailes toutes raides dans la bise qui montait du lac.

Le lac Grant était une vaste étendue d'eau artificielle d'environ mille cinq cents hectares, profond d'une centaine de mètres en certains endroits. La cime des arbres qui se dressaient dans la vallée avant que la zone soit inondée pointait encore à la surface, et Sara songeait souvent aux maisons abandonnées là-dessous, se demandant si les poissons y avaient élu domicile. Eddie conservait une photo du site avant la création du lac. L'endroit ressemblait aux parties les plus rurales du comté : de jolies maisons « en fusil », avec deux ou trois pièces en enfilade sur un seul niveau et un toit à pignon tout étroit, et une cabane ici ou là. Il y avait au centre des boutiques et des églises, et une filature de coton qui avait survécu à la guerre de Sécession et à la Reconstruction, puis fermé durant la Grande Dépression. Tout avait été balayé par les eaux de la rivière Ochawahee et Grant disposait aujourd'hui d'une source d'énergie électrique fiable. L'été, le niveau des eaux du barrage montait et redescendait selon la demande et, enfant, Sara avait pris l'habitude d'éteindre toutes les lumières de la maison, croyant que cela contribuerait à maintenir l'eau assez haut pour qu'elle puisse faire du ski nautique.

L'Office National des Forêts possédait la meilleure partie de l'endroit, plus d'une cinquantaine d'hectares qui enveloppaient l'étendue d'eau comme un capuchon. À une extrémité, on touchait le quartier résidentiel où vivaient Sara et ses parents, à l'autre se trouvait l'Institut universitaire de technologie de Grant. Soixante pour cent des cent vingt kilomètres de rives de ce lac étaient protégés, et le coin préféré de Sara se situait pile au milieu. Les campeurs étaient autorisés à planter leur tente dans la forêt, mais le terrain rocailleux près du rivage était trop pentu et accidenté pour qu'on puisse en profiter. C'étaient surtout les adolescents qui venaient dans les parages, histoire de s'envoyer en l'air ou d'échapper à leurs parents. La maison de Sara se dressait en face d'un ensemble rocheux spectaculaire que les Indiens avaient dû exploiter avant d'en être chassés, et parfois, au crépuscule, elle apercevait l'éclair fugitif d'une allumette, quand quelqu'un s'allumait une cigarette, ou autre chose d'ailleurs.

Un vent froid soufflait du lac et elle frissonna. Jeffrey la prit par la taille.

— Tu croyais vraiment que ton père n'allait rien découvrir ?

Elle s'arrêta et se tourna face à lui.

— J'espérais, oui.

Il la gratifia d'un de ses sourires de guingois, et elle savait par expérience que des excuses allaient suivre.

— Je suis désolé d'avoir été si pris.

— Je ne suis pas rentrée à la maison avant sept heures de toute la semaine.

— Tu as réglé ces histoires d'assurance-santé ?

Elle gémit.

— Je n'ai pas envie d'en parler.

— OK, fit-il, cherchant à l'évidence comment poursuivre. Comment va Tess ?

— Pas de ça non plus.

— D'accord...

Il eut de nouveau un sourire. Un reflet de soleil joua dans le bleu de ses iris.

— Tu as envie de rentrer ? lui proposa-t-il, se méprenant sur son frisson de plaisir.

— Non, fit-elle, en croisant ses mains derrière sa nuque. J'ai envie que tu me prennes derrière ces arbres et que tu me transportes au septième ciel.

Il rit, mais s'arrêta quand il vit qu'elle ne plaisantait pas.

— Ici, en plein air ?

— Il n'y a personne.

— Tu n'es pas sérieuse.

— Ça fait deux semaines, insista-t-elle, alors qu'elle n'y avait pas vraiment pensé jusqu'ici.

Cela ne ressemblait guère à Jeffrey de laisser passer autant de temps.

— Il fait froid.

Elle vint coller ses lèvres à son oreille et chuchota.

— Dans ma bouche, il fait chaud.

— Je suis un peu fatigué.

Mais sa réponse contredisait les réactions de son corps.

Elle s'approcha encore.

— Tu ne m'as pas l'air fatigué.

— Il va pleuvoir d'une minute à l'autre.

Le ciel était couvert, mais elle savait d'après la météo que la pluie était encore à trois bonnes heures d'ici.

— Allez, insista-t-elle, en s'appuyant contre lui pour l'embrasser.

Comme il avait l'air d'hésiter, elle s'arrêta.

— Qu'est-ce qui ne va pas ?

Il recula d'un pas et regarda vers le lac.

— Je te l'ai dit, je suis fatigué.

— Tu n'es jamais fatigué. Pas pour ça.

Il désigna le lac, d'un geste de la main.

— Il fait un froid glacial par ici.

— Il ne fait pas si froid, protesta-t-elle, alors que le soupçon traçait un sillage de terreur jusqu'au bas de son échine.

Au bout de quinze années, elle connaissait tous les tics physiques de Jeffrey Tolliver. Quand il se sentait coupable, il se mordillait le pouce, et quand il essayait d'éclaircir un détail dans une affaire, il tiraillait sur son sourcil droit. S'il avait eu une journée particulièrement dure, il avait tendance à se tenir les épaules voûtées et à parler d'une voix monocorde, jusqu'à ce qu'elle trouve un moyen de l'aider à vider son sac. La crispation de sa bouche à l'instant même voulait dire qu'il avait un secret à lui confier, mais qu'il ne voulait pas, ou ne savait pas comment s'y prendre.

Elle croisa les bras.

— Que se passe-t-il ?

— Rien.

— Rien ?

Elle le dévisagea comme si cela avait suffi à le convaincre de lui révéler la vérité. Ses lèvres pincées formaient toujours ce trait rectiligne et il avait les mains croisées devant lui, le pouce droit suivant le contour de la cuticule du pouce gauche. Elle avait une impression très nette de déjà vu, et en comprenant ce qui était en train de se produire, elle eut un coup au cœur.

— Oh, seigneur, souffla-t-elle. Oh, mon Dieu, dit-elle encore, en portant la main à son ventre, tâchant de calmer la nausée qui menaçait de monter.

— Quoi ?

Elle redescendit dans le sentier, elle se sentait à la fois stupide et en colère contre elle-même. Elle en avait le vertige, elle était tout ébranlée.

— Sara...

Il lui posa la main sur le bras, mais elle se dégagea d'un geste brusque. D'un pas rapide, il vint se planter devant elle, lui barra le chemin pour la forcer à le regarder.

— Qu'est-ce qui ne va pas ?

— Qui est-ce ?

— Qui est-ce quoi ?

— La fille. Qui est-ce ? répéta-t-elle, plus explicite. Qui est-ce, Jeffrey ? C'est la même que la dernière fois ?

Elle serrait les dents si fort que sa mâchoire en était douloureuse. Tout coïncidait : le regard troublé, l'attitude défensive, la distance entre eux. Toute la semaine, il avait invoqué des prétextes pour ne pas rester la nuit chez elle : l'emballage des cartons, du travail tard au poste de police, la nécessité de terminer cette fichue cuisine dont la rénovation avait pris presque dix ans. Chaque fois qu'elle le laissait entrer, chaque fois qu'elle baissait la garde et qu'elle se relâchait, il trouvait le moyen de la repousser.

Elle prit le taureau par les cornes.

— Tu baises qui, cette fois ?

Il fit un pas en arrière ; la confusion se lut brièvement sur son visage.

— Tu ne crois quand même pas que...

Elle avait les larmes aux yeux et elle se masqua le visage à deux mains, pour les lui cacher. Il la croirait blessée alors qu'en réalité, elle était assez en colère pour lui déchiqueter la gorge à mains nues.

— Bon sang, chuchota-t-elle. Je suis trop bête.

— Comment as-tu pu penser cela ? lui demanda-t-il, comme si elle le sous-estimait.

Elle laissa retomber ses mains, elle se moquait de ce qu'il verrait.

— Rends-moi un service, tu veux ? Cette fois, ne me mens pas. Ne t'avise pas de me mentir.

— Je ne te mens sur rien, insista-t-il.

Il avait l'air aussi livide qu'elle l'était intérieurement. Elle aurait trouvé son ton outragé plus persuasif s'il ne l'avait déjà employé avec elle, la première fois.

— Sara...

— Éloigne-toi de moi, cracha-t-elle, en repartant vers le lac. Je n'arrive pas à le croire. Comment ai-je pu être aussi bête, je n'arrive pas à le croire.

— Je ne te trompe pas, se défendit-il, en la suivant. Écoute-moi, d'accord ?

Il vint se replacer face à elle, l'empêchant de passer.

— Je ne te trompe pas, répéta-t-il.

Elle s'arrêta, le dévisagea, elle aurait aimé le croire.

— Ne me regarde pas comme ça, lui dit-il.

— Je ne vois pas comment je pourrais te regarder autrement.

Il laissa échapper un profond soupir, comme s'il avait un poids énorme sur la poitrine. Pour quelqu'un qui se proclamait innocent, il agissait vraiment en coupable.

— Je retourne à la maison, le prévint-elle.

Il releva les yeux, et elle décela dans son expression quelque chose qui la força à s'arrêter.

Il parla si bas qu'elle dut tendre l'oreille pour l'entendre.

— Il se peut que je sois malade.

— Malade ? répéta-t-elle, soudain paniquée. Comment ça, malade ?

Il recula et s'assit sur un rocher. Ses épaules s'affaissèrent. Ce fut au tour de Sara de le suivre.

— Jeffrey ? s'enquit-elle, en s'agenouillant près de lui. Qu'est-ce qui ne va pas ?

Elle avait de nouveau les larmes aux yeux, mais cette fois son cœur cognait de peur, et non plus de colère.

Les paroles qu'il prononça la mirent dans un état de choc qu'elle n'aurait jamais imaginé.

— Jo m'a appelé.

Elle s'assit sur ses talons. Elle croisa les mains sur les genoux et les observa d'un regard fixe, rétrécissant son champ de vision. Au lycée, Jolene Carter était tout ce que Sara n'était pas : gracieuse, bien roulée, toujours mince, la fille la plus courtisée de l'établissement, qui n'avait qu'à se baisser pour choisir les garçons les plus courus. Elle avait été reine du bal des lycéens, meneuse des pom-pom girls, présidente des classes supérieures. C'était une vraie blonde aux yeux bleus, avec un petit grain de beauté à la joue droite qui donnait à ses traits parfaits un côté un peu insolite, exotique. Même proche de la quarantaine, Jolene Carter conservait un corps parfait – Sara était bien placée pour le savoir, car cinq ans auparavant, en rentrant chez elle, elle avait découvert Jo nue, avec son joli petit cul en l'air, chevauchant son mari dans leur lit.

— Elle a une hépatite, lui annonça-t-il.

Elle en aurait ri, si elle en avait eu l'énergie.

— Laquelle ?

C'était tout ce qu'elle avait réussi à dire.

— La mauvaise.

— Il y en a deux de mauvaises, reprit-elle, se demandant soudain ce qu'elle fabriquait ici.

— Depuis cette seule et unique fois, je n'ai plus couché avec elle. Tu le sais, Sara.

L'espace de quelques secondes, elle se surprit à le dévisager, déchirée entre l'envie de s'enfuir et celle de rester pour connaître les faits.

— Quand t'a-t-elle appelé ?

— La semaine dernière.

— La semaine dernière, répéta-t-elle, puis elle reprit sa respiration. Quel jour ?

— Je ne sais pas. Au début de la semaine.

— Lundi ? Mardi ?

— Quelle importance ?

— Quelle importance ? fit-elle en écho, incrédule. Je suis pédiatre, Jeffrey. Je fais des piqûres à des gosses... à des gamins – tous les jours. Je leur fais des prises de sang. Je mets les doigts dans leurs égratignures et leurs coupures. Il y a des précautions. Il y a toutes sortes de...

Elle laissa sa phrase en suspens, en se demandant combien d'enfants elle avait exposés à cette maladie, tâchant de se remémorer chaque piqûre, chaque prise de sang. Était-elle saine ? Elle se piquait sans arrêt avec des aiguilles. Elle ne pouvait se permettre de s'inquiéter de sa propre santé.

— Hier, je suis allé chez Hare, reprit-il, comme si le fait d'avoir consulté un médecin au bout d'une semaine le rachetait.

Elle serra les lèvres, tâchant de trouver les bonnes questions. Elle s'inquiétait pour ses gamins, mais maintenant elle se heurtait de plein fouet à tout ce que cela impliquait. Il était peut-être malade, et elle aussi. Elle avait peut-être contracté une pathologie chronique, voire mortelle, que Jeffrey lui aurait transmise.

Elle ravala sa salive, essayant de parler malgré sa gorge serrée.

— Est-ce qu'il a demandé les résultats en urgence ?

— Je ne sais pas.

— Tu ne sais pas, répéta-t-elle, mais cela n'avait plus rien d'une question.

Bien sûr qu'il ne savait pas. Il souffrait de cette dénégation, typique chez les hommes, lorsqu'il s'agit de leur santé. Il en savait davantage sur l'historique de l'entretien de sa voiture que sur son propre bien-être. Elle l'imagina assis dans le bureau de Hare, le visage vide de toute expression, tâchant de trouver une bonne excuse pour s'en aller aussi vite que possible.

Elle se leva. Elle éprouvait le besoin de marcher.

— Est-ce qu'il t'a examiné ?

— Il m'a affirmé que je ne présentais aucun symptôme.

— Je voudrais que tu ailles voir un autre médecin.

— Qu'est-ce qui ne va pas avec Hare ?

— Il...

Elle était incapable de trouver ses mots. Son cerveau refusait de fonctionner.

— Ce n'est pas parce que c'est ton cousin un peu toqué qu'il n'est pas bon docteur.

— Il ne m'a rien dit, rétorqua-t-elle, se sentant trahie par l'un comme par l'autre.

Jeffrey lui adressa un regard prudent.

— C'est moi qui l'ai prié de se taire.

— Mais bien entendu, fit-elle, et elle se sentait non pas tant en colère que prise en traître. Pourquoi ne m'as-tu rien dit ? Pourquoi ne m'as-tu pas emmenée avec toi, que je puisse lui poser les bonnes questions ?

— Pour ça, lui répondit-il, en la désignant en train de marcher de long en large. Tu as déjà assez de choses à penser comme ça. Je ne voulais pas te perturber.

— C'est des conneries et tu le sais.

Jeffrey détestait annoncer de mauvaises nouvelles. Il avait beau devoir chercher en permanence la provocation dans son métier, il était incapable d'assumer la confrontation à la maison.

— C'est pour ça que tu ne voulais pas faire l'amour ?

— Je me suis montré prudent.

— Prudent, répéta-t-elle.

— Hare m'a dit que je pouvais être porteur sain.

— Et tu avais trop peur pour m'en parler.

— Je ne voulais pas te perturber.

— Tu ne voulais pas que je m'en prenne à toi, rectifia-t-elle. Tu ne voulais pas me ménager, tu voulais éviter que je sois en rogne contre toi.

— Je t'en prie, ne sois pas comme ça.

Il tendit la main pour prendre la sienne, mais elle s'écarta avec brusquerie.

— Ce n'est pas ma faute, d'accord ?

Il essaya autrement :

— Ça fait des années, Sara. Elle a dû me le dire parce que son médecin le lui a conseillé. Elle aussi, elle est suivie par Hare, ajouta-t-il, comme si cela devait arranger la situation. Appelle-le. C'est lui qui a suggéré que je sois informé. C'est juste à titre de précaution. Tu es médecin. Tu connais ça.

— Stop, ordonna-t-elle, en levant les mains en l'air.

Les mots dans sa gorge ne demandaient qu'à sortir, mais elle lutta pour ne pas les prononcer.

— Je suis incapable de parler de ça maintenant.

— Où tu vas ?

— Je ne sais pas, dit-elle en se dirigeant vers le rivage. À la maison, lui lança-t-elle. Tu peux rester chez toi, ce soir.

— Tu vois, s'écria-t-il, comme s'il marquait un point. C'est pour ça que je ne voulais pas te le dire.

— Ne me rends pas responsable de tout ça, riposta-t-elle.

Les mots faillirent rester coincés dans sa gorge. Elle avait envie de hurler, mais la rage la laissait sans voix.

— Je ne suis pas en colère contre toi parce que tu as baisé ailleurs, Jeffrey. Je suis en colère contre toi parce que tu m'as caché ça. J'ai le droit de savoir. Même si ça ne m'a pas affecté moi, et ma santé, et mes patients, ça t'affecte, toi.

Il allongea le pas pour la rattraper.

— Je vais bien.

Elle s'arrêta, et fit volte-face.

— Est-ce que tu sais ce que c'est, l'hépatite, au moins ?

Il haussa les épaules.

— J'ai pensé que je traiterais ça quand ce serait nécessaire. Si c'est nécessaire.

— Bon Dieu, chuchota-t-elle, incapable de rien faire d'autre que s'éloigner.

Elle se dirigea vers la route, songeant qu'elle avait intérêt à revenir chez ses parents par le trajet le plus long, histoire de se calmer. Avec une nouvelle pareille, sa mère s'en donnerait à cœur joie, et à juste titre.

Il fit mine de la suivre.

— Où vas-tu ?

— Je te rappelle dans quelques jours. Il me faut du temps pour réfléchir.

Il combla l'écart entre eux, ses doigts vinrent lui effleurer l'arrière du bras.

— Il faut qu'on se parle.

Elle rit.

— C'est maintenant que tu as envie d'en parler…

— Sara…

— Il n'y a rien de plus à dire, trancha-t-elle, en pressant le pas.

Il soutint l'allure, elle entendait ses pas lourds derrière elle. Elle allait partir à petites foulées quand il la heurta dans le dos. Elle tomba par terre avec un bruit mat, le souffle coupé. Ce coup sourd, un peu creux, quand elle heurta le sol, se répercuta dans ses oreilles comme un écho lointain.

Elle le repoussa.

— Qu'est-ce que tu…, s'insurgea-t-elle.

— Mon Dieu, je suis désolé. Est-ce que ça va ?

Il s'agenouilla en face d'elle, cueillit une brindille dans ses cheveux.

— Je ne voulais pas…

— Espèce de crétin, s'emporta-t-elle.

Il l'avait effrayée au-delà du possible, et elle réagit avec un sursaut de colère.

— Qu'est-ce qui te prend, bon sang ?

— J'ai trébuché, avoua-t-il en essayant de l'aider à se relever.

— Ne me touche pas.

Elle le repoussa et se releva toute seule.

Il essuya la terre de son pantalon.

— Ça va ? répéta-t-il.

Elle recula, elle prenait ses distances.

— Très bien.

— Tu es sûre ?

— Je ne suis pas en porcelaine.

Elle se rembrunit à la vue de son sweat-shirt taché de terre. La manche était déchirée à l'épaule.

— Qu'est-ce qui te prend ?

— Je t'ai dit que j'ai trébuché. Tu crois que je l'ai fait exprès ?

— Non, admit-elle, ce qui n'apaisa pas sa colère. Bon Dieu, Jeffrey.

Elle tâta son genou, sentit le tendon se bloquer.

— Ça fait vraiment mal.

— Je suis désolé, s'excusa-t-il encore, et il lui retira une autre brindille des cheveux.

Elle regarda sa manche arrachée, plus contrariée qu'en colère.

— Que s'est-il passé ?

Il se retourna, scruta l'endroit.

— Il devait y avoir...

Il se tut.

Elle suivit son regard et vit un bout de canalisation en métal dépasser du sol. Un élastique maintenait un morceau de grillage sur l'orifice du tuyau.

— Sara...

Il ne dit plus rien, mais l'effroi qu'elle perçut dans sa voix la secoua au plus profond d'elle-même.

Elle se repassa la scène dans sa tête, ce bruit quand elle s'était retrouvée plaquée au sol. Cela aurait dû rendre une sonorité dure et pleine, pas cette sorte de réverbération creuse. Il y avait quelque chose au-dessous d'eux. Quelque chose était enterré dans le sol.

— Bon Dieu, souffla-t-il, en arrachant le grillage.

Il regarda dans la canalisation, mais Sara savait que sa circonférence d'à peine un centimètre et demi l'empêcherait de voir quoi que ce soit.

— Alors ? demanda-t-elle quand même.

— Rien.

Il essaya de déplacer le tuyau d'avant en arrière, mais il ne bougea pas. Quelque chose, sous terre, le maintenait fermement en place.

Elle se laissa tomber à genoux et déblaya les feuilles et les aiguilles de pin de ce bout de chemin, revenant sur ses pas en suivant la trace de terre meuble. Elle était à environ un mètre vingt de Jeffrey quand ils comprirent tous les deux ce qui risquait de se trouver là-dessous.

Quand il commença à creuser le sol avec ses doigts, Sara sentit sa propre inquiétude monter en flèche avec la sienne. La terre venait facilement, comme si quelqu'un avait récemment creusé, à cet endroit. Elle ne tarda pas à le rejoindre, pour extraire des mottes de caillou et de glaise, en tâchant de ne pas penser à ce qu'ils pourraient découvrir.

— Merde !

Il retira sa main d'un coup sec, et elle vit une profonde entaille dans le tranchant de sa paume, là où un bâton acéré avait coupé la peau. La coupure saignait abondamment, mais il se remit à l'ouvrage, creusant et rejetant la terre de part et d'autre du trou.

Les ongles de Sara vinrent gratter quelque chose de dur, et quand elle retira sa main, elle aperçut du bois dessous.

— Jeffrey, souffla-t-elle, mais il continua de creuser. Jeffrey.

— Je sais, lui dit-il.

Il avait mis à nu une section en bois autour du tuyau. Un collier en métal entourait la conduite, et la maintenait solidement en place. Il sortit son canif, et elle ne pouvait plus rien faire d'autre que suivre son geste du regard, quand il s'attaqua aux vis. Le sang dans sa paume rendait le manche du couteau glissant, et il finit par renoncer, jeta le canif de côté et empoigna le tuyau. Il pesa de tout le poids de son épaule, tressaillant de douleur mais continuant de pousser jusqu'à ce que le bois lâche un grincement sinistre, puis un bruit sec lorsque le collier céda.

Une odeur d'eau stagnante monta de la brèche, et Sara se boucha le nez.

Le trou mesurait à peu près dix centimètres carrés, et des échardes acérées le zébraient comme des crocs.

Il approcha un œil de la brèche. Il secoua la tête.

— Je ne vois rien.

Elle se remit à creuser, en reculant sur toute la longueur de la pièce de bois, et chaque nouvelle portion qu'elle mettait à nu lui donnait l'impression que son cœur était sur le point d'exploser. Il y avait plusieurs planches de trois par dix clouées bord à bord, qui formaient le couvercle de ce qui pouvait être une longue boîte rectangulaire. Elle en resta le souffle court, et malgré le froid elle se sentait en nage. Son sweat-shirt lui faisait soudain l'effet d'une camisole de force, elle le passa par-dessus sa tête et le jeta plus loin, afin d'avoir plus de liberté de mouvement. Elle priait rarement, mais l'idée de ce qu'ils étaient sur le point d'exhumer de cette boîte lui donnait envie de crier au secours.

— Attention, fit Jeffrey qui se servait du tuyau pour forcer les lattes de bois.

Elle s'accroupit, se protégeant les yeux quand une giclée de terre jaillit en l'air. Le bois se fendillait, la plus grosse partie restait encore enfouie dans le sol, mais Jeffrey continua, cassant les fines lattes à mains nues. Il y eut une plainte étouffée, grinçante, comme un halètement d'agonie, quand les clous cédèrent sous la torsion. L'odeur de décomposition récente flotta sous les narines de Sara comme une brise aigre, mais lorsqu'il se coucha à plat ventre pour passer le bras par l'étroite ouverture, elle ne détourna pas le regard.

En tâtant l'intérieur, il leva les yeux vers elle, la mâchoire contractée.

— Je sens quelque chose, dit-il. Quelqu'un.

— Qui respire ? voulut-elle savoir, mais avant même que le mot ait achevé de franchir ses lèvres, il secoua la tête.

Avec des gestes plus lents, plus posés, il souleva un autre morceau de bois. Il le retourna, inspecta la face intérieure, le lui tendit. Elle vit les marques de griffures dans la pulpe du bois, comme si un animal avait été pris au piège. Un ongle, à peu près de la taille d'un des siens, était logé dans le bout de bois qu'il lui tendit ensuite, et elle le posa par terre, retourné vers le ciel. Cette latte-ci était griffée plus en profondeur, et elle la déposa à côté de la première, afin de suivre un semblant de logique, sachant que c'étaient là autant de pièces à conviction. C'était peut-être un animal. Une blague de gamins. Une vieille sépulture indienne. Les explications éventuelles défilaient dans sa tête à la vitesse de l'éclair, mais elle ne pouvait s'empêcher d'observer Jeffrey qui soulevait ces planches, et chacune de ces lattes lui perçait le cœur comme une écharde. Il y en avait à peu près une vingtaine en tout, mais à la douzième, ils virent enfin ce qu'il y avait à l'intérieur.

Il fixait le cercueil du regard, il déglutit, et sa pomme d'Adam dansait dans sa gorge. Comme Sara, il semblait à court de mots.

La victime était une jeune femme, une adolescente presque adulte. Ses cheveux noirs lui descendaient jusqu'à la taille et lui recouvraient le corps. Elle portait une robe bleue toute simple qui venait jusqu'à mi-mollets et des socquettes blanches, mais pas de chaussures. La bouche et les yeux étaient grands ouverts, saisis d'une panique que Sara pouvait quasiment palper. Une main était tendue en l'air, les doigts étaient repliés, comme si la jeune fille essayait encore de labourer le bois de ses ongles, pour sortir. De petites taches de pétéchie étaient visibles, disséminées dans la sclérotique de l'œil, des larmes séchées depuis longtemps étaient soulignées par les fines lignes rouges qui tranchaient sur la pâleur de son visage. Plusieurs bouteilles d'eau vides étaient alignées dans la caisse, ainsi qu'un pot qui, à l'évidence, avait servi de réceptacle pour les déjections. À sa droite, une lampe de poche, un morceau de pain à moitié mangé sur sa gauche. De la moisissure poussait sur les bords, ainsi que sur la lèvre supérieure de la morte où elle dessinait une fine moustache. Cette jeune femme n'était pas d'une beauté remarquable, mais elle avait dû avoir un certain charme, sans prétentions.

Jeffrey souffla doucement, en s'asseyant sur le sol. Comme Sara, il était couvert de terre. Comme elle, il n'avait pas l'air de s'en soucier.

Ils restaient les yeux rivés sur la jeune fille, ils regardaient la brise du lac agiter son épaisse chevelure et jouer avec les longues manches de sa robe. Sara remarqua un ruban bleu assorti noué dans la chevelure et se demanda qui le lui avait attaché. Sa mère ? Ou sa sœur ? S'était-elle assise dans sa chambre, regardée dans son miroir, pour l'attacher elle-même ? Et ensuite, que s'était-il passé ? Qu'est-ce qui l'avait amenée ici ?

Il s'essuya les mains sur son jean, ses doigts ensanglantés y laissèrent leur empreinte.

— Ils n'avaient pas l'intention de la tuer, supposa-t-il.

— Non, acquiesça-t-elle, saisie d'une tristesse écrasante. Ils ont juste voulu lui flanquer une frousse mortelle.

Chapitre Deux

À la clinique, on avait interrogé Lena sur ses hématomes.

— Ça va, ma jolie ? lui avait demandé la vieille femme noire, les sourcils froncés, l'air inquiet.

Lena avait répondu oui, de façon automatique, en attendant que l'infirmière sorte, qu'elle puisse terminer de s'habiller.

Il y avait des bleus que vous preniez du fait d'être flic : le frottement de l'arme de service sur la hanche, parfois si prononcé que vous aviez l'impression d'avoir l'os définitivement entamé. Ou la fine ligne bleuâtre à l'avant-bras, comme tracée au crayon, à force de replacer cette masse d'acier tout en veillant à garder la main en position naturelle, le long du corps, afin de ne pas alerter les populations et de ne pas être prise pour un quidam qui se promènerait avec une arme à feu sans permis.

Quand Lena avait débuté, les problèmes étaient encore plus nombreux : douleurs dorsales, irritations causées par le ceinturon de son pistolet, hématome dû à sa matraque qui venait lui taper contre la jambe quand elle courait après un délinquant. Parfois, quand elle le rattrapait, elle utilisait avec plaisir cette même matraque, histoire d'évacuer ces huit cents mètres de cavale après un connard par trente degrés avec quarante kilos d'équipement qui vous lestaient le corps. Et puis, il y avait le gilet pare-balles. Lena connaissait des flics – de grands gaillards costauds – qui avaient tourné de l'œil, vaincus par la chaleur et l'épuisement. En août, il faisait si chaud que l'alternative semblait se résumer à prendre une balle dans la poitrine ou mourir d'un arrêt cardiaque.

Pourtant, quand elle avait fini par décrocher le grade d'inspecteur, qu'elle avait renoncé à l'uniforme, à la casquette, et à sa radio portable, elle avait d'abord regretté le poids de ces instruments. Ce rappel pesant de son statut de flic lui manquait. Être inspecteur, cela signifiait travailler sans accessoires. Dans la rue, vous ne pouviez pas laisser votre uniforme parler pour vous, ni ralentir la circulation alors que tous les véhicules autour de vous respectaient déjà la vitesse limite. Il fallait trouver d'autres moyens d'intimider les mauvais garçons. Vous n'aviez que votre cervelle pour vous confirmer que vous étiez encore flic.

Après que l'infirmière l'eut laissée dans la salle de réveil de cette clinique d'Atlanta, Lena avait comparé ses vieux hématomes avec les nouveaux. Des marques de doigts lui enserraient le bras comme un manchon. Elle avait le poignet enflé, là où on le lui avait tordu. Elle ne pouvait pas voir la contusion en forme de poing au-dessus de son rein gauche, mais dès qu'elle faisait un mouvement de trop, la blessure se rappelait à elle.

Dès sa première année sous l'uniforme, elle avait vu de tout. Des scènes de ménage où des femmes balançaient des caillasses sur votre voiture de patrouille, pour vous dissuader d'embarquer le mari violent, direction la prison. Des voisins qui s'échangeaient des coups de couteau pour un mûrier dont les branches pendaient trop bas ou une tondeuse à gazon portée disparue, qui finissait par resurgir au fond du garage, en général à côté d'un petit sachet de cannabis ou, pourquoi pas, de substances plus dures. Des gamines qui s'accrochaient à leur père, en vous suppliant de ne pas les emmener, et, quand vous les conduisiez à l'hôpital, les médecins leur trouvaient des signes flagrants de déchirure anale ou vaginale. Parfois, les tissus de l'arrière-gorge étaient fortement distendus, avec des petites traces d'égratignures, à cause de ce qu'on y avait introduit – au risque de les étouffer.

À l'école de police, les instructeurs s'efforçaient de vous préparer à ce genre de situations, mais on n'était jamais réellement prêt. Il fallait voir, tâter, sentir par soi-même. Personne ne vous expliquait ce que ça pouvait avoir de terrifiant d'arrêter le véhicule d'un inconnu : vous vous approchiez de la fenêtre côté conducteur, la main sur la crosse de votre pistolet, le cœur vous cognait dans la poitrine, car vous vous demandiez si ce type n'avait pas lui aussi la main sur son arme. Les manuels étaient illustrés de toutes sortes de photos de cadavres, et Lena se souvenait encore des rires de ses camarades devant certains de ces clichés. La femme qui se saoulait et s'évanouissait dans sa baignoire, son collant pris autour des chevilles. Le type qui se pendait en envoyant la purée, jusqu'au moment où vous vous rendiez compte que l'objet qu'il tenait dans sa main n'était pas une prune un peu mûre. Cet homme-là avait été un père, un mari, forcément le fils de quelqu'un, mais pour les élèves policiers de l'école, c'était le « Couillu à la Prune ».

Rien de tout ceci ne vous préparait à affronter les visions et les odeurs de la réalité. Votre officier instructeur était incapable de vous décrire cette sensation de mort, quand vous entriez dans une pièce et que vous en aviez des frissons dans la nuque, quand vous vous disiez qu'il venait de se passer un sale truc ou – pire – que le sale truc en question était imminent. Votre chef était incapable de vous décrire cette manie de se lécher les lèvres, le seul moyen de se retirer le goût de la mort de la bouche. Personne ne vous avait prévenu : vous auriez beau vous récurer tout le corps, seul le temps parvenait à gommer cette puanteur de la mort sur votre peau. Courir cinq kilomètres par jour en plein soleil, aller faire des haltères au gymnase, des flots de sueurs vous dégoulinant de partout comme la pluie qui crève les nuages noirs, jusqu'à ce que vous finissiez par vous débarrasser de cette odeur – et là-dessus, vous répondiez à un appel, une station-service, une voiture abandonnée, la maison d'un voisin, des journaux empilés dans l'allée et le courrier qui débordait de la boîte aux lettres, pour découvrir une grand-mère, un frère, une sœur ou un oncle que vous alliez encore devoir vous évacuer de l'organisme, moyennant une bonne suée.

Personne ne savait vous aider à aborder la mort quand elle faisait irruption dans votre vie. Ni comment vous soulager de votre chagrin, lorsque c'étaient vos propres actes qui avaient ôté la vie à un être – et peu importait que cette vie ait été néfaste. C'était ça, le problème. En tant que flic, vous appreniez assez vite qu'il y avait « nous » et « eux ». Lena n'aurait jamais cru qu'elle aurait à déplorer une perte du côté des seconds, pourtant, ces derniers temps, elle ne pensait plus qu'à cela. Et là, c'était encore une vie que l'on venait de supprimer, encore une mort qu'elle avait sur les mains.

Elle avait senti la mort l'envahir, ces derniers jours, et rien ne parvenait à en libérer ses sens. Quand elle respirait, elle avait dans la bouche un goût aigre, qui lui évoquait comme une odeur de décomposition. Ses oreilles entendaient en permanence une sirène suraiguë et sa peau était tellement moite qu'elle avait l'impression d'être allée emprunter la peau de son corps au cimetière. Son corps qui n'était plus le sien, son esprit, devenu une entité qu'elle ne réussissait plus à maîtriser. Depuis la seconde où elle était sortie de la clinique et la nuit qu'ils avaient passée dans une chambre d'hôtel, à Atlanta, jusqu'au moment où elle avait franchi la porte de la maison de son oncle, elle n'arrivait à penser qu'à une chose, une seule : tous les choix lamentables qui l'avaient conduite ici.

Allongée sur le lit, elle regardait par la fenêtre, les yeux rivés sur ce jardin déprimant, derrière la maison. Depuis l'enfance de Lena, Hank n'avait rien changé. Sa chambre avait encore cette tache marron d'humidité dans le coin, là où une branche avait percé le toit, au cours d'une tempête. La peinture du mur s'écaillait à l'endroit où il avait appliqué le mauvais apprêt, et le papier était tellement imbibé de nicotine qu'il avait une teinte jaunâtre et maladive.

Elle avait grandi ici avec Sibyl, sa sœur jumelle. Leur mère était morte en couches et Calvin Adams, leur père, s'était fait descendre à un feu rouge, quelques mois avant ça. Sibyl, elle, s'était fait assassiner, il y avait de cela trois ans. Encore une mort, encore un abandon. Peut-être était-ce la présence de sa sœur qui lui avait permis de s'enraciner dans l'existence. Depuis, elle partait à la dérive, elle s'enferrait dans des choix encore plus funestes, sans chercher à rectifier le tir. Elle vivait avec les conséquences de ses actes. Survivait, plutôt.

Elle se palpa le ventre, là où il y avait eu un bébé, moins d'une semaine auparavant. Un seul être vivait désormais avec les conséquences de ses actes. Un seul être avait survécu. L'enfant aurait-il eu ses yeux sombres, les gènes de sa grand-mère mexicano-américaine refaisant surface, ou aurait-il hérité des yeux gris acier de son père, et de sa peau blanche et pâle ?

Elle se redressa, glissa les doigts dans sa poche arrière, en sortit un long canif. Elle tira prudemment sur la lame pour la déployer. L'extrémité était ébréchée, avec une tache de sang séché, en forme de demi-cercle, qui portait l'empreinte digitale d'Ethan.

Elle examina son bras, cette contusion très marquée, là où Ethan l'avait empoignée, et elle se demanda comment le doigt qui avait laissé cette empreinte sur la lame, la main qui avait provoqué tant de douleur pouvait aussi être celle qui avait procuré tant de douceur.

Le flic en elle savait qu'elle aurait dû l'arrêter. La femme en elle savait qu'il était mauvais. La réaliste en elle savait qu'un jour il la tuerait. Pourtant, dans un recoin obscur de son être, quelque chose résistait à ces pensées rationnelles, et elle se considérait comme la pire des lâches. À son tour, elle était devenue une de ces femmes qui jettent des caillasses sur la voiture de patrouille. Elle était devenue cette voisine au couteau. Elle était devenue cette idiote qui s'agrippait à son violeur de père. Elle était devenue cette fille qui ravalait ses larmes au fond de sa gorge, et qui s'étouffait à cause de ce qu'on lui avait fait avaler.

On frappa à sa porte.

— Lee ?

Elle replia la lame et se releva vivement. Quand Hank ouvrit, elle se tenait le ventre à deux mains, comme si elle souffrait d'une déchirure.

Il vint à son chevet, resta planté là, la main tendue, les doigts à quelques centimètres de son épaule, mais sans la toucher vraiment.

— Ça va ?

— Je me suis redressée trop vite.

Il laissa retomber sa main et la fourra dans sa poche.

— Tu te sens d'attaque pour avaler quelque chose ?

Elle hocha la tête, les lèvres à peine entrouvertes, pour respirer.

— Tu veux que je t'aide à te lever ?

— Ça fait une semaine, fit-elle.

On lui avait certifié qu'elle serait en mesure de retourner travailler deux jours après l'intervention, mais elle ne comprenait pas comment les autres femmes y arrivaient. Elle était dans la police de Grant County depuis douze ans et ne s'était encore jamais accordé de vacances. Ce serait drôle, s'il y avait eu de quoi rire.

— J'ai déjeuné sur la route, lui expliqua-t-il, et elle devina, à sa chemise hawaïenne et son jean blanc soigneusement repassés, qu'il était resté toute la matinée à l'église. Elle jeta un coup d'œil à la pendule : midi passé. Elle avait dormi quinze heures.

Il était toujours là, toujours les mains dans les poches, comme s'il attendait qu'elle parle.

— J'arrive dans une minute, lui promit-elle.

— Tu as besoin de quelque chose ?

— Comme quoi, Hank ?

Il serra ses lèvres déjà fines, se gratta les bras comme si ça le démangeait. Sur sa peau, les cicatrices des traces d'aiguille étaient encore saillantes, même après toutes ces années, et cette vision lui faisait horreur, comme lui faisait horreur l'indifférence de Hank à lui mettre sous le nez ces preuves de tout ce qui clochait entre eux.

— Je vais te préparer quelque chose à manger.

— Merci, réussit-elle à répondre, déplaçant ses jambes pour les laisser pendre du matelas. Elle posa les pieds au sol, pour s'assurer qu'elle était bien ici, dans cette chambre. Cette dernière semaine, elle avait pas mal voyagé, en rêve, elle avait visité d'autres lieux, où elle se sentait mieux, plus en sécurité. Dans ses voyages intérieurs, Sibyl était vivante. Ethan Green n'était pas encore entré dans sa vie. La vie était plus facile.

Un long bain chaud ne lui aurait pas déplu, mais elle n'était pas autorisée à s'asseoir dans une baignoire avant une semaine au moins. Quant aux rapports sexuels, ce ne serait pas avant deux semaines.

Chaque fois qu'elle essayait d'inventer un mensonge, une excuse à fournir à Ethan, elle ne trouvait rien, et elle se disait qu'il était plus simple de le laisser agir à sa guise. Ce serait sa faute à elle si ça faisait mal. Le jour du jugement viendrait forcément, pour tout ce qu'elle avait commis. Il y aurait une forme de châtiment pour ce mensonge qu'était devenue sa vie.

Elle prit une douche rapide pour se réveiller, veillant à ne pas se mouiller les cheveux, car la seule pensée de devoir tenir un sèche-cheveux pendant de longues minutes la fatiguait déjà. Elle devenait paresseuse, à force de rester assise et de regarder fixement par la fenêtre, comme si le jardin encombré de détritus, avec son pneu transformé en balançoire, et sa Cadillac 1959, déjà perchée sur des parpaings avant la naissance de Lena et Sibyl, constituaient l'alpha et l'oméga de son univers. C'était bien possible. Combien de fois Hank lui avait-il proposé de revenir s'installer avec lui, et la commodité de cette invitation l'avait fait tanguer, comme un courant sous-marin. Si elle ne partait pas d'ici, elle allait se retrouver à la dérive, sans espoir de retrouver la terre ferme. Elle ne sentirait plus jamais ses pieds se poser sur le sol.

Hank avait été hostile à l'idée de la conduire dans cette clinique, à Atlanta, mais il l'avait laissée aller jusqu'au bout de sa décision. Avec les années, il avait fait pour elle quantité de choses auxquelles il ne croyait peut-être pas – que ce soit pour des motifs religieux ou à cause de son fichu entêtement, qui confinait à la bêtise – et c'est seulement maintenant qu'elle comprenait le cadeau qu'il représentait. Certes elle n'aurait jamais accepté de le reconnaître devant lui. En fait, tout comme Hank Norton était l'un des rares points d'ancrage de son existence, elle savait que, pour lui, elle était le seul élément auquel il pouvait se raccrocher. Si elle avait été moins égoïste, elle se serait sentie désolée pour le vieil homme.

La cuisine était juste à côté de la salle de bains. Elle s'enveloppa dans son peignoir, avant d'ouvrir la porte. Hank était penché au-dessus de l'évier, il arrachait la peau d'un poulet grillé. Les boîtes de Kentucky Fried Chicken étaient étalées en désordre sur le plan de travail, à côté d'une assiette en carton où s'empilaient un monceau de purée, de salade de chou et deux biscuits.

— Je ne savais pas quel bout tu voulais, lui dit-il.

Elle vit le jus marron qui se figeait au-dessus des patates, et l'odeur de mayonnaise de la salade de chou lui contracta l'estomac. La seule pensée de la nourriture lui donnait envie de vomir. Rien que la vision, rien que l'odeur, c'était déjà insupportable.

Hank lâcha la cuisse de volaille sur le plan de travail, et tendit les mains vers Lena, comme si elle était sur le point de tomber.

— Assieds-toi, lui conseilla-t-il.

Pour une fois, elle fit ce qu'on lui disait et prit une chaise branlante qu'elle tira de la table encombrée de tonnes de prospectus – les réunions des Alcooliques Anonymes et des Toxicomanes Anonymes étant les éternelles marottes de son oncle. Hank avait dégagé un peu de place pour qu'elle puisse déjeuner. Elle posa le menton dans sa main – la tête lui tournait un peu, mais surtout elle ne se sentait pas du tout à sa place.

Il lui massa le dos, ses doigts calleux accrochèrent le tissu de son peignoir. Elle grinça des dents, elle aurait préféré qu'il ne la touche pas, mais elle n'avait pas non plus envie de supporter son air meurtri, si elle le repoussait.

Il se racla la gorge.

— Tu veux que j'appelle un médecin ?

— Ça va.

— Je t'ai toujours connue avec des soucis au ventre.

— Ça va, répéta-t-elle, et elle avait l'impression qu'il voulait lui refaire tout l'historique de leur relation, lui rappeler qu'il l'avait aidée à se tirer d'à peu près tous les faux pas.

Il tira une autre chaise et s'assit en face d'elle. Il attendait qu'elle relève les yeux, elle le savait, et elle prit son temps pour lui donner satisfaction. Enfant, elle trouvait Hank déjà vieux, mais maintenant qu'elle avait trente-quatre ans, l'âge qu'il avait quand il avait pris les deux filles jumelles de sa défunte sœur à sa charge, il avait l'air d'un aïeul. La vie lui avait creusé le visage de rides profondes, et les aiguilles qu'il s'était introduites dans les veines avaient laissé leurs marques. Ses yeux bleus de glace la dévisageaient, et elle sut déceler la colère, derrière l'inquiétude. La colère avait toujours été une compagne fidèle de Hank, et parfois, quand elle le regardait, c'était son avenir à elle qu'elle lisait dans ses traits taillés à la serpe.

La route jusqu'à la clinique avait été paisible. En temps normal, ils n'avaient pas grand-chose à se raconter, mais ce jour-là le silence avait pesé de tout son poids. Elle lui avait dit qu'elle souhaitait entrer dans le bâtiment seule, mais une fois à l'intérieur, aveuglée par la palpitation des néons, elle avait regretté sa présence.

Il y avait une femme dans la salle d'attente, une blonde effacée, d'une maigreur presque pathétique, qui n'arrêtait pas de se tripoter les mains, et qui évitait les regards de Lena avec autant de soin que Lena en mettait à éviter les siens. Elle devait être un peu plus jeune, mais elle avait les cheveux relevés sur le crâne en un chignon serré, comme une vieille dame. Lena se demandait ce qui pouvait l'amener ici – était-ce une étudiante de la faculté dont la vie soigneusement planifiée était tombée sur un os ? Un flirt insouciant, au cours d'une soirée, qui était allé trop loin ? Était-elle victime de l'affection d'un oncle aviné ?

Elle ne lui posa pas la question – elle n'en avait pas le courage et n'avait pas envie de s'exposer à la même curiosité. Elles restèrent assises près d'une heure, telles deux prisonnières attendant leur exécution, consumées par la culpabilité, rongées par leurs crimes.

Lena avait été presque soulagée qu'on la ramène au bloc – et plus encore en apercevant Hank quand on l'avait conduite en fauteuil roulant jusqu'au parking. Il avait dû rester là à faire les cent pas autour de sa voiture et à fumer comme un pompier. Le trottoir était jonché de mégots fumés jusqu'au filtre.

Il l'avait emmenée dans un hôtel sur la Dixième Rue, sachant qu'ils allaient devoir rester à Atlanta, au cas où elle ferait une réaction ou si elle avait besoin d'aide. Reese, la ville où Hank avait élevé Lena et Sibyl, et où il vivait toujours, était une petite bourgade où les gens n'avaient rien de mieux à faire que de cancaner au sujet de leurs voisins. Ils ne se fiaient ni l'un ni l'autre au médecin du coin, au cas où Lena aurait eu besoin d'assistance. Cet homme refusait de prescrire des contraceptifs et il était souvent cité dans le journal local pour ses déclarations sur la jeunesse un peu trop chahuteuse de la ville et sur les mères qui travaillaient au lieu de rester chez elles pour élever leurs enfants, ainsi que Dieu l'avait voulu.

La chambre d'hôtel était plus mignonne que toutes celles où elle était jamais descendue, une sorte de minisuite avec un coin salon. Hank était resté sur le canapé à regarder la télé, avec le son très bas. Il appelait le service d'étage quand il en éprouvait le besoin et il n'était pas sorti fumer. Le soir, il avait replié son grand corps filiforme sur le canapé, et ses légers ronflements l'avaient maintenue éveillée, tout en la réconfortant.

Elle avait expliqué à Ethan qu'elle se rendait au laboratoire du Georgia Bureau of Investigation pour une session de formation sur les méthodes d'analyse des lieux d'un crime, à laquelle Jeffrey désirait qu'elle participe. Elle avait raconté à Nan, sa colocataire, qu'elle allait passer quelques jours chez Hank, histoire de trier des affaires ayant appartenu à Sibyl. Après coup, elle savait qu'elle aurait mieux fait de leur raconter à tous les deux le même mensonge, histoire de faciliter les choses, mais pour une raison qui lui échappait, mentir à Nan avait mis Lena dans tous ses états. Sa sœur et Nan avaient été amantes, avaient eu une vie ensemble. Après la mort de Sibyl, Nan avait essayé de prendre Lena sous son aile, comme un pauvre substitut de la disparue – du moins avait-elle essayé. Lena ne comprenait toujours pas pourquoi elle n'avait pu confier à cette femme la vraie raison de son voyage.

Nan était lesbienne et, à en juger par le courrier qu'elle recevait, elle devait être un peu féministe sur les bords. Il aurait été plus commode de se faire conduire à la clinique par elle plutôt que par Hank ; elle lui aurait exprimé son soutien au lieu de ruminer une espèce de mépris silencieux. Nan aurait probablement levé le poing pour répondre aux manifestants devant l'hôpital qui hurlaient « Tueuse de bébé » et « Assassin » à l'infirmière qui avait ramené Lena à la voiture de son oncle, dans ce vieux fauteuil roulant tout grinçant. Nan l'aurait sans doute réconfortée, elle lui aurait peut-être apporté du thé et lui aurait fait avaler quelque chose au lieu de la laisser se cramponner à sa faim comme à une punition, à mariner dans ses vertiges, avec cette douleur cuisante dans le ventre. Elle ne l'aurait sûrement pas abandonnée couchée dans son lit toute la journée, le regard rivé à la fenêtre.

C'est pourquoi il valait mieux la tenir en dehors de tout ça. Nan en savait déjà assez sur son compte. Inutile d'ajouter un échec à la liste.

— Il faut que tu parles à quelqu'un, lui glissa Hank.

Elle resta la joue collée contre la paume, l'œil fixé au-dessus de l'épaule de son oncle. Elle était tellement épuisée que ses paupières tremblotaient quand elle clignait des yeux. Cinq minutes. Elle allait lui accorder cinq minutes, ensuite elle retournerait au lit.

— Ce que tu as décidé..., commença-t-il avant de marquer une pause. Je comprends pourquoi tu as décidé ça. Vraiment.

— Merci, dit-elle, sur un ton désinvolte.

— J'aurais aimé avoir assez de culot pour ça, reprit-il, en serrant les poings. Je l'aurais mis en pièces, ce garçon, et là où je l'aurais enterré, personne serait jamais allé le chercher, crois-moi.

Ils avaient déjà eu cette conversation. Hank parlait et Lena se contentait de le dévisager, en attendant qu'il comprenne qu'elle n'avait pas envie de discuter. Il était allé à trop de réunions, il avait vu trop d'ivrognes et de toxicos se délester de ce qu'ils avaient sur le cœur devant une bande d'inconnus, tout ça pour de pauvres médailles en chocolat.

— Je l'aurais élevé, reprit-il, et ce n'était pas la première fois qu'il abordait le sujet. Tout comme je vous ai élevées, ta sœur et toi.

— Ouais, ironisa-t-elle, en resserrant un peu plus les pans de son peignoir. Tu as fait du si bon travail.

— Tu m'as jamais laissé...

— Laissé quoi ? s'étonna-t-elle.

Sibyl avait toujours été sa préférée. Enfant, elle était plus malléable, plus désireuse de faire plaisir. Lena, elle, était l'incontrôlable, celle qui voulait toujours repousser les limites.

Elle se rendit compte qu'elle se massait le ventre et elle s'obligea à interrompre ce geste. Quand elle avait raconté à Ethan que non, elle n'était pas enceinte, que c'était une fausse alerte, il l'avait frappée en plein dans l'estomac. Il l'avait prévenue que si jamais elle tuait un enfant qu'elle attendait de lui, il la tuerait, elle aussi. Il brandissait des menaces qu'elle n'écoutait pas.

— Tu es très forte, reprit-il. Je ne comprends pas pourquoi tu laisses ce garçon te dominer.

Elle lui aurait répondu, si seulement elle avait su comment. Les hommes ne pigeaient rien. Ils ne comprenaient pas que votre force intérieure, mentale ou physique, importait peu. Ce qui comptait, c'était ce besoin que vous ressentiez dans vos tripes, et trouver le moyen de faire disparaître cette douleur. Elle avait longtemps été dégoûtée par les femmes qui laissaient les hommes les piétiner. Qu'est-ce qui leur prenait ? Qu'est-ce qui les rendait si faibles, qu'est-ce qui les poussait à s'oublier à ce point ? Elles étaient minables, elles récoltaient exactement ce qu'elles méritaient. Parfois, elle avait envie de leur filer des claques, de leur crier de se ressaisir au lieu de se laisser marcher dessus.

Mais vu de l'intérieur, c'était différent. C'était facile de détester Ethan quand il était absent. Quand il était là en revanche, et s'il était gentil, elle n'avait jamais envie qu'il s'en aille. Sa vie à elle avait beau être une calamité, il savait la rendre pire ou meilleure, selon son humeur. Lui reconnaître cet ascendant, cette responsabilité, c'était presque un soulagement, un poids en moins. Et, pour être honnête, il lui arrivait de lui rendre ses coups. Quand ce n'était pas elle qui cognait la première.

Les femmes battues disaient souvent qu'elles l'avaient cherché, qu'elles avaient poussé leur compagnon ou leur mari à bout, en le rendant fou de colère, rien qu'en faisant brûler le dîner par exemple. Pour justifier le fait d'avoir été rossées, elles étaient prêtes à invoquer n'importe quel prétexte. Lena, elle, savait pertinemment qu'elle avait permis au mauvais côté d'Ethan de resurgir, alors qu'il avait essayé de changer.

Quand elle l'avait rencontré, il voulait devenir quelqu'un de bien, de toutes ses forces. Si Hank pouvait comprendre ça, il en serait bouleversé, voire écœuré. Car ce n'était pas Ethan la cause de ces hématomes, c'était Lena. C'était elle qui n'arrêtait pas de le faire régresser. Elle qui l'appâtait et le rembarrait jusqu'à ce qu'il explose de colère. Quand il lui montait dessus, quand il la frappait, quand il la baisait, elle se sentait revivre, elle se sentait renaître.

Elle n'aurait jamais pu mettre un bébé au monde, pas dans ce monde. Elle ne souhaitait imposer sa vie de merde à personne.

Hank se cala les coudes sur les genoux.

— Je veux juste comprendre.

Avec son passé, s'il y avait bien quelqu'un qui aurait dû saisir, c'était son oncle. Ethan n'était pas bon pour elle. Il la transformait en un genre d'être qu'elle abhorrait, et pourtant, elle en réclamait sans arrêt davantage. C'était la pire des accoutumances, parce que personne, en dehors d'elle-même, ne pouvait comprendre cette attirance.

Un trille mélodieux retentit dans la chambre, et il lui fallut une seconde pour identifier la sonnerie de son portable.

Hank la vit esquisser le geste de se lever.

— J'y vais, dit-il.

Puis elle l'entendit répondre :

— Attendez une minute.

Il revint dans la cuisine, la mâchoire contractée.

— C'est ton patron, lui annonça-t-il, en lui tendant le combiné.

La voix de Jeffrey était aussi sinistre que l'humeur de Hank.

— Lena, je sais que tu as encore une journée de vacances, mais j'ai besoin que tu viennes.

Elle regarda la pendule sur le mur, essaya de calculer le temps qu'il lui faudrait pour boucler ses bagages et rentrer à Grant County. Pour la première fois cette semaine, elle sentit de nouveau son cœur battre, et ce flot d'adrénaline qui lui donnait l'impression de se réveiller d'un long sommeil.

Elle évita le regard de son oncle.

— Je peux être là dans trois heures.

— Bien, fit Jeffrey. Retrouve-moi à la morgue.

Chapitre Trois

Le docteur Sara Linton posa un sparadrap autour de son ongle cassé en grimaçant. Ses mains étaient tout endolories d'avoir creusé, et elle avait le bout des doigts strié de petites égratignures qui la picotaient comme des piqûres d'épingles. Elle allait devoir prendre des précautions supplémentaires à la clinique, et s'assurer que ses blessures soient bien protégées. En terminant ce pansement autour de son pouce, la vision du morceau d'ongle fiché dans la latte de bois lui traversa l'esprit, et elle se sentit coupable de s'inquiéter ainsi de ses menus problèmes. Elle n'arrivait pas à s'imaginer ce qu'avaient dû être les derniers moments de cette jeune fille, mais elle savait qu'avant la fin de la journée, il lui faudrait justement s'y coller.

En travaillant à la morgue, elle avait découvert de quelles manières épouvantables les gens pouvaient mourir – coups de couteau, coups de feu, coups de poing ou de pied, strangulations. Elle s'efforçait d'examiner chaque cas d'un œil clinique, mais parfois la victime redevenait une entité vivante qui respirait et implorait son aide. Cette expression de terreur gravée dans tous les traits de son visage, la main qui tentait de trouver une prise pour s'agripper à la vie – tout cela était un cri de détresse dans le vide. Les derniers instants de cette jeune fille avaient dû être horribles. Sara n'imaginait rien de plus terrifiant que de mourir enterrée vivante.

Le téléphone sonna dans son bureau, et elle traversa la pièce au pas de course pour décrocher avant que le répondeur ne prenne l'appel. Elle arriva une seconde trop tard et le haut-parleur émit un sifflement parasite.

— Sara ? demanda Jeffrey.

— Oui, lui répondit-elle en éteignant l'appareil. Désolée.

— On n'a rien trouvé, lui apprit-il, manifestement frustré.

— Aucun signalement de disparition ?

— Une jeune fille, il y a plusieurs semaines. Mais elle est réapparue chez sa grand-mère, hier. Un instant.

Elle l'entendit marmonner quelques mots, avant de revenir au bout du fil.

— Je te rappelle tout de suite.

Avant qu'elle ait pu réagir, il y eut un déclic. Elle se renfonça dans son fauteuil, contempla son bureau, remarqua les piles de papiers et de notes soigneusement rangées. Tous ses stylos étaient dans un pot et le téléphone était parfaitement aligné par rapport au rebord du meuble en métal. Carlos, son assistant, travaillait à plein temps à la morgue, et quand il n'avait rien d'autre à faire que de se tourner les pouces en attendant le prochain cadavre, il avait toutes ses journées devant lui. À l'évidence, il s'était occupé de mettre de l'ordre dans ses affaires. Elle suivit le tracé d'une éraflure sur le plateau en formica et, pour la première fois, remarqua le placage en faux bois.

Elle repensa aux planches utilisées pour confectionner la caisse contenant le corps de la jeune fille. Du bois de charpente, qui avait l'air neuf, et le grillage qui recouvrait le tuyau avait de toute évidence été enroulé sur l'extrémité afin d'empêcher des débris de bloquer l'arrivée d'air. Quelqu'un avait enfermé cette fille là-dedans, l'avait séquestrée, pour satisfaire on ne sait quelle perversité. Son ravisseur était-il quelque part, en ce moment même, en train de penser à sa victime, prise au piège dans cette boîte, tirant une sorte d'excitation sexuelle du pouvoir qu'il croyait détenir sur elle ?

Le téléphone sonna, et elle sursauta.

— Jeffrey ?

— Une minute.

Il couvrit le combiné de sa main pour s'adresser à un tiers, et elle attendit.

— À ton avis, quel âge a-t-elle ? demanda-t-il.

Elle n'aimait pas les devinettes, mais elle lui répondit.

— Entre seize et dix-neuf. À ce stade, c'est difficile à dire.

Il transmit cette information à l'un de ses interlocuteurs, qui devait se trouver sur le terrain, avant de poursuivre avec elle.

— Tu penses qu'on a pu la forcer à enfiler ces vêtements ?

— Je n'en sais rien, admit-elle, sans trop saisir où il en voulait en venir.

— Le dessous de ses socquettes est propre.

— Il a pu lui retirer ses chaussures et les emporter, après l'avoir enfermée dans la boîte, suggéra-t-elle avant de comprendre ce qui le préoccupait. Avant de pouvoir déterminer si elle a subi des sévices sexuels, je vais devoir l'allonger sur la table d'autopsie.

— C'est peut-être ce que voulait son meurtrier.

Après qu'il eut émis cette hypothèse, ils observèrent tous deux un temps de silence, réfléchissant à la question.

— Il pleut à verse par ici, reprit-il. On essaie de dégager la caisse, voir si on dégotte un ou deux indices.

— Le bois m'a l'air neuf.

— Il y a de la moisissure sur le flanc, lui précisa-t-il. Peut-être que dans la terre, ça ne s'abîme pas aussi vite.

— C'est du bois traité sous pression ?

— Ouais, confirma-t-il. De l'assemblage à onglets. Le mec qui a construit ça n'a pas monté ce truc à la sauvette. Il y a mis du savoir-faire.

Il s'interrompit un instant, mais cette fois elle ne l'entendit parler à personne.

— C'est une gosse, Sara, finit-il par ajouter.

— Je sais.

— Quelqu'un doit bien chercher à la retrouver, conclut-il. Ce n'est pas juste une fugue.

Sara garda le silence. Elle avait vu trop de secrets se révéler, lors de ses autopsies, pour émettre une conclusion hâtive au sujet de cette jeune fille. Quantité de circonstances improbables avaient pu l'amener dans ce sombre endroit en plein bois.

— On va diffuser un signalement, lui indiqua-t-il. Dans tout l'État.

— Tu penses qu'on l'a transportée jusqu'ici ? demanda-t-elle, surprise.

Sans trop savoir pourquoi, elle avait supposé cette jeune fille originaire de la région.

— C'est une forêt publique, reprit-il. Il y a toutes sortes de gens qui passent par là.

— À cet endroit, quand même...

Elle n'acheva pas sa phrase, se demandant s'il n'y avait pas eu un soir, la semaine dernière, où elle aurait regardé par ses fenêtres, dans l'obscurité qui lui aurait dissimulé cette jeune fille et son ravisseur, tandis qu'il l'enterrait vivante, à l'autre bout du lac.

— Il a pu venir vérifier comment elle tenait le coup, hasarda-t-il, faisant écho aux réflexions de Sara. On interroge les voisins pour savoir s'ils n'auraient pas vu aller et venir quelqu'un qui n'avait pas l'air d'être du coin.

— Je vais tout le temps courir dans ce bois, lui rappela-t-elle. Je n'ai jamais vu personne. Si tu n'avais pas trébuché, on n'aurait même pas su qu'elle se trouvait là.

— Brad essaie de relever des empreintes digitales sur le tuyau.

— Tu devrais peut-être appliquer toi-même de la poudre à empreintes, fit-elle. Je pourrais aussi m'en charger.

— Brad sait ce qu'il fait.

— Non. Tu t'es coupé à la main. Il y a ton sang, sur ce tuyau.

Il marqua un temps d'arrêt.

— Brad porte des gants.
— Et des lunettes protectrices, j'espère ? insista-t-elle.
Elle avait l'impression d'être une surveillante de salle de classe, mais elle savait qu'elle était obligée de soulever la question. Comme il ne réagit pas, elle se permit d'entrer dans les détails.
— Je ne veux pas te casser les pieds avec ça, mais tant qu'on ne sait pas, il faut être prudent. Tu ne te pardonnerais jamais d'avoir...
Elle ne poursuivit pas, elle préférait le laisser compléter de lui-même. Mais il ne réagissait toujours pas, alors elle continua.
— Jeffrey ?
— Je vais te réexpédier ce coffre avec Carlos, dit-il, mais elle le sentait irrité.
— Je suis désolée, s'excusa-t-elle, sans trop savoir de quoi.
Il était redevenu silencieux, et elle entendit le crachotement du téléphone portable quand il changea d'emplacement, sans doute parce qu'il préférait s'éloigner des lieux du crime.
— À ton avis, elle est morte comment ?
Elle laissa échapper un soupir, avant de répondre. Elle détestait spéculer.
— Vu la position dans laquelle nous l'avons trouvée, elle a dû être asphyxiée.
— Mais le tuyau, alors ?
— Il était peut-être trop étroit. Peut-être qu'elle a paniqué.
Elle se tut une seconde.
— C'est pour ça que je n'aime pas me prononcer sans disposer de tous les éléments. Il se peut que la

cause du décès ait été sous-jacente, un problème cardiaque. Ou bien elle était diabétique, enfin, tout ce qu'on veut, quoi. Seulement je n'en saurai rien tant que je ne l'aurai pas examinée... et encore, je ne serai pas forcément sûre de moi tant que nous n'aurons pas récupéré tous les résultats des examens, et même là, je n'en saurai peut-être toujours rien.

Il paraissait vouloir envisager toutes les hypothèses.

— Tu crois qu'elle a paniqué ?

— À sa place, j'aurais paniqué.

— Elle avait la torche. Les piles fonctionnent encore.

— Maigre consolation.

— Je veux avoir une bonne photo d'elle à diffuser, une fois que tu l'auras toilettée. Il doit bien y avoir quelqu'un qui la cherche.

— Elle avait des provisions. Je ne peux pas imaginer que celui qui l'a enfermée ait prévu de la laisser indéfiniment là-dedans.

— J'ai appelé Nick.

C'était l'agent de terrain du Georgia Bureau of Investigation.

— Il va faire un saut au bureau pour voir s'il déniche des correspondances dans l'ordinateur. Il pourrait s'agir d'un enlèvement avec demande de rançon.

En un sens, et à tout prendre, Sara préférait encore cette hypothèse, plutôt que des motivations plus sadiques.

— Lena devrait être à la morgue d'ici une heure.

— Tu veux que je t'appelle quand elle sera arrivée ?

— Non, dit-il. Il fait de plus en plus sombre. Je vous rejoins dès qu'on aura terminé sur les lieux du crime.

Il hésita, comme s'il avait autre chose à ajouter.

— Qu'y a-t-il ?

— Ce n'est qu'une gamine.

— Je sais.

Il toussota.

— Quelqu'un doit bien la chercher, Sara. Il faut qu'on sache qui elle est.

— Nous le saurons.

De nouveau, il se tut.

— J'arrive dès que possible, lui promit-il enfin.

Elle reposa doucement le combiné, songeant aux paroles de Jeffrey. Un peu plus d'un an auparavant, il avait été contraint de tirer sur une jeune fille dans le cadre de ses fonctions. Sara était présente, elle avait suivi le déroulement de la scène comme dans un cauchemar, et elle savait qu'il n'avait pas eu le choix, tout comme elle savait qu'il ne se pardonnerait jamais ce geste.

Elle se rendit à l'armoire de dossiers, contre le mur, et rassembla les documents nécessaires à l'autopsie. Si la cause de la mort était l'asphyxie, il allait falloir collecter des urines et du sang, étiqueter les prélèvements et les envoyer au labo de l'État, où les échantillons devraient patienter, le temps que l'équipe surchargée du Georgia Bureau of Investigation puisse s'en occuper. Il faudrait aussi analyser des tissus et les stocker à la morgue pendant au moins trois ans. Les moindres indices devraient être recueillis, datés et scellés dans des sachets en papier. Selon ce qu'elle trouverait, elle aurait éventuellement à utiliser un kit viol : il lui faudrait alors gratter et couper les ongles, faire des prélèvements dans le vagin, l'anus et la bouche, collecter l'ADN. Elle devrait peser les organes, mesurer les bras et les jambes. La couleur des cheveux, des yeux, les taches de naissance, l'âge, l'origine ethnique, le sexe, le nombre de dents, les cicatrices, les hématomes, les anomalies anatomiques – tout devrait être noté sur le formulaire approprié. Au cours des prochaines heures, elle serait en mesure de communiquer à Jeffrey tout ce qu'il y avait à savoir sur cette jeune fille, tout sauf ce qui comptait réellement pour lui : son nom.

Elle ouvrit son registre pour attribuer un numéro au dossier. Pour l'Institut médico-légal, ce serait le n° 8472. À l'heure actuelle, il n'y avait que deux cas de corps non identifiés retrouvés dans Grant County, donc la police la mentionnerait comme Inconnue numéro trois. En inscrivant cet intitulé dans le registre, elle se sentit envahie d'une immense vague de tristesse. Tant qu'on ne retrouvait aucun membre de la famille, la victime resterait une série de chiffres.

Elle sortit une autre pile de formulaires, qu'elle feuilleta jusqu'à ce qu'elle tombe sur le certificat de décès standard. En vertu des textes, elle avait quarante-huit heures pour déclarer le décès. La procédure consistant à transformer la victime de la personne qu'elle était en une série de numéros allait s'amplifiant à chaque étape. Après l'autopsie, Sara trouverait le code désignant la cause de la mort et l'inscrirait dans la case adéquate. Le formulaire serait transmis au Centre national des statistiques de la santé publique qui, à son tour, signalerait la disparition à l'Organisation mondiale de la santé. Là, cette jeune fille serait cataloguée et analysée, elle se verrait encore attribuer d'autres codes, d'autres numéros, qui seraient intégrés à d'autres données en provenance de tout le pays, puis du monde entier. Le fait qu'elle ait eu une famille, des amis, peut-être des amants, n'entrerait jamais en ligne de compte.

De nouveau, Sara songea à cette jeune personne gisant dans ce cercueil de bois, à cette expression de terreur sur son visage. Elle était la fille de quelqu'un. À sa naissance, quelqu'un s'était penché sur le visage de ce nouveau-né et lui avait donné un nom. Quelqu'un l'avait aimée.

Les vieilles poulies du monte-charge se mirent en mouvement, et elle se leva de son bureau, repoussant les documents. Elle attendit devant les portes du monte-charge, elle écouta la machinerie gémir, la progression de la cabine dans la cage. Elle pensa à Carlos, si sérieux, qui, dans l'un des rares moments où elle l'avait entendu plaisanter, lui avait évoqué un possible plongeon vers la mort à l'intérieur de ce vieil engin.

L'aiguille marquant les étages était une horloge à trois chiffres, à l'ancienne. Elle oscillait entre le un et le zéro, se déplaçait à peine. Sara s'adossa au mur, compta les secondes dans sa tête. Elle en était à trente-huit et s'apprêtait à appeler le service de maintenance, quand un tintement puissant résonna sur le sol carrelé, et les portes coulissèrent lentement.

Carlos se tenait derrière le chariot, les yeux écarquillés.

— J'ai cru que j'étais coincé, murmura-t-il avec son accent très prononcé.

— Laisse-moi t'aider, proposa-t-elle, attrapant l'extrémité du chariot pour qu'il n'ait pas à le sortir et à le diriger tout seul.

Le bras de la jeune fille était toujours calé en l'air, un peu replié, comme dans une ultime tentative pour griffer l'intérieur du coffre en bois. Sara dut soulever le chariot pour le faire pivoter, et éviter que le bras ne se prenne dans la porte.

— Tu as fait des radios, à l'étage ?

— Oui, m'dame.

— Poids ?

— Cinquante-six kilos cinq cents. Un mètre cinquante-huit.

Elle nota ces informations sur le panneau vissé au mur.

— Installons-la sur la table, fit-elle après avoir rebouché le feutre.

Sur les lieux du crime, Carlos avait déjà placé le corps dans un sac mortuaire, qu'ils empoignèrent à deux pour le déposer sur la table. Sara l'aida à ouvrir la fermeture Éclair, se livrant en silence à côté de lui aux préparatifs de l'autopsie. Après avoir enfilé une paire de gants, Carlos découpa les sacs en papier kraft qu'on avait placés sur les mains pour préserver les traces d'indices. Ses longs cheveux, emmêlés par endroits, retombaient en cascade depuis le rebord de la table. Elle se ganta à son tour et repoussa la chevelure de l'autre côté du corps, évitant sciemment de regarder ce masque d'horreur, le visage pétrifié de la jeune fille. Un rapide coup d'œil à Carlos lui suffit pour comprendre qu'il faisait de même.

Quand il entreprit de dévêtir la jeune morte, Sara se rendit à l'armoire métallique près des éviers et en sortit une blouse et des gants chirurgicaux. Elle les plaça sur le plateau à côté de la table, et quand son assistant exposa la chair d'une blancheur de lait aux éclairages crus de la morgue, elle ressentit une tristesse presque insoutenable. Ses petits seins étaient couverts par ce qui ressemblait à un soutien-gorge de sport, et elle portait un large slip en coton que Sara avait toujours associé aux personnes âgées. Mamie Earnshaw leur en offrait, à Tessa et elle, un paquet de dix du même style tous les ans, pour Noël, et Tessa les appelait les slips de mamies.

— Ce n'est pas de la marque, observa-t-il, avant qu'elle ne vérifie.

Il avait étalé la robe sur un morceau de papier kraft, afin de recueillir d'éventuelles traces matérielles. Avant de toucher l'étoffe, elle changea de gants, afin d'éviter toute contamination croisée. La robe était coupée suivant un patron simple, de longues manches avec un col droit. Sans doute un mélange en coton épais. Elle vérifia les coutures.

— Ça n'a pas l'air d'avoir été fabriqué en usine, releva-t-elle, songeant que cela pouvait constituer un indice en soi.

Mis à part un malheureux cours d'économie ménagère au lycée, elle n'avait jamais su coudre autre chose qu'un bouton. La personne qui avait cousu cette robe savait à l'évidence ce qu'elle faisait.

— Ils m'ont l'air assez propres, fit-il en disposant le soutien-gorge et le slip sur le papier kraft.

Ils étaient usés mais sans tache, et des lavages nombreux avaient décoloré les étiquettes.

— Tu peux les placer sous la lumière noire ? lui demanda-t-elle, mais il se dirigeait déjà vers l'armoire pour en sortir la lampe.

Elle retourna à la table d'autopsie, soulagée de ne voir aucun signe de contusion ou de traumatisme sur le pubis ou le haut des cuisses. Elle attendit que son assistant ait branché la lampe violette et balaie les vêtements avec le faisceau. Rien ne vira au rouge : il n'y avait donc pas de traces de sperme ou de sang sur ces vêtements. En tirant la rallonge derrière lui, Carlos s'approcha du corps et tendit la lampe à Sara.

— Tu peux t'en occuper, demanda-t-elle.

Il passa la lampe sur le corps, de bas en haut, dans un geste lent, la main ferme, le regard concentré. Elle lui confiait souvent des tâches secondaires comme celle-ci, sachant qu'il devait s'ennuyer à mourir à force d'attendre dans cette morgue toute la journée. Pourtant, l'unique fois où elle lui avait proposé une formation, il avait secoué la tête, l'air incrédule, comme si elle lui avait proposé de voler vers la lune.

— Propre, constata-t-il, arborant l'un de ses rares sourires, les dents toutes violacées avant d'éteindre la lampe et d'enrouler le câble pour la ranger sous le comptoir.

Elle fit rouler les plateaux d'outils de Mayo pour les examens rectaux et intestinaux. Carlos avait déjà préparé les instruments pour l'autopsie, et même s'il se trompait rarement, elle les vérifia, pour être sûre d'avoir tout le nécessaire à portée de main.

Plusieurs scalpels étaient alignés, à côté de divers types de ciseaux chirurgicaux très aiguisés. Plusieurs forceps, rétracteurs, pinces coupantes, un grand couteau et autres sondes étaient placés sur le plateau suivant. La scie Stryker et le marteau à crochet spécial pour autopsie étaient au pied de la table, la balance d'épicerie pour le pesage des organes au-dessus. Des bocaux incassables et des tubes à essai attendaient les échantillons de tissus près de l'évier. Un double mètre pliant et une petite règle étaient prêts, à côté de l'appareil photo, qui servirait à illustrer le dossier sur d'éventuelles anomalies physiologiques.

Elle se retourna juste au moment où Carlos calait les épaules de la jeune fille sur le bloc en caoutchouc, afin d'obtenir une extension du cou. Avec l'aide de Sara, il déploya le drap banc et y enroula le corps, laissant à découvert le bras à moitié plié. Il se montrait délicat, comme si la jeune fille était encore vivante et pouvait sentir tous ses gestes. Elle avait beau travailler avec Carlos depuis plus d'une décennie, elle était frappée de constater qu'elle en savait toujours aussi peu à son sujet.

Sa montre bipa trois fois.

— Les radios devraient être prêtes, fit-il en appuyant sur l'un des nombreux boutons pour désactiver la sonnerie.

Avant de risquer un regard sur le visage de la morte, elle attendit d'entendre l'écho de ses pas lourds dans la cage d'escalier. Sous la lampe du plafond, elle semblait plus âgée qu'elle ne l'avait d'abord cru. Vingt ans, vingt et un ? Elle avait peut-être été mariée, elle avait peut-être eu un enfant.

Elle entendit des pas dans l'escalier, mais ce fut Lena Adams, et non Carlos, qui poussa les portes battantes et entra dans la salle.

— Salut, lança Lena, jetant un regard circulaire sur la morgue, l'air de prendre la mesure de l'endroit.

Elle garda les mains sur les hanches, son pistolet saillant sous son bras. Lena se tenait comme un flic, les pieds écartés, les épaules carrées. Elle avait beau être petite, elle donnait l'impression de remplir la pièce de sa présence. Quelque chose chez Lena Adams avait toujours mis Sara mal à l'aise, heureusement elles se retrouvaient rarement seule à seule.

— Jeffrey n'est pas encore arrivé, lui signala-t-elle, sortant une cassette pour le dictaphone. Tu peux attendre dans mon bureau, si tu veux.

— C'est bon, répondit Lena, en s'approchant du corps.

Elle considéra la fille un moment, avant de lâcher un sifflement feutré. Sara l'observa, elle lui trouva quelque chose de changé. En temps normal, elle dégageait une aura de colère, mais aujourd'hui, ses défenses semblaient entamées. Elle avait des cernes rougeâtres sous les yeux, et on voyait qu'elle avait perdu du poids, ce qui n'avantageait guère sa silhouette déjà mince.

— Ça va ?

Au lieu de répondre, la policière désigna la fille.

— Qu'est-ce qui lui est arrivé ?

Sara logea la bande dans la trappe prévue à cet effet.

— Enterrée vivante dans un coffre en bois, près du lac.

Lena frissonna.

— Bon Dieu.

Sara appuya sur la pédale installée sous la table, pour lancer l'enregistreur. Elle répéta deux fois le mot « test ».

— Comment tu sais qu'elle était vivante ? demanda Lena.

— Elle a griffé les planches, lui répondit-elle, en rembobinant la bande. Quelqu'un l'a enfermée là-dedans pour la... je n'en sais rien. Il l'a gardée là pour quelque chose.

Lena inspira à fond, au point que ses épaules se soulevèrent.

— C'est pour ça que son bras est dressé en l'air comme ça ? Parce qu'elle a essayé de sortir ?

— J'imagine.

— Bon Dieu !

Le bouton de rembobinage se désengagea. Toutes deux firent silence, puis la voix de Sara se fit entendre : « *Test, test* ».

Lena attendit.

— Aucune idée de qui c'est ?

— Aucune.

— Elle a manqué d'air ?

Sara s'arrêta et expliqua tout ce qui s'était passé. Lena écouta, attentive, impassible. Sara savait que son interlocutrice était entraînée à ne pas réagir, mais cette manière qu'elle avait de conserver du recul face à un crime aussi atroce était troublante.

Quand elle eut terminé, la seule réaction de l'inspecteur Adams fut de chuchoter.

— Merde.

— Ouais, acquiesça-t-elle. Elle jeta un coup d'œil à l'horloge, se demandant ce qui retardait Carlos, quand soudain il entra dans la salle, avec Jeffrey.

— Lena, fit ce dernier. Merci d'être venue.

— Pas de problème.

Jeffrey l'observa avec plus d'attention.

— Tu te sens bien ?

Les yeux de Lena lancèrent un regard éclair à Sara, avec une sorte de culpabilité.

— Bien, fit-elle.

Puis, désignant la jeune fille :

— Tu as un nom ?

Jeffrey contracta la mâchoire. Elle n'aurait pu poser pire question.

— Non, réussit-il à répondre, en grommelant.

Sara montra l'évier.

— Il faut que tu te laves les mains.

— C'est déjà fait.

— Recommence, insista-t-elle, en l'emmenant à l'évier, où elle ouvrit le robinet. Tu as encore pas mal de terre, là.

Quand elle lui mit la main sous le jet d'eau chaude, il siffla entre ses dents. La blessure était assez profonde pour mériter des points de suture, mais il s'était écoulé trop de temps pour qu'on la recouse sans risque d'infection. Elle allait devoir manier l'aiguille à ailettes, ensuite il ne resterait plus qu'à croiser les doigts.

— Je vais te rédiger une ordonnance d'antibiotiques.

— Super.

Elle enfila une paire de gants, et il lui décocha un regard contrarié. Elle lui retourna le même regard tout en lui bandant la main, consciente qu'il serait déplacé d'avoir cette discussion en public.

— Docteur Linton ?

Carlos se tenait devant la boîte lumineuse, il étudiait les radios de la jeune fille. Avant de le rejoindre, elle termina avec Jeffrey. Il y avait là plusieurs films, mais elle fut instantanément attirée par la série de l'abdomen.

— Je pense que je vais devoir reprendre celles-ci. Là, c'est un peu flou.

La machine était plus vieille qu'elle, mais elle savait qu'il n'y avait pas de défaut d'exposition.

— Non, murmura-t-elle, et la terreur l'envahit.

Jeffrey était à sa hauteur, tiraillant déjà sur le bandage de sa main.

— Quoi ?

— Elle était enceinte.

— Enceinte ? fit Lena en écho.

Sara étudia le cliché, et la tâche qui l'attendait prenait déjà forme dans sa tête. Elle détestait pratiquer des autopsies de fœtus ou de nouveau-nés. Ce serait la victime la plus jeune qu'elle aurait jamais eu à autopsier à la morgue.

— Tu es sûre ? fit Jeffrey.

— Tu peux voir la tête, là, lui confirma-t-elle, en suivant le contour à l'image. Les jambes, les bras, le tronc...

Lena s'était approchée.

— Combien de mois ? demanda-t-elle d'une voix très posée.

— Je ne sais pas, admit Sara.

Elle allait devoir tenir le fœtus dans sa main, le disséquer comme si elle découpait un morceau de fruit. Le crâne serait mou, les yeux et la bouche à peine perceptibles entre les lignes sombres sous la peau aussi fine que du papier. Les affaires comme celle-ci éveillaient en elle la haine de son métier.

— Plusieurs mois ? Quelques semaines ? insista Lena.

Sara n'aurait su le dire.

— Je vais devoir m'en assurer.

— Double meurtre, conclut Jeffrey.

— Pas nécessairement, rectifia-t-elle.

En fonction du camp qui criait le plus fort, les politiciens modifiaient les lois régissant la mort fœtale à peu près tous les jours. Heureusement, elle n'était jamais obligée de suivre.

— Je vais devoir vérifier à l'échelon de l'État.

— Pourquoi ? s'enquit Lena, sur un ton si bizarre qu'elle se retourna face à elle.

Elle demeurait les yeux fixés sur les radios comme si c'était le seul et unique objet présent dans la pièce.

— On ne se base plus sur la viabilité du fœtus, lui expliqua-t-elle, se demandant pourquoi elle tenait tant à creuser le sujet.

Elle appartenait à ce type de femmes dont l'amour pour les enfants n'était pas frappant, mais il était vrai qu'elle avançait en âge. Son horloge biologique finissait peut-être par se déclencher.

Lena désigna le cliché d'un geste de la tête, les bras fermement croisés sur la poitrine.

— Il était viable, celui-ci ?

— Non, loin de là, la rassura-t-elle. J'ai lu des articles sur des fœtus mis au monde et maintenus en vie à vingt-trois semaines, mais il est très inhabituel de…

— C'est-à-dire dès le deuxième trimestre, l'interrompit l'autre.

— Exact.

— Vingt-trois semaines ! répéta-t-elle.

Elle avala sa salive. Sara eut un regard vers Jeffrey. Il haussa les épaules…

— Ça va ? fit-il à Lena.

— Ouais, lâcha-t-elle. Ouais. Euh… si on commençait, non ?

Carlos aida Sara à enfiler sa blouse chirurgicale, puis ils inspectèrent ensemble le corps de la jeune fille, centimètre par centimètre, mesurant et photographiant le peu qu'ils découvraient. Elle avait des marques de doigts autour de la gorge, là où elle avait dû se griffer, une réaction courante chez un sujet qui a des difficultés pour respirer. De l'épiderme était manquant au bout de l'index et du majeur de la main droite, et elle se dit qu'ils retrouveraient ces bouts de peau coincés entre les lattes. Elle avait des échardes sous les ongles des autres doigts, ceux avec lesquels elle avait essayé de gratter pour sortir, mais Sara ne trouva ni tissus ni peau sous les ongles.

La bouche était exempte de tout débris, les tissus mous étaient intacts, pas de déchirures ou de marques de coups. Elle n'avait pas de plombage, pas de prothèses, mais un début de cavité s'était creusé sur une molaire côté droit. Ses dents de sagesse étaient intactes, deux d'entre elles pointaient déjà sous la peau. Une tache de naissance en forme d'étoile était visible sous la fesse droite et une marque de peau séchée apparaissait à l'avant-bras droit. Elle portait une robe à manches longues, Sara en conclut donc que c'était un peu d'eczéma. L'hiver était toujours plus dur pour les peaux claires.

Avant que Jeffrey ne prenne des polaroïds pour identification, elle essaya de refermer les lèvres et les yeux, afin d'adoucir l'expression du visage. Quand elle eut fait tout ce qu'elle pouvait, elle se servit d'une petite lame pour gratter la moisissure de la lèvre supérieure. Il n'y en avait pas beaucoup, mais elle déposa quand même le prélèvement dans un bocal à spécimen pour le faire analyser.

Il se pencha sur le corps, tenant l'appareil près du visage. Le flash se déclencha avec un claquement qui se répercuta dans la salle. Sara cligna des yeux. L'odeur de plastique brûlé de l'appareil bon marché masqua brièvement les autres odeurs qui emplissaient la morgue.

— Encore une, fit-il, en se penchant de nouveau sur le corps. Il y eut un autre claquement sec et l'appareil grésilla, crachant une autre photo.

— Elle n'a pas l'air d'une SDF, remarqua Lena.

— Non, acquiesça-t-il, sur un ton qui trahissait déjà son impatience de résoudre certaines questions.

Il agita le polaroïd en l'air, comme pour accélérer le développement.

— Prenons des empreintes digitales, décida Sara, testant la rigidité du bras de la jeune morte.

Elle ne s'attendait pas à si peu de résistance, et sa surprise devait être manifeste, car Jeffrey lui demanda :

— Depuis combien de temps est-elle morte, à ton avis ?

Sara reposa le membre supérieur le long du corps, pour que son assistant puisse encrer les doigts et relever les empreintes.

— La rigidité cadavérique complète survient entre six et douze heures après le décès. Vu l'état de décomposition, je dirais que ça remonte à un jour, deux maxi.

Elle désigna les parties les plus livides de la face postérieure du corps, enfonça les doigts sur les marques violacées.

— La *livor mortis* a débuté. Elle entame sa décomposition. Il devait faire froid là-dedans. Le corps est bien préservé.

— Et cette moisissure autour de la bouche ?

Elle consulta la fiche que son assistant lui remit, pour vérifier qu'il avait bien relevé un jeu d'empreintes convenables de ce qui restait du bout des doigts de la jeune fille. Elle approuva en opinant, lui rendit la fiche, et répondit à la question.

— Des moisissures qui peuvent se développer vite, surtout dans cet environnement. Elle a pu vomir et la moisissure a proliféré à partir de là. Il y a aussi des variétés de champignons qui amenuisent la quantité d'oxygène disponible dans un espace confiné.

— Il y avait une saleté qui poussait sur l'intérieur du coffre, se rappela-t-il, en regardant les photos de la jeune fille qu'il montra à Sara. Ce n'est pas si mal, par rapport à ce que je craignais.

Elle acquiesça, mais elle n'osait pas imaginer ce que ça lui aurait fait de connaître cette jeune femme dans la vie, et de voir ces photos-là, maintenant. Il n'y avait pas moyen de se méprendre : sa mort avait été atroce.

Il tendit la photo à Lena, mais elle secoua la tête.

— Tu penses qu'elle a subi des sévices sexuels ?

— On s'occupera de cette question plus tard, répondit Sara Linton, repoussant l'inévitable.

Carlos lui tendit le spéculum et roula une lampe sur pied. Tandis qu'elle procédait à l'examen pelvien, elle vit qu'ils retenaient tous leur souffle. Et quand elle leur dit « Il n'y a aucun signe d'agression sexuelle », il y eut comme un soupir groupé. Elle ne savait pas pourquoi le viol rendait ce genre de cas encore plus horribles, mais indéniablement elle était soulagée que la jeune femme n'ait pas subi de traitement dégradant supplémentaire avant de mourir.

Elle examina les yeux, nota les vaisseaux éclatés. Les lèvres étaient bleues, la langue un peu saillante, d'un violet profond.

— En général, dans ce type d'asphyxie, on ne relève pas cette sorte de pétéchie.

— Tu penses qu'elle est morte d'autre chose ?

— Je ne sais pas.

Elle employa une aiguille de dix-huit centimètres pour percer le centre de l'œil, ce qui fit perler l'humeur vitreuse du globe. Carlos remplit une autre seringue d'une solution saline qu'elle utilisa pour remplacer le liquide qu'elle venait de faire couler, afin que le globe ne se rétracte pas.

Quand elle eut terminé tous les examens externes qu'elle était en mesure de pratiquer, elle posa la question à la cantonade.

— Prêts ?

Jeffrey et Lena hochèrent la tête. Sara appuya sur la pédale, actionnant le dictaphone, et elle entama l'enregistrement.

— Le dossier numéro huit-quatre-sept-deux concerne le corps embaumé d'une personne inconnue de type européen, aux cheveux bruns et aux yeux marron. L'âge n'est pas connu, mais il est estimé entre dix-huit et vingt ans. Poids, cinquante-six virgule cinq cents. Taille, un mètre cinquante-huit. La peau est froide au toucher et d'une consistance qui correspond avec un ensevelissement sous terre pendant une période de temps indéterminée.

Elle appuya sur la pédale pour arrêter la bande.

— Il nous faut les températures ambiantes de ces deux dernières semaines, signala-t-elle à Carlos.

Il prit note sur le panneau.

— Tu crois qu'elle est restée là plus d'une semaine ? s'enquit Jeffrey.

— Lundi, il a gelé, lui rappela-t-elle. Il n'y avait pas beaucoup de déjections dans le pot, mais si elle s'est trouvée à court, elle a pu restreindre son absorption de liquide. Elle était aussi dans un état de choc qui a sans doute favorisé la déshydratation.

Elle enfonça la pédale du dictaphone et se munit d'un scalpel.

— L'examen interne commence par l'incision standard en Y.

La première fois qu'elle avait pratiqué une autopsie, sa main tremblait. En tant que médecin, elle avait été formée à faire des gestes délicats. En chirurgie, on lui avait appris que toute incision pratiquée sur un corps devait être calculée et maîtrisée. Chaque mouvement de la main devait opérer pour guérir, non pour faire souffrir. Les incisions initiales pratiquées lors d'une autopsie – la découpe du corps comme s'il s'agissait d'une pièce de viande crue – allaient contre tout ce qu'on lui avait enseigné.

Elle pointa le scalpel sur le flanc droit, en position antérieure par rapport au point acromial. Elle effectua une découpe médiane vers les seins, la pointe de la lame glissa le long des côtes et s'arrêta au point xiphoïde. Elle procéda de même sur le flanc gauche, et la peau se rétracta devant le scalpel tandis qu'elle suivait la ligne centrale vers le pubis et autour du nombril, la graisse abdominale de couleur jaune se retroussant dans le sillage de la lame.

Carlos lui passa une paire de ciseaux qu'elle prit pour découper le péritoine quand Lena lâcha un halètement et porta la main à sa bouche.

— Est-ce que tu..., fit Sara, et aussitôt Lena quitta la pièce d'urgence, secouée de hoquets.

Il n'y avait pas de toilettes dans la morgue, et elle pensa que Lena chercherait à gagner l'étage supérieur, la clinique. À en juger par ses haut-le-cœur, qui résonnèrent dans la cage d'escalier, elle n'y était pas parvenue. Elle toussa plusieurs fois et on entendit distinctement le bruit liquide des éclaboussements.

Son assistant rouspéta et alla chercher la serpillière et le seau.

Jeffrey avait un air mauvais. Il n'avait jamais supporté la proximité des vomissements.

— Tu penses que ça ira ?

Sara baissa les yeux sur le corps, sans trop comprendre ce qui avait fait déguerpir Lena. La jeune inspectrice avait déjà assisté à d'autres autopsies, et n'avait jamais eu de mauvaise réaction. Le corps n'était pas encore réellement disséqué, et seule une partie des viscères et de l'abdomen était exposée.

— C'est l'odeur, dit son assistant.

— Quelle odeur ? s'étonna Sara, inquiète de savoir si elle n'avait pas percé l'intestin.

Il se renfrogna.

— Comme à la foire.

La porte s'ouvrit d'un coup et Lena rentra dans la pièce, l'air embarrassé.

— Je suis désolée, fit-elle. Je ne comprends pas ce qui...

Elle s'arrêta à environ un mètre cinquante de la table, la main sur la bouche, comme si elle allait rendre de nouveau.

— Nom de Dieu, qu'est-ce que c'est ?

Jeffrey haussa les épaules.
— Je ne sens rien.
— Carlos ? s'enquit Sara.
— C'est... comme du brûlé.
— Non, répliqua Lena, en reculant d'un pas. C'est comme du caillé. Ça vous fait mal aux mâchoires rien que de le respirer.
Sara entendit un signal d'alarme retentir dans son crâne.
— Une odeur amère ? Comme des amandes amères ?
— Ouais, admit Lena, gardant toujours ses distances. Je crois bien.
Carlos confirma de la tête et Sara se sentit prise de sueurs froides.
— Bon Dieu ! souffla Jeffrey en s'éloignant un peu du corps.
— Il va falloir terminer ça dans un labo de l'État, lui confia Sara, en recouvrant le corps d'un drap. Je n'ai même pas de cagoule de protection biologique ici.
— Ils ont une chambre stérile, à Macon. Je pourrais appeler Nick et voir si elle est disponible.
Elle retira ses gants en les faisant claquer.
— Ce serait moins loin, mais ils me laisseront juste regarder, je serai en position de simple observatrice.
— Ça te pose un problème ?
— Non, concéda-t-elle, enfilant un masque chirurgical.
Elle réprima un frisson, en songeant à ce qui aurait pu se produire. Sans qu'elle ait eu à lui demander, Carlos arriva avec le sac mortuaire.

— Attention, le prévint-elle, en lui tendant un masque. Nous avons beaucoup de chance, leur annonça-t-elle, en aidant son assistant à y enfermer le corps. Seule quarante pour cent de la population est capable de détecter cette odeur.

— Heureusement que tu es venue ici aujourd'hui, fit Jeffrey en s'adressant à Lena.

Son regard passa de Sara à lui, puis à elle de nouveau.

— De quoi vous parlez, vous deux ?

— Du cyanure.

Sara remonta la fermeture Éclair du sac.

— C'est ça que tu as senti.

Lena n'avait pas l'air de suivre.

— Elle a été empoisonnée, lâcha-t-elle enfin.

Lundi

Chapitre Quatre

Jeffrey bâilla si fort que sa mâchoire claqua. Il se renfonça dans son fauteuil, fixant la salle de la brigade à travers la baie vitrée de son bureau, l'air faussement concentré. Brad Stephens, le cadet des agents de police de Grant County, le gratifia d'un grand sourire niais. Jeffrey hocha la tête, mais une douleur cuisante lui transperça la nuque. Il avait l'impression d'avoir dormi sur une dalle de béton : on n'en était pas loin, car la seule chose qu'il ait eue entre lui et le sol la nuit dernière, c'était un sac de couchage si vieux et qui sentait tant le renfermé que même l'Armée du Salut avait refusé de le lui prendre. En revanche, ils avaient accepté son matelas, un canapé qui avait connu des jours meilleurs et trois cartons d'ustensiles de cuisine conquis de haute lutte lors de son divorce avec Sara. Comme cinq ans après la conclusion de la procédure, il n'avait toujours pas déballé ces cartons, il en avait déduit que ce serait du suicide de les rapporter chez elle aujourd'hui.

En vidant sa petite maison ces dernières semaines, il avait été stupéfait de constater le peu d'objets qu'il avait accumulés durant son célibat. La veille, en s'endormant, au lieu de compter les moutons, il avait énuméré dans sa tête les nouveaux achats qu'il lui faudrait effectuer. Mis à part dix cartons de livres, des jolis draps – cadeau d'une femme qui, espérait-il, ne croiserait jamais Sara – et plusieurs costumes qu'il avait dû acheter pour le bureau, il n'avait rien qui corresponde à la période où ils avaient vécu séparés. Son vélo, sa tondeuse, ses outils – sauf une perceuse sans fil qu'il avait achetée après avoir fait tomber l'ancienne dans un pot de peinture de vingt-cinq litres – étaient déjà en sa possession le jour où il avait quitté la maison de Sara. À présent, tout ce qu'il avait pu posséder qui ait un peu de valeur avait déjà été remporté.

Et lui, il dormait par terre.

Il avala une gorgée de café tiède avant de retourner à ce qui l'occupait ce matin. Il n'était pas de ces types qui considèrent que recourir à la lecture du mode d'emploi amoindrissait votre virilité, mais là, après avoir suivi, pour la quatrième fois et avec minutie, chaque étape du manuel livré avec le téléphone portable sans réussir à programmer son propre numéro, il se sentait franchement idiot. Il n'était même pas certain que Sara accepte de prendre ce portable. Elle détestait ces foutus machins, mais il n'avait pas envie qu'elle refasse tout le trajet jusqu'à Macon sans pouvoir le joindre en cas de pépin.

Il grommela entre ses dents « Étape Une », comme si la lecture des instructions à voix haute allait convaincre ce téléphone d'entendre raison. Seize autres étapes suivirent, et pour la cinquième fois, quand il appuya sur la touche de rappel, rien ne se produisit.

— Merde ! maugréa-t-il, en tapant du poing sur sa table de travail. Saloperie ! jappa-t-il aussitôt, car il avait tapé de sa main gauche, celle de la blessure.

Il retourna son poignet, vit le sang suinter à travers le bandage blanc qu'elle lui avait appliqué hier soir à la morgue. Il lâcha encore un « Bon Dieu » pour faire bonne mesure, songeant que ces dix dernières minutes constituaient un joli point final à une journée particulièrement merdique.

Comme si on l'avait convoqué, Brad Stephens se tenait à la porte de son bureau.

— Vous voulez de l'aide ?

Il lui lança le téléphone.

— Tu peux enregistrer mon numéro en numérotation abrégée ?

Brad appuya sur plusieurs touches.

— Votre numéro de portable ?

— Ouais, fit-il, et il nota le numéro de Cathy et Eddie Linton sur un Post-It. Celui-là aussi.

— D'acodac, fit Brad, en lisant le numéro à l'envers, sans retourner le papier, puis il tapa sur d'autres touches.

— Il te faut le mode d'emploi ?

Brad le regarda de travers, comme si son supérieur se payait sa tête, avant de continuer à programmer le téléphone. Jeffrey eut l'impression d'avoir à peu près six cents ans.

— OK, fit Brad, sans quitter l'appareil des yeux, et en tapant sur d'autres touches encore. Là. Essayez.

Son chef tapa sur l'icône de l'annuaire et les numéros apparurent.

— Merci.

— Si vous n'avez besoin de rien d'autre...

— Ça ira comme ça, fit-il, en se levant de son siège.

Il enfila sa veste de costume, empocha le téléphone.

— Je suppose qu'il n'y a aucun retour suite à l'avis de disparition que nous avons diffusé ?

— Non, chef, répondit Stephens. Dès que j'ai du nouveau, je vous tiens informé.

— Je serai à la clinique, puis je reviens ici.

Il suivit son subalterne, et tous deux sortirent de son bureau. En se rendant dans la salle de la brigade, il remonta sa manche, il voulait un peu se dégourdir les muscles, si contractés qu'il en avait le bras tout ankylosé. À une époque, l'espace d'accueil du poste de police était ouvert sur le hall. Aujourd'hui, il était fermé par une petite vitre hygiaphone, comme dans les banques. Marla Simms, la secrétaire du commissariat depuis Mathusalem, plongea la main sous son bureau pour ouvrir à Jeffrey.

— Si tu as besoin de moi, je serai dans les locaux de Sara, lui signifia-t-il.

Un sourire fendit le visage de Marla jusqu'aux oreilles.

— Sois sage...

Il lui répondit d'un clin d'œil, avant de se diriger vers la sortie.

Il était au poste depuis cinq heures et demie ce matin, après avoir renoncé à dormir, aux alentours de quatre heures. En général, il sortait courir une petite demi-heure tous les jours de la semaine, mais aujourd'hui il s'était dit qu'aller directement au bureau ne serait pas de la paresse. Il avait une montagne de paperasse à écluser, y compris la finalisation du budget du commissariat, auquel le maire finirait par opposer son veto avant de se rendre à son congrès annuel des maires, à Miami, qui durait deux semaines. Il imaginait déjà la note du minibar, qui pourrait payer au moins deux gilets pare-balles en kevlar. Les politiciens, eux, ne voyaient guère les choses sous cet angle.

Heartsdale était une ville universitaire. Sur le trottoir, il dépassa plusieurs étudiants qui se rendaient en cours. Les première année étaient contraints de dormir dans la résidence universitaire, mais tout étudiant de deuxième année doté d'un peu de cervelle n'avait qu'une hâte : déménager du campus. Il avait loué sa maison à deux filles de troisième année qui, espérait-il, seraient aussi dignes de confiance qu'elles en avaient l'air. Le Grant Tech était un institut destiné aux grosses têtes, et même s'il ne s'y montait pas d'associations d'étudiants ou de matches de football extra-universitaires, certains de ces gamins savaient faire la fête. Il avait passé les candidats locataires au crible, et il était flic depuis assez longtemps pour savoir qu'il n'avait absolument aucune chance de récupérer sa maison entière s'il la louait à une bande de jeunes messieurs. Si, à cet âge-là, vous vous droguiez, et si en plus vous y ajoutiez la bière ou le sexe – ou les deux, avec un peu de chance –, le cerveau cessait d'assurer toutes ses fonctions cognitives supérieures. Les deux jeunes filles qui emménageaient sous son toit avaient toutes deux inscrit sur son questionnaire la lecture pour seul passe-temps. Vu sa chance, ces temps-ci, elles prévoyaient sans doute de transformer son ancien domicile en laboratoire de méthadone.

La faculté se situait à l'entrée de Main Street. Il se dirigea vers le portail d'accès derrière un groupe d'étudiants. C'étaient toutes des filles, jeunes et jolies, et aucune n'avait enregistré sa présence. À une époque, il aurait été vexé qu'une bande de jeunes femmes l'ignorent, mais pour l'heure ses préoccupations étaient d'un autre ordre. Il aurait pu les suivre, écouter leurs conversations pour savoir où elles allaient. Il aurait pu être n'importe qui.

Derrière lui, un Klaxon retentit, quand il s'aperçut qu'il était descendu sur la chaussée. Il adressa un signe de la main au conducteur, reconnut Bill Burgess, de la laverie, prononça une courte prière pour remercier le ciel que le bonhomme ait réussi à le voir et à stopper son véhicule malgré sa cataracte.

Il se souvenait rarement de ses rêves, une bénédiction si l'on considérait à quel point ils pouvaient parfois être rudes. Mais la nuit dernière, il n'avait cessé de revoir cette fille, dans le coffre. Par moments, son visage changeait, et il revoyait la jeune adolescente qu'il avait abattue un an plus tôt. Ce n'était qu'une enfant, à peine plus de treize ans, qui avait connu plus d'épreuves que bien des adultes n'en affrontent en une vie entière. L'ado cherchait désespérément de l'aide, elle avait menacé de tuer un autre gosse dans l'espoir de mettre fin à sa propre souffrance. Jeffrey avait été forcé de l'abattre pour sauver l'autre gamin. Ou peut-être pas. Peut-être que tout se serait passé d'une autre manière. Peut-être qu'elle n'aurait pas tiré sur l'autre gosse. Peut-être qu'ils seraient tous deux en vie, maintenant, et la fille dans cette caisse serait juste une affaire de plus, au lieu de devenir un cauchemar.

Il soupira et continua de marcher sur le trottoir. Trop de points d'interrogation s'accumulaient dans son existence, il ne savait plus comment y faire face.

La clinique de Sara était située en face du commissariat, à côté de l'entrée du Grant Tech. En ouvrant la porte, il jeta un œil à sa montre : sept heures passées, elle serait déjà là. La clinique ne recevait pas de patients avant huit heures le lundi, mais une jeune femme était déjà en train de faire les cent pas dans la salle d'attente, berçant doucement un bébé qui pleurait.

— Salut !

— Salut, chef, fit la jeune maman.

Elle avait des cernes sous les yeux. Le bébé calé sur sa hanche devait avoir au moins deux ans, et il était déjà équipé d'une paire de poumons qui faisait vibrer les vitres. Elle changea le gamin de position, en appuyant sur sa jambe. Elle devait peser quarante-cinq kilos toute mouillée, et il se demanda comment elle réussissait à tenir ce bébé. Elle le vit qui l'observait.

— Le docteur Linton devrait arriver tout de suite.

— Merci, dit-il, en retirant sa veste de costume.

Le côté de la salle d'attente orienté à l'est était construit en briques de verre : même par les hivers les plus froids, les premiers rayons du soleil vous donnaient déjà l'impression d'être dans un sauna.

— Fait chaud ici, soupira la jeune femme, en se remettant à déambuler.

— Ça, c'est sûr.

Il attendit qu'elle en dise davantage, mais elle était concentrée sur l'enfant, elle essayait de le consoler. Comment les mères réussissaient-elles à ne pas s'effondrer quand elles avaient des enfants en bas âge, cela le dépassait. Dans des moments pareils, il comprenait pourquoi la sienne conservait en permanence une flasque d'alcool dans son sac à main.

Il s'adossa contre le mur, considéra les jouets entassés dans le coin. Il y avait au moins trois écriteaux dans la pièce avertissant que « LES TÉLÉPHONES PORTABLES NE SONT PAS AUTORISÉS ». Sara jugeait que si un gamin était assez malade pour devoir consulter le docteur, ses parents devaient veiller sur lui au lieu de bavasser au téléphone. Il sourit, songeant à la première et unique fois où elle avait eu un téléphone dans sa voiture. Elle s'était débrouillée pour enfoncer la touche de numérotation abrégée sans le savoir, du coup il avait répondu et il l'avait entendue pendant plusieurs minutes d'affilée fredonner en écoutant la radio. Il lui avait fallu trois appels avant de comprendre qu'elle essayait de chanter sur du Boy George, et qu'il ne s'agissait pas d'un givré en train de se défouler sur un chat.

Sara ouvrit la porte à côté du bureau et s'approcha de la jeune mère. Elle ne remarqua pas Jeffrey, et il resta silencieux, se contentant de l'observer. En temps normal, au travail, elle attachait ses longs cheveux auburn en queue-de-cheval, mais ce matin ils étaient détachés. Elle portait un chemisier blanc à col boutonné et une jupe trapèze noire qui descendait juste au-dessous du genou. Ses talons n'étaient pas hauts, mais donnaient à sa cheville un joli galbe qui le fit sourire. Dans cette tenue, n'importe quelle autre fille aurait eu l'air d'une simple serveuse, mais sur la silhouette fine et élancée de Sara, ça avait de l'allure.

La mère changea son bébé de position.

— Il est toujours agité.

Sara posa la main contre la joue du petit bonhomme, pour le calmer. L'enfant s'apaisa, comme si on venait de lui jeter un sort, et Jeffrey sentit une boule se coincer dans sa gorge. Elle était si douce avec les enfants. Ils parlaient rarement du fait qu'elle-même ne pouvait en avoir. Certains sujets étaient trop difficiles.

Il la regarda consacrer encore quelques secondes à ce bébé, caresser ses fins cheveux pour les lui ramener derrière l'oreille, avec un sourire de pur plaisir sur les lèvres. Ce moment dégageait une grande intimité, et il s'éclaircit la gorge, avec la sensation étrange d'être un intrus.

Elle se retourna, prise au dépourvu, comme prise en flagrant délit.

— Donne-moi une minute, dit-elle à Jeffrey, puis elle revint à la jeune maman et, très professionnelle, lui tendit un sac en papier blanc. Ces échantillons devraient suffire pour la semaine. S'il ne va pas mieux d'ici jeudi, appelez-moi.

La femme prit le sac dans une main, tenant fermement son bébé de l'autre. Elle avait dû avoir ce gosse alors qu'elle était encore adolescente. Jeffrey avait lui-même appris tout récemment qu'avant de partir pour l'université, il était déjà père d'un enfant, enfin, un enfant qui n'en était plus un – Jared était presque un adulte, maintenant.

— Merci, docteur Linton, fit la jeune mère. Je ne sais pas comment je vais faire pour payer...

— Occupons-nous déjà de lui, qu'il aille mieux, l'interrompit-elle. Et accordez-vous un peu de sommeil. Si vous êtes tout le temps épuisée, ce n'est pas bon pour lui non plus.

La mère accueillit cette réprimande avec un discret hochement de la tête, et sans même la connaître, Jeffrey comprit que ce conseil tombait dans l'oreille d'une sourde.

Sara aussi en avait conscience.

— Essayez, d'accord ? Vous êtes en train de vous rendre malade.

La jeune femme hésita, puis elle acquiesça.

— Je vais essayer.

Sara baissa les yeux sur sa main, elle ne s'était pas rendu compte qu'elle tenait le pied du bébé dans sa paume. Son pouce lui caressait la cheville, et elle eut de nouveau ce sourire plein d'intimité.

— Merci, fit la jeune mère. Merci d'être venue si tôt.

— Je vous en prie.

Sara n'avait jamais vraiment su recevoir les compliments ou les marques de reconnaissance. Elle raccompagna la mère et le bébé.

— Si ça ne va pas mieux, rappelez-moi.

— Oui, docteur.

Sara referma la porte derrière eux, et traversa l'accueil en prenant son temps, sans regarder Jeffrey. Il ouvrit la bouche pour parler, mais elle lui brûla la politesse.

— Rien sur notre morte anonyme ?

— Non, dit-il. On aura peut-être de nouveaux éléments plus tard, quand les bureaux ouvriront sur la côte Ouest.

— Je ne crois pas que ce soit une fugueuse.

— Moi non plus.

Ils observèrent tous deux un temps de silence, et il ne savait que dire.

Comme d'habitude, ce fut elle qui rompit ce silence.

— Je suis contente que tu sois là, dit-elle, en se dirigeant vers le cabinet d'auscultation.

Il la suivit, songeant que ce qu'il entendait là était de bon augure. Mais c'était sans compter avec la suite.

— Je voudrais te faire une prise de sang pour un bilan hépatique et un test de charge virale.

— Hare s'en est déjà occupé.

— Mouais, soupira-t-elle, sans aller plus loin.

À lui, elle ne lui tint pas la porte, et il dut la rattraper avant qu'elle ne se rabatte en plein sur sa figure. Malheureusement, il se servit de sa main gauche et le montant le cogna pile sur sa blessure ouverte. Cela lui fit l'effet d'un coup de couteau.

— Bon sang, Sara ! siffla-t-il.

— Désolée.

Ses excuses semblaient sincères, mais il perçut dans son regard comme un éclair vengeur. Elle voulut lui prendre la main, mais il la retira, par pur réflexe. Son air irrité face à ce geste le convainquit de la laisser examiner son bandage.

— Ça saigne depuis combien de temps ?

— Ça ne saigne pas, se défendit-il, sachant que s'il lui disait la vérité, elle allait certainement lui faire subir une intervention qui serait douloureuse.

Pourtant, il la suivit au bout du couloir vers la permanence des infirmières, comme un mouton qui se rend à l'abattoir.

— Tu n'es pas allé chercher les médicaments que je t'ai prescrits, n'est-ce pas ?

Elle se pencha au-dessus du comptoir et fouilla dans un tiroir, en sortit une poignée de paquets de couleur vive.

— Prends ça.

Il étudia les paquets d'échantillons roses et verts. Il y avait des animaux de la ferme imprimés sur l'emballage aluminium.

— Qu'est-ce que c'est ?

— Des antibiotiques.

— Ce n'est pas pour les gosses ?

À son regard, il comprit qu'elle n'allait pas lui infliger la plaisanterie qui s'imposait à l'évidence.

— Ils sont moitié moins dosés que la formule adulte, avec une place de cinéma offerte, et un prix plus élevé. Tu en prends deux le matin et deux le soir.

— Pendant combien de temps ?

— Jusqu'à ce que je te dise d'arrêter, lui ordonna-t-elle. Viens par ici.

Il la suivit dans le cabinet, comme un enfant. Sa mère avait travaillé à la cafétéria de l'hôpital quand il était petit, il n'avait donc jamais connu le cabinet du pédiatre pour ses diverses plaies et bosses. C'était Cal Rodgers, le médecin des urgences, qui avait pris soin de lui et de sa mère, soupçonnait-il. La première fois qu'il l'avait entendue glousser d'un petit rire nerveux, c'était quand Rodgers lui avait sorti une blague stupide sur un paraplégique et une nonne.

— Assieds-toi, ordonna-t-elle, mais elle était déjà en train de lui débander la main.

La blessure était béante comme une bouche humide, et il sentait une douleur lancinante palpiter dans son bras.

— Tu as rouvert la plaie, l'avertit-elle, tenant une cuvette en métal sous sa main tandis qu'elle lavait la blessure.

Il essaya de ne pas réagir à la douleur, mais ça faisait un mal de chien. Il n'avait jamais compris pourquoi une plaie était plus douloureuse au moment où on la traitait qu'au moment où l'on se blessait. Il se rappelait à peine le moment où il s'était coupé la main dans les bois, mais là, dès qu'il remuait les doigts, il avait l'impression qu'une botte d'aiguilles lui vrillait la peau.

— Qu'est-ce que tu as fait ? demanda-t-elle, sur un ton assez désapprobateur.

Il ne répondit pas. Il repensait à ce sourire qu'elle avait eu devant ce bébé. Il l'avait vue dans bien des humeurs, mais il ne lui avait jamais vu ce sourire-là.

— Jeffrey ?

Il secoua la tête, il avait envie de toucher son visage, mais, de peur, il retira le moignon sanglant qui lui tenait désormais lieu de main.

— Je vais refaire le pansement, dit-elle, mais il faudra que tu fasses attention cette fois. Éviter l'infection.

— Oui, m'dame, répondit-il, s'attendant à ce qu'elle lève les yeux et sourie.

— Tu as dormi où, la nuit dernière ? demanda-t-elle.

— Pas là où j'aurais voulu.

Elle n'avait pas envie de mordre à l'hameçon et se mit en devoir de lui bander la main, les lèvres pincées. Elle découpa un bout de sparadrap avec les dents.

— Il faut que tu fasses très attention, que ça reste toujours très propre.

— Pourquoi je ne passerais pas plus souvent et tu t'en chargerais ?

— D'accord...

Elle laissa sa réponse flotter, tout en ouvrant et en refermant quelques tiroirs. Elle sortit une éprouvette sous vide et une seringue. Il éprouva un petit accès de panique, craignant qu'elle ne lui pique une aiguille dans la main, quand il se souvint qu'elle voulait prélever un peu de son sang.

Elle déboutonna sa manchette de chemise et remonta sa manche. Il fixa le plafond, car il refusait de regarder, il attendait la douleur cuisante de l'aiguille. Elle ne vint pas – au lieu de quoi, il l'entendit lâcher un lourd soupir.

— Quoi ? s'enquit-il.

Elle lui tapota l'avant-bras pour trouver une veine.

— C'est ma faute.

— Qu'est-ce qui est ta faute ?

Elle attendit avant de lui expliquer, comme si elle avait besoin de réfléchir à la meilleure façon de formuler sa réponse.

— Quand j'ai quitté Atlanta, j'étais en plein dans mes vaccinations pour l'hépatite A et B, commença-t-elle en lui enroulant un garrot autour du biceps qu'elle serra fort. On t'administre deux piqûres à quelques semaines de distance, et cinq mois plus tard tu effectues le rappel.

Elle marqua un temps d'arrêt, lui nettoya l'épiderme avec de l'alcool, avant de reprendre.

— J'ai bien respecté les premières injections, mais quand je suis revenue m'installer ici, je n'ai pas fait le suivi. Je ne savais pas ce que j'allais faire de mon existence, encore moins si j'allais continuer d'exercer la médecine.

Elle s'interrompit.

— Je n'ai plus repensé à achever cette série de trois injections, jusqu'à ce moment...

— Quel moment ?

Elle déboucha la seringue avec les dents.

— Notre divorce.

— Alors tout va bien, conclut-il, tâchant de ne pas sauter de la table quand elle lui enfonça l'aiguille dans la veine.

— Ce sont des aiguilles pour bébés, lui expliqua-t-elle, plus par sarcasme que par égard. Pourquoi « tout va bien » ?

— Parce que je n'ai couché avec elle qu'une seule fois, fit-il. Tu m'as fichu dehors le lendemain.

— Exact.

Elle raccorda le tube sous vide et relâcha le garrot.

— Donc, quand on a recommencé à se fréquenter, tu avais complété tes vaccinations. Tu devrais être immunisée.

— Tu oublies cette seule et unique fois.

— Quelle seule et... ?

Il se tut, il se souvenait. La nuit avant que leur divorce ne soit prononcé, Sara était apparue sur le pas de sa porte, ivre morte, et d'une humeur réceptive. Mourant d'envie de la voir revenir à lui, il avait tiré avantage de la situation, puis elle s'était faufilée hors de la maison le matin avant le lever du soleil. Le lendemain, elle n'avait pas répondu à ses appels, et quand il s'était montré chez elle ce soir-là, elle lui avait claqué la porte au nez.

— J'étais au milieu de la série, lui précisa-t-elle. Je n'avais pas effectué le rappel.

— Mais tu avais eu les deux premières ?

— Ça laisse subsister un risque.

Elle ressortit l'aiguille et l'encapuchonna.

— Et pour l'hépatite C, il n'y a pas de vaccin.

Elle lui plaça une boule de coton sur le bras et lui fit replier le coude pour le maintenir en place. Quand elle leva les yeux vers lui, il comprit qu'il était bon pour une leçon.

— Il existe deux types principaux d'hépatite, dont certains ont des souches différentes, commença-t-elle, en déposant la seringue dans la boîte rouge de sécurité. Le type A, c'est grosso modo une grippe. Ça dure quelques semaines, et une fois que tu l'attrapes, tu développes des anticorps. Tu ne peux plus la ravoir.

— D'accord.

C'était l'unique détail dont il se souvenait après sa visite au cabinet de Hare. Le reste était assez flou. Il avait essayé d'écouter – vraiment essayé – le cousin de Sara lui expliquer les différences, les facteurs de risque, mais il n'arrivait à se concentrer que sur une chose, comment sortir le plus vite possible de ce cabinet. Après une nuit sans sommeil, plusieurs questions lui étaient venues en tête, mais il n'avait pu se résoudre à appeler Hare pour les lui poser. Au cours des jours suivants, il s'était senti osciller entre la dénégation et la panique. Il était capable de se souvenir en détail d'une affaire criminelle vieille de quinze ans, mais incapable de se rappeler ce qu'avait dit Hare.

Elle continua.

— L'hépatite B, c'est différent. Elle peut apparaître et disparaître, ou devenir chronique. Dix pour cent environ de la population infectée deviennent porteurs. Le risque d'infecter une autre personne est d'un sur trois. Le sida, c'est un risque d'un sur trois cents.

Il ne possédait certes pas les capacités de calcul mental de Sara, mais il savait calculer ce genre de risques.

— Toi et moi, nous avons fait l'amour en plus de trois occasions, depuis Jo.

Elle tenta de le cacher, mais il la vit tressaillir à ce nom.

— C'est la roulette russe, Jeffrey.

— Je ne disais pas...

— L'hépatite C se transmet en général par contact sanguin. Tu peux l'avoir sans même le savoir. En général, tu ne le découvres qu'avec les premiers symptômes, à partir de là, ça risque d'aller en s'aggravant. Fibrose du foie. Cirrhose. Cancer.

Il ne put que la dévisager. Il savait où cela le menait. C'était comme un accident ferroviaire : il ne pouvait rien sinon s'accrocher et attendre que les roues déraillent.

— Je suis tellement en colère contre toi, reprit-elle – la confidence la plus évidente qui ait jamais franchi ses lèvres. Je suis en colère parce que ça fait tout remonter à la surface.

Elle s'interrompit, pour se calmer.

— Je voulais oublier que c'était arrivé, tout reprendre à zéro, et cette histoire me revient en pleine figure.

Elle battit des paupières, les yeux humides.

— Et si tu es malade...

Jeffrey se concentra sur ce qu'il pensait pouvoir maîtriser.

— C'est ma faute, Sara. J'ai merdé. C'est moi qui ai tout gâché. Je le sais.

Il avait appris déjà depuis longtemps à ne pas ajouter de « mais », même si, dans sa tête, il y céda. Sara s'était montrée distante, elle consacrait plus de temps à son travail et à sa famille qu'à Jeffrey. Ce n'était pas le genre de mari à attendre les pieds sous la table tous les soirs, mais il avait espéré qu'elle lui réserverait un peu de temps sur son agenda.

Elle lui posa une question, d'une voix qui n'était guère qu'un chuchotement.

— Avec elle, est-ce que tu as fait les mêmes choses qu'avec moi ?

— Sara...

— Sans te protéger ?

— Je ne sais même pas ce que ça signifie.

— Tu sais ce que ça signifie, lui rétorqua-t-elle.

C'était son tour à elle de le dévisager, et il vécut l'un de ces moments rares où il parvenait à lire dans ses pensées.

— Bon Dieu, marmonna-t-il, et il aurait donné n'importe quoi pour être ailleurs qu'ici.

Non pas qu'ils forment un couple de pervers, mais c'était une chose d'explorer certains gestes dans un lit, et c'en était une autre de les analyser à la froide lumière du jour.

— Si tu avais une coupure dans la bouche et elle...

À l'évidence, elle ne pouvait achever.

— Même dans un coït normal, les gens peuvent avoir des déchirures, des blessures microscopiques.

— C'est bon, j'ai compris, lui assura-t-il, d'un ton assez tranchant pour qu'elle se taise.

Elle prit le tube contenant son sang et l'étiqueta.

— Je ne te demande pas ça parce que je veux les détails les plus sordides.

Il ne la reprit pas sur ce mensonge. Quand c'était arrivé, elle l'avait déjà mis sur le grill, lui posant des questions lourdes de sous-entendus sur ses moindres faits et gestes, chaque baiser, chaque rapport, comme si elle se livrait à une obsession voyeuriste.

Elle se leva, ouvrit un tiroir et en sortit un sparadrap Barbie rose vif. Il avait gardé le coude plié, si bien que lorsqu'elle lui déploya le bras, il était engourdi. Elle décolla les protections du sparadrap, et elle l'appuya sur le coton. Elle n'ajouta rien avant d'avoir jeté les deux languettes dans la poubelle.

— Tu vas me dire qu'il ne faut pas que je m'en fasse, hein ?

Elle ébaucha un haussement d'épaules désabusé.

— C'était rien qu'une fois, c'est ça ? Ça ne comptait pas plus que ça ?

Il se mordit la langue, il percevait le piège. Remettre sans cesse cette vieille histoire sur le tapis depuis cinq ans avait au moins un bon côté : il savait quand il fallait la boucler. Et pourtant, il dut lutter pour ne pas se disputer avec elle. Elle n'avait pas envie de tenir compte de son point de vue à lui, et elle n'avait sans doute pas tort. N'empêche, il avait eu ses raisons, qui ne faisaient pas toutes de lui un beau salaud. Il savait que son rôle dans cette histoire consistait à devoir la supplier.

Elle insista.

— En général, tu me dis qu'il ne faut pas que je m'en fasse. Que c'était il y a longtemps, que tu es différent, que tu as changé. Qu'elle ne compte plus pour toi.

— Si je te dis ça maintenant, ça changera quoi ?

— Rien.

Il s'adossa au mur, il aurait aimé pouvoir lire dans ses pensées.

— Et maintenant, quoi ?

— Je voudrais te haïr.

— Ce n'est pas nouveau, lâcha-t-il, mais elle ne sembla pas saisir la légèreté du ton, car elle acquiesça.

Il changea de position sur la table, il se sentait idiot, les jambes pendant cinquante centimètres au-dessus du sol. Il entendit Sara chuchoter « Merde » et, de surprise, il redressa la tête d'un coup sec. Elle jurait rarement, et il ne savait pas s'il fallait prendre ce juron comme un bon ou un mauvais signe.

— Tu m'exaspères, Jeffrey.

— Je croyais que tu trouvais ça séduisant.

Elle le fusilla du regard.

— Si jamais tu...

Elle ne poursuivit pas.

— À quoi bon ? demanda-t-elle, mais il vit bien que ce n'était pas une question de pure forme.

— Je suis désolé, désolé de nous avoir exposés à tout ça. Désolé d'avoir tout foiré. Désolé que nous ayons dû traverser cet enfer... que tu aies dû traverser cet enfer... et qu'on en arrive là.

— Où ça, là ?

— Je pense que ça dépend de toi.

Elle renifla, se masqua le visage des deux mains, laissa échapper un long filet d'air. Quand elle le regarda de nouveau, il vit qu'elle avait envie de pleurer mais refusait de se laisser aller.

Il baissa les yeux, contempla sa main, tira sur l'adhésif du bandage.

— Ne tripote pas ça, le prévint-elle, en posant sa main sur la sienne.

Elle la laissa, et il sentit sa chaleur pénétrer à travers le pansement. Il regarda ses longs doigts gracieux, les veines bleues sur le dos de la main qui dessinaient une carte complexe sous la peau pâle et blanche. Ses doigts suivirent le contour des siens, il se demandait comment il avait pu se montrer assez bête pour penser qu'elle lui était acquise pour toujours.

— Je n'ai pas arrêté de penser à cette fille, avoua-t-il. Elle ressemble beaucoup à...

— Wendy, acheva-t-elle.

Wendy. La jeune fille qu'il avait abattue, qu'il avait tuée.

Il posa son autre main sur la sienne, il avait envie de parler de tout, sauf de cette fusillade.

— À quelle heure tu pars pour Macon ?

Elle consulta sa montre.

— Carlos me retrouve à la morgue dans une demi-heure.

— C'est bizarre qu'ils aient tous les deux senti cette odeur de cyanure, observa-t-il. La grand-mère de Lena était du Mexique. Carlos est mexicain. Il y a un lien ?

— Pas que je sache.

Elle l'observait attentivement, lisait en lui comme dans un livre.

Il se laissa glisser de la table.

— Ça ira.

— Je sais. Et le bébé ? s'enquit-elle.

— Il doit bien y avoir un père quelque part.

Il le savait, dans ce meurtre, s'ils trouvaient cet homme, ce serait pour eux un sérieux suspect.

— Il y a plus de risque pour une femme enceinte, releva-t-elle, de finir comme victime d'un meurtre que de mourir d'une autre façon.

Elle se rendit à l'évier et se lava les mains, avec une expression troublée.

— Du cyanure, on n'en trouve pas à l'épicerie du coin. Si je voulais tuer quelqu'un, où est-ce que je pourrais m'en procurer ?

— Certains produits en vente libre en contiennent.

Elle ferma le robinet et se sécha les mains avec une serviette en papier.

— Il y a eu plusieurs cas de morts pédiatriques à cause de dissolvants pour vernis à ongle.

— Ça contient du cyanure ?

— Oui, lui confirma-t-elle, et elle jeta la serviette dans la poubelle. J'ai vérifié dans deux ou trois bouquins, je n'arrivais pas à trouver le sommeil, la nuit dernière.

— Et ?

Elle posa la main sur la table d'auscultation.

— On en trouve à l'état naturel dans beaucoup de fruits à noyau... pêches, abricots, cerises. Il en faudrait en grande quantité, donc ce n'est pas très pratique. Plusieurs industries utilisent du cyanure, certains labos pharmaceutiques.

— Quel genre d'industries ? Tu penses que l'université peut en stocker ?

— C'est vraisemblable, fit-elle, et il nota dans sa tête d'aller vérifier par lui-même.

Le Grant Tech était surtout un institut d'agriculture : on y menait toutes sortes d'expériences sur commande pour de grands groupes chimiques qui recherchaient le produit miracle susceptible de faire pousser les tomates plus vite ou les petits pois plus verts.

— C'est aussi un agent durcisseur dans le placage du métal. Certains laboratoires en conservent pour leurs contrôles. Parfois, on s'en sert pour les fumigations. La fumée de cigarette en contient. Le cyanure d'hydrogène se dégage de la combustion de la laine ou de divers types de plastiques.

— Compliqué d'acheminer de la fumée par un tuyau.

— Et puis il faudrait porter un masque, mais tu as raison. Il y a d'autres moyens plus efficaces.

— Comme ?

— Il faut un acide pour l'activer. Mélange des sels de cyanure avec du vinaigre de cuisine, et tu auras de quoi tuer un éléphant.

— C'est pas ce qu'on employait dans les camps hitlériens ? Des sels ?

— Je crois, dit-elle.

— Si un gaz avait été utilisé, reprit Jeffrey, réfléchissant à voix haute, on aurait été en danger dès l'ouverture de la boîte.

— Il aurait pu s'être déjà dissipé. Ou avoir été absorbé dans le bois et la terre.

— Elle aurait pu subir une contamination au cyanure par le sol ?

— C'est un parc public assez fréquenté. Les joggeurs le traversent tout le temps. Je doute que quelqu'un ait pu y introduire en douce un lot de déchets toxiques sans que personne le remarque et fasse un scandale.

— Et pourtant ?

— Et pourtant, admit-elle, quelqu'un a bien eu le temps de l'enterrer, elle, à cet endroit. Tout est possible.

— Comment tu t'y prendrais, toi ?

Elle réfléchit longuement.

— Je mélangerais les sels avec de l'eau. Je verserais le mélange par le tuyau. À l'évidence, elle avait la bouche toute proche, afin de pouvoir respirer. Dès que les sels atteignent l'estomac, l'acide active le poison. Elle serait morte en quelques minutes.

— Il y a un atelier de placage à l'entrée de la ville, lui rappela-t-il. Il fait de la dorure à la feuille, ce genre de truc.

— Dale Stanley, se souvint-elle.

— Le frère de Pat Stanley ? s'étonna-t-il.

Pat était l'un de ses meilleurs policiers de patrouille.

— C'est sa femme que tu as vue tout à l'heure ici.

— Qu'est-ce qu'il a, son gamin ?

— Infection bactérienne. Leur aîné est arrivé ici il y a trois mois avec un asthme épouvantable comme je n'en avais pas vu depuis un bout de temps. Il n'a pas arrêté d'enchaîner les séjours à l'hôpital.

— Elle non plus n'avait pas l'air très bien.

— Je ne sais pas comment elle tient le coup, reconnut-elle. Elle refuse que je la traite.

— Tu penses qu'elle couve quelque chose de méchant ?

— Je pense qu'elle est au bord de la dépression nerveuse.

Il prit la mesure de sa réponse.

— Je devrais peut-être leur rendre visite.

— C'est une mort horrible, Jeff. Le cyanure est un asphyxiant chimique. Il te détruit tout l'oxygène du sang jusqu'à ce qu'il n'en reste plus. Elle a su ce qui lui arrivait. Son cœur devait pomper à cent cinquante à la minute.

Elle secoua la tête, comme si elle voulait chasser cette image de son esprit.

— À ton avis, combien de temps lui a-t-il fallu pour mourir ?

— Ça dépend de la manière dont elle a ingéré le poison, sous quelle forme il lui a été administré. Entre deux et cinq minutes. J'ai tendance à penser que ça s'est terminé assez vite. Elle ne montre aucun des signes classiques en cas d'empoisonnement prolongé au cyanure.

— Qui sont ?

— Diarrhée sévère, vomissements, attaques, syncope. Au fond, le corps fait tout ce qu'il peut pour se débarrasser du poison aussi vite que possible.

— Il en est capable ? Tout seul, je veux dire.

— En règle générale, non. C'est d'une toxicité extrême. Il existe à peu près dix formes d'intervention possible en urgence, depuis le charbon jusqu'au nitrite amylique... autrement dit, le poppers... En réalité, la seule stratégie possible, c'est de soigner les symptômes au fur et à mesure de leur apparition et d'espérer que tout se passe au mieux. Le cyanure agit avec une rapidité incroyable et c'est presque toujours fatal.

Il éprouva le besoin de savoir.

— Mais tu penses que c'est arrivé vite ?

— Je l'espère.

— Je voudrais que tu prennes ça, fit-il, plongeant la main dans la poche de sa veste pour en ressortir le téléphone portable.

Elle plissa le nez.

— Je ne veux pas de ce machin.

— Je préfère savoir où tu es.

— Tu sais où je serai, lui répliqua-t-elle. Avec Carlos, ensuite à Macon, et retour ici.

— Et s'ils découvrent un indice lors de l'autopsie ?

— Alors j'attraperai l'un des dix téléphones du labo et je t'appellerai.

— Et si j'oublie les paroles de « Karma Chameleon » ?

Elle lui lança un regard mauvais et il éclata de rire.

— J'adore quand tu me chantes ça au téléphone.

Il posa le portable à côté d'elle, sur la table.

— Je suppose que même si je te demande de le faire pour moi, tu ne changeras pas d'avis ?

Elle le dévisagea une seconde, puis elle sortit de la salle d'auscultation. Il se demandait encore si elle attendait qu'il la suive, quand elle revint avec un livre en main.

— Je ne sais pas si je dois te jeter ça à la tête ou juste te le remettre.

— Qu'est-ce que c'est ?

— Je l'ai commandé il y a quelques mois. Il est arrivé la semaine dernière. J'allais te l'offrir quand tu t'es enfin décidé à t'installer à la maison.

Elle le leva en l'air pour qu'il puisse lire le titre sur le coffret marron.

— L'*Andersonville* de Kantor, annonça-t-elle. C'est une édition originale.

Il regarda le livre fixement, il resta bouche bée, avant que des mots n'en sortent.

— Ça doit coûter une fortune !

Elle lui tendit le roman, avec un œil plein d'ironie.

— À l'époque, je pensais que tu le valais.

Il fit coulisser le volume hors de son étui en papier, l'impression de tenir le Saint-Graal entre ses mains. Le bougran était bleu et blanc, les pages un peu passées sur les bords. Avec soin, il l'ouvrit à la page du titre.

— Il est signé. Mac Kinlay Kantor l'a signé.

Elle esquissa un haussement d'épaules, comme si tout cela n'était pas grand-chose.

— Je sais que tu aimes ce livre, et...

— Je ne peux pas croire à un geste pareil de ta part, parvint-il à dire, et il avait du mal à avaler. Je n'arrive pas à y croire.

Quand il était gamin, Miss Fleming, l'une de ses institutrices d'anglais, lui avait donné ce livre à lire pendant une retenue. Jusqu'à ce jour-là, et en règle générale, il s'était conduit en sagouin, et s'était plus ou moins résigné à des choix de carrière qui se limiteraient à la mécanique ou à l'usine, ou, pire, à devenir un petit voleur de bas étage, comme son vieux. Cette histoire avait ouvert une brèche en lui, qui lui avait donné le goût d'apprendre. Ce livre avait changé sa vie.

Un psychiatre dirait probablement qu'il existait un lien entre la fascination de Jeffrey pour l'une des prisons les plus notoires de la Confédération pendant la guerre de Sécession et le fait qu'il était devenu flic, mais il aimait aussi penser qu'*Andersonville* lui avait apporté un sens de l'empathie qui lui avait manqué jusqu'alors. Avant de s'installer à Grant County et de prendre ses fonctions de chef de la police, il s'était rendu à Sumter County, en Géorgie, pour découvrir les lieux. Il se souvenait encore du frisson qu'il avait ressenti en pénétrant dans l'enceinte de Fort Sumter. Plus de treize mille prisonniers étaient morts, au cours des quatre années de fonctionnement de cette prison. Il était resté là jusqu'à ce que le soleil se couche et qu'il n'y ait plus rien à voir.

— Il te plaît ? demanda-t-elle.

— Il est magnifique.

Il était incapable de rien dire d'autre. Il passa son pouce sur le dos doré. Pour ce livre, Kantor avait décroché le prix Pulitzer. Et Jeffrey le prix d'une vie.

— Enfin voilà, je me disais que ça te plairait.

— Oh oui.

Il essaya de trouver ce qu'il pourrait lui dire de profond pour lui exprimer sa gratitude.

— Pourquoi me le donnes-tu maintenant ?

Ce fut tout ce qu'il s'entendit lui dire.

— Parce que je pensais que tu le méritais.

— Comme cadeau de séparation ?

Il plaisantait à moitié.

Elle se passa la langue sur les lèvres, prit son temps pour répondre.

— Parce que je pensais que tu le méritais, c'est tout.

Une voix d'homme appela depuis l'entrée de l'immeuble.

— Chef ?

— Brad, fit Sara.

Elle se dirigea vers le couloir.

— Par ici, dit-elle, avant que Jeffrey ait rien pu ajouter d'autre.

Brad ouvrit la porte, son chapeau dans une main, un téléphone portable dans l'autre.

— Vous avez laissé votre téléphone au poste, le prévint-il.

Jeffrey laissa paraître son agacement.

— Tu es venu jusqu'ici pour me raconter ça ?

— N-non, chef, bredouilla-t-il. Je veux dire, si, chef, mais aussi, on vient de recevoir un appel.

Il s'arrêta, le temps de respirer.

— Une personne disparue. Vingt et un ans, cheveux bruns, yeux marron. Vue pour la dernière fois, il y a dix jours.

— Bingo, entendit-il Sara chuchoter.

Il empoigna son pardessus et le livre. Il tendit le nouveau portable à Sara.

— Appelle-moi dès que tu sais quelque chose au sujet de l'autopsie. Où est Lena ? demanda-t-il à Brad, avant qu'elle ait pu protester.

Chapitre Cinq

Lena avait envie de courir, mais à Atlanta, on lui avait conseillé de s'accorder deux semaines avant de se lancer dans quoi que ce soit de trop énergique. Ce matin, elle était restée au lit aussi longtemps que possible, faisant semblant de dormir jusqu'à ce que Nan parte travailler, avant de se glisser dehors pour aller marcher. Elle avait besoin de temps pour réfléchir à ce qu'elle avait vu sur les radios de la jeune fille décédée. Le bébé était gros comme ses deux poings mis ensemble, la même taille que celui qu'on lui avait extrait du ventre.

En descendant la rue à pied, elle se surprit à s'interroger au sujet de l'autre femme, à la clinique, aux regards furtifs qu'elles s'étaient échangés, à la manière coupable qu'avait eue cette jeune femme de se voûter sur sa chaise, comme si elle voulait disparaître. Elle se demandait jusqu'où elle était allée, ce qui l'avait amenée dans cette clinique. Elle avait entendu toutes sortes d'histoires au sujet de femmes qui, au lieu de se préoccuper de contraception, se faisaient avorter, mais elle ne parvenait pas à croire que l'on puisse se soumettre à un tel supplice plus d'une fois dans son existence. Même au bout d'une semaine, elle ne réussissait pas à fermer l'œil sans revoir une image tordue de ce fœtus. Et ce qu'elle avait imaginé dans sa tête était certainement moins grave que ce qui s'était réellement produit.

Ce dont elle était reconnaissante, c'était de n'avoir pas dû assister à l'autopsie qui allait se dérouler aujourd'hui. Elle n'avait pas envie d'avoir devant elle la vision concrète de ce qu'était son bébé à elle, avant. Elle voulait juste reprendre le cours de son existence, et tout de suite, ce qui supposait aussi d'aborder le problème Ethan.

La nuit dernière, il l'avait suivie à la trace jusque chez elle, après avoir harcelé Hank pour tout connaître de ses faits et gestes. Elle lui avait dit la vérité sur son retour, que son supérieur l'avait rappelée en ville, et elle avait pris les devants, justifiant le fait de ne pas le voir pendant les quelques semaines à venir en lui expliquant qu'elle devait se dédier tout entière à cette affaire. Ethan était intelligent, sûrement plus intelligent qu'elle à bien des égards, et chaque fois qu'il la sentait s'éloigner, il savait trouver les mots justes pour lui faire comprendre qu'elle avait le choix. Au téléphone, c'était d'une voix de velours qu'il lui avait suggéré d'agir comme bon lui semblait, et de le rappeler quand elle en aurait l'occasion. Elle se demandait jusqu'où elle pourrait pousser le bouchon, jusqu'à quel point il laisserait du mou à la corde qu'il lui avait passée autour du cou. Pourquoi était-elle si faible face à lui ? D'où tenait-il ce pouvoir qu'il exerçait sur elle ? Il fallait qu'elle tente de le faire sortir de sa vie. Il devait y avoir moyen pour elle de mener une meilleure existence.

Elle tourna dans Sanders Street, une rafale d'air froid fit bruisser les feuilles, et elle fourra les mains dans les poches de son blouson. Quinze ans auparavant, elle avait intégré la police de Grant County pour se rapprocher de sa sœur. Sibyl travaillait à l'université, à la faculté de science, où elle menait une carrière très prometteuse jusqu'à ce que sa vie soit tranchée net. Lena ne pouvait en dire autant de ses propres opportunités professionnelles. Elle s'était accordé ce que l'on appelait aujourd'hui poliment une parenthèse, quelques mois plus tôt, en travaillant en dehors de la police, à l'université, avant de se décider à remettre sa vie sur de bons rails. Jeffrey avait été très généreux, en lui permettant de reprendre son ancien poste, mais elle savait que certains flics ruminaient sur son compte.

Elle ne pouvait pas leur en vouloir. Vu de l'extérieur, ils devaient se dire que Lena avait la part assez belle. À le vivre de l'intérieur, elle savait à quoi s'en tenir. Il s'était écoulé presque trois ans depuis qu'elle avait subi ce viol. Ses mains et ses pieds portaient encore de profondes cicatrices, là où son agresseur l'avait clouée au sol. Et sa réelle douleur n'avait commencé qu'après sa libération.

En un sens, cela devenait tout de même plus facile. Elle pouvait entrer désormais dans une pièce vide sans sentir ses cheveux se hérisser dans sa nuque. Rester seule à la maison n'était plus une source de panique. Parfois, elle se réveillait et parvenait à passer la moitié de la matinée sans plus se souvenir de ces événements du passé.

Elle devait reconnaître que Nan Thomas était l'un des éléments qui lui facilitaient la vie. Quand Sibyl la lui avait présentée, elle avait détesté cette femme, dès le premier regard. Ce n'était pas que Sibyl n'ait pas eu d'amantes auparavant, mais avec Nan, la relation avait quelque chose de définitif. Les deux femmes s'étaient installées ensemble, et du coup, Lena avait cessé de parler à sa sœur, pendant un temps. Elle le regrettait, comme tant d'autres épisodes, mais cette fois, Sibyl n'était plus là pour recevoir ses excuses. Elle comprenait bien qu'elle pouvait encore demander pardon à Nan, mais chaque fois que cette pensée la traversait, les mots refusaient de venir.

Vivre avec Nan, c'était comme apprendre les paroles d'une chanson familière. On commençait par se dire que cette fois, c'était la bonne, on allait vraiment faire attention, écouter au mot près, mais au bout d'un couplet, on oubliait ses bonnes résolutions et on se laissait aller au rythme trop connu de la musique. Au bout de six mois de partage de leur maison, elle ne savait que peu de choses au sujet de la bibliothécaire, et rien que du superficiel. Nan aimait les animaux, en dépit d'allergies graves, elle aimait le crochet et consacrait chaque vendredi et samedi soir à lire. Elle chantait sous la douche et le matin, avant d'aller travailler, elle buvait du thé vert dans un mug bleu qui avait appartenu à Sibyl. Ses épais verres de lunettes étaient toujours maculés de traces de doigts, mais elle était d'une méticulosité incroyable avec ses vêtements, même si elle avait tendance à choisir des coloris plus adaptés à des œufs de Pâques qu'à une femme majeure et vaccinée de trente-six ans. Comme Lena et Sibyl, le père de Nan avait été flic. Il était encore de ce monde, mais Lena ne l'avait jamais rencontré, ni même jamais eu au téléphone. En fait, les seules fois où le téléphone sonnait dans la maison, c'était quand Ethan appelait Lena.

La Toyota Corolla marron était garée derrière la Celica de Lena, dans l'allée de la maison. Elle consulta sa montre d'un rapide coup d'œil, se demandant combien de temps elle avait marché. Jeffrey lui avait accordé la matinée pour compenser la journée d'hier, et elle avait prévu de passer un peu de temps seule. En général, Nan rentrait chez elle pour le déjeuner, mais il était à peine neuf heures passées.

Elle attrapa le *Grant Observer* par terre, sur la pelouse, et parcourut les gros titres en s'approchant de la porte d'entrée. Un grille-pain avait pris feu samedi soir et on avait appelé la brigade des pompiers. Deux élèves du lycée Robert E. Lee étaient sortis respectivement deuxième et cinquième d'un concours de mathématiques organisé à l'échelle de l'État. Aucune mention de la jeune fille disparue que l'on avait retrouvée dans les bois. Le journal avait sans doute été mis sous presse avant que Jeffrey et Sara ne trouvent la sépulture. Dès demain, ça ferait les gros titres, elle en était certaine. D'ailleurs, le journal les aiderait peut-être à retrouver la famille de la fille.

Elle ouvrit la porte, lut l'histoire de l'incendie du grille-pain, en se demandant pourquoi il avait fallu seize pompiers volontaires pour l'éteindre. Elle perçut un changement dans la pièce, leva les yeux et eut la stupeur de voir Nan assise dans un fauteuil en face de Greg Mitchell, l'ancien petit ami de Lena. Ils avaient vécu ensemble trois ans, avant que Greg ne décide qu'il en avait marre de son caractère. Il avait pris toutes ses affaires et filé pendant qu'elle était au travail – un geste lâche, mais rétrospectivement assez compréhensible –, en laissant un bref petit message collé sur le frigo. Si bref qu'elle s'en souvenait presque mot pour mot. « Je t'aime mais je ne peux plus supporter tout ça. Greg. »

Depuis cet épisode, ils s'étaient parlé deux fois au téléphone en presque sept ans, Lena raccrochant violemment le combiné avant que Greg ait rien pu dire d'autre que « C'est moi ».

— Lee, fit Nan.

C'est tout juste si elle ne criait pas. En même temps elle se leva, comme prise sur le fait.

— Salut, réussit à dire Lena, et elle sentait le mot lui rester dans la gorge.

Elle avait plaqué le journal contre sa poitrine, en guise de bouclier.

Sur le canapé, à côté de Greg, une femme, à peu près du même âge qu'elle. Elle avait la peau mate, les cheveux noirs tirés en arrière en une vague queue-de-cheval. Les bons jours, elle aurait pu passer pour une lointaine cousine de Lena – les moches, celles du côté de Hank. Aujourd'hui, assise à côté de Greg, la fille avait plus l'air d'une pute. C'était pour elle un motif de satisfaction que ce garçon ait jeté son dévolu sur une pâle copie d'elle-même, mais quand elle finit par poser sa question, elle dut tout de même s'efforcer de masquer une pointe de jalousie.

— Qu'est-ce que tu fabriques ici ?

Il eut l'air interloqué, alors elle s'efforça de modérer le ton.

— En ville, je veux dire. Qu'est-ce que tu fabriques de retour en ville ?

— Je, euh…

Son visage se fendit sur un grand sourire bizarre. Il s'attendait peut-être à ce qu'elle le frappe avec son journal. C'était déjà arrivé.

— Je me suis fracassé le tibia et le péroné, expliqua-t-il, en désignant sa cheville.

Elle vit une canne calée sur le canapé, entre la fille et lui.

— Je suis revenu pour me faire dorloter par ma mère quelque temps.

Lena savait que la maison de sa mère était située à deux rues de là. Elle sentit son cœur dans sa poitrine partir dans une bizarre culbute, se demandant depuis combien de temps il s'y était installé. Elle se creusa la cervelle pour trouver quoi dire.

— Comment va-t-elle ? Ta mère.

— Toujours aussi irascible.

Il avait des yeux d'un bleu de cristal, incongrus avec ses cheveux noirs de jais. Il les portait plus longs, à présent, à moins qu'il n'ait simplement oublié de les faire couper. Il oubliait toujours ce genre de chose, passant des heures devant son ordinateur à concocter des programmes pendant que la maison tombait en morceaux autour de lui. Ils se disputaient tout le temps à ce propos. Ils se disputaient tout le temps à propos de tout. Elle ne lui laissait jamais de répit, elle ne lui lâchait jamais la bride sur rien. Il l'avait exaspérée à mort et elle ne pouvait plus le voir en peinture, et pourtant, il était sans doute le seul homme qu'elle ait réellement aimé.

— Et toi ? lui demanda-t-il.

— Quoi ? s'écria-t-elle, toujours plongée dans ses pensées.

Les doigts de Greg tapotaient sur la canne, et elle vit qu'il avait les ongles rongés jusqu'au sang.

Il lança un regard aux deux autres femmes, avec un sourire un peu plus hésitant.

— Je t'ai demandé comment tu allais.

Elle haussa les épaules, et il y eut un long moment de silence, où elle ne put que le dévisager. Finalement, elle se força à baisser les yeux, à considérer ses mains. Elle avait déchiqueté le coin du journal comme une ménagère sur les nerfs. Bon Dieu, jamais, de toute son existence, elle ne s'était sentie aussi mal à l'aise. Il y avait des fous à l'asile plus sociables qu'elle.

— Lena, intervint Nan, d'une voix tendue, haut perchée. Je te présente Mindy Bryant.

Mindy lui tendit la main, et Lena la lui serra. Elle vit le regard de Greg sur les cicatrices qu'elle avait sur le dos de la main, et elle la retira dans un geste emprunté.

Il s'exprima sur un ton à la fois triste et posé.

— J'ai appris ce qui s'était passé.

— Ouais, parvint-elle à dire, en fourrant ses mains dans ses poches arrière. Écoute, il faut que j'aille me préparer pour aller bosser.

— Oh, d'accord, fit-il.

Il essaya de se lever. Mindy et Nan voulurent l'aider, mais Lena, elle, resta où elle était. Elle avait eu envie de l'aider, elle aussi, elle avait senti ses muscles se contracter, mais, sans qu'elle comprenne pourquoi, ses pieds étaient restés enracinés au sol.

Il s'appuya sur sa canne.

— Je pensais juste vous rendre une petite visite et vous faire savoir que j'étais de retour, lui fit-il.

Il se pencha et embrassa Nan sur la joue. Lena se souvint de leurs disputes au sujet des préférences sexuelles de Sibyl. Il avait toujours été du côté de sa sœur et trouvait sans doute un peu fort que Nan et elle habitent désormais ensemble. Ou peut-être pas. Il n'était pas du genre mesquin et rancunier. C'était l'une des nombreuses qualités qu'elle n'avait pas comprises chez lui.

— Je suis désolé pour Sibyl, dit-il. Maman ne me l'a appris qu'après mon retour.

— Ça ne m'étonne pas, répliqua-t-elle.

Lu Mitchell avait détesté Lena dès leur première entrevue. Elle faisait partie de ces femmes qui considéraient leur fils comme la septième merveille du monde.

— Bon, je vais y aller, dit-il.

— Ouais, répondit-elle en s'écartant pour les laisser passer.

— À un de ces jours, lança Nan.

Nan lui tapota sur le bras. Elle était toujours nerveuse, et Lena remarqua qu'elle clignait beaucoup des yeux. Il y avait quelque chose de changé en elle, mais elle n'arrivait pas à savoir quoi.

— Tu as l'air en forme, Nan, lui dit Greg. Vraiment.

Nan rougit, et Lena s'aperçut qu'elle ne portait pas ses lunettes. Depuis quand portait-elle des verres de contact ? Et d'ailleurs, pourquoi ? Elle n'avait jamais été du genre à se soucier de son apparence. Pourtant aujourd'hui, elle avait renoncé à ses tons pastel habituels et préféré un jean et un T-shirt noir tout bête. Le vert-jaune était le ton le plus sombre que Lena l'ait jamais vue porter.

Mindy venait de dire quelque chose, et Lena s'excusa.

— Pardon ?

— Je disais que c'était un plaisir de faire votre connaissance.

Elle avait une voix nasillarde, un peu grinçante, et Lena espérait que son sourire forcé ne trahissait pas son aversion.

— Un plaisir de vous avoir rencontré aussi, fit Greg, et il serra la main de Mindy.

Lena ouvrit la bouche pour dire quelque chose, et puis elle changea d'avis. Greg était à la porte, la main sur la poignée.

Il posa un dernier regard sur Lena, par-dessus son épaule.

— On se recroisera.

— Ouais, fit-elle, songeant que c'était à peu près le seul mot qu'elle avait réussi à prononcer, ces cinq dernières minutes.

La porte se referma avec un cliquètement et les trois femmes restèrent là, en cercle.

Mindy eut un rire nerveux, et Nan se joignit à elle, juste un soupçon trop fort. Elle porta la main à sa bouche, pour se retenir.

— Je ferais bien de retourner travailler, fit Mindy.

Elle se pencha pour embrasser Nan sur la joue, mais celle-ci recula. À la dernière seconde, elle comprit ce qu'elle venait de faire et se pencha à son tour, heurtant le nez de Mindy.

Mindy rit, en se frottant le nez.

— Je t'appelle.

— Euh, d'accord, acquiesça Nan, le visage cramoisi. Je serai ici. Aujourd'hui, je veux dire. Ou au bureau, demain.

Son regard évitait Lena.

— Enfin, je suis là, quoi, termina-t-elle.

— D'accord, répondit Mindy, avec un sourire un peu plus crispé. Ravie de vous avoir rencontrée, dit-elle encore à Lena.

— Ouais, moi aussi.

Mindy lança un regard furtif à Nan.

— À plus tard.

Nan lui adressa un signe de la main.

— Au revoir, dit Lena.

La porte se referma, et elle avait l'impression que la pièce s'était vidée de son oxygène, que tout l'air en avait été aspiré. Nan était encore pivoine, les lèvres si serrées qu'elles viraient au blanc. Lena décida de briser la glace.

— Elle a l'air sympa.

— Ouais, confirma la bibliothécaire. Ou plutôt, non. Ce n'est pas qu'elle n'est pas sympa. Enfin...

Lena tâcha de penser à ce qu'elle pourrait dire de positif.

— Elle est jolie.

— Tu trouves ? s'enquit Nan en rougissant de nouveau. Je veux dire, ce n'est pas que ça compte. Bref...

— C'est bon, Nan.

— C'est trop tôt.

Lena ne voyait pas quoi ajouter. Elle n'était pas très douée pour réconforter les gens. Elle n'était douée pour rien au plan affectif, une vérité que Greg avait soulignée à plusieurs reprises, avant d'en avoir marre et de partir.

— Greg a frappé à la porte, reprit-elle, et Lena se retourna vers l'entrée. Non, pas maintenant, tout à l'heure. On était assises. Mindy et moi. On bavardait et il a frappé et...

Elle s'interrompit, respira à fond.

— Il a l'air sympa.

— Ouais.

— Il dit qu'il vient tout le temps dans le quartier, lui expliqua-t-elle encore. Pour sa jambe. Il fait de la kinésithérapie. Il ne voulait pas se montrer grossier. Tu sais, si on l'apercevait dans la rue, et qu'on se demandait ce qu'il fabriquait de retour en ville.

Lena opina.

— Il ne savait pas que tu étais là. Que tu habitais ici.

— Oh.

Le silence reprit le dessus.

— Bon, fit Nan.

— Je croyais que tu étais au travail.

— J'ai pris ma matinée.

Lena posa la main sur la porte d'entrée. À l'évidence, Nan avait envie de garder sa petite amie secrète. Elle avait peut-être honte, ou alors elle redoutait la réaction de Lena.

— Tu as pris un café avec elle ?

— Après Sibyl, c'est trop tôt, répéta Nan. Avant que tu n'arrives, je n'avais pas remarqué...

— Quoi ?

— Elle te ressemble. Et à Sibyl, expliqua-t-elle avant de se reprendre. Pas exactement, elle n'est pas aussi jolie que Sibyl...

Elle se frotta les yeux.

— Merde, murmura-t-elle.

Lena se trouva encore à court de mots.

— Maudites lentilles de contact, ronchonna-t-elle.

Elle retira les mains, mais Lena vit qu'elle avait les yeux humides.

— C'est bon, Nan, répéta-t-elle, avec un curieux sentiment de responsabilité. Ça fait trois ans, souligna-t-elle, alors que dans son esprit, elle aurait dit trois jours, pas plus. Tu as le droit de refaire ta vie. C'est ce qu'elle aurait voulu...

Nan l'interrompit d'un signe de tête, en reniflant bruyamment. Elle agita les mains à hauteur de son visage.

— Je ferais mieux de retirer ces trucs idiots. J'ai l'impression d'avoir des épingles dans les yeux.

Elle fila vers la salle de bains, claqua la porte derrière elle. Lena envisagea d'aller lui demander si ça allait, mais cela aurait été une violation. L'idée que Nan puisse un jour sortir avec quelqu'un ne lui était jamais venue à l'esprit. Au bout d'un certain temps, elle avait fini par la considérer comme asexuée, elle n'existait plus que dans le contexte de leur vie domestique. Pour la première fois, elle s'aperçut que Nan avait dû souffrir d'une solitude terrible.

Elle était si perdue dans ses pensées que le téléphone sonna plusieurs fois avant que Nan ne lui dise :

— Tu ne décroches pas ?

Lena attrapa le combiné juste avant que le répondeur ne s'enclenche.

— Allô ?

— Lena.

C'était Jeffrey.

— Je sais que je t'ai laissé ta matinée de congé...

Le soulagement l'envahit comme un rayon de soleil.

— Quand as-tu besoin de moi ?
— Je suis dans l'allée.
Elle se rendit à la fenêtre et aperçut sa voiture de patrouille blanche.
— Donne-moi une minute, je me change.

* * *

Elle se cala dans le siège côté passager, et regarda le paysage défiler. Jeffrey était au volant, ils roulaient sur un chemin gravillonné à la périphérie de la ville. Grant County était composé de trois villes : Heartsdale, Madison et Avondale. Heartsdale, siège de Grant Tech, était le joyau du comté et, avec ses immenses demeures d'avant la guerre de Sécession et ses maisons tarabiscotées, elle en avait certes l'allure. Par comparaison, Madison était assez miteuse, une version médiocre de tout ce qu'une ville aurait dû être ; quant à Avondale, c'était carrément un trou paumé, depuis que la base de l'armée avait fermé. C'était bien leur chance que ce coup de téléphone provienne d'Avondale. Tous les flics qu'elle connaissait redoutaient les appels émanant de cette partie du comté, où la pauvreté et la haine faisaient mijoter toute la ville comme une casserole en ébullition sur le point de déborder.
— Tu es déjà allé si loin, pour un appel ? fit-il.
— Je ne savais même pas qu'il y avait encore des baraques, par ici.
— La dernière fois que je m'y suis pointé, il n'y en avait pas.
Il lui tendit une chemise, avec un bout de papier contenant les indications sur l'itinéraire attaché dans le coin par un trombone.

— On cherche quelle route ?

— Plymouth, répondit-elle.

En haut de la page, il y avait un nom inscrit. Ephraïm Bennett.

— Le père, j'imagine.

Il ralentit pour lire un panneau routier à moitié effacé. C'était un modèle standard, au lettrage blanc, mais avec un côté artisanal, comme si quelqu'un l'avait confectionné à partir d'un kit acheté dans une quincaillerie.

— Nina Street, lut-elle, se demandant quand toutes ces routes avaient été tracées.

Au bout de dix ans de patrouille, Lena croyait connaître le comté mieux que personne. En regardant autour d'elle, elle avait la sensation d'être en territoire étranger.

— On est encore à Grant ?, demanda-t-elle.

— On est pile à la limite, lui apprit-il. Catoogah County est sur la gauche, Grant est sur la droite.

À l'approche d'un autre écriteau, il ralentit à nouveau.

— Pinta Street, lui indiqua-t-elle. Qui a pris l'appel en premier ?

— Ed Pelham, fit-il, crachant presque le nom.

Catoogah County était deux fois moins important en taille que Grant, ce qui ne justifiait pas plus d'un shérif et ses quatre adjoints. Un an plus tôt, Joe Smith, l'aimable et vieux grand-père qui détenait le poste depuis trente ans, avait cassé sa pipe après une crise cardiaque lors d'un discours devant le Rotary Club, déclenchant ainsi bien malgré lui une joute politique assez malsaine entre deux de ses adjoints. L'élection avait été si serrée que le vainqueur, suivant la règle en vigueur dans le comté, avait été désigné à pile ou face, deux tirages contre trois. Ed Pelham avait pris ses fonctions sous le sobriquet de « Deux-Balles », et pas seulement parce qu'à deux reprises la pièce de monnaie avait basculé du bon côté, le sien. Il était à peu près aussi paresseux qu'il était chanceux, et cela ne lui posait aucun problème de faire exécuter le travail par les autres, pourvu qu'il puisse porter son grand chapeau et toucher le chèque de sa paie.

— L'appel est tombé sur l'un de ses adjoints, hier soir. Il n'a pas donné suite avant ce matin, quand il a compris que ça ne relevait pas de sa juridiction.

— Ed t'a appelé ?

— Il a appelé la famille et il leur a dit que, pour la suite, ils allaient devoir continuer avec nous.

— Sympa, ironisa-t-elle. Il était au courant, pour notre illustre inconnue ?

Jeffrey sut se montrer encore plus diplomate qu'elle.

— Cet enfoiré se rendrait même pas compte qu'il a le cul en feu.

Elle ricana.

— Qui est Lev ?

— Quoi ?

— Le nom, là, en bas, fit-elle en lui montrant les indications. Tu as écrit « Lev », et c'est souligné.

— Oh, fit Jeffrey, sans trop lui prêter attention, car il ralentissait pour lire un autre écriteau.

— Santa Maria, lut-elle.

Elle se rappela alors les noms des trois bateaux, un souvenir de son cours d'histoire, au collège.

— C'est quoi, ici, une bande de pèlerins, des descendants des pères fondateurs ?

— Les pères pèlerins sont arrivés à bord du *Mayflower*, Lena, pas avec Christophe Colomb.

— Ah, lâcha-t-elle.

Son conseiller d'orientation n'avait donc pas eu complètement tort de lui dire que l'université n'était pas faite pour tout le monde.

— Christophe Colomb commandait la *Pinta*, la *Niña* et la *Santa Maria*.

— D'accord. Christophe Colomb.

Elle sentait son regard posé sur elle, il se demandait probablement s'il y avait une cervelle, dans ce crâne.

Heureusement, il changea de sujet.

— Lev, c'est celui qui a appelé ce matin, lui expliqua-t-il, en accélérant.

Les pneus dérapèrent sur le gravier et, dans le rétroviseur extérieur, elle vit un nuage de poussière noyer la lunette arrière.

— C'est l'oncle. J'ai rappelé, et j'ai parlé avec le père.

— L'oncle, hein ?

— Ouais, fit-il. Lui, on va l'observer de près.

Il freina, s'arrêta, car la route décrivait un virage à gauche en épingle, qui conduisait dans une impasse.

— Plymouth, dit-elle, en désignant un étroit chemin de terre, sur la droite.

Il repartit en marche arrière, pour faire demi-tour sans verser dans le fossé.

— J'ai saisi leurs noms dans l'ordinateur.

— Des résultats ?

— Le père a écopé d'une contredanse pour excès de vitesse à Atlanta, il y a deux jours.

— Joli alibi.

— Atlanta n'est pas très loin, releva-t-il. Mais qui aurait l'idée de venir habiter ici ?

— Pas moi, lâcha-t-elle.

Elle regarda les prés ondoyants, par la fenêtre. Quelques vaches paissaient et deux ou trois chevaux galopaient au loin, comme dans un film. On aurait pu voir cet endroit comme un joli petit brin de paradis, mais regarder les vaches brouter toute la journée ne lui aurait pas suffi, il lui en aurait fallu plus.

— Quand est-ce qu'on a construit tout ça, par ici ? se demanda-t-il à haute voix.

Toujours en regardant de son côté de la route, elle venait en effet de découvrir une immense ferme, avec des rangs de plantations à perte de vue.

— C'est quoi, des plantations de cacahuètes ?

— Ça m'a l'air un peu haut pour ça.

— Qu'est-ce qui pousse d'autre, par ici ?

— Des républicains et du chômage... Ça doit être une espèce de ferme coopérative. Personne n'aurait les moyens de gérer une exploitation de cette taille tout seul.

— Nous y sommes.

Elle désigna un écriteau à l'entrée d'une allée qui serpentait vers une série de bâtiments. Les mots « Coopérative Soja Sainte Croissance » étaient inscrits dans une graphie fantaisie. Et, au-dessous, en petites lettres, la mention « Depuis 1984 ».

— C'est le genre hippy ? plaisanta-t-elle.

— Qui sait ? dit-il en remontant sa vitre pour échapper à l'odeur de bouse qui pénétrait dans l'habitacle. Ça ne me plairait pas vraiment d'habiter juste en face.

Elle vit une vaste grange d'allure récente, avec un groupe d'au moins cinquante ouvriers qui s'affairaient dehors. C'était sans doute l'heure de la pause.

— Le commerce du soja a l'air de bien se porter.

Il ralentit et s'arrêta au milieu du chemin.

— Est-ce que cet endroit figure même sur une carte ?

Elle ouvrit la boîte à gants et sortit un plan à reliure spirale de Grant County et ses environs. Elle feuilletait les pages, cherchant Avondale, quand Jeffrey grommela un juron et tourna en direction de la ferme. Une chose qu'elle appréciait chez son patron, c'était qu'il n'avait pas peur de demander son chemin. Greg était pareil – en général, Lena était plutôt du style à insister pour continuer encore trois kilomètres, histoire de voir si, avec un peu de chance, ils ne finiraient pas par trouver leur chemin tout seuls.

L'allée menant à la grange était une espèce de route à deux voies, avec des bas-côtés sillonnés de traces de pneus. Il devait y avoir des passages de gros camions qui venaient enlever le soja ou tout ce qui poussait dans le coin. Elle ne savait pas à quoi ça ressemblait, le soja, mais elle s'imaginait qu'il en fallait beaucoup pour remplir un carton, et encore plus pour charger un camion plein.

— On va essayer ici.

Il pila et se mit au point mort. Elle sentait bien qu'il était énervé, mais elle ne savait pas si c'était parce qu'ils s'étaient perdus ou parce que ce détour allait faire attendre la famille encore plus longtemps. Avec les années, au contact de son chef, elle avait appris qu'il valait mieux se débarrasser le plus vite possible des mauvaises nouvelles, à moins qu'il y ait quelque chose à gagner à patienter.

Ils contournèrent la grange et elle vit un second groupe d'ouvriers qui se tenaient debout, là, derrière, et un vieil homme, petit, l'air maigre et nerveux, qui hurlait si fort que même à quinze mètres de distance, on l'entendait aussi distinctement qu'une cloche.

— Le Seigneur ne tolère pas la paresse! criait l'homme, l'index pointé à quelques centimètres du visage d'un autre, plus jeune que lui. Ta faiblesse nous coûte toute une matinée de travail!

Celui qui se voyait ainsi embroché du doigt avait les yeux baissés, l'air contrit. Il y avait deux filles dans le groupe, et qui pleuraient toutes les deux.

— La faiblesse et la rapacité! proclama le vieil homme.

La colère perçait dans sa voix, au point que chaque mot résonnait comme une mise en accusation. Il tenait une Bible dans son autre main, qu'il brandissait comme une torche, manière sans doute de leur ouvrir à tous la voie vers l'illumination.

— Ta faiblesse te suivra partout! cria-t-il encore. Le Seigneur te mettra à l'épreuve, et tu dois être fort!

— Mon Dieu, grommela Jeffrey. Excusez-moi, monsieur, s'il vous plaît?

L'homme se retourna, sa mine renfrognée se mua en une expression déconcertée, puis il se rembrunit. Il portait une chemise blanche à manches longues amidonnée et repassée au cordeau. Son jean était tout aussi raide, le pli impeccable, au fil du rasoir. Il avait une casquette de base-ball de l'équipe des Braves posée sur la tête, et ses grandes oreilles dépassaient de part et d'autre comme des panneaux. Il se servit du revers de sa manche pour s'essuyer les postillons de la bouche.

— Que puis-je pour vous, cher monsieur ?

Lena remarqua qu'il avait la voix rauque, à force d'avoir braillé.

— Nous cherchons Ephraïm Bennett, lui annonça Jeffrey.

L'expression de l'homme changea de nouveau du tout au tout. Il sourit de toutes ses dents, ses yeux scintillèrent.

— De l'autre côté de la route, dit-il, en désignant le chemin par où Lena et Jeffrey étaient arrivés. Vous redescendez, vous prenez à gauche, et ensuite vous verrez, c'est à peu près à quatre cents mètres sur la droite.

En dépit de son attitude enjouée, l'atmosphère de tension restait palpable, en suspens comme un nuage prêt à crever. Difficile d'associer l'homme qui venait de crier quelques minutes plus tôt avec ce vieux et aimable grand-père qui leur offrait à présent son aide.

Elle observa le groupe des ouvriers – à peu près une dizaine en tout. Certains semblaient avoir déjà un pied dans la tombe. Une fille en particulier paraissait avoir du mal à rester debout, sans que Lena sache trop si c'était sous le coup du chagrin ou de l'ébriété. Ils avaient tous l'air d'une bande de hippies en manque.

— Merci, fit Jeffrey, mais on aurait dit qu'il n'avait pas vraiment envie de partir.

— Je vous souhaite une bienheureuse journée, lui répondit l'homme, et là-dessus il tourna le dos aux deux policiers, manière, en somme, de les congédier. Les enfants, reprit-il, en levant sa Bible en l'air, revenons à nos moutons.

Lena sentit Jeffrey hésiter, et ne bougea que lorsqu'il amorça un mouvement. Ils ne pouvaient tout de même pas plaquer l'homme à terre et lui demander ce qui se tramait ici, mais elle savait qu'ils partageaient la même pensée : il se passait des choses étranges par ici.

Ils gardèrent le silence jusqu'à ce qu'ils soient remontés dans leur véhicule. Il fit démarrer le moteur et sortit de l'esplanade en marche arrière, pour effectuer un demi-tour.

— C'était bizarre, fit-elle.

— Comment ça, bizarre ?

Elle ne comprenait pas s'il était en désaccord ou s'il essayait juste d'obtenir son point de vue sur la situation.

— Tout ce truc avec la Bible.

— Il m'avait l'air un peu empêtré dans son jargon, concéda-t-il, mais beaucoup de gens sont comme lui, dans le coin.

— Mais enfin ! insista-t-elle. Qui est-ce qui va apporter une Bible à son boulot ?

— Pas mal de gens, par ici, je dirais.

Ils regagnèrent la route principale et presque aussitôt elle avisa une boîte aux lettres qui dépassait, de son côté de la route. Le trois cent dix, dit-elle. C'est là.

Il s'engagea dans le virage.

— Ce n'est pas parce qu'un bonhomme est très croyant qu'il a quelque chose à se reprocher.

— Je n'ai pas dit ça, se défendit-elle.

Pourtant, c'était peut-être le fond de sa pensée. Depuis l'âge de dix ans, elle détestait l'église et tout ce qui sentait le bonhomme dressé en chaire, délivrant des ordres à la cantonade. Son oncle Hank était désormais tellement enfoui dans la religion que c'en était une dépendance encore plus dommageable que le speed qu'il s'était injecté dans les veines pendant presque trente ans.

— Essaie quand même de conserver une certaine ouverture d'esprit.

— Ouais, répondit-elle, en se demandant s'il lui était sorti de la tête qu'elle s'était fait violer deux ans plus tôt par un dingue de Jésus qui prenait son pied à crucifier les femmes. Si Lena était anti-religion, elle avait de sacrées bonnes raisons.

Il descendit jusqu'en bas de l'allée, si longue qu'elle se demanda s'ils n'avaient pas tourné au mauvais endroit. En dépassant une grange penchée et ce qui ressemblait à un appentis, elle eut une impression de déjà-vu. Des endroits de ce genre, il y en avait un peu partout, à Reese, où elle avait grandi. Les années Reagan et la politique de déréglementation du gouvernement fédéral avaient mis les fermiers à genoux. Des familles avaient fini par abandonner purement et simplement la terre qui leur appartenait depuis des générations, laissant à la banque le soin de décider quoi en faire. En général, la banque vendait la terre à des multinationales qui, en échange, embauchaient des travailleurs immigrés, ni vu ni connu, histoire de contenir la masse salariale et de doper les profits.

— Est-ce qu'on utilise du cyanure dans les pesticides ? demanda Jeffrey.

— Aucune idée.

Elle sortit son carnet pour noter et ne pas oublier de se documenter.

Il ralentit, car ils débouchaient sur une montée plutôt raide. Trois chèvres leur barraient la route, et il klaxonna pour les faire décamper. Elles s'éloignèrent en trottant pour aller se réfugier dans ce qui ressemblait à un poulailler, faisant tinter les clochettes qu'elles avaient à l'encolure. Une adolescente et un jeune garçon se tenaient devant une porcherie, portant un seau à deux. La jeune fille était vêtue d'une robe droite toute simple et le garçon d'une salopette sans chemise, pieds nus. Quand la voiture passa, ils la suivirent du regard et Lena sentit les poils de ses bras se hérisser.

— Si quelqu'un se met à jouer du banjo, je me tire d'ici, grinça Jeffrey.

— Je te suis à cent pour cent, fit-elle, soulagée de voir la civilisation se profiler à l'horizon, enfin.

La maison était un cottage sans prétention, avec deux lucarnes enchâssées dans un toit très pentu. Les bardeaux semblaient fraîchement repeints, bien entretenus et, mis à part la vieille camionnette toute cabossée garée devant, on se serait cru au domicile d'un professeur, à Heartsdale. Des fleurs ceinturaient la véranda en façade et suivaient ensuite un chemin de terre en direction de l'allée. Quand ils descendirent de voiture, Lena vit une femme debout derrière la porte-moustiquaire. Elle avait les mains jointes devant elle, les doigts entrecroisés, et elle devina, à la tension palpable du geste, que c'était la mère de la jeune disparue.

— Ça ne va pas être commode, souffla Jeffrey et, pour la première fois, elle était contente que ce genre de mission fasse partie de son boulot à lui, et pas du sien.

Elle rabattit la portière, et garda la main posée sur le capot, tandis qu'un homme sortait de la maison. Elle s'attendait à ce que la femme suive, mais c'est un homme plus âgé qui sortit en traînant des pieds.

— Chef Tolliver ? fit le plus jeune.

Il avait des cheveux roux foncé, mais sans les taches de rousseur qui vont en général avec. Sa peau était pâle et laiteuse et ses yeux verts étaient si clairs, dans le soleil du matin, qu'elle put repérer leur couleur à au moins trois mètres de distance. Il était beau garçon, dans son genre, mais la chemise à col boutonné et à manches courtes qu'il portait soigneusement rentrée dans son pantalon Dockers kaki lui donnait un air de prof de maths de lycée.

Jeffrey avait l'air un peu décontenancé, exactement pour la même raison qu'elle, mais il reprit vite ses esprits.

— M. Bennett ?

— Lev Ward, rectifia l'autre. Voici Ephraïm Bennett, le père d'Abigail.

— Oh, fit Jeffrey, et Lena comprit qu'il était surpris.

Même coiffé d'une casquette de base-ball et vêtu d'une salopette, Ephraïm Bennett paraissait avoir quatre-vingts ans, ce n'était donc guère l'âge d'un homme qui aurait une fille autour de la vingtaine. Et pourtant, il était sec, mince et noueux, avec une lueur pétillante de santé dans les yeux. Ses deux mains tremblaient de façon notable, mais elle se dit que rien ne devait lui échapper.

— Je suis désolé de faire votre connaissance en de telles circonstances.

Ephraïm gratifia Jeffrey d'une poignée de main qui semblait ferme, malgré sa paralysie flagrante.

— Je vous suis reconnaissant de bien vouloir prendre ça en charge personnellement, monsieur.

Il avait la voix forte, avec cet accent traînant du Sud que Lena n'entendait plus jamais, sauf dans les films hollywoodiens. Il la salua en levant le majeur et l'index au bord de son chapeau.

En réponse, elle opina, observant Lev, qui avait l'air d'être celui en charge, malgré les trente et quelques années qui devaient séparer les deux hommes.

Ephraïm s'adressa encore à Jeffrey.

— Merci d'être venu si vite.

Lena ne trouvait pourtant pas que leur intervention brillait par sa rapidité. L'appel datait de la veille au soir. Si Jeffrey avait été à l'autre bout du fil, à la place d'Ed Pelham, il aurait tout de suite pris le volant pour se rendre au domicile des Bennett, sans attendre le lendemain.

Il s'excusa donc.

— Il y avait un problème de juridiction.

— C'est ma faute, dit Lev. C'est que la ferme, elle, se trouve bien dans le Comté de Catoogah. Je reconnais que je n'ai pas plus réfléchi que ça.

— Aucun de nous n'a réfléchi, s'excusa Ephraïm.

Lev inclina la tête, comme pour donner son absolution.

— Nous nous sommes arrêtés à la ferme de l'autre côté de la rue, pour demander notre chemin. Il y avait un homme là-bas, soixante-cinq, soixante-dix ans environ...

— Cole, l'informa Lev. Notre contremaître.

Jeffrey marqua une pause, sans doute dans l'attente de recevoir davantage d'informations. Comme rien ne vint, il poursuivit.

— Il nous a indiqué le chemin.

— Désolé de ne pas vous avoir donné d'indications plus claires, reprit Lev avant de proposer : Entrez donc, nous pourrons parler avec Esther.

— Votre belle-sœur ? s'enquit Jeffrey.

— Ma petite sœur, rectifia Lev. J'espère que ça ne vous ennuie pas, mais mon frère et mes autres sœurs vont se joindre à nous, eux aussi. Nous sommes restés debout toute la nuit, à nous faire du souci pour Abby.

— Est-ce qu'elle a déjà fugué avant ? voulut savoir Lena.

— Désolé, fit Lev, en tournant son attention vers Lena. Je ne me suis pas présenté.

Il lui tendit la main. Elle s'était attendue à la poigne molle et fatiguée si fréquente chez plus d'un homme : ils prenaient la main d'une femme avec une telle légèreté, comme s'ils redoutaient de la briser. En fait, il lui réserva la même poigne franche et vigoureuse qu'à Jeffrey, en la regardant droit dans les yeux.

— Leviticus Ward.

— Lena Adams, lui dit-elle.

— Inspecteur ? devina-t-il. Tout ça nous a tellement perturbés. Veuillez excuser mes vilaines manières.

— C'est compréhensible, le rassura-t-elle, non sans constater qu'il s'était débrouillé pour esquiver sa question au sujet d'Abby.

Il recula, et invita Lena avec élégance.

— Après vous.

Elle se dirigea vers la maison, en surveillant leurs ombres qui la suivaient, étonnée par leurs façons démodées. Quand ils eurent atteint la porte d'entrée, Lev la lui tint ouverte, la laissant entrer la première.

Esther Bennett était assise sur le canapé, les chevilles croisées, les mains dans le creux des cuisses. Elle se tenait raide comme un piquet, et Lena, qui avait tendance à voûter les épaules, se surprit à les redresser, comme si elle voulait se mesurer à cette femme.

— Chef Tolliver ? demanda Esther Bennett.

Elle était bien plus jeune que son mari, la quarantaine, des cheveux noirs légèrement grisonnants aux tempes. Avec sa robe en coton et son tablier à carreaux rouges, elle ressemblait à un personnage tout droit sorti d'un livre de cuisine de Betty Crocker. Elle avait noué ses cheveux en un chignon serré, derrière la nuque, mais à en juger par les mèches qui s'en étaient échappées, ils devaient être presque aussi longs que ceux de sa fille. Dans l'esprit de Lena, cela ne faisait aucun doute, la jeune fille morte était bien la fille de cette femme. Elles se ressemblaient comme deux gouttes d'eau.

— Appelez-moi Jeffrey. Vous avez une superbe maison, madame Bennett, ajouta-t-il.

Il disait toujours ces mots-là, même si l'endroit était un taudis. Dans ce cas précis toutefois, « banale » eût été l'adjectif le plus approprié pour décrire la maison des Bennett. Il n'y avait pas de bibelots sur la table basse et le manteau de la cheminée était propre et dépouillé, mis à part une simple croix en bois accrochée au mur de brique. Deux fauteuils à confessionnal aux oreillons défraîchis, mais d'aspect robuste, flanquaient la fenêtre qui donnait sur le jardin côté façade. Le canapé ocre orangé était sans doute une relique des années 1960, mais il était encore en bonne forme. Il n'y avait pas de tentures, pas de stores aux fenêtres, et le plancher était nu, sans le moindre tapis. Le lustre au plafond devait être d'origine, ce qui devait lui conférer à peu près le même âge qu'Ephraïm. Lena en déduisit qu'ils se trouvaient dans le salon d'apparat, même si un rapide coup d'œil dans le couloir lui suffit pour vérifier que le reste de la maison respectait le même style minimaliste.

Vu la question que posa Jeffrey, il devait penser la même chose :

— Vous vivez ici depuis longtemps ?

C'est Lev qui se chargea de la réponse.

— Ça remonte à avant la naissance d'Abby.

— Je vous en prie, fit Esther, avec un geste d'invite des deux mains. Prenez un siège.

Elle se leva, alors que Jeffrey allait s'asseoir, et il se releva aussitôt.

— Je vous en prie, répéta-t-elle.

— Le reste de la famille devrait être bientôt là, lui signala Lev.

— Aimeriez-vous boire quelque chose, chef Tolliver, proposa Esther. Un peu de citronnade ?

— Ce serait gentil, acquiesça-t-il, parce qu'il savait qu'accepter cette offre mettrait cette femme plus à son aise.

— Et vous, mademoiselle... ?

— Adams, acheva Lena. Ça ira très bien, je vous remercie.

— Esther, cette jeune femme est inspecteur, expliqua Lev.

— Oh, fit-elle, l'air troublé de sa méprise. Je suis désolée, inspecteur Adams.

— Aucun problème, lui assura-t-elle, en se demandant pourquoi elle avait l'impression que c'était elle qui aurait dû s'excuser.

Il y avait quelque chose d'étrange dans cette famille, et elle se demandait quels secrets ils cachaient. Depuis la vision du vieux cinglé, à la ferme, son radar était en alerte maximum. D'après elle, la pomme ne tombait jamais loin de l'arbre.

— De la citronnade, ce serait très plaisant, Esther, fit Lev.

Lena perçut sa dextérité à maîtriser la situation. Il semblait très fort pour prendre tout en charge, ce qui la mettait toujours sur ses gardes, dans une enquête.

Esther avait repris un peu contenance.

— Je vous en prie, mettez-vous à votre aise, faites comme chez vous. Je reviens tout de suite.

Elle sortit de la pièce en silence, ne s'arrêtant que pour poser brièvement la main sur l'épaule de son époux.

Les hommes restèrent debout, en cercle, comme s'ils attendaient quelque chose. Lena saisit le sens du regard de son chef.

— Et si j'allais l'aider ? proposa-t-elle.

Les hommes parurent soulagés et, alors qu'elle empruntait le couloir à la suite d'Esther, elle entendit Lev partir d'un petit rire, suite à une réflexion qu'elle n'avait pu entendre. Sans doute, se dit-elle, sur le fait que la place d'une femme était à la cuisine. Elle avait l'impression très nette que cette famille fonctionnait à l'ancienne, les hommes aux commandes et les femmes qui font tapisserie.

Elle prit tout son temps pour gagner l'arrière de la maison, espérant y déceler un indice. Il y avait trois portes sur la droite, toutes fermées, probablement des chambres. Sur la gauche, une sorte de salle de séjour, et une grande bibliothèque remplie de livres du sol au plafond, ce qui était un rien surprenant. Sans trop savoir pourquoi, elle avait toujours considéré que les religieux fanatiques avaient tendance à ne pas lire.

Si Esther était aussi âgée qu'elle en avait l'air, alors son frère Lev devait approcher la cinquantaine. Il avait le verbe éloquent et la voix d'un prêcheur baptiste. Lena n'avait jamais été spécialement attirée par les hommes au teint laiteux, mais ce Lev dégageait quelque chose de presque magnétique. De prime abord, il lui évoquait un peu Sara Linton. Il émanait d'eux la même confiance en soi, mais chez Sara cette assurance finissait par avoir un côté rebutant. Chez Lev, c'était plutôt apaisant. Il aurait fait un formidable vendeur de voitures d'occasion.

— Oh ! fit Esther, effarouchée par la soudaine apparition de Lena dans la cuisine.

Elle tenait à la main une photographie, et semblait hésiter à la lui montrer. En fin de compte, elle se décida et lui tendit le cliché. C'était une enfant qui devait avoir douze ans, avec de longues couettes châtain.

— Abby ? demanda Lena, identifiant sans l'ombre d'un doute la jeune fille que Jeffrey et Sara avaient découverte dans les bois.

Esther étudia Lena du regard, comme si elle essayait de lire dans ses pensées. Elle eut l'air de conclure qu'elle n'avait pas envie de savoir, car elle retourna à son travail en cuisine, tournant le dos à Lena.

— Abby adore la citronnade, dit-elle. Elle l'aime sucrée, mais je dois dire que moi je ne l'apprécie pas trop doucereuse.

— Moi non plus, acquiesça Lena, non parce que c'était vrai, mais parce qu'elle voulait paraître agréable. Depuis qu'elle avait posé le pied dans cette maison, elle se sentait mal à l'aise. En tant que flic, elle avait appris à se fier à ses premières impressions.

Esther découpa un citron en deux et le pressa à la main dans une passoire en métal. Elle avait épuisé de la sorte six citrons, et le bol sous la passoire était plein.

— Je peux vous aider ? proposa Lena, songeant que les seules boissons qu'elle ait jamais préparées venaient en général d'un magasin de spiritueux et passaient en général au mixeur.

— Non non, ça va, fit Esther. La carafe est au-dessus de la cuisinière, ajouta-t-elle aussitôt sur un ton désolé, comme si elle venait d'insulter sa visiteuse.

Lena s'approcha du placard et en sortit une grande carafe en cristal. Elle était lourde, et c'était une antiquité. Elle se servit de ses deux mains pour la porter jusqu'au plan de travail.

Elle tâcha de trouver quelque chose à dire.

— J'aime assez la lumière, ici.

Il y avait une grande barre de néons au-dessus de sa tête, mais elle n'était pas allumée. Trois larges fenêtres s'alignaient au-dessus de l'évier et deux longues tabatières, au-dessus de la table de la cuisine, achevaient d'éclairer la pièce. Comme le reste de la maison, c'était ordinaire et banal, et elle était sidérée qu'on puisse choisir de vivre dans une telle austérité.

Esther leva les yeux vers le soleil.

— Oui, c'est agréable, n'est-ce pas ? Le père d'Ephraïm a tout construit, du sol au plafond.

— Vous êtes mariés depuis longtemps ?

— Vingt-deux ans.

— Abby est votre aînée ?

Elle sourit, sortit encore un citron du sac.

— C'est exact.

— Nous avons vu deux gamins en arrivant ici.

— Rebecca et Zeke, lui précisa-t-elle, toujours avec un sourire de fierté. Becca, c'est la mienne. Zeke est le fils de Lev, qu'il a eu avec sa défunte épouse.

— Deux filles, dit Lena, songeant qu'elle s'exprimait comme une idiote. Ce doit être sympa.

Esther fit rouler un citron sur la planche à découper pour l'attendrir.

— Oui, admit-elle, mais Lena avait perçu la nuance d'hésitation.

Elle regarda par la fenêtre de la cuisine, dans le pré. Elle vit plusieurs vaches couchées sous un arbre.

— Cette ferme, de l'autre côté de la rue..., commença-t-elle.

— La coopérative, acheva Esther à sa place. C'est là que j'ai connu Ephraïm. Il est venu travailler là-bas, oh, ce devait être juste après que papa avait acheté la deuxième tranche, au milieu des années quatre-vingt. Nous nous sommes mariés, et nous avons emménagé ici peu après.

— Vous deviez avoir l'âge d'Abby, en déduisit Lena.

Esther leva les yeux, comme si cela ne lui avait jamais traversé l'esprit.

— Oui, fit-elle. Vous avez raison. Je venais à peine de tomber amoureuse et je suis partie m'installer seule. J'avais le monde entier à mes pieds.

Elle pressa encore un citron dans la passoire.

— Le type plus âgé sur qui nous sommes tombés..., poursuivit Lena. Cole ?

Esther sourit.

— Il est à la ferme depuis toujours. Papa l'a rencontré il y a des années.

Lena attendit la suite, mais rien ne vint. Comme Lev, Esther n'avait pas l'air décidée à lui fournir trop d'informations au sujet de Cole, et cela piquait encore plus sa curiosité.

Elle se souvint de la question que Lev avait esquivée tout à l'heure, et jugea que le moment était aussi bien choisi pour la lui poser.

— Est-ce qu'Abby a déjà fugué avant cela ?

— Oh, non, ce n'est pas son genre.

— C'est quoi, son genre ? s'enquit-elle, en se demandant si la mère savait que sa fille était enceinte.

— Abby est très dévouée à sa famille. Jamais elle ne commettrait un acte aussi inconsidéré.

— Il arrive parfois que les jeunes filles de cet âge fassent certaines choses sans réfléchir aux conséquences.

— C'est plus le style de Becca, ça, reconnut Esther.

— Rebecca a déjà fugué ?

La vieille femme éluda la question, et répondit à côté.

— Abby n'est jamais passée par une phase de rébellion. À cet égard, elle me ressemble beaucoup.

— Comment ?

Esther parut sur le point de répondre, mais changea aussitôt d'avis. Elle souleva la carafe et y versa le jus de citron. Elle s'approcha de l'évier et ouvrit le robinet, laissa couler pour que l'eau refroidisse.

Lena se demanda si cette femme était naturellement réticente ou si elle éprouvait le besoin de censurer ses réponses, de peur que son frère ne trouve qu'elle en avait trop dit. Elle essaya de réfléchir au moyen de sortir Esther de sa réserve.

— J'étais la plus jeune, lui confia-t-elle – ce qui était vrai, fût-ce de deux minutes. Je m'attirais tout le temps des ennuis.

Esther acquiesça dans un borborygme, mais sans rien ajouter de plus.

— Il est difficile d'accepter que vos parents soient des individus à part entière, poursuivit Lena. Vous passez le plus clair de votre temps à exiger d'eux qu'ils vous traitent en adulte, mais vous n'êtes pas disposée à leur rendre cette politesse.

La vieille femme regarda par-dessus son épaule, en direction du couloir, avant de lui révéler enfin une information.

— Rebecca a fugué, l'an dernier. Elle est rentrée le lendemain, mais cela nous a causé une frayeur terrible.

— Et Abby, est-ce qu'elle a déjà disparu de la sorte ? demanda une nouvelle fois Lena.

La voix d'Esther se réduisit presque à un chuchotement.

— Parfois, elle allait là-bas, à la ferme, sans nous avertir.

— Juste de l'autre côté de la rue ?

— Oui, juste de l'autre côté de la rue. C'est très bête, je sais, de se dire que ça a suffi à nous bouleverser. La ferme est une annexe de la maison. Abby n'a jamais couru le moindre danger. Nous nous sommes juste inquiétés quand ç'a été l'heure du souper et que nous étions toujours sans nouvelles d'elle.

Lena comprit alors que Mme Bennett faisait allusion à un événement bien précis, et non à une série d'épisodes.

— Abby est restée toute la nuit là-bas ?

— Avec Lev et Papa. Ils habitent là, avec Mary. Ma mère est décédée, quand j'avais trois ans.

— Qui est Mary ?

— Ma sœur aînée.

— Plus âgée que Lev ?

— Oh, non, Lev est le plus âgé de nous tous. Ensuite c'est Mary, Rachel, puis Paul, et moi.

— Ça en fait, une famille, s'extasia Lena, songeant que leur mère avait dû mourir d'épuisement.

— Papa était enfant unique. Il souhaitait avoir beaucoup d'enfants autour de lui.

— Votre père possède la ferme ?

— La famille en possède la plus grande partie, avec quelques autres investisseurs, lui expliqua-t-elle, en ouvrant un des placards pour en descendre un gros sac de sucre. Papa l'a créée il y a de ça vingt ans.

Lena essaya de formuler sa question de façon diplomatique.

— Je pensais que les coopératives étaient la propriété de leurs ouvriers.

— Tous les ouvriers ont l'opportunité d'investir, s'ils sont à la ferme depuis plus de deux ans, lui précisa-t-elle, en mesurant la dose de sucre avec une tasse.

— D'où viennent-ils, ces ouvriers ?

— D'Atlanta, pour la plupart.

Elle remua la citronnade avec une cuiller en bois, pour mélanger.

— Certains sont juste de passage, en quête de quelques mois de solitude. D'autres veulent adopter un certain mode de vie et décident de rester. Nous les appelons nos « pauvres âmes », car ils sont comme des âmes perdues.

Un sourire teinté d'ironie lui effleura les lèvres.

— Je ne suis pas naïve. Je sais bien que certains sont en cavale. Et si nous avons toujours hésité à faire appel à la police, c'est précisément à cause de ça. Nous souhaitons les aider, pas les cacher, mais certains fuient des épouses ou des parents qui les maltraitent. Nous ne pouvons pas nous borner à protéger ceux qui sont d'accord avec nous. Cela doit s'appliquer à tous, ou à aucun.

— Faire appel à la police pour quoi ?

— Il y a eu des vols, dans le passé, lui avoua-t-elle. Je sais, il vaudrait mieux que je me taise, mais Lev n'irait sûrement pas vous mentionner ce genre de menues contrariétés. Nous vivons très isolés ici, comme vous l'avez sans doute remarqué, et le shérif du coin n'est pas trop enclin à tout laisser tomber pour se précipiter ici sous prétexte qu'une fourche a disparu.

Pelham ne se précipiterait pour rien, sauf son dîner.

— Ça se limitait à ça ? Quelques fourches manquantes ?

— Des pelles ont disparu, deux brouettes.

— Du bois ?

Elle adressa à Lena un regard plein de confusion.

— Eh bien, je n'en sais rien. Nous n'utilisons pas trop de bois, à la ferme. Vous voulez dire des piquets ? Les plants de soja ne font pas de plantes grimpantes.

— Qu'est-ce qu'on vous a volé d'autre ?

— La caisse de petite monnaie dans la grange, il y a de ça environ un mois. Elle contenait environ trois cents dollars, je crois.

— Pourquoi vous gardiez la petite monnaie ?

— Pour acheter de la quincaillerie, parfois une pizza si des gars ont travaillé tard. Nous traitons les plantes ici nous-mêmes, ce qui occasionne beaucoup de tâches répétitives. Certaines pauvres âmes dont nous héritons ne sont pas hautement qualifiées, mais il y en a que ces travaux-là ennuient à périr. Nous les plaçons dans d'autres secteurs de la ferme, comme la livraison, la comptabilité. Pas les gros comptes, mais le dépouillement des factures, le classement. Notre but, c'est de leur apprendre un métier utile, de leur apporter un sentiment d'accomplissement, de les ramener à leur existence véritable.

Aux yeux de Lena, tout cela ressemblait à une sorte de secte, et ses dispositions habituelles à cet égard reprirent le dessus.

— Donc, vous les ramenez tout droit d'Atlanta et tout ce qu'ils doivent faire, en échange, c'est réciter leurs prières du soir ?

Esther sourit, comme si elle voulait lui faire plaisir.

— Nous nous contentons de leur demander d'assister à l'office du dimanche. Ce n'est pas obligatoire. Nous observons la communion tous les soirs à huit heures, et là aussi ils sont les bienvenus. La plupart d'entre eux choisissent de ne pas y assister, et cela nous convient tout à fait. Nous n'exigeons rien, si ce n'est qu'ils obéissent aux règles et qu'ils se conduisent avec respect à notre égard et envers leurs pairs.

Elles s'étaient pas mal éloignées du sujet, et Lena s'efforça de redresser le cap.

— Vous travaillez à la ferme ?

— En temps normal, j'assure l'école pour les enfants. Presque toutes les femmes qui viennent travailler ici ont des gosses. J'essaie de les aider autant que je peux, mais là encore, en règle générale, elles ne restent jamais très longtemps. Tout ce que je peux leur apporter, c'est une structure.

— Combien de personnes à la fois avez-vous ici ?

— À peu près deux cents, selon mon estimation. Vous devriez plutôt poser cette question à Lev. Je ne me tiens pas au courant des registres du personnel et le reste.

Lena nota dans sa tête de se faire remettre ces registres, et pourtant, elle ne put empêcher une image de lui traverser l'esprit, celle d'une bande de jeunes gamins subissant un lavage de cerveau pour se laisser convaincre d'abandonner leurs possessions matérielles et de se joindre à cette famille bizarroïde. Elle se demandait si Jeffrey, dans l'autre pièce, n'était pas en train de se forger la même impression.

— Vous poursuivez l'enseignement d'Abby ?

— Nous parlons surtout de littérature. Je crains fort de ne pas avoir grand-chose à lui offrir, au-delà du cursus de lycée habituel. Nous avions envisagé l'idée, Ephraïm et moi, de l'envoyer dans une petite université, pourquoi pas à Tiftin ou à West Georgia, mais ça ne l'intéressait pas. Elle aime travailler à la ferme, voyez-vous. Son don, c'est d'aider les autres.

— Vous avez toujours fait ça ? La scolarité à domicile, je veux dire.

— Nous avons tous été scolarisés à domicile. Tous, sauf Lev.

Elle sourit avec fierté en ajoutant :

— Paul a reçu l'une des notes les plus élevées de l'État lors de son examen d'entrée à l'Université de Géorgie.

Lena ne s'intéressait guère à la carrière universitaire de Paul.

— C'est votre seul boulot à la ferme ? Enseigner ?

— Oh non, fit-elle en riant. Tout le monde à la ferme doit s'occuper d'un peu tout, à un moment donné. J'ai commencé dans les champs, comme Becca aujourd'hui. Zeke est encore un petit peu trop jeune, mais il va commencer, ces prochaines années. Papa estime que si vous êtes appelé à diriger l'entreprise un jour, il faut en connaître tous les rouages. Je me suis plongée dans la comptabilité un bon moment. Malheureusement, je n'avais aucune disposition pour les chiffres. Si j'agissais comme bon me semble, je resterais toute la journée sur le sofa, à lire. Papa veut que nous soyons prêts pour le jour où il lui arrivera quelque chose.

— Et vous finirez par diriger la ferme ?

À cette allusion, elle rit de nouveau, comme si diriger une entreprise allait au-delà de ce qu'une femme pouvait prétendre.

— Peut-être que Zeke ou l'un des garçons s'en occupera. Le tout, c'est d'être prêt. C'est aussi important si l'on considère que notre main-d'œuvre n'est pas particulièrement motivée, car elle ne reste pas. Ce sont des gens de la ville, habitués à une existence qui va plus vite. Au début, ils adorent être ici... la paix, la solitude, la facilité de tout ceci comparé à leur ancienne vie dans la rue, mais ils finissent par s'ennuyer un peu, même beaucoup et, avant qu'ils aient eu le temps de se retourner, tout ce qui les avait poussés à aimer cette vie leur donne envie de repartir en courant. Nous essayons de nous montrer sélectifs dans notre formation. On n'a aucune envie de passer toute une saison à apprendre un métier spécialisé à quelqu'un qui va tout laisser en plan d'un seul coup pour retourner en ville.

— La drogue ? s'enquit Lena.

— Bien entendu, fit-elle. Mais là, nous sommes très prudents. La confiance, ça se mérite. À la ferme, nous n'autorisons ni l'alcool ni les cigarettes. Si vous voulez aller en ville, libre à vous, mais personne ne vous y conduira. Dès la première minute où ils mettent les pieds ici, nous les prions de signer un contrat sur les règles de vie. S'ils le rompent, ils prennent la porte. La majorité d'entre eux y est sensible, et les nouveaux venus apprennent de la bouche des anciens que nous ne plaisantons pas sur cette question.

Le ton de sa voix se radoucit.

— Je sais que ça peut sembler rude, mais il nous faut nous débarrasser des mauvais sujets pour que ceux qui s'efforcent de bien se comporter conservent une chance. Assurément, dans votre position d'officier de police judiciaire, vous le comprenez.

— Combien de personnes vont et viennent, ici ? voulut-elle savoir. À peu près ?

— Oh, je dirais que nous avons un taux de retour d'environ soixante-dix pour cent.

Là encore, elle s'en remit aux hommes de la famille :

— Il faudrait poser la question à Lev ou à Paul, pour avoir le pourcentage exact. Ce sont eux qui assurent la marche des choses.

— Mais vous avez bien remarqué que des gens allaient et venaient ?

— Bien entendu.

— Et Abby ? fit Lena. Est-ce qu'elle est heureuse, ici ?

Esther sourit.

— Je l'espère, mais nous n'obligeons jamais les gens à rester s'ils n'en ont pas envie.

Lena opina comme si elle comprenait, mais son interlocutrice éprouva le besoin de préciser sa pensée.

— Je sais que cela peut vous paraître curieux. Nous sommes des gens très croyants, mais nous ne pensons pas qu'il faille forcer les autres à embrasser la religion. Tout ce qui touche au Seigneur doit s'accomplir de votre plein gré, sinon, pour Lui, cela ne signifie rien. Je sens, d'après vos questions, que vous êtes sceptique sur les modes de fonctionnement de la ferme et de notre famille, mais je puis vous assurer que nous ne travaillons que pour le bien de tous, ici. Nous ne sommes pas préoccupés par l'investissement dans les biens matériels, comme vous pouvez le constater, fit-elle en désignant la maison. Nous nous investissons dans le sauvetage des âmes.

Son sourire placide était encore plus désarmant que tout ce que Lena avait déjà pu découvrir aujourd'hui. Elle tâcha de se faire une raison.

— De quel genre de choses Abby s'occupe-t-elle, à la ferme ?

— Elle est déjà meilleure avec les chiffres que je ne le suis, lui répondit Esther, là encore non sans fierté. Elle a travaillé pendant un temps au bureau, mais elle a fini par s'embêter, alors nous sommes tous tombés d'accord pour qu'elle se mette à travailler comme trieuse. Ce n'est pas un emploi d'une complexité extrême, mais ça la met en contact avec beaucoup de gens. Elle aime être au milieu du monde, se fondre. Je suppose que n'importe quelle jeune fille ressent cela.

Lena attendit un petit moment, se demandant pourquoi cette femme tardait tant à l'interroger sur l'endroit où se trouvait sa fille. Soit Esther était dans une complète dénégation, soit elle savait exactement où se trouvait sa fille.

— Est-ce qu'Abby était au courant de ces vols ?

— Peu de gens étaient au courant, lui affirma-t-elle. Lev préfère laisser l'Église traiter les questions d'Église.

— L'Église ? s'étonna Lena, comme si elle n'avait pas déjà compris.

— Oh, désolée, fit l'autre, et Lena ne comprenait pas pourquoi elle débutait toutes ses phrases par un mot d'excuses. L'Église de la Grande Bonté. C'est vrai que j'ai toujours tendance à partir du principe que tout le monde sait de quoi nous nous occupons.

— Et de quoi vous occupez-vous ?

À l'évidence, Lena ne réussissait pas très bien à dissimuler son cynisme, mais Esther consentit tout de même à une explication patiente.

— La Sainte Croissance finance notre association d'entraide, à Atlanta.

— Quel genre d'association ?

— Nous essayons de poursuivre l'œuvre de Jésus avec les pauvres. Nous entretenons des contacts avec plusieurs foyers de sans-abri et de femmes qui subissent des mauvais traitements. Certains centres de réadaptation nous ont inscrits sur leurs listes de numéros directs. Parfois, nous accueillons des hommes et des femmes qui viennent tout juste de sortir de prison et n'ont nulle part où aller. C'est atterrant de voir la manière dont notre système judiciaire avale les gens, les broie et les recrache.

— Vous conservez des informations sur eux ?

— Dans la mesure du possible, admit-elle, en retournant à sa limonade. Nous avons des centres de formation, qui leur permettent d'apprendre la fabrication des produits. La filière du soja a pas mal changé, ces dix dernières années.

— C'est comme ça dans à peu près tout le secteur, observa Lena, songeant qu'il serait peu avisé de sa part de mentionner que la seule raison pour laquelle elle le savait, c'était parce qu'elle vivait avec une lesbienne mangeuse de tofu et dingue de nourriture bio.

— Oui, acquiesça Esther en prenant trois verres dans le placard.

— Je vais sortir de la glace, proposa Lena.

Elle ouvrit le congélateur et vit, en lieu et place des glaçons auxquels elle s'était attendue, un énorme bloc.

— Servez-vous de vos mains, proposa Esther. Ou alors je pourrais...

— Je l'ai, fit Lena, sortant le pain de glace et mouillant le devant de sa chemise.

— Nous avons une glacière de l'autre côté de la route, pour le stockage du froid. Ce serait du gaspillage d'utiliser de l'eau ici alors que nous avons tout ce qu'il faut là-bas.

D'un geste, elle indiqua l'évier à Lena, pour qu'elle y dépose le bloc.

— Nous essayons de préserver nos ressources naturelles du mieux que nous pouvons, reprit-elle, en s'aidant d'un pic pour faire sauter quelques éclats de glace. Papa a été le premier fermier de la région à irriguer à l'eau de pluie. Bien entendu, nous avons bien trop de terres pour ça, maintenant, mais nous les traitons autant que possible avec cette méthode.

Songeant à la question que s'était posée Jeffrey sur les origines éventuelles du cyanure, Lena saisit la balle au bond.

— Et les pesticides ?

— Oh, non, se récria Esther, en lâchant des morceaux de glace dans les verres. Nous ne nous en servons pas... jamais. Nous utilisons des engrais naturels. Vous n'avez pas idée de ce que les phosphates peuvent provoquer dans l'eau potable. Oh, non, répéta-t-elle avant de rire. Papa a été très clair d'emblée, nous devions procéder par des méthodes naturelles. Nous faisons tous partie de cette terre. Nous avons une responsabilité envers nos voisins et envers les gens qui viendront après nous.

— Cela me paraît très..., commença Lena en cherchant un terme qui soit positif. Responsable.

— Les gens pensent que c'est se donner beaucoup de mal pour rien, fit Esther. C'est une situation compliquée. Empoisonner l'environnement pour gagner davantage d'argent que nous ne pourrons en dépenser pour venir en aide aux nécessiteux, ou s'en tenir à nos principes et secourir moins de gens ? C'est le genre de question que Jésus a souvent soulevée : aider le plus grand nombre ou aider quelques élus ?

Elle lui tendit l'un des verres.

— Est-ce que c'est assez sucré à votre goût ? En général, ici, nous ne consommons guère de sucre.

Lena en but une gorgée, sentit sa mâchoire se contracter, comme serrée dans un étau.

— C'est un peu acide, réussit-elle à dire, en s'efforçant de réprimer le sifflement éraillé qui lui sortait de la gorge.

— Oh.

Esther ressortit le sucre, lui en versa une cuiller de plus dans son verre.

— Et maintenant ?

Elle prit cette fois une gorgée plus modeste.

— C'est bon, fit-elle.

— Bien, répéta la vieille femme.

Elle versa davantage de sucre dans un autre verre. Elle laissa le troisième tel quel, et Lena espéra que ce n'était pas celui qu'elle destinait à Jeffrey.

— Chacun les siens, hein ?

Et elle s'engouffra dans le couloir. Lena lui emboîta le pas.

— Comment ça ?

— Tout le monde n'a pas les mêmes goûts, lui expliqua-t-elle. Abby adore les bonbons. Un jour, quand elle était bébé, elle a avalé un bol de sucre presque plein avant même que je m'aperçoive qu'elle avait été fouiner dans le placard.

Elles dépassèrent la bibliothèque.

— Vous avez beaucoup de livres, observa Lena.

— Surtout des classiques. Quelques romans de gare et des épopées du Far West, bien entendu. Ephraïm adore les histoires de crime. Je pense que ce qui l'attire, c'est le côté très tranché de cet univers. Tout est noir, ou blanc. Les bons sont d'un côté, les mauvais de l'autre.

— Ce serait si commode, ne put s'empêcher de dire Lena.

— Becca préfère les histoires à l'eau de rose. Montrez-lui un livre avec un Adonis à longs cheveux sur la couverture et elle le terminera en deux heures.

— Vous l'autorisez à lire des histoires de ce genre ? s'étonna-t-elle.

Elle s'était imaginé que ces gens étaient des cinglés du même acabit que ceux qui militaient pour l'interdiction de Harry Potter.

— Nous laissons les enfants lire tout ce qu'ils veulent. Comme il n'y a pas de télévision à la maison, c'est une compensation. Même s'ils lisent des inepties, ça vaut mieux que de regarder des sottises à la télé.

Lena opina et se demanda ce que serait sa vie sans télévision. La seule chose qui lui avait permis de rester saine d'esprit, ces trois dernières années, c'était justement de regarder des émissions stupides.

— Ah, voilà, s'écria Lev quand elles entrèrent au salon.

Il prit un verre à Esther et le tendit à Jeffrey.

— Oh, non, l'arrêta-t-elle, en reprenant le verre. Pour vous, c'est celui-ci.

Elle donna la citronnade plus sucrée à Jeffrey qui, comme Ephraïm, s'était levé à leur arrivée dans la pièce.

— Je ne pense pas que vous l'aimiez aussi acide que Lev.

— Non, m'dame, acquiesça Jeffrey. Merci.

La porte de la maison s'ouvrit sur un homme qui évoquait une version masculine d'Esther, avec à ses côtés une femme plus âgée, d'apparence trop fragile pour marcher toute seule.

— Désolé, nous sommes en retard, s'excusa l'homme.

Jeffrey laissa son fauteuil à la vieille dame. Une autre femme entra, qui ressemblait encore plus à Lev, ses cheveux blonds aux reflets cuivrés noués en chignon très haut sur la tête. Aux yeux de Lena, c'était la quintessence de la fermière robuste capable de déposer son bébé au milieu du champ pour continuer la cueillette du coton tout le restant de la journée. Bon sang, cette famille dégageait une de ces forces ! La plus petite, c'était encore Esther, or elle mesurait déjà quinze bons centimètres de plus que Lena.

— Mon frère, Paul, fit Lev, en désignant l'homme. Et voici Rachel.

Celle-ci eut un hochement de tête en guise de salut.

— Et Mary.

D'après ce que lui avait rapporté Esther, Mary était plus jeune que Lev, elle devait avoir dans les quarante-cinq ans, mais son allure et ses gestes lui en donnaient vingt de plus. Elle prit son temps pour s'installer dans le fauteuil, comme si elle craignait de tomber et de se fracturer une hanche. Et quand elle prit la parole, sa voix aussi était celle d'une vieille femme.

— Il faut que vous m'excusiez. Je ne suis pas très bien ces derniers temps, dit-elle sur un ton qui invitait à la pitié.

— Mon père n'a pu se joindre à nous, lui expliqua Lev, éludant avec habileté la présence de sa sœur. Il a eu une attaque. Il ne sort pas tellement.

— Mais je vous en prie, le rassura Jeffrey, puis il s'adressa aux autres membres de la famille. Je suis le chef Tolliver. Voici l'inspecteur Adams. Merci à vous tous d'être venus.

— Et si nous nous asseyions ? suggéra Rachel, en s'approchant du canapé.

Elle fit signe à Esther de venir prendre place à côté d'elle. Là encore, Lena perçut bien la répartition des responsabilités entre les femmes et les hommes de la famille, l'attribution des sièges au salon et des tâches en cuisine d'un côté, et tout le reste de l'autre.

Son supérieur inclina la tête, juste à peine, pour inviter Lena à la gauche d'Esther, tandis que lui-même allait s'accouder au manteau de la cheminée. Lev attendit que Lena soit assise avant d'aider Ephraïm à s'installer dans le fauteuil à côté de Jeffrey. Ce dernier haussa légèrement les sourcils, et Lena comprit qu'il en avait sans doute entendu des vertes et des pas mûres, pendant qu'elle se trouvait à la cuisine. Elle était impatiente de confronter leurs impressions.

— Donc, fit Jeffrey, comme si, après s'être enfin débarrassé des menus bavardages, on allait pouvoir enfin en venir à l'essentiel. Vous dites qu'Abby a disparu depuis dix jours ?

— C'est ma faute, intervint tout de suite Lev, et Lena se demanda s'il n'allait pas tout avouer. J'ai cru qu'Abby accompagnait la mission à Atlanta avec le reste de la famille. Et Ephraïm, lui, était persuadé qu'elle restait à la ferme avec nous.

— Nous avons tous cru à cette dernière hypothèse, renchérit Paul. Je ne pense pas qu'il faille chercher à blâmer tel ou tel.

Pour la première fois, elle prit le temps d'étudier cet homme et songea qu'il s'exprimait comme un avocat. C'était le seul, parmi eux, à porter des vêtements apparemment achetés en magasin. Son costume était rayé, la cravate d'un ton magenta très prononcé qui contrastait avec la chemise blanche. La coupe de cheveux était professionnelle et stylée. Paul Ward avait l'air d'un rat des villes, à côté de ses rats des champs de frères et sœurs.

— Quoi qu'il en soit, aucun de nous n'a imaginé un instant qu'il ait pu se produire quelque chose de fâcheux, souligna Rachel.

Jeffrey avait dû déjà s'entendre détailler l'histoire complète de la ferme, car sa question suivante ne concernait ni la famille, ni l'organisation interne de la Sainte Croissance.

— Y avait-il à la ferme quelqu'un qu'Abby aimait fréquenter ? Un de vos ouvriers, par exemple ?

C'est Rachel qui répondit :

— On ne la laissait pas vraiment voir du monde.

— Elle devait pourtant bien rencontrer des gens de l'extérieur, insista-t-il avant de boire une gorgée de limonade.

Il reposa le verre sur le manteau de la cheminée, et il sembla à Lena qu'il prenait sur lui pour ne pas frémir à cause de l'acidité du breuvage.

— Elle se rendait aux petites fêtes de l'église, bien entendu, mais les ouvriers agricoles restent plutôt entre eux.

— Nous n'aimons pas faire de discrimination, ajouta Esther, mais les ouvriers agricoles sont des individus assez brusques. Abby n'a jamais vraiment eu à connaître cette partie-là de la ferme. On l'a toujours priée de se tenir à l'écart.

— Mais il lui arrivait bien de travailler dans les champs ? intervint Lena, se remémorant leur conversation de tout à l'heure.

— Oui, mais uniquement en compagnie des autres membres de la famille. Des cousins, pour l'essentiel, expliqua Lev. Nous formons une assez vaste famille.

Esther dressa la liste.

— Rachel en a quatre. Paul en a six. Les fils de Mary vivent dans le Wyoming et...

Elle n'acheva pas sa phrase. Jeffrey la relança.

— Et...

Elle s'éclaircit la gorge, mais ce fut Paul qui s'exprima à sa place.

— Ils ne nous rendent pas souvent visite, déplora-t-il, et la tension dans sa voix fit écho, Lena le perçut aussitôt, à celle qui régnait tout à coup dans la pièce. Ils ne sont pas revenus ici depuis bien longtemps.

— Dix ans, confirma Mary, en levant les yeux au plafond comme si elle voulait ravaler ses larmes.

Lena se demanda si ces cousins-là ne s'étaient pas enfuis de la ferme à toutes jambes. Elle, c'est ce qu'elle aurait fait.

Mary poursuivit :

— Ils ont choisi une autre voie. Tous les jours en me levant, et tous les soirs avant de me mettre au lit, je prie pour eux.

Pressentant que Mary risquait de monopoliser la parole un bon moment, Lena posa une question à Lev.

— Vous êtes marié ?

— Je ne le suis plus.

Pour la première fois, il donna l'impression de baisser la garde.

— Ma femme est morte en couches voici plusieurs années, expliqua-t-il avec un sourire douloureux. Notre premier enfant, hélas... Mais pour me réconforter, j'ai mon Ezekiel.

Jeffrey observa le temps de silence de rigueur avant de reprendre.

— Donc, mesdames et messieurs, vous avez cru qu'Abby était avec ses parents, et ses parents croyaient qu'elle était avec vous. Et tout cela remonte à quand, dix jours, n'est-ce pas, quand vous êtes partis pour cette mission ?

C'est Esther qui répondit.

— C'est exact.

— Et vous effectuez ces missions à raison de quatre fois par an ?

— Oui.

— Vous êtes infirmière diplômée ? demanda-t-il.

Esther opina, et Lena tâcha de dissimuler sa surprise. Que cette femme, qui livrait volontiers sur elle-même des kilomètres d'informations inutiles à jet continu, ait omis pareil détail, voilà qui était suspect.

— J'ai été formée au Georgia Medical College, à l'époque où Ephraïm et moi nous sommes mariés. Papa avait jugé pratique d'avoir quelqu'un à la ferme qui possède quelques connaissances en matière de premiers soins, et ses autres filles ne supportent pas la vue du sang.

— C'est la vérité, admit Rachel.

— Vous avez beaucoup d'accidents, ici ? voulut savoir Jeffrey.

— Grâce à Dieu, non. Un de nos hommes s'est tailladé le tendon d'Achille, voilà trois ans. Un beau gâchis. J'ai appliqué ce que j'avais appris lors de ma formation pour faire cesser le saignement, mais je n'ai rien pu faire d'autre pour lui, hormis parer au plus pressé. Nous aurions vraiment besoin d'un médecin, dans le secteur.

— Et qui consultez-vous, en temps normal ? demanda-t-il. Il y a des enfants parfois à la ferme. Mon épouse est pédiatre, en ville, ajouta-t-il, comme pour clarifier son propos.

Lev s'interposa.

— Sara Linton, mais bien sûr.

Ses lèvres dessinèrent un léger sourire, en signe d'acquiescement.

— Vous connaissez Sara ?

— Nous avons fréquenté l'école du dimanche ensemble, il y a *très* longtemps.

Il avait étiré le mot « très », comme s'ils avaient partagé quantité de secrets.

Lena vit bien que pareille familiarité contrariait son patron. Était-ce de la jalousie, ou une simple volonté de se montrer protecteur, elle n'en savait rien.

Fidèle à sa réputation, il ne laissa pas cette irritation perturber l'entretien, et il les ramena tous à la principale préoccupation du moment en posant une question à Esther.

— D'habitude, vous ne téléphonez pas pour vérifier ce qui se passe ?

Son interlocutrice parut perplexe.

— Quand vous êtes à Atlanta, demanda Jeffrey, vous n'appelez pas pour vérifier comment vont vos enfants ?

— Ils sont avec leur famille, rappela-t-elle.

Le ton était posé, mais Lena avait vu un éclair traverser ses prunelles, comme si on venait de l'insulter.

Rachel broda sur le même thème que sa sœur.

— Nous sommes très unis, chef Tolliver. Au cas où cela vous aurait échappé.

Il prit cette pique mieux que Lena ne l'aurait fait.

— Pouvez-vous me dire à quel moment vous vous êtes aperçu qu'elle avait disparu ? reprit-il en se tournant vers Esther.

— Nous sommes rentrés hier soir. Nous sommes d'abord allés à la ferme, pour voir Papa et ramener Abby et Becca...

— Becca ne vous avait pas accompagnés à Atlanta, elle non plus ? s'étonna Lena.

— Oh, bien sûr que non, voyons ! se récria la mère, comme si c'était là une suggestion tout à fait grotesque. Elle n'a que quatorze ans.

— C'est vrai, dit-elle, n'ayant aucune idée de l'âge qu'il convenait d'avoir pour participer à une tournée des foyers de sans-abri d'Atlanta.

— Becca est restée à la maison avec nous, renchérit Lev. Elle aime bien passer du temps avec mon fils Zeke. Quand Abby ne s'est pas présentée au dîner, ce premier soir, Becca a simplement supposé qu'elle avait changé d'avis au sujet de ce petit voyage à Atlanta. Elle n'a même pas pris la peine d'aborder la question.

— J'aimerais lui parler, prévint Jeffrey.

À l'évidence, cette requête ne plaisait guère à Lev, mais il acquiesça, en signe de consentement.

— Parfait.

Jeffrey ne s'en tint pas là.

— Abby ne voyait personne d'autre ? Un garçon auquel elle s'intéresserait ?

— Je sais que c'est difficile à croire, vu leur âge, concéda Lev, mais Abby menait une vie très protégée. Sa scolarité s'est déroulée ici, à la maison. Elle n'a jamais su grand-chose de la vie en dehors de la ferme. En l'emmenant avec nous à Atlanta, notre volonté était de l'aider à s'y préparer, mais cela ne lui a pas plu. Elle préférait une existence plus cloîtrée.

— Elle avait déjà participé à de telles missions, auparavant ?

— Oui, répondit Esther. À deux reprises. Elle n'a pas apprécié, elle n'aimait pas s'éloigner d'ici.

— « Cloîtrée », voilà un mot intéressant, observa Jeffrey.

— On pourrait penser que c'était une nonne, reconnut Lev, et ce ne serait sans doute pas si loin de la vérité. Elle n'était pas catholique, naturellement, mais elle était d'une extrême dévotion. Servir notre Seigneur était sa passion.

— Amen, souffla Ephraïm dans sa barbe, mais Lena trouva cela un peu superficiel, comme lorsqu'on dit « À vos souhaits » à quelqu'un qui vient d'éternuer.

— Sa foi était très forte, souligna Esther.

Aussitôt, elle porta la main à sa bouche, comme si elle s'apercevait de sa bévue. C'était la première fois qu'elle parlait de sa fille à l'imparfait. À côté d'elle, Rachel lui prit la main.

— Est-ce que vous auriez vu tourner autour de la ferme quelqu'un qui semblait s'intéresser à elle plus qu'il n'aurait dû ? Un inconnu ?

— Nous avons ici beaucoup d'inconnus, chef Tolliver. C'est dans la nature de notre travail que d'inviter des inconnus sous notre toit. Isaïe nous en conjure : « Accueille en ta maison le pauvre qui est rejeté. » C'est notre devoir de les aider.

— Amen, entonna la famille à sa suite.

— Vous souvenez-vous de ce qu'elle portait, la dernière fois que vous l'avez vue ? demanda Jeffrey à Esther.

— Oui, bien sûr.

Elle marqua un temps de silence, comme si ce souvenir risquait de rompre la digue des émotions qu'elle avait refoulées en elle.

— Nous avions confectionné ensemble une robe bleue. Abby adorait coudre. Nous avons déniché le patron dans une vieille malle au premier étage, qui appartenait à la mère d'Ephraïm, je crois. Nous y avons apporté quelques changements, afin de la mettre au goût du jour. Elle la portait quand nous nous sommes dit au revoir.

— Ici, à la maison ?

— Oui, tôt ce matin-là. Becca était déjà partie à la ferme.

— Becca était avec moi, précisa Mary.

— Rien d'autre ?

— Abby était une enfant très calme, dit Esther. Elle ne s'énervait jamais. C'est une jeune fille vraiment spéciale.

Lev prit la parole à son tour, avec une voix d'une gravité funèbre, qui prêtait à ses mots non pas la valeur d'un compliment à sa sœur, mais plutôt celle d'un procès-verbal.

— Abby ressemble beaucoup à sa mère, chef Tolliver. Elles ont les yeux de la même couleur, de la même forme en amande. C'est une jeune personne très séduisante.

Lena Adams se répéta mentalement ces paroles, se demandant s'il voulait dire qu'un homme aurait pu désirer sa nièce, ou s'il ne révélait pas un trait plus profond de son propre caractère. Avec ce type, c'était difficile à dire. De prime abord, il semblait assez ouvert et sincère, mais l'instant d'après elle n'était même pas certaine qu'elle l'aurait cru s'il lui avait soutenu que le ciel était bleu. À l'évidence, ce prédicateur était à la fois le chef de l'Église et celui de la famille, et elle eut la très nette impression qu'il était bien plus futé qu'il ne le laissait paraître.

Esther porta la main à ses cheveux.

— Je lui ai attaché un ruban. Un ruban bleu. Je me souviens maintenant. Ephraïm avait chargé la voiture, nous étions prêts au départ, et j'ai trouvé ce ruban dans mon sac à main. Je l'avais conservé car je pensais en avoir l'usage, pour un ornement sur une robe ou quelque chose de ce genre, mais il allait si bien avec la sienne, je lui ai dit de s'approcher, et elle s'est baissée pour que je le lui noue dans les cheveux...

Sa voix resta en suspens, et Lena sentit qu'elle avait la gorge serrée.

— Elle avait des cheveux si fins, si souples...

Rachel serra la main de sa sœur dans la sienne. Esther regardait fixement par la fenêtre comme si elle n'avait qu'une envie, être dehors, s'éloigner de cette scène. Lena y vit un réflexe, une façon de faire face qui lui était plus que familière. Il était tellement plus facile de se tenir à l'écart que d'afficher ses émotions.

— Rachel et moi nous habitons à la ferme, avec notre famille. Dans des maisons séparées, certes, mais à deux pas du corps de bâtiment principal. Quand nous n'avons pas revu Abby, l'autre soir, nous avons inspecté les alentours. Les ouvriers ont entamé une battue. Nous avons vérifié les maisons, les bâtiments, de fond en comble. Comme nous n'avons rien trouvé, nous avons appelé le shérif.

— Je suis désolé qu'on ait mis autant de temps pour réagir à votre appel, s'excusa Jeffrey. Ils ont été assez occupés de leur côté.

— J'imagine, intervint Paul, que dans votre profession, peu de gens se préoccupent de la disparition d'une jeune fille de vingt et un ans.

— Et pourquoi cela ?

— Les filles, ça fugue sans arrêt, n'est-ce pas ? ironisa-t-il. Nous ne sommes pas tout à fait aveugles à ce qui se passe dans le monde, par ici, vous savez.

— Je ne vous suis pas.

— Je suis le mouton noir de la famille, poursuivit l'autre et, à en juger par la réaction de ses frères et sœurs, Lena en déduisit qu'il s'agissait d'une vieille plaisanterie de famille. Je suis avocat. Je gère les affaires juridiques de la ferme. L'essentiel de mon temps, je le passe à Savannah. Et je suis une semaine sur deux en ville.

— Vous y étiez, la semaine dernière ? lui demanda Jeffrey.

— Je suis rentré hier, dès que j'ai appris pour Abby.

La pièce retomba dans le silence.

— Nous avons entendu circuler des rumeurs, dit Rachel.

Ephraïm posa la main contre son torse. Les doigts du vieil homme tremblaient.

— C'est elle, n'est-ce pas ?

— Je crois, monsieur, répondit Jeffrey.

Il plongea la main dans sa poche et en sortit un polaroïd. Ephraïm tremblait trop pour le prendre, alors Lev s'avança. Lena observa les deux hommes qui découvraient la photo. Alors qu'Ephraïm restait digne et silencieux, Lev eut le souffle coupé, et ferma les yeux. Pourtant, aucune larme n'en coula. Elle vit ses lèvres prononcer une prière muette. Ephraïm ne quittait pas la photo des yeux, et son tremblement de paralytique devint si violent que le fauteuil se mit à vibrer.

Derrière lui, Paul regardait le cliché, lui aussi, le visage impassible. Lena guetta des signes, de culpabilité ou d'autre chose. Mais à part les aller-retour de sa pomme d'Adam quand il déglutit, il demeura immobile comme un roc.

Esther se racla la gorge.

— Je peux ? dit-elle.

Elle voulait qu'on lui donne la photo. Elle paraissait tout à fait maîtresse d'elle-même, mais on sentait chez elle de la peur et une angoisse sourde.

— Oh, Esther, commença Ephraïm, d'une voix brisée par le chagrin. Tu as le droit, si tu veux, mais je t'en prie, fie-toi à moi, il vaut mieux que tu ne la voies pas ainsi, que cette image ne se grave pas dans ta mémoire.

Esther se plia au vœu de son époux, mais Rachel tendit la main pour prendre la photo. Lena vit les lèvres de la vieille femme se plisser, pour ne plus dessiner qu'une ligne mince et droite.

— Seigneur Jésus, murmura-t-elle. Pourquoi ?

Que ce fût intentionnel ou non, Esther dressa la tête par-dessus l'épaule de sa sœur, et elle entrevit l'image de son enfant mort. Ses épaules se mirent à trembler, doucement d'abord, avant de s'agiter en violents spasmes de douleur quand elle s'enfouit la tête dans les mains en sanglotant.

— Non !

Mary était restée assise dans son fauteuil en silence, mais tout à coup elle se leva, la main à la poitrine, et sortit de la pièce en courant. Quelques secondes plus tard, ils entendirent claquer la porte de la cuisine.

Lev avait suivi du regard le départ de sa sœur en gardant le silence, lui aussi, et même si Lena était incapable de déchiffrer l'expression de son visage, elle avait le sentiment que cette sortie mélodramatique de Mary le mettait en colère.

Il s'éclaircit la gorge, avant de poser une question.

— Chef Tolliver, pouvez-vous nous éclairer sur ce qui s'est passé ?

Jeffrey hésita, et Lena se demandait jusqu'où il irait dans le récit de la vérité.

— Nous l'avons trouvée dans les bois, fit-il. Elle était ensevelie. Dans la terre.

— Oh, Seigneur ! souffla Esther, en se cassant en deux, comme sous le coup d'une douleur.

Rachel lui passa la main dans le dos, les lèvres tremblantes, le visage noyé de larmes.

Jeffrey continua sans entrer dans les détails.

— Elle a été asphyxiée.

— Mon bébé, gémit Esther. Ma pauvre Abigail.

Les gosses aperçus à la porcherie firent leur entrée, le panneau de la moustiquaire se rabattit derrière eux en claquant. Les adultes sursautèrent, comme si on venait de tirer un coup de feu.

Ephraïm fut le premier à s'exprimer. Il luttait pour reprendre contenance, c'était clair.

— Zeke, qu'est-ce qu'on t'a dit, au sujet de la porte ?

Zeke s'appuya contre la jambe de Lev. C'était un gamin filiforme, et rien chez lui n'annonçait encore la carrure de son père. Il avait des bras aussi maigres que des cure-dents.

— Désolé, oncle Eph.

— Désolée, Papa, fit Becca, alors que ce n'était pas elle qui avait claqué cette porte.

Elle aussi était sèche comme un coup de trique, et Lena avait beau ne pas être très forte pour deviner l'âge des gens, elle ne lui aurait pas donné quatorze ans. En tout cas, elle n'avait pas encore atteint la puberté.

Zeke dévisageait sa tante, les lèvres tremblantes. Il sentait visiblement que quelque chose n'allait pas. Des larmes lui montèrent aux yeux.

— Viens ici, mon petit, fit Rachel, en attirant le jeune garçon sur ses genoux.

Elle lui posa une main sur la jambe, le cajola, le réconforta. Elle tentait de dominer son chagrin, mais elle perdit cette bataille.

Rebecca resta à la porte.

— Que se passe-t-il ?

Lev posa la main sur son épaule.

— Votre sœur s'en est allée rejoindre le Seigneur.

L'adolescente écarquilla les yeux. Elle resta bouche bée, se tint le ventre. Elle voulut poser une question, mais aucun mot ne sortit de sa bouche.

— Prions tous ensemble, fit Lev.

— Quoi ? souffla Rebecca, comme si on l'avait privée d'air.

Personne ne répondit à sa question. Tous, sauf Rebecca, inclinèrent la tête, mais au lieu du sermon retentissant auquel Lena se serait attendue de la part de Lev, ce fut le silence.

Rebecca se tenait la main sur le ventre, les yeux grands ouverts, tandis que le reste de la famille entrait en prière.

Lena lança à Jeffrey un bref regard interrogateur, ne sachant trop quelle attitude ils devaient adopter. Elle se sentait nerveuse, pas à sa place. Hank avait cessé de les traîner à l'église, avec Sibyl, après que Lena eut déchiré la Bible d'une autre fille. Elle n'était pas habituée à se retrouver parmi des gens si croyants, sauf parfois au poste de police.

Il se contenta d'un haussement d'épaules et prit une gorgée de citronnade. Ses épaules restèrent contractées, et tout de suite après elle vit sa mâchoire se crisper sous l'effet de l'acidité.

— Je suis navré, leur dit Lev. Que pouvons-nous faire ?

Jeffrey lui répondit comme s'il lui débitait une liste.

— Je veux la fiche professionnelle de tous les employés de la ferme. J'aimerais m'entretenir avec toute personne ayant eu un contact avec Abigail à un moment ou un autre au cours de l'année écoulée. Je veux inspecter sa chambre. J'aimerais emporter l'ordinateur que vous avez évoqué et vérifier si elle n'a pas été contactée par Internet.

— Elle n'était jamais seule en face de cet ordinateur, s'indigna Ephraïm.

— Il n'empêche, M. Bennett, nous devons tout vérifier.

— Ils doivent faire preuve de minutie, Ephraïm, renchérit Lev. En fin de compte, la décision vous appartient, mais j'estime qu'il nous faut faire tout notre possible pour les aider, ne serait-ce que pour écarter certaines éventualités.

Jeffrey le prit au mot.

— Verriez-vous un inconvénient à passer au détecteur de mensonge ?

Paul en rit presque.

— Je ne pense pas vraiment que...

— Ne réponds pas à ma place, je t'en prie, s'écria Lev, tançant son frère. Nous ferons tout pour vous aider, ajouta-t-il en s'adressant à Jeffrey.

— Je ne crois pas..., insista Paul.

Esther se redressa, le visage gonflé de chagrin, les yeux cerclés de rouge.

— Je vous en prie, ne vous disputez pas, supplia-t-elle, en se tournant vers les deux hommes.

— Nous ne nous disputons pas, se défendit Paul.

Mais il brûlait d'envie d'en découdre. Au fil des années, Lena avait appris à quel point le chagrin pouvait mettre à nu la véritable personnalité des gens. Elle percevait toute la tension entre Paul et son frère aîné, et se demanda si cela relevait de la rivalité propre à des enfants d'une même famille, ou de quelque chose de plus profond. L'intervention d'Esther laissait supposer qu'ils n'en étaient pas à leur premier différend.

Lev haussa le ton, mais c'est aux enfants qu'il s'adressait.

— Rebecca, pourquoi n'emmènes-tu pas Zeke dans le jardin ? Ta tante Mary y est déjà, je suis sûr qu'elle a besoin de vous.

— Une minute, fit Jeffrey. J'ai quelques questions à lui poser, à elle aussi.

Paul posa la main sur l'épaule de sa nièce.

— Vas-y, dit-il d'une voix autoritaire.

— Rebecca, persista Jeffrey, sais-tu si ta sœur voyait quelqu'un ?

La jeune adolescente leva les yeux vers son oncle, comme si elle demandait la permission. Ses yeux revinrent enfin se poser sur le policier.

— Vous voulez dire un garçon ?

— Oui, dit-il.

Lena comprenait bien qu'il jugeait tout cet exercice assez inutile. Jamais cette adolescente ne se montrerait communicative et disponible devant toute sa famille, surtout si l'on considérait qu'elle avait aussi un caractère un tantinet rebelle. Le seul moyen de lui soutirer la vérité, ce serait de la questionner seul à seule, et elle doutait sérieusement que Paul – ou aucun de ces hommes – ne le permette.

Une fois encore, Rebecca consulta son oncle du regard avant de répliquer.

— Abby n'avait pas l'autorisation de sortir avec des garçons.

Si Jeffrey remarqua qu'elle répondait à côté de la question, il n'en laissa rien paraître.

— Tu n'as pas trouvé ça étrange quand elle ne vous a pas rejoints à la ferme, après le départ de vos parents ?

Lena observait la main de Paul, toujours posée sur l'épaule de l'enfant, tâchant de déceler s'il exerçait la moindre pression. Impossible à dire.

— Rebecca ? insista Jeffrey.

La jeune fille releva un peu le menton et répondit :

— J'ai cru qu'elle avait changé d'avis.

Puis elle ajouta :

— Est-ce qu'elle est vraiment... ?

Jeffrey acquiesça.

— J'en ai bien peur, avoua-t-il. Et nous avons besoin de ton aide pour découvrir qui lui a fait ça.

Les yeux de Becca se noyèrent de larmes, et le sang-froid de Lev parut un peu entamé par la détresse de sa nièce.

— Si cela ne vous ennuie pas...

Jeffrey opina, et Lev s'adressa à la jeune adolescente.

— Allez, emmène Zeke dehors, allez voir votre tante, ma chérie. Tout va bien se passer.

Paul attendit qu'ils soient sortis pour revenir à l'essentiel.

— Je dois vous rappeler que les fiches de nos employés sont très parcellaires. Nous offrons le gîte et le couvert en échange d'une honnête journée de travail.

Lena ne put retenir une exclamation.

— Vous ne payez personne ?

— Bien sûr que si, lui rétorqua-t-il sèchement.

On avait déjà dû lui poser la question.

— Certains acceptent de l'argent, d'autres en font don à l'église. Il y a pas mal d'ouvriers qui sont restés ici dix, vingt ans et qui n'ont jamais eu un sou en poche. Ce qu'ils reçoivent en retour, c'est un endroit où vivre en toute sécurité, une famille et la certitude de ne pas avoir gâché leur existence.

Pour étayer son propos, il désigna la pièce où il se tenait, à peu près comme sa sœur l'avait fait un moment auparavant dans la cuisine.

— Nous menons tous des existences modestes, inspecteur. Notre but est de servir les autres, pas de nous servir, nous.

Jeffrey toussota.

— Enfin, quoi qu'il en soit, nous aimerions leur parler, à chacun d'eux.

L'autre lui soumit une proposition.

— Vous pouvez emporter l'ordinateur, tout de suite. Je peux m'organiser pour qu'on vous amène les gens qui ont été en contact avec Abby dès demain à la première heure, au poste de police.

— La moisson, lui rappela Lev, avant de s'expliquer. Nous nous sommes spécialisés dans l'edamame, les jeunes pousses de soja. Le moment crucial pour la cueillette, c'est entre le lever du soleil et neuf heures du soir, ensuite les haricots de soja doivent être conditionnés et mis sous glace. C'est une opération qui demande beaucoup de main-d'œuvre, car nous utilisons très peu de machines.

Jeffrey jeta un œil par la fenêtre.

— On ne peut pas s'y rendre tout de suite ?

— J'ai beau vouloir connaître le fin mot de cette histoire, lui rappela Paul, nous avons une entreprise à faire tourner.

— Nous devons aussi respecter nos ouvriers, ajouta Lev. Vous imaginez aisément, j'en suis sûr, que certains sont très à cran concernant tout ce qui touche à la police. Il y en a qui ont été victimes de violences policières, d'autres qui ont été récemment incarcérés et demeurent encore très craintifs. Nous avons des femmes et des enfants qui ont été maltraités dans des histoires de violence domestique, et que la police n'a jamais aidés...

— D'accord, fit Jeffrey, comme si on lui avait déjà tenu ce genre de discours.

— Nous sommes sur une propriété privée, lui rappela Paul en parfait juriste.

— Nous pouvons changer des gens d'équipe, nous débrouiller pour remplacer ceux qui ont été en relation avec Abby. Est-ce que mercredi matin vous conviendrait ?

— Je suppose que je n'ai pas le choix, lâcha-t-il sur un ton qui ne dissimulait pas son dépit devant un tel délai.

Esther avait les mains nouées au creux des cuisses, et Lena sentit chez cette mère une sorte de colère. Elle était en désaccord avec ses frères, c'était aussi clair que son refus de les contredire.

— Je vais vous montrer sa chambre, proposa-t-elle.

— Merci, fit Lena.

Tout le monde se leva en même temps. Heureusement, seul Jeffrey les suivit dans le couloir.

Esther s'arrêta devant la dernière porte sur la droite, appuya la paume contre le panneau de bois, comme si elle ne se fiait plus assez à ses jambes pour la soutenir.

— Je sais que c'est dur, pour vous, dit Lena. Nous ferons tout ce que nous pourrons pour trouver qui a commis cet acte.

— Elle était très secrète.

— Vous croyez qu'elle vous cachait des choses ?

— Toutes les filles cachent des choses à leur mère.

Elle ouvrit la porte, regarda dans la pièce et, quand elle vit les affaires de sa fille, son visage s'affaissa de tristesse. Lena avait eu la même réaction devant les affaires de Sibyl, chaque objet réveillant un souvenir du passé, un temps plus heureux, quand sa sœur était en vie.

— Mme Bennett ?

C'était Jeffrey. Elle leur barrait l'accès à la chambre.

— S'il vous plaît, le supplia-t-elle, en lui empoignant la manche de sa veste. Trouvez pourquoi c'est arrivé. Il doit y avoir une raison.

— Je ferai tout ce qui est en mon pouvoir...

— Ça ne suffit pas, insista-t-elle. S'il vous plaît. Il faut que je sache pourquoi elle est partie. J'ai besoin de savoir ça, pour moi, pour ma tranquillité d'esprit.

Lena vit la gorge de Jeffrey se serrer.

— Je ne veux pas vous bercer de vaines promesses, Mme Bennett. Je ne peux que vous promettre d'essayer.

Il sortit une de ses cartes de visite, lança un coup d'œil par-dessus son épaule pour s'assurer que personne ne le voyait faire.

— Mon numéro personnel est au dos. Appelez-moi, quand vous voulez, à n'importe quelle heure.

Elle hésita avant de prendre la carte, puis la glissa dans la manche de sa robe. Elle le remercia d'un simple hochement de tête, comme s'ils étaient parvenus à un accord, puis elle recula, s'écarta, afin qu'ils puissent entrer dans la chambre de sa fille.

— Je vais vous laisser.

Jeffrey et Lena échangèrent encore un regard, tandis qu'Esther rejoignait sa famille. Lena voyait bien qu'il était aussi inquiet qu'elle. La supplique de cette mère était compréhensible, mais elle ne servait qu'à ajouter davantage de pression dans une affaire qui promettait d'être d'une incroyable difficulté.

Lena était entrée dans la chambre mais Jeffrey, lui, resta sur le seuil, le regard tourné vers la cuisine. Il regarda de nouveau vers la salle de séjour, comme pour s'assurer que personne ne l'observait, puis il s'enfonça dans le couloir. Lena était sur le point de le suivre quand il réapparut dans l'embrasure avec Rebecca Bennett.

D'une main sûre, il conduisit promptement la jeune fille dans la chambre de sa sœur, en la tenant par le coude, comme un oncle préoccupé. D'une voix feutrée, il lui dit :

— C'est très important pour nous que tu nous parles d'Abby.

Rebecca jeta un regard nerveux vers la porte.

— Tu préfères que je ferme ? proposa Lena, en posant la main sur la poignée.

Après un instant de réflexion, Rebecca secoua la tête. Lena l'étudia, songeant qu'elle était aussi jolie que sa sœur était quelconque. Elle avait dénoué la natte qui retenait ses cheveux brun foncé, et ses mèches épaisses retombaient en cascade sur ses épaules, avec des boucles ondulées qui frisaient légèrement. Esther avait indiqué que la jeune fille avait quatorze ans, mais elle possédait déjà une forme de féminité qui devait pas mal attirer l'attention, ici et là, dans la ferme. Elle se surprit même à se demander pourquoi c'était Abby et pas Rebecca qu'on avait enlevée et ensevelie dans cette caisse en bois.

— Est-ce qu'Abby voyait quelqu'un ?

Rebecca se mordit la lèvre inférieure. Jeffrey savait s'y prendre pour laisser le temps aux gens, mais Lena vit bien que la simple crainte que la famille n'arrive dans la pièce suffisait à le rendre nerveux.

— J'ai une grande sœur, moi aussi, lui confia-t-elle, en omettant de lui préciser qu'elle était morte. Je sais que tu ne veux rien raconter sur elle, mais Abby est partie, maintenant. Si tu nous dis la vérité, tu ne lui attireras pas d'ennuis.

La jeune fille continua de se mordiller la lèvre.

— Je ne sais pas, marmonna-t-elle, les larmes aux yeux.

Elle regarda Jeffrey, et Lena devina que l'adolescente était plus sensible à l'autorité d'un homme qu'à celle d'une femme.

Il en tira profit.

— Parle-moi, Rebecca.

Non sans un grand effort, elle leur fit un aveu.

— Parfois, dans la journée, elle s'en allait.

— Seule ?

Elle opina.

— Elle disait qu'elle allait en ville, mais ça lui prenait trop de temps.

— Comment ça, trop de temps ?

— Je ne sais pas.

— Il faut à peu près un quart d'heure pour arriver dans le centre, calcula-t-il à sa place. Disons que si elle allait dans un magasin, ça lui prenait encore un quart d'heure, vingt minutes au plus, d'accord ?

Becca approuva.

— Donc, elle ne devait s'absenter qu'une heure au maximum, c'est ça ?

Là encore, la jeune fille fit oui de la tête.

— Sauf que c'était plutôt deux.

— Est-ce que quelqu'un l'a interrogée à ce propos ?

Elle secoua la tête.

— J'ai juste remarqué.

— Je parie que tu remarques pas mal de choses, en conclut-il. Tu fais probablement plus attention à ce qui se passe que les adultes.

Rebecca haussa les épaules, mais le compliment avait fait mouche.

— Elle avait un drôle de comportement, c'est tout.

— Comme quoi ?

— Le matin, elle avait mal au cœur, mais elle ne voulait surtout pas que je le dise à maman.

La grossesse, songea Lena.

— Est-ce qu'elle t'a confié pourquoi elle avait mal au cœur ?

— Elle racontait que c'était un truc qu'elle avait mangé, mais elle ne mangeait pas beaucoup.

— À ton avis, pourquoi ne voulait-elle pas que tu le dises à votre mère ?

— Maman se serait fait du souci, fit-elle en haussant à nouveau les épaules. Abby n'aimait pas que les autres se fassent du souci pour elle.

— Tu t'en faisais, toi, du souci ?

Lena la vit ravaler sa salive.

— Elle pleurait, la nuit, parfois, fit Rebecca en inclinant la tête. Ma chambre est juste à côté. Je pouvais l'entendre.

— Est-ce qu'elle pleurait à cause de quelque chose en particulier ? s'enquit-il et, à sa voix, Lena sut qu'il prenait sur lui pour rester courtois. Peut-être que quelqu'un lui avait fait de la peine ?

— La Bible nous apprend à pardonner, lui répondit-elle.

Chez n'importe qui d'autre, Lena aurait trouvé le propos mélodramatique, mais davantage qu'un sermon, la jeune Rebecca semblait reproduire là ce qu'elle devait tenir pour un sage conseil.

— Si nous ne parvenons pas à nous pardonner les uns les autres, alors le Seigneur ne pourra pas nous accorder son pardon.

— Avait-elle quelqu'un à pardonner ?

— S'il y avait quelqu'un, reprit l'adolescente, alors elle priait pour lui venir en aide.

— Pourquoi pleurait-elle, à ton avis ?

Rebecca jeta un regard dans la pièce, considérant les affaires de sa sœur avec une tristesse perceptible. Elle pensait sans doute à Abby, à l'atmosphère de cette chambre quand la jeune femme était encore en vie. Lena se demandait quel genre de relation les deux sœurs avaient entretenue. Même si elles étaient jumelles, Lena et Sibyl avaient eu leur part de disputes, sur tout et n'importe quoi – qui monterait devant en voiture, qui répondrait au téléphone... D'une manière ou d'une autre, elle ne parvenait pas à voir Abby se conduire de la sorte.

Rebecca finit par répondre.

— Je ne sais pas pourquoi elle était triste. Elle ne voulait pas me le dire.

— Tu en es sûre, Rebecca ? l'encouragea Jeffrey avec un sourire. Tu peux nous le dire. On ne va pas se mettre en colère ou la juger. Nous voulons juste savoir la vérité, pour retrouver la personne qui a fait souffrir Abby et punir cette personne.

Elle hocha la tête, et les larmes coulèrent à nouveau.

— Je sais que vous voulez nous aider.

— Nous ne pouvons pas aider Abby si tu ne nous aides pas, la prévint-il. N'importe quoi, Rebecca, peu importe que ça te paraisse bête, sur le moment. C'est nous qui déciderons si c'est utile ou non.

Son regard passa de l'un à l'autre, puis se posa de nouveau sur Lena. Celle-ci était incapable de dire si la jeune fille leur cachait quelque chose ou si elle avait simplement peur de parler à des étrangers sans l'accord de ses parents. Quoi qu'il en soit, il leur fallait obtenir une réponse à leurs questions avant que quelqu'un ne s'inquiète de savoir où elle était.

Lena tenta de conserver un ton léger.

— Tu as envie de me parler à moi toute seule, ma puce ? On peut se parler, rien que toi et moi, si tu préfères.

Là encore, Becca parut réfléchir à la question. Il s'écoula au moins une demi-minute avant qu'elle ne réponde.

— Je...

Juste à cet instant, la porte de derrière se ferma en claquant. Elle sursauta, comme si on venait de tirer un coup de pistolet.

De la salle de séjour, on entendit une voix d'homme appeler.

— Becca, c'est toi ?

Zeke s'avança dans le couloir d'un pas lourd, et quand Rebecca aperçut son cousin, elle courut vers lui et lui attrapa la main.

— C'est moi, papa, dit-elle, en conduisant le garçon vers le reste de la famille.

Lena réprima le juron qui lui vint aux lèvres.

— Tu crois qu'elle sait quelque chose ? demanda Jeffrey.

— Ça, je l'ignore.

Il paraissait d'accord avec elle.

— Allez, occupons-nous déjà de ça.

Elle sentait l'exaspération percer dans sa voix.

Elle se rendit à la grande commode, près de la porte. Il s'occupa du bureau, juste en face. La chambre était petite, pas plus de neuf mètres carrés. Il y avait un lit simple repoussé contre les fenêtres qui donnaient sur la grange. Pas de posters sur les murs blancs, pas la moindre marque distinctive signalant que c'était une chambre de jeune fille. Le lit était bordé avec soin, recouvert d'un édredon multicolore tiré au cordeau. Un Snoopy en peluche qui devait être plus âgé qu'Abby était calé contre les oreillers, le cou penché sur le côté, usé par les années.

Des chaussettes soigneusement pliées étaient rangées dans l'un des tiroirs du haut. Elle ouvrit l'autre, où elle découvrit des sous-vêtements alignés de la même manière. Que cette jeune femme ait pris le temps de plier ses dessous, voilà qui la fit tiquer. Elle était d'une méticulosité évidente, soucieuse de garder les choses en ordre. Les tiroirs du bas révélaient une volonté de précision qui confinait à l'obsession.

Tout le monde avait un endroit préféré pour cacher certaines affaires, tout comme chaque flic avait un endroit préféré où chercher. Jeffrey vérifiait sous le lit, entre le matelas et le sommier à ressorts. Elle alla voir dans le placard, s'agenouilla pour examiner les souliers. Il y en avait trois paires, toutes usagées, mais bien entretenues. Les escarpins étaient vernis blanc, les chaussures Charles IX à brides étaient réparées au talon. La troisième paire était impeccable, sans doute ses chaussures du dimanche.

Lena toqua contre les planches du sol, en quête d'un compartiment secret. Aucun son suspect, et toutes les planches du placard étaient solidement clouées en place. Ensuite, elle passa en revue les robes alignées sur leurs cintres. Elle n'avait pas de mètre sur elle, mais elle aurait juré que chaque robe était placée à équidistance, aucune ne venant toucher l'autre. Il y avait une longue veste d'hiver, visiblement achetée en magasin. Les poches étaient vides, l'ourlet intact. On n'avait rien caché dans une couture arrachée, rien dissimulé dans un petit sac secret.

Lev fit son apparition à la porte, un ordinateur portable dans les mains.

— Vous avez trouvé quelque chose ?

Il avait fait sursauter Lena, mais elle s'efforça de ne pas le montrer. Jeffrey se releva, les mains dans les poches.

— Rien d'utile, répondit-il.

Lev lui tendit l'ordinateur, le cordon d'alimentation pendant derrière lui. Elle se demanda s'il y avait jeté un œil pendant qu'ils fouillaient la chambre. Ça ne l'aurait pas étonnée.

— Vous pouvez le garder tout le temps que vous voudrez. Je serais surpris que vous y dénichiez quoi que ce soit.

— Comme vous le disiez tout à l'heure, lui répliqua-t-il, en enroulant le cordon autour de l'appareil, nous sommes obligés de procéder par élimination.

Il eut un signe de tête vers Lena, et elle le suivit hors de la chambre. Dans le couloir, ils entendirent les autres membres de la famille qui se parlaient, mais le temps qu'ils atteignent la salle de séjour, tout le monde s'était tu.

— Mes sincères condoléances, dit-il à Esther.

Elle le regarda droit dans les yeux, ses iris vert clair étaient si vifs que Lena elle-même se sentit transpercée. Elle ne prononça pas un mot, mais sa supplique était explicite.

Lev leur ouvrit la porte de la maison.

— Merci à vous deux, fit-il. Je serai là mercredi matin à neuf heures.

Paul semblait sur le point d'ajouter quelque chose, mais se ravisa à la dernière seconde. Lena pouvait presque voir ce qui traversait son esprit d'avocat. Cela devait le démonter que Lev se soit proposé de façon si spontanée pour le détecteur de mensonge. À son avis, Paul allait passer un sacré savon à son frère, dès que les flics auraient tourné les talons.

— Nous devrons faire venir quelqu'un pour faire passer les gens au détecteur de mensonges, le prévint-il.

— Bien sûr, fit Lev. Je me dois tout de même de vous réaffirmer que je ne peux me proposer qu'à titre personnel. De même, les gens que vous verrez demain seront là à titre volontaire. Je ne veux pas vous apprendre votre métier, chef Tolliver, mais il sera déjà assez compliqué de les convaincre de se rendre sur place. Si vous essayez de leur imposer un test au détecteur de mensonge, il est probable qu'ils s'en iront.

— Merci du conseil, rétorqua Jeffrey non sans perfidie. Ça vous ennuierait de nous envoyer aussi votre contremaître ?

Paul parut surprit par cette requête.

— Cole ?

— Il était sans doute en contact avec tout le monde, à la ferme, admit Lev. C'est une bonne idée.

— À propos, reprit Paul, en lançant un regard vers le policier. La ferme est une propriété privée. En général, nous n'y recevons pas la police, à moins que ce ne soit à titre officiel.

— Vous ne considérez pas ceci comme une affaire officielle ?

— Comme une affaire de famille, rectifia l'autre, et il lui tendit la main. Merci de votre aide à tous.

— Pourriez-vous me préciser, reprit Jeffrey, si Abby conduisait ?

Paul laissa retomber sa main.

— Bien sûr. Elle avait tout à fait l'âge.

— Possédait-elle un véhicule ?

— Elle empruntait celui de Mary. Ma sœur ne conduit plus depuis pas mal de temps. Abby se servait de sa voiture pour livrer les repas, faire quelques courses en ville.

— Toute seule ?

— En général, oui, lâcha l'autre, avec la prudence propre à tout avocat quand il livre une information sans rien recevoir en échange.

— Abby aimait aider les gens, précisa Lev. Merci à vous deux, répéta-t-il.

Paul posa la main sur l'épaule de son frère.

Lena et Jeffrey se tenaient au pied de l'escalier d'où ils regardèrent Lev rentrer dans la maison. Il referma la porte derrière lui, d'une main énergique.

En retournant à la voiture, Lena laissa échapper un soupir. Jeffrey la suivit, gardant ses réflexions pour lui tandis qu'ils montaient en voiture.

Il ne dit pas un mot avant d'être sur la grande route et d'avoir à nouveau dépassé l'écriteau de la Sainte Croissance. Lena voyait désormais l'endroit sous un nouveau jour, et se demandait ce qu'ils étaient allés chercher là-bas, en réalité.

— Drôle de famille, lâcha-t-il.

— Je ne te le fais pas dire!

— On n'arrivera à rien si on se laisse aveugler par nos préjugés, prévint-il, en lui décochant un regard acéré.

— Je pense que j'ai le droit d'avoir un avis.

— En effet.

Elle sentit son regard se poser sur les cicatrices qu'elle avait sur le dos des deux mains.

— Mais tu dirais quoi si d'ici un an cette affaire n'était toujours pas résolue parce que nous aurions fait une fixette sur leur côté religieux? reprit-il.

— Et si la clef de toute cette histoire résidait justement dans leur obsession de la Bible?

— Les gens tuent pour toutes sortes de motifs, lui rappela-t-il. L'argent, l'amour, la luxure, la vengeance. C'est là-dessus qu'il faut se focaliser. Qui a un mobile? Qui avait les moyens?

Il marquait un point, mais elle savait, pour l'avoir vécu elle-même, que les gens commettaient parfois certains actes uniquement parce que c'était des putains de cinglés. Il avait beau argumenter, que cette fille ait fini enterrée dans une caisse au beau milieu des bois et que sa famille soit une bande de bigots habitant un trou perdu, tout ça faisait trop pour que ce soit une simple coïncidence.

— Tu ne penses pas qu'il puisse s'agir d'un crime rituel?

— Je pense que le chagrin de la mère était réel.

— Ouais, admit-elle. Ça, j'ai saisi. Elle éprouva le besoin de préciser : ça ne signifie pas que le reste de la famille ne soit pas mêlé à tout ça. C'est une vraie secte, là-haut.

— Toutes les religions sont des sectes, objecta-t-il, et elle avait beau détester la religion, elle ne pouvait qu'être en désaccord.

— Je ne dirais pas que l'église baptiste, en centre-ville, soit une secte.

— Ce sont des gens de même sensibilité qui partagent les mêmes valeurs et les mêmes croyances religieuses. On appelle ça une secte.

— Bref, fit-elle, toujours pas d'accord avec lui, mais ne sachant pas comment le contredire.

Elle doutait que le Pape, à Rome, se pense à la tête d'une secte. Il y avait la religion dominante, conventionnelle, et puis il y avait des cinglés qui manipulaient des reptiles et considéraient l'électricité comme une liaison directe avec le Diable.

— Il nous reste toujours la question du cyanure, reprit-il. D'où venait-il ?

— Esther m'a affirmé qu'ils n'utilisaient pas de pesticides.

— Nous n'obtiendrons pas de mandat pour effectuer des analyses. Même si du côté Catoogah, Ed Pelham se montrait coopératif, nous n'aurions jamais gain de cause.

— Je regrette qu'on n'ait pas pu davantage inspecter les lieux quand on était sur place.

— Ce type-là, ce Cole, il mérite qu'on aille y voir de plus près.

— Tu penses qu'il sera là, mercredi matin ?

— Aucune idée, fit-il. Tu es prise, ce soir ?

— Pourquoi ?

— T'as envie d'aller au Pink Kitty ?

— Le bar à putes sur Highway Sixteen ?

— La boîte de strip-tease, rectifia-t-il, comme offensé.

Tenant le volant d'une main, il plongea l'autre dans sa poche pour en extraire une pochette d'allumettes. Il la lui jeta et elle reconnut le logo du Pink Kitty, sur le rabat. Leur énorme enseigne au néon était visible à des kilomètres.

— Dis-moi, fit-il encore, en s'engageant sur l'autoroute, pourquoi une naïve jeune femme de vingt et un ans irait se procurer la pochette d'allumettes d'une boîte de strip-tease pour la fourrer dans le cul de son animal en peluche préféré ?

Voilà donc pourquoi il s'était tant intéressé au Snoopy, sur le lit d'Abby. Elle avait dissimulé cette boîte d'allumettes dedans.

— Bonne question, admit-elle, en ouvrant la pochette.

Aucune allumette n'avait été utilisée.

— Je passe te prendre à dix heures et demie.

Chapitre Six

Quand Tessa ouvrit la porte d'entrée, Sara était allongée sur le canapé, un linge humide sur le visage.

— Sissy ? fit Tessa. Tu es à la maison ?

— Par ici, répondit Sara en soulevant le linge.

— Oh, mon Dieu ! s'écria sa sœur. Qu'est-ce que Jeffrey t'a encore fait ?

— Pourquoi t'en prends-tu tout de suite à lui ?

Tessa coupa le CD en plein refrain.

— Tu n'écoutes Dolly Parton que lorsque tu es furieuse contre Jeffrey.

Sara se remonta le linge plus haut sur son front, afin de mieux voir sa sœur, occupée à lire le dos du boîtier de CD.

— C'est un album de reprises, lui signala-t-elle.

— Je suppose que tu as sauté la sixième chanson ? ironisa Tessa, en le lâchant sur la pile que Sara s'était choisie, quand elle avait farfouillé à la recherche d'un truc à écouter. Mon Dieu, tu m'as l'air dans un état épouvantable.

— Je suis dans un état épouvantable, gémit-elle.

Assister à l'autopsie d'Abigail Bennett avait été l'une des épreuves les plus difficiles qu'il lui ait été donné de vivre depuis très longtemps. La jeune fille n'était pas morte en douceur. Ses organes avaient lâché l'un après l'autre, jusqu'à ce que seul son cerveau reste en état de fonctionner. Abby avait eu conscience de ce qui lui arrivait, elle avait vécu sa mort seconde par seconde, pour connaître une fin des plus pénibles.

Sara était bouleversée, au point qu'elle avait finalement utilisé le téléphone portable pour appeler Jeffrey. Au lieu de la laisser s'épancher, il lui avait soutiré tous les renseignements possibles sur l'autopsie. Il était si pressé de raccrocher qu'il ne lui avait même pas dit au revoir.

— Ah, c'est mieux, approuva Tessa quand Steely Dan se mit à chuchoter dans les haut-parleurs.

Sara regarda par les fenêtres, surprise que le soleil soit déjà couché.

— Quelle heure est-il ?

— Presque sept heures, lui répondit-elle, en réglant le volume du lecteur. Maman vous a gardé quelque chose.

Sara se redressa avec un soupir, laissant glisser le linge. Elle avisa un sac en papier kraft aux pieds de sa sœur.

— Quoi ?

— Du rôti de bœuf et du gâteau au chocolat.

Elle sentit son estomac gargouiller de faim, pour la première fois de la journée. Comme s'ils obéissaient à un signal, les chiens arrivèrent de leur pas nonchalant. Elle avait recueilli ces deux lévriers quelques années plus tôt, et en guise de remerciement, ils dévoraient tout ce qui leur tombait sous les crocs.

— Fous-moi le camp, s'exclama Tessa.

Bob, le plus grand des deux, venait déjà renifler le sac. Billy s'approchait à son tour, mais elle l'éloigna du bout de sa chaussure.

— Tu ne les nourris jamais ?

— Ça m'arrive.

Tessa ramassa le sac et le porta à la cuisine, sur le comptoir, à côté de la bouteille de vin que Sara avait ouverte dès son retour chez elle. Elle n'avait même pas pris la peine de se changer, elle s'était juste versé un verre, en avait bu une bonne gorgée avant de mouiller un torchon à vaisselle et d'aller s'écrouler dans le canapé.

— C'est papa qui t'a déposée ? lui demanda-t-elle, étonnée de n'avoir pas entendu de voiture.

Tant qu'elle prenait son médicament anticonvulsif, sa sœur n'était pas censée conduire, mais Tessa n'en faisait souvent qu'à sa tête.

— J'ai pris le vélo, répondit-elle, regardant avec envie Sara se resservir du vin. Je tuerais pour un verre.

Sara voulut protester, mais renonça. L'alcool était déconseillé à Tessa mais elle était majeure, et Sara n'était pas sa mère.

— Je sais, fit Tessa, qui avait lu dans ses pensées. J'ai encore le droit d'avoir des envies, non ? fit-elle en ouvrant le sac pour en sortir une liasse de courrier. J'ai tout ça pour toi. Tu ne vides jamais ta boîte ? Tu as un milliard de catalogues là-dedans.

Il y avait une tache marron sur l'une des enveloppes, que Sara renifla d'un air soupçonneux. Elle fut soulagée de constater que c'était du jus de viande.

— Désolée, s'excusa sa sœur, en sortant une assiette en carton recouverte de papier alu, qu'elle glissa à Sara. Je crois qu'il y a eu une fuite.

— Oh là, oui, fit-elle, comme une plainte, en soulevant l'alu.

Cathy Linton avait une super recette de gâteau au chocolat, qui s'était transmise à trois générations d'Earnshaw.

— C'est trop, dit-elle, en remarquant que le morceau était assez gros pour deux.

— Tiens, fit Tessa, en sortant deux autres Tupperware du sac. Tu es censée partager ça avec Jeffrey.

— Vu.

Elle prit une fourchette dans le tiroir, avant d'aller s'asseoir au tabouret de bar, dans le coin repas de la cuisine.

— Tu ne prends pas de rôti ? lui demanda sa sœur.

Elle s'enfourna une bouchée de gâteau dans la bouche, qu'elle fit passer avec une gorgée de vin.

— Maman m'a toujours dit que si j'avais de quoi payer mon toit, je pouvais manger ce que je voulais pour le dîner.

— J'aimerais bien avoir de quoi me payer un toit, marmonna sa sœur, en ramassant un peu de chocolat au bout de son doigt, dans l'assiette de sa sœur. J'en ai marre de ne rien faire.

— Tu travailles encore.

— Comme bonne à tout faire pour papa.

Sara avala un autre bout de gâteau.

— La dépression est l'un des effets secondaires de ton traitement.

— Je l'ajoute à ma liste.

— Tu as d'autres soucis ?

Tessa haussa les épaules, balaya quelques miettes du comptoir.

— Devon me manque, avoua-t-elle – son ex, le père de son bébé mort avant terme. Ça me manque d'avoir un homme avec moi.

Sara s'attaqua encore au gâteau, regrettant, et ce n'était pas la première fois, de n'avoir pas tué Devon Lockwood quand elle en avait eu l'occasion.

— Donc, reprit sa sœur, changeant brusquement de sujet. Dis-moi ce que t'a fait Jeffrey ce coup-ci.

Sara lâcha un borborygme, revint à son gâteau.

— Dis-moi.

Après avoir laissé plusieurs secondes s'écouler, elle se laissa fléchir.

— Il aurait une hépatite.

— Laquelle ?

— Bonne question.

Tessa fronça les sourcils.

— Il a des symptômes ?

— À part la débilité profonde et la dénégation aiguë ? Non.

— Comment il aurait attrapé ça ?

— À ton avis ?

— Ah.

Tessa tira le tabouret rangé près de sa sœur et s'assit.

— C'était il y a longtemps, quand même, non ?

— Quelle importance ? répliqua Sara, avant de se reprendre. Je veux dire, oui, ça compte. C'était avant. La seule et unique fois. Avant.

Tessa fit la moue. Elle n'avait jamais fait mystère de son opinion, à savoir que Jeffrey ne s'était sûrement pas contenté de coucher une seule et unique fois avec Jolene. Sara crut qu'elle allait lui ressortir cette théorie, mais elle se contenta de lui poser une question :

— Qu'est-ce que vous allez faire ?

— Nous disputer, admit Sara. Je ne peux pas m'empêcher de repenser à elle, c'est tout. À ce qu'il est allé fabriquer avec elle.

Elle prit un autre morceau de gâteau, mâcha lentement, avala non sans mal.

— Il n'a pas juste..., commença-t-elle.

Elle essaya de réfléchir au mot qui résumerait le mieux son dégoût.

— Il ne l'a pas juste baisée. Il l'a draguée. Il l'a appelée au téléphone. Il a rigolé avec elle. Il lui a peut-être envoyé des fleurs.

Elle fixa du regard le chocolat qui coulait de l'assiette. Lui avait-il étalé du chocolat sur les cuisses, pour le lécher ensuite ? Combien de moments intimes avaient-ils partagés, qui les avaient conduits à l'apothéose de ce dernier jour ? Et combien d'autres moments, après ?

Tout ce que Jeffrey avait pu imaginer pour donner à Sara le sentiment d'être unique, pour l'amener à croire qu'il était l'homme avec lequel elle aurait envie de partager le reste de sa vie, se limitait à une technique qu'il avait pu employer sans scrupule avec une autre. Bon sang, et pas juste avec une. Il avait un tableau de chasse à décourager le patron de *Playboy*. Comment cet homme qui savait se montrer si prévenant pouvait-il être aussi le salopard qui l'avait traitée comme une chienne qu'on éjecte à coups de pied dans le caniveau ? Était-ce juste un nouveau numéro qu'il avait inventé pour la récupérer ? Dès qu'elle serait de nouveau en confiance, allait-il recommencer avec une autre ?

Le problème, c'était qu'elle savait très bien comment Jo s'y était prise pour lui arracher Jeffrey. Pour lui, ce devait être un jeu, un défi. Jolene était bien plus expérimentée qu'elle dans ce domaine. Elle savait sans doute jouer les proies difficiles, flirtant et l'aguichant juste ce qu'il faut pour le ferrer, avant de le remonter lentement comme à la pêche au gros. Elle ne s'était sûrement pas retrouvée, dès le premier soir, la plante des pieds arc-boutée contre le rebord de l'évier, à se tortiller en extase sur le sol, en se mordant la langue pour éviter de crier son nom.

— Pourquoi tu souris à l'évier ? s'étonna Tessa.

Elle secoua la tête, but un peu de vin.

— Tout ça me fait horreur. Et Jimmy Powell est retombé malade.

— Le gosse qui a la leucémie ?

Elle opina.

— Il n'a pas l'air bien. Il faut que j'aille le voir à l'hôpital, demain.

— Comment c'était, Macon ?

En un éclair, Sara revit l'image de la fille sur la table, le corps éventré, le médecin plongeant la main dans l'utérus pour en extraire le fœtus. Encore un enfant perdu. Encore une famille anéantie. Et elle ignorait combien de fois encore elle pourrait assister à ce genre de scène sans craquer.

— Sara ?

— C'était aussi épouvantable que prévu.

Elle sauça le reste de coulis au chocolat avec son doigt. Finalement, elle avait mangé la part entière de gâteau.

Sa sœur alla au réfrigérateur et en sortit un gros pot de crème glacée, avant de revenir à leur sujet précédent.

— Il faut que tu lâches prise, Sara. Jeffrey a fait ce qu'il a fait, et rien n'y changera. Soit il est de retour dans ta vie, soit il ne l'est pas, mais tu ne peux pas continuer à jouer au yo-yo avec lui.

Puis, soulevant le couvercle du pot de glace :

— Tu en veux ?

— Je ne devrais pas, lui dit-elle en tendant son assiette.

— J'ai toujours été dans la position de celle qui trompe, pas de celle qui est trompée, lui rappela Tessa, en prenant deux cuillers dans le tiroir, qu'elle repoussa ensuite de la hanche. Devon vient de partir. Il ne m'a pas trompée. Je ne crois pas en tout cas.

Elle déposa plusieurs cuillerées de glace dans son assiette.

— Peut-être que si, après tout, ajouta-t-elle.

Sara plaça la main sous l'assiette en carton, pour qu'elle ne plie pas.

— Je ne pense pas.

— Non, acquiesça-t-elle. Il n'avait déjà pas beaucoup de temps à me consacrer, alors une autre, imagine... Est-ce que je t'ai raconté la fois où il s'est endormi en plein milieu de... ?

Sara acquiesça.

— Bon Dieu, mais comment font les gens pour rester cinquante ans ensemble ? demanda Tessa.

Sara haussa les épaules. Elle n'était guère experte en la matière.

— Mais la vache, quand il était réveillé, ce qu'il était bon au pieu !

Elle soupira, la cuiller toujours dans la bouche.

— N'oublie pas ça, avec Jeffrey. Ne sous-estime pas la valeur de l'alchimie sexuelle, recommanda-t-elle en déposant une autre boule de glace dans l'assiette de sa sœur. Devon a fini par s'ennuyer de moi.

— Ne dis pas de bêtises.

— Si. Il s'ennuyait. Il n'avait plus envie de rien avec moi.

— Genre sortir le soir ?

— Genre le seul moyen de le faire descendre à la cave, ç'aurait été de me coller une télé sur le ventre et de brancher la télécommande sur mon...

— Tess !

Elle gloussa, et enfourna un gros morceau de glace. Sara se souvenait de la dernière fois qu'elles avaient mangé de la glace ensemble. Le jour de l'agression de Tessa, elles étaient allées chercher des milk-shakes au Dairy Queen. Deux heures plus tard, Tessa gisait sur le sol, le crâne fendu, son enfant mort en elle.

Tessa s'agrippa des deux mains au comptoir et serra fort les paupières. Sara bondit de son tabouret, soudain très inquiète, avant qu'elle la rassure.

— La migraine de la crème glacée.

— Je vais te chercher un verre d'eau.

— C'est bon, j'y vais.

Elle mit la tête sous le robinet de l'évier et avala une grande gorgée. Elle s'essuya la bouche et demanda :

— Aïe, pourquoi j'ai mal comme ça ?

— Le nerf trijumeau est situé dans le...

D'un regard, Tessa l'interrompit net.

— Tu sais, Sara, tu n'es pas forcée d'avoir réponse à tout.

Elle le prit comme un reproche, et baissa les yeux sur son assiette.

Tessa se servit un morceau de glace moins généreux, et revint sur le sujet Devon.

— Il me manque, c'est tout.

— Je sais, ma chérie.

Il n'y avait rien de plus à dire. De l'avis de Sara, c'est à la fin que Devon s'était montré sous son vrai jour, en s'éclipsant sournoisement quand la situation s'était envenimée. Sa sœur était bien mieux sans lui, même si elle comprenait qu'il lui soit difficile d'adopter le même point de vue. Pour sa part, la seule fois où elle avait aperçu Devon en centre-ville, elle avait changé de trottoir. Jeffrey était avec elle, et elle lui avait quasiment arraché le bras pour l'empêcher de s'approcher du bonhomme et de lui adresser la parole.

De but en blanc, Tessa lâcha une sentence définitive.

— Je ne ferai plus jamais l'amour.

Sara s'esclaffa.

— Je suis sérieuse.

— Pourquoi ?

— Tu as des chips ?

Sara alla ouvrir le placard, en sortit un sachet. À son tour, elle lui posa une question, mais elle marchait sur des œufs.

— C'est à cause de ta nouvelle Église ?

— Non, dit-elle en prenant le paquet qu'elle ouvrit avec les dents. Peut-être. C'est juste que tout ce que j'ai pu tenter jusqu'à présent n'a jamais marché. Je serais assez stupide de continuer.

— Qu'est-ce qui ne marche pas ?

Tessa se contenta de secouer la tête.

— Rien. Tout.

Elle lui tendit le paquet de chips, mais Sara refusa et tira sur la fermeture Éclair de sa jupe, pour l'ouvrir un peu, histoire de respirer.

— Personne ne t'a expliqué pourquoi Bella était ici ? demanda Tessa.

— J'espérais que tu le saurais.

— Ils ne me disent rien. Chaque fois que j'entre dans la pièce, ils s'arrêtent de bavarder. C'est pas possible, je dois être une sourdine sur pattes.

— Pareil, constata Sara.

— Tu me rendrais un service ?

— Bien sûr, fit-elle, non sans percevoir chez elle un changement de ton.

— Viens à l'église avec moi mercredi soir.

Elle se sentait comme un poisson qu'on vient de sortir de son aquarium. La bouche grande ouverte, elle tenta d'invoquer une excuse.

— Ce n'est même pas une église, reprit-elle. Plutôt un genre de réunion. Des gens qui se retrouvent, qui se parlent. Ils font même des beignets au miel.

— Tess...

— Je sais que tu n'as aucune envie de venir, mais j'ai envie de t'avoir avec moi là-bas.

Elle haussa les épaules.

— Fais-le pour moi.

C'était le procédé dont avait usé Cathy, ces vingt dernières années, pour culpabiliser ses deux filles et les obliger à assister aux messes de Pâques et de Noël.

— Tessie, commença-t-elle. Tu sais que je ne crois pas...

— Je ne suis pas sûre de croire moi non plus, l'interrompit-elle. Mais rien que d'y être, ça fait du bien.

Sara se leva pour mettre le rôti au réfrigérateur.

— J'ai rencontré Thomas pendant ma kinésithérapie, il y a quelques mois.

— Qui est Thomas ?

— C'est un peu l'animateur de cette Église, lui répondit-elle. Il a eu une attaque, il y a quelque temps. Assez grave. Il est vraiment difficile à comprendre, mais il a cette manière de te parler sans prononcer un mot.

Des assiettes et des couverts propres étaient restés dans le lave-vaisselle depuis plusieurs jours, et Sara se mit à le vider, pour s'occuper.

— C'était bizarre, continua sa sœur. Je faisais mes exercices de motricité, concentrée sur mes jeux d'assemblage débiles, quand j'ai senti quelqu'un qui me dévisageait, j'ai levé le nez et c'était ce vieux type dans un fauteuil roulant. Il m'a appelée Cathy.

— Cathy ? répéta Sara.

— Ouais, il connaît maman.

— Comment il la connaît ? s'étonna-t-elle, certaine d'avoir rencontré tous les amis de sa mère.

— Je l'ignore.

— Tu as demandé à maman ?

— J'ai essayé, mais elle était occupée.

Sara referma le lave-vaisselle et s'appuya contre le plan de travail.

— Et ensuite ?

— Il m'a demandé si je voulais venir à l'église, dit-elle avant de marquer une pause. Être là-bas, en physiothérapie, voir tous ces gens qui sont dans un état bien pire que moi...

Elle haussa les épaules.

— Ça remet drôlement les choses à leur place, tu sais ? Ça m'a permis de comprendre à quel point j'avais gâché ma vie.

— Tu n'as pas gâché ta vie.

— J'ai trente-quatre ans et je vis encore chez mes parents.

— Au-dessus du garage.

Elle soupira.

— Je voudrais seulement que cette épreuve ne soit pas arrivée pour rien.

— Ça n'aurait pas dû arriver du tout.

— J'étais allongée dans ce lit d'hôpital, à m'apitoyer sur mon sort, furieuse contre le monde entier. Et puis là, ça m'a frappée. Toute ma vie, je n'ai été qu'une sale égoïste.

— Pas du tout.

— Mais si. Même toi, tu me le disais.

Des paroles que Sara regrettait comme jamais elle n'en avait regretté, de sa vie entière.

— J'étais en colère contre toi, Tess.

— Tu sais quoi ? C'est comme quand les gens sont saouls, ils prétendent qu'ils ne pensaient pas ce qu'ils disaient, il faut les excuser, c'est tout, et oublier, parce qu'ils avaient bu. L'alcool lève les inhibitions, ça ne fait pas débiter des mensonges au kilomètre. Tu étais en colère contre moi, et tu m'as dit ce que tu pensais, au fond de toi.

— Pas du tout.

Sara tentait de la rassurer, mais même elle sentait que cette défense tombait plutôt à plat.

— J'ai failli mourir, et pour quoi ? Qu'est-ce que j'ai fait de ma vie ?

Elle serra les poings avant de changer de nouveau de sujet.

— Si tu mourais, qu'est-ce que tu regretterais de ne pas avoir réussi ?

Instantanément, Sara pensa « Avoir un enfant », mais elle s'abstint de le dire.

Tessa lut dans l'expression de son visage.

— Tu pourrais toujours adopter.

Sara haussa les épaules. Elle était incapable de répondre.

— Nous n'en avons jamais parlé. C'est arrivé il y a presque quinze ans et nous n'en avons jamais parlé.

— Pour une bonne raison.

— Laquelle ?

Sara refusait d'avoir cette conversation.

— À quoi ça sert, Tessie ? Rien ne va changer pour autant. Il n'y a pas de traitement miracle.

— Tu es si douée avec les enfants, Sara. Tu serais une si bonne mère.

Sara prononça les quatre mots qu'elle détestait plus que tous les autres.

— Je ne peux pas. Tessie, je t'en prie, la supplia-t-elle.

Tessa hocha la tête, mais elle vit bien qu'elle ne battait en retraite que temporairement.

— Eh bien, moi, ce que je regretterais, ce serait de ne pas laisser mon empreinte. De ne rien avoir accompli qui rende le monde meilleur.

Sara prit un mouchoir en papier pour se moucher.

— On laisse toujours une empreinte.

— Il y a une raison à tout, insista sa sœur. Je sais que tu n'y crois pas. Je sais que tu ne crois à rien qui ne repose sur une quelconque théorie scientifique ou sur une bibliothèque pleine de livres sur le sujet, mais c'est de ça que j'ai besoin, moi, dans ma vie. J'ai besoin de croire que les choses n'arrivent pas pour rien. J'ai besoin de croire qu'il sortira quelque chose de bénéfique de la perte de...

Elle s'arrêta là, incapable de prononcer le nom de l'enfant qu'elle avait perdu, ce petit corps aligné entre celui des parents bien-aimés de Cathy et un oncle adoré qui était mort en Corée. Chaque fois que Sara repensait à cette tombe si froide et à toutes ces promesses envolées, elle avait le cœur serré.

— Tu connais son fils, reprit Tessa.

Sara fronça les sourcils.

— Le fils de qui ?

— Celui de Tom. Il était à l'école avec toi.

Elle avala une poignée de chips, avant de replier le sac et de le fermer.

— Il a les cheveux roux, comme toi, dit-elle la bouche pleine.

— Il était à l'école avec moi ? fit-elle d'un ton sceptique.

Les roux avaient tendance à se repérer entre eux, tant ils détonnaient par rapport au reste de la population. Sara savait avec certitude que, d'un bout à l'autre de sa scolarité à l'école élémentaire Cady Stanton, elle était le seul enfant aux cheveux roux. Elle en portait encore les cicatrices.

— Comment il s'appelle ?

— Lev Ward.

— Il n'y avait pas de Lev Ward à Stanton.

— C'était à l'école du dimanche, précisa sa sœur. Il a des histoires rigolotes sur toi.

— Sur moi ? s'écria-t-elle, la curiosité prenant le dessus.

— Et, ajouta Tessa, comme si c'était encore un attrait supplémentaire, il a le petit garçon de cinq ans le plus adorable que tu aies jamais vu.

Elle saisit la ruse.

— Des bouts de chou adorables de cinq ans, j'en vois assez à la clinique.

— Réfléchis. Tu n'es pas forcée de me répondre tout de suite.

Elle consulta sa montre.

— Il faut que je rentre avant qu'il fasse nuit.

— Tu veux que je te ramène ?

— Non, merci, dit-elle en l'embrassant sur la joue. À plus tard.

Sara essuya les miettes de chips du visage de sa sœur.

— Sois prudente.

Tessa était sur le point de s'en aller, et puis elle s'arrêta.

— Ce n'est pas seulement pour le cul.

— Quoi ?

— Avec Jeffrey, expliqua-t-elle. Ce n'est pas seulement l'alchimie sexuelle. Quand les choses tournent mal, ça vous rend toujours plus forts, vous deux. Toujours.

Elle se pencha pour caresser Billy, puis Bob, derrière les oreilles.

— Dans votre vie, reprit-elle, chaque fois que tu as tendu la main vers lui, il était là. Beaucoup d'hommes se seraient barrés en courant.

Elle caressa encore un peu les chiens puis sortit, tirant doucement la porte derrière elle.

Sara rouvrit le paquet de chips, envisagea de le vider, alors que sa fermeture Éclair pourtant ouverte lui rentrait dans la chair. Elle avait envie d'appeler sa mère et de comprendre ce qui n'allait pas. Elle avait envie d'appeler Jeffrey et de lui hurler dessus, et ensuite de le rappeler et de lui demander de venir regarder un vieux film avec elle à la télé.

Au lieu de quoi, elle retourna dans le canapé avec un autre verre de vin, essayant de vider son esprit de tout ça. Bien entendu, plus elle s'efforçait de ne pas penser aux choses, plus elles revenaient à la surface. Elle ne tarda pas à voir défiler des images : la jeune fille dans les bois, le petit Jimmy Powell atteint de leucémie, Jeffrey à l'hôpital, frappé de défaillance hépatique au stade terminal.

Enfin, elle s'obligea à se concentrer sur l'autopsie. Pendant l'opération, elle était restée derrière une épaisse cloison vitrée, et pourtant, même ainsi, cette vision lui paraissait encore trop proche. Les résultats des examens physiologiques ne présentaient rien de remarquable, hormis les sels de cyanure découverts dans l'estomac. Elle frémit encore à la pensée du petit panache de fumée qui s'était échappé des entrailles, quand le médecin légiste avait incisé. Le fœtus était normal : un enfant en bonne santé, qui aurait mené une existence bien remplie.

On frappa à la porte, quelques coups hésitants, puis plus insistants.

— Entrez ! hurla-t-elle enfin.

— Sara ? fit Jeffrey.

Il regarda autour de lui dans la pièce, manifestement surpris de la voir dans le canapé.

— Est-ce que ça va ?

— Mal au ventre, lui souffla-t-elle, ce qui était vrai.

Sa mère n'avait peut-être pas tort de déconseiller le dessert au dîner.

— Je suis désolé, tout à l'heure, je ne pouvais pas parler.

— Ça va, lui dit-elle, alors que ça n'allait pas vraiment. Que s'est-il passé ?

— Rien, lui avoua-t-il, et sa déception était visible. J'ai passé toute cette putain d'après-midi à l'université, à errer de département en département à la recherche de quelqu'un qui puisse me dire quels poisons ils stockent dans leurs locaux.

— Pas de cyanure ?

— Tout sauf ça.

— Et la famille ?

— Ils ne nous ont pas apporté grand-chose. J'ai lancé une demande de vérification de solvabilité sur la ferme. Le résultat devrait m'être transmis demain. Frank a appelé tous les foyers, pour essayer de recueillir des informations sur ce qui se trame au juste lors de ces missions. Nous avons passé le reste de la journée à fouiller dans son ordinateur portable. Tout ça était assez propre.

— Tu as contrôlé sa messagerie instantanée ?

— Brad a commencé par là. Il y avait deux échanges avec sa tante, celle qui vit à la ferme, mais ça parlait surtout d'études de la Bible, de programmes de travail, de l'heure à laquelle elle passerait là-bas, de qui allait s'occuper du poulet un soir, de qui allait peler les carottes un autre. Difficile de dire ce qui venait d'Abby et ce qui était de Rebecca.

— Rien qui date de cette période de dix jours, après le départ de la famille ?

— Un fichier a été ouvert le jour où ils sont partis pour Atlanta, lui confirma-t-il. Vers dix heures et quart ce matin-là. Les parents devaient être déjà en route. C'était le CV d'Abigail Ruth Bennett.

— Pour un boulot ?

— Apparemment.

— Tu penses qu'elle voulait partir de chez elle ?

— Les parents voulaient qu'elle s'inscrive à l'université, mais elle avait refusé.

— Déjà sympa d'avoir le choix, grommela-t-elle, repensant à sa mère qui avait mené ses filles à la baguette. Quel genre de job recherchait-elle ?

— Aucune idée. En gros, elle mentionnait surtout ses talents en matière de secrétariat et de comptabilité. Elle s'occupait de pas mal de choses, à la ferme. Pour un employeur potentiel, j'imagine que ça devait paraître séduisant.

— Elle a accompli sa scolarité à domicile ? s'enquit-elle.

Elle savait que ce n'était pas toujours vrai, mais, d'après sa propre expérience, les gens faisaient ce choix pour deux raisons : tenir leurs enfants blancs à l'écart des minorités ou s'assurer qu'on ne leur enseignerait pas autre chose que le créationnisme et l'abstinence.

— C'est le cas de presque tout le monde dans cette famille, apparemment, dit-il en desserrant sa cravate. Il faut que je me change. Tous mes jeans sont ici, ajouta-t-il ensuite, comme pour se justifier.

— Te changer pour quoi ?

— Je vais voir Dale Stanley, et ensuite, Lena et moi, on va au Pink Kitty.

— Le bar à putes sur Sixteen ?

Il se rembrunit.

— Pourquoi les femmes ont-elles le droit de l'appeler comme ça, alors que si les hommes en font autant, ils se prennent des coups de pied dans les parties ?

— Parce que les femmes n'ont pas de parties.

Elle se redressa et eut un haut-le-cœur. Dieu merci, elle n'avait pas touché à ces chips.

— Pourquoi tu vas là-bas ? C'est ta façon de me punir ?

— Te punir de quoi ? lui demanda-t-il en la suivant dans la chambre.

— Fais pas attention, lui dit-elle, sans trop savoir pourquoi. J'ai eu une très, très mauvaise journée.

— Je peux faire quelque chose ?

— Non.

Il ouvrit un premier carton.

— Dans la chambre d'Abby, on a trouvé une pochette d'allumettes, qui venait du Pink Kitty. Pourquoi te punirais-je ?

Elle s'assit sur le lit, le regarda fouiller dans ses cartons pour trouver son jean.

— Elle ne m'a pas franchement semblé du genre à fréquenter le Pink Kitty.

— La famille tout entière n'est pas du genre, renchérit-il, tombant enfin sur le bon carton.

Il baissa la fermeture Éclair de son pantalon et l'envoya promener d'un coup de pied, en levant les yeux sur elle.

— Tu es toujours fâchée ?

— Je ne sais même plus...

Il retira ses chaussettes et les jeta dans le panier de linge sale.

— Dommage.

Elle regarda par les fenêtres de la chambre, vers le lac. Elle fermait rarement les rideaux, car la vue était l'une des plus belles de toute la ville. La nuit, elle restait souvent couchée dans son lit, à regarder la lune traverser le ciel en se laissant dériver dans le sommeil. La semaine dernière, combien de fois avait-elle regardé par ces mêmes fenêtres, sans savoir que juste de l'autre côté de l'eau gisait Abigail Bennett, seule, probablement glacée de froid, sans doute terrorisée. Sara s'était-elle allongée dans son lit, bien au chaud, pendant que dans l'obscurité, le tueur empoisonnait Abby ?

— Sara ?

Il se tenait debout devant elle, en sous-vêtements, il la fixait du regard.

— Qu'est-ce qui se passe ?

Elle n'avait pas envie de répondre.

— Quoi d'autre sur la famille d'Abigail ?

Il hésita une seconde avant de recommencer à s'habiller.

— Ils sont vraiment spéciaux.

— Comment ça ?

Il sortit une paire de chaussettes et s'installa sur le lit pour les enfiler.

— C'est peut-être moi. J'ai peut-être vu trop de gens se servir de je ne sais quels prétextes religieux pour justifier leurs attirances malsaines.

— Quand tu leur as annoncé qu'elle était morte, ils t'ont paru choqués ?

— Ils avaient entendu des rumeurs. Je ne sais pas comment, car cette ferme m'a eu l'air isolée du monde, fermée à double tour. L'un des oncles sort un peu à l'extérieur. Je n'arrive pas à mettre le doigt dessus, mais il y a un truc qui cloche chez lui.

— C'est peut-être toi qui as un truc contre les oncles.

— Peut-être, fit-il en se frottant les yeux. La mère était assez bouleversée.

— Je n'ose pas imaginer ce que ça fait d'apprendre ce genre de nouvelle.

— Elle m'a bien coincé.

— Comment ça ?

— Elle m'a supplié de trouver qui avait fait ça. La vérité risque de ne pas lui plaire.

— Tu crois vraiment que la famille est impliquée ?

— Je ne sais pas.

Il se leva pour finir de s'habiller, tout en lui livrant quelques impressions plus détaillées sur le groupe. L'un des oncles était assez dominateur et lui avait semblé détenir beaucoup trop de pouvoir sur le reste de la tribu. Le mari était assez âgé pour être le grand-père de son épouse. Sara s'était adossée à la tête de lit, les bras croisés, et elle écoutait. Plus il lui en racontait, plus elle entendait de signaux d'alarme lui résonner dans le crâne.

— Les femmes sont très... vieux jeu, poursuivit-il. Elles laissent les hommes mener toute la conversation. Elles s'en remettent à leurs maris comme à leurs frères.

— C'est typique des religions les plus conservatrices, observa-t-elle. En théorie, du moins, c'est l'homme qui est responsable de la famille.

Elle attendit qu'il émette un commentaire un peu nostalgique, mais il s'en abstint.

— Et la petite sœur ? demanda-t-elle.

— Rebecca. Rien, et de toute façon, ils ne m'autoriseront pas à lui reparler. J'ai le sentiment que si l'oncle savait que je lui ai causé, dans la chambre, il me découperait en petits morceaux.

— Tu penses pouvoir obtenir quelque chose d'elle ?

— Qui sait ? Je n'arrivais pas à savoir si elle cachait quelque chose ou si elle était juste triste.

— C'est dur à vivre. Pour le moment, il est probable qu'elle ne pense à rien.

— Lena a su par la mère que Rebecca avait déjà fugué auparavant.

— Pourquoi ?

— Ça, elle n'a pas pu le découvrir.

— On tient peut-être quelque chose...

— Ou alors c'est juste un truc d'ado, dit-il, comme si Sara ne savait pas qu'un enfant sur sept au moins fuguait avant l'âge de dix-sept ans. Elle fait encore très jeune.

— J'imagine que ce doit être difficile de s'ouvrir au monde quand on grandit dans un milieu pareil. Non pas qu'il y ait du mal à vouloir protéger ses enfants, s'empressa-t-elle d'ajouter avant de continuer, sans trop réfléchir. Si c'était mon gamin...

Elle se reprit.

— Je veux dire, un de ces gosses que je suis à la clinique... Je comprends que leurs parents veuillent les protéger au maximum.

Il avait cessé de s'habiller, il ne parvenait plus à détacher son regard d'elle, les lèvres légèrement entrouvertes, comme s'il avait envie de lui dire quelque chose.

— Donc, ajouta-t-elle, en s'efforçant de faire passer la boule qu'elle avait dans la gorge. La famille donne dans la bondieuserie ?

— Ouais, dit-il, après un temps de silence pour lui faire comprendre qu'il avait conscience de son manège. Pour la fille, en revanche, je ne sais pas. J'avais une intuition avant même que Lena m'apprenne qu'elle avait déjà fugué. Elle me semblait du genre assez rebelle. Quand je l'ai interrogée, c'était comme défier son oncle, pour elle.

— Comment ça ?

— Il est avocat. Il n'avait aucune envie qu'elle réponde à mes questions. Elle l'a fait quand même.

Il eut un hochement de tête, comme s'il admirait le courage de la jeune fille, avant de reprendre.

— Je ne crois pas que ce style d'indépendance soit bien vu de cette famille, surtout venant d'une fille.

— Les jeunes enfants ont tendance à avoir plus d'aplomb, commenta-t-elle. Tessa s'attirait tout le temps des ennuis. Je ne sais pas si c'était parce que papa se montrait plus ferme avec elle ou parce qu'elle faisait davantage des siennes.

Il ne put dissimuler un sourire appréciateur. Il avait toujours admiré la liberté d'esprit de Tess. Ça plaisait souvent aux hommes.

— C'est une petite sauvage.

— Et moi non, fit-elle, tâchant de gommer la nuance de regret dans sa voix.

Tessa avait toujours eu le goût du risque alors que les plus graves écarts de Sara avaient été en général liés à l'école : traîner trop tard en bibliothèque pour réviser, glisser en douce une lampe-torche sous ses couvertures pour lire après l'heure du coucher.

— Tu crois que tu tireras quelque chose de ces entretiens, mercredi ?

— J'en doute. Peut-être que Dale Stanley en aura plus à nous raconter. Ils sont certains pour les sels de cyanure ?

— Oui.

— J'ai effectué quelques vérifications ici et là. Dale est le seul à faire du placage métallique dans le coin. Quelque chose me dit que tout ça est lié à la ferme. Pour moi, cette bande d'ex-taulards qui se promènent et la mort de la petite – la coïncidence est trop grosse. En plus, la maison de Dale Stanley est à deux pas de la limite du comté de Catoogah.

— Tu penses que c'est Dale Stanley qui l'a enfermée dans cette boîte ?

— Je n'en ai pas la moindre idée, lui avoua-t-il. À ce stade, je ne me fie à personne.

— Tu penses qu'il y a une connotation religieuse ? Ensevelir quelqu'un sous la terre ?

— Et l'empoisonner ? C'est là que je sèche. Lena est certaine que c'est religieux, que la famille est impliquée.

— Elle a ses raisons pour être allergique à l'eau de bénitier...

— Lena est mon meilleur inspecteur, lui rappela-t-il. Je sais qu'elle a eu des... problèmes...

Il parut se rendre compte que la litote était un peu trop flagrante, mais continua quand même.

— Je n'ai pas envie qu'elle se précipite pour tirer des conclusions qui l'arrangent.

— C'est surtout qu'elle voit les choses par le petit bout de la lorgnette.

— Comme tout le monde, remarqua-t-il, et si Sara était d'accord, elle savait qu'il se tenait lui-même pour une exception à cette règle. Cela dit, elle a raison, cet endroit est particulier. On est tombés sur un type en arrivant là-bas. Il était devant la grange en train d'agiter sa Bible et de prêcher la Bonne Parole.

— Le père de Hare fait pareil lors des réunions de famille, observa-t-elle, mais les deux sœurs de son oncle Roderick se moquaient tellement de lui, quand il se lançait dans ses tentatives de prosélytisme, qu'il allait rarement plus loin que la première phrase.

— N'empêche, c'est louche.

— C'est le Sud, Jeffrey. Par ici, les gens se cramponnent à la religion.

— Je suis au courant, je te rappelle que je suis né au fin fond de l'Alabama. Et ça ne se limite pas au Sud. Va dans le Midwest ou en Californie, ou même dans l'État de New York, et tu trouveras des communautés religieuses qui forment de vraies enclaves sur le territoire. La presse parle surtout d'ici parce qu'on a de meilleurs prédicateurs.

Il avait raison. Plus on s'éloignait d'une grande métropole, plus les gens étaient fervents. À vrai dire, c'était un des aspects qu'elle appréciait dans les petites villes. Sans être très croyante elle-même, elle aimait l'idée de l'Église, cette philosophie de l'amour du prochain, cette notion de tendre la joue gauche. Principe hélas peu respecté, ces derniers temps.

— Donc, disons que l'instinct de Lena ne la trompe pas, reprit-il, et que toute la famille est mouillée. Ils font partie d'une espèce de secte maléfique et, pour une raison qui nous échappe, ils ont enterré Abby.

— Elle était enceinte.

— Donc, ils l'ont enterrée parce qu'elle était enceinte. Mais pourquoi l'empoisonner ? Ça n'a pas de sens.

Il n'avait pas tort.

— L'enterrer vivante n'a pas de sens non plus, souleva Sara.

— Ça ne tient pas debout. Il doit y avoir une autre raison.

— Un type étranger à la région, alors. Mais pourquoi un inconnu prendrait la peine de l'ensevelir vivante, et puis de la tuer ?

— Et s'il comptait revenir pour enlever le corps après le décès ? Et si nous l'avions découverte avant qu'il ait pu achever ce qu'il voulait faire ?

Elle n'y avait pas songé, et cette hypothèse lui donna des frissons.

— J'ai expédié des échantillons de bois au labo, reprit-il. S'ils comportent des fragments d'ADN, on les trouvera.

Il réfléchit un instant, avant d'ajouter :

— Tôt ou tard.

Sara savait que le retour des analyses de labo prendrait des semaines, voire des mois. Le labo de la police criminelle du Georgia Bureau of Investigation accumulait tant de retard qu'on se demandait comment on parvenait encore à résoudre des affaires criminelles de temps à autre dans cet État.

— Tu ne pourrais pas retourner à la ferme et parler aux gens là-bas ?

— Pas sans motif. Et encore, à supposer qu'on ne me mette pas des bâtons dans les roues parce que je suis en dehors de ma juridiction.

— Et les services sociaux ? suggéra-t-elle. D'après ce que tu m'as expliqué, il y a des enfants, dans cette exploitation. Certains pourraient être des fugueurs, des mineurs.

— Bien vu, fit-il, avec un sourire.

Cela lui plaisait toujours de trouver le moyen de contourner l'obstacle.

— Je vais devoir rester prudent. Quelque chose me dit que ce Lev connaît la loi et ses droits. Je parie que leur ferme entretient une dizaine d'avocats rien qu'en provisions sur honoraires.

Elle se redressa.

— Quoi ?

— Je disais qu'il a sans doute dix avocats...

— Non, son prénom.

— Lev, c'est l'un des oncles, dit-il en enfilant son T-shirt. Il est bizarre, mais il te ressemble un peu. Les cheveux roux. Et de jolis yeux bleus.

— Les miens sont verts, rétorqua-t-elle, agacée qu'il lui ressorte cette vieille plaisanterie. Comment ça il me ressemble ?

— Je viens de te le dire, fit-il, sans relever, et il lissa son T-shirt Lynyrd Skynyrd sur son torse. Est-ce que j'ai assez l'air d'un cul-terreux habitué des boîtes de strip-tease ?

— Dis-m'en plus sur ce type, ce Lev.

— Pourquoi cette curiosité ?

— Je veux juste savoir. Tessa fréquente cette Église-là.

Il eut un rire incrédule.

— Tu plaisantes.

— C'est si difficile à croire ?

— Tessa ? Dans une Église ? Sans ta maman derrière elle avec un martinet ?

— Qu'est-ce que tu veux dire ?

— Que ces gens sont vraiment... pieux, fit-il, en se plaquant les cheveux en arrière des deux mains avant de s'asseoir au bord du lit. Pas vraiment le genre de Tess.

Que Sara elle-même dise de sa sœur qu'elle était un peu dissolue, c'était une chose, mais qu'un tiers se le permette, fût-il Jeffrey...

— Et c'est quoi, son genre ?

Il lui posa la main sur le pied. Il sentait le piège.

— Sara...

— Ça va, laisse tomber, dit-elle.

Elle se demandait pourquoi elle n'arrêtait pas de chercher la bagarre.

— Je n'ai pas envie de laisser tomber. Sara, qu'est-ce qui te prend ?

Elle se laissa glisser dans le fond du lit, se recroquevilla loin de lui.

— J'ai juste passé une très sale journée.

Il lui massa le dos.

— L'autopsie ?

Elle fit oui de la tête.

— Tu m'as appelé parce que tu avais besoin d'en parler, poursuivit-il. J'aurais dû t'écouter.

Elle ravala la boule qu'elle avait dans la gorge. Qu'il ait compris son erreur avait pour elle presque autant d'importance que s'il ne l'avait pas commise.

Il la réconforta.

— Je sais que c'est dur, bébé. Je suis désolé de ne pas avoir pu venir.

— C'est pas grave.

— Ça ne me plaît pas que tu aies dû vivre ça toute seule.

— Carlos était avec moi.

— Ce n'est pas pareil.

Il continua à lui masser le dos, traçant de petits cercles avec sa paume. Sa voix n'était plus qu'un chuchotis.

— Qu'est-ce qui se passe ?

— Je ne sais pas, reconnut-elle. Tessa veut que j'aille dans cette église avec elle, mercredi soir.

Sa main s'immobilisa.

— Tu devrais mieux pas.

Elle le regarda par-dessus son épaule.

— Pourquoi ?

— Ces gens, commença-t-il. Ils ne m'inspirent pas confiance. Je ne saurais pas te dire pourquoi, mais il y a quelque chose.

— Tu crois vraiment qu'ils ont tué Abigail ?

— J'ignore ce qu'ils ont fait. Tout ce que je sais, c'est que je n'ai pas envie que tu sois mêlée à ça.

— Mêlée à quoi ?

Il ne répondit pas et retroussa sa manche.

— Retourne-toi.

Elle s'allongea sur le dos, et un sourire lui effleura les lèvres quand il laissa courir son doigt le long de la fermeture Éclair à moitié défaite de sa jupe.

— Qu'est-ce que tu as mangé à dîner ?

Trop gênée pour le lui dire, elle secoua juste la tête.

Il lui remonta son chemisier et se mit à lui masser le ventre.

— Ça va mieux ?

Elle opina.

— Ta peau est si douce, chuchota-t-il, en continuant du bout des doigts. Parfois, j'y pense et ça me fait tout drôle dans la poitrine, comme si je m'envolais.

Il sourit, comme si un souvenir très intime lui traversait l'esprit. Il s'écoula plusieurs minutes avant qu'il ne reprenne la parole.

— J'ai appris que Jimmy Powell avait été de nouveau admis à l'hôpital.

Elle ferma les yeux, se concentra sur sa main. Elle avait été presque toute la journée au bord des larmes, et ses paroles risquaient de briser ses dernières résistances. Tout ce qu'elle avait vécu depuis quarante-huit heures lui avait mis les nerfs en pelote, mais sa douceur parvenait à les dénouer.

— Ce sera la dernière fois, souffla-t-elle, et sa gorge se serra à la pensée de ce petit malade de neuf ans.

Elle connaissait Jimmy depuis sa naissance, elle l'avait vu grandir, elle avait vu le nouveau-né devenir un enfant. Ce diagnostic l'avait bouleversée, presque autant que ses parents.

— Tu veux que je t'accompagne à l'hôpital ?

— S'il te plaît.

Le contact de sa main se fit plus léger.

— Et après ?

— Après ? fit-elle, et elle eut envie tout à coup de ronronner comme une chatte.

— Où est-ce que je dors ?

Elle prit son temps pour répondre, elle aurait aimé pouvoir claquer des doigts, qu'on soit déjà le lendemain, et que la décision ait été prise. Et finalement, elle se contenta d'un geste vers les cartons qu'il avait rapportés de chez lui.

— Toutes tes affaires sont ici.

Le sourire qu'il afficha dissimulait mal sa déception.

— Oui, c'est une raison, j'imagine...

Chapitre Sept

Jeffrey sortit de Heartsdale et baissa le volume de l'autoradio. Une douleur aiguë lui parcourut la mâchoire, et il s'aperçut qu'il n'avait pas cessé de grincer des dents. Il entendit un râle de vieillard lui monter de la poitrine, et se sentait d'humeur à s'ouvrir les veines. Son épaule était douloureuse, son genou droit le lançait, sans parler de sa coupure à la main. Des années de football lui avaient appris à ignorer les douleurs et les bobos, mais avec l'âge il avait découvert que le tour n'était plus aussi facile à jouer. Aujourd'hui, il se sentait vraiment vieux – grabataire, même. La balle qu'il avait prise à l'épaule quelques mois auparavant avait retenti comme un avertissement : il ne vivrait pas éternellement. À une époque, il avait pu trotter sur le terrain de football et pour ainsi dire se rompre tous les os du corps, pour se réveiller en pleine forme le lendemain. Là, s'il serrait les dents un peu trop fort, son épaule lui faisait mal.

Et maintenant, cette merde d'hépatite. La semaine passée, quand Jo l'avait appelé pour le lui annoncer, il avait compris que c'était elle, à l'autre bout du fil, sans qu'elle ait prononcé un mot. Elle avait cette manière de s'accorder un temps de silence avant de parler, une hésitation, comme si elle attendait de son interlocuteur qu'il prenne l'initiative. C'était l'un des aspects qui lui avaient plu chez elle, le fait qu'elle le laisse prendre la main. Elle refusait de se disputer, et elle savait se montrer agréable, chez elle c'était devenu un art. Cela n'avait pas que des inconvénients de se retrouver avec une femme qui n'éprouvait pas le besoin de réfléchir à fond à tous les mots qui franchissaient ses lèvres.

Au moins, ce soir, il n'allait pas être encore obligé de dormir par terre. Il doutait que Sara l'accueille dans son lit les bras ouverts, même si elle avait l'air de surmonter un peu sa colère. Tout se passait si bien entre eux, avant ce coup de téléphone de Jo, et il était aisé de reporter sur autrui la responsabilité de ses ennuis récents. La vérité, c'était que toutes ses journées avec Sara lui donnaient de plus en plus l'impression d'une valse-hésitation, un pas en avant, deux pas en arrière. Le fait de l'avoir demandée en mariage à quatre reprises au moins, et d'avoir chaque fois reçu l'équivalent d'une gifle en pleine figure, commençait aussi à lui taper sur les nerfs. Il y avait des limites à sa résistance.

Il s'engagea dans une allée gravillonnée, songeant qu'entre la ferme et le local de Dale Stanley, sa Lincoln Town Car donnerait l'impression d'avoir sillonné une zone militairement occupée.

Il se gara derrière une Dodge Dart qui avait l'air restaurée, remise à neuf. « Bon sang », murmura-t-il en sortant de sa voiture, incapable de dissimuler son admiration. La Dodge était rouge cerise et bleu foncé, avec des fenêtres teintées, et le train arrière surélevé. Le pare-chocs était immaculé, les chromes luisants reflétaient l'éclairage de sécurité monté au-dessus du garage.

— Hé, chef.

Un homme très grand et très maigre, vêtu d'une combinaison d'atelier, sortit du garage. Il s'essuya les mains sur un chiffon sale.

— Il me semble que je vous ai croisé au pique-nique l'an dernier.

— Ça me fait plaisir de vous revoir, Dale.

Il n'y avait pas beaucoup de types en face de qui Jeffrey était forcé de lever le nez, mais Dale Stanley était une vraie tige de haricot. Il ressemblait beaucoup à son frère cadet, mais il aurait fallu que quelqu'un attrape Pat par la tête et par les pieds et qu'on étire le jeune policier de vingt bons centimètres dans les deux sens pour que la ressemblance soit parfaite. Malgré sa haute stature, le gaillard avait un air décontracté, comme si rien au monde ne pouvait le perturber. Il lui donnait autour de la trentaine.

— Désolé d'avoir dû vous demander de venir si tard, lui dit l'artisan. Je ne voulais pas que les mômes gambergent. Dès qu'un flic s'arrête ici, ça les crispe.

Il jeta un regard sec derrière lui, vers la maison. J'imagine que vous savez pourquoi.

— Je comprends, fit Jeffrey, et sa réponse eut l'air de rasséréner Dale.

Le policier de patrouille Pat Stanley, le petit frère de Dale, avait été impliqué dans une affaire de prise d'otages assez violente, quelques mois plus tôt, et n'avait eu la vie sauve que d'extrême justesse. Il imaginait fort bien ce que ça pouvait faire d'apprendre ça par la télé, et d'attendre qu'une voiture de police vienne se garer devant chez vous, pour entendre les flics vous annoncer la mort de votre frère.

— Même les sirènes à la télé, ça leur plaît pas trop, souligna-t-il, et Jeffrey eut le sentiment que Dale était le genre de type à ramasser les araignées dans le creux de sa main et à les sortir de la maison, au lieu de les tuer. Vous avez un frère, vous ?

— Pas que je sache, ironisa Jeffrey.

La tête de Dale partit en arrière et il éclata de rire, comme un cheval qui hennit. Jeffrey attendit qu'il ait terminé, puis il lui posa sa question.

— Ici, nous sommes juste à la limite du comté, n'est-ce pas ?

— Ouais, acquiesça le carrossier. Catoogah, c'est par là, Avondale, par ici. Mes gamins iront là-haut, à l'école de Mason Mill.

Jeffrey regarda autour de lui, tâchant de se repérer.

— Vous m'avez l'air bien installé, ici.

— Merci, répondit-il en désignant le garage d'un geste du bras. Vous voulez une bière ?

— C'est pas de refus.

Ils entrèrent dans le magasin, et il fut incapable de dissimuler son approbation. Dale menait sa barque avec rigueur. Le sol était peint en gris clair, pas une goutte de graisse en vue. Les outils étaient accrochés à un panneau perforé, des contours noirs indiquant les catégories auxquels ils appartenaient. Des petits pots pour bébé remplis d'écrous et de vis étaient suspendus sous les placards du haut comme des verres à vin au coffrage d'un bar. Tout l'endroit était éclairé comme en plein jour.

— Qu'est-ce que vous faites, au juste, ici ?

— Je retape surtout des voitures, dit-il en désignant la Dart. J'ai une cabine de peinture sur l'arrière. Toute la partie mécanique s'effectue ici. Mon épouse se charge de la sellerie.

— Terri ?

Il tourna la tête à demi, avec un regard en coin, sans doute impressionné que le chef de la police locale se souvienne du nom de sa femme.

— C'est ça.

— Ça me paraît une assez bonne organisation.

— Ouais, enfin.

Il ouvrit un petit réfrigérateur et en sortit une Bud Light.

— On s'en sortirait pas mal, s'il n'y avait pas mon aîné. Tim consulte votre ex-femme plus souvent qu'il ne me voit moi, son père. Et maintenant que ma sœur est malade, elle a dû abandonner son boulot à l'usine. Beaucoup de stress pour toute la famille. Beaucoup de stress pour un seul homme, se débrouiller pour veiller sur tout le monde.

— Sara m'a parlé de l'asthme de Tim.

— Ouais, c'est assez méchant, reconnut-il en dévissant la capsule de la canette avant de la lui tendre. On est obligé de faire très attention, autour de lui. Le jour où ma femme est revenue de chez le docteur, j'ai arrêté de fumer, d'un seul coup. Notez, j'ai bien failli en crever. Mais pour nos gamins, on fait tout ce qu'il faut comme il faut. Vous en avez pas, vous-même, hein ? Je veux dire, pas à votre connaissance, ajouta-t-il en rigolant.

Jeffrey eut un rire forcé ; vu les circonstances, ce n'était pas drôle. Après avoir marqué le temps de silence qui convenait, il lui posa sa question.

— Je croyais que vous vous occupiez de placage.

— Mais oui, ça m'arrive encore, fit-il, en attrapant une pièce de métal qui venait de son atelier.

Jeffrey vit un vieux blason Porsche, plaqué d'une couche brillante jaune d'or. La panoplie de pinceaux à poils fins rangés à côté indiquait que Dale avait travaillé au remplissage des couleurs.

— C'est pour le frère de ma femme, précisa-t-il. Du gâteau.

— Vous pourriez m'expliquer la technique ?

— Du placage ?

Ses yeux s'agrandirent de surprise.

— Vous vous êtes tapé toute cette route jusqu'ici pour une leçon de chimie ?

— Vous me feriez ce plaisir ?

Le garagiste cessa de tergiverser.

— Sûr.

Et il conduisit Jeffrey jusqu'à un établi dans le fond du local. Il entama ses explications et il avait presque l'air soulagé de se retrouver en terrain connu.

— Ça s'appelle une procédure en trois étapes, mais ça ne s'arrête pas là. À la base, vous chargez juste le métal avec ceci.

Il désigna une machine qui ressemblait à un chargeur de batterie. Deux électrodes métalliques y étaient rattachées, l'une munie d'une poignée noire, l'autre d'une poignée rouge. À côté de cet appareil, il y avait une autre électrode, avec une poignée jaune et noire.

— Le courant est positif côté rouge, négatif côté noir.

Il montra du doigt une casserole peu profonde avant de poursuivre.

— D'abord, vous prenez ce que vous voulez plaquer et vous le placez là-dedans. Vous remplissez avec la solution. Si vous utilisez le positif, vous le nettoyez avec le décapant pour chromes. Si vous travaillez en négatif, vous l'activez au nickel.

— Je croyais que c'était de l'or.

— La couche de nickel est dessous. L'or a besoin d'un substrat sur lequel se fixer. Vous activez le nickel avec une solution acide, vous brochez la pince négative d'un côté. Avec un revêtement synthétique du côté de l'électrode de placage, vous plongez le tout dans la solution d'or liquide, ensuite vous liez l'or et le nickel. Je vous fais grâce de quelques autres épisodes tout aussi sexy, mais c'est à peu près tout.

— Qu'est-ce que c'est, cette solution ?

— Un produit de base que je me procure chez un fournisseur.

Il posa la main sur l'armoire métallique installée au-dessus du banc de placage. Il chercha à tâtons et quand il en ressortit la main, il tenait une clef, avec laquelle il déverrouilla la porte.

— Cette clef, vous l'avez toujours rangée là-haut ?

— Ouais, fit-il en ouvrant l'armoire pour en sortir les flacons, un par un. Les gamins n'arrivent pas à monter jusque-là.

— Personne n'entre jamais dans la boutique à votre insu ?

— Jamais.

D'un geste, il désigna les milliers de dollars d'outils et d'équipements qui occupaient tout l'espace.

— C'est mon gagne-pain. Si quelqu'un entre ici et m'emporte tout ce matériel, je suis fini.

— Vous ne laissez jamais la porte ouverte ?

Il pensait à celle du garage. Il n'y avait pas de fenêtres ou d'autres ouvertures. Le seul moyen pour entrer ou pour sortir, c'était cette porte à enroulement. Elle semblait solide, assez pour barrer la route à un semi-remorque.

— Je ne la laisse ouverte que quand je suis ici, lui assura-t-il. Même quand je vais à la maison pour pisser, je la ferme.

Jeffrey se pencha pour lire les étiquettes sur les flacons.

— Ça m'a l'air assez toxique.

— Quand je les manipule, je porte un masque et des gants. J'ai pire, là-bas dehors, mais quand Tim est tombé malade, j'ai arrêté avec les autres produits.

— Quel genre de produit ?

— Principalement de l'arsenic ou du cyanure. Vous le versez avec l'acide. C'est plutôt volatile et là, pour être franc, ça me fout les jetons. Il y a bien des nouveaux trucs sur le marché qui sont assez méchants, mais rien qui puisse vous tuer si vous les respirez de travers.

Il approcha l'un des flacons en plastique.

— La solution, c'est celui-là.

Jeffrey lut l'étiquette.

— Sans cyanure ?

— Exact, répondit-il en se remettant à glousser. Pour être franc avec vous, je cherchais un prétexte pour changer mon fusil d'épaule. Vis-à-vis de la mort, je suis assez trouillard.

Jeffrey examina chaque flacon, et lut les étiquettes, sans les toucher. Chacun d'eux semblait contenir de quoi tuer un cheval.

Dale se dandinait sur place, il patientait. À en juger par sa mine, il avait l'air d'attendre quelque chose, en échange de sa patience.

— Vous connaissez cette ferme, à Catoogah ?

— Le truc du soja ?

— C'est ça.

— Ben oui. Vous continuez par là..., expliqua-t-il en indiquant la route qui se dirigeait vers le sud-est. Et vous tomberez dessus direct.

— Vous n'avez jamais eu personne de chez eux qui serait venu vous rendre visite ?

Dale rangea ses flacons.

— Il leur arrivait de temps à autre de couper à travers bois, pour se rendre en ville. Ça me disait rien qui vaille. Certains de ces gars-là sont pas précisément ce qu'il y a de plus fréquentable.

— Quels gars ?

— Leurs ouvriers.

Il referma l'armoire. Il verrouilla la serrure et rangea la clef dans sa cachette.

— Bon Dieu, cette famille, si vous voulez mon avis, c'est une sacrée bande d'abrutis, de laisser ces types habiter chez eux, tout ça, quoi.

Jeffrey insista.

— Comment cela ?

— Certains de ces personnages qu'ils ramènent d'Atlanta sont assez mal en point. Drogue, alcool, qu'est-ce que j'en sais. Ça vous pousse à faire des trucs, des trucs désespérés. De quoi en perdre la foi.

— Est-ce que ça vous inquiète ?

— Pas vraiment. Je veux dire, on pourrait même penser qu'il y a du bon, dans ce qu'ils font, j'imagine. Seulement, ce que je n'aime pas, c'est les voir traverser ma propriété.

— Vous craignez d'être volé ?

— Pour pénétrer ici, il leur faudrait une torche à plasma, souligna-t-il. Soit ça, soit me passer sur le corps.

— Vous avez un pistolet ?

— Et comment !

— Je peux le voir ?

Dale traversa la salle et tendit le bras au-dessus d'une autre armoire. Il en descendit un revolver Smith & Wesson et le lui remit.

— Joli morceau, lui dit-il, en vérifiant le barillet.

Il le maintenait dans le même état de propreté méticuleuse que le reste de sa boutique, et chargé jusqu'à la gueule.

— M'a l'air prêt à l'action, observa-t-il, en le lui rendant.

— Eh là, doucement ! le prévint Dale, presque en plaisantant. Il a la détente chatouilleuse.

— L'arme ? rétorqua Jeffrey, songeant que le bonhomme serait sans doute content de pouvoir se retrancher derrière un tel alibi, pour le cas où il abattrait un intrus « par accident ».

— C'est pas que j'ai peur qu'ils me volent, lui avoua-t-il encore, en reposant l'arme dans sa cachette. Comme je vous l'ai dit, je suis vraiment prudent. C'est juste que s'ils traversent par ici, ça rend les chiens fous, ma femme pique une crise, les gosses fondent en larmes, moi, ça me met dans tous mes états et ça, vaut mieux pas.

Il s'interrompit, se tourna en direction de l'allée.

— Je déteste être comme ça, mais nous n'habitons pas à Mayberry. Il y a toutes sortes de sales types par ici et je n'ai pas envie qu'ils tournent autour de mes gosses.

Puis, secouant la tête :

— Bon sang, chef, c'est pas à moi de vous dire ça.

Jeffrey se demanda si Abigail Bennett avait emprunté ce raccourci.

— Personne de la ferme ne s'est jamais présenté à votre domicile ?

— Jamais, fit-il. Je suis ici toute la journée. Je les aurais vus.

— Vous ne leur avez jamais adressé la parole ?

— Juste pour les prier de dégager de ma terre et d'aller se faire foutre. Je m'inquiète pas pour ma maison. Qu'ils viennent déjà frapper à la porte, et les chiens les mettront en pièces.

— Qu'est-ce que vous avez fait ? Je veux dire, pour les empêcher de couper par chez vous ?

— J'ai passé un coup de biniou à Deux-Balles. Au shérif Pelham, je veux dire.

Jeffrey laissa glisser.

— Où est-ce que ça vous a mené ?

— Au même endroit que quand j'ai débuté ici, fit l'autre, en tapant du pied sur le sol. Je ne voulais pas embêter Pat avec ça, alors j'ai juste fait un saut là-bas moi-même. J'ai causé à Lev, le fils du vieux Tom. Pour un chrétien acharné, il est pas si mal. Vous l'avez rencontré ?

— Oui.

— Je lui ai expliqué la situation, je lui ai signalé que je voulais pas de ses gens sur ma propriété. Il m'a dit d'accord.

— C'était quand ?

— Oh, à peu près trois, quatre mois. Il est même venu ici et on a longé la limite de mon terrain. Il m'a promis qu'il allait planter une clôture, pour les en empêcher.

— Et il a tenu parole ?

— Ouais.

— Vous l'avez reçu ici, dans la boutique ?

— Sûr.

Soudain, Dale avait presque l'air de se vanter, comme un gosse qui la ramène avec ses jouets.

— Je travaillais sur sa bagnole, une Mustang de soixante-neuf. Cette foutue chignole, rien qu'à stationner dans l'allée, elle était déjà en infraction.

— Lev a un faible pour les voitures ?

Ce détail le surprenait.

— Je ne connais pas un homme en ce monde qui ne soit pas impressionné par cette voiture-là. Je l'ai désossée de fond en comble... nouveau moteur, nouvelle suspension et nouvel échappement... la seule pièce d'origine ou à peu près, sur ce gros bébé, c'était le châssis, et j'ai scié les montants pour surbaisser le pavillon de sept bons centimètres.

Jeffrey était lui-même fort tenté de le laisser s'écarter de son sujet, mais c'était exclu.

— Encore une question ?

— Allez-y.

— Vous avez du cyanure, ici ?

Dale secoua la tête.

— Pas depuis que j'ai arrêté de fumer. Trop tenté de mettre fin à mes jours.

Il rit, puis, voyant que Jeffrey n'était pas d'humeur, s'arrêta.

— Bien sûr, j'en conserve là-bas derrière, fit-il, en retournant à l'armoire au-dessus du banc de placage.

Là encore, il tâtonna pour attraper la clef et ouvrit la porte. Il plongea le bras dans le fond, sa main disparut quelques instants dans les recoins de l'étagère du haut. Il en ressortit un épais sac en plastique qui contenait une petite bouteille en verre. Le crâne et les tibias croisés de l'étiquette firent naître en Jeffrey un frisson qui lui parcourut la moelle épinière, rien qu'à repenser à ce qu'Abigail avait enduré.

Le carrossier posa le sac sur le plan de travail, la bouteille tinta avec un bruit mat.

— Rien que de mettre les doigts sur cette merde, j'aime pas trop. Je sais que c'est stable, mais j'en fais quand même dans mon froc.

— Il vous arrive de laisser la porte de cette armoire déverrouillée ?

— Non, sauf si j'ai besoin de quelque chose dedans.

Jeffrey se pencha pour examiner la bouteille.

— Vous pouvez me dire s'il vous manque des sels ?

Stanley s'agenouilla, plissa les yeux devant le verre transparent.

— Pas que je sache.

Il se redressa.

— Évidemment, je peux pas trop les compter.

— Est-ce que Lev a eu l'air de s'intéresser à ce qu'il y avait dans cette armoire ?

— Je doute qu'il l'ait même remarquée, fit-il en croisant les bras. J'ai des raisons de m'inquiéter ?

— Non, lui affirma-t-il, sans en être tout à fait certain. Je peux parler à Terri ?

— Elle est chez Sally. Ma sœur. Elle a eu ce problème avec son…

Il pointa le doigt vers son bas-ventre.

— Quand elle a des passages à vide, Terri va la voir et elle l'aide à surveiller les gosses.

— Il faudrait que je m'entretienne avec elle. Elle a pu voir rôder autour du garage quelqu'un qui n'aurait pas dû se trouver là.

Dale se raidit, comme si on remettait sa probité en cause.

— Personne n'entre ici sans moi, déclara-t-il, et Jeffrey le crut : Dale ne gardait pas ce pistolet à portée de main pour la décoration. Elle sera de retour demain matin, lui signala-t-il quand même. Dès qu'elle rentre, je lui dis d'aller vous voir.

— Je vous en serais reconnaissant.

Puis, désignant le poison :

— Ça vous ennuie si j'emporte ça ? Je voudrais le balayer à la poudre à empreintes.

— Pas mécontent de voir ce truc partir d'ici, fit Dale, en acceptant.

Il ouvrit l'un de ses tiroirs et en sortit un gant de latex.

— Vous voulez enfiler ça ?

Jeffrey accepta et enfila le gant avant de prendre le sac.

— Je suis désolé de ne pouvoir vous apporter davantage de précisions, Dale. Vous m'avez été d'une grande aide, mais je préférerais que vous n'informiez personne de ma visite et des questions que je vous ai posées.

— Pas de problème.

Maintenant que l'interrogatoire était terminé, il était presque exubérant. Lorsque Jeffrey remonta dans son véhicule, Dale lui fit encore une proposition.

— Revenez donc me voir, quand vous aurez un peu de temps devant vous. J'ai pris des photos de cette Mustang de soixante-neuf à chaque étape du travail de restauration.

* * *

Lorsqu'il s'arrêta devant chez elle, Lena était assise sur les marches du perron.

— Désolé, je suis en retard, s'excusa-t-il quand elle monta.

— Pas de problème.

— Je suis allé causer placage avec Dale Stanley.

Elle était en train de boucler sa ceinture, et s'arrêta dans son geste.

— Du nouveau ?

— Pas grand-chose.

Il la tint informée sur l'activité de Dale et la visite de Lev.

— Avant de venir te chercher, je suis allé déposer le cyanure au poste. Brad l'expédie à Macon dès ce soir pour que nos amis du service des empreintes y jettent un œil.

— Tu t'attends à un résultat ?

— Vu la tournure que prend cette affaire ? J'en doute.

— Est-ce que Lev est resté seul à un moment dans la boutique ?

— Non, répondit Jeffrey qui avait posé cette question à Dale avant de quitter la maison. Je ne sais pas comment Ward s'y serait pris pour dérober ces sels, et à plus forte raison pour les transporter, mais c'est une coïncidence assez curieuse.

— Tu m'étonnes, acquiesça-t-elle, en s'installant.

Elle tambourinait du bout des doigts sur l'accoudoir, un tic nerveux qu'il lui avait rarement vu.

— Quelque chose ne va pas ?

Elle fit non de la tête.

— Tu es déjà allée là-bas ?

— Le Pink Kitty ?

Elle fit encore non de la tête.

— Et je doute qu'on laisse entrer les femmes non accompagnées.

— Ils auraient pas intérêt.

— Comment tu veux procéder ?

— Un lundi soir, il ne devrait pas y avoir foule, fit-il. On montre sa photo, histoire de voir si quelqu'un la reconnaît.

— Tu crois qu'ils vont nous dire la vérité ?

— Je n'en suis pas convaincu, admit-il, mais à mon avis, on aura plus de chance si on y va en douceur, au lieu de rouler des mécaniques.

— Je m'occupe des filles, proposa-t-elle. Personne ne te laissera entrer dans les loges.

— OK, c'est parti.

Elle abaissa le pare-soleil et releva le miroir de courtoisie, pour vérifier son maquillage, supposa-t-il. Il la regarda de nouveau. Avec son teint latin très mat et sa peau parfaite, elle ne passait sans doute pas beaucoup de nuits seule, même si, hélas, c'était avec ce voyou d'Ethan Green. Ce soir, elle ne portait pas son ensemble habituel, elle avait opté pour un jean noir et un chemisier en soie rouge qui épousait ses formes, le col ouvert. Elle ne portait pas non plus de soutien-gorge, et visiblement elle avait froid.

Il changea de position, coupa la clim, en espérant qu'elle ne l'avait pas vu l'observer. Elle n'était pas assez jeune pour être sa fille, mais très souvent il la traitait comme telle et, à remarquer de la sorte ses plus jolis atouts, il ne pouvait s'empêcher de se faire l'effet d'un vieux dégoûtant.

Elle rabattit le pare-soleil.

— Quoi ?

De nouveau, elle le dévisageait.

Il chercha quoi répondre.

— Ça te pose un problème ?

— Comment ça, un problème ?

Il essaya de réfléchir à la manière de formuler cela sans la mettre en boule, et il renonça.

— Je veux dire, tu bois toujours ?

Sa repartie fut cinglante :

— Et ta femme, tu la trompes toujours ?

— Ce n'est pas ma femme, rétorqua-t-il, sachant à l'instant où ces mots franchissaient ses lèvres que l'argument était boiteux. Écoute, dit-il, là-bas, c'est un bar. Si c'est trop dur pour toi...

— Rien n'est trop dur pour moi, lui lâcha-t-elle, mettant ainsi un terme à la conversation.

Ils parcoururent tout le reste du trajet en silence, Jeffrey regardant la route droit devant lui, se demandant comment il avait pu se faire une spécialité de fréquenter les femmes les plus ombrageuses du comté. Il se demandait aussi ce qu'ils allaient découvrir dans ce bar, ce soir. Il n'y avait aucune raison valable pour qu'une jeune femme comme Abigail Bennett cache une pochette d'allumettes dans son Snoopy en peluche. Elle l'avait soigneusement recousu, et il n'aurait même pas eu l'idée de l'examiner de plus près s'il n'avait pas tiré sur un fil qui dépassait, comme on tire sur le fil de laine d'un chandail.

Un néon rose en forme de chat rougeoyait au loin, alors qu'ils étaient encore à trois bons kilomètres du bar. Plus ils s'en approchaient, plus ils pouvaient le distinguer dans les détails, jusqu'à ce que le félin en bustier de cuir noir et talons aiguilles de dix mètres de haut se dresse en face d'eux.

Il gara sa voiture près de la route. Mis à part l'enseigne, le bâtiment était quelconque, une structure de plain-pied, sans fenêtres, avec un toit en métal rose et un parking assez vaste pour contenir à peu près une centaine de véhicules. En ce soir de semaine, seule une douzaine d'emplacements étaient occupés, surtout par des camions et des monospaces. Un semi-remorque était garé dans le sens de la longueur, parallèlement au grillage du fond.

Même avec les vitres relevées et les portières fermées, Jeffrey pouvait entendre la musique beugler dans la boîte.

— En douceur, rappela-t-il à Lena.

Elle laissa coulisser sa ceinture de sécurité et sortit du véhicule, manifestement toujours en rogne contre lui, à cause de sa question sur la boisson. Il était disposé à tolérer ce genre de conneries de la part de Sara, mais il était hors de question qu'il se laisse malmener par un de ses subordonnés.

— Minute, lui dit-il, et elle se figea sur place, le dos tourné. Tu vas me rectifier ton attitude, l'avertit-il. Ça va bien cinq minutes. Tu piges ?

Elle opina, avant de repartir vers l'entrée. Il prit son temps, et elle ralentit le pas, jusqu'à ce qu'ils marchent épaule contre épaule.

Elle s'arrêta en face de la porte.

— Ça ira, souffla-t-elle enfin.

Elle le regarda dans les yeux et le lui répéta.

— C'est vrai, ça va.

Si tous les gens qu'il avait rencontrés aujourd'hui ne lui avaient pas dissimulé des informations essentielles sur eux-mêmes en se foutant de lui, il n'aurait sans doute pas relevé. En l'occurrence, sa réplique fusa.

— Je ne plaisante pas, Lena.

— Bien, chef, lui fit-elle, sans la moindre trace de sarcasme dans la voix.

— Parfait.

Il tendit la main, passant devant elle, et ouvrit la porte. À l'intérieur, un brouillard de fumée de cigarette, aussi épais qu'une tenture, restait en suspension, et il dut se forcer à entrer. Il se dirigea vers le bar, qui longeait le côté gauche de la salle, et ses molaires se mirent à battre au rythme des basses profondes pulsées par la sono. L'atmosphère était humide, oppressante, le plafond et le sol étaient peints en noir mat, les sièges et les boxes disséminés autour de la scène, qu'on aurait crue ressortie d'un vieux fast-food des années cinquante. Une odeur de sueur, de pisse et d'autre chose à quoi il n'avait pas envie de penser lui remplit les narines. Le sol était collant, surtout autour de l'estrade qui occupait le centre de la salle.

Une dizaine de types à peu près, de tous âges, de toutes tailles, de tous gabarits étaient là, agglutinés devant cette scène où une jeune fille dansait vêtue d'un string quasi invisible, et sans haut. Deux bonshommes, le ventre débordant de leur jean, étaient accoudés au bout du bar, les yeux rivés à l'énorme miroir qui se dressait derrière, chacun avec une demi-douzaine de godets à whisky vides alignés devant lui. Jeffrey s'attarda sur eux, et observa le reflet de la fille qui montait et descendait en reptation contre un pilier. Elle avait une silhouette enfantine et ce regard qu'elles avaient toutes l'air de perfectionner, une fois qu'elles étaient montées sur scène : « Je ne suis pas là. En réalité, je ne fais rien. Tout ça, c'est pas moi. » Elle avait bien un père, quelque part. Et qui sait si ce n'était pas à cause de lui qu'elle était ici. Il était forcé d'en conclure que ça devait être particulièrement pénible à la maison, pour qu'une jeune fille vienne trouver refuge dans un endroit pareil.

Le barman haussa le menton dans sa direction et Jeffrey répondit à son signal, deux doigts levés, en prononçant ces mots : « Rolling Rock ».

Il portait sur la poitrine un insigne à son nom, Chips, et quand il abaissa le levier de la pression, il avait l'air en effet d'en avoir gros sur la patate... Il plaqua deux verres sur le bar, de la mousse s'écoula sur les flancs. La musique changea, les paroles hurlaient si fort qu'il n'entendit même pas le prix des deux bières. Il balança un billet de dix sur le comptoir, se demandant s'il allait récupérer de la monnaie.

Il fit volte-face, considéra ce qu'avec indulgence on aurait pu appeler le public. À Birmingham, il avait visité quantité de bars à strip-tease, avec les flics de son unité. C'étaient les seuls bars encore ouverts à la fin de leur service, et ils y défilaient tous pour décompresser, bavarder un peu, boire beaucoup et se retirer de la bouche le goût de la rue. Les filles là-bas étaient plus fraîches, pas aussi jeunes, pas avec cet air anorexique, pas au point de pouvoir leur compter les côtes à dix mètres de distance.

Dans ce genre d'endroit, il y avait toujours une tonalité implicite de désespoir, soit chez les types qui levaient le nez vers la scène, soit chez les filles qui dansaient dessus. Par une de ces fins de soirées tardives, à Birmingham, il était allé aux toilettes se soulager un coup, quand une fille s'était fait agresser. Il avait enfoncé la porte de sa loge et dégagé le type qui était sur elle. La fille avait eu dans le regard ce dégoût non dissimulé – pas seulement pour son agresseur en puissance, mais aussi envers Jeffrey. Les autres filles avaient rappliqué en file indienne, toutes à demi dévêtues, toutes posant sur lui un regard identique. Leur hostilité, leur haine tranchante, aiguisée, l'avait frappé comme un coup de rasoir. Il n'y était plus jamais retourné.

Lena était restée à la porte, elle consultait les messages sur le panneau d'affichage. Quand elle traversa la salle, tous les hommes la suivirent du regard, directement ou à travers les nombreux miroirs. Même la fille sur scène avait l'air curieuse de savoir ce qui se passait, et elle loupa un temps dans sa contorsion autour du pilier, se demandant probablement si elle n'avait pas de la concurrence. Lena les ignora, mais Jeffrey vit leurs yeux figés qui toisaient, violaient son corps du regard, des pieds à la tête. Il sentit ses poings se crisper, mais elle le remarqua, et lui fit un signe de tête.

— Je vais aller voir dans le fond, chez les filles.

Il acquiesça, et se retourna pour prendre sa bière. Il trouva deux dollars et un peu de monnaie posés sur le comptoir, mais plus de Chips en vue. Il but son demi, s'étouffa presque avec ce breuvage tiédasse. Soit ils allongeaient leur bière avec l'eau des chiottes, soit ils avaient raccordé leurs robinets à un troupeau de canassons qu'ils logeaient sous le bar.

— Désolé, fit un inconnu qui venait de le heurter.

D'instinct, Jeffrey tâta sa poche arrière, mais son portefeuille était toujours là.

— Vous êtes du coin ?

Il ne tint pas compte de la question, songeant qu'il fallait être stupide pour venir draguer dans un endroit aussi calamiteux.

— Moi, je suis du coin, fit le type, en vacillant.

Jeffrey se tourna pour mieux le voir. Il devait mesurer un mètre soixante-cinq, avec des cheveux blond filasse qui paraissaient ne pas avoir été lavés depuis des semaines. Ivre mort, il s'agrippait au bar d'une main, et de l'autre il avait l'air de s'appuyer dans le vide pour garder l'équilibre. Ses ongles étaient ourlés de terre, et il avait la peau jaune pâle.

— Vous venez souvent ici ? demanda-t-il au blond.

— Tous les soirs, fit l'autre, et quand il lui sourit, une dent ébréchée pointa.

Jeffrey sortit une photo d'Abigail Bennett.

— Vous la reconnaissez ?

Le type dévisagea la photo, se passa la langue sur les lèvres, sans cesser de se balancer d'avant en arrière.

— Elle est jolie.

— Elle est morte.

Il haussa les épaules.

— Ça l'empêche pas d'être jolie.

Il désigna les deux chopes.

— Vous allez les boire ?

— Je vous en prie, dit-il, en s'éloignant le long du bar pour mettre un intervalle entre le type et lui. L'autre cherchait sans doute juste le moyen de se procurer son prochain verre. Jeffrey avait déjà eu affaire à ce genre de manigance. Il avait repéré ça chez son père, tous les matins, quand Jimmy Tolliver se traînait hors de son lit.

Lena se fraya un chemin vers lui, et l'expression de son visage était en soi une réponse à sa question.

— Juste une fille en coulisse, lui rapporta-t-elle. Si tu veux savoir, pour moi, c'est une fugueuse. Je lui ai laissé ma carte, mais je doute qu'il en sorte quoi que ce soit.

Elle regarda derrière le comptoir.

— Où il est parti, le barman ?

Jeffrey hasarda une hypothèse.

— Annoncer au gérant que deux flics étaient là.

Il avait repéré une porte à côté du bar et supposé que c'était par là que Chips s'était éclipsé. À côté de cette porte, un grand miroir était d'une teinte plus sombre que les autres. Il en déduisit que quelqu'un, sans doute le gérant ou le propriétaire, se tenait derrière, et surveillait la salle.

Jeffrey ne prit pas la peine de frapper. La porte était fermée à clef, mais en tournant fermement la poignée, il réussit à la forcer.

— Hé ! s'écria Chips, en reculant vers le mur, les mains levées.

L'homme assis au bureau comptait de l'argent, une main feuilletant la liasse de billets, l'autre tapant les chiffres sur une calculette.

— Qu'est-ce que vous voulez ? demanda-t-il, sans prendre la peine de lever le nez. L'endroit que je dirige est propre. Renseignez-vous auprès de qui vous voudrez.

— Je sais, admit Jeffrey, en sortant la photo d'Abigail de sa poche arrière. J'ai besoin de savoir si vous avez déjà vu cette fille par ici.

L'homme n'avait toujours aucune envie de lever les yeux.

— Jamais vue.

— Vous voulez bien y jeter un œil et nous répéter ça ? demanda Lena.

Là, il leva les yeux. Ses lèvres humides s'élargirent sur un sourire, il attrapa son cigare posé dans un cendrier à hauteur de son coude, et le mâchonna. Quand il s'enfonça dans le dossier, son fauteuil gémit comme une vieille pute de soixante-dix ans.

— En général, nous n'avons pas le plaisir d'une compagnie aussi raffinée.

— Regardez la photo, lui ordonna Lena, en baissant brièvement les yeux sur la plaque de son bureau. M. Fitzgerald.

— Albert, rectifia-t-il, en prenant le Polaroïd de la main de Jeffrey.

Il étudia l'image, son sourire retomba un peu, avant de se recomposer.

— Cette fille m'a l'air morte.

— Bien vu, confirma-t-elle. Où est-ce que vous allez ?

Jeffrey surveillait Chips, qui s'avançait mine de rien vers la porte, mais c'était Lena qui l'avait prise la première sur le fait.

— Nn-nulle part, bredouilla le barman.

— Vous êtes très bien où vous êtes, l'avertit Jeffrey.

À la lumière du bureau, le barman se révélait pour ce qu'il était, un maigrichon, sans doute à cause d'une sérieuse dépendance à la drogue qui l'empêchait de beaucoup manger. Il avait les cheveux coupés court au-dessus des oreilles et le visage rasé de près, mais il conservait encore son allure d'épave.

— Tu veux reluquer, Chippie ? s'écria Albert.

Il lui tendit le cliché, mais le barman s'abstint. Visiblement, cela lui faisait quelque chose. Il multipliait les regards furtifs, de Lena à Jeffrey, à la photo, puis à la porte. Mine de rien, il était encore en train de se rapprocher de la sortie, le dos appuyé contre le mur, comme s'il allait leur filer sous le nez.

— Comment vous appelez-vous ? lui demanda Jeffrey.

Albert répondit à sa place.

— Donner, comme la famille Donner, les immigrants du Far West morts de froid dans la Sierra Nevada. M. Charles Donner.

Chips était incapable d'empêcher ses pieds de glisser sur le sol.

— J'ai rien fait.

— Arrêtez-vous là où vous êtes, lui lança Lena.

Elle s'avança d'un pas vers lui, et il détala, en ouvrant grand la porte. Elle se précipita, attrapa le pan de sa chemise, le balança en plein dans le chemin de Jeffrey, qui fut un peu lent à réagir, mais réussit à bloquer le jeune homme avant qu'il ne s'affale à plat ventre. En revanche, il ne put empêcher le gamin de se cogner contre le bureau en métal.

— Merde ! glapit Chips, en se tenant le coude.

— T'as rien, lui fit Jeff, en le relevant par le col.

L'autre se plia en deux, en s'agrippant à son coude.

— Merde, ça fait mal.

— La ferme, lui ordonna Lena, en ramassant le polaroïd qui était tombé par terre. Tu vas me regarder ça, espèce de petit con.

— Je la connais pas, se défendit-il, toujours en se frottant le coude, et Jeffrey ne savait pas s'il mentait ou non.

— Pourquoi tu as essayé de t'enfuir ? lui demanda-t-elle.

— J'ai un casier.

— Non sans blague, fit-elle. Pourquoi t'as essayé de filer ?

Comme il ne répondait pas, elle lui renversa la tête en arrière.

— Bon sang, m'dame.

Chips se frottait la tête, et il regarda Jeffrey, implorant son aide. Il était à peine plus grand que Lena, il devait peser cinq kilos de plus qu'elle, mais elle avait plus de muscles que lui.

— Réponds à sa question, lui conseilla Jeffrey.

— Je veux pas retourner au trou.

— Il y a un mandat contre toi ? devina-t-il.

— Je suis en conditionnelle, avoua-t-il, toujours en se tenant le bras.

— Regarde encore cette photo, insista-t-il.

La mâchoire se contracta, mais Chips était manifestement habitué à obéir. Il regarda le polaroïd. Son visage ne trahit rien, mais Jeffrey vit sa pomme d'Adam danser comme s'il tentait de refouler ses émotions.

— Tu la connais, n'est-ce pas ?

Chips lança de nouveau un rapide regard à Lena, comme s'il redoutait qu'elle ne le frappe de nouveau.

— Si c'est ce que vous voulez m'entendre dire, ouais, d'accord.

— Je veux que tu me dises la vérité, rectifia Jeffrey, et quand Chips releva les yeux, ses pupilles étaient aussi grosses que deux pièces de vingt-cinq cents ; ce type planait très haut, c'était net. Tu savais qu'elle était enceinte, Chips ?

Ses paupières papillonnèrent.

— Je suis fauché, mec. J'ai à peine de quoi bouffer.

— On te tombe pas dessus pour la pension alimentaire, espèce de connard.

La porte s'ouvrit et la fille de la scène apparut dans l'embrasure, saisissant tout de suite le tableau.

— Est-ce que ça va ? demanda-t-elle.

Quand elle avait ouvert la porte, Jeffrey s'était détourné, et Chips en profita pour lui coller un coup de poing en traître, en pleine figure.

— Chips ! hurla la fille, et il fonça devant elle.

Jeffrey heurta le sol avec une telle violence qu'il vit une nuée d'étoiles lui exploser devant les pupilles. La fille se mit à hurler comme une sirène et elle se défendit bec et ongles contre Lena, essayant de l'empêcher de prendre Chips en chasse. Jeffrey cligna des yeux plusieurs fois, il vit double, puis triple. Il les ferma et ne les rouvrit qu'un long, très long moment après.

* * *

Quand Lena le déposa chez Sara, il se sentait déjà mieux. La strip-teaseuse, Patty O'Ryan, avait arraché un bon bout de peau du dos de la main de Lena, mais c'était tout ce qu'elle avait réussi à faire avant que Lena ne lui torde le bras dans le dos et ne la plaque au sol. Elle était déjà en train de la menotter quand son supérieur parvint enfin à rouvrir les yeux.

« Je suis désolée », tels avaient été les premiers mots de Lena, plus ou moins noyés sous les invectives brutales de Mlle O'Ryan, ses « Je vous emmerde » et autres « Enculés de poulets ! ».

Entre-temps, Charles Wesley Donner s'était carapaté, mais son patron s'était montré serviable et, moyennant quelques encouragements, il leur avait tout révélé, sauf sa taille de slip. Il avait vingt-quatre ans et travaillait au Pink Kitty depuis un peu moins d'un an. Il conduisait une Chevy Nova 1980 et habitait dans un asile de nuit sur Cromwell Road, à Avondale. Jeffrey avait déjà téléphoné au contrôleur judiciaire de Donner, qui avait été fort peu ravi d'être réveillé au milieu de la nuit. Il confirma l'adresse et on avait envoyé une patrouille en faction. On avait diffusé un signalement à toutes les patrouilles, mais Donner avait purgé six ans de prison pour trafic de drogue. Il savait comment se cacher de la police.

Jeffrey entra chez Sara, aussi doucement que possible, tâchant de ne pas la réveiller. Chips n'était pas un costaud, mais il lui avait collé son poing pile au bon endroit pour l'envoyer au tapis : sous l'œil gauche, en lui éraflant à peine l'arête du nez. D'expérience, il savait que l'hématome allait s'envenimer, et la boursouflure rendait déjà la respiration difficile. Comme d'habitude, son nez avait saigné abondamment, ce qui rendait le tout bien pire que ça n'était en réalité. Chaque fois qu'il prenait un coup sur l'arête du nez, il pissait le sang.

Il alluma les lumières de la cuisine, sous le comptoir, en retenant son souffle, s'attendant à ce que Sara l'appelle. Comme elle n'en fit rien, il ouvrit le réfrigérateur en tirant la porte à lui avec précaution, et en sortit un sac de petits pois congelés. Aussi silencieux que possible, il brisa les blocs à travers le sac, en séparant les petits pois avec ses doigts. Il plaqua le sac contre sa figure, laissant échapper un filet d'air entre ses dents serrées, se demandant une fois encore pourquoi cela faisait toujours moins mal quand on se blessait qu'après, lorsqu'on tentait de réparer les dégâts.

— Jeffrey ?

Il sursauta, laissa tomber les petits pois.

Elle alluma la lumière, les tubes au néon tremblotèrent au-dessus de leurs têtes. Sous cette lumière, il crut que la sienne allait exploser, à cause de l'élancement sourd qui allait de pair avec le tremblotement des tubes.

Elle grimaça en apercevant son cocard.

— Où est-ce que tu as attrapé ça ?

Il se pencha pour ramasser les petits pois, et tout le sang lui monta à la tête.

— Là où ça s'attrape.

— Tu as du sang partout.

Cela ressemblait plutôt à une accusation.

Il considéra sa chemise, déjà plus visible à la lumière blafarde de la cuisine que dans les toilettes du Pink Kitty.

— C'est ton sang ?

Il éluda, sachant où elle voulait en venir. Elle semblait davantage se soucier du risque qu'un inconnu contracte son hépatite que du fait qu'un petit voyou avait failli lui réduire le nez en bouillie.

— Où est l'aspirine ?

— Tout ce que j'ai, c'est du paracétamol, et tu ne devrais pas en prendre tant que tu n'auras pas les résultats de tes examens sanguins.

— J'ai la migraine.

— Et tu ne dois pas boire non plus.

Cette remarque ne visait qu'à le contrarier. Jeffrey n'avait rien à voir avec Jimmy, son père. Il tenait tout à fait l'alcool, et une gorgée de bière allongée d'eau, on ne pouvait pas appeler ça boire.

— Jeffrey.

— Lâche-moi, Sara, OK ?

Elle croisa les bras, comme une institutrice en colère.

— Pourquoi tu ne prends pas ça au sérieux ?

Les mots qu'il lança surgirent avant qu'il ne puisse anticiper le foutoir qu'ils allaient provoquer.

— Pourquoi tu me traites comme un lépreux, bordel ?

— Tu es peut-être porteur d'une maladie dangereuse. Tu sais ce que ça signifie ?

— Bien sûr que je le sais, se défendit-il, et tout à coup il se sentit complètement ramolli, comme incapable de rien supporter de plus. Combien de fois avaient-ils eu cette scène ? Combien de disputes avaient-ils eues dans cette cuisine, excédés, l'un comme l'autre ? C'était toujours lui qui arrondissait les angles, qui s'excusait, qui arrangeait les choses. Toute sa vie n'était faite que de ça. Il avait calmé les crises d'ivrogne de sa mère, il s'était interposé quand son père jouait des poings. Devenu flic, il se mêlait tous les jours des histoires des autres, il s'imprégnait de leurs souffrances et de leurs colères, de leurs appréhensions et de leurs peurs. Ça ne pouvait pas continuer. À un moment, dans sa vie, il fallait qu'il ait un peu la paix.

Sara continua de lui seriner sa leçon.

— En attendant qu'on reçoive les résultats du labo, il faut que tu sois prudent.

— Ça, c'est encore une excuse, Sara.

— Une excuse pour quoi ?

— Pour me repousser, lui lança-t-il, et il élevait déjà la voix.

Il savait qu'il aurait dû prendre du recul, se calmer, mais il était incapable de passer outre.

— C'est encore un prétexte pour me tenir à distance.

— Tu ne penses pas ce que tu dis.

— Et si je l'avais ?

Là encore, il lui sortait la première chose qui lui venait à l'esprit.

— Tu ne me toucheras plus jamais ? C'est ce que tu es en train de me dire ?

— Nous ne savons pas...

— Mon sang, ma salive. Tout serait contaminé.

Il s'entendait hurler, mais il s'en moquait.

— Il y a des moyens de...

— Tu t'éloignes, et tu te figures que je ne l'ai pas senti ?

— Je m'éloigne ?

Il eut un rire sec. Il était si fatigué de tout qu'il n'avait plus l'énergie d'élever encore la voix.

— Tu refuses même de me dire que tu m'aimes, bordel. Qu'est-ce que ça m'inspire, à ton avis ? Combien de fois je vais devoir faire des pieds et des mains pour avoir le droit de revenir vers toi ?

Elle s'étreignit le ventre.

— Je vais te le dire, Sara : plus beaucoup.

Il regarda par la fenêtre, au-dessus de l'évier, et se vit dévisagé par son propre reflet.

Il s'écoula au moins une minute avant qu'elle ne réponde.

— C'est vraiment ce que tu ressens ?

— C'est ce que je ressens.

Et c'était la vérité, il le savait.

— Je ne peux pas consacrer tout mon temps à me demander si tu es furieuse contre moi ou non. J'ai besoin de savoir...

Il aurait voulu achever sa phrase, mais il n'en avait plus l'énergie. À quoi bon ?

Il fallut un peu de temps, mais le reflet de Sara le rejoignit dans la fenêtre.

— Tu as besoin de savoir quoi ?

— J'ai besoin de savoir que tu ne vas pas me quitter.

Elle ouvrit le robinet et arracha une serviette en papier du rouleau.

— Retire ta chemise.

— Quoi ?

Elle mouilla la serviette.

— Tu as du sang dans le cou.

— Tu veux que j'aille te chercher des gants ?

Elle ignora cette pique, lui passa sa chemise au-dessus de la tête, en veillant bien à ne pas lui cogner le nez.

— Je n'ai pas besoin que tu m'aides.

— Je sais.

Elle lui frotta le cou avec la serviette, récura le sang séché. Il chercha où poser le regard, et trouva le sommet de sa tête. Il restait un filet de sang qui descendait jusqu'au sternum, qu'elle essuya avant de jeter la serviette dans la poubelle.

Elle prit le flacon de lotion qu'elle laissait toujours près de l'évier et en pompa un peu dans sa paume.

— Tu as la peau sèche.

Elle avait les mains froides et, quand elle le toucha, il ne put réprimer une espèce de petit jappement.

— Désolée.

Elle se frotta les mains pour se les réchauffer. Ses doigts revinrent, un peu hésitants, au contact de sa poitrine.

— Ça va ?

Il acquiesça, il se sentait mieux et il aurait préféré que ce ne soit pas grâce à elle. Encore et toujours les mêmes aller-retour, et il se laissait de nouveau embringuer.

Elle continua à faire pénétrer la lotion, par petits mouvements circulaires, en élargissant peu à peu. Elle adoucit ses gestes, s'attarda sur la cicatrice rose, à l'épaule. La blessure n'était pas encore tout à fait guérie, et il sentit des petits picotements électriques parcourir son épiderme abîmé.

— Je ne croyais pas que tu t'en sortirais, lui avoua-t-elle, et il comprit qu'elle repensait au jour où il avait pris cette balle. J'ai mis mes mains dans la blessure, mais je n'étais pas certaine de pouvoir arrêter le saignement.

— Tu m'as sauvé la vie.

— J'aurais pu te perdre.

Elle déposa un baiser sur la cicatrice, avec un murmure qu'il ne saisit pas. Elle continua de l'embrasser, en fermant les yeux. Elle s'aventura sur sa poitrine, avec de lents baisers, et il sentit les siens se fermer à leur tour. Et puis elle descendit, baissa la fermeture Éclair de son jean. Sa langue était chaude et ferme, et il arc-bouta les mains au plan de travail pour empêcher ses genoux de se dérober sous lui.

Son corps tout entier tremblait de désir pour elle, mais il s'obligea à poser ses mains sur ses épaules, et la releva.

— Non, lui dit-il, car il préférait mourir plutôt que de lui transmettre une épouvantable maladie. Non, répéta-t-il, et pourtant, rien ne lui faisait plus envie que de s'enfouir en elle.

Elle se servit de sa main, qui succéda à sa bouche. Et quand elle le prit au creux de l'autre, il eut le souffle coupé. Il essaya de se maîtriser, mais le spectacle de son visage rendait la chose encore plus difficile. Elle avait les yeux presque clos, une légère rougeur lui colorait les joues. Elle maintenait sa bouche à quelques centimètres de la sienne, le tourmentait avec la promesse d'un baiser. Quand elle parlait, il sentait son souffle l'effleurer, mais là encore, sans entendre ce qu'elle disait. Elle se mit à l'embrasser pour de bon, sa langue était si douce et si tendre qu'il parvenait à peine à respirer. Ses mains travaillaient en duo, et quand elle lui pinça la lèvre inférieure entre ses dents, il faillit perdre toute mesure.

— Sara, gémit-il.

Elle lui embrassa le visage, le cou, la bouche, et il entendit enfin ce qu'elle lui disait.

— Je t'aime, chuchota-t-elle, en le caressant jusqu'à ce qu'il ne puisse plus se retenir. Je t'aime.

Mardi

Chapitre Huit

Dès qu'elle entra dans la salle de la brigade, Lena entendit Jeffrey qui hurlait derrière la porte fermée de son bureau. Elle musarda un peu vers la machine à café, mais elle n'arrivait pas à saisir de quoi il retournait.

Frank se joignit à elle, levant son mug pour qu'elle le resserve, alors qu'il était déjà plein.

— Qu'est-ce qui se passe ?

— Marty Lam, lui expliqua Frank, avec une mimique résignée. Il était censé faire le guet devant cette baraque, hier soir ?

— Pour Chips Donner ?

Jeffrey avait ordonné qu'une voiture de patrouille reste postée devant le domicile de Donner, au cas où le garçon se pointerait.

— Ouais. Pourquoi ?

— Le chef est passé par là en venant ce matin, et il n'y avait personne en faction.

Ils firent tous deux silence, pour essayer de distinguer les propos de leur patron, qui haussait de nouveau le ton.

— Le chef en a vraiment plein les bottes.

— Tu crois ?

C'était de l'humour plus noir que son café.

— Fais gaffe.

Il avait toujours considéré que ses presque trente années de plus qu'elle devaient lui valoir un minimum de respect.

Elle changea de sujet.

— Tu as reçu cette vérification de solvabilité au sujet de la famille ?

— Ouais, fit-il. D'après ce que j'ai lu, la ferme est dans le rouge.

— De beaucoup ?

— Pas trop. J'essaie d'obtenir une copie de leurs déclarations d'impôts. Ça va pas être facile. L'établissement est en propriété privée.

Elle réprima un bâillement. La nuit dernière, elle avait dû dormir environ dix secondes.

— Et dans les foyers, qu'est-ce qu'on dit d'eux ?

— Qu'on devrait tous remercier le Seigneur, tous les jours, qu'il y ait des gens comme eux sur terre, lui répondit Frank, mais il n'avait pas l'air disposé à prononcer une prière pour autant.

La porte de Jeffrey s'ouvrit en heurtant le mur, et Marty Lam en sortit comme un détenu qui s'avance d'un pas traînant dans le couloir de la mort. Son chapeau, ses mains, ses yeux rasaient le sol.

— Frank.

Jeffrey s'approcha. Elle voyait bien qu'il était encore en colère, et ne pouvait qu'imaginer le savon qu'il avait passé à Marty. Et le bleu couleur grenade bien mûre qu'il avait sous l'œil n'avait pas dû le mettre dans de meilleures dispositions.

— Tu as contacté cette société de fournitures pour bijouterie ?

— J'ai eu la liste des clients qui leur ont acheté du cyanure, répondit Frank en sortant une feuille de sa poche. Ils ont vendu les sels à deux magasins de Macon, et à un autre sur la route Soixante-Quinze. Et aussi à un plaqueur sur métal d'Augusta. Cette année, il leur a commandé trois bouteilles, à ce jour.

— Je sais que c'est chiant, mais je veux que tu me vérifies ça personnellement. Voir s'il n'y a pas des bondieuseries qui les relieraient à l'Église ou à Abby. Je vais causer avec la famille plus tard dans la journée, essayer de voir si elle n'aurait jamais quitté la ville toute seule.

Puis, s'adressant à Lena :

— Sur cette bouteille de cyanure que j'ai rapportée de chez Dale Stanley, nous n'avons pas d'empreintes.

— Pas une ?

— Dale l'a toujours manipulée avec des gants. Ça pourrait être la raison.

— À moins que quelqu'un ne les ait essuyées.

— Je veux que tu te charges d'interroger O'Ryan. Buddy Conford a appelé, il y a quelques minutes. C'est lui qui l'assiste.

En entendant le nom de l'avocat, elle fronça le nez.

— Qui l'a engagé ?

— J'en sais foutre rien.

— Ça ne l'embête pas qu'on l'entende sans lui ?

Ce n'était visiblement pas le moment de le contredire.

— J'avais tout faux, jusqu'à présent ? Ce serait toi, le patron, maintenant ?

Il ne la laissa pas répondre.

— Tu me la colles dans cette putain de salle d'interrogatoire avant qu'il débarque.

— Oui, chef, fit-elle, comprenant qu'il ne fallait pas trop le bousculer.

Elle fila, Frank haussa les sourcils et elle eut une mimique désabusée, ne sachant trop quoi répondre. Ces derniers jours, il n'y avait pas moyen de déchiffrer l'humeur de Jeffrey.

Elle poussa la porte coupe-feu qui donnait sur l'arrière du poste de police. Marty Lam était au distributeur d'eau fraîche, mais il ne buvait pas, et elle le rassura d'un petit signe de tête, en passant devant lui. Il avait l'air d'un chevreuil pris dans le faisceau des phares. Elle connaissait ce sentiment.

Elle tapa le code du boîtier de sécurité, à l'entrée du couloir des cellules, et en sortit les clefs. Patty O'Ryan était recroquevillée sur sa banquette, les genoux presque collés au menton. Elle avait beau être encore vêtue, ou plutôt à moitié vêtue, de sa tenue de strip-teaseuse de la nuit dernière, endormie elle paraissait douze ans, une innocente ballottée par un monde cruel.

— O'Ryan, beugla Lena, en secouant la porte verrouillée de la cellule.

Le métal cogna contre le métal, et la fille sursauta si fort qu'elle tomba par terre.

— Debout là-dedans.

— Ta gueule, connasse, aboya O'Ryan, loin de ses douze ans, plus du tout l'air innocent.

Histoire de marquer le coup, Lena secoua de nouveau la porte et l'autre se plaqua les mains contre les oreilles. Elle avait la gueule de bois, c'était clair, la question était de savoir ce qui l'avait mise dans cet état.

— Lève-toi, lâcha-t-elle. Retourne-toi, les mains dans le dos.

Elle connaissait la procédure, et broncha à peine quand on lui mit les menottes. Ses poignets étaient si fins et si osseux que Lena dut resserrer les cliquets jusqu'au dernier cran. Les filles comme cette O'Ryan finissaient rarement assassinées. Elles survivaient à tout. C'étaient les êtres comme Abigail Bennett qui avaient intérêt à surveiller ce qui se tramait derrière eux.

Elle ouvrit la porte de la cellule, prit la fille par le bras et la mena dans le couloir. Si près d'elle, Lena sentait cette odeur de sueur et de produits chimiques qui lui suintait du corps. Ses cheveux châtain terne n'avaient pas été lavés depuis un bon moment, et ils pendaient par paquets jusqu'à la taille. Dans le mouvement, sa chevelure s'écarta, et elle vit une marque de piqûre à l'intérieur du coude gauche.

— Ça te plaît, la méthadone ? lui lança-t-elle.

Comme beaucoup de petites villes un peu partout en Amérique, Grant avait vu le trafic de méthadone multiplié par mille au cours de ces dernières années.

— Je connais mes droits, siffla-t-elle. Vous n'avez aucun motif pour me retenir ici.

Lena dressa la liste.

— Entrave à l'action de la justice, agression d'un officier de police judiciaire, refus d'obtempérer. Tu veux que je te fasse pisser dans un godet ? Je suis certaine qu'on pourrait encore te dégotter autre chose.

— Te pisser dessus, oui, siffla la strip-teaseuse en s'asseyant par terre.

— Tu es une vraie dame, ma petite O'Ryan.

— Et toi tu es une vraie pétasse, espèce d'enfoirée.

— Houla, fit Lena, en la tirant par le bras d'un coup sec, au point qu'elle trébucha.

O'Ryan lâcha un couinement de douleur tout à fait réjouissant.

— Par ici, ordonna-t-elle, en la poussant en salle d'interrogatoire.

— Pouffiasse, grinça l'autre, et Lena la força à s'asseoir sur la chaise la plus inconfortable de tout le poste.

— Ne t'avise pas de tenter quoi que ce soit, la prévint-elle, en rouvrant une menotte pour l'accrocher à l'anneau que Jeffrey avait soudé à la table, elle-même boulonnée au sol, ce qui s'était souvent révélé une bonne idée.

— Vous n'avez aucun droit de me retenir ici. Chips n'a rien fait.

— Alors pourquoi il a décampé ?

— Parce qu'il savait que vous le foutriez au trou pour n'importe quoi, bande d'enculés.

— Quel âge as-tu ? lui demanda-t-elle, en prenant place en face d'elle.

La fille releva le menton, en signe de défi.

— Vingt et un ans.

Autrement dit, elle devait être mineure, Lena en était convaincue.

— Là, tu ne te rends pas service.

— Je veux un avocat.

— Tu en as un qui est en route.

Cela eut l'air de la surprendre.

— Qui ça ?

— Tu n'es pas au courant ?

— Merde, cracha-t-elle, et elle eut de nouveau une expression de fillette.

— Qu'est-ce qui se passe ?
— Je veux pas d'avocat.
Lena soupira. Décidément, cette fille méritait une bonne paire de claques.
— Pourquoi ça ?
— J'en veux pas, c'est tout. Ramenez-moi en prison. Inculpez-moi. Faites ce que vous voulez.
Elle se passa la langue sur les lèvres, avec des airs de fausse ingénue, en lui lançant un rapide coup d'œil plutôt appuyé. Vous me voulez autre chose ?
— Ne la ramène pas trop.
Comme sa proposition indécente n'avait pas marché, elle redevint la petite effarouchée. Des larmes de crocodile lui dégoulinèrent le long des joues.
— Faites-moi un procès, et puis c'est tout. Je n'ai rien à dire.
— Nous avons quelques questions.
— Allez vous brosser, avec vos questions. Je connais mes droits. J'ai que dalle à vous raconter et vous pouvez pas me forcer.
Les gros mots en moins, elle s'exprimait à peu près dans les mêmes termes qu'Albert, le propriétaire du Pink Kitty, quand Jeffrey lui avait demandé de les accompagner au poste, la veille au soir. Lena détestait les individus qui connaissaient leurs droits. Ça lui compliquait salement son boulot.
Elle se pencha au-dessus de la table.
— Patty, tu ne te rends pas service.
— Va te faire foutre avec les services que je me rends. Je peux déjà me rendre un putain de service en la bouclant. Et merde !
La table se constella de postillons, et Lena se redressa, se demandant quels événements avaient pu

amener Patty O'Ryan à mener ce genre de vie. Il y avait bien eu un moment où elle avait été la fille de quelqu'un, l'amie de quelqu'un. Et maintenant, elle était comme une sangsue, à ne se soucier de personne d'autre qu'elle-même.

— Patty, ça ne te mènera nulle part, tout ça. Moi, je peux rester assise là toute la journée.

— Tu peux t'asseoir sur une grosse queue et te la fourrer dans le cul, sale pouffiasse !

On frappa à la porte et Jeffrey fit son entrée, suivi de Buddy Conford.

Aussitôt, O'Ryan fit volte-face, et elle éclata en sanglots comme une enfant perdue, en gémissant.

— Papa, sors-moi de là ! Je n'ai rien fait, je te le jure !

* * *

Assise dans le bureau de son patron, Lena cala le pied contre le panneau du bas de sa table de travail. Buddy reluquait sa jambe, et elle ne savait pas trop si c'était par intérêt ou par jalousie. Adolescent, un accident de voiture lui avait sectionné la jambe droite à partir du genou. L'avocat avait perdu son œil gauche à cause d'un cancer, voici quelques années et, plus récemment, un client colérique lui avait tiré un coup de fusil à bout portant suite à une histoire de facture d'honoraires. Dans ce désastre, Buddy avait aussi perdu un rein, mais il était arrivé malgré tout à ce que le chef d'inculpation contre son client soit ramené de la tentative de meurtre à la simple voie de fait. Quand il affirmait être l'avocat des accusés, il ne mentait pas.

— Votre espèce de petit ami, il se tient à carreau ?

— On évitera d'en parler, lâcha Lena, regrettant une fois encore d'avoir impliqué Buddy Conford dans les exploits d'Ethan.

Le problème, si vous étiez de l'autre côté de la table et si vous aviez besoin d'un avocat, c'est qu'il vous fallait le plus rusé, le plus filou du quartier. C'était le vieux proverbe : Qui dort avec son chien se lève avec des puces. Ça la grattait encore...

— Vous prenez soin de vous ? insista-t-il.

Elle se retourna, histoire de voir ce qui retardait Jeffrey. Il discutait avec Frank, une feuille de papier à la main. Il le remercia d'une petite tape sur l'épaule et se dirigea enfin vers son bureau.

— Désolé, s'excusa-t-il.

Il eut un mouvement de tête vers Lena pour lui signifier qu'il n'y avait rien de neuf. Il s'installa derrière son bureau, retourna la feuille contre le sous-main.

— Joli coquard, le félicita Buddy, en lui désignant son œil.

Manifestement, Jeffrey n'était pas disposé à bavarder.

— Je savais pas que vous aviez une fille, Buddy.

— Une belle-fille, rectifia-t-il, l'air de regretter d'avoir à l'admettre. J'ai épousé sa mère l'an dernier. On sortait plus ou moins ensemble depuis dix ans. Elle n'arrête pas de me donner du fil à retordre.

— La mère ou la fille ? s'enquit Jeffrey, et ils partirent dans un de leurs ricanements de petits Blancs.

Buddy soupira, et il s'agrippa aux accoudoirs du fauteuil. Aujourd'hui, il portait sa prothèse, mais il se déplaçait encore avec une canne. Sans que Lena sache bien pourquoi, cette canne lui évoquait Greg Mitchell. Ce matin, quand elle avait pris sa voiture pour partir travailler, et avec les meilleures intentions du monde, elle s'était surprise à chercher son ex-petit ami du regard, dans l'espoir qu'il soit sorti se promener. En fait, elle n'aurait pas vraiment su quoi lui dire.

— Patty a un gros problème de drogue, leur expliqua l'avocat. On a essayé plusieurs traitements.

— Où est le père ?

Buddy ouvrit grand les mains, dans un geste d'impuissance.

— Aucune idée.

— Méthadone ? demanda Lena.

— Quoi d'autre ? fit-il, en laissant retomber les mains.

Rien qu'avec la méthamphétamine, Buddy gagnait bien sa vie – pas directement, mais en défendant des clients inculpés de trafic.

— Elle a dix-sept ans. Sa mère pense qu'elle traîne ça depuis pas mal de temps, maintenant. La seringue, c'est récent. Je n'arrive pas à l'en empêcher.

— C'est dur de décrocher, concéda Jeffrey.

— Quasi impossible, acquiesça Buddy.

Il était payé pour le savoir. Plus de la moitié de ses clients étaient des récidivistes.

— En fin de compte, reprit-il, il a fallu qu'on la mette dehors. C'était il y a six mois. Elle ne faisait rien, mais elle sortait tard, elle rentrait en titubant et elle pionçait jusqu'à trois heures de l'après-midi. Quand elle parvenait à se réveiller, c'était surtout pour insulter sa mère, m'insulter moi, insulter le monde... vous savez ce que c'est, tous des enfoirés, sauf elle. Et puis elle a une sacrée grande gueule, une espèce de maladie de Tourette de son cru. Quel gâchis.

Il se tapota la jambe à deux doigts, et ça sonna creux, un petit bruit sec qui emplit la pièce.

— Vous faites votre possible pour aider les gens, mais enfin, il y a des limites.

— Où est-elle allée, quand elle a déménagé ?

— Elle a surtout dormi chez des amies... des filles, mais j'imagine qu'elle devait faire des gâteries aux garçons, pour se faire un peu d'argent de poche. Quand elle a épuisé l'hospitalité des uns et des autres, elle s'est mise à bosser au Kitty.

Il cessa de tapoter.

— Croyez-le ou non, j'ai pensé que ce serait finalement ce qui la tirerait d'affaire.

— Comment ça ? s'étonna Lena.

— Vous ne vous en sortez qu'après avoir touché le fond. Il ponctua sa remarque d'un regard entendu qui lui donna envie de lui flanquer une gifle. Je ne vois pas pire que d'aller se dévêtir devant un ramassis de culs-terreux et de minables au Pink Kitty.

— Elle n'a jamais fréquenté les gens de cette ferme, du côté de Catoogah, non ?

— Les tarés fanatiques ? fit-il avant d'éclater de rire. Je ne pense pas qu'ils l'accepteraient chez eux.

— Mais qu'en savez-vous ?

— Demandez-lui, mais j'en doute. Elle n'est pas précisément du genre religieux. Si elle va quelque part, c'est soit pour se procurer de la dope, soit pour profiter du système. C'est peut-être une troupe de prédicateurs cinglés, mais ils ne sont pas stupides. En une nanoseconde, ils sauraient lire dans son jeu. Et pour sa part, elle connaît son public. Elle n'irait pas perdre son temps là-bas.

— Vous connaissez ce type, Chips Donner ?

— Ouais, je l'ai défendu deux ou trois fois, pour rendre service à Patty.

— Il ne figure pas dans mes fichiers.

Il voulait dire par là que Chips ne s'était jamais fait choper par la police de Grant County.

— Non, ça s'est passé là-bas, à Catoogah, expliqua Buddy en changeant de position dans son siège. C'est pas un mauvais bougre, je dois dire. Un gars du coin, qui a jamais été plus loin que dans un rayon de cinquante kilomètres autour de chez lui. C'est juste un crétin. Pour la plupart, c'est tous des crétins, et ça s'arrête là, d'ailleurs. Ajoutez à ça l'ennui et...

— Et Abigail Bennett ? l'interrompit Jeffrey.

— Jamais entendu parler. Elle travaille au club ?

— C'est la fille que nous avons retrouvée enterrée dans les bois.

Buddy eut un frisson, comme visité par un mauvais présage.

— Seigneur, quelle mort horrible. Souvent, quand nous nous rendions sur la tombe de sa mère, mon père nous flanquait la pétoche. Il y avait ce prédicateur inhumé à deux concessions de la nôtre, avec un câble qui sortait de la terre, directement relié à un poteau du téléphone. Papa nous racontait qu'ils avaient placé un appareil dans le cercueil pour qu'il puisse appeler au cas où il ne serait pas vraiment mort.

Il gloussa avant de reprendre.

— Un jour, ma mère a apporté une sonnette, une sonnette de vélo, et on se tenait tous autour de la tombe de Mamie, à essayer de prendre un air solennel. Elle a fait tinter cette sonnette et j'en aurais fait dans mon froc.

Jeffrey voulut bien sourire.

Buddy eut encore un soupir.

— Vous ne m'avez pas fait venir ici pour vous raconter des vieilles histoires. Qu'est-ce que vous lui voulez, à Patty ?

— Nous voulons savoir quel rapport elle entretient avec Chips.

— Ça, je peux vous raconter. Elle s'est entichée de lui. Lui, il ne daignait même pas lui adresser la parole, mais elle l'avait dans la peau, quelque chose d'effrayant.

— Chips connaît Abigail Bennett.

— Comment ça ?

— C'est ce que nous aimerions savoir. Nous espérions que Patty pourrait nous renseigner.

Buddy s'humecta les lèvres. Lena comprenait déjà sur quoi tout cela allait déboucher.

— Ça me déplaît d'avoir à vous dire ça, chef, mais je n'ai aucune emprise sur elle.

— Nous pourrions trouver un compromis, proposa Jeffrey.

— Non, non, protesta l'avocat, en levant la main. Je ne vous fais pas marcher. Elle peut pas me blairer. Elle m'accuse de l'avoir privée de sa mère, elle m'en veut de l'avoir fichue dehors. Dans l'histoire, le méchant, c'est moi.

— Elle pourra peut-être vous blairer un peu plus que la prison.

— Peut-être, admit-il, résigné.

— Donc, conclut Jeffrey, guère ravi, on la laisse mijoter un jour de plus ?

— À mon avis, c'est la meilleure solution, convint l'avocat. Je suis navré d'avoir l'air peu charitable envers elle, mais il vous faudra plus que du simple bon sens pour la persuader.

Son côté juriste dut se mettre en branle, car il ajouta aussitôt une précision.

— Et, cela va de soi, en échange de sa déposition, nous escomptons l'annulation de ces accusations d'agression et d'entrave à l'action de la justice.

Écœurée, Lena ne put réprimer un grognement.

— C'est pour ça que les gens détestent les avocats.

— Ça n'a pas semblé vous déranger, quand vous aviez besoin de mes services, releva-t-il, l'air jovial.

Là-dessus, il se tourna vers Jeffrey :

— Alors, chef ?

Celui-ci se renfonça dans son fauteuil, les deux mains jointes en ogive.

— Elle cause, et dès demain matin, sinon je ne réponds plus de rien.

— Marché conclu, fit Buddy, et il dégaina la main droite pour sceller leur accord. Accordez-moi quelques minutes seul à seul avec elle, tout de suite. Je vais essayer de lui présenter le bon côté des choses.

Jeffrey décrocha son combiné.

— Brad ? J'ai besoin de toi, tu vas emmener Buddy parler avec Patty O'Ryan. Il vous attend en cellule, précisa-t-il à Buddy après avoir raccroché.

— Merci, chef, dit Buddy, en s'aidant de sa canne pour se lever.

Avant de faire sa sortie, il adressa un petit clin d'œil à Lena.

— Connard.

— Il ne fait que son travail, lui rappela Jeffrey, mais elle voyait bien qu'il était du même avis.

Jeffrey traitait avec Buddy Conford à peu près toutes les semaines, et en général il était à son avantage de passer des compromis, mais Lena estimait que Patty O'Ryan aurait fini par parler de son plein gré, sans recours à aucune négociation déguisée pour sauver ses fesses de deux ans en prison. Sans parler de Lena, qui aurait apprécié d'être consultée avant que l'on accorde un blanc-seing à cette roulure, sachant que c'était elle, l'officier de police judiciaire, que l'on avait agressée.

Jeffrey contemplait le parking.

— J'ai demandé à Dale Stanley de m'envoyer sa femme ici dès son retour.

— Tu crois qu'elle va venir ?

— Aucun moyen de savoir.

Il se rassit, lâcha un soupir.

— Je veux revoir cette famille.

— Ils sont censés se présenter demain matin.

— J'y croirai quand je les verrai.

— Tu penses que Lev va te laisser le brancher sur un détecteur de mensonges ?

— Quoi qu'il décide, en soi, ça nous en dira long.

Il regarda de nouveau par la fenêtre.

— La voilà, dit-il.

Il se leva, et Lena suivit son regard. Elle aperçut une petite bonne femme sortir d'une vieille Dodge. Elle avait un gamin dans son sillage et un autre à califourchon sur la hanche. Un grand gaillard marchait à ses côtés, et tout ce beau monde se dirigeait vers le commissariat.

— J'ai l'impression de l'avoir déjà vue.

— Le pique-nique de la police, lui rappela-t-il, en enfilant sa veste. Ça t'ennuie d'occuper Dale ?

— Euh, commença-t-elle, prise au dépourvu par sa question.

En général, ils menaient les entretiens à deux.

— Non, dit-elle. Pas de problème.

— Elle risque de se livrer davantage s'il n'est pas là, lui expliqua-t-il. Il aime trop causer.

— Pas de problème, répéta-t-elle.

À l'accueil, Marla glapit à la vue des deux gamins et, dès qu'elle eut actionné la porte électrique, elle se leva d'un bond, et fila droit vers le bébé juché sur la hanche de sa mère.

— Regardez-moi ces petites joues adorables ! piailla la vieille femme d'une voix perçante, à faire exploser les vitres.

Elle pinça les joues du bébé et, au lieu de pleurer, l'enfant rit. Elle le prit dans ses bras, comme si elle était sa grand-mère depuis longtemps perdue de vue, et recula pour libérer le passage. Quand Lena vit Terri Stanley, elle se sentit un ventre de plomb.

— Oh, fit Terri, comme si elle avait le souffle coupé.

— Merci d'être venus, leur dit Jeffrey, en serrant la main de Dale. Voici Lena Adams...

Sa voix resta en suspens, et Lena réussit, non sans mal, à refermer la bouche. Depuis qu'elle avait vu Terri, elle était restée grande ouverte. Jeffrey l'observa, puis il se tourna vers Mme Stanley.

— Vous vous souvenez, le pique-nique de l'an dernier ?

Terri prononça un mot – en tout cas ses lèvres remuèrent – mais Lena n'entendit rien, l'afflux du sang dans ses oreilles couvrant ses paroles. Il était inutile de se soucier des présentations. Lena savait exactement qui était Terri Stanley. La jeune femme était encore plus petite qu'elle et pesait dix kilos de moins, au bas mot. Elle avait les cheveux attachés en chignon, comme une vieille dame, alors qu'elle avait à peine vingt ans. Les lèvres pâles, presque bleues, une lueur de frayeur dans les yeux, le reflet de la peur de Lena. Elle avait déjà vu cette peur, un peu plus d'une semaine auparavant, quand elle attendait que l'on prononce son nom, dans la salle d'attente de la clinique.

Elle se mit à bredouiller.

— Je… je.

Elle se tut, tenta de se calmer.

Jeffrey les observa toutes deux de près. Sans crier gare, il modifia sa stratégie.

— Terri, ça vous ennuie que Lena vous pose quelques questions ?

Dale sembla sur le point de protester, mais Jeffrey trouva la parade.

— Je pourrais jeter encore un œil à cette Dart ? Elle est vraiment sympa, cette bagnole.

Dale n'avait pas l'air d'apprécier cette idée, et Lena vit qu'il cherchait une excuse. En fin de compte, il céda, et prit dans ses bras le bambin.

— Très bien.

— On revient dans une minute, fit Jeffrey à Lena, avec un regard entendu.

Il allait vouloir une explication, mais elle aurait du mal à inventer une histoire qui ne la compromette pas.

— Moi, je vais m'occuper de ce petit-là, proposa Marla, en levant en l'air le petit en question, qui poussa un cri perçant.

— Nous pouvons nous parler dans le bureau de Jeffrey, fit Lena.

Terri se contenta de hocher la tête. Elle vit la fine chaîne en or qu'elle portait à son cou, une croix minuscule suspendue au milieu. Terri jouait avec, ses doigts effleurèrent la croix, comme un talisman. Elle avait l'air aussi terrorisée que Lena.

— Par ici, lui dit cette dernière.

Elle passa la première, et se dirigea vers le bureau, en tendant l'oreille pour guetter les pas traînants de la jeune femme derrière elle. La salle de la brigade était presque déserte, seuls quelques flics de retour de patrouille remplissaient des papiers ou s'abritaient du froid. Quand elle arriva devant la porte de Jeffrey, Lena sentait déjà la transpiration lui couler dans le dos. Ce trajet avait été l'un des plus longs de toute son existence.

Terri ne prononça pas un mot avant d'avoir refermé la porte.

— Vous étiez à la clinique, souffla-t-elle enfin.

Lena resta dos à la jeune femme, elle regardait par la fenêtre Jeffrey et Dale en train de tourner autour de la voiture.

— Je sais que c'était vous, lui répéta Terri, la voix serrée.

— Ouais, admit Lena, en se retournant.

La jeune femme s'était assise sur l'une des chaises, devant le bureau, les mains agrippées à ses bras, comme si elle voulait se les arracher.

— Terri...

— S'il l'apprend, Dale me tuera.

Elle avait dit cela avec une telle conviction que Lena ne doutait pas qu'il en soit capable.

— Il n'en saura rien. Pas par moi.

— Par qui, alors ?

Elle était terrorisée, c'était flagrant, mais Lena sentit sa propre panique refluer, car elle comprit qu'elles étaient toutes deux liées par leur secret. Terri l'avait vue à la clinique, mais Lena l'avait vue, elle aussi.

— Il me tuera, répéta-t-elle, et ses fines épaules tremblèrent.

— Je ne lui dirai rien, lui assura Lena, songeant que cela relevait de l'évidence.

— Vous avez sacrément intérêt, rétorqua sèchement Terri.

Ces mots se voulaient menaçants mais manquaient de conviction. Elle avait le souffle court, les larmes aux yeux.

Lena s'assit sur la chaise à côté de la sienne.

— De quoi avez-vous peur ?

— Vous avez agi comme moi, insista-t-elle, et sa voix s'étrangla. Vous êtes tout aussi coupable que moi. Vous avez assassiné... vous avez tué votre... vous avez tué...

De nouveau, elle vit sa bouche remuer, sans qu'il en sorte aucun mot.

— J'irai peut-être en enfer, cracha-t-elle, mais n'oubliez pas que je peux vous embarquer avec moi.

— Je sais, fit Lena. Terri, je ne raconterai rien à personne.

— Oh, mon Dieu, s'écria la jeune mère, le poing serré contre la poitrine. Je vous en prie, ne lui dites rien.

— Je vous le promets, jura Lena, sentant sa pitié prendre le dessus. Terri, ça va aller.

— Il ne comprendrait pas.

— Je ne dirai rien.

Elle posa la main sur la sienne.

— C'est si dur, gémit-elle, en la lui saisissant. C'est si dur.

Lena se sentait les larmes aux yeux, et elle contracta la mâchoire, lutta contre son besoin pressant de se laisser aller.

— Terri, commença-t-elle. Terri, calmez-vous. Vous êtes en sécurité, ici. Je ne dirai rien.

— Je le sentais..., fit-elle en se tenant le ventre. Je le sentais remuer en moi. Je le sentais donner des coups de pied. Je ne pouvais pas. J'étais incapable d'en avoir un autre. Je ne supportais pas... Je ne... Je ne suis pas assez forte... Je ne supporte plus ça. Je ne peux pas...

— Chut, murmura Lena, en lui dégageant une mèche qui lui était retombée devant les yeux.

Cette femme semblait si jeune, presque adolescente. Pour la première fois depuis des années, Lena éprouvait le besoin de réconforter quelqu'un. Elle avait presque oublié ce que c'était qu'offrir son aide – elle avait été elle-même si souvent du côté de ceux qui recevaient.

— Regardez-moi, dit-elle, en s'armant de courage, combattant ses propres émotions. Vous n'avez rien à craindre, Terri. Je ne dirai rien. Je ne raconterai rien à personne.

— Je suis si mauvaise, se plaignit-elle. Je suis si mauvaise.

— Mais non.

— Je n'arrive plus à me sentir propre, avoua-t-elle. Je n'arrête pas de prendre des bains mais je n'arrive plus à me sentir propre.

— Je sais, admit Lena, et c'était comme si sa poitrine se soulageait d'un grand poids. Je sais.

— Je renifle encore cette odeur sur moi. L'anesthésie. Les produits chimiques.

— Je sais, répéta-t-elle en réprimant son désir de replonger dans son propre chagrin. Soyez forte, Terri. Il faut être forte.

Elle opina. Elle avait les épaules si voûtées qu'on l'aurait crue sur le point de se plier en deux.

— Il ne me le pardonnera jamais.

Lena ne savait pas si elle évoquait son mari ou quelque puissance supérieure, mais elle hocha la tête, en signe d'acquiescement.

— Il ne me le pardonnera jamais.

Lena risqua un coup d'œil par la fenêtre. Dale était debout près de la voiture, mais Jeffrey était un peu à l'écart, il parlait avec Sara Linton. Il se retourna vers le bâtiment du poste, son bras partit dans les airs, comme s'il était en colère. Sara dit quelque chose, puis Jeffrey acquiesça, et il lui prit ce qui ressemblait à un sachet hermétique pour pièce à conviction. Il rentra à l'intérieur.

— Terri, reprit Lena, car elle sentait l'arrivée de Jeffrey comme un souffle menaçant lui glaçant le cou. Écoutez, commença-t-elle. Séchez vos larmes. Regardez-moi.

Terri leva la tête.

— Ça va aller, lui promit-elle, et c'était plus un ordre qu'une promesse.

Terri hocha la tête.

— Il va falloir, Terri.

La jeune femme hocha de nouveau la tête, elle comprenait le ton pressant de Lena.

Elle aperçut Jeffrey dans la salle de la brigade. Il s'arrêta pour glisser un mot à Marla.

— Il arrive, dit-elle, et Terri redressa les épaules, se tint bien droite, comme un acteur obéissant à une indication.

Jeffrey frappa à la porte en entrant dans le bureau. Quelque chose le perturbait, c'était clair, mais il le garda pour lui. Le sachet que Sara lui avait confié sur le parking dépassait de sa poche, mais Lena n'arriva pas à voir ce qu'il contenait. Il haussa les sourcils dans sa direction, en une question silencieuse, et quand elle comprit qu'elle n'avait pas fait la seule chose qu'on l'avait priée de faire, elle sentit son ventre saisi d'une crampe.

Sans ciller, elle mentit :

— Terri me certifie qu'elle n'a jamais vu personne au garage, à part Dale.

— Oui, confirma l'intéressée, et elle se leva de son siège en acquiesçant.

Elle garda les yeux détournés, et Lena fut rassurée de voir que Jeffrey paraissait trop préoccupé pour remarquer que Terri avait pleuré.

Il ne la remercia même pas de sa venue. Au lieu de quoi, il la congédia en deux mots.

— Dale vous attend dehors.

— Merci, fit Terri, en lançant un bref coup d'œil à Lena avant de partir.

La jeune femme traversa la salle de brigade presque en courant, arrachant son enfant à Marla en gagnant la porte d'entrée.

Jeffrey tendit le sachet à Lena.

— Sara a reçu ça, à la clinique.

Il y avait dedans une feuille de carnet lignée. Lena retourna le sachet, lut le message. Les cinq mots étaient écrits à l'encre violette, tout en majuscules, sur la moitié de la page. « ABBY N'ÉTAIT PAS LA PREMIÈRE. »

* * *

Lena traversa la forêt, scrutant le sol, s'efforçant de rester concentrée. Ses pensées filaient en tous sens comme une boule de flipper, butant un coup sur la possibilité qu'une autre jeune fille soit enterrée dans ces bois, pour percuter à la minute suivante le souvenir de cette peur dans la voix de Terri Stanley, quand la jeune maman l'avait suppliée de ne pas révéler son secret. Cette femme était terrorisée à l'idée que son mari découvre ce qu'elle avait fait. Dale semblait inoffensif, guère le genre d'homme susceptible d'entrer dans les mêmes crises de rage qu'Ethan, mais elle comprenait la peur de son épouse. Cette jeune femme n'avait sans doute jamais eu de véritable métier, en dehors de sa maison. Si Dale la quittait, avec ses deux gosses, elle finirait complètement abandonnée. Lena comprenait pourquoi elle se sentait prise au piège, et pourquoi elle avait peur qu'on découvre son secret.

Pendant tout ce temps, elle-même avait craint la réaction d'Ethan, mais elle savait désormais qu'il y avait autre chose d'encore plus redoutable que ses menaces de violence. Et si Jeffrey l'apprenait ? Dieu savait qu'elle avait traversé pas mal de merdes, ces trois dernières années – pour l'essentiel de son propre fait –, mais elle ignorait où était la limite à ne pas franchir pour lui, la limite qui le pousserait à lui tourner le dos. Sa compagne était pédiatre et, d'après ce qu'elle avait vu, elle adorait les gosses. Elle n'avait aucune idée de sa position sur l'avortement. En revanche, elle savait qu'il serait hors de lui s'il comprenait qu'elle n'avait pas réellement questionné Terri. Elles étaient si liées par leurs peurs réciproques que Lena avait oublié de lui poser la question à propos du garage, et même de lui demander s'il y avait eu des visiteurs à l'insu de Dale. Lena devait trouver le moyen de la contacter à nouveau, de l'interroger au sujet du cyanure, mais elle ne voyait pas comment s'y prendre sans mettre la puce à l'oreille de Jeffrey.

À moins de soixante centimètres d'elle, il grommelait quelque chose entre ses dents. Il avait mobilisé à peu près tous les policiers de l'unité, leur ordonnant de foncer dans les bois, en quête d'autres sépultures. La battue était épuisante, c'était comme passer l'océan au peigne fin pour trouver un grain de sable et, toute la journée, la température en forêt n'avait pas cessé d'osciller d'un extrême à l'autre, tour à tour sous un soleil brûlant qui se déversait à travers les frondaisons, ou, une minute après, dans l'ombre fraîche du sous-bois qui transformait la sueur en frisson. À mesure que la nuit tombait, il faisait même encore plus froid, mais elle s'était bien gardée de retourner chercher sa veste. Jeffrey agissait comme un possédé. Elle savait qu'il endossait toute la responsabilité, et qu'il n'y avait rien à faire pour le soutenir.

— On aurait dû faire ça dès dimanche, s'invectiva-t-il, comme s'il avait pu deviner, par miracle, qu'un cercueil dans cette forêt en annonçait au moins un autre.

Elle ne prit pas la peine de soulever cet argument. Elle avait déjà essayé plusieurs fois, en pure perte. Elle gardait les yeux rivés au sol, les feuilles et les épines de pin s'estompant jusqu'à devenir complètement indistinctes alors que ses pensées étaient ailleurs et que sa vision se brouillait, sous la menace des larmes.

Au bout de près de trois heures de recherches, n'ayant arpenté que la moitié des cent hectares et plus de forêt, elle n'aurait pas pu repérer une enseigne au néon avec une grande flèche pointée vers le bas, et encore moins un petit tuyau en métal pointant du sol. Sans parler de la lumière, qui déclinait à toute vitesse. Le soleil plongeait déjà très bas, menaçant de disparaître d'un moment à l'autre derrière l'horizon. Depuis dix minutes, ils avaient sorti leurs lampes-torches, dont le faisceau lumineux les aidait assez peu dans leurs recherches.

Jeffrey leva le nez vers les arbres, en se frottant la nuque. Ils s'étaient accordé une pause vers l'heure du déjeuner, tout juste le temps de s'arrêter pour avaler les sandwiches que Frank avait commandés chez le traiteur du coin.

— Pourquoi enverrait-on cette lettre à Sara ? s'interrogea-t-il. Elle n'a rien à voir avec tout ça.

— Tout le monde sait que vous êtes ensemble, lui rappela-t-elle.

Elle aurait aimé pouvoir s'asseoir quelque part. Elle avait juste envie de dix minutes à elle, pour réfléchir au moyen d'entrer en contact avec Terri. En plus, il y avait le problème de Dale. Comment allait-elle lui expliquer qu'elle avait besoin de reparler avec sa femme ?

— Que Sara soit mêlée à cette histoire, ça ne me plaît pas, reprit-il, et elle comprenait que l'un des aspects qui alimentaient sa colère, c'était que Sara puisse être en danger. Le pli était affranchi en courrier local. C'est quelqu'un du comté, à Grant.

— Ou quelqu'un, à la ferme, qui aurait pris soin de ne pas le poster de Catoogah, calcula-t-elle, songeant que n'importe qui avait pu glisser une lettre à la poste de Grant en passant.

— C'est parti lundi. Donc, celui ou celle qui a fait ça savait ce qui se préparait et a voulu nous prévenir.

Le faisceau de sa torche clignota et il la secoua, sans résultat.

— Putain, c'est ridicule.

Il prit sa radio portative à pleine main, cliqua sur le micro.

— Frank ?

Quelques secondes s'écoulèrent avant que Frank réponde.

— Ouais ?

— Il va nous falloir des éclairages par ici. Appelle le magasin de matériels et vois si on peut emprunter quelque chose.

— Ça marche.

Lena attendit que Frank ait coupé la communication avant d'essayer de raisonner Jeffrey.

— On n'a pas les moyens de couvrir toute la zone cette nuit.

— Tu veux revenir demain matin et t'apercevoir qu'une jeune fille aurait pu être sauvée si on n'avait pas dételé si tôt ?

— Il est tard, insista-t-elle. On pourrait passer devant sans rien voir.

— Et il n'est pas impossible non plus qu'on la trouve, rétorqua-t-il. De toute façon, on reviendra demain continuer les recherches. Et j'en ai rien à foutre s'il faut faire venir des bulldozers et retourner chaque centimètre carré de terre. Tu m'as compris ?

Elle baissa les yeux, se remit à chercher, sans être certaine qu'il y ait quoi que ce soit par ici.

Il lui emboîta le pas, sans cesser de ressasser.

— J'aurais dû faire ça dimanche. On aurait dû sortir l'unité au complet, enrôler des volontaires.

Il s'arrêta.

— Qu'est-ce qui s'est passé entre Terri Stanley et toi ?

Elle tenta de répondre d'un air dégagé.

— Qu'est-ce que tu veux dire ?

Mais elle perçut bien le pathétique de sa tentative.

— Te fous pas de ma gueule, lui lança-t-il. Y'a un truc entre vous.

Elle se passa la langue sur les lèvres, elle se sentait comme un animal pris au piège.

— L'an dernier, au pique-nique, elle avait trop bu, mentit-elle. Je l'ai retrouvée aux toilettes, la tête dans la lunette.

— Elle est alcoolique ? s'écria-t-il, visiblement prêt à condamner la jeune femme.

Elle savait que c'était une de ses marottes et, ne sachant que faire d'autre, elle s'engouffra.

— Ouais, fit-elle, songeant que Terri Stanley tolérerait de vivre avec une réputation d'ivrogne, pourvu que son mari n'apprenne pas ce qui s'était produit à Atlanta la semaine précédente.

— À ton avis, c'est devenu une dépendance ?

— J'en sais rien.

— Elle était malade ? Elle a dégueulé ?

Se forçant à mentir, elle se sentit gagnée de sueurs froides, sachant au moment où elle mentait qu'elle faisait encore le moins mauvais choix, vu les circonstances.

— Je lui ai conseillé de régler ça. Je crois qu'elle a repris le dessus.

— Je vais en parler à Sara, décida-t-il, et le cœur de Lena fit un bond. Elle appellera les services sociaux.

— Non, protesta-t-elle, en veillant à ne pas paraître trop désespérée.

C'était une chose de mentir, c'en était une autre de créer des ennuis à Terri.

— Je viens de te dire qu'elle avait repris le dessus. Elle va à des réunions et tout.

Lena se creusa la cervelle, pour exhumer des bribes du discours de Hank sur les Alcooliques Anonymes. Elle se sentait comme une araignée prise dans sa propre toile.

— Elle a gagné un jeton, le mois dernier.

Il plissa les yeux, sans doute en train de se demander si elle était sincère ou non.

Sa radio crépita.

— Chef ? L'angle ouest, vers la faculté. On a quelque chose.

Il fonça, et elle courut à sa suite, le faisceau de sa lampe dansant en tous sens, ses bras pompant comme deux bielles. Il avait au moins dix ans de plus qu'elle, mais il était foutrement plus rapide. Quand il atteignit la petite foule d'hommes en uniforme regroupés dans la clairière, elle était encore reléguée à presque dix mètres derrière lui.

Le temps qu'elle le rattrape, il s'était agenouillé près d'une bosse du terrain. Un tuyau en métal rouillé dépassait sur à peu près cinq centimètres. Celui qui avait repéré le site était tombé dessus par un pur coup de chance. Même en sachant quoi rechercher, Lena avait du mal à voir le tube avec netteté.

Brad Stephens arriva en courant derrière elle. Il s'était muni de deux pelles et d'un pied-de-biche. Jeffrey s'empara d'une des pelles et ils se mirent tous deux à creuser. L'air nocturne était frais, mais lorsqu'une première pelle vint cogner sur du bois, ils étaient l'un et l'autre en nage. Ce bruit sourd persista dans les oreilles de Lena, tandis que Jeffrey s'agenouillait pour balayer le reste de terre avec ses mains. Il avait dû avoir ces mêmes gestes avec Sara, dimanche. Elle n'osait imaginer ce qu'avait été son appréhension, sa frayeur quand il avait compris ce qu'il était en train d'exhumer. Même à présent, elle avait du mal à accepter que quelqu'un, à Grant, soit capable de commettre un acte aussi horrible.

Brad logea le pied-de-biche dans le rebord du coffre, et ensemble, Jeffrey et lui pesèrent pour forcer le couvercle. Une latte se souleva, les lampes-torches se ruèrent pour éclairer l'intérieur, par l'ouverture. Une odeur fétide s'en échappa – pas de chair décomposée, mais de moisissure et de pourriture. Jeffrey appuya de l'épaule sur l'outil, pour forcer une autre planche, le bois se replia comme une feuille de papier. La pulpe était détrempée, la terre y dessinait des taches noires. Manifestement, cette caisse était ensevelie sous terre depuis longtemps. Sur les photos des lieux du premier crime, près du lac, la tombe avait l'air récente, le bois encore vert, traité sous pression, avait rempli son office pour tenir les intempéries en respect, tout en enfermant cette jeune fille.

De ses mains nues, il arracha la sixième latte. Les lampes-torches illuminèrent l'intérieur du coffre souillé. Il se laissa retomber sur ses talons, ses épaules s'affaissèrent, de soulagement ou de déception. Lena se sentit elle aussi parcourue de toutes sortes d'émotions mêlées.

La boîte était vide.

* * *

Lena resta près de la scène du crime potentiel, jusqu'à ce que l'on ait prélevé le dernier échantillon. Avec le temps, la boîte s'était pratiquement désintégrée, le bois s'imprégnant de l'humidité du sol. Qu'elle soit plus ancienne que la première, c'était incontestable, tout comme il était incontestable qu'elle avait servi au même usage. Les lattes supérieures, les premières que Jeffrey avait forcées, étaient sillonnées de profondes griffures d'ongles. Le fond était criblé de taches noires. Quelqu'un avait saigné là-dedans, déféqué là-dedans, était peut-être mort là-dedans. Quand et pourquoi, c'était juste deux questions supplémentaires à ajouter à une liste qui s'allongeait. Heureusement, il avait fini par admettre qu'ils ne pouvaient continuer à rechercher encore une autre boîte par cette nuit noire. Il avait mis un terme à leur battue, et ordonné qu'une équipe de dix policiers revienne ici dès l'aube.

De retour au poste, Lena s'était lavé les mains, sans prendre le temps d'enfiler la tenue de rechange rangée dans son casier, sachant que seule une longue douche chaude pourrait effacer un peu de cette détresse qu'elle ressentait. Pourtant, quand elle s'engagea au volant de sa Celica dans la rue qui menait à son quartier, elle éprouva le besoin de rétrograder, et fit un demi-tour dans le sens unique pour contourner sa rue. Elle détacha sa ceinture et conduisit avec les genoux tout en se débarrassant de sa veste. D'une pression sur un bouton, les vitres coulissèrent, elle coupa le bruit qui provenait de la radio, se demandant depuis combien de temps elle n'avait plus eu un moment comme celui-ci, rien qu'à elle. Ethan la croyait encore au boulot. Nan s'apprêtait sans doute à se mettre au lit, et Lena était totalement seule avec ses pensées.

Elle traversa de nouveau le centre-ville, ralentit en arrivant à hauteur du restaurant, et pensa à Sibyl, à la dernière fois qu'elle l'avait vue. Elle avait foiré tant de choses, depuis ce jour-là. À une certaine époque, quoi qu'il arrive et envers et contre tout, elle ne laissait jamais sa vie personnelle interférer avec son boulot. Être flic, c'était la chose qu'elle savait faire, et bien. Or, elle avait laissé ce lien avec Terri Stanley la perturber dans ses fonctions professionnelles. Là encore, ses émotions venaient mettre en péril le seul élément de constance de son existence. Qu'aurait dit Sibyl ? Aurait-elle eu honte de la personne qu'était devenue sa sœur ?

La grande rue se terminait en impasse sur l'entrée de l'université, et elle prit à gauche sur l'aire de stationnement de la clinique pédiatrique, fit de nouveau demi-tour et repartit vers l'extérieur de la ville. Elle remonta ses vitres, car elle sentait la fraîcheur gagner, et elle traficota avec les boutons de la radio, histoire de trouver quelque chose de doux qui lui tienne compagnie. En dépassant le Stop-N-Go, elle leva le nez, se gara à la hauteur de la Dart. Elle sortit de sa voiture, jeta un œil dans le supermarché, au cas où elle aurait aperçu Terri Stanley. La jeune femme était à l'intérieur, elle payait le type à la caisse et, même à cette distance, Lena pouvait presque sentir son air défait. Les épaules rentrées, les yeux baissés. Elle réprima son envie de remercier Dieu d'être ainsi tombée sur elle.

Le réservoir de sa Celica était quasiment plein, mais elle entra quand même dans la rampe de la station-service, prit son temps pour dévisser le bouchon et insérer la crosse. Dès le premier déclic de la pompe, Terri ressortait déjà du magasin. Elle portait une veste bleue toute légère et, en traversant vers la station-essence brillamment éclairée, elle remonta ses manches. Elle s'approcha de sa voiture, manifestement préoccupée. Lena se racla plusieurs fois la gorge, avant qu'elle ne s'aperçoive de sa présence.

— Oh ! fit Terri, le même mot qu'elle avait prononcé la première fois qu'elle avait vu Lena au poste de police.

— Salut.

Elle lui sourit, mais d'un sourire gêné, le visage crispé, elle le sentait bien.

— Il faut que je vous demande...

— Vous me suiviez ? demanda-t-elle en regardant autour d'elle, comme si elle redoutait qu'on les voie ensemble.

— Je prenais juste de l'essence. Lena sortit la crosse de l'orifice de son réservoir, espérant que

Terri ne remarquerait pas qu'elle n'avait pris que trois litres à peine. Il faut que je vous parle.

— Dale m'attend, dit-elle, en tirant sur les manches de sa veste, pour les descendre.

Mais Lena avait vu quelque chose – une vision qu'elle ne connaissait que trop. Elles restèrent toutes les deux plantées là, ni l'une ni l'autre ne sachant que dire. Ce fut la minute la plus longue de toute la vie de Lena.

— Terri...

— Il faut que j'y aille.

Ce fut sa seule réponse.

Lena sentit les mots s'engluer dans sa gorge comme de la mélasse. Un bruit suraigu lui retentit dans l'oreille, presque une sirène d'alarme l'avertissant de garder ses distances.

— Est-ce qu'il vous frappe ?

Terri baissa les yeux sur le béton taché de graisse, elle avait honte. Lena connaissait cette honte, mais la découvrir chez Terri fit naître en elle une colère comme elle n'en avait plus éprouvée depuis longtemps.

— Il vous frappe, en conclut-elle, resserrant la distance qui les séparait, comme si elle avait besoin d'être plus proche, pour être certaine de se faire entendre. Venez par ici.

Elle la prit par le bras. Quand Lena la tira sans ménagement par la manche, la jeune femme tressaillit, comme de douleur. Un hématome tout noir serpentait de son poignet vers son coude.

Elle ne bougea pas.

— Ce n'est pas ça.

— Pas quoi ?

— Vous ne comprenez pas.

— Un peu, que je comprends ! s'écria-t-elle, en resserrant son étreinte. C'est pour ça que vous vous êtes décidée ?

Sa colère crépitait comme un feu de brousse.

— C'est ça qui vous a décidée à vous rendre à Atlanta ?

Terri essaya de se dégager.

— Je vous en prie, laissez-moi partir.

Lena sentit sa colère devenir incontrôlable.

— Vous avez peur de lui. C'est pour ça que vous avez sauté le pas, espèce de lâche.

— Je vous en prie.

— Je vous en prie de quoi ? De quoi ?

Terri pleurait pour de bon, maintenant, et elle essayait tellement de se dégager qu'à force, elle était presque à terre. Lena la libéra, horrifiée de lui voir une marque rouge au poignet, qui s'élargissait sous l'hématome que lui avait causé Dale.

— Terri...

— Laissez-moi tranquille.

— Vous n'êtes pas obligée d'accepter tout ça.

Elle se dirigea vers sa voiture.

— Je m'en vais.

— Je suis désolée, s'excusa Lena, en la suivant.

— Vous parlez comme Dale.

Un coup de couteau dans le ventre aurait été plus facile à encaisser. Pourtant, elle essaya encore.

— Je vous en prie. Laissez-moi vous aider.

— Je n'ai pas besoin de votre aide, cracha-t-elle, en ouvrant sa portière avec brusquerie.

— Terri...

— Laissez-moi tranquille ! cria-t-elle, et elle claqua la portière, dans un bruit retentissant, la verrouillant comme si elle craignait que Lena ne l'en extraie de force.

— Terri...

Lena refit une tentative, mais Terri avait déjà démarré, en laissant une trace de caoutchouc brûlé sur le sol de la rampe, et le tuyau d'essence s'étira, avant de sauter, d'un coup, du goulet de réservoir de la Dart. Lena recula en vitesse, et de l'essence gicla sur le béton.

— Hé ! fit le pompiste. Qu'est-ce qui se passe, là ?

— Rien, lui répliqua-t-elle.

Elle ramassa la crosse et la remit en place. Elle plongea la main dans sa poche et lança deux dollars au jeune homme.

— Retournez à l'intérieur.

Et elle remonta dans sa voiture, avant qu'il ait rien pu répondre.

Les pneus de la Celica ripèrent sur la chaussée, et elle démarra en chassant du train arrière. Lena s'aperçut qu'elle fonçait, mais seulement après avoir dépassé un break en panne qui était resté garé sur le bas-côté depuis la semaine dernière. Elle s'obligea à lever le pied, mais son cœur cognait encore dans sa poitrine. Elle avait réussi à terroriser la jeune femme, qui l'avait regardée comme si elle avait peur qu'on lui fasse du mal. Et peut-être lui en aurait-elle fait. Peut-être aurait-elle cédé à la violence, se défoulant de sa colère sur cette pauvre femme sans défense, juste parce que rien ne l'en aurait empêchée. Qu'est-ce qui lui prenait, bon sang ? Plantée là, dans cette station-service, à lui hurler après, elle avait eu l'impression de hurler contre elle-même. C'était elle, qui était lâche. C'était elle qui avait peur de ce qu'elle risquait de subir si quelqu'un découvrait la vérité.

Sa voiture avait tellement ralenti qu'elle avançait au pas. Elle était maintenant à la périphérie de Heartsdale, à vingt bonnes minutes de chez elle. Le cimetière où était enterrée Sibyl se trouvait dans cette direction, sur un terrain plat derrière l'église baptiste. Après la mort de sa sœur, Lena s'y était rendue au moins une fois par semaine, parfois deux, pour aller sur sa tombe. Avec le temps, elle avait espacé ses visites, pour finalement les supprimer. Elle fut choquée de s'apercevoir qu'elle n'avait plus rendu visite à Sibyl depuis au moins trois mois. Elle avait été trop occupée, trop immergée dans son boulot et sa relation avec Ethan. Et là, elle se sentait si honteuse que se rendre au cimetière lui paraissait encore ce qu'elle avait de mieux à faire.

Elle se gara devant l'église, laissa les fenêtres baissées, ne ferma pas la voiture et s'approcha du portail. L'endroit était bien éclairé, des réverbères illuminaient l'enceinte. Elle savait qu'elle avait une raison de venir ici. Elle savait de quoi elle avait besoin.

Quelqu'un avait planté une poignée de pensées près de l'entrée, et quand elle passa devant, les fleurs oscillaient dans la brise. La tombe de Sibyl était sur le côté qui bordait l'église, et elle prit son temps pour traverser la pelouse, goûtant cette solitude. Aujourd'hui, elle avait enchaîné douze heures de suite, mais quelque chose, dans le fait d'être là, d'être près de Sibyl, rendait cette courte marche moins exténuante. Sa sœur aurait approuvé d'être inhumée là, elle en avait toujours eu la certitude. Elle aimait être à l'extérieur, en plein air.

Le bloc de ciment que Lena avait dressé en position verticale pour s'en servir comme d'un banc était encore là, à côté de la plaque commémorative, et elle s'assit, ramenant ses jambes à elle, refermant ses bras autour de ses genoux. De jour, un immense pacanier ombrageait la parcelle, des vrilles de lumière filtrant à travers le feuillage. La dalle de marbre honorant la dernière demeure de Sibyl était si propre qu'elle luisait, et un rapide regard aux autres sépultures suffit à lui démontrer que c'était le geste d'un visiteur, et non du fait de l'entretien courant du personnel.

Il n'y avait pas de fleurs. Nan était allergique.

Comme un robinet que l'on ouvre, elle se sentait venir les larmes aux yeux. Elle était quelqu'un d'épouvantable. Si méchant que soit Dale avec Terri, elle était encore pire. Elle était flic, elle avait le devoir de protéger les gens, pas de leur flanquer une frousse bleue, pas de leur attraper le poignet au point de leur laisser un bleu. En tout cas, elle était lâche. C'était elle qui avait filé à Atlanta sous couvert de mensonges, payé un inconnu pour trancher net ses erreurs, cherché à échapper aux conséquences comme un enfant apeuré.

L'altercation avec Terri Stanley avait ravivé tous les souvenirs qu'elle avait tenté de refouler, et elle se retrouva de nouveau à Atlanta, à revivre tout ce supplice. Elle se retrouva dans la voiture, avec Hank, avec le silence de son oncle, tranchant comme une lame. Elle se retrouva à la clinique, assise en face de Terri, évitant son regard, priant pour que tout soit terminé. Elle se sentit ramenée dans cette salle d'opération glaciale, les pieds posés sur les étriers glacés, les jambes écartées devant le médecin qui s'exprimait si calmement, si posément qu'elle s'était sentie bercée, plongée dans une sorte d'état hypnotique. Tout irait bien. Tout se déroulerait au mieux. Détendez-vous. Respirez, c'est tout. Prenez votre temps. Détendez-vous. Voilà, c'est fini. Relevez-vous. Détendez-vous, c'est tout. Voilà vos vêtements. S'il y a des complications, vous nous appelez. Est-ce que ça va, ma jolie ? Vous avez quelqu'un qui vous attend ? Asseyez-vous donc sur cette chaise. On va vous conduire à la sortie. Meurtrier. Tueur de bébés. Boucher. Monstre.

Les manifestants attendaient devant la clinique, assis dans leurs chaises longues, sirotant leur thermos de café chaud, plus ou moins l'air de talonneurs aux aguets, campés là en attendant que le match se déchaîne. En voyant Lena, ils se levèrent tous comme un seul homme, pour lui hurler dessus, agitant des écriteaux couverts de toutes sortes de photos sanglantes et crues. Geste ô combien obscène, l'un d'eux brandissait même un bocal, dont le contenu, pour quiconque se tenait à moins de trois mètres, était sans équivoque. Et pourtant, rien de tout cela n'avait semblé très réel, et cet homme l'avait laissée perplexe – car c'était un homme, bien sûr –, elle l'avait imaginé assis chez lui, pourquoi pas à sa table de cuisine, là où s'asseyaient ses gosses tous les matins pour le petit déjeuner, en train de préparer sa mixture dans ce bocal, rien que pour tourmenter des femmes effarouchées qui venaient, Lena ne l'ignorait plus à présent, de prendre la décision la plus difficile de toute leur existence.

À présent, assise dans ce cimetière, elle regardait fixement la tombe de sa sœur et, pour la première fois, elle se demanda ce que cette clinique faisait de la chair et des os qu'on lui avait retirés du corps. Gisaient-ils quelque part dans un incinérateur, en attendant que l'on y mette le feu ? Étaient-ils ensevelis dans la terre, dans une tombe anonyme qu'elle ne verrait jamais ? En songeant à ce qu'elle avait fait – à ce qu'elle avait perdu –, elle se sentit saisie d'une crampe au plus profond de ses entrailles.

Mentalement, elle raconta à Sibyl ce qui s'était produit, les choix qui l'avaient amenée ici. Elle lui parla d'Ethan, de ce qui était mort en elle depuis le moment où elle s'était mise à le fréquenter, cette manière qu'elle avait eue de laisser refluer tout ce qu'elle avait de bon en elle, comme le sable que la marée emporte. Elle lui parla de Terri, de la peur qu'elle avait lue dans ses yeux. Si seulement elle avait pu ne jamais rencontrer Ethan, ne jamais avoir croisé Terri à la clinique. Tout allait de mal en pis. Elle racontait des mensonges pour masquer d'autres mensonges, elle s'ensevelissait dans la tromperie. Elle n'en voyait plus le bout.

Ce qui lui manquait le plus, c'était la présence de sa sœur, ne serait-ce qu'un moment, pour qu'elle l'assure que tout allait bien. C'était la nature de leur relation depuis toujours : Lena merdait et Sibyl arrangeait les choses en parlant avec elle, en lui permettant de voir l'autre face de la réalité. Sans cette sagesse qui la guidait, tout cela lui semblait peine perdue. Lena se démantibulait. En aucun cas elle n'aurait pu mettre l'enfant d'Ethan au monde. Elle était à peine capable de veiller sur elle-même.

— Lee ?

Elle se retourna, et faillit tomber du bloc exigu.

— Greg ?

Il émergea de l'obscurité, la lueur de la lune dans le dos. Il s'avança vers elle en claudiquant, sa canne dans une main, un bouquet de fleurs dans l'autre.

Elle se leva aussitôt, s'essuya les yeux, tâchant de dissimuler sa stupeur.

— Qu'est-ce que tu fabriques ici ? lui demanda-t-elle, en frottant le derrière de son pantalon pour en retirer les gravillons.

Il montra le bouquet qu'il avait à la main.

— Je peux revenir quand tu auras fini.

— Non, lui dit-elle, espérant que la pénombre masquerait la trace de ses larmes. J'étais juste... c'est bon.

Elle jeta un coup d'œil vers la tombe, pour ne pas avoir à le regarder, lui. Elle eut la vision éclair d'Abigail Bennett, enterrée vivante, et sentit une panique irrationnelle l'envahir. L'espace d'une fraction de seconde, elle songea à sa sœur vivante, implorant de l'aide, essayant de sortir du cercueil en griffant le bois.

Avant de lui faire de nouveau face, elle sécha ses larmes, se dit qu'elle avait dû perdre la tête. Elle avait envie de lui confier tout ce qui lui était arrivé – pas seulement à Atlanta, mais avant, depuis ce jour où elle était rentrée au poste de police après être allée à Macon déposer quelques échantillons, pour entendre Jeffrey lui annoncer la disparition de Sibyl. Elle avait envie de poser la tête sur son épaule, de sentir sa force réconfortante. Plus que tout, elle désirait son absolution.

— Lee ? répéta Greg.

Elle chercha quoi dire.

— Je me demandais juste pourquoi tu étais là.

— Il a fallu que maman m'amène, expliqua-t-il. Elle est dans la voiture.

Elle regarda par-dessus son épaule, comme si elle pouvait apercevoir le parking, devant l'église.

— Il est un peu tard.

— Elle m'a piégé, fit-il. Elle s'est arrangée pour que je l'accompagne à son cercle de tricot.

Elle avait la bouche sèche, la langue épaisse, mais elle n'avait envie que d'une chose, l'entendre encore lui parler. Elle avait oublié à quel point sa voix pouvait être réconfortante, combien le timbre en était doux.

— Elle t'a fait tenir la pelote ?

Il rit.

— Ouais. Tu dois penser que je n'ai plus l'âge.

Lena se sentit sourire, sachant qu'en réalité, personne ne l'avait piégé. Même sous la menace d'une arme, Greg le nierait, mais il avait toujours été un fils à sa maman.

— Je les ai apportées pour Sibyl, reprit-il, levant de nouveau les fleurs en l'air. Je suis venu hier et il n'y en avait pas, alors j'ai pensé...

Il sourit. Sous le clair de lune, elle vit qu'il n'avait toujours pas fait réparer la dent qu'il s'était ébréchée lors d'une partie de Frisbee.

— Elle adorait les marguerites, ajouta-t-il, en tendant les fleurs à Lena.

L'espace d'une seconde, leurs mains se touchèrent, et elle eut l'impression d'un fil électrique à nu.

De son côté, il semblait imperturbable. Il allait partir, mais elle l'arrêta.

— Attends.

Lentement, il se retourna.
— Assieds-toi, lui demanda-t-elle, en désignant le parpaing.
— Je ne veux pas te prendre ton siège.
— C'est bon.
Elle recula pour aller déposer le bouquet sur la dalle commémorative de Sibyl. Quand elle releva les yeux, il était appuyé sur sa canne, et il l'observait.
— Ça va ?
Elle essaya de trouver quelque chose à répondre. Elle renifla, se demandant si ses yeux paraissaient aussi rouges qu'ils étaient irrités.
— Ces allergies, se plaignit-elle.
— Ouais.
Elle croisa les mains dans le dos, pour cesser de se les triturer.
— Comment tu t'es fait cette blessure à la jambe, au juste ?
— Un accident de voiture. Ma faute, expliqua-t-il avec un nouveau sourire. J'essayais de trouver un CD, j'ai quitté la route des yeux, rien qu'une seconde.
— Il n'en faut pas plus.
— Ouais. Mister Jingles est mort, l'année dernière.
Son chat. Elle détestait cette bestiole, mais sans qu'elle comprenne trop pourquoi, la nouvelle de sa disparition l'attrista.
— Je suis désolée.
La brise se leva, l'arbre au-dessus de leurs têtes bruissa dans le vent.
Greg lorgna du côté de la lune, puis revint à Lena.
— Quand maman m'a appris pour Sibyl... Sa voix s'estompa, et il enfonça sa canne dans le sol, faisant

saillir une touffe d'herbe. Elle crut voir des larmes dans ses yeux et s'obligea à détourner les siens, pour que sa tristesse ne rallume pas la sienne.

— C'est simple, je n'arrivais pas à y croire.

— J'imagine qu'elle t'a aussi parlé de mon histoire.

Il opina, et il fit ce dont peu de gens étaient capables quand ils parlaient de viol : il la regarda droit dans les yeux.

— Elle était bouleversée.

Lena n'essaya pas de dissimuler son ironie.

— Tu parles.

— Non, vraiment, affirma-t-il, sans la quitter du regard, et ses iris bleus si pâles étaient exempts de la moindre duplicité. Ma tante Shelby, tu te souviens d'elle ? Elle s'est fait violer, quand elles étaient au lycée. C'était assez dur.

— Je l'ignorais.

Elle avait rencontré Shelby en quelques occasions. Et pour ce qui était de la mère de Greg, elles n'avaient pas précisément sympathisé. Jamais Lena n'aurait deviné que cette femme avait traversé pareille épreuve dans son existence. Elle était très collet monté, mais la plupart des femmes de la famille Mitchell l'étaient aussi. La chose qui stupéfiait Lena, depuis son agression, c'était que ce viol ne lui avait pas ouvert les portes d'un club si fermé que cela.

— Si j'avais su..., reprit Greg, mais il n'acheva pas.

— Quoi ? demanda-t-elle.

— Je ne sais pas.

Il se baissa et tendit la main pour ramasser une noix de pécan qui était tombée de l'arbre.

— Ça m'a vraiment été pénible d'apprendre cette histoire.

— C'était assez pénible, reconnut-elle, et elle lut la surprise sur son visage. Quoi ? s'enquit-elle.

— Je ne sais pas, répéta-t-il, en lançant la noix dans le bois. En général, tu ne parlais pas de ce genre de choses.

— Quel genre de choses ?

— Tes sentiments.

Elle eut un rire forcé. Toute sa vie, elle avait lutté avec ses sentiments.

— Je disais quel genre de choses, en général ?

Il retourna la question dans sa tête.

— « C'est la vie » ? risqua-t-il, en mimant son geste préféré, quand elle haussait juste une épaule. « Sale merdier » ?

Elle savait qu'il avait raison, mais elle était incapable d'expliquer pourquoi.

— Les gens changent.

— Nan m'a dit que tu sortais avec quelqu'un.

— Ouais, enfin.

Elle était incapable d'aller plus loin, mais de penser qu'il prenne la peine de poser la question, son cœur venait de bondir dans sa poitrine. Elle allait tuer Nan, pour ne lui avoir rien dit.

— Elle a l'air bien, Nan, fit-il.

— Elle a traversé une sale période.

— Quand j'ai appris que vous habitiez ensemble, vous deux, je pouvais pas y croire.

— C'est quelqu'un de bien. Avant, ça m'avait plutôt échappé.

Bon sang, il y avait un paquet de choses qui lui échappaient, avant. Lena s'était fait une spécialité de foirer à peu près tout ce qu'il y avait de positif dans son existence. Greg en était la preuve vivante.

Ne sachant trop quoi faire, elle leva les yeux vers l'arbre. Les feuilles étaient prêtes à tomber. Greg fit de nouveau mine de s'en aller, et elle le retint avec une question.

— Quel CD ?

— Hein ?

— Ton accident, précisa-t-elle en désignant sa jambe. C'était quoi, le CD que tu cherchais ?

— Heart, fit-il, et son visage se fendit d'un grand sourire niais.

— *Bebe Le Strange* ? lui demanda-t-elle, et elle sentit à son tour le même grand sourire lui fendre le visage.

Quand ils vivaient ensemble, le samedi était toujours la journée des corvées, et ils l'avaient écouté tant de fois, cet album de Heart, qu'aujourd'hui encore, elle était incapable de récurer des toilettes sans que « Even It Up » lui trotte dans le crâne.

— C'était le nouveau, précisa-t-il.

— Le nouveau ?

— Ils en ont sorti un nouveau, il date à peu près d'un an.

— Ce truc à la Lovemonger ?

— Non, fit-il, et son excitation était palpable.

S'il était une chose que Greg adorait encore plus que la musique, c'était d'en parler.

— Un truc d'enfer. Le grand retour au Heart des seventies. Je n'arrive pas à croire que tu le connaisses pas. Le jour de sa sortie, je suis allé cogner à la porte de la boutique avant l'ouverture.

Elle se rendit alors compte que cela faisait un bout de temps qu'elle n'avait plus écouté de musique qui lui plaise vraiment. Ethan préférait le rock punk, le genre de conneries mal embouchées qui faisaient pousser des cris aux petits jeunes bien blancs. D'ailleurs, elle ne savait même pas où étaient passés ses vieux CD.

— Lee ?

Elle venait de rater ce qu'il avait dit.

— Pardon, oui, quoi ?

— Il faut que j'y aille. Maman m'attend.

Subitement, elle se sentait à nouveau l'envie de pleurer. Elle s'obligea à rester les pieds collés au sol, à ne pas commettre de bêtise, à ne pas se précipiter vers lui. Bon Dieu, elle devenait une véritable idiote, une pleurnicheuse. Elle ressemblait à ces idiotes des romans à l'eau-de-rose.

— Prends bien soin de toi, lui dit-il.

— Ouais, fit-elle, et elle réfléchit à ce qui pourrait l'empêcher de partir. Toi aussi.

Elle s'aperçut qu'elle avait encore les marguerites dans la main, et elle se pencha pour les déposer sur la tombe de Sibyl. Quand elle se redressa, Greg s'éloignait vers le parking en claudiquant. Elle ne le quitta pas du regard, elle aurait voulu qu'il se retourne. Il n'en fit rien.

Mercredi

Chapitre Neuf

Jeffrey s'était adossé contre le carrelage, et il laissa l'eau chaude de la douche lui fouetter l'épiderme. La veille au soir, il avait pris un bain, mais rien ne parvenait à le débarrasser de cette sensation d'être couvert de terre. Pas seulement de terre, mais de la terre d'une tombe. Ouvrir ce deuxième coffre, sentir cette odeur de renfermé, de décomposition, avait été presque aussi dur que la découverte d'Abby. Cette deuxième caisse changeait tout. C'était encore une jeune fille que l'on avait enfermée là-dedans, une autre famille, une autre mort. Il espérait au moins que c'était la seule. Le labo ne serait en mesure de livrer l'analyse de l'ADN qu'en fin de semaine. Entre ça et l'analyse de la lettre qu'avait reçue Sara, ces expertises lui coûtaient la moitié de son budget pour le reste de l'année, mais cela lui était égal. S'il le fallait, il accepterait un deuxième boulot à la station Texaco. Pendant ce temps-là, un représentant du Texas à la Chambre se régalait d'un petit déjeuner à deux cents dollars.

Il se força à sortir de la douche – il serait bien resté une heure de plus sous l'eau chaude. À un moment, Sara avait dû entrer, et lui déposer une tasse de café sur le rebord du lavabo, mais il ne l'avait pas entendue. La nuit dernière, il l'avait appelée depuis les lieux du crime, pour lui communiquer les détails de leur découverte. Après quoi, il était parti pour Macon déposer en personne le peu de pièces à conviction qu'ils avaient prélevées dans la caisse, avant de revenir au poste de police et de relire toutes ses notes sur l'affaire. Il avait dressé des listes de dix pages où il notait avec qui il devrait s'entretenir, quelles pistes ils devraient suivre. À minuit, il avait fini par se demander s'il allait rentrer chez Sara ou chez lui. Il était même passé en voiture devant son domicile, pour se souvenir, un peu tard, que les deux jeunes filles avaient déjà emménagé. Vers une heure du matin, les lumières étaient encore allumées et on entendait de la musique depuis la rue : à l'intérieur, la soirée battait son plein. Il était trop crevé pour entrer et leur demander d'éteindre.

Il enfila un jean et entra dans la cuisine, sa tasse de café à la main. Sara était sur le canapé, elle repliait la couverture dans laquelle il avait dormi.

— Je ne voulais pas te réveiller, lui dit-il, et elle hocha la tête. Il savait qu'elle ne le croyait pas, tout comme il savait qu'il disait la vérité. Que ça lui plaise ou non, toutes ces dernières années, il avait passé l'essentiel de ses nuits seul, et il ne savait pas trop comment revenir chez elle, après ce qu'il avait découvert là-bas, dans les bois. Même après cet épisode dans la cuisine, avant-hier soir, se mettre au lit avec elle, se glisser dans des draps frais, lui aurait fait l'effet d'un viol.

Il avisa son mug vide sur le comptoir.

— Tu veux encore un peu de café ?

Elle fit non de la tête puis lissa la couverture en la posant au pied du canapé.

Il lui versa quand même une tasse. Quand il se retourna, elle s'était assise dans le coin repas de la cuisine, occupée à trier du courrier.

— Je suis désolé, dit-il.

— De quoi ?

— Je me sens...

Sa phrase se perdit dans les limbes. Il ne savait pas comment il se sentait.

Elle feuilletait un magazine, sans toucher au café qu'il lui avait servi. Puisqu'il n'allait pas au bout de sa pensée, elle leva la tête.

— Tu n'as pas à t'expliquer, lui assura-t-elle, et il avait l'impression qu'on le soulageait d'un grand poids.

Il essaya quand même.

— La nuit a été rude.

Elle lui sourit, mais l'inquiétude l'empêcha de sourire aussi avec les yeux.

— Tu sais que je te comprends.

La tension était encore palpable, mais il ignorait si elle émanait de Sara ou de son imagination. Il tendit la main, pour la toucher.

— Tu devrais remettre un pansement, lui dit-elle.

Il avait retiré son bandage après avoir creusé dans la forêt. Il examina sa coupure, qui était rouge vif. Rien que d'y repenser, il sentit l'élancement de la blessure.

— Je crois que ça s'est infecté.

— Tu as pris les comprimés que je t'ai donnés ?

— Oui.

Elle laissa son magazine, le mensonge était trop gros.

— Une partie, rectifia-t-il, en se demandant où il avait posé ces fichus médicaments. J'en ai pris. Deux.

— Encore mieux, constata-t-elle, en reprenant sa lecture. Comme ça, tu vas renforcer ta résistance aux antibiotiques.

Elle feuilleta encore quelques pages.

Il essaya de faire de l'humour.

— De toute manière, l'hépatite va me tuer.

Elle releva le nez, et il vit qu'elle avait les larmes aux yeux.

— Ce n'est pas drôle.

— Non, admit-il. J'avais juste... j'avais besoin d'être seul. La nuit dernière.

Elle s'essuya les yeux.

— Je sais.

Il avait quand même besoin de lui poser sa question.

— Tu n'es pas furieuse contre moi ?

— Bien sûr que non, se défendit-elle, en tendant le bras vers lui, pour prendre sa main indemne.

Elle la serra dans la sienne, puis la lâcha, et revint à son magazine. Il vit que c'était le *Lancet*, une revue médicale anglaise.

— De toute manière, je n'aurais pas été de très bonne compagnie, avoua-t-il, se remémorant sa nuit sans sommeil. Je n'arrête pas d'y penser. Découvrir ce cercueil vide, ne pas savoir ce qui s'est passé, c'est encore pire.

Elle finit par refermer sa revue pour lui accorder toute son attention.

— Tu as dit que quelqu'un aurait pu revenir chercher les corps après le décès.

— Je sais, admit-il, et c'était l'une de ces pensées qui l'avaient maintenu éveillé.

Il avait déjà vu des horreurs, dans son métier, mais un type assez cinglé pour tuer une jeune fille, puis récupérer son corps, pour une raison inconnue, c'était le genre de criminel auquel il n'était pas du tout préparé.

— Qui peut faire un truc pareil ?

— Un malade mental, lui répondit-elle.

Sara était une scientifique dans l'âme ; pour elle, les actes des individus devaient toujours s'expliquer par des motifs concrets. Elle n'avait jamais cru au mal en soi, mais il est vrai qu'elle ne s'était jamais trouvée, en toute connaissance de cause, assise en face de quelqu'un qui aurait tué de sang-froid ou violé un enfant. Comme beaucoup de gens, elle pouvait s'offrir le luxe de philosopher sur le sujet, retranchée derrière ses manuels. Sur le terrain, Jeffrey voyait les choses très différemment ; pour lui, quelqu'un qui était capable d'un tel crime avait l'âme profondément mauvaise.

Elle se laissa glisser du tabouret.

— Ils devraient être en mesure de déterminer les groupes sanguins dès aujourd'hui, lui fit-elle observer, en ouvrant le placard de l'évier.

Elle en sortit les échantillons d'antibiotiques et en ouvrit un, puis un autre.

— J'ai appelé Ron Beard, au labo de l'État, pendant que tu étais sous la douche. Il va effectuer les tests demain matin à la première heure. Au moins, nous aurons une idée du nombre de victimes potentielles.

Il prit les comprimés et les avala avec un peu de café. Elle lui tendit deux autres paquets d'échantillons.

— Tu voudras bien les prendre au déjeuner ?

Il allait sans doute sauter le déjeuner, mais il accepta quand même.

— Qu'est-ce que tu penses de Terri Stanley ?

Elle fit la moue.

— Elle m'a l'air gentille. Bouleversée, mais qui ne le serait pas ?

— À ton avis, elle boit ?

— De l'alcool ? demanda-t-elle, surprise. Je n'en ai jamais senti sur elle. Pourquoi ?

— Lena m'a raconté qu'elle l'avait vu se rendre malade au pique-nique, l'an dernier ?

— Le pique-nique de la police ? Je ne crois pas que Lena y était. Elle n'était pas en congé, à l'époque ?

Il prit le temps d'encaisser cette information, sans tenir compte du ton qu'elle avait pris pour prononcer ce mot : « congé ».

— Elle dit l'avoir vue à ce pique-nique.

— Tu peux vérifier sur le calendrier. Je me trompe peut-être, mais je ne pense pas qu'elle y était.

Sara ne se trompait jamais sur les dates. Une question le travaillait, et fit son chemin dans sa tête. Pourquoi Lena avait-elle menti ? Qu'essayait-elle de lui cacher, cette fois ?

— Elle faisait peut-être allusion à celui de l'année précédente ? suggéra Sara. Tu te souviens, quand Frank a entonné l'hymne national, il se prenait pour Judy Garland ?

— Ouais, acquiesça-t-il.

Mais il savait que Lena avait menti. Seulement, il n'arrivait pas à comprendre pourquoi. À sa connaissance, elle n'était pas particulièrement proche de Terri Stanley. Enfin, à sa connaissance, Lena n'était proche de personne. Elle n'avait même pas de chien.

— Qu'est-ce que tu fais, aujourd'hui ? demanda Sara.

Il essaya de se concentrer de nouveau.

— Première chose, si Lev a dit la vérité, je devrais recevoir la visite de ces gens de la ferme. Ensuite, nous verrons s'il réussit le test du polygraphe. On va les interroger, voir si l'un d'eux sait ce qui est arrivé à Abby. Je te rassure, je n'attends pas d'aveux complets.

— Et Chips Donner ?

— On a lancé un avis à toutes les patrouilles. Je ne sais pas, Sara. Je ne le vois pas trop là-dedans. C'est un voyou, et un petit crétin. Il n'a pas la discipline nécessaire pour tout planifier. Et cette deuxième caisse était déjà ancienne. Quatre ans, peut-être cinq. Chips était en prison, à cette époque. C'est à peu près le seul élément dont nous disposons.

— Alors, qui a fait ça, à ton avis ?

— Il y a le contremaître, Cole. Les frères. Les sœurs. La mère et le père d'Abby. Dale Stanley.

Il lâcha un soupir.

— Au fond, tous ceux avec qui je me suis entretenu depuis le début de toute cette foutue histoire.

— Mais personne qui se détache du lot ?

— Cole, fit-il.

— Uniquement parce qu'il invoquait Dieu en braillant sur ces gens ?

— Oui, admit-il.

Vu sous cet angle, le lien paraissait bien faible, en effet. Il avait convaincu Lena d'éviter de partir dans cette direction, mais certains de ses préjugés avaient déteint sur lui.

— Je veux reparler à la famille, les prendre à part, un par un.

— Commence par les femmes, suggéra-t-elle. Elles risquent d'être plus loquaces sans leurs frères autour d'elles.

— Bonne idée.

Puis, après une pause, il essaya de nouveau :

— Je n'ai vraiment pas envie que tu te mêles à ces gens, Sara. Je n'aimerais pas que Tessa soit mêlée à tout ça, elle non plus.

— Pourquoi ?

— Parce que j'ai un pressentiment. Et mon petit doigt me dit qu'ils mijotent quelque chose. Simplement, je ne sais pas quoi.

— Être dévot, ce n'est tout de même pas un crime. Si c'était le cas, il faudrait que tu arrêtes ma mère. À ce compte-là, ajouta-t-elle, tu n'aurais plus qu'à arrêter la famille au grand complet.

— Je ne dis pas que ça a un lien avec la religion, nuança-t-il. C'est leur façon de se comporter.

— De se comporter ?

— Comme s'ils avaient quelque chose à cacher.

Elle s'appuya contre le comptoir. Il vit bien qu'elle n'était pas prête à lâcher prise.

— Tessa m'a demandé de faire ça pour elle.

— Et moi je te demande de t'abstenir.

Elle eut l'air surpris.

— Tu veux que je choisisse entre toi et ma famille ?

C'était exactement ce qu'il venait de lui demander, mais il se garda bien de le formuler en ces termes. Il avait déjà perdu ce genre de joute par le passé, mais cette fois il maîtrisait mieux les règles.

— Je veux juste que tu sois prudente.

Elle ouvrit la bouche pour lui répondre, mais le téléphone sonna. Elle chercha le combiné sans fil, il lui fallut quelques secondes avant de le trouver sur la table basse.

— Allô ?

Elle écouta un instant, puis tendit l'appareil à Jeffrey.

— Tolliver, dit-il, surpris d'entendre une femme lui répondre.

— C'est Esther Bennett, souffla-t-elle, dans un chuchotement rauque. Votre carte de visite. Celle que vous m'avez donnée. Dessus, il y avait ce numéro. Je suis désolée, je...

Sa voix se brisa dans un sanglot.

Sara le regarda, déconcertée, et Jeffrey secoua la tête.

— Esther, fit-il. Qu'est-ce qui ne va pas ?

— C'est Becca, dit-elle, d'une voix tremblante de chagrin. Elle a disparu.

* * *

Jeffrey arrêta sa voiture sur le parking du Dipsy Diner, songeant qu'il n'était plus revenu dans ce bistro depuis l'époque de Joe Smith, le défunt shérif de Catoogah. Quand il avait lui-même pris ses fonctions à Grant County, les deux hommes se retrouvaient tous les deux mois devant un café éventé et des crêpes caoutchouteuses. Plus le temps passait, plus la méthadone se révélait un problème pour leurs petites bourgades, et plus leurs petites réunions étaient devenues sérieuses et régulières. Quand Ed Pelham avait pris la suite, Jeffrey ne lui avait même pas proposé de lui rendre une visite de courtoisie, sans parler d'un déjeuner. À ses yeux, Deux-Balles n'aurait pas été de taille à se glisser dans les souliers vernis d'une fillette de trois ans, alors à plus forte raison dans les bottes d'un homme comme Joe Smith.

Il balaya du regard le parking désert, surpris qu'Esther Bennett connaisse un endroit pareil. Il ne s'imaginait pas cette femme avalant autre chose que ce qu'elle aurait sorti du four de sa cuisine, ou cueilli dans son jardin. Si le Dipsy correspondait à sa conception d'une sortie au restaurant, elle aurait mieux fait de rester chez elle à manger du carton.

Quand il entra dans l'établissement, May-Lynn Bledsoe trônait derrière son comptoir, et elle lui lança un regard caustique.

— J'avais fini par croire que tu ne m'aimais plus.

— Impossible, lui répliqua-t-il, étonné qu'elle s'essaie à la plaisanterie avec lui.

Il était venu ici pas loin de cinquante fois, et elle ne lui avait jamais adressé la parole. Il jeta un coup d'œil circulaire dans la salle, et constata qu'elle était vide.

— Tu grilles la foule au poteau, fit-elle, mais il doutait de jamais voir grand monde se ruer par cette porte.

Entre le caractère revêche de May-Lynn et le café tiède, l'endroit n'était guère recommandable. Joe Smith était très fana de leur fromage aux oignons grillés maison et il en commandait toujours triple ration, avec son café. Mais Jeffrey supposait que la crise cardiaque subite de Joe Smith, à cinquante-six ans, avait dû en refroidir plus d'un.

Il vit une Toyota d'un modèle récent se garer sur le parking et attendit que le conducteur en descende. Le vent du petit matin soulevait des tourbillons de sable sur le terre-plein gravillonné et, quand Esther Bennett sortit du véhicule, la portière vint se rabattre sur elle. Jeffrey allait se lever pour lui venir en aide, mais May-Lynn s'était déjà postée devant la porte, comme si elle craignait qu'il ne change d'avis et s'en aille. Elle était occupée à s'extraire quelque chose des molaires, le petit doigt enfoncé dans la bouche jusqu'à la troisième phalange.

— Qu'est-ce que ce sera ? Comme d'habitude ?

— Juste un café, lui répondit-il, en regardant Esther monter d'un pas vif les marches qui menaient à la porte, retenant à deux mains les pans de son manteau.

Quand elle entra, la clochette au-dessus de la porte tinta, et il se leva pour la saluer.

— Chef Tolliver, fit Esther, essoufflée. Je suis confuse, je suis en retard.

— Ne vous inquiétez pas, lui dit-il, en l'invitant à s'asseoir.

Il voulut l'aider à retirer son manteau, mais elle refusa.

— Je suis confuse, répéta-t-elle en se glissant dans le box.

On sentait qu'elle était pressée, c'était aussi palpable que l'odeur d'oignon frit qui flottait dans l'air. Il prit place en face d'elle.

— Dites-moi ce qui se passe.

Une grande ombre vint noyer la table, il leva les yeux et c'était May-Lynn debout devant lui, carnet de commandes en main. Esther la regarda et resta interdite une seconde, avant de se décider.

— Puis-je avoir un verre d'eau, s'il vous plaît ?

La serveuse tordit la bouche de travers, comme si elle venait de calculer son pourboire.

— De l'eau.

Avant de questionner Esther, Jeffrey attendit qu'elle ait regagné son comptoir de son pas nonchalant.

— Depuis combien de temps a-t-elle disparu ?

— Depuis hier soir, lui répondit-elle, la lèvre inférieure tremblante. Lev et Paul m'ont conseillé d'attendre encore une journée de voir si elle ne revenait pas, mais je ne peux pas...

— Bien sûr, lui dit-il, sans comprendre comment on pouvait voir cette femme paniquer et lui conseiller d'attendre. Quand avez-vous remarqué qu'elle n'était plus là ?

— Je me suis levée pour aller la voir. Avec Abby...

Elle se tut, la gorge contractée.

— Je voulais m'assurer que Becca allait bien, être certaine qu'elle dormait.

Elle porta la main à sa bouche.

— Je suis entrée dans sa chambre, et...

— L'eau, fit May-Lynn, et elle posa le verre devant Esther, si délicatement qu'elle en renversa.

Jeffrey était à bout de patience.

— Tu nous laisses une minute, OK ?

May-Lynn haussa les épaules, comme si c'était lui qui était dans son tort, avant de repartir vers son comptoir du même pas traînant.

Ce fut à son tour de s'excuser, et il sécha l'eau renversée en tamponnant la petite flaque avec une poignée de serviettes aussi fines que du papier à cigarette.

— Je suis désolé, lui dit-il. Le service est un peu long à la détente, ici.

Esther suivit les mouvements de ses mains, comme si elle n'avait jamais vu personne nettoyer une table. Il songea qu'elle n'avait très probablement jamais vu un homme nettoyer derrière lui.

— Donc, la nuit dernière, vous avez constaté qu'elle n'était plus là ?

— Je suis d'abord allée voir chez Rachel. La nuit où nous nous sommes aperçus de la disparition d'Abby, Becca est restée avec ma sœur. Je ne voulais pas qu'elle sorte avec nous dans le noir, pendant que nous cherchions mon aînée.

Elle marqua un temps, prit une gorgée d'eau. Jeffrey vit que sa main tremblait.

— Je me suis dit qu'elle avait pu retourner là-bas.

— Mais en fait, non ?

Elle secoua la tête.

— Ensuite, je suis allée voir Paul, poursuivit-elle. Il m'a dit de ne pas m'inquiéter.

Elle eut comme un borborygme de dégoût avant de poursuivre.

— Lev m'a répondu pareil. Elle revient toujours, mais avec Abby...

Elle avala une grande goulée d'air, comme si elle n'arrivait plus à respirer.

— Avec Abby disparue...

— Est-ce qu'elle aurait dit quelque chose, avant de partir ? demanda-t-il. Peut-être qu'elle ne se comportait pas comme à son habitude ?

Esther enfouit la main dans la poche de son manteau et en ressortit un bout de papier.

— Elle a laissé ceci.

Jeffrey prit le carré de papier plié que la femme lui tendit, se sentant un peu pris au piège. La feuille était de couleur rose, l'encre noire. C'était griffonné d'une main de fillette : « Maman, ne t'inquiète pas. Je vais revenir. »

Il resta le regard figé sur ce mot, ne sachant que dire. Le fait que la jeune fille ait laissé ce billet changeait beaucoup de choses.

— C'est son écriture ?

— Oui.

— Lundi, vous avez confié à mon adjointe que Becca avait déjà fugué.

— Pas comme cette fois, se récria-t-elle. Avant, elle ne laissait jamais de mot.

Il se dit que, vu le contexte, la jeune adolescente avait voulu se montrer prévenante avec sa mère.

— Combien de fois c'est déjà arrivé ?

— En mai et en juin de l'an dernier. Et puis en février, cette année.

— Savez-vous pour quelle raison elle a pu fuguer ?

— Je ne comprends pas.

Il tâcha de formuler la question avec soin.

— En général, les jeunes filles ne se lèvent pas comme ça la nuit juste pour filer. En général, elles ont une raison précise de s'en aller.

S'il avait giflé cette femme en pleine figure, il aurait reçu un meilleur accueil. Elle replia le mot, le fourra dans sa poche tout en se levant.

— Je suis désolée de vous avoir pris de votre temps.

— Mme Bennett...

Elle avait à moitié franchi la porte, et il la rattrapa de justesse alors qu'elle descendait déjà les marches.

— Mme Bennett, redit-il, en la suivant sur le parking. Ne partez pas comme ça.

— Ils m'avaient bien prévenue que vous répondriez cela.

— Qui vous a prévenue de quoi ?

— Mon mari. Mes frères.

Ses épaules tremblaient. Elle sortit un mouchoir en papier et s'essuya le nez.

— Ils m'ont dit que vous nous rendriez responsables, que ça ne servait à rien d'essayer de vous parler.

— Je ne me rappelle pas avoir accusé qui que ce soit.

Elle se retourna en secouant la tête.

— Je sais ce que vous pensez, chef Tolliver.

— Je doute...

— Paul m'avait prévenue que vous réagiriez ainsi. Les étrangers ne comprennent jamais. Nous avons fini par nous y résoudre. Je ne sais pas pourquoi, j'ai voulu essayer.

Elle serra les lèvres, sa résolution était encore raffermie par la colère.

— Vous n'êtes sans doute pas d'accord avec notre foi, mais je suis une mère. L'une de mes filles est morte et l'autre a disparu. Je sais que quelque chose ne va pas. Je sais que Rebecca n'aurait jamais été assez égoïste pour me quitter en un pareil moment, sauf si elle s'y était sentie obligée.

Il en conclut que, sans pour autant l'admettre, elle répondait à sa question précédente. Cette fois-ci, il tâcha de se montrer encore plus prudent.

— Pourquoi s'y serait-elle sentie obligée ?

Elle eut l'air de chercher la réponse, sans la partager avec Jeffrey.

Il essaya de nouveau.

— Pourquoi se serait-elle sentie obligée de partir ?

— Je sais ce que vous pensez.

Une fois encore, il insista.

— Pourquoi serait-elle partie ?

Elle ne dit rien.

— Mme Bennett ?

Elle céda, levant les mains au ciel.

— Je ne sais pas ! s'écria-t-elle.

Le vent froid cinglait le col de son manteau. À force de pleurer, elle avait le nez rouge, les joues dégoulinantes de larmes.

— Jamais elle ne ferait cela, sanglota-t-elle. Elle ne ferait pas cela, à moins d'y être obligée.

Au bout de quelques secondes, il tendit la main devant elle et ouvrit la portière de la voiture. Il l'aida à s'installer, s'agenouilla à côté d'elle pour lui parler. Sans avoir à regarder, il savait que May-Lynn était debout derrière sa vitre, à observer le spectacle, et il voulait tout faire pour protéger Esther Bennett.

Il espérait qu'elle percevrait sa compassion, quand il lui posa sa question.

— Dites-moi ce qu'elle a fui.

Esther se tamponna les yeux, puis se concentra sur le mouchoir en papier, dans sa main, le plia et le déplia comme si elle pouvait lire la réponse quelque part dans le papier fripé.

— Elle est si différente d'Abby, dit-elle enfin. Tellement rebelle. Pas du tout moi à son âge. Pas du tout comme aucun d'entre nous. Elle m'est si précieuse, confessa-t-elle, malgré ce qu'elle venait de dire. Une âme si forte. Mon petit ange farouche.

— Contre quoi se rebellait-elle ?

— Les règles. Tout et n'importe quoi.

— Quand elle a fugué, les fois précédentes... où est-elle allée ?

— Elle m'a dit qu'elle avait campé dans les bois.

Il sentit son cœur s'arrêter.

— Quels bois ?

— La forêt de Catoogah. Quand ils étaient enfants, ils campaient tout le temps là-bas.

— Et pas dans le parc national de Grant ?

Elle secoua la tête.

— Comment serait-elle arrivée jusque-là ? C'est à des kilomètres de votre maison.

Il n'aimait pas l'idée de Rebecca dans une forêt, quelle qu'elle soit, surtout après ce qui était arrivé à sa sœur.

— Est-ce qu'elle fréquentait des garçons ?

— Je l'ignore, avoua-t-elle. Je ne sais rien de sa vie. Je pensais connaître celle d'Abby, mais maintenant...

Elle plaça la main tout contre sa bouche.

— Je ne sais rien.

Le genou de Jeffrey commençait à lui faire mal, et il s'assit sur ses talons, pour soulager un peu sa jambe.

— Rebecca n'avait pas envie de faire partie de l'Église ? hasarda-t-il.

— Nous leur laissons le choix. Nous ne les contraignons pas à mener cette vie. Les enfants de Mary ont choisi...

Elle prit une profonde inspiration, et souffla lentement.

— Nous leur laissons le choix, quand ils sont assez grands pour savoir ce qu'ils veulent. En son temps, Lev est parti à l'université. Paul a vagabondé un moment. Il est revenu, mais je n'ai jamais cessé de l'aimer. Il n'a jamais cessé d'être mon frère.

Elle leva à nouveau les mains.

— Je ne comprends pas, c'est tout. Pourquoi serait-elle partie ? Pourquoi ferait-elle ça ?

Il avait traité tant d'affaires de disparitions d'enfants, durant toutes ces années. Heureusement, la plupart s'étaient résolues d'elles-mêmes assez aisément. Le gamin avait eu froid ou faim et il était rentré, comprenant qu'il y avait pire dans la vie que d'avoir à ranger sa chambre ou à manger ses petits pois. Quelque chose lui disait que Rebecca Bennett ne s'enfuyait pas pour échapper aux corvées, mais il éprouvait le besoin de calmer certaines des peurs d'Esther.

Il lui parla avec toute la douceur possible.

— Becca a déjà fugué.

— Oui.

— Elle est toujours revenue, au bout d'un jour ou deux.

— Elle est toujours revenue vers sa famille... vers toute sa famille.

Esther Bennett paraissait découragée, comme si ce policier ne la comprenait pas.

— Nous ne sommes pas ce que vous croyez.

Il n'était pas certain de ce qu'il croyait. Il détestait l'admettre, mais il saisissait pourquoi les deux frères ne s'étaient pas alarmés autant qu'elle. Si Rebecca avait pris l'habitude de s'enfuir quelques jours de temps à autre, histoire de flanquer une peur bleue à tout le monde avant de rentrer, ce pouvait être une autre façon de réclamer l'attention des autres. La question était de savoir pourquoi elle éprouvait un tel besoin d'attention ? Était-ce un besoin propre à l'adolescence ? Ou quelque chose de plus sinistre ?

— Posez vos questions, fit Esther, s'armant de courage. Allez-y.

— Mme Bennett, commença-t-il.

Elle avait repris un peu de sa contenance.

— Je pense que si vous vous apprêtez à me demander si mes filles ont été maltraitées par mes frères, vous devriez au moins m'appeler Esther.

— C'est de cela que vous avez peur ?

— Non, dit-elle, et sa réponse n'avait exigé d'elle aucune réflexion. Lundi, j'avais peur que vous m'annonciez la mort de ma fille. Maintenant, j'ai peur que vous m'annonciez qu'il ne subsiste aucun espoir pour Rebecca. La vérité m'effraie, chef Tolliver. Mais je n'ai pas peur des conjectures.

— J'ai besoin que vous répondiez à mes questions, Esther.

Elle prit son temps, comme si cette seule idée l'écœurait.

— Mes frères n'ont jamais eu d'attitude déplacée avec mes enfants. Mon mari n'a jamais eu d'attitude déplacée avec mes enfants.

— Et Cole Connolly ?

Elle fit non de la tête, une seule fois.

— Quand je vous dis cela, croyez-moi, lui affirma-t-elle. Si quelqu'un a causé du mal à mes enfants... pas seulement aux miens, mais à n'importe quel enfant... je le tuerai de mes mains nues et je laisserai Dieu être mon juge.

Il la dévisagea un instant. Ses yeux vert clair étaient tranchants de conviction. Il la crut, tout au moins il était persuadé qu'elle croyait à ce qu'elle disait.

— Qu'allez-vous faire ? lui demanda-t-elle.

— Je peux lancer un appel à toutes les patrouilles et passer quelques coups de téléphone. Je vais appeler le shérif de Catoogah, mais sincèrement, elle a des antécédents de fugueuse et elle a laissé un mot.

Il s'attarda là-dessus, y réfléchit à son tour. Si Jeffrey avait voulu enlever Rebecca Bennett, il aurait certainement agi ainsi : en laissant un mot, en se servant des antécédents de l'adolescente pour couvrir ses arrières, pendant quelques jours.

— Pensez-vous la retrouver ?

Il ne s'étendit pas sur l'éventualité qu'une adolescente de quatorze ans gise quelque part dans une tombe, à fleur de terre.

— Si je la trouve, commença-t-il, je veux lui parler.

— Vous lui avez déjà parlé.

— Je veux lui parler seul à seul, précisa-t-il, sachant qu'il n'avait aucun droit d'exiger cela, tout comme il savait qu'Esther pourrait toujours revenir sur sa promesse. Elle est mineure. Sur un plan juridique, je ne peux pas m'entretenir avec elle sans l'autorisation d'au moins l'un de ses deux parents.

Elle prit son temps, pesant les conséquences. Finalement, elle opina.

— Vous avez mon autorisation.

— Vous savez qu'elle est sans doute partie camper quelque part, lui dit-il, se sentant coupable d'avoir tiré avantage de son désespoir, tout en espérant du fond du cœur ne pas s'être trompé sur le compte de la jeune adolescente. Elle va probablement revenir de son plein gré, d'ici un jour ou deux.

Elle ressortit le mot de sa poche.

— Trouvez-la, le supplia-t-elle, en lui mettant le papier dans la main, avec un geste impérieux. Je vous en prie. Trouvez-la.

* * *

De retour au poste, il vit un grand autobus stationné sur le parking, avec les mots « Fermes de la Sainte Croissance » inscrits au pochoir sur les flancs. Des ouvriers allaient et venaient à l'extérieur, malgré le froid, et le hall d'accueil était bondé de gens. Il réprima un juron, en descendant de voiture, en se demandant si Lev Ward se foutait de lui.

À l'intérieur, il se fraya un chemin au milieu du lot d'épaves humaines le plus puant qu'il ait jamais vu depuis qu'il avait traversé le centre d'Atlanta pour la dernière fois. Il retint sa respiration, en attendant que Marla déclenche le portillon électrique, songeant que s'il restait dans cette étuve plus longtemps, il allait en avoir la nausée.

— Hé, bonjour, chef, fit la vieille secrétaire, en lui prenant son manteau. Je suppose que vous savez de quoi il retourne, vous.

Frank arriva, l'air mauvais.

— Ils sont ici depuis deux heures. Rien que de relever leurs noms à tous, ça va nous occuper la journée.

— Où est Lev Ward ?

— Connolly nous a dit qu'il a dû rester chez lui, avec l'une de ses sœurs.

— Laquelle ?

— Comme si je le savais, moi, fit Frank, qui en avait visiblement soupé de devoir interroger la populace. Il dit qu'elle souffre du diabète ou je sais pas quoi.

— Merde, siffla Jeffrey.

Ward commençait à sérieusement le courir. Non seulement son absence représentait une perte de temps, mais cela signifiait que Mark McCallum, le spécialiste du détecteur de mensonge envoyé par le Georgia Bureau of Investigation, allait devoir dormir une nuit de plus en ville, aux frais des services de police de Grant County.

Il sortit son carnet de notes et y inscrivit le nom et la description de Rebecca Bennett. Il fit glisser une photographie de sa poche, et la tendit à Frank.

— La sœur d'Abby, lui précisa-t-il. Mets-moi ces renseignements sur le réseau. Elle a disparu depuis hier soir, dix heures.

— Merde.

— Elle a déjà fugué auparavant, nuança-t-il, mais je n'aime pas ça, si peu de temps après la mort de sa sœur.

— Tu penses qu'elle sait quelque chose ?

— À mon avis, si elle fugue, elle a une raison.

— Tu as appelé Deux-Balles ?

Jeffrey se rembrunit. Il avait appelé Ed Pelham, sur le chemin du poste. Comme c'était à prévoir, le shérif du comté voisin lui avait grosso modo ri au nez. Il ne pouvait lui en vouloir – cette fille avait bel et bien des antécédents de fugueuse –, mais il aurait cru que Pelham prendrait ça plus au sérieux, considérant ce qui était arrivé à Abigail Bennett.

— Est-ce que Brad fouille encore la zone autour du lac ? demanda-t-il à Frank qui confirma. Dis-lui de rentrer chez lui chercher son sac à dos ou son matériel de camping, peu importe. Lui et Hemming, tu me les envoies dans la forêt domaniale de Catoogah, qu'ils se mettent à chercher. Si quelqu'un les en empêche, il n'aura qu'à dire qu'ils sont là pour camper.

— Très bien.

Frank se retourna pour s'en aller, mais Jeffrey le retint.

— Mets-moi à jour cet appel à toutes les patrouilles concernant Donner, pour y inclure la possibilité qu'il soit avec une fille.

Devançant la question suivante de son second, il l'écarta.

— Tu me balances ça au jugé, on verra ce que ça donne.

— Comme si c'était fait, dit Frank. Je mets Connolly en salle d'interrogatoire numéro un. Tu t'en occupes ensuite ?

— Je veux le laisser mijoter, lui répondit-il. À ton avis, il faudra combien de temps pour en finir avec tous ces entretiens ?

— Cinq heures, peut-être six.

— Rien d'intéressant, jusqu'à présent ?

— Rien, sauf si tu comptes Lena qui en a menacé un de lui flanquer un aller-retour s'il ne la bouclait pas avec Jésus notre Seigneur. À mon avis, avec tout ce bordel, on perd notre temps, acheva-t-il.

— Je vais finir par être d'accord avec toi. Je veux que tu avances et que tu ailles causer à tous les gens figurant sur ta liste qui ont acheté des sels de cyanure à ce fournisseur d'Atlanta.

— Je discute avec Brad, je mets à jour l'avis à toutes les patrouilles et ensuite je file.

Jeffrey passa dans son bureau et décrocha son téléphone avant même d'avoir pris place. Il composa le numéro de Lev Ward à la Sainte Croissance et navigua dans les options du standard automatique. Pendant qu'on le mettait en attente, Marla entra et lui déposa une pile de messages sur sa table. Il la remercia et juste à cet instant la messagerie vocale de Lev Ward se déclencha.

— Ici le chef Tolliver, fit-il. J'aurais besoin que vous me rappeliez dès que possible.

Il lui communiqua son numéro de portable, ne voulant pas offrir à Lev l'échappatoire d'un message laissé au secrétariat de la brigade. Il raccrocha et reprit ses notes de la veille au soir, incapable de comprendre le sens des longues listes qu'il avait dressées. Il y avait des questions pour chaque membre de la famille, mais à la froide lumière du jour, il se rendit compte que n'importe laquelle de ces questions lui vaudrait de voir débouler Paul Ward le chevalier blanc en salle d'interrogatoire, si vite qu'il en aurait le tournis.

D'un point de vue juridique, aucun d'eux n'était obligé de parler avec la police. Il n'avait aucun motif pour les contraindre à se présenter et il doutait très sérieusement que Lev Ward tienne sa promesse de se soumettre au test du détecteur de mensonge. La saisie de leurs noms dans l'ordinateur n'avait pas fourni beaucoup d'informations. Il avait essayé avec celui de Cole Connolly, mais sans l'initiale d'un deuxième prénom ou une précision sur sa date de naissance ou une précédente adresse, la recherche lui avait sorti six cents Cole Connolly rien que dans le sud des États-Unis. Et une recherche sous Coleman Connolly lui en avait encore ajouté trois cents autres.

Il examina sa main, là où le bandage commençait de se défaire. Avant de repartir, ce matin, Esther la lui avait agrippée, quand elle l'avait supplié de retrouver sa fille. Il était convaincu que si elle savait quoi que ce soit, elle viderait son sac, tout de suite, elle ferait tout ce qui serait humainement possible pour ramener son seul enfant survivant à la maison. Rien qu'en venant lui parler, elle avait bravé l'autorité de ses frères et son mari, et quand il lui avait demandé si elle allait leur rapporter ou non le contenu de leur conversation, elle lui avait fait une réponse sibylline. « S'ils m'interrogent, je leur dirai la vérité. » Il se demandait si ces hommes allaient même envisager l'hypothèse qu'elle ait pu agir sans leur autorisation. Le risque qu'elle avait pris était un indice suffisant de son désir éperdu de vérité. Le problème, c'était que Jeffrey ne savait par où commencer pour trouver cette vérité. Cette affaire était comme un cercle immense, et tout ce qu'il pouvait faire, c'était tourner, tourner, sillonner ce cercle, jusqu'à ce que quelqu'un commette un faux pas.

Il parcourut ses messages, s'efforçant de garder les yeux fixés sur les mots assez longtemps pour lire. Il était épuisé et sa main le lançait. Deux appels du maire et un mot pour lui signaler que le Dew Drop Inn avait rappelé pour discuter de la note d'hôtel de Mark McCallum, le spécialiste du polygraphe qu'il avait requis pour Lev Ward, n'arrangeaient pas les choses. Apparemment, le type appréciait le service de chambre.

Il se frotta les yeux, se concentra sur le nom de Buddy Conford. L'avocat avait été convoqué au tribunal, mais il serait au poste de police dès que possible, pour causer avec sa belle-fille. Depuis un petit moment, Jeffrey avait oublié Patty O'Ryan. Il mit cette note de côté et continua le tri de la pile.

Quand il reconnut le nom en tête de l'avant-dernier message, celui du cousin de Sara, le docteur Hareton Earnshaw, son cœur cessa de battre. Dans la case commentaire, Marla avait écrit : « Il dit que tout va bien », et puis elle avait ajouté sa propre question : « ça va ? »

Il décrocha le téléphone, composa le numéro de Sara à la clinique. Il dû patienter plusieurs minutes avec les Chipmunks qui lui chantaient des classiques du rock avant que Sara ne prenne la ligne.

— Hare a appelé, lui annonça-t-il. Tout va bien.

Elle lâcha un léger soupir.

— C'est une bonne nouvelle.

— Ouais.

Il repensa à l'autre soir, au risque qu'elle avait couru en le prenant dans sa bouche. Il en eut des sueurs froides, puis il se sentit encore plus soulagé qu'il ne l'avait été en lisant le message de Hare. En un sens, cela lui permettait de mieux accepter les autres mauvaises nouvelles, mais rien que d'y penser, la possibilité d'entraîner Sara avec lui dans la maladie était trop douloureuse. Il avait déjà causé assez de mal comme ça dans sa vie.

— Qu'est-ce que t'a dit Esther ?

Il la tint au courant de la disparition de Rebecca et des craintes de sa mère. À l'évidence, Sara restait sceptique.

— Et à chaque fois elle revient ?

— Ouais, confirma-t-il. Je ne sais pas si j'aurais pris sa déposition, s'il n'y avait eu Abby. Je n'arrête pas d'osciller entre l'idée qu'elle est allée se cacher quelque part pour attirer l'attention sur elle et le risque qu'elle se cache pour une vraie raison.

— La raison serait que Rebecca saurait ce qui est arrivé à Abby ?

— Ou autre chose.

Mais il ne savait toujours pas ce qu'il devait croire. Il exprima son autre idée, qu'il avait tenté de refouler dans un coin de sa tête depuis la visite d'Esther ce matin.

— Il se pourrait aussi qu'elle soit quelque part, Sara. Dans le même genre de situation qu'Abby.

Sara garda le silence.

— J'ai une équipe qui poursuit des recherches en forêt. J'ai Frank qui contrôle les bijouteries. Le poste de police est rempli d'ex-taulards et d'alcoolos de la ferme, et la majorité ne sent pas la rose.

Il s'interrompit, calculant que s'il continuait de dresser la liste des fausses pistes, il en aurait encore pour une heure ou deux.

Sans crier gare, elle le prévint.

— J'ai dit à Tessa que je l'accompagnerais ce soir à son église.

Il sentit ses tripes se contracter.

— Je préférerais vraiment que tu t'abstiennes.

— Mais tu es incapable de me fournir une bonne raison.

— Non, reconnut-il. Mais je le sens et en général, j'ai du nez.

— Il faut que je fasse ça pour elle. Et pour moi.

— Tu me fais le coup de la religion, à moi ?

— J'ai besoin d'aller voir par moi-même, lui avoua-t-elle. Je ne peux pas t'en parler pour l'instant, mais je te raconterai plus tard.

Il se demanda si elle était encore furieuse contre lui d'avoir dormi dans le canapé.

— Qu'est-ce qui ne va pas ?

— Rien... vraiment. J'ai juste besoin de réfléchir encore un peu avant de pouvoir t'en parler. Écoute, j'ai un patient qui m'attend.

— Très bien.

— Je t'aime.

Il sentit son sourire renaître.

— À plus tard.

Il relâcha le téléphone sur son support, l'œil fixé sur les témoins clignotants. Il avait l'impression qu'il venait de trouver son deuxième souffle, et il se dit que le moment était aussi bien choisi qu'un autre pour aller s'entretenir avec Cole Connolly.

Il trouva Lena dans le couloir des toilettes. Elle était adossée au mur, elle buvait un Coca, et quand il arriva à sa hauteur elle sursauta et renversa du soda sur le devant de sa chemise.

— Merde, grommela-t-elle, en essuyant le liquide du revers de la main.

— Désolé, lui dit-il. Où en est-on ?

— J'ai besoin de respirer, fit-elle.

Il acquiesça. Les ouvriers agricoles de la Sainte Croissance avaient dû consacrer les premières heures de la matinée à peiner dans les champs, les odeurs de sueur en témoignaient.

— Ça avance ?

— Grosso modo, on prend les mêmes et on recommence. C'était une brave gosse, loué soit le

Seigneur. Elle a fait de son mieux, Jésus vous garde en son cœur.

Il ne réagit pas à ses sarcasmes, même s'il partageait ses sentiments, sans la moindre réserve. Il commençait à comprendre qu'à évoquer une secte, elle n'était pas si loin de la vérité. En tout cas, ils agissaient comme s'ils avaient subi un lavage de cerveau.

Elle soupira.

— Tu sais, en fait, si on fait abstraction de toutes leurs conneries, elle semble être une chouette gamine.

Elle serra les lèvres, et il fut surpris de découvrir cette facette de sa personnalité. Mais elle s'effaça aussi vite qu'elle était venue.

— Enfin bon, elle devait bien avoir quelque chose à cacher. Comme tout le monde.

Il entrevit l'étincelle de culpabilité dans son regard, mais au lieu de la questionner au sujet de Terri Stanley et du pique-nique de la police, il lui annonça la nouvelle principale.

— Rebecca Bennett a disparu.

Elle pâlit.

— Depuis quand ?

— Hier soir.

Il lui tendit le mot qu'Esther lui avait mis dans la main, devant le bistro.

— Elle a laissé ça.

Elle le lut.

— Quelque chose ne colle pas.

Il était content que quelqu'un prenne enfin cela au sérieux.

— Pourquoi s'enfuirait-elle, aussi peu de temps après la mort de sa sœur ? Même moi, je n'étais pas si égoïste, quand j'avais quatorze ans. Sa mère doit être folle.

— C'est elle qui me l'a appris. Elle m'a appelé ce matin chez Sara. Ses frères ne voulaient pas qu'elle m'en informe.

— Pourquoi ? s'étonna-t-elle, en lui rendant le mot. Ils ont peur de quoi ?

— Ils n'aiment pas que la police intervienne.

— Ouais, fit Lena. Enfin, on verra si ça les emmerde que la police intervienne, si elle ne rentre pas. Tu crois qu'on l'a enlevée ?

— Abby n'a pas laissé de mot.

— Non, admit-elle. Je n'aime pas ça. Je ne le sens pas.

— Moi non plus, approuva-t-il en fourrant le mot dans sa poche. J'aimerais que tu reprennes la main avec Connolly. À mon avis, ça ne lui plaira pas franchement que les questions viennent d'une femme.

Elle eut un bref sourire, la grimace d'une chatte qui repère une souris.

— Tu veux que je le pousse à bout ?

— Sans le faire exprès...

— Qu'est-ce qu'on cherche ?

— Je veux juste le flairer, fit-il. Que tu en saches plus sur ses relations avec Abby. Lâche le nom de Rebecca dans la conversation. Vois s'il mord.

— D'accord.

— Je veux aussi reparler à Patty O'Ryan. Il faut qu'on sache si Chips fréquentait quelqu'un.

— Quelqu'un comme Rebecca Bennett ?

Parfois, le mode de fonctionnement de la cervelle de Lena l'effrayait.

— Buddy a fait savoir qu'il serait là dans deux heures.

Elle jeta son Coca dans la poubelle, et se dirigea vers la salle d'interrogatoire.

— Ça, je suis impatiente.

* * *

Jeffrey lui ouvrit la porte et regarda Lena devenir sous ses yeux le flic qu'il la savait capable d'être. Elle avait la démarche pesante, comme si elle avait des couilles en laiton suspendues entre les cuisses. Elle tira une chaise à elle et s'assit en face de Cole Connolly, sans un mot, jambes écartées, la chaise à un bon mètre de la table. Elle posa le bras sur le dossier de l'autre chaise inoccupée à côté de la sienne.

— Salut, fit-elle.

Cole décocha un regard à Jeffrey, puis revint à Lena.

— Salut.

Elle plongea la main dans la poche arrière de son pantalon, en sortit un carnet qu'elle fit claquer sur la table.

— Je suis l'inspecteur Lena Adams. Voici le chef Tolliver. Pourriez-vous nous indiquer votre nom complet ?

— Cletus Lester Connolly, m'dame.

Il avait un stylo et quelques feuilles de papier devant lui, ainsi qu'une Bible bien usée. Tandis que Jeffrey s'appuyait contre le mur, bras croisés sur la poitrine, Connolly arrangea ses papiers. Il devait avoir au moins soixante-cinq ans bien sonnés, mais le bonhomme prenait encore bien soin de lui, le T-shirt blanc impeccable, immaculé, les plis du jean nets, raides et cassants. Le temps passé dans les champs lui avait permis de conserver un corps svelte, le torse bien développé, les biceps saillant de ses manches. Il avait la peau semée de poils blancs et rêches, qui sortaient du col de son T-shirt, bourgeonnaient dans les oreilles, tapissaient les avant-bras. Il en était couvert à peu près partout, sauf sur le crâne.

— Pourquoi vous appelle-t-on Cole ? commença-t-elle.

— C'était le nom de mon père, lui expliqua-t-il, et ses yeux hésitants repartirent vers Jeffrey. J'en ai eu assez de me faire chambrer parce que je m'appelais Cletus. Lester, ce n'est pas beaucoup mieux, donc j'ai repris le nom de mon papa, quand j'avais quinze ans.

Jeffrey songea que cela expliquait au moins pourquoi le bonhomme n'était ressorti d'aucune de ses recherches dans la base informatique. Pourtant, il devait sans aucun doute y figurer depuis un bout de temps. Il avait cette sorte de vigilance qui ne vous venait que d'un séjour en prison. Il était tout le temps sur ses gardes, sans cesse en quête d'un moyen de s'échapper.

— Qu'est-ce qui vous est arrivé à la main ? lui demanda-t-elle.

Jeffrey remarqua qu'il avait une fine coupure, longue d'un peu moins de trois centimètres au dos de l'index droit. Rien de très évocateur – certainement pas une griffure d'ongle ou une vraie blessure. Plutôt le genre de bobo que l'on récoltait quand on travaillait de ses mains et que l'on avait une fraction de seconde d'inattention.

— C'est en travaillant aux champs, admit-il, en examinant la coupure. J'aurais sans doute dû mettre un sparadrap.

— Pendant combien de temps êtes-vous resté dans le service actif ?

Il eut l'air surpris, mais elle lui désigna le tatouage qu'il avait au bras.

Jeffrey reconnut un insigne militaire, mais il n'était pas certain du blason. Il avait aussi identifié le tatouage assez cru, juste au-dessous, typiquement carcéral. Un beau jour, Connolly s'était piqué la peau avec une aiguille, et avait inscrit à l'encre de stylo-bille les mots « Jésus vous Sauve » dans sa chair, de manière indélébile.

— J'ai tiré douze ans, avant qu'ils ne m'éjectent, lui répondit-il avant d'ajouter, comme s'il savait où l'on allait en venir : Ils m'ont dit que je pouvais me faire traiter, sinon c'était la porte.

Il joignit les paumes avec un geste brutal, mima le décollage d'un appareil.

— Exclu de l'armée pour conduite déshonorante.

— Ça devait être dur.

— Pour sûr...

Il posa la main sur sa Bible. Jeffrey doutait que cela le pousse à dire la vérité, mais le tableau était beau à voir. À l'évidence, Cole savait comment répondre à une question sans trop se compromettre. C'était le manuel vivant du parfait évadé, il ne vous quittait jamais du regard, il maintenait les épaules droites, avec une totale absence d'esprit de suite pour compléter l'équation.

— ... Mais pas aussi dur que la vie à l'extérieur.

Lena lui lâcha un petit peu la bride.

— Comment ça ?

Il garda la main sur la Bible et s'expliqua.

— On m'a coffré, j'avais dix-sept ans. J'avais tiré une caisse. Le juge m'a dit que j'avais le choix entre l'armée ou la taule. Je suis passé direct du téton de ma mère à celui d'Oncle Sam, excusez le langage.

En disant cela, un regard s'alluma. Il fallait en général plusieurs minutes à un homme pour baisser la garde avec Lena, et il se mit peu à peu à la traiter comme une de ses ouailles. Sous leurs yeux, Cole Connolly se transforma en vieil homme secourable, répondant à leurs questions avec empressement – tout au moins à celle qu'il jugeait sans danger.

Il poursuivit.

— Dans le monde réel, je ne savais pas comment me débrouiller. Une fois dehors, j'ai retrouvé des potes qui se sont imaginé que ce serait facile d'arnaquer l'épicier du coin.

Jeffrey aurait aimé avoir de quoi offrir un dollar à tous les hommes qui attendaient dans le couloir des condamnés à mort après avoir débuté par un vol dans une épicerie.

— Il y en a un qui nous a balancés avant même qu'on arrive sur place... il avait conclu un marché, une réduction de peine sur une histoire de défonce. J'avais pas franchi la porte du drugstore qu'on me flanquait déjà les menottes.

Il éclata de rire, une étincelle dans l'œil. S'il regrettait d'avoir été balancé, il ne semblait pas en conserver trop d'aigreur.

— La prison c'était super, à peu près comme d'être à l'armée, poursuivit-il. Trois repas par jour, des gens qui me disaient quand manger, quand dormir, quand aller couler un bronze. À tel point que, quand ma liberté conditionnelle est tombée, je voulais pas sortir.

— Vous avez purgé votre peine jusqu'au bout ?

— C'est exact, fit-il, en bombant le torse. J'ai cassé les pieds au juge, avec mon attitude. J'avais mon caractère, quand j'étais au trou, et les gardes, ça leur plaisait pas non plus.

— J'imagine.

— J'en ai eu ma dose, des pareils que vous, et il désigna le cocard de Jeffrey, manière sans doute de lui signifier qu'il avait bien enregistré sa présence dans cette pièce.

— Vous vous bagarriez beaucoup, en taule ?

— Autant que vous l'imaginez, admit-il.

Il observait Lena avec attention, il la jaugeait. Jeffrey savait qu'elle en avait conscience, tout comme il savait que l'interrogatoire de Cole Connolly allait être compliqué.

— Donc, fit-elle, en prison, vous avez découvert Jésus ? C'est drôle, ce qu'il peut aimer traîner dans les pénitenciers, Jésus.

Connolly encaissait mal ses paroles, il serra les poings, son torse se raidit, se durcit comme un mur de brique. Elle avait trouvé le ton juste, et Jeffrey eut ainsi un bref aperçu de l'homme de terrain, l'homme des champs, celui qui ne tolérait aucune faiblesse.

Elle le poussa encore un peu.

— La prison laisse pas mal de temps pour réfléchir.

Connolly approuva d'un mouvement sec de la tête, comme enroulé sur lui-même, un véritable serpent prêt à mordre. Pour sa part, Lena était toujours aussi décontractée sur sa chaise, un bras pendant le long du dossier. Jeffrey vit sous la table que son autre main s'était rapprochée de son arme, et il comprit qu'elle avait senti le danger, tout autant que lui-même.

Elle conserva ce ton léger, empruntant plus ou moins sa rhétorique à Connolly.

— Être en prison, c'est une épreuve, pour un homme. Soit ça vous renforce, soit ça vous affaiblit.

— Comme vous dites.

— Certains tiennent pas le coup. Il y a pas mal de drogue, à l'intérieur.

— Oui, m'dame. Même plus commode de se fournir là-bas que dehors.

— On a tout le temps de se poser, et de se défoncer.

Il avait toujours la mâchoire contractée. Jeffrey se demanda si elle ne l'avait pas poussé trop loin, mais il se garda bien d'intervenir.

— La drogue, j'ai eu ma part, reprit Connolly sur un ton vif. Je ne l'ai jamais nié. C'est le mal. Ça vous entre dans la peau, ça vous pousse à faire des choses que vous devriez pas. Pour la combattre, il faut être fort.

Il leva les yeux sur Lena, la passion se substitua à la colère aussi vite que l'huile recouvre l'eau.

— J'ai été un homme faible, mais j'ai vu la lumière. J'ai prié le Seigneur pour mon salut et de Là-haut, Il m'a tendu Sa main.

Il leva la sienne, en guise d'illustration et reprit :

— Je l'ai prise et j'ai dit : « Oui, Seigneur. Aide-moi à me lever. Aide-moi à renaître. »

— C'est une sacrée transformation, souligna-t-elle. Qu'est-ce qui vous a décidé à changer du tout au tout ?

— Ma dernière année là-bas, Thomas est venu en visites. Il est l'intermédiaire du Seigneur. En œuvrant par son truchement, le Seigneur m'a montré une meilleure voie.

— C'est le père de Lev ?

— Il faisait partie du programme d'information des défavorisés, dans le cadre de la prison, lui expliqua-t-il. Nous, les anciens taulards, nous aimions bien notre tranquillité. Si on va à l'église, si on se réunit autour de la Bible, on risque moins de se retrouver dans une situation où la colère va se rallumer à cause d'un jeune malfrat qui veut se faire un nom.

Il rit, rien qu'à imaginer pareille situation, puis redevint le vieil homme affable qu'il était avant cet éclat.

— Jamais cru que je finirais par devenir moi-même un de ces colporteurs de la Bible. Il y a des pékins qui sont pour Jésus ou contre lui, et moi j'avais plutôt penché contre. Le salaire de mon péché aurait sans doute été une mort horrible et solitaire.

— Mais ensuite vous avez rencontré Thomas Ward ?

— Il est malade, ces derniers temps, il a eu une attaque, mais à l'époque, c'était un vrai lion, Dieu le bénisse. Thomas a sauvé mon âme. Il m'a offert un lieu où aller, à ma sortie de prison.

— Il vous a offert trois repas par jour ? suggéra Lena, en se référant à la formule de Connolly concernant l'armée et la prison, qui avaient l'une et l'autre pris soin de lui.

— Ha !

L'homme s'esclaffa, en frappant du plat de la main sur la table, amusé par l'allusion. Les feuilles avaient bruissé et il les lissa, en aplatissant bien les coins.

— Oui, c'est une manière de résumer les choses qui en vaut une autre. Je suis encore un vieux soldat, dans le fond de mon cœur, mais à présent je suis un soldat du Seigneur.

— Vous n'avez rien remarqué de suspect, autour de la ferme, récemment ?

— Pas vraiment.

— Personne ne s'est conduit de manière étrange ?

— Je ne veux pas vous paraître désinvolte, prévint-il, mais il faut tenir compte du genre de personnes qui arrivent dans cet endroit et qui en repartent. Ils sont tous un peu étranges. S'ils ne l'étaient pas, ils ne seraient pas là.

— D'accord, admit-elle. Je veux dire, aucun d'eux n'a agi de manière suspecte ? Comme s'il était impliqué dans une sale histoire ?

— Ils ont tous été impliqués dans de sales histoires, et certains trempent encore dans de sales histoires.

— À savoir ?

— Ils sont logés dans un foyer à Atlanta, ils s'apitoient tous sur leur sort, ils cherchent à changer de décor, ils se figurent que cette fois ce sera la bonne, la chance ultime qui leur permettra de se transformer.

— Et ce n'est pas le cas ?

— Pour certains, si, reconnut-il, mais pour la grande majorité, ils débarquent à la ferme et ils s'aperçoivent que ce qui les a poussés vers la drogue et l'alcool et les mauvaises manières, c'est aussi ce qui les y retient.

Il n'attendit pas que Lena le sollicite pour en arriver à sa conclusion.

— La faiblesse, ma jeune dame. La faiblesse de caractère, la faiblesse d'esprit. Nous faisons ce que nous pouvons pour les aider, mais il faut d'abord qu'ils soient forts avec eux-mêmes.

— On nous a appris qu'il y a eu un vol, une petite somme en liquide.

— Cela remonte à plusieurs mois, confirma-t-il. Nous n'avons jamais attrapé le coupable.

— Des suspects ?

— Environ deux cents, s'écria-t-il en riant, et Jeffrey reconnaissait que travailler avec une bande d'alcooliques et de junkies ne devait pas précisément entretenir la confiance sur le lieu de travail.

— Personne ne s'est plus intéressé à Abby que la normale ? s'enquit-elle.

— C'était vraiment une jolie jeune fille. Beaucoup de nos gars la regardaient, mais j'ai clairement prévenu : pas touche.

— Vous avez été forcé de le rappeler à quelqu'un en particulier ?

— Pas que je me souvienne.

Il était difficile de rompre avec les habitudes de la prison, et Connolly avait cette inaptitude du taulard à répondre par oui ou par non.

— Vous ne l'avez pas remarquée en train de traîner autour de quelqu'un ? Elle ne consacrait pas de son temps à un individu spécialement peu recommandable ?

Il secoua la tête.

— Depuis que c'est arrivé, je me suis creusé le ciboulot, je vous prie de me croire, j'ai tâché de penser à ceux qui auraient pu vouloir du mal à cette gentille petite. Je n'ai songé à personne, et là, je vous parle de plusieurs années en arrière.

— Elle conduisait, elle circulait pas mal toute seule, rappela-t-elle.

— C'est moi qui lui ai appris à conduire la vieille Buick de Mary, quand elle avait quinze ans.

— Vous étiez proches ?

— Abigail était comme ma petite-fille, fit-il en clignant les yeux, pour chasser ses larmes. Quand vous arrivez à mon âge, vous finissez par croire que plus rien ne pourra vous secouer. Pas mal de vos amis tombent malades. Quand Thomas a eu son attaque, l'année dernière, ça m'a fichu un coup. C'est moi qui l'ai trouvé. Je peux vous assurer que c'est tombé comme un drôle d'avertissement, de voir cet homme diminué de la sorte.

Il s'essuya les yeux du dos de la main. Jeffrey vit Lena hocher la tête, comme si elle comprenait.

Connolly continua.

— Mais Thomas était un vieil homme. Vous ne vous attendez pas à un coup pareil, mais ça ne peut pas non plus vous surprendre. Abby, c'était juste une brave petite. Elle avait toute la vie devant elle. Personne mérite de mourir de la sorte, et surtout pas elle.

— D'après ce que j'ai cru comprendre, c'était une jeune femme remarquable.

— C'est la vérité, acquiesça-t-il. C'était un ange. Aussi douce et pure que la neige immaculée. J'aurais donné ma vie pour elle.

— Connaissez-vous un homme du nom de Chips Donner ?

Là encore, Connolly sembla réfléchir.

— Je ne vois pas. Nous avons beaucoup de mouvement. Certains restent une semaine, d'autres une journée. Les plus chanceux restent toute une vie.

Il se gratta le menton.

— Ce dernier nom me semble familier, mais je ne sais pas pourquoi.

— Et Patty O'Ryan ?

— Non.

— Je suppose que vous connaissez Rebecca Bennett.

— Becca ? Bien sûr que je la connais.

— Elle a disparu. Depuis hier soir.

Connolly acquiesça. À l'évidence, pour lui, ce n'était pas une nouvelle.

— C'est une forte tête, cette enfant. Elle se carapate, elle flanque la frousse à sa maman, elle revient et tout n'est qu'amour et bonheur.

— Nous savons qu'elle a déjà fugué.

— Enfin, au moins, cette fois-ci, elle a eu la décence de laisser un mot.

— Savez-vous où elle aurait pu aller ?

Il haussa les épaules.

— En général, elle part camper dans les bois. Quand j'étais plus jeune, j'y emmenais les enfants. Je leur apprenais à s'en sortir avec les outils que Dieu nous a donnés. Ça leur enseigne le respect pour Sa bonté.

— Y a-t-il un endroit en particulier où vous les emmeniez ?

En l'écoutant parler, il hocha la tête. Il s'attendait à cette question.

— Je m'y suis rendu ce matin dès la première heure. Le terrain où on campait n'a plus été visité depuis des années. Je n'ai aucune idée de l'endroit où elle a pu s'enfuir. J'aimerais bien, ajouta-t-il. Je lui flanquerais une fessée, pour ce qu'elle inflige à sa mère en ce moment.

Marla frappa à la porte et entra sans attendre de réponse.

— Désolée de vous déranger, chef, fit-elle, en tendant un bout de papier à son patron.

Jeffrey prit le papier, tandis que Lena posait encore une question au contremaître.

— Depuis combien de temps êtes-vous dans cette église ?

— Ça va faire vingt et un ans, lui répondit-il. J'étais là quand Thomas a hérité la terre de son père. Ça m'a fait l'effet d'un vrai désert, mais Moïse a commencé en plein désert, lui aussi.

Jeffrey ne cessait pas d'étudier le personnage, tâchant de déceler ce qui trahirait la comédie. La plupart des gens avaient une manie, quand ils mentaient. Certains se grattaient le nez, d'autres gigotaient. Connolly était complètement immobile, il regardait droit devant lui. Soit c'était un menteur-né, soit il était sincère. Jeffrey n'était prêt à miser ni sur une solution, ni sur l'autre.

Connolly continua l'histoire de la naissance de la Sainte Croissance.

— Nous avions environ vingt gars avec nous, à l'époque. Bien entendu, les enfants de Thomas étaient assez jeunes, alors, pas d'une grande aide, surtout Paul. C'était toujours lui le plus paresseux. Il n'avait qu'une envie, rester assis pendant que les autres se chargeaient de toutes les tâches, et lui il en recueillait les fruits. Exactement comme un avocat.

Lena approuva cette dernière remarque.

— Nous avons débuté avec cinquante hectares de soja. Jamais eu recours aux pesticides ou aux produits chimiques. Les gens nous croyaient fous, mais maintenant, le bio, c'est la grande mode. Notre heure est vraiment venue. J'aimerais seulement que Thomas soit en mesure de s'en apercevoir. Il a été notre Moïse, littéralement. Il nous a sortis de l'esclavage... de l'esclavage de la drogue, de l'alcool, du dévergondage. Il a été notre sauveur.

Lena coupa court à ce sermon.

— Son état ne s'est pas amélioré ?

Connolly se voulut plus solennel.

— Le Seigneur prendra soin de lui.

Jeffrey ouvrit le papier de Marla, y jeta un œil, dut y revenir une deuxième fois. Il réprima un juron.

— Vous avez autre chose à ajouter ? lança-t-il à Connolly.

Celui-ci parut surpris de la brusquerie du policier.

— Non, je ne vois pas.

Jeffrey n'eut pas besoin de faire signe à Lena. Elle se leva, et l'ancien militaire la suivit.

— J'aimerais reprendre avec vous demain, si c'est possible, lui annonça Jeffrey. Disons, dans la matinée ?

L'espace d'une seconde, Connolly eut l'air pris au dépourvu, mais il se ressaisit.

— Pas de problème, dit-il, mais avec un sourire si forcé que Jeffrey crut qu'il allait s'y briser les dents. Demain, c'est le service funèbre en l'honneur d'Abby. Pourquoi pas après ?

— Nous devrions nous entretenir avec Lev demain à la première heure, lui précisa-t-il, espérant que cette information remonte jusqu'à l'intéressé. Pourquoi ne reviendriez-vous pas avec lui ?

— Nous verrons, fit le contremaître, sans s'engager en rien.

Jeffrey ouvrit la porte.

— Je vous remercie d'être venu et d'avoir amené tout ce monde.

Connolly était encore perplexe, et il avait l'air plutôt tendu à la vue de ce mot dans la main de Jeffrey, comme s'il avait très envie d'en connaître la teneur. Jeffrey n'aurait su dire si c'était une habitude d'ancien criminel, ou juste de la curiosité naturelle.

— Vous pouvez y aller et repartir avec tous les autres. Je suis convaincu que vous avez du travail. Nous ne voulons pas vous faire perdre davantage votre temps.

— Pas de problème, répéta-t-il, en lui tendant une main énergique. Si vous avez besoin d'autre chose, n'hésitez pas.

— Je vous en suis reconnaissant, fit Jeffrey.

Connolly lui serra la main, et il sentit ses os près de se broyer.

— Je vous verrai dans la matinée, avec Lev.

Le contremaître perçut la menace derrière ces mots-là. Il avait laissé tomber son numéro du vieil homme secourable.

— Entendu.

Lena allait lui emboîter le pas, mais Jeffrey la retint. Il lui montra la note que Marla lui avait apportée, en s'assurant que Connolly ne puisse lire l'écriture soignée d'institutrice d'école primaire de sa secrétaire : « Appel du 25 Cromwell Road. Propriétaire signale “ odeur suspecte ”. »

Ils avaient retrouvé Chips Donner.

* * *

Le vingt-cinq Cromwell Road était une jolie maison pour une famille aisée qui aurait vécu dans les années trente. Les vastes salons côté rue avaient été scindés en plusieurs pièces, et les étages divisés pour les locataires qui ne voyaient pas d'inconvénient à partager l'unique salle de bains de la maison. Il n'y avait pas beaucoup d'endroits où un ex-taulard pouvait aller, en sortant de prison. S'il était en conditionnelle, on lui imposait un délai limité pour élire un lieu de résidence et décrocher un boulot, s'il voulait empêcher son contrôleur judiciaire de le renvoyer d'où il venait. Les cinquante billets que l'État lui remettait quand il franchissait les portes de la maison d'arrêt n'étaient pas extensibles, et les maisons comme celle de Cromwell Road pourvoyaient à ce besoin particulier.

En tout état de cause, Jeffrey constatait que cette affaire offrait à ses sens olfactifs toutes sortes d'expériences inédites. La maison Cromwell sentait la sueur et le poulet frit, avec une nuance gênante de viande pourrie, émanant de la chambre située tout en haut des marches.

La propriétaire l'accueillit à la porte avec un mouchoir plaqué sur le nez et la bouche. C'était une grande femme, avec de lourds plis de peau qui lui pendaient des bras. Il fit en sorte de ne pas se laisser distraire par leur mouvement de balancier, quand elle parlait.

— Nous n'avons jamais eu le moindre ennui, lui assura-t-elle en le conduisant dans la maison.

L'épaisse moquette verte à longues mèches avait jadis été de belle qualité, mais elle était désormais tout aplatie, après des années d'usure, et maculée par ce qui ressemblait à de l'huile de moteur. Les murs n'avaient sans doute plus été repeints depuis le séjour de Nixon à la Maison-Blanche et toutes les plinthes, tous les coins étaient marqués d'éraflures noires. Les boiseries avaient été superbes, mais plusieurs couches de peinture avaient noyé les reliefs des moulures. Vision incongrue, un splendide lustre en verre taillé, probablement d'origine, était suspendu dans le vestibule.

— Avez-vous entendu quelque chose, la nuit dernière ? lui demanda-t-il, essayant de respirer par la bouche sans avoir l'air de haleter comme un chien.

— Personne n'a pipé. À part la télé que M. Harris laisse allumée, la porte à côté de celle de Chips, ajouta-t-elle en lui indiquant l'escalier. Ces dernières années, il est devenu sourd, mais c'est lui qui est là depuis le plus longtemps. Je dis toujours aux nouveaux jeunes messieurs, s'ils ne supportent pas le bruit, qu'ils aillent voir ailleurs.

Jeffrey jeta un œil dans la rue, par la porte d'entrée, en se demandant ce qui retenait Lena. Il l'avait envoyée chercher Brad Stephens, pour qu'il les aide à inspecter les lieux du décès. Il était encore dans les bois, avec près de la moitié de l'unité, en quête du moindre détail suspect.

— Y a-t-il une entrée par-derrière ?

— Par la cuisine, répondit-elle en désignant l'arrière de la maison. Chips garait sa voiture sous l'auvent. Il y a une allée qui coupe à travers le jardin et qui vous conduit directement ici depuis la rue Sanders.

— La rue Sanders, c'est la parallèle à la rue Cromwell ? vérifia-t-il, songeant que même si Marty Lam s'était posté devant l'entrée principale comme il était censé le faire, il n'aurait pas vu Chips rentrer.

Peut-être que Marty allait réfléchir à cet aspect, pendant cette semaine de mise à pied qu'il allait passer chez lui, sans bouger ses fesses.

La femme reprit la parole.

— La rue Broderick débouche dans la rue Sanders, là où elle croise la rue McDougall.

— Il n'avait jamais de visiteurs ?

— Oh, non, il n'était pas très sociable.

— Des coups de téléphone ?

— Il y a un poste payant, dans le couloir. Ils ne sont pas autorisés à utiliser la ligne de la maison. Ça ne sonne pas beaucoup.

— Pas de petite amie en particulier qui serait passée ici ?

Elle gloussa, comme si la question l'embarrassait.

— Nous n'acceptons pas les visiteuses, dans la maison. Je suis la seule dame autorisée.

— Bien, fit Jeffrey qui, jusque-là, avait repoussé l'inévitable. C'est dans quelle chambre ?

— La première sur la gauche.

Elle montra le haut de l'escalier du doigt, et son bras frétilla.

— J'espère que ça ne vous embête pas si je reste ici.

— Vous êtes allée voir dans la chambre ?

— Bonté divine, non, fit-elle, en secouant la tête. Nous en avons eu deux autres, de ces histoires. Je sais déjà suffisamment à quoi ça ressemble, inutile qu'on me le rappelle.

— Deux autres ? s'étonna-t-il.

— Enfin, ils ne sont pas morts ici, précisa-t-elle. Non, attendez, il y en a eu un. Je crois qu'il s'appelait Rutherford. Ou Ratherford ? En tout cas, celui que l'ambulance est venue enlever, c'était le dernier. C'était il y a huit, dix ans. Il avait une aiguille dans le bras. J'étais montée là-haut à cause de l'odeur.

Elle baissa la voix.

— Il s'était fait dessus.

— Je vois.

— Je le croyais mort, mais ensuite les ambulanciers sont arrivés et l'ont trimballé à l'hôpital, ils disaient qu'il avait encore une chance.

— Et l'autre ?

— Oh, M. Schwartz, se souvint-elle. Un très gentil vieux monsieur. Je crois qu'il était juif, Dieu le bénisse. Il est mort dans son sommeil.

— Quand était-ce ?

— Mère était encore de ce monde, donc je devais avoir dix-neuf ans... Mil neuf cent quatre-vingt-six, je dirais, ajouta-t-elle après un instant de réflexion.

— Vous allez à l'église ?

— Baptiste, oui. Vous ai-je vu là-bas ?

— Possible, répondit-il, songeant que la seule fois où il était entré dans une église, ces dix dernières années, c'était pour apercevoir Sara.

Les talents culinaires de Cathy lui valaient une grande influence sur ses filles, à Noël et à Pâques et, ces deux jours-là, Sara se laissait en général convaincre d'assister aux services religieux, rien que pour récolter ensuite les bénéfices d'un grand repas.

Il regarda vers le haut des marches, peu ravi de ce qui l'attendait.

— Mon adjointe devrait me rejoindre d'un instant à l'autre, la prévint-il. Quand elle arrivera, demandez-lui de monter.

— Bien sûr.

Elle plongea la main dans une poche sur le devant de sa robe, fouilla et, quelques secondes plus tard, exhiba une clef.

Il accepta du bout des doigts cette clef chaude et un peu moite, et s'engagea dans l'escalier. La rampe était branlante, arrachée du mur en plusieurs endroits, et le bois brut avait une patine huileuse.

Plus il s'approchait du palier, plus l'odeur empirait et, même sans indications, il aurait repéré la chambre rien qu'en se fiant à son nez.

La porte était verrouillée de l'extérieur avec un cadenas et un moraillon. Il enfila des gants en latex, se maudissant de ne pas les avoir mis avant de prendre la clef de la propriétaire. Le cadenas était rouillé, et il tâcha de le tenir par les bords, pour ne pas abîmer d'éventuelles empreintes digitales. Il força la clef, espérant qu'elle ne se brise pas dans le cadenas. Plusieurs secondes passées à prier et à suer dans la chaleur humide de cette maison s'achevèrent sur un déclic gratifiant, et le cadenas s'ouvrit. En ne touchant que les rebords du métal, il ouvrit le moraillon, puis il tourna la poignée de porte.

La chambre correspondait à peu près à ce qu'on pouvait attendre, après avoir vu le vestibule. La même moquette verte crasseuse au sol. Un store vénitien bon marché masquait la fenêtre, les contours scotchés avec de l'adhésif bleu pour empêcher la lumière du soleil de se déverser dans la pièce. Il n'y avait pas de lit, mais une banquette à moitié ouverte, comme si quelqu'un avait été interrompu alors qu'il était en train de déplier le matelas. Tous les tiroirs de la seule et unique commode étaient ouverts, leur contenu répandu sur le tapis. Une brosse et un peigne, à côté d'un bol en verre rempli à ras bord de petite monnaie, étaient posés dans un coin, le bol brisé en deux, les pièces éparpillées. Deux lampes de chevet sans abat-jour gisaient par terre, intactes. Il n'y avait pas de penderie, mais quelqu'un avait cloué une corde à linge le long du mur pour y suspendre des chemises. Les chemises, encore sur leurs cintres, jonchaient le sol. Un bout de la corde à linge était resté cloué au mur. Chips Donner tenait l'autre dans sa main inerte.

Derrière Jeffrey, Lena posa sa trousse médico-légale par terre avec un cognement sourd.

— Ça devait être le jour de congé de la femme de chambre.

Il avait entendu ses pas dans l'escalier, mais il ne pouvait détacher son regard du corps. Le visage de Chips avait l'air d'un morceau de viande crue. La lèvre inférieure était presque arrachée et pendait sur la joue gauche comme si quelqu'un l'avait rabattue dessus. Plusieurs dents cassées lui ponctuaient le menton, les éclats perçant la chair. Ce qui restait de la mâchoire inférieure pendait de guingois. Une orbite était complètement enfoncée, l'autre évidée, le globe oculaire pendant sur la pommette par ce qui ressemblait à deux filaments ensanglantés. Donner ne portait pas de chemise, et sa peau blanche rayonnait presque à la lumière du couloir. La partie supérieure du corps présentait une trentaine de fines zébrures rougeâtres entrecroisées, du cou jusqu'au bas-ventre, dans un motif que Jeffrey ne reconnut pas. Vu à cette distance, on aurait dit que quelqu'un avait dessiné au feutre rouge des lignes parfaitement droites sur tout le torse.

— Coup-de-poing américain, en conclut Lena, et elle désigna la poitrine et l'abdomen. Il y avait un entraîneur, à l'école de la police, qui avait la même marque dans le cou. Le criminel avait surgi de derrière une poubelle et il lui était tombé dessus avant qu'il ait pu dégainer son calibre.

— Je peux même pas affirmer qu'il ait encore un cou, celui-ci.

— Et là, qu'est-ce qui dépasse, sur le côté ?

Il s'accroupit pour mieux voir, tout en restant près du seuil de la porte. Il plissa les yeux, il essayait de comprendre ce qu'il avait devant lui.

— À mon avis, ce sont ses côtes.

— Bon sang, fit-elle. Il a vraiment foutu les boules à quelqu'un. Mais qui ?

Chapitre Dix

Sara changea de position, elle ne tenait plus debout. Elle avait entamé l'autopsie de Charles Donner depuis plus de trois heures, et n'avait encore rien trouvé de concluant.

Elle appuya de nouveau sur la touche du dictaphone.

— Rupture extrapéritonéale de la vessie provoquée par un traumatisme violent de sens descendant. Pas de fracture du bassin visible.

Elle s'adressa à Jeffrey.

— Sa vessie était vide, c'est la seule raison pour laquelle il n'y a pas eu rupture. Il est peut-être allé aux toilettes avant de regagner sa chambre.

Il nota quelque chose dans son carnet. Comme Sara et Carlos, il portait un masque et des lunettes de protection. En entrant dans la demeure de Cromwell Road, elle avait failli étouffer, à cause de l'odeur. La mort de Donner était récente, sans nul doute, mais cette odeur avait une explication scientifique. Ses intestins et son estomac s'étaient rompus, la bile et les matières fécales remplissant la cavité abdominale et fuyant par les perforations qu'il avait au côté. Sous l'effet de la chaleur, dans cette chambre exiguë, les viscères avaient fermenté dans le torse comme une plaie purulente. Son abdomen était si gonflé de bactéries qu'au moment où elle l'avait ramené à la morgue et ouvert, des matières s'étaient répandues sur les pans de la table d'autopsie, éclaboussant le sol.

— Fracture transverse du sternum, fractures bilatérales des côtes, parenchyme pulmonaire rompu, lacérations capsulaires superficielles aux reins et à la rate.

Elle s'interrompit. Elle avait l'impression de dresser une liste de courses.

— Le lobe gauche du foie a été amputé et écrasé entre la paroi abdominale antérieure et la colonne vertébrale.

— Tu crois qu'ils s'y sont mis à deux ? demanda Jeffrey.

— Je ne sais pas. Il n'y a pas de blessures défensives aux bras et aux mains, mais ça peut juste vouloir dire qu'il a été pris par surprise.

— Comment une seule personne aurait pu lui infliger tout ça ?

Elle savait que ce n'était pas une simple question philosophique.

— La paroi abdominale est relâchée et compressible. En temps normal, quand quelque chose vient la heurter, elle transmet aussitôt la force d'impact aux viscères de l'abdomen. C'est comme frapper du plat de la main sur une flaque d'eau. Selon la force du choc, les organes creux comme l'estomac et les intestins peuvent éclater, la rate subir des lacérations et le foie être endommagé.

— Houdini est mort comme ça, dit-il, et, malgré les circonstances, son goût pour les anecdotes le fit sourire. Il avait lancé à quiconque voudrait bien relever le défi de le frapper à l'estomac aussi fort que possible. Un gamin l'a cueilli à froid et, en fin de compte, ça l'a tué.

— D'accord, fit-elle. Si tu contractes les muscles de ton abdomen, tu peux disperser la force d'impact. Sinon, tu risques en effet de te faire tuer. Je doute que Donner ait eu le temps d'y réfléchir.

— Tu as une idée de quoi il est mort, au juste ?

Elle considéra le cadavre, ce qui restait de la tête et du cou.

— Si tu me disais que ce gosse a eu un accident de voiture, je te croirais sans l'ombre d'un doute. De ma vie, je n'ai jamais vu un tel traumatisme.

Elle désigna les lambeaux de peau que l'impact avait décollés du corps.

— Ces avulsions, ces lacérations, ces blessures abdominales..., commença-t-elle en secouant la tête devant l'ampleur du désastre. Il a reçu des coups de poing si violents à la poitrine que la face postérieure du cœur a heurté la colonne vertébrale, et présente maintenant un hématome.

— Tu es certaine que c'est arrivé la nuit dernière ?

— En tout cas au cours des douze dernières heures.

— Il est mort dans sa chambre ?

— Absolument.

Les organes de Donner avaient macéré dans leurs sucs intestinaux, à mesure que la plaie ouverte au côté avait suinté. Les acides gastriques avaient creusé des trous noirs dans l'épaisse moquette râpée.

Quand Sara et Carlos avaient essayé de le déplacer, ils s'étaient aperçus que le cadavre était collé au tissu vert. Pour l'évacuer, ils avaient dû découper son jean et une partie de la moquette.

— Alors, qu'est-ce qui l'a tué ?

— Plusieurs hypothèses. Une dislocation de l'articulation atlanto-occipitale a pu transpercer la moelle épinière. Il a pu souffrir d'un hématome sous-dural provoqué par une accélération rotationnelle.

Elle comptait sur ses doigts tout en poursuivant.

— Arythmie cardiaque, aorte sectionnée, asphyxie traumatique, hémorragie pulmonaire.

Elle renonça à poursuivre l'énumération.

— Ou alors, peut-être le choc, tout bête. Trop de douleur, trop de traumatismes, et le corps cesse de fonctionner.

— Tu crois que Lena avait raison, au sujet du coup-de-poing américain ?

— Ça se tient, concéda-t-elle. Je n'ai jamais vu des marques pareilles. La largeur correspond, et ça expliquerait comment quelqu'un a pu provoquer tout ça rien qu'avec ses poings. Les dégâts externes seraient minimes, limités à la force d'impact du métal contre l'épiderme, mais à l'intérieur...

Elle désigna l'amas de viscères qu'elle avait découvert dans le cadavre.

— C'est exactement à ça qu'on pourrait s'attendre.

— Pas joli, comme façon de mourir.

— Dans l'appartement, tu as trouvé quelque chose ?

— Pas d'empreintes digitales, sauf celles de Donner et de la propriétaire, dit-il, revenant en arrière dans ses notes : Deux sachets – sans doute de l'héroïne – et quelques aiguilles cachées dans le rembourrage, sous le canapé-lit. Une centaine de dollars en espèces dissimulés dans le pied de la lampe. Deux magazines porno dans le placard.

— Rien de surprenant.

Elle se demanda même quand elle avait cessé de s'étonner de la quantité de pornographie que consommaient les hommes. Au point que si un type n'en avait pas au moins un peu sous le coude, elle se méfiait tout de suite.

— Il avait un revolver, un neuf millimètres.

— Et il était en liberté conditionnelle ? s'écria-t-elle, sachant que cette violation du port d'arme aurait illico reconduit Donner en prison.

Cela ne parut pas préoccuper Jeffrey outre mesure.

— Si j'habitais dans ce quartier, j'aurais un flingue, moi aussi.

— Aucun signe de Rebecca Bennett ?

— Non, aucun signe d'aucune fille. Comme je disais, il n'y avait que deux sortes d'empreintes digitales dans la pièce.

— En soi, ça pourrait être déjà suspect.

— Pas faux.

— Tu as retrouvé son portefeuille ?

Après avoir découpé le pantalon, elle avait remarqué que les poches de Donner étaient vides.

— On a trouvé de la petite monnaie et un ticket d'épicerie pour des céréales, derrière le buffet. Mais pas de portefeuille.

— Il a sans doute vidé ses poches en rentrant chez lui, il est allé aux toilettes, il est retourné dans sa chambre, où il s'est fait surprendre.

— Oui, mais par qui ?

La question s'adressait plus à lui-même qu'à Sara.

— Peut-être un dealer qu'il a entubé, proposa-t-il. Un copain qui était au courant pour les sachets, mais pas de la cachette. Un cambrioleur du quartier qui cherchait du cash.

— Normal pour un barman de garder du liquide à portée de main.

— On ne l'a pas dérouillé pour obtenir des informations.

Elle acquiesça. Personne ne s'était arrêté en plein milieu de ce passage à tabac pour demander à Donner où il rangeait ses objets de valeur.

Jeffrey semblait contrarié.

— Ça pourrait être quelqu'un qui serait en rapport avec Abigail Bennett. Ou quelqu'un qui ne l'a jamais rencontrée. On ne sait même pas s'il y avait un lien entre ces deux-là.

— Il ne semble pas y avoir de traces de lutte. L'endroit avait l'air saccagé.

— L'endroit n'a pas été à ce point saccagé, objecta-t-il. Celui qui est venu chercher quelque chose là-bas a fait du très bon boulot.

— Les junkies ne sont pas du genre méthodique, dit-elle avant de se contredire aussitôt : Ce qui est sûr, c'est que défoncé comme ça, personne n'aurait la coordination nécessaire pour commettre une agression pareille.

— Même sous PCP ?

— Je n'y avais pas pensé.

Le PCP était un hallucinogène instable connu pour donner une force hors du commun ainsi que de violentes hallucinations. Quand elle travaillait au Grady Hospital d'Atlanta, un soir, elle avait admis aux urgences un patient qui avait cassé la soudure de la rambarde métallique à laquelle on l'avait menotté, et il avait menacé le personnel avec.

— C'est possible, admit-elle.

— Peut-être que son meurtrier a mis la pièce sens dessus dessous pour faire croire à un cambriolage.

— Ce qui voudrait dire qu'il était venu exprès pour tuer.

— Je ne comprends pas pourquoi il n'y a aucune trace de résistance, fit-il. Il s'est allongé par terre et il a attendu les coups ?

— Il a une fracture transverse du maxillaire, une Le Fort III. Celle-là, je ne l'avais encore jamais vue que dans les manuels.

— Là, tu me parles chinois.

— Les chairs du visage ont été quasiment arrachées du crâne par les coups, lui expliqua-t-elle. À mon avis, on l'a pris complètement par surprise, on l'a cogné en pleine figure, ce qui lui a fait perdre connaissance.

— D'un seul coup de poing ?

— C'est un petit gabarit, souligna-t-elle. Le premier coup a pu suffire à rompre la moelle épinière en deux. La tête pivote d'un coup sec, et voilà.

— Il s'était accroché à la corde à linge, lui rappela-t-il. Elle était enroulée autour de la main.

— Il a pu l'attraper par réflexe en tombant. Mais à ce stade, aucun moyen de dire quelles blessures sont intervenues *ante mortem*, et quelles autres *post mortem*. Celui qui a fait ça savait donner des coups, et il a fait ça vite et avec méthode, avant de déguerpir.

— Il connaissait peut-être son agresseur.

— C'est possible. Et le voisin de palier ?

— Il va sur ses quatre-vingt-dix ans et il est sourd comme un pot. À vrai dire, vu l'odeur qui régnait chez lui, je pense que le vieux ne se lève même pas pour prendre une douche.

Elle se dit qu'il en était peut-être ainsi de tous les occupants de la maison. Au bout d'une demi-heure à peine dans la chambre de Chips, elle se sentait crasseuse.

— Il y avait quelqu'un d'autre dans le bâtiment, hier soir ?

— La propriétaire était au rez-de-chaussée, mais elle laisse la télé allumée, à plein volume. Deux autres types habitent là... ils ont tous les deux un alibi.

— Tu es sûr ?

— Ils ont été arrêtés pour ébriété et trouble à l'ordre public une heure avant les faits. Ils ont dormi aux frais du contribuable, dans la prison de Grant County.

— Merci le contribuable.

Elle fit claquer ses gants en les retirant.

Comme d'habitude, Carlos s'était tenu à l'écart, en silence.

— Tu peux le recoudre ? lui demanda Sara.

— Oui, m'dame, fit-il, en allant prendre dans l'armoire le matériel nécessaire.

Sara retira ses lunettes de protection et son masque, savourant l'air frais. Elle se glissa hors de sa blouse et la lâcha dans le sac de linge sale, tout en se dirigeant vers son bureau.

Jeffrey la suivit.

— J'imagine qu'il est trop tard pour l'église de Tessa ce soir, avança-t-il.

Elle consulta sa montre et s'assit.

— Pas vraiment. J'ai le temps de courir à la maison prendre une douche.

— Je ne veux pas que tu y ailles, répéta-t-il, en s'appuyant à son bureau. Je n'aime pas la dégaine de tous ces gens.

— Tu as établi un lien entre Donner et l'Église ?

— S'il est ténu, ça compte ?

— Tu penses à quelqu'un en particulier ?

— Cole Connolly a fait de la prison. Il doit savoir comment on démonte la tête de quelqu'un.

— Je croyais que c'était un vieil homme.

— Il est en meilleure forme que moi. Cela dit, il n'a pas menti sur son séjour en taule. Son casier est assez ancien, mais il mentionne vingt-deux années de détention plutôt rudes au pénitencier d'Atlanta. Ce vol de voiture, quand il avait dix-sept ans, ça doit remonter aux années cinquante. Il ne figurait même pas dans l'ordinateur, et il l'a quand même mentionné.

— Et puis, pourquoi irait-il tuer Chips ? Ou Abby, d'ailleurs ? Et quel rapport avec le cyanure ? Où est-ce qu'il se le serait procuré ?

— Si je pouvais répondre à ces questions-là, nous ne serions probablement pas ici. Au fait, qu'est-ce que tu avais besoin de voir par toi-même ?

Elle se remémora sa réflexion, tout à l'heure, au téléphone, et elle se maudissait de ne pas avoir su la fermer.

— C'est rien, une bêtise.

— Comment ça ?

Elle se leva et ferma la porte, même si Carlos était sans doute la personne la plus discrète qu'elle ait jamais rencontrée.

Elle alla se rasseoir, les mains croisées devant elle, sur son bureau.

— C'est juste un truc idiot qui m'a traversé la tête.

— Jamais aucun truc idiot ne te traverse la tête.

Compliment bien mérité vu les risques qu'elle avait pris avec lui l'autre soir...

— Je n'ai pas envie d'en discuter pour le moment, répondit-elle.

Il se figea, les yeux rivés au mur du fond, fit claquer sa langue, et elle vit qu'il était agacé.

— Jeffrey, fit-elle en prenant sa main dans les siennes, la serrant contre sa poitrine. Je te promets que je te le dirai, d'accord ? Après ce soir, je te dirai pourquoi j'ai besoin d'y aller, et ensuite, on en rira tous les deux.

— Tu m'en veux toujours d'avoir dormi sur le canapé ?

Elle secoua la tête, se demandant pourquoi il était obsédé par ce détail. Elle avait été blessée de le trouver sur le canapé, certes, mais pas furieuse. À l'évidence, elle n'était pas aussi bonne comédienne qu'elle aimait à le croire.

— Pourquoi je serais furieuse ?

— C'est juste que je ne comprends pas pourquoi tu veux à tout prix voir ces gens. Vu comment Abigail Bennett a été tuée et le fait qu'une autre jeune fille liée à cette affaire a disparu, à mon avis tu ferais bien mieux de tenir Tessa à l'écart de ce genre de paroissiens.

— Je ne peux pas t'expliquer tout de suite, lui répéta-t-elle. Ça n'a rien à voir avec toi ou avec lui...

Elle eut un geste en direction de la salle d'autopsie.

— Ni rien avec cette affaire, et je ne suis pas non plus en train de me convertir. Je te le promets.

— Je n'aime pas être exclu de ta vie comme ça.

— Je sais, lui dit-elle. Et je sais que ce n'est pas juste. Il faut que tu me fasses confiance, d'accord ? Accorde-moi juste un peu de liberté de mouvement.

La même, avait-elle envie d'ajouter, que celle qu'elle lui avait accordée la veille au soir, mais elle ne souhaitait pas revenir sur le sujet.

— Fais-moi confiance, c'est tout.

Il resta le regard figé sur ses mains enveloppant la sienne.

— Je m'inquiète pour toi, Sara, vraiment. Ces gens pourraient être très dangereux.

— Tu vas m'interdire d'y aller ?

Puis, essayant la taquinerie :

— Je ne vois pas d'alliance à mon annulaire, M. Tolliver.

— À ce propos, dit-il.

Il fit coulisser le tiroir de son bureau. Avant de procéder à une autopsie, elle retirait toujours ses bijoux. Sa chevalière aux armes de l'université d'Auburn était posée à côté de la paire de boucles d'oreilles en diamant qu'il lui avait offerte pour Noël l'an dernier.

Il prit la chevalière, et elle tendit la main pour qu'il puisse la lui glisser au doigt. Elle crut qu'il allait lui demander de ne pas y aller. Mais il se contenta de deux mots.

— Sois prudente.

* * *

Elle se gara devant la maison de ses parents, surprise de voir son cousin Hare appuyé contre sa Jaguar cabriolet, sur son trente-et-un, comme un mannequin dans les pages de FHM.

— Salut, Poil de carotte, lui lança-t-il avant qu'elle ait eu le temps de refermer sa portière.

Elle consulta sa montre. Elle devait passer prendre Tessa, et elle avait cinq minutes de retard.

— Qu'est-ce que tu fabriques ici ?

— J'ai rendez-vous avec Bella, lui répondit-il, et il retira ses lunettes de soleil en venant à sa rencontre. Pourquoi c'est fermé à clef ?

Elle haussa les épaules.

— Où sont maman et papa ?

Il se tâta les poches, faisant mine de les chercher. Sara adorait son cousin, mais son inaptitude à rien prendre au sérieux lui donnait parfois envie de l'étrangler.

Elle jeta un coup d'œil vers l'appartement au-dessus du garage.

— Tessa est chez elle ?

— Si elle est là, alors c'est qu'elle porte son costume de femme invisible, ironisa-t-il.

Il remit ses lunettes et s'appuya cette fois contre sa voiture à elle. Il portait un pantalon blanc et l'espace d'une seconde, Sara regretta que son père, l'autre jour, ait lavé sa voiture.

— On est sur le point de partir.

Ne souhaitant pas s'exposer aux railleries, elle ne lui précisa pas où. Elle consulta de nouveau sa montre, calcula qu'elle allait laisser encore dix minutes à sa sœur, et puis elle rentrerait chez elle. Elle n'était pas particulièrement emballée par cette idée d'église, et plus elle repensait aux inquiétudes de Jeffrey, plus elle finissait par croire que c'était en effet une mauvaise idée.

Hare abaissa ses lunettes sur son nez, battit des paupières.

— Tu ne me dis pas que je suis mignon tout plein, comme ça ?

Incapable de se retenir, elle leva les yeux au ciel. Le trait qu'elle détestait le plus chez son cousin, c'était qu'il ne se contentait pas d'être idiot. Il réussissait toujours à faire ressortir leur côté puéril aux autres.

— Si tu me le dis, j'en dirai autant sur toi. Vas-y, toi d'abord, insista-t-il.

Elle s'était habillée pour l'église, mais elle n'allait pas mordre à l'hameçon pour autant.

— J'ai parlé à Jeffrey, dit-elle, en croisant les bras.

— Vous êtes déjà remariés, vous deux ?

— Tu sais bien que non.

— N'oublie pas que je veux être ton témoin.

— Hare...

— Je te l'ai racontée, cette histoire ? La vache qui veut du lait gratos ?

— Les vaches ne boivent pas de lait, riposta-t-elle. Pourquoi tu ne m'as pas dit qu'il était peut-être infecté ?

— Je crois bien qu'on m'a fait prêter une espèce de serment après la fac de médecine, lui dit-il. Un machin qui rime avec la rate qui se dilate...

— Hare...

— L'estomac qui se contracte...

— Hare, soupira Sara.

— Hippocrate ! s'exclama-t-il, en claquant des doigts. Ce jour-là, je me suis demandé pourquoi il fallait qu'on piétine tous en rond, habillés en tunique, à grignoter des petits-fours, mais tu sais que je ne loupe jamais une occasion de porter la robe.

— Depuis quand tu as des scrupules ?

— Ils m'ont quitté depuis mes treize ans, rétorqua-t-il avec un clin d'œil. Tu te souviens quand on prenait notre bain ensemble et que tu essayais de les attraper, mes scrupules ?

— On faisait ça quand on avait deux ans, lui rappela-t-elle, le prenant de haut, braquant un regard dépité sur son entrejambe. Et là, c'est plutôt la formule « chercher une aiguille dans une botte de foin » qui me viendrait à l'esprit.

— Oh ! se récria-t-il, les deux mains à la bouche.

— Salut, lança Tessa qui descendait la rue, Bella à ses côtés. Désolée, je suis en retard.

— Pas grave, lui dit Sara, à la fois soulagée et déçue.

Tessa embrassa Hare sur les deux joues.

— Vous êtes drôlement mignons !

— Merci, firent Hare et Sara à l'unisson.

— Allons à la maison, leur proposa leur tante. Hare, va me chercher un Coca, tu veux ? Elle plongea la main dans sa poche et en sortit une clef. Et prends-moi mon châle sur le dossier de mon fauteuil.

— Bien, m'dame, dit-il, et il piqua un sprint vers la maison.

— On va être en retard, fit Sara à Tessa. Peut-être qu'on devrait...

— Laisse-moi une minute pour me changer, lui demanda-t-elle, filant à l'étage avant même que Sara ait pu tirer élégamment sa révérence.

Bella la prit par l'épaule.

— Tu as l'air sur le point de t'évanouir.

— J'espérais que Tess le remarquerait.

— Elle l'a sans doute remarqué, mais elle est trop excitée à l'idée que tu l'accompagnes pour s'en soucier.

Elle s'assit sur les marches en s'appuyant à la rambarde. Sara se joignit à elle.

— Je ne comprends pas pourquoi elle veut que je vienne.

— Pour elle, c'est nouveau, fit Bella. Elle a envie de partager ça.

Sara s'appuya sur ses coudes, elle aurait aimé que sa sœur trouve autre chose de plus intéressant à partager. Le cinéma du centre-ville donnait une rétrospective Hitchcock, par exemple. Ou alors elles auraient pu prendre des cours de tapisserie.

— Bella, lui demanda Sara. Qu'est-ce que tu fais ici ?

La tante s'inclina en arrière à côté de la nièce.

— Je me suis ridiculisée, par amour.

Venant de la part d'une autre, Sara en aurait ri, mais elle savait que sa tante Bella était particulièrement sensible à tout ce qui touchait à ses amours.

— Il avait cinquante-deux ans, poursuivit-elle. Assez jeune pour être mon fils !

Sara haussa les sourcils, imaginant déjà le scandale.

— Il m'a quittée pour une allumeuse de quarante-et-un ans, lâcha-t-elle tristement. Une rousse.

Le visage de Sara dut manifester une velléité de solidarité, car elle s'empressa de se reprendre.

— Pas comme toi. Le ramage n'était pas tout à fait à la hauteur du plumage.

Puis, fixant la route d'un regard nostalgique :

— Mais quel homme, quand même. Très séduisant. Fringant.

— Désolée que ça n'ait pas marché.

— Le pire, c'est que je me suis jetée à ses pieds, lui confia-t-elle. C'est une chose de se faire larguer, c'en est franchement une autre de supplier pour une seconde chance et de prendre une claque.

— Il n'a pas…

— Oh, mon Dieu, non, rit-elle. J'ai pitié de l'âme égarée qui essaiera de lever la main sur ta tante Bella.

Sara sourit.

— Enfin, prends ça comme une leçon, l'avertit la vieille femme. La patience des hommes a des limites.

Sara se mordilla la lèvre inférieure, songeant qu'elle était vraiment lasse d'entendre les gens lui conseiller d'épouser Jeffrey.

— À mon âge, continua Bella, les choses n'ont plus la même valeur que quand tu es jeune et que tu es disponible.

— Comme quoi, par exemple ?

— Comme avoir de la compagnie. Parler littérature, pièces de théâtre, actualités. Avoir quelqu'un de proche, qui te comprend, qui a traversé les mêmes épreuves que toi et qui en est ressorti bien plus sage.

Sara sentait toute la tristesse de sa tante, sans savoir comment l'en soulager.

— Je suis désolée, Bella.

— Bah…, fit-elle en tapotant la jambe de Sara. Ne t'inquiète pas trop pour ta tante Bella. Elle en a vu d'autres, je peux te l'affirmer. Elle a roulé sa bosse comme une vieille boîte de crayons...

Elle lui fit un clin d'œil avant de poursuivre.

— Mais j'ai réussi à conserver les mêmes couleurs éclatantes.

Elle plissa les lèvres, étudiant sa nièce comme si elle venait de la remarquer pour la première fois.

— Qu'est-ce qui te tracasse, mon lapin ?

Elle se garda bien de lui mentir.

— Où est maman ?

— À sa réunion de la Ligue des Électrices, lui dit-elle. Et je ne sais pas où est passé ton espèce de père. Probablement à la Waffle House à discuter politique avec d'autres vieillards.

Sara respira à fond un bon coup et souffla, songeant que le moment était aussi bien choisi qu'un autre.

— Je peux te demander quelque chose ?

— Je suis tout ouïe.

Elle se tourna vers elle, baissa la voix au cas où les fenêtres de Tessa seraient ouvertes, ou si Hare les avait épiées.

— L'autre jour tu as évoqué la fois où papa a pardonné à maman, quand elle l'avait trompé.

Bella lui lâcha un regard circonspect.

— C'est leur affaire.

— Je sais, acquiesça-t-elle. J'ai juste...

Elle décida de vider son sac.

— C'était Thomas Ward, n'est-ce pas ? Elle s'intéressait à Thomas Ward.

Bella prit son temps avant de lui répondre d'un bref signe de tête. À sa grande surprise, elle ajouta une précision.

— C'était le meilleur ami de ton père, depuis l'époque où ils étaient à l'école ensemble.

Sara ne se rappelait pas qu'Eddie ait jamais mentionné le nom de cet homme, mais vu les circonstances, cela n'avait rien d'étonnant.

— Ton père a donc perdu son meilleur ami à cause de cette histoire. Je pense que ça l'a blessé presque autant que la perspective de perdre ta mère.

— Thomas Ward est l'homme qui dirige cette église pour laquelle se passionne Tessa.

Là encore, elle opina.

— J'étais au courant.

— Le problème, reprit-elle, cherchant toujours autant ses mots, c'est qu'il a un fils.

— Je crois qu'il en a deux. Et des filles, aussi.

— Tessa dit qu'il me ressemble.

Les sourcils de Bella dessinèrent un accent circonflexe.

— Qu'est-ce que tu racontes ?

— J'ai peur de ce que je raconte.

Au-dessus d'elles, la porte de Tessa s'ouvrit et se referma en claquant. Elle descendit les marches à pas rapides, surexcitée.

— Mon chou, fit Bella, en lui posant la main sur le genou. C'est pas parce que tu es assise sur le toit du poulailler que tu es une poule pour autant.

— Bella...

— Prête ? s'écria Tessa.

— Vous allez bien vous amuser, fit leur tante, et elle se leva en s'appuyant sur l'épaule de Sara. Je laisserai la lumière allumée.

* * *

L'église ne ressemblait pas à ce qu'elle avait imaginé. Situé à l'écart de la ferme, le bâtiment évoquait les vieilles églises du Sud qu'elle avait vues dans des livres de contes de son enfance. À la place des immenses édifices surchargés qui honoraient Grace Street de leur présence, à Heartsdale, leurs vitraux émaillant le cœur de la ville de leurs couleurs, l'église de la Grande Bonté n'était guère plus qu'une maison à bardeaux, l'extérieur peint d'un blanc immaculé, la porte d'entrée très similaire à celle de la maison de Sara. Elle n'aurait pas été surprise que les lieux soient encore éclairés à la bougie.

À l'intérieur, c'était une autre histoire. Un tapis rouge habillait une large allée centrale et des bancs d'église en bois de style Shaker se tenaient en sentinelles de part et d'autre. Le bois était impeccable, mais elle vit les entailles de couteau dans leurs dosserets spiralés, là où les bancs avaient été comme ciselés à la main. Au-dessus d'elle, il y avait plusieurs grands lustres. La chaire était en acajou, une pièce de mobilier impressionnante, et la croix derrière les fonts baptismaux aurait pu descendre tout droit des hauteurs du mont Sinaï. Pourtant, elle avait vu d'autres églises plus sophistiquées, avec plus de trésors étalés au vu de tous. Il y avait quelque chose de presque réconfortant dans l'agencement économe de cette salle, comme si l'architecte avait voulu s'assurer que tout converge sur ce qui se déroulait à l'intérieur de cette enceinte, plutôt que sur l'édifice proprement dit.

En entrant, Tessa prit la main de sa sœur.

— Joli, hein ?

Sara hocha la tête.

— Je suis si contente que tu sois là.

— J'espère ne pas te décevoir.

Elle referma sa main sur la sienne.

— Comment pourrais-tu me décevoir ? lui demanda-t-elle, en la guidant vers la porte derrière la chaire avant de lui expliquer : Ça commence dans la salle de la confrérie, et ensuite on viendra ici pour l'office.

Elle ouvrit la porte, révélant une vaste salle brillamment éclairée. Au centre, il y avait une longue table avec assez de chaises pour au moins cinquante personnes. On avait allumé des candélabres, et les flammes vacillaient doucement. Une poignée de fidèles étaient assis autour, mais presque tous les autres s'étaient regroupés devant une flambée, dans le fond. Il y avait une grosse cafetière électrique sur une table de jeu, devant une rangée de hautes fenêtres, posée à côté des beignets au miel qu'avait évoqués Tessa.

En se préparant pour cette soirée, Sara avait consenti une immense concession en enfilant des collants, se remémorant au moment de s'habiller une très ancienne remontrance de sa mère – entrer jambes nues à l'église, c'était se condamner à brûler en enfer. À la vue de ce groupe, elle comprit qu'elle aurait pu s'épargner cette peine. Ils étaient presque tous en jean. Certaines femmes étaient en jupe, mais du style cousu maison, comme la robe qu'elle avait vue sur Abigail Bennett.

— Viens que je te présente Thomas, lui dit Tessa, en l'entraînant vers le bout de la table. Un vieil homme était assis dans un fauteuil roulant, entouré de deux femmes.

— Thomas, fit Tess, en se penchant, et elle posa la main sur la sienne. Voici ma sœur, Sara.

Il avait le visage tout relâché d'un seul côté, les lèvres légèrement entrouvertes, mais il y eut une étincelle de plaisir dans ses yeux quand il les leva sur Sara. Il parla, sa bouche remua dans un mouvement laborieux, et elle ne comprit pas un mot de ce qu'il disait.

L'une des deux femmes se chargea de traduire.

— Il dit que vous avez les yeux de votre mère.

Sara n'était pas convaincue d'avoir quoi que ce soit de sa mère, mais elle sourit poliment.

— Vous connaissez ma mère ?

Thomas lui rendit son sourire, et la femme intervint à nouveau.

— Cathy était justement ici hier, avec un merveilleux gâteau au chocolat.

Elle lui tapota la main comme s'il était un enfant.

— N'est-ce pas, papa ?

— Ah, fut tout ce que Sara put dire.

Si Tessa était surprise, elle ne le montra pas.

— Lev est là, annonça-t-elle à sa sœur. Je reviens tout de suite.

Sara resta debout, les mains croisées devant elle, se demandant ce qu'elle faisait ici.

— Je m'appelle Mary, dit la femme qui avait parlé la première. Voici ma sœur Esther.

— Mme Bennett, dit-elle, en s'adressant à Esther. Je suis désolée de ce qui vous arrive.

— C'est vous qui avez trouvé notre Abby, venait de comprendre cette femme.

Elle ne regardait pas précisément Sara, mais plutôt quelque part, au-dessus de son épaule. Au bout de quelques secondes, elle eut l'air de reprendre ses esprits.

— Merci d'avoir veillé sur elle.

— Je suis navrée de n'avoir pu faire grand-chose.

La lèvre inférieure d'Esther trembla. Elles ne se ressemblaient pas le moins du monde, mais cette femme lui rappelait sa propre mère. Il émanait d'elle la douceur de Cathy, son calme et sa résolution, qui lui venaient d'une spiritualité inconditionnelle.

— Votre mari et vous-même avez été très gentils.

— Jeffrey fait tout ce qu'il peut, dit-elle, veillant à ne mentionner ni Becca ni le rendez-vous au bistro.

— Merci, interrompit un grand personnage bien habillé, venu à la hauteur de Sara, à son insu. Je suis Paul Ward, dit-il en se présentant, et elle aurait compris qu'elle avait affaire à un avocat, même si Jeffrey ne lui avait rien dit à ce sujet. Je suis l'oncle d'Abby. Enfin, l'un de ses oncles.

— Enchantée de faire votre connaissance, lui répondit-elle.

Il détonnait dans cette assemblée. Elle ne s'y connaissait pas vraiment en matière de mode masculine, mais elle voyait bien que son costume avait dû lui coûter un paquet. Il tombait sur lui comme une seconde peau.

— Cole Connolly, fit l'homme à côté de l'avocat.

Il était bien plus petit, et avait bien trente ans de plus, mais il dégageait une énergie intense, et cela lui rappela ce que sa mère avait toujours évoqué, sur les gens habités par l'Esprit de Dieu. Elle se souvint aussi de ce que lui avait dit Jeffrey. Connolly avait l'air assez inoffensif, mais Jeffrey se trompait rarement.

— Ça t'ennuierait de voir où en est Rachel ? demanda Paul à Esther.

Celle-ci parut hésiter, mais elle se résigna.

— Merci encore, dit-elle à Sara, avant de s'éclipser.

Parlant de tout et de rien, Paul engagea la conversation.

— Mon épouse, Lesley, n'a pu être des nôtres ce soir. Elle est restée à la maison avec l'un de nos garçons.

— J'espère qu'il n'est pas malade.

— Trois fois rien, fit-il. Je suis certain que vous savez de quoi je parle.

— Oui, confirma-t-elle, en se demandant pourquoi elle ressentait le besoin de rester sur ses gardes, face à cet homme.

En tout état de cause, il avait l'air d'être le diacre de cette église – ce qu'il était probablement –, mais elle n'avait guère apprécié sa familiarité, comme si, connaissant le métier qu'elle exerçait, il en savait beaucoup sur elle.

Il poussa le bouchon encore plus loin.

— Vous êtes le médecin légiste du comté ?

— Oui.

— Le service funéraire pour Abby a lieu demain.

Il baissa la voix.

— Il y a la question du certificat de décès.

Elle était assez choquée qu'il ait l'audace de lui demander cela, mais elle lui répondit quand même.

— Je peux en transmettre un exemplaire au funérarium demain.

— À Brock, oui, dit-il. Je vous en serais reconnaissant, en effet.

Brock était l'entrepreneur des pompes funèbres de Grant County.

Connolly se racla la gorge, l'air mal à l'aise.

— Paul, chuchota Mary, en désignant son père.

Manifestement, le vieil homme était troublé par cette conversation. Il s'était déplacé dans son fauteuil roulant, la tête tournée de côté. Sara était incapable de dire s'il avait ou non les larmes aux yeux.

— Juste quelques petites questions à régler, fit-il, noyant le poisson avant de changer de sujet. Vous savez, docteur Linton, j'ai voté plusieurs fois pour vous. La fonction de médecin légiste était un poste électif, mais elle ne se sentait guère flattée, sachant qu'elle avait enchaîné douze ans de mandat sans rencontrer d'opposition.

— Vous habitez à Grant County ? lui demanda-t-elle.

— Papa y a vécu, précisa-t-il, en posant la main sur l'épaule du vieil homme. Sur le lac.

Elle sentit une boule dans sa gorge. Près de chez ses parents.

— Ma famille est partie il y a plusieurs années. Je n'ai jamais pris la peine de faire ôter mon nom des listes électorales.

— Tu sais, intervint Mary, je crois que Ken non plus.

Puis, s'adressant à Sara :

— Ken est le mari de Rachel. Il est quelque part par là, fit-elle en montrant un homme rondouillard, une espèce de Père Noël, qui bavardait avec un groupe d'adolescents. Là.

— Ah, fut tout ce qu'elle trouva à dire.

Les ados autour de lui étaient surtout des filles, toutes habillées comme l'était Abby, toutes de son âge. Elle balaya le reste de la pièce du regard, songeant qu'il y avait beaucoup de jeunes femmes, ici.

Elle prit soin d'éviter Cole Connolly, mais elle avait une conscience très aiguë de sa présence. Il paraissait assez normal, mais enfin, de quoi avait l'air un homme capable d'ensevelir et d'empoisonner une jeune fille – voire plusieurs ? Il n'aurait sûrement ni cornes, ni crocs.

Thomas dit quelque chose, et elle fit l'effort de revenir dans la conversation.

Mary tint de nouveau son rôle d'interprète.

— Il dit qu'il a voté pour vous, lui aussi. Seigneur Dieu, papa, je n'arrive pas à croire qu'aucun de vous ne se soit mis à jour avec les registres électoraux. Ce doit être illégal. Cole, il faut que tu te mettes en rapport avec eux.

Connolly eut un air contrit.

— Je suis inscrit à Catoogah.

— Et toi, Lev, tu es toujours inscrit à Grant ? demanda Mary.

Sara se retourna, et heurta un grand personnage qui tenait un enfant dans ses bras.

— Holà, holà, fit l'intéressé, en la prenant par le coude.

Il était plus grand qu'elle, mais ils partageaient les mêmes yeux verts et les mêmes cheveux roux foncé.

— C'est vous, Lev.

Voilà tout ce que Sara trouva à lui dire.

— J'avoue, plaisanta-t-il, avec un sourire rayonnant qui découvrait des dents d'un blanc parfait.

En temps normal, elle n'était pas vindicative, mais elle aurait voulu arracher le sourire de ce visage. Elle choisit sans doute le moyen le plus inapproprié au monde pour y parvenir.

— Je suis désolée pour votre nièce.

Le sourire tomba sur-le-champ.

— Merci.

Ses yeux se remplirent de larmes, il sourit encore à son fils, et refoula ses émotions aussi vite qu'elles étaient venues.

— Ce soir, nous sommes ici pour célébrer son existence. Nous sommes ici pour élever nos voix et montrer notre joie à notre Seigneur.

— Amen, fit Mary, ponctuant ce mot de quelques petites tapes sur le garde-fou de la chaise roulante de son père.

— Voici mon fils, Zeke, dit Lev.

Sara sourit à l'enfant, songeant que Tessa avait raison, c'était tout bonnement le petit garçon le plus adorable qu'elle ait jamais vu. Il était un peu petit pour ses cinq ans, mais elle vit bien à ses grandes mains et ses grands pieds qu'il allait bientôt connaître un accès de croissance.

— Ravi de te rencontrer, Zeke.

Sous l'œil attentif de son père, il tendit sa main à Sara. Elle prit les petits doigts entre les siens et sentit s'établir un lien immédiat.

Lev lui frotta doucement le dos.

— Ma fierté et ma joie, dit-il, avec une incontestable expression de bonheur.

Elle ne put qu'approuver. La bouche de Zeke s'ouvrit sur un bâillement qui dévoila ses amygdales.

— Tu as sommeil ? lui demanda-t-elle.

— Oui, m'dame.

— Il est assez épuisé, fit Lev, pour l'excuser en reposant Zeke par terre. Va trouver ta tante Esther et dis-lui que tu es prêt à aller au lit.

Il l'embrassa sur la tête, et lui donna une petite tape sur le derrière pour le mettre en mouvement.

— Ces deux derniers jours ont été rudes pour nous tous, dit-il à Sara.

Elle sentait son chagrin, mais au fond d'elle-même, elle se demandait s'il ne jouait pas la comédie à son intention, sachant qu'elle ferait son rapport à Jeffrey.

— Savoir qu'elle est dans un endroit meilleur nous apporte un certain réconfort, dit Mary.

Comme s'il ne comprenait pas, Lev fronça les sourcils, mais il se ressaisit vite.

— Oui, oui. C'est vrai.

À sa réaction, Sara vit qu'il avait été pris à contre-pied par les paroles de sa sœur. Elle aurait aimé savoir s'il voulait parler de Rebecca au lieu d'Abby, mais elle n'avait aucun moyen de poser la question sans révéler l'initiative qu'avait prise Esther.

Elle vit Tessa, à l'autre bout de la salle. Sa sœur était en train de sortir un beignet au miel de son papier, tout en discutant avec un jeune homme en tenue quelconque, aux longs cheveux noués en queue-de-cheval. Tessa s'aperçut du regard de Sara, s'excusa, et revint vers elle. Sa main s'attarda sur la tête du petit Zeke quand elle passa à sa hauteur. Sara n'avait jamais été aussi heureuse de voir sa sœur de toute sa vie – jusqu'à ce qu'elle ouvre la bouche.

Elle la pointa du doigt, avec Lev.

— Vous deux, vous vous ressemblez plus qu'elle et moi.

Ils éclatèrent de rire, et Sara fit de son mieux pour se joindre au chœur. Lev et Paul étaient tous deux plus grands qu'elle. Quant à Mary et Esther, elles n'avaient rien à envier à son mètre soixante-dix-huit. Pour une fois, c'était la petite taille de Tessa qui paraissait déplacée. Sara s'était rarement sentie aussi mal à l'aise.

— Vous ne vous souvenez pas de moi, n'est-ce pas ? lui lança Lev.

Elle regarda autour d'elle dans la salle, gênée de ne pas se souvenir d'un garçon qu'elle avait rencontré voilà plus de trente ans.

— Je suis confuse, mais non.

— L'école du dimanche. C'était Mme Dugdale, papa, n'est-ce pas ?

Thomas hocha la tête, et la moitié droite de son visage dessina un sourire.

— Vous n'arrêtiez pas de poser des questions, poursuivit Lev. J'aurais eu envie de vous scotcher la bouche, parce qu'après avoir récité nos versets de la Bible, on était censés avoir du Kool-Aid avec des pailles, et vous n'arrêtiez pas de lever la main et de poser toutes sortes de questions.

— Je la reconnais bien là, s'amusa Tessa.

Elle croquait dans son beignet au miel avec une parfaite insouciance, comme si sa mère n'avait jamais eu de liaison avec l'homme assis tout près d'elle dans ce fauteuil roulant, cet homme qui avait engendré un fils, qui ressemblait à Sara comme un frère.

Lev s'adressa encore à son père.

— Il y avait ce livre d'histoires avec un dessin d'Adam et Ève, et elle ne cessait de répéter « Mme Dugdale, si Dieu a créé Adam et Ève, pourquoi ont-ils des nombrils ? »

Thomas éructa dans un rire inimitable, et son fils en fit autant. Sara avait dû s'habituer à l'élocution de Thomas, car elle le comprit parfaitement quand il susurra : « C'est une bonne question. »

— Je ne comprends pas pourquoi elle ne vous a pas juste répondu que c'était la vision de l'artiste, et pas des photos prises sur le vif, dit Lev.

Elle avait un très vague souvenir de Mme Dugdale, mis à part sa constante gaieté, mais elle se rappelait encore sa réponse.

— Je crois qu'elle a dit qu'il fallait avoir la foi.

— Ah, fit Lev, songeur. Je décèle là le mépris du scientifique pour la religion.

— Je suis navrée, s'excusa-t-elle.

Elle n'était certes pas venue ici pour insulter qui que ce soit.

— « La religion sans la science est aveugle », cita-t-il.

— Vous oubliez la première partie, l'avertit-elle. Einstein a aussi dit que la science sans la religion était boiteuse.

Les sourcils de Lev se dressèrent en accent circonflexe.

Incapable de tenir sa langue, elle aggrava son cas.

— Et il nous conseille aussi de regarder ce qui est, et non ce que nous croyons devoir être.

— Toutes les théories sont par nature des idées non démontrées.

Thomas rit de nouveau, il s'amusait visiblement beaucoup. Elle se sentait embarrassée, comme prise en flagrant délit de vantardise.

Lev tenta de la pousser plus loin.

— Intéressante dichotomie, n'est-ce pas ?

— Je ne sais pas, marmonna-t-elle.

Elle n'allait pas entrer dans un débat philosophique avec cet homme, devant sa propre famille, dans l'arrière-salle de l'église que son père avait sans doute construite de ses mains. Elle voulait aussi veiller à ne pas envenimer les choses pour sa sœur.

Lev parut n'en faire aucun cas.

— L'œuf ou la poule ? lança-t-il. Dieu a-t-il créé l'homme, ou l'homme a-t-il créé Dieu ?

Tâchant de ne pas se laisser entraîner, elle décida de lui répondre ce qu'il avait sans doute envie d'entendre.

— La religion joue un rôle important dans la société.

— Tout à fait, admit-il, et elle ne saisit pas s'il la taquinait ou s'il l'appâtait.

Quoi qu'il en soit, elle était agacée.

— La religion fournit un lien collectif, poursuivit-elle. Elle crée des groupes, des familles, qui composent des sociétés ayant des valeurs et des objectifs en commun. Ces sociétés ont tendance à prospérer davantage que les groupes dénués d'influence religieuse. Elles transmettent cet impératif à leurs enfants, qui les transmettent à leur tour aux leurs, et ainsi de suite.

— Le gène de Dieu, conclut-il.

— Je suppose, admit-elle, regrettant vraiment de s'être laissé embringuer là-dedans.

Tout à coup, Connolly s'exprima, plus en colère qu'elle ne l'aurait cru possible.

— Ma jeune dame, soit vous êtes à la droite du Seigneur, soit vous n'y êtes pas.

Elle devint pivoine.

— J'ai juste...

— Soit vous avez la foi, soit vous êtes sans foi ni loi, insista le contremaître.

Il y avait une Bible sur la table et il s'en saisit, en élevant la voix.

— « J'ai pitié de ceux qui n'ont pas la foi, car ils hériteront de la fournaise de l'enfer pour l'éternité. »

— Amen, murmura Mary, mais Sara ne quitta pas Connolly des yeux.

En un clin d'œil, il avait mué, pour devenir l'homme contre qui Jeffrey l'avait mise en garde, et elle se voulut aussitôt conciliante.

— Je suis désolée de...

— Allons, Cole, intervint Lev, sur un ton moqueur, comme si Connolly était un tigre édenté. Nous plaisantions.

— La religion n'est pas une blague, riposta l'autre, les veines du cou saillantes. Et vous, ma jeune dame, ne jouez pas avec la vie des gens ! Nous parlons de salut, ici. De vie et de mort !

— Cole, allons, fit Tessa, afin de désamorcer la situation.

Sara était assez grande pour se défendre toute seule, mais elle n'était pas mécontente de recevoir le soutien de sa sœur, surtout qu'elle ignorait de quoi l'ancien détenu était capable.

— Nous avons une invitée, Cole.

Le ton de Lev restait poli, non sans une raideur très perceptible – pas précisément menaçant, mais autoritaire.

— Une invitée qui a le droit d'avoir ses propres opinions, tout comme vous.

Thomas Ward s'exprima à son tour, mais elle ne discerna que quelques mots. Elle en déduisit plus ou moins qu'il venait d'évoquer la bénédiction de Dieu accordant aux hommes la liberté de choix.

Connolly ravalait visiblement sa colère.

— Je devrais aller voir si Rachel n'a pas besoin d'aide, lâcha-t-il.

Il partit en fulminant, les poings serrés, les bras le long du corps. Elle remarqua ses épaules larges et son dos musclé. Elle finit par se dire qu'en dépit de son âge, Cole Connolly aurait pu se mesurer à la moitié des hommes de cette salle sans transpirer le moins du monde.

Lev le regarda s'éloigner. Elle ne connaissait pas assez bien le prédicateur pour savoir s'il était amusé ou irrité, mais ses excuses semblaient sincères.

— Je dois vous demander pardon.

— Mais enfin, de quoi parliez-vous ? s'étonna Tessa. Je ne l'ai jamais vu aussi vexé.

— Abby a été une grande perte pour nous tous, lui répondit-il. Chacun affronte le chagrin à sa manière.

Sara eut besoin d'une seconde pour retrouver sa voix.

— Je suis désolée de l'avoir froissé.

— Vous n'avez pas à vous excuser, lui assura-t-il et, de son fauteuil, Thomas marqua son accord par un borborygme. Cole appartient à une autre génération. Il n'est guère porté à l'introspection.

Il lui adressa un franc sourire.

— « La vieillesse devrait brûler de furie, à la chute du jour. »

Et Tessa acheva.

— « Rage, rage, contre la mort de la lumière. »

Sara ne savait trop ce qui la choquait le plus, l'éclair de colère de Connolly ou Tessa citant Dylan Thomas. Sa sœur avait l'œil pétillant, et elle comprit enfin le motif de cette conversion soudaine à la religion. Tess s'était amourachée du prédicateur.

Ce dernier se tourna vers Sara.

— Je suis navré qu'il vous ait contrariée.

— Je ne suis pas contrariée, mentit-elle.

Elle se voulait convaincante, mais Lev semblait perturbé que l'on ait pu insulter son invitée.

— L'ennui, avec la religion, reprit-il, c'est que l'on parvient toujours à un stade où les questions demeurent sans réponse.

— La foi, s'entendit-elle répondre.

— Oui. La foi.

Il sourit, et elle ne comprenait pas s'il était d'accord ou non avec elle. Il haussa le sourcil sur son père.

— La foi est un pari difficile.

La colère de Sara devait être très visible, car Paul intervint.

— Mon frère, pas étonnant que tu ne te sois pas remarié, vu tes manières avec les femmes.

Thomas rit encore, une coulée de salive lui dégoulinant sur le menton, que Mary essuya en vitesse. Et puis il parla, déployant un effort manifeste, car son propos n'était pas succinct, mais Sara n'en comprit pas un traître mot.

Au lieu de traduire, Mary le morigéna.

— Papa.

— Il vient d'expliquer que si vous aviez une tête de moins et l'air moins agacée, vous seriez le portrait craché de votre mère, expliqua Lev.

Et il ponctua ses propos d'un rire, imité par Tessa.

— C'est sympa d'entendre ça et que ça ne vous soit pas destiné, pour une fois, déclara Tessa avant de se retourner vers le vieux Thomas. Tout le monde répète sans arrêt que je ressemble à maman, et Sara au laitier.

Sara n'en avait pas la certitude, mais elle crut percevoir une certaine réserve dans le sourire de Thomas.

— Hélas, le seul trait que j'aie hérité de papa, c'est son entêtement, déplora Lev.

La famille rit de bon cœur.

Il jeta un œil à sa montre.

— Nous allons commencer dans quelques minutes. Sara, verriez-vous un inconvénient à m'accompagner dans la salle de prières ?

— Bien sûr que non, fit-elle, espérant que ce ne soit pas dans l'intention de poursuivre cette discussion.

Il lui tint la porte du sanctuaire, et la referma doucement derrière eux. Il garda la main sur la poignée, comme s'il voulait s'assurer que personne ne les suive.

— Écoutez, dit-il. Je suis confus de vous avoir provoquée de la sorte.

— Mais pas du tout, se défendit-elle.

— Les débats théologiques avec père me manquent, lui expliqua-t-il. Il ne parvient plus vraiment à s'exprimer, et je... enfin, je me suis peut-être un peu emballé. Je souhaitais m'en excuser.

— Je ne me sens pas offensée, lui assura-t-elle.

— Cole peut se montrer un peu irritable, poursuivit-il. Il voit tout en noir et blanc.

— J'ai cru comprendre.

— Il y a des gens comme ça.

Il sourit, découvrant les dents.

— J'ai fréquenté le monde universitaire pendant des années. En psychologie.

Il avait l'air presque gêné.

— Il y a une tendance chez les individus très instruits à considérer que toute personne qui croit en Dieu serait stupide, ou se bercerait d'illusions.

— Il n'a jamais été dans mes intentions de vous donner cette impression.

Il saisit l'allusion, et lui en réserva une de son cru.

— J'ai cru comprendre que Cathy était une personne très croyante.

— En effet, fit-elle, songeant qu'elle aurait préféré que cet homme laisse sa mère en dehors de ses pensées, et à plus forte raison qu'il ne prononce pas son nom. C'est l'un des êtres les plus intelligents que je connaisse.

— Ma propre mère est décédée peu de temps après ma naissance. Je n'ai jamais eu la joie de la connaître.

— Je suis navrée de l'apprendre.

Il la dévisagea, puis il hocha la tête comme s'il venait de prendre une décision. S'ils n'avaient pas été dans une église et qu'il n'avait pas eu une croix épinglée à son revers, elle aurait juré qu'il flirtait avec elle.

— Votre mari est un homme très chanceux.

Au lieu de le reprendre, elle le remercia.

* * *

Au retour de Sara, Jeffrey était couché dans leur lit, en train de lire *Andersonville*. Elle était si contente de le retrouver que, l'espace d'un instant, elle n'osa pas prononcer un mot.

Il referma l'ouvrage, en marquant la page de l'index.

— Comment ça s'est passé ?

Avec un haussement d'épaules, elle déboutonna son chemisier.

— Tessa était heureuse.

— Tant mieux, fit-il. Elle en a besoin.

Elle fit coulisser la fermeture Éclair de sa jupe. Ses collants étaient restés sur le tapis de sol de sa voiture, elle les avait retirés en route.

— Tu as vu la lune ? lui demanda-t-il, et elle dut réfléchir une minute à ce qu'il entendait par là.

— Oh.

Elle regarda par les fenêtres de la chambre, où le lac reflétait la lune à la quasi-perfection.

— C'est magnifique.

— Toujours pas de nouvelles de Rebecca Bennett.

— J'ai parlé à sa mère ce soir. Elle était très inquiète.

— Je le suis aussi.

— Tu penses qu'elle est en danger ?

— Je pense que je ne trouverai pas le sommeil tant que nous n'aurons pas découvert où elle est.

— Les recherches dans les bois n'ont rien donné ?

— Rien. Frank n'a rien dégotté non plus du côté des bijouteries. Nous n'avons toujours pas le retour du labo sur les prélèvements sanguins de la deuxième caisse.

— Ron a dû être débordé, observa-t-elle, sachant qu'il n'était guère dans les habitudes du pathologiste de ne pas tenir ses promesses. Il a dû y avoir urgence ou je ne sais quoi.

Il lui lança un regard perplexe.

— Ce soir, il s'est passé quelque chose ?

— Du genre ? fit-elle.

Sa confrontation avec Cole Connolly lui revint à l'esprit, mais elle était encore trop contrariée par cette discussion. Elle ne voyait pas comment résumer ses impressions, et plus elle y pensait, plus elle considérait que l'interprétation de Lev du comportement de l'ancien soldat était juste. Elle avait aussi un peu honte de sa propre attitude et n'était pas certaine de ne pas l'avoir un peu provoqué.

— Le frère, Paul, lui répondit-elle enfin, m'a demandé une copie du certificat de décès d'Abby.

— C'est curieux, commenta-t-il. Je me demande bien pourquoi.

— Il y a peut-être un testament ou un legs ?

Elle dégrafa son soutien-gorge en passant dans la salle de bains.

— Il est avocat, lui rappela-t-il. Je suis certain qu'il y a des disputes juridiques derrière tout ça.

Il posa le livre sur la table de chevet et se redressa.

— Rien d'autre ?

— J'ai fait la connaissance du fils de Lev, dit-elle, sans savoir pourquoi elle évoquait cet épisode.

Ce gamin avait les cils les plus longs, les plus ravissants qu'elle ait jamais vus, et rien qu'à repenser à sa manière de bâiller, la bouche béante avec cette sorte de complet abandon de soi dont seul un enfant est capable, cela ouvrait dans son cœur une fenêtre qu'elle essayait de tenir depuis longtemps fermée.

— Zeke ? s'enquit Jeffrey. Il est mignon, ce gosse.

— Ouais.

Elle fouilla sa panière à linge, en quête d'un T-shirt assez propre pour dormir avec.

— Quoi d'autre ?

— Je me suis laissé entraîner dans une discussion sur la religion avec Lev.

Elle finit par dénicher l'une des chemises de Jeffrey et l'enfila. Quand elle se releva, elle remarqua sa brosse à dents dans le verre à côté de la sienne. Sa crème à raser et son rasoir étaient posés l'un à côté de l'autre, son déodorant à côté du sien, sur l'étagère.

— Qui a gagné ?

— Ni lui ni moi, concéda-t-elle, en faisant jaillir une giclée de pâte dentifrice sur la brosse à dents.

Elle se les brossa en fermant les yeux, elle était morte de fatigue.

— Tu n'as laissé personne te convaincre de te faire baptiser, non ?

Elle se sentait trop crevée pour rire.

— Non. Ils sont tous très gentils. J'ai compris pourquoi Tessa aime bien aller là-bas.

— Ils n'ont pas manipulé de serpents, pas parlé de langues étranges ?

— Ils ont chanté « Amazing Grace » et ils ont parlé bonnes œuvres.

Elle se rinça la bouche et lâcha la brosse dans le verre.

— Ils sont bien plus marrants qu'à l'église de maman, ça, je peux te l'affirmer.

— Vraiment ?

— Oui oui, fit-elle, et elle grimpa dans le lit, se délecta du contact des draps frais.

Le fait que Jeffrey se charge du linge sale était une raison suffisante pour lui pardonner tous ses travers – ou presque tous.

Il se rallongea contre elle, appuyé sur un coude.

— Marrant en quoi ?

— Pas du tout dans le genre tourments de l'enfer, comme dirait Bella.

Un détail lui revint.

— Tu leur as dit que j'étais ta femme ?

Il eut l'élégance d'avoir l'air embarrassé.

— Il se peut que ça m'ait échappé.

Elle lui flanqua un petit coup de poing à la poitrine et il s'affala sur le flanc, comme si elle venait de le frapper pour de bon.

— Ils sont très soudés.

— Cette famille ?

— Je n'ai rien remarqué de spécialement bizarre. Enfin, rien de plus bizarre que chez la mienne, et avant d'ouvrir la bouche, M. Tolliver, souvenez-vous que j'ai été présentée à votre mère.

D'un petit hochement de la tête, il s'avoua vaincu.

— Mary était là ?

— Oui.

— C'est l'autre sœur. Le prétexte invoqué par Lev pour ne pas se présenter au poste, c'est qu'elle était malade.

— Moi, elle ne m'a pas eu l'air malade. Mais bon, je ne l'ai pas auscultée non plus.

— Et les autres ?

Elle réfléchit un instant.

— Rachel ne s'est pas beaucoup montrée. Ce Paul, il aime tout contrôler, c'est sûr.

— Lev aussi.

— Il m'a dit que mon mari avait de la chance.

Elle sourit, sachant que ce détail l'agacerait.

Il contracta la mâchoire.

— Ah oui ?

Elle posa la tête contre sa poitrine, en riant.

— Je lui ai répondu que c'était moi qui avais de la chance d'avoir un mari si sincère.

Elle avait prononcé le mot « mari » avec un accent grandiloquent.

Elle lissa la toison de son torse, qui la chatouillait. Il passa le doigt sur sa chevalière d'Auburn, qu'elle portait encore. Elle ferma les yeux, attendant qu'il dise autre chose, lui pose la question qu'il lui posait depuis six mois, mais rien ne vint.

— Pourquoi tu voulais te rendre compte par toi-même, ce soir ? lui demanda-t-il.

Sachant qu'elle ne pouvait repousser l'inévitable encore bien longtemps, elle lui répondit.

— Maman a eu une liaison.

Elle sentit le corps de Jeffrey se tendre.

— Ta mère ? Cathy ?

Il était aussi incrédule que Sara l'avait été.

— Elle m'en avait vaguement parlé, il y a quelques années. Elle m'avait assuré que cela n'avait rien de sexuel, mais elle était partie de la maison et elle avait quitté papa.

— Ça ne lui ressemble pas du tout.

— Je ne suis censée en parler à personne.

— Je ne le répéterai pas, lui promit-il. Bon Dieu, qui me croirait ?

Elle referma les yeux, regrettant que sa mère ne se soit pas tue. À l'époque, Cathy avait essayé d'expliquer à sa fille aînée qu'elle parviendrait à se raccommoder avec Jeffrey si elle le voulait vraiment, mais à présent, cette suggestion était à peu près aussi bienvenue qu'un débat théologique avec Cole Connolly.

— Sa liaison, c'était avec le type qui a fondé cette Église, Thomas Ward.

Il resta en attente.

— Et ?

— Et j'ignore ce qui s'est passé, mais à l'évidence maman et papa se sont remis ensemble.

Elle leva les yeux vers Jeffrey.
— Elle m'a dit qu'ils s'étaient rabibochés parce qu'elle était enceinte de moi.
Il prit une seconde avant de répondre.
— Ce n'est pas la seule raison qui l'a poussée à revenir vers lui.
— Les enfants, ça change tout, souligna-t-elle, et elle se sentait plus près que jamais d'oser évoquer sa propre incapacité à en concevoir. Un enfant crée un lien entre deux individus. Pour toujours.
— Comme l'amour, lui rappela-t-il, en posant la main sur sa joue. L'amour est un lien. Les expériences. Le partage des existences. Regarder l'autre vieillir.
Sara remit la tête sur sa poitrine.
— Tout ce que je sais, poursuivit-il, comme si ce n'était pas d'eux-mêmes qu'ils étaient en train de parler, c'est que ta mère aime ton père.
Sara rassembla tout son courage.
— Tu me disais que Lev avait mes cheveux et mes yeux.
Il cessa de respirer, une bonne vingtaine de secondes.
— Nom de Dieu, chuchota-t-il, incrédule. Tu ne penses tout de même pas...
Il s'interrompit.
— Je sais, je t'ai taquinée là-dessus, mais...
Même lui, il n'arrivait pas à le formuler à voix haute.
Sara laissa sa tête contre son torse, mais releva le nez, juste pour voir son menton. Il s'était rasé, s'attendant probablement à ce qu'on fête la bonne nouvelle de ses résultats d'analyses de sang.

— Tu es fatigué ? lui demanda-t-elle.

— Et toi ?

Elle entortilla les doigts dans sa chevelure.

— Je pourrais être ouverte à la persuasion.

— Ouverte jusqu'où ?

Elle s'allongea sur le dos, en l'entraînant avec lui.

— Pourquoi tu ne vérifies pas par toi-même ?

Il la prit au mot, lui donna un baiser doux et lent.

— Je suis si heureuse, lui dit-elle.

— Je suis heureux que tu sois heureuse.

— Non, fit-elle en prenant son visage dans ses mains. Je suis heureuse que ça aille bien.

Il l'embrassa encore, en prenant son temps, en lui titillant les lèvres. Elle se sentit enfin se détendre, quand il pressa son corps contre le sien. Elle aimait sentir son poids sur elle, et qu'il sache la toucher partout où il fallait. Si faire l'amour était un art, il en était passé maître, et tandis que sa bouche s'affairait dans son cou, elle tourna la tête, les yeux mi-clos, goûtant la sensation de sa présence jusqu'à ce qu'elle entrevoie une lueur inhabituelle à la limite de son champ de vision, de l'autre côté du lac.

Elle plissa les paupières, croyant à un reflet de la lune à la surface du lac.

— Quoi ? fit-il, sentant qu'elle avait l'esprit ailleurs.

— Chut, lui dit-elle, en observant le lac.

Elle revit l'éclair, et se blottit contre sa poitrine.

— Lève-toi.

Il obtempéra.

— Qu'est-ce qui se passe ?

— Ils sont encore en train de fouiller, dans la forêt ?

— Pas dans l'obscurité. Qu'est-ce...

D'un coup sec, Sara éteignit la lampe de chevet en se levant. Ses yeux durent s'accommoder au noir, et elle tendit les mains devant elle, avançant à tâtons vers la fenêtre.

— J'ai vu quelque chose. Viens par ici.

— Je ne vois...

Il n'acheva pas.

La lueur était de retour. Une lampe. Quelqu'un marchait de l'autre côté du lac avec une lampe. Presque à l'endroit exact où ils avaient exhumé Abby.

— Rebecca.

Jeffrey se mit tout de suite en action, comme si l'on venait de tirer un coup de feu. Il avait sauté dans son jean avant même que Sara ait pu ramasser ses vêtements. Elle entendait déjà les aiguilles de pin craquer sous ses pas, dans le jardin derrière la maison, alors qu'elle en était encore à enfiler une paire de baskets pour le suivre.

La pleine lune illuminait le chemin le long du lac, et elle régla son allure sur la sienne, mais plusieurs mètres derrière lui. Il n'avait pas mis de chemise, et elle savait qu'il était pieds nus, car c'était ses chaussures qu'elle avait enfilées. Le talon de sa basket droite s'était déboîté, et elle s'arrêta quelques secondes pour le remettre en place. Puis elle se remit à courir, encore plus vite, et elle sentait son cœur cogner, à la base de son cou. Elle courait tous les matins sur ce même parcours, mais à présent elle avait l'impression qu'il lui fallait une éternité pour arriver de l'autre côté de ce lac.

Jeffrey était un sprinter, alors qu'elle était plutôt taillée pour la course de fond. Quand elle dépassa enfin la maison de ses parents, elle sentit se déclencher son second souffle et, en quelques minutes, elle l'avait rattrapé. En approchant de la forêt, ils ralentirent tous deux la cadence, pour finalement s'arrêter lorsqu'un faisceau de lampe-torche traversa le chemin juste devant eux.

Elle se sentit tirée vers le sol par Jeffrey qui s'était accroupi, à couvert. Sa propre respiration était au même rythme que la sienne, et elle songea que ce seul bruit suffirait à les trahir.

Ils suivirent le faisceau qui s'enfonçait dans les bois, un peu plus près encore de l'endroit où ils avaient découvert Abigail, trois jours plus tôt. Sara eut un moment de panique. Peut-être le tueur revenait-il ensuite récupérer les corps. Peut-être y avait-il une troisième caisse qui n'avait pas resurgi, en dépit de toutes leurs recherches, et que le ravisseur était revenu accomplir une autre partie de son rituel.

Jeffrey avait la bouche presque collée à son oreille.

— Reste ici, lui chuchota-t-il et, avant qu'elle ait pu le retenir, il partit, à moitié tapi.

Elle n'avait pas oublié qu'il était pieds nus, et se demanda même s'il réfléchissait à ce qu'il faisait. Son revolver était resté à la maison. Personne ne savait qu'ils étaient ici.

Elle le suivit, bien en retrait, s'efforçant de ne marcher sur rien qui risque de provoquer un bruit. Plus loin devant elle, elle vit que la lampe-torche s'était immobilisée, le faisceau braqué vers le sol, sans doute sur le trou béant et vide qui avait été occupé par Abby.

Un cri suraigu se répercuta dans les bois, et elle se figea.

Un rire – ou plutôt un gloussement – s'ensuivit, et qui l'effraya encore plus que ce cri.

Jeffrey s'adressait d'une voix ferme, autoritaire, à la personne qui tenait cette lampe en main.

— Restez où vous êtes !

La jeune fille cria de nouveau. Le faisceau de la lampe-torche se redressa.

— Écartez ça de ma figure.

Celle qui se tenait en face de lui obéit, et Sara s'avança encore d'un pas.

— Qu'est-ce que vous foutez par ici, vous deux, bordel ?

Elle les voyait parfaitement, à présent – un adolescent et une jeune fille, debout devant Jeffrey. Même seulement vêtu d'un jean, il avait l'air menaçant.

La fille poussa encore un hurlement, car Sara venait de marcher sur une brindille.

— Bon Dieu, siffla Jeffrey, encore essoufflé après sa course. Vous savez ce qui est arrivé ici ? lança-t-il au jeune couple.

Le gamin devait avoir à peu près quinze ans et il était aussi terrorisé que la fille.

— Je... je lui montrais juste...

Sa voix était éraillée, alors qu'il avait mué depuis longtemps.

— On était venu s'amuser, c'est tout.

— Vous trouvez ça drôle ? grogna Jeffrey. Une femme est morte par ici. Enterrée vivante.

La fille fondit en larmes. Sara la reconnut aussitôt. À peu près chaque fois qu'elle venait en visite à la clinique, que ce soit ou non pour une piqûre, elle pleurnichait.

— Liddy ? fit-elle.

La jeune fille sursauta, alors qu'elle avait vu Sara plantée là, à quelques pas de distance, depuis plusieurs secondes déjà.

— Docteur Linton ?

— Ça va, Liddy.

— Ça ne va pas du tout, rectifia Jeffrey d'un ton brusque.

— Tu leur as fait une peur bleue, lui dit-elle, avant de se tourner vers les deux gosses. Qu'est-ce que vous faites ici, à une heure pareille ?

— Roger voulait me montrer... me montre... l'endroit...

Elle renifla.

— Pardon !

Roger joignit sa voix à la sienne.

— Oui, pardon, je m'excuse, moi aussi. On faisait juste les idiots. Je suis désolé.

Maintenant, il parlait à toute vitesse, se rendant sans doute compte que Sara pouvait le tirer de ce mauvais pas.

— Je suis désolé, docteur Linton. On voulait rien faire de mal. On était juste...

— Il est tard, l'interrompit-elle, réprimant son envie de les étrangler.

Elle avait un point de côté, et elle avait soudain froid.

— Il faut que vous rentriez chez vous, maintenant.

— Oui, m'dame, fit Roger.

Il attrapa Liddy par le bras et la tira pratiquement vers la route.

— Crétins de gamins, maugréa Jeffrey.

— Ça va ?

Il s'assit sur un rocher, en marmonnant un juron, le souffle encore rauque.

— Merde, je me suis coupé le pied.

Elle s'approcha, encore tout essoufflée.

— Tu es vraiment décidé à ne pas terminer une seule journée de cette semaine sans te blesser ?

— Ça doit être ça, admit-il. Putain. Ils m'ont foutu une de ces trouilles !

— Au moins, ce n'était pas...

Elle n'acheva pas sa phrase. Ils savaient l'un et l'autre ce que cela aurait pu être.

— Il faut que je découvre celui qui lui a fait ça, lâcha-t-il. Je le dois à sa mère. Elle a besoin de savoir comment ça s'est passé.

Elle regarda vers l'autre rive du lac, tâcha de repérer sa maison – leur maison. Quand ils en étaient sortis en courant, les projecteurs de jardin s'étaient déclenchés ; ils clignotèrent, puis s'éteignirent.

— Comment ça va, ton pied ?

— Ça lance.

Sa poitrine se souleva sur un soupir.

— Bon sang, je tombe en morceaux.

Elle lui massa le dos.

— Tu vas très bien.

— Mon genou, mon épaule.

Puis, levant la jambe :

— Mon pied.

— Et ton œil.

Elle le prit par la taille, pour le réconforter.

— Je me transforme en vieillard.

— Tu pourrais te transformer en toutes sortes de choses bien pires, le nargua-t-elle, mais à son silence, elle comprit qu'il n'était pas d'humeur.

— Cette affaire me bousille.

Toutes ses affaires le bousillaient. Cela faisait partie des nombreuses facettes qu'elle aimait chez lui.

— Je sais, dit-elle. Je me sentirais beaucoup mieux si je savais où est Rebecca.

— Il y a un truc qui m'échappe, fit-il en prenant sa main dans la sienne. Il doit y avoir un truc qui m'échappe.

Elle se tourna vers le lac, la lune scintillait sur les vagues qui venaient lécher le rivage. Était-ce la dernière image qu'Abby avait vue avant d'être ensevelie vivante ? La dernière vision de Rebecca ?

— Il faut que je t'avoue quelque chose.

— C'est encore au sujet de tes parents ?

— Non, dit-elle.

Elle se serait giflée de ne pas avoir pensé à le lui signaler plus tôt.

— C'est au sujet de Cole Connolly. Je suis convaincue que ce n'est rien du tout, mais...

— Je t'écoute, l'interrompit-il. C'est moi qui déciderai si ce n'est rien ou non.

Jeudi

Chapitre Onze

Lena était assise à la table de la cuisine, les yeux rivés sur son téléphone portable. Il fallait qu'elle appelle Terri Stanley. Il n'y avait pas moyen de faire autrement. Elle avait besoin de lui demander pardon, de lui dire qu'elle ferait tout son possible pour lui venir en aide. À part ça, ce qu'elle serait en mesure de lui apporter demeurait un mystère. L'aider comment ? Que pouvait-elle faire pour Terri, alors qu'elle était déjà incapable de faire quoi que ce soit pour elle-même ?

Dans le couloir, Nan ferma la porte de la salle de bains. Elle attendit, jusqu'à ce qu'elle entende couler la douche, puis l'interprétation laborieuse d'une chanson pop qui passait sur toutes les radios, avant d'ouvrir le clapet de son téléphone et de composer le numéro des Stanley.

Depuis l'altercation à la station-service, ce numéro s'était changé pour elle en véritable obsession, de sorte que lorsque ses doigts appuyèrent sur les touches, elle eut une sensation de déjà-vu.

Elle colla l'appareil à son oreille, compta six sonneries avant que quelqu'un décroche. Son cœur s'arrêta au milieu d'un battement, elle pria pour que ce ne soit pas Dale, à l'autre bout du fil.

Apparemment, le nom de Lena figurait dans le répertoire de Terri Stanley.

— Qu'est-ce que vous voulez ? siffla-t-elle, et ce n'était guère plus qu'un chuchotis.

— Je veux m'excuser. Je veux vous aider.

— Vous pouvez m'aider en me laissant tranquille, lui répliqua la jeune femme, toujours à voix basse.

— Où est Dale ?

— Il est dehors, répondit Terri qui avait l'air de plus en plus terrorisée. Il revient dans une minute. Il va voir votre numéro sur le téléphone.

— Dites-lui que j'ai appelé pour vous remercier d'être venue au poste.

— Il ne va pas me croire.

— Terri, écoutez-moi...

— J'ai pas trop le choix.

— Je n'aurais pas dû vous faire mal.

— J'ai déjà entendu ça.

L'allusion fit grimacer Lena.

— Il faut que vous partiez.

Il y eut une seconde de silence.

— Qu'est-ce qui vous dit que j'en ai envie ?

— Je le sais, et Lena sentit lui venir les larmes aux yeux. Bon Dieu, Terri. Je le sais, d'accord ? Faites-moi confiance.

Elle demeura silencieuse, si longtemps que Lena crut qu'elle avait raccroché.

— Terri ?

— Comment vous le savez ?

Le cœur de Lena tambourinait contre ses côtes. Elle n'avait jamais rien admis au sujet d'Ethan devant une tierce personne, et elle se sentait toujours aussi incapable de se livrer à ce sujet.

— Je le sais pour les mêmes raisons que vous le savez.

Ce fut tout ce qu'elle parvint à lui confier.

De nouveau, la jeune femme se tut.

— Vous avez déjà essayé de partir ? lui demanda enfin Terri.

Lena repensa à toutes les fois où elle avait essayé de rompre : ne pas répondre au téléphone, éviter la salle de gym, se cacher quand elle était au boulot. Il la retrouvait, toujours. Il trouvait toujours un moyen de revenir dans sa vie.

— Vous croyez pouvoir m'aider ? reprit Terri.

Il y avait presque, en filigrane, une note de fébrilité dans sa question.

— Je suis flic.

— Tu n'es rien du tout, ma vieille, grinça-t-elle avec un rire amer. Nous sommes toutes les deux en train de nous noyer dans le même océan.

Lena se sentit percée par ces mots comme par des poignards. Elle essaya de parler, mais il y eut un déclic assourdi sur la ligne, puis plus rien. Elle attendit, se raccrochant à cet espoir, jusqu'à ce que la voix enregistrée de l'opératrice braille dans l'appareil, la priant de raccrocher ou de recomposer son numéro.

Nan entra dans la cuisine, son peignoir rose très chic noué à la taille, une serviette enroulée autour de la tête.

— Tu seras à la maison pour le dîner, ce soir ?

— Oui, fit Lena. Non, se ravisa-t-elle. J'en sais rien. Pourquoi ?

— Je pensais que ce serait sympa de se parler un peu, dit-elle, en posant la bouilloire sur la cuisinière. Voir comment tu vas. Depuis que tu es rentrée de chez Hank, on ne s'est pas vraiment parlé.

— Je vais bien, lui assura-t-elle.

Nan se tourna vers elle, pour la regarder attentivement.

— Tu as l'air contrariée.

— J'ai eu une semaine pénible.

— Je viens de voir Ethan passer en vélo, juste à l'instant.

Lena se leva si vite qu'elle en eut un vertige.

— Il faudrait que j'aille au boulot.

— Pourquoi tu ne l'invites pas à entrer ? suggéra Nan. Je vais préparer du thé.

— Non, marmonna Lena. Je vais être en retard.

Elle était toujours nerveuse quand Ethan tournait autour de Nan. Il était trop instable, et elle avait trop honte de montrer à l'ancienne amie de sa sœur avec quel homme elle avait fini.

— À plus tard, lui lança-t-elle, en fourrant son portable dans sa veste.

Elle courut pratiquement vers la porte, et s'arrêta net en voyant Ethan debout près de sa voiture. Il essayait d'arracher quelque chose qui était collé à la vitre du conducteur.

Elle descendit les marches du perron comme si son cœur avait cessé de battre au bon endroit.

— Qu'est-ce que c'est que ça ? lui demanda Ethan, en levant en l'air une enveloppe grand format.

Elle reconnut l'écriture de Greg à trois mètres.

— Qui est-ce qui t'appelle Lee ?

Elle la lui retira avant qu'il ait pu l'en empêcher.

— À peu près tous ceux qui me connaissent, lui rétorqua-t-elle. Qu'est-ce que tu fiches ici ?

— Je passais te voir avant que tu partes au travail.

Elle consulta sa montre.

— Tu vas être en retard.

— C'est bon.

— Ta contrôleuse judiciaire t'a prévenu, si tu es encore en retard, elle te colle un rapport.

— Cette gouine, elle peut aller se faire foutre.

— Elle peut surtout te renvoyer en taule, voilà ce qu'elle peut faire, Ethan.

— Relax, d'accord ?

Il voulut reprendre l'enveloppe, mais là encore elle fut trop rapide. Il se rembrunit.

— C'est quoi ?

Elle comprit qu'elle ne sortirait pas de cette allée tant qu'elle n'aurait pas ouvert l'enveloppe. Elle la retourna, décolla le bandeau adhésif avec précaution, comme une vieille dame qui veut garder le papier d'emballage d'un cadeau.

— C'est quoi ? répéta-t-il.

Elle ouvrit l'enveloppe, priant pour que son contenu n'ait rien de compromettant. Elle en sortit un CD avec une étiquette vierge dessus.

— C'est un disque, dit-elle.

— Un disque de quoi ?

— Ethan, commença-t-elle, en regardant derrière elle, vers la maison pour voir Nan qui pointait son nez à la fenêtre de l'entrée. Monte dans la voiture.

— Pourquoi ?

Elle ouvrit le hayon pour embarquer son vélo, mais il la devança, bandant les muscles de ses bras sous la manche longue du T-shirt. Dans sa période skinhead, il s'était fait tatouer des symboles aryens et nazis partout sur le corps, et désormais il portait rarement des vêtements qui risqueraient de les mettre à nu – surtout à la cafétéria de la fac où il était serveur.

Elle monta en voiture, attendit qu'il ait terminé de mettre son vélo et qu'il la rejoigne. Elle coinça le CD au-dessus du pare-soleil, en espérant qu'il l'oublierait. Dès qu'il se fut installé, il l'en retira.

— Qui t'a envoyé ça ?

— Quelqu'un, c'est tout. Attache ta ceinture.

— Pourquoi c'était scotché sur ta bagnole ?

— Peut-être qu'il voulait pas entrer.

Elle s'aperçut qu'elle venait de dire « il », une seconde après que le mot eut franchi ses lèvres. Elle tâcha de se conduire comme si de rien n'était, enclencha la marche arrière et sortit de l'allée la tête tournée vers l'arrière. Quand elle revint face au pare-brise, elle risqua un regard. Ethan avait la mâchoire si contractée qu'elle fut surprise de ne pas entendre ses dents grincer.

Sans rien dire, il alluma la radio et appuya sur eject. Son CD de Radiohead coulissa hors de la fente. Il le tint par la tranche, introduisit de force celui de Greg comme s'il s'agissait d'une pilule qu'il aurait voulu enfoncer dans la gorge de quelqu'un.

Il y eut un raclement d'accords de guitare, suivis d'un peu de larsen. L'intro dura quelques secondes, une guitare et une batterie chargées débouchèrent sur la voix inimitable d'Ann Wilson.

Ethan fronça le nez, comme si ça sentait mauvais.

— Qu'est-ce que c'est que cette merde ?

— Heart, dit-elle, en tâchant de rester neutre, sans émotions.

Son cœur battait si vite qu'il devait l'entendre par-dessus la musique, elle en était sûre.

Il conserva sa mine renfrognée.

— Jamais entendu ce morceau.

— C'est un nouvel album.

— Un nouvel album ? répéta-t-il.

Les yeux toujours rivés sur la route, elle sentait qu'il la transperçait du regard.

— C'est pas les deux nanas qui baisaient ensemble ?

— Ce sont deux sœurs, précisa-t-elle, écœurée que cette vieille rumeur circule encore.

Heart avait eu un énorme impact sur la scène rock, et, comme de juste, les petits gars qui tenaient le haut du pavé dans ce milieu s'étaient sentis assez menacés pour répandre de sales ragots. Étant jumelle, Lena avait entendu les mâles débiter les pires fantasmes possibles sur les sœurs. Rien que d'y penser, ça la faisait vomir.

Il monta le volume d'un cran, alors qu'elle franchissait un stop sans s'arrêter.

— C'est pas mal, reconnut-il, histoire sans doute de la sonder. C'est la grosse qui chante ?

— Elle n'est pas grosse.

Ethan beugla de rire.

— Elle peut toujours maigrir, Ethan. Toi, tu ne seras jamais qu'un abruti et un salaud.

Il riait encore.

— Aussi con que Kurt Cobain était sexy.

— Cette tantouze...

— Comment se fait-il, reprit-elle, que toutes les femmes qui veulent pas baiser avec toi soient des gouines et que tous les types qui n'ont pas assez de génie pour être toi soient des tantouzes ?

— J'ai jamais dit...
— Il se trouve que ma sœur était lesbienne, lui rappela-t-elle.
— Je sais.
— Ma meilleure amie est une lesbienne, insista-t-elle, même s'il ne lui était jamais vraiment venu à l'idée de considérer Nan comme sa meilleure amie.
— Mais bordel, qu'est-ce qui te prend, là ?
— Qu'est-ce qui me prend ? fit-elle en écho, enfonçant la pédale de frein si fort qu'il faillit percuter le tableau de bord avec son front. Je t'avais dit d'attacher cette putain de ceinture.
— Ça va, dit-il, avec un regard signifiant qu'il la tenait pour une garce incontrôlable.
— Oublie, lui dit-elle, en débouclant sa ceinture.
— Qu'est-ce que tu fabriques ? lui demanda-t-il, alors qu'elle se penchait devant lui pour ouvrir sa portière. Bon Dieu, qu'est-ce que...
— Sors, ordonna-t-elle.
— C'est quoi, ça, merde ?
Elle le poussa plus fort, en hurlant.
— Sors de ma bagnole, bordel !
— Compris, hurla-t-il en retour, et il descendit. T'es complètement cinglée, tu le sais, ça ?
Elle mit les gaz, pédale au plancher, et la vitesse rabattit la portière d'Ethan, qui claqua. Elle avança sur une quinzaine de mètres avant de freiner, avec une telle violence que les pneus crissèrent. Quand elle descendit de voiture, Ethan arrivait dans sa direction, le corps tremblant de rage. Elle vit ses poings serrés, il beuglait, et les postillons lui volaient de la bouche comme des mouches.
— Tu me plantes plus jamais avec ta bagnole comme ça, espèce de connasse !

Elle se sentait d'un calme absolu, sortit son vélo du coffre et le lâcha sur le macadam. Il se mit à courir pour la rattraper. Quand elle jeta un œil dans le rétroviseur, avant de tourner au coin de la rue, il courait encore.

* * *

— Qu'est-ce qui te fait sourire ? demanda Jeffrey dès qu'elle entra dans la salle de la brigade.

Il était à la machine à café, et elle se demanda si ce n'était pas elle qu'il attendait.

— Rien, lui répondit-elle.

Il lui servit une tasse et la lui tendit.

Elle la prit, mais elle restait sur ses gardes.

— Merci.

— Tu voulais me parler de Terri Stanley ?

Elle eut l'impression d'avoir une brique dans le ventre.

— Dans mon bureau, ajouta-t-il, après avoir fini de se servir.

Elle ouvrit la marche, de la sueur lui dégoulinait dans le dos, et elle redoutait que pour lui, cette fois, la coupe ne soit pleine. Le seul métier qu'elle ait jamais été capable d'exercer, c'était flic. Elle ne savait rien faire d'autre. Son congé sans solde, l'an dernier, avait suffi à le lui démontrer.

Il s'appuya contre son bureau, attendant qu'elle prenne un siège.

— Tu n'étais pas au pique-nique l'an dernier.

— Non, admit-elle, en s'agrippant aux accoudoirs du fauteuil, à peu près comme Terri Stanley deux jours auparavant.

— Qu'est-ce qui se passe, Lena ?

— Je pensais..., commença-t-elle, sans parvenir à achever sa phrase.

Qu'avait-elle pensé ? Que pouvait-elle lui raconter sans trop en révéler sur son propre compte ?

— C'est l'alcool ? voulut-il savoir, et l'espace d'un instant elle ne voyait pas du tout de quoi il voulait parler.

— Non, dit-elle. Ça, je l'ai inventé.

Il ne parut même pas surpris.

— Vraiment ?

— Ouais, reconnut-elle.

Elle laissa échapper une petite part de la vérité, un mince filet d'air qui s'échappe d'un ballon.

— Dale la frappe.

Il était sur le point d'avaler une gorgée de café, mais sa tasse s'immobilisa à mi-course.

— J'ai vu des bleus, sur son bras.

Elle eut un mouvement de tête, comme pour se le confirmer à elle-même.

— J'ai reconnu les signes. Je sais à quoi ça ressemble.

Il reposa sa tasse.

— Je lui ai promis de l'aider à partir.

— Et elle a refusé, devina-t-il.

Elle secoua la tête.

Il changea de position, croisa les bras.

— Tu crois être la mieux placée pour l'aider ?

Elle sentit le poids de son regard. Jamais, depuis qu'elle avait commencé à le fréquenter l'an dernier, ils n'avaient été aussi près d'évoquer Ethan.

— Je sais qu'il lève la main sur toi, lui apprit-il. J'ai vu les marques. Je t'ai vue te pointer ici avec ça d'épaisseur de maquillage pour masquer les hématomes que tu avais sous l'œil. J'ai vu ta façon de te crisper quand tu respires, parce qu'il t'a frappée dans le ventre si fort que tu arrives à peine à te tenir droite. Tu travailles dans un poste de police, Lena. Tu te figurais qu'une bande de flics ne remarquerait rien ?

— Quels flics ? lui lança-t-elle, se sentant prise de panique, mise à nu.

— Ce flic, ici, dit-il, et c'était tout ce qu'elle avait besoin d'entendre.

Elle regarda par terre, transie de honte.

— Mon père tapait sur ma mère, continua-t-il.

Même si elle l'avait deviné depuis très longtemps, elle était surprise qu'il lui fasse cette confidence. Il évoquait rarement sa vie privée, sauf s'il y avait un lien direct avec une affaire.

— Mon habitude à moi, c'était de m'interposer. Je m'imaginais que s'il se défoulait sur moi, il lui resterait ensuite moins de force pour ma mère.

Lena passa sa langue à l'intérieur de sa lèvre, et sentit les profondes cicatrices, à cause de toutes ces fois où Ethan lui avait éclaté la peau. Il lui avait cassé une dent, six mois plus tôt. Deux mois plus tard, il l'avait giflée si fort à la tempe qu'elle avait encore du mal à entendre de l'oreille droite.

— Ça ne marchait jamais, continua Jeffrey. Il se foutait en rogne contre moi, il me tabassait, ensuite il lui tombait dessus tout aussi méchamment. À la longue, je me suis dit qu'il essayait de la tuer.

Il marqua un temps, mais Lena refusa de relever le nez.

— Jusqu'à ce qu'un jour je saisisse.

Nouvelle pause :

— C'est ce qu'elle voulait, lâcha-t-il, sans aucune trace d'émotion dans la voix.

Il en parlait de façon détachée, comme s'il avait compris depuis longtemps qu'il n'y avait rien à tenter.

— Elle voulait que ce soit lui qui mette un point final. Elle ne voyait pas d'autre moyen de s'en sortir.

Elle se sentit acquiescer. Elle, elle ne s'en sortait pas. L'incident de ce matin, c'était du cirque, une façon de se convaincre qu'elle n'était pas complètement paumée. Ethan reviendrait. Il revenait toujours. Elle ne serait libre que lorsqu'il en aurait terminé avec elle.

— Même maintenant qu'il est mort, en un sens, je me dis que c'est encore ça qu'elle attend. Elle attend le coup, le bon, qui l'assommera, qui la débarrassera de la vie.

Et il ajouta encore un mot, presque pour lui seul.

— C'est pas qu'il lui en reste beaucoup, de la vie.

Elle se racla la gorge.

— Ouais, dit-elle. Je crois que c'est ça que ressent Terri.

Il était visiblement déçu.

— Terri, hein ?

Elle opina, se força à relever la tête, refusant que les larmes lui viennent aux yeux. Elle se sentait tellement à vif que le moindre geste était un combat. Avec n'importe qui d'autre, elle aurait craqué, elle aurait tout avoué. Mais non, pas avec Jeffrey Tolliver. Elle n'acceptait pas qu'il la voie comme ça. Elle ne pouvait pas le laisser voir à quel point elle était faible.

— Je ne pense pas que Pat soit au courant.

— Non, acquiesça-t-il. S'il le savait, Pat étriperait Dale. Même s'ils sont frères.

— Alors, qu'est-ce qu'on fait ?

— Tu sais ce que c'est, fit-il en haussant les épaules. Tu es dans le métier depuis assez longtemps pour savoir comment ça marche. On peut ouvrir un dépôt de plainte, mais ça ne tiendra pas debout, à moins que Terri mette les pieds dans le plat. Elle va devoir témoigner contre lui.

— Elle ne le fera jamais.

Elle se souvenait d'avoir traité la jeune femme de lâche. De s'être traitée de lâche. Lena oserait-elle se lever dans un tribunal et pointer Ethan du doigt ? Aurait-elle la volonté de l'accuser, de l'expédier à l'ombre ? À la seule pensée de l'affronter, elle sentit un picotement de frayeur lui remonter l'échine.

— Un truc que j'ai appris de ma mère, reprit-il, c'est que tu ne peux pas aider les gens contre leur gré.

— Non, convint-elle.

— Statistiquement, une femme battue risque encore plus de se faire tuer si elle quitte l'auteur de ces sévices.

— Exact, dit-elle.

Ethan lui traversa de nouveau la tête, cette manière de lui courir après, ce matin, quand elle avait filé au volant de sa voiture. Avait-elle cru que ce serait aussi facile ? Avait-elle vraiment cru qu'il lâcherait prise comme ça ? En ce moment même, il était sans doute en train de concocter sa vengeance, songeant à toutes sortes de souffrances qu'il allait lui infliger, pour la punir d'avoir même pensé pouvoir s'en tirer comme ça.

— Tu ne peux pas aider les gens contre leur gré, répéta Jeffrey.

Elle approuva de la tête.

— Tu as raison.

Il la dévisagea encore un moment.

— J'en parlerai avec Pat, dès son retour.

— Tu penses qu'il interviendra ?

— Je pense qu'il essaiera. Il aime son frère. C'est le truc que les gens ne pigent pas.

— Quels gens ?

— Les gens qui ne savent pas ce que c'est.

Il prit le temps de s'expliquer :

— C'est difficile de haïr quelqu'un qu'on aime.

Elle hocha encore la tête, en se mordillant la lèvre, incapable de rien dire.

Il se leva.

— Buddy est là. Histoire réglée ?

— Euh, hésita-t-elle. Ouais.

— Bon.

Quand il ouvrit la porte, il ne plaisantait plus. Il sortit du bureau et elle le suivit, ne sachant toujours pas quoi dire. Il agissait comme si de rien n'était, fit le joli cœur avec Marla, la flattant sur sa nouvelle robe, tout en se penchant pour appuyer sur le bouton et faire entrer Buddy dans la salle de la brigade.

L'avocat entra clopin-clopant sur une seule béquille, et sans sa jambe artificielle.

Lena trouvait le ton de Jeffrey quelque peu forcé, comme s'il voulait montrer que tout allait pour le mieux dans le meilleur des mondes. Il plaisanta avec Buddy.

— Votre bourgeoise vous a encore fauché votre gambette ?

Buddy n'avait pas son côté bienveillant habituel.
— Finissons-en, un point c'est tout.
Jeffrey s'effaça, laissant Buddy le précéder. Ils se dirigèrent vers la salle, et elle s'aperçut que Jeffrey claudiquait au même rythme que l'avocat.
Il avait l'air gêné.
— Je me suis coupé au pied, la nuit dernière.
Buddy haussa le sourcil.
— Ne laissez pas ça s'infecter.
Et il tapota sur son moignon, histoire d'enfoncer le clou. Aussitôt, le visage de Jeffrey devint blanc comme de la craie.
— J'ai demandé à Brad d'installer Patty dans la salle du fond.
Lena prit les devants et se dirigea vers la salle d'interrogatoire, en s'efforçant de ne plus penser à ce qu'il venait de lui confier, dans son bureau. Elle s'obligea à se concentrer sur leur conversation avec Buddy au sujet de l'équipe de football du lycée. C'était une rude saison qui attendait les Rebels, et les deux hommes débitaient des statistiques comme deux prédicateurs lisant des psaumes dans une Bible.
Elle entendit Patty O'Ryan avant même d'avoir ouvert la porte. La fille glapissait comme une Parque en chaleur.
— Putain de merde, sortez-moi d'ici ! Virez-moi ces chaînes à la con, bande d'enculés !
Lena attendit sur le seuil que les autres la rejoignent. Il lui fallait faire abstraction des paroles de son chef. Elle devait empêcher ses émotions d'interférer dans son boulot. Elle avait déjà foiré l'entretien avec Terri Stanley. Il n'était plus question qu'elle foire quoi que ce soit. Elle n'oserait plus se regarder en face.

Comme s'il captait ses pensées, Jeffrey haussa un sourcil vers elle, manière de lui demander si elle était prête. Elle lui répondit d'un hochement de tête assez sec, et il regarda dans la salle, par la vitre de la porte, en s'adressant à Buddy.

— Ce matin, la demoiselle a un petit problème de sevrage.

— Sortez-moi de là, putain ! hurla Patty O'Ryan de sa voix de crécelle, à pleins poumons.

Lena espérait au moins que la fille avait déjà atteint son volume maximum. Ses cris faisaient trembler la vitre.

Jeffrey fit une proposition à Buddy.

— Vous voulez entrer là-dedans et lui parler seul à seul avant qu'on commence ?

— Non merci, répliqua-t-il, affolé par cette suggestion. Ne vous avisez pas de me laisser seul dans cette pièce avec elle.

Jeffrey ouvrit la porte.

— Papa, s'écria Patty en voyant entrer Buddy, la voix enrouée d'avoir tant braillé. Faut que je sorte d'ici. J'ai un rancard. J'ai un entretien d'embauche. Il faut que j'y aille, sinon je vais être en retard.

— Tu devrais peut-être d'abord passer chez toi te changer, suggéra Lena, ayant remarqué qu'elle avait déchiré sa minuscule tenue de strip-teaseuse.

— Toi, pesta la fille, dirigeant toute sa rage sur Lena. Tu la boucles, ta sale gueule, espèce de pétasse de latino.

— On se calme, lui conseilla Jeffrey, et il s'assit en face d'elle.

En temps normal, la place de Buddy était auprès du prévenu, mais il préféra prendre place à côté de

Jeffrey. Lena, qui ne comptait pas approcher à nouveau cette fille de sitôt, resta près du miroir, bras croisés, pour suivre les opérations.

— Parle-moi de Chips.

— Quoi, Chips ?

— C'est ton petit ami ?

Elle consulta Buddy du regard, en quête d'une réponse. Il ne broncha pas.

O'Ryan s'adressa donc à Jeffrey.

— On a eu une vague histoire.

Elle rejeta la tête en arrière, pour se dégager les yeux d'une mèche de cheveux. Sous la table, son pied n'arrêtait pas de gigoter comme un lapin en chaleur. Tous les muscles de son corps étaient tendus à bloc, et Lena en déduisit que la fille était en manque. Elle avait vu assez de camés sevrés en cellule pour savoir que ça devait faire mal à en crever. Si O'Ryan n'avait pas été une telle garce, elle aurait été désolée pour elle.

— Comment ça, une vague histoire ? Ça veut dire que tu couchais de temps en temps avec lui, que vous vous défonciez ensemble ?

Elle restait fixée sur Buddy, comme si elle voulait le punir.

— Quelque chose dans le genre.

— Tu connais Rebecca Bennett ?

— Qui ?

— Et Abigail Bennett ?

Elle s'étrangla de rire, avec un air dégoûté, les narines dilatées.

— C'est une de ces tarées de Jésus, là-bas, dans cette ferme.

— Est-ce que Chips avait une liaison avec elle ?

Elle haussa les épaules, la menotte qu'elle avait au poignet heurta l'anneau métallique de la table.

Il répéta.

— Est-ce que Chips avait une liaison avec elle ?

Elle ne répondit pas, continuant simplement de cogner ses menottes contre l'anneau.

Jeffrey se redressa avec un soupir, comme s'il regrettait d'avance d'avoir à employer les grands moyens. Buddy ne s'y trompa pas, il connaissait la musique, et même s'il prit son courage à deux mains, il ne fit rien pour l'en empêcher.

— Tu reconnais Chips ? lui demanda Jeffrey, en lâchant un polaroïd sur la table.

Lena tendit le cou, tâchant de voir laquelle des photos de la scène du crime prises dans la chambre de Chips Donner il avait choisie. Elles étaient toutes horribles, mais celle-ci – le gros plan du visage qui montrait à quel endroit les lèvres avaient été pratiquement arrachées – était particulièrement atroce.

O'Ryan eut un petit sourire narquois.

— C'est pas Chips.

Il lui balança une autre photo.

— C'est pas lui ?

Elle jeta un bref coup d'œil, et détourna la tête. Lena vit que Buddy regardait fixement la seule porte de la pièce, il n'avait sans doute qu'une envie, décamper d'ici avec sa patte folle.

— Et celle-ci, tu la trouves comment ? insista Jeffrey, en lui lançant une autre photo.

Patty O'Ryan commençait à comprendre. Lena vit sa lèvre inférieure se mettre à trembler. Cette fille avait pleuré à maintes reprises depuis qu'elle était en garde-à-vue, mais pour la première fois Lena se dit que ses larmes devaient être réelles.

Elle s'était un peu calmée.
— Qu'est-ce qui s'est passé ?
— Apparemment, commenta-t-il, en laissant tomber le reste des polaroïds sur la table, il a contrarié quelqu'un.
Elle ramena les jambes sur sa chaise, les blottit tout contre sa poitrine.
— Chips, murmura-t-elle, en se balançant.
Lena avait souvent vu des suspects faire ce geste. C'était pour eux une manière de se réconforter, comme si, les années passant, ils avaient compris que personne ne s'en chargerait pour eux, et donc ils devaient bien s'adapter.
— Est-ce que quelqu'un en avait après lui ?
Elle secoua la tête.
— Tout le monde aimait bien Chips.
— D'après ces photos, il y a au moins un type en circulation qui ne serait pas d'accord avec toi.
Il la laissa s'imprégner de cette vérité.
— Qui a pu lui faire ça, Patty ?
— Il essayait d'aller mieux, dit-elle, toujours d'une voix feutrée. Il essayait de remettre de l'ordre dans sa vie.
— Il voulait décrocher ?
Elle ne quittait plus les polaroïds des yeux, sans les toucher, et Jeffrey les empila, avant de les rempocher.
— Parle-moi, Patty.
Son corps lâcha un grand frisson.
— Ils se sont rencontrés à la ferme.
— La ferme qui cultive du soja, à Catoogah ? Chips était là-bas ?
— Ouais. Tout le monde sait qu'on peut crécher là-bas jusqu'à deux semaines, si on a besoin. Vous

allez à l'église le dimanche, vous ramassez deux-trois haricots, et ils vous servent à manger, ils vous donnent un endroit où dormir. On fait semblant de prier, des conneries comme ça, et ils vous offrent un endroit sûr, où vous pouvez rester.

— Est-ce que Chips avait besoin d'un endroit sûr ?

Elle secoua la tête.

Il adopta un ton plus conciliant.

— Parle-moi d'Abby.

— Ils s'étaient rencontrés à la ferme. C'était une gamine. Il a trouvé qu'elle était marrante. Après ça, tout d'un coup, il se fait alpaguer pour possession de drogue. Ça remonte à quelques années. Quand il est revenu, Abby avait grandi.

Elle essuya une larme.

— C'était une vraie petite sainte-nitouche, et il est tombé dingue d'elle. Raide dingue.

— Raconte-moi ce qui s'est passé.

— Elle se ramenait au Kitty, dit-elle avec un rire moqueur. Vous imaginez ? Elle débarquait dans ses fringues immondes, ordinaires, et ses souliers à brides, et elle lui sortait : « Viens, Chips, viens à l'église avec moi. Viens prier avec moi. » Et lui, il filait tout de suite avec elle, sans même me dire au revoir.

— Ils ont eu des relations sexuelles ?

Elle pouffa de rire.

— Le pied-de-biche qui aurait pu lui écarter les genoux, il faudrait encore l'inventer.

— Elle était enceinte.

Patty O'Ryan releva la tête d'un coup sec.

— Tu crois que c'était Chips le père ?

Elle n'entendit même pas la question. Lena vit la colère monter en elle comme dans une bouilloire sur le point de déborder. Elle était comme Cole Connolly, ils partageaient ce même tempérament emporté, mais pour une raison qui lui échappait, elle sentait cette fille plus menaçante encore que le vieil homme, quand elle était déchaînée.

— La salope, siffla-t-elle entre ses dents.

Elle se remit à cogner la menotte contre l'anneau, en cadence, comme un tambourin.

— Il l'emmenait sans doute dans ces bois à la con. C'était notre coin à nous, putain.

— Les bois de Heartsdale, là-bas ? La forêt ?

— Sale connasse, cracha-t-elle, sans saisir le lien qu'il tentait d'établir. On allait tout le temps là-bas se défoncer quand on était au lycée.

— Tu étais au lycée avec Chips ?

Elle désigna Buddy.

— Jusqu'à ce que cet enfoiré me foute dehors. Me jette dans la rue. J'ai dû me démerder toute seule.

Buddy ne broncha pas.

— Je lui avais dit de pas l'approcher, reprit-elle. Toute cette putain de famille, c'est des malades.

— Quelle famille ?

— Les Ward. Croyez pas que ce soit la seule qui soit venue au Kitty.

— Qui d'autre ?

— Tous. Tous les frères.

— Lesquels ?

— Tous ! cria-t-elle, en abattant le poing sur la table, avec une telle violence que la béquille de Buddy glissa par terre dans un fracas.

Lena décroisa les bras, prête à réagir si O'Ryan faisait une bêtise.

— Ils font tous semblant de jouer les grands seigneurs et les tout-puissants, mais en fait ils sont aussi dégoûtants que les autres.

De nouveau, elle s'étrangla de rire, cette fois plus en grognant comme un cochon.

— Il y en a un, il avait une toute petite queue, en plus. Il jouissait en deux-trois secondes, et après, bordel, il chialait comme une gonzesse.

Elle prit un ton geignard.

— « Oh, Seigneur, je vais aller en enfer ! Oh, Seigneur, je vais brûler avec Satan ! » Il m'écœurait, putain. Ce salopard, il s'en foutait, de l'enfer, quand il me tenait la tête, et qu'il me forçait à avaler.

Buddy pâlit, la mâchoire pendante.

— Quel frère, Patty ? lui demanda Jeffrey.

— Le petit, fit-elle, en se grattant le bras si fort qu'elle y laissa des traînées rouges. Celui qui a les cheveux qui rebiquent.

Lena essaya de comprendre de qui elle parlait. Paul et Lev étaient tous deux aussi grands que Jeffrey, tous deux la chevelure épaisse.

O'Ryan n'arrêtait plus de se gratter le bras. Elle allait bientôt se faire saigner.

— Il refilait à Chips tout ce qu'il voulait. De l'héro, de la coke, de l'herbe.

— Il dealait ?

— Il la donnait.

— Il vous donnait de la drogue ?

— Pas à moi, répliqua-t-elle, furieuse.

Elle baissa les yeux sur son bras, elle suivait le tracé de ses rougeurs. Sa jambe se remit à frétiller sous la table, et Lena comprit que la fille allait bientôt perdre les pédales si elle ne se piquait pas une aiguille dans les veines, et vite.

— Juste à Chips, protesta-t-elle. À moi, il me donnait jamais rien. Je lui ai même proposé du cash, mais il me disait d'aller me faire mettre. Comme si sa merde à lui elle sentait rien.

— Tu te souviens de son nom ?

— Non, fit-elle. Il était toujours fourré là-bas, en tout cas. Parfois, il s'asseyait au bout du bar et il observait Chips. Il avait sans doute envie de le sauter.

— Il était roux ?

— Non.

Elle lui répondit comme si elle avait affaire à un idiot.

— Est-ce qu'il avait des cheveux noirs ?

— Je me souviens pas de la couleur, d'accord ?

Ses yeux lançaient des éclairs, comme ceux d'un animal affamé.

— J'en ai marre de causer. Sors-moi de là, dit-elle à Buddy.

— Du calme, fit Jeffrey.

— J'ai un entretien d'embauche.

— D'accord.

— Sortez-moi d'ici ! vociféra-t-elle, en se penchant au-dessus de la table aussi loin qu'elle pouvait, pour hurler à la figure de Buddy. Tout de suite, bordel !

Buddy ouvrit la bouche avec un bruit de succion.

— Je ne pense pas que tu aies fini de répondre aux questions.

Elle le singea, irascible comme une morveuse de trois ans.

— Calme-toi, l'avertit Buddy.

— Calme-toi toi-même, espèce de handicapé de merde ! lui cria-t-elle en réponse.

Son corps s'était remis à trembler, transi par le manque.

— Sors-moi d'ici, bordel. Tout de suite!

Buddy ramassa sa béquille sur le sol. Il attendit sagement d'avoir atteint la porte pour réagir.

— Chef, faites-en ce que vous voulez. Moi, je m'en lave les mains.

— Espèce de lâche, enculé! grinça Patty O'Ryan, en se précipitant sur lui.

Elle avait oublié qu'elle était encore enchaînée à la table et fut arrêtée net dans son élan, ramenée en arrière d'un coup sec comme un chien en laisse.

— Salaud! cria-t-elle, totalement effondrée.

Dans la bagarre, sa chaise s'était retournée et elle flanqua un coup de pied dedans, l'envoyant bouler dans la salle, et la douleur la fit glapir.

— Je vais vous faire un procès, bande de connards! beugla-t-elle, en se tenant le pied à deux mains. Enculés de vos mères!

— Patty? fit Jeffrey. Patty?

Lena réprima son envie réflexe de se plaquer les mains sur les oreilles, pour ne pas entendre la fille hurler comme une sirène. Jeffrey se leva, l'air de sale humeur, en longeant le mur pour gagner la sortie. Elle le suivit dans le couloir, sans quitter O'Ryan des yeux, jusqu'à ce qu'une porte épaisse les sépare.

Il secoua la tête, comme s'il n'arrivait pas à croire qu'un être humain soit capable d'agir de la sorte.

— C'est la première fois de ma vie que je me sens désolé pour ce merdeux, dit-il, en parlant de Buddy.

Il fit quelques pas dans le couloir, pour s'éloigner des cris.

— Tu crois qu'il y aurait un autre frère Ward?

— Il faut bien.

— Une brebis galeuse?

Elle se remémora sa conversation avec la famille, deux jours plus tôt.

— Ça, c'est le rôle de Paul, je crois.

— Quoi ?

— Paul disait qu'il était le mouton noir de la famille.

Il ouvrit la porte qui donnait sur la salle de la brigade. Elle vit Mark McCallum, le spécialiste du détecteur de mensonge du Georgia Bureau of Investigation, installé dans le bureau de Jeffrey. En face de lui, Lev Ward était assis sur une chaise.

— Bon sang, comment tu t'es débrouillé ? demanda Lena.

— Aucune idée.

Il regarda autour de lui dans la salle, il cherchait sans doute Cole Connolly. Marla était à son bureau, et il la questionna.

— Lev Ward est arrivé seul ?

Elle jeta un coup d'œil par la vitre de l'accueil.

— On dirait bien.

— Il est là depuis quand ?

— Ça doit faire dix minutes, fit-elle avec un sourire, toujours serviable. Je me suis dit que ça t'arrangerait que je prenne les devants et j'ai appelé Mark McCallum, qu'il vienne ici pour commencer avant le déjeuner.

— Merci, lui dit-il, en retournant dans son bureau.

— Tu veux que j'envoie Brad chercher Cole ?

— Plus tard, trancha-t-il, en frappant à la porte de son bureau.

Mark leur fit signe d'entrer.

— Je mets tout en place, leur expliqua-t-il.

— Merci d'être resté en ville, fit Jeffrey en lui serrant la main. J'ai entendu dire que vous aimiez bien le service en chambre du Dew Drop ?...

McCallum s'éclaircit la gorge et continua de tourner quelques potentiomètres sur sa machine.

— Chef, fit Lev, l'air aussi à l'aise qu'on puisse l'être, en ayant tout le corps branché sur un polygraphe. J'ai reçu le message ce matin. Je suis navré de n'avoir pu me libérer hier.

— Merci d'être venu, lui dit-il, en sortant son carnet de notes.

Il écrivit tout en parlant.

— Je vous suis reconnaissant de consacrer un peu de votre temps à cet exercice.

— La famille se réunit à l'église dans quelques heures pour un dernier hommage à Abby.

Il se tourna vers Lena.

— Bonjour, inspecteur, fit-il tranquillement, avant de revenir à Jeffrey. J'aimerais disposer du moment nécessaire pour préparer mes réponses. C'est pour nous tous une épreuve très difficile.

Jeffrey ne releva pas le nez de son carnet.

— Je m'attendais à ce que Cole Connolly vous accompagne.

— Désolé, fit Lev. Cole ne m'a rien dit. Il sera présent à la cérémonie. Je vais le prier de se présenter ici tout de suite après.

Jeffrey continuait de noter.

— Vous ne prévoyez pas d'enterrement ?

— Malheureusement, le corps doit être incinéré. Nous organisons juste une petite communion avec la famille, afin d'évoquer sa vie et tout l'amour que nous avions pour elle. Nous préférons la simplicité.

Jeffrey termina d'écrire.

— Les étrangers ne sont pas les bienvenus ?

— Eh bien, ce n'est pas un office ordinaire, plutôt une réunion familiale. Écoutez...

Jeffrey arracha la feuille de papier et la tendit au spécialiste du polygraphe.

— Nous vous libérerons aussi vite que possible.

Lev reluquait le mot, sans cacher sa curiosité.

— Je vous en saurais gré, dit-il en s'adossant à sa chaise. Paul était hostile à ce que je vienne ici, mais j'ai toujours considéré qu'il valait mieux coopérer.

— Mark ? s'enquit Jeffrey en s'asseyant derrière son bureau. Vous n'allez pas être trop à l'étroit, si nous sommes tous là, non ?

— Euh...

Mark hésita une fraction de seconde. En temps normal, il était seul dans la pièce avec son sujet, mais les polygraphes n'étaient pas admis en salle d'audience et Ward n'était pas en état d'arrestation. Lena se figurait surtout que les détecteurs de mensonge étaient destinés à flanquer la frousse aux suspects. Elle n'aurait pas été surprise qu'il n'y ait rien d'autre qu'une souris trottinant sur une roue à l'intérieur de la machine.

— Bien sûr, fit-il enfin. Pas de problème.

Il tripota d'autres cadrans, et décapuchonna son stylo. Révérend Ward, êtes-vous prêt ?

— Lev, je vous en prie.

— Très bien.

Mark avait posé un carnet à côté du polygraphe, l'appareil proprement dit masqué au regard de Lev par le capot. Il l'ouvrit, fourrant la note de Jeffrey dans sa poche.

— Je voudrais vous rappeler de vous en tenir autant que possible à des réponses par oui ou par non. À ce stade, nous n'avons pas besoin que vous approfondissiez. Tout ce qui vous semble mériter une explication pourra être abordé avec le chef Tolliver par la suite. La machine va uniquement enregistrer les réponses par oui et par non.

Lev jeta un œil au tensiomètre enroulé autour de son bras.

— Je comprends.

Mark actionna un interrupteur et un rouleau de papier se dévida lentement de la machine.

— Essayez de vous relaxer et de regarder droit devant vous, s'il vous plaît.

Lev parla, et les aiguilles de couleur tressaillirent sur le papier.

— Très bien.

Mark lut les questions d'une voix monocorde.

— Vous vous appelez Thomas Leviticus Ward ?

— Oui.

Mark nota quelque chose.

— Vous habitez au soixante-trois Plymouth Road ?

— Oui.

Une autre annotation.

— Vous avez quarante-huit ans ?

— Oui.

Encore une autre.

— Vous avez un fils, Ezekiel ?

— Oui.

— Votre femme est décédée.

— Oui.

Ce questionnaire passant en revue les renseignements courants de la vie de Lev visait à établir le degré de sincérité de ses réponses. Lena n'avait aucune idée de ce que signifiaient les arabesques de ces aiguilles, et les annotations de Mark étaient pour elle comme autant de hiéroglyphes. Elle resta un peu déphasée, jusqu'à ce qu'ils en viennent à la partie importante.

La voix du spécialiste restait aussi monocorde et désintéressée, comme s'il posait encore au révérend des questions sur son milieu éducatif.

— Connaissez-vous quelqu'un dans la vie d'Abby qui aurait pu lui vouloir du mal ?

— Non.

— Quelqu'un de votre connaissance aurait-il jamais exprimé un intérêt sexuel à son égard ?

— Non.

— Avez-vous tué votre nièce Abigail ?

— Non.

— A-t-elle jamais manifesté envers quiconque un intérêt que vous auriez jugé déplacé ?

— Non.

— Avez-vous déjà été en colère contre votre nièce ?

— Oui.

— L'avez-vous déjà frappée ?

— Une fois, sur le derrière. Je veux dire, oui.

Il eut un sourire nerveux.

— Désolé.

Mark ne tint pas compte de cette interruption.

— Avez-vous tué Abigail ?

— Non.

— Avez-vous jamais eu un contact sexuel avec elle ?

— Jamais. Je veux dire, non.

— Avez-vous jamais eu de contact déplacé avec elle ?

— Non.

— Avez-vous été présenté à un certain Dale Stanley ?

Lev parut surpris.

— Oui.

— Êtes-vous entré dans son garage avec lui ?

— Oui.

— Avez-vous un frère du nom de Paul Ward ?

— Oui.

— Avez-vous d'autres frères ?

— Non.

— Savez-vous où se trouve votre nièce Rebecca Bennett ?

Lev adressa un regard étonné à Jeffrey.

McCallum répéta.

— Savez-vous où se trouve votre nièce Rebecca Bennett ?

Lev se concentra de nouveau sur l'appareil, droit devant lui, et répondit.

— Non.

— Auriez-vous emporté quoi que ce soit du garage de Dale Stanley ?

— Non.

— Avez-vous enseveli Abigail dans les bois ?

— Non.

— Connaissez-vous quelqu'un qui aurait pu vouloir du mal à votre nièce ?

— Non.

— Êtes-vous déjà allé au Pink Kitty ?

Il plissa les lèvres, l'air perplexe.

— Non.

— Avez-vous déjà éprouvé une attirance sexuelle pour votre nièce ?

Il hésita.

— Oui, mais...

Mark l'arrêta.

— Oui ou non, s'il vous plaît.

Pour la première fois, Lev eut l'air de perdre contenance. Il secoua la tête, comme pour s'imposer de répondre.

— J'ai besoin de vous apporter une explication.

Il regarda Jeffrey.

— Pourrions-nous suspendre ceci, je vous prie ?

Il n'attendit pas la réponse, et décolla les coussinets d'électrodes de son torse et de ses doigts.

— Laissez-moi vous..., proposa Mark, souhaitant manifestement protéger son équipement.

— Je suis confus. J'ai juste... C'est trop pour moi, voilà.

Jeffrey fit signe à Mark de laisser le révérend se déconnecter tout seul de sa machine.

— Je voulais être sincère, reprit ce dernier. Seigneur Dieu, quel gâchis.

McCallum referma son carnet.

— On revient dans une seconde, signala Jeffrey à Lev.

Lena s'écarta, et s'installa dans le siège de son chef, tandis que les deux hommes sortaient se parler.

— Jamais je n'aurais fait de mal à Abby, lui jura Ward. Quel gâchis. Quel gâchis.

— Ne vous inquiétez pas pour ça, lui dit-elle, en s'enfonçant dans son siège.

Elle espérait que son sentiment de supériorité ne se voyait pas trop. Quelque chose, au fond de ses tripes, lui avait soufflé que Lev était impliqué. D'ici à ce que Jeffrey le fasse craquer, ce n'était plus qu'une question de temps.

Lev croisa les doigts, les deux mains entre les genoux, et se pencha en avant. Il resta dans cette position jusqu'au retour de Jeffrey. Il prit la parole avant même que celui-ci se soit installé dans le siège du technicien du Georgia Bureau of Investigation.

— Je voulais être sincère. Je ne souhaitais pas qu'un mensonge stupide vous fasse... Oh, Seigneur Dieu. Je suis confus. J'ai tout gâché.

Jeffrey ne releva pas, comme s'il s'agissait d'un simple malentendu.

— Expliquez-vous.

— Elle était...

Il se couvrit le visage des deux mains.

— C'était une jeune fille très séduisante.

— Elle ressemblait beaucoup à votre sœur, se souvint Lena.

— Oh, non, fit Lev, d'une voix tremblante. Je n'ai jamais eu d'attitude déplacée avec ma nièce. Avec aucune de mes nièces.

Sa voix était suppliante.

— Il y a eu cette fois... une seule fois... Abby traversait le bureau. Je ne savais pas que c'était elle. Je l'ai juste vue de dos et ma réaction a été...

Il adressa ces mots-là à Jeffrey.

— Vous savez ce que c'est.

— Je n'ai pas de jolies petites nièces.

— Oh, Seigneur, répéta Lev avec un soupir. Paul m'a dit que j'allais le regretter.

Il se redressa sur son siège, visiblement troublé.

— Écoutez, j'en ai lu, des histoires de crime. Je sais comment ça marche. On s'intéresse toujours aux membres de la famille, pour commencer. Je voulais surtout exclure cette éventualité. Je comptais me montrer aussi honnête que possible.

Il leva les yeux au plafond, comme s'il espérait une intervention d'en haut.

— Une fois seulement. Elle marchait dans le couloir du photocopieur, et, de dos, je ne l'ai pas reconnue tout de suite, et quand elle s'est retournée, j'ai failli en tomber à la renverse. Ce n'est pas que...

Il s'interrompit, puis il reprit, prudemment.

— Ce n'est pas que j'y aie réellement pensé, et encore moins que je l'aie envisagé. Mes yeux se sont juste posés sur elle, et je me suis dit « Eh bien, en voilà une jolie jeune femme », et ensuite je me suis aperçu que c'était Abby et, je vous le promets, pendant le mois qui a suivi, je n'ai même pas pu lui adresser la parole. Je ne me suis jamais senti aussi honteux de ma vie.

Il tendit les mains.

— Quand votre collègue m'a posé la question, c'est la première chose qui m'est venue à l'esprit... cette journée. Je savais qu'il serait en mesure de dire que j'avais menti.

Jeffrey prit son temps pour lui répondre.

— Le test n'a livré aucun résultat probant.

Lev parut se vider.

— J'ai tout gâché en voulant tout arranger.

— Pourquoi ne vouliez-vous pas signaler la disparition de votre autre nièce ?

— Il me semblait...

Il s'interrompit, comme s'il était incapable de trouver la réponse.

— Je ne voulais pas vous faire perdre votre temps. Becca fugue souvent. Elle est très mélodramatique.

— Avez-vous jamais touché Abigail ?

— Jamais.

— Est-ce qu'il lui est arrivé de passer du temps seule avec vous ?

— Oui, bien sûr. Je suis son oncle. Je suis son pasteur.

— Est-ce qu'elle vous a déjà confessé quelque chose ? fit Lena.

— Ce n'est pas ainsi que nous procédons, nuança-t-il. Nous nous parlions, voilà tout. Abby aimait lire la Bible. Elle et moi, nous faisions l'analyse grammaticale des écritures. Nous jouions au Scrabble. Je fais la même chose avec tous mes neveux et nièces.

— Vous comprenez pourquoi ça nous paraît étrange, fit Jeffrey.

— Je suis si confus. Et mon attitude n'a rien arrangé.

— Non, confirma-t-il. Que faisiez-vous au garage de Stanley ?

Il lui fallut un temps pour changer de registre.

— Dale nous a rendu visite au sujet de certains de nos employés qui passaient par sa propriété, pour eux, c'était un raccourci. Je lui ai parlé, nous avons longé la limite de nos deux terrains et nous sommes mis d'accord pour installer une clôture.

— Bizarre que vous vous en soyez chargé personnellement. Vous avez la responsabilité de l'ensemble de la ferme, non ?

— Pas vraiment. Nous gérons chacun notre domaine.

— Ce n'est pas l'impression que j'ai eue. Pour moi, le responsable de tout, c'est vous.

Lev paraissait réticent à l'admettre.

— Je suis responsable de l'activité au jour le jour.

— C'est une assez vaste propriété.
— Oui, en effet.
— Longer la limite de la vôtre avec celle de Dale, discuter d'installer une clôture, ce n'est pas le genre d'affaire que vous déléguez ?
— Mon père ne cesse de me harceler en ce sens. J'avoue, hélas, avoir un peu la lubie de vouloir tout maîtriser. C'est un aspect de mon caractère que je me dois d'amender.
— Dale est un grand gabarit, observa Jeffrey. Ça ne vous chiffonnait pas d'être avec lui tout seul en pleine nature ?
— Cole m'accompagnait. C'est le contremaître de la ferme. Je ne sais pas si vous avez eu le temps d'aborder le sujet, hier. Il est l'une des belles réussites de notre Sainte Croissance. Mon père est venu à son secours, en prison. Plus de deux décennies après, Cole est toujours avec nous.
— Il a été condamné pour vol à main armée.
Lev opina.
— C'est exact. Il allait cambrioler une épicerie. Quelqu'un l'a dénoncé. Le juge n'a pas été tendre avec lui. Je suis sûr que Cole s'est racheté, et qu'en vingt ans il a fait amende honorable. Cet homme est très différent de celui qu'il était quand il a participé à la préparation de ce cambriolage.
Jeffrey creusa encore.
— Êtes-vous entré dans le magasin de Dale ?
— Je vous demande pardon ?
— Dale Stanley. Êtes-vous entré dans son magasin, quand vous êtes allé discuter de cette clôture ?
— Oui. En temps normal, je ne m'intéresse guère aux voitures... ce n'est pas mon genre... mais cela me semblait plus courtois.

— Où était Cole, pendant tout ce temps ? voulut savoir Lena.

— Il est resté dans la voiture. Je ne l'avais pas amené avec moi par souci d'intimider Dale. Je voulais juste qu'il sache que je n'étais pas venu seul.

— Il est resté dans la voiture pendant tout ce temps ? s'étonna Jeffrey.

— Oui.

— Même quand vous êtes allé marcher avec Dale, quand vous avez franchi la clôture entre votre propriété et la sienne ?

— Ma propriété... celle de l'Église... Mais oui, en effet.

— Vous êtes-vous déjà servi de Cole pour intimider quelqu'un ?

Lev eut l'air mal à l'aise. Il prit son temps pour répondre.

— Oui.

— De quelle façon ?

— Parfois, nous avons des individus qui veulent profiter du système. Cole leur parle. Quand des personnes tentent d'exploiter l'Église, il le prend pour lui. Une famille, vraiment. Il est d'une extraordinaire loyauté envers mon père.

— Lui arrive-t-il de s'en prendre à eux physiquement, à ces gens qui essaient d'en profiter ?

— Non, insista Lev. Absolument pas.

— Comment pouvez-vous en être aussi sûr ?

— Parce qu'il a conscience du problème.

— Comment ça ?

— Il a... il avait très mauvais caractère.

Lev parut se souvenir d'un incident.

— Je suis certain que votre épouse vous a parlé de cette éruption de colère, hier soir. Croyez-moi, c'est simplement parce qu'il est très passionné dans ses convictions. Je suis le premier à reconnaître qu'il s'est emballé, mais j'aurais pris la situation en main, s'il avait fallu.

Lena ne comprenait pas de quoi il voulait parler, mais elle s'abstint de l'interrompre.

Pour sa part, son supérieur glissa sur l'allusion, pour revenir à l'essentiel.

— Jusqu'où allait le mauvais caractère de Cole ? Vous disiez qu'il avait mauvais caractère. Mauvais jusqu'à quel point ?

— Il était très physique. Pas quand papa l'a rencontré mais avant. Il est très fort. Très puissant, ajouta-t-il.

Jeffrey prit la balle au bond.

— Je n'essaie pas de vous contredire, Lev, mais je l'ai eu ici même, hier. Il m'a semblé assez inoffensif.

— Il est inoffensif, en effet, confirma le révérend. Aujourd'hui.

— Aujourd'hui ?

— Dans l'armée, il a participé à des opérations spéciales. Il a commis toutes sortes de violences. Vous ne consommez pas pour des milliers de dollars par semaine en héroïne quand vous êtes heureux de votre existence.

Ward parut percevoir l'impatience de son interlocuteur.

— Le vol à main armée, reprit-il. Il aurait probablement écopé d'une sentence plus légère... il n'était même pas encore arrivé à ce magasin... mais il a refusé d'obtempérer lors de son arrestation. Un officier de police a été violemment frappé, il a failli perdre un œil.

Lev semblait troublé par cette image.

— Cole l'a frappé de ses mains nues.

Jeffrey se redressa.

— Ça ne figurait pas dans son dossier.

— Je ne peux pas vous dire pourquoi. Je n'ai jamais consulté son casier, naturellement, mais il n'a pas honte d'admettre ses péchés passés. Il s'en est ouvert devant la congrégation, cela faisait partie de son Témoignage.

Jeffrey était encore en équilibre sur le rebord de son siège.

— Vous disiez qu'il s'est servi de ses mains ?

— De ses poings, précisa-t-il. Avant d'être jeté en prison, il gagnait de l'argent en boxant à mains nues. Il a causé pas mal de dégâts. C'est une partie de sa vie dont il n'est pas fier.

Jeffrey prit le temps de peser cette information.

— Cole Connolly a le crâne rasé.

Le changement de position de Lev sur sa chaise suffit à démontrer que c'était bien la dernière remarque à laquelle il s'attendait.

— Oui. Il se l'est rasé la semaine dernière. Avant, il se coiffait en brosse, à la militaire.

— Le cheveu hérissé ?

— Je pense qu'on pourrait le décrire ainsi, oui. Parfois, quand sa sueur séchait, ils rebiquaient un peu.

Il sourit tristement.

— Abby le taquinait à ce propos.

Jeffrey croisa les bras.

— Comment définiriez-vous les rapports qu'entretenait Cole avec Abby ?

— Protecteurs. Honorables. Il est bon avec tous les enfants de la ferme. J'aurais du mal à affirmer qu'il accordait une attention particulière à Abby. Il surveille tout le temps mon petit Zeke à ma place, ajouta-t-il. J'ai en lui une confiance totale.

— Connaissez-vous un certain Chips Donner ?

Le nom parut surprendre le prédicateur.

— Il a travaillé à la ferme par périodes, pendant quelques années. Cole m'a prévenu qu'il avait volé de l'argent dans la caisse où nous mettons la petite monnaie. Nous l'avons prié de s'en aller.

— Vous n'avez pas appelé la police ?

— En règle générale, nous n'avons pas pour habitude d'impliquer la police dans nos affaires. Je sais que cela vous paraîtra répréhensible...

— Cessez de vous préoccuper de l'apparence des choses, révérend Ward, et dites-nous simplement ce qui s'est passé.

— Cole a demandé à ce garçon, ce Donner, de partir. Le lendemain, il n'était plus là.

— Savez-vous où est Cole, à présent ?

— Nous avons tous pris notre matinée, pour la cérémonie à la mémoire d'Abby. J'imagine qu'il est dans son appartement, au-dessus du hangar, en train de se préparer.

Ward refit une tentative.

— Chef Tolliver, croyez-moi, tout ceci appartient désormais à son passé. Cole est un homme doux. Il est comme un frère pour moi. Pour nous tous.

— Comme vous le disiez vous-même, révérend Ward, nous devons procéder par élimination, en commençant justement par la famille.

Chapitre Douze

Quand Jeffrey et Lena s'arrêtèrent devant le hangar à matériel où habitait Cole Connolly, ils étaient aussi fébriles l'un que l'autre. Si la résolution d'une affaire ressemblait aux montagnes russes, ils devaient être dans le bas du virage, tête en bas, fonçant à cent vingt kilomètres à l'heure vers le grand huit suivant. Il se trouvait que Ward avait une photographie de sa famille dans son portefeuille ; Patty O'Ryan, d'un langage toujours aussi fleuri, avait désigné Cole Connolly comme l'enfoiré et l'enculé de sa mère qui avait rendu visite à Chips au Pink Kitty.

— Sa coupure au doigt, fit Lena.

— Comment ça ? dit Jeffrey.

Mais il comprit aussitôt. Connolly leur avait déclaré qu'il s'était fait cette coupure au doigt en travaillant dans les champs.

— On se serait attendu à pire qu'une petite coupure sur le dos de la main, vu l'état de Chips Donner. Évidemment, concéda-t-elle, O.J. Simpson lui aussi avait juste une coupure au doigt.

— Tout comme Jeffrey McDonald.

— Qui ça ?

— Le type qui a trucidé toute sa famille… deux gosses et sa femme enceinte. La seule blessure qu'il ne s'était pas infligée à lui-même, c'était une coupure au doigt.

— Charmant garçon, remarqua-t-elle. Tu penses que Cole a enlevé Rebecca ?

— Je pense que nous allons le savoir.

Il espérait du fond du cœur que la jeune fille s'était juste enfuie, qu'elle était en sécurité quelque part et non ensevelie sous terre, rendant son dernier soupir en priant pour qu'on la retrouve.

Il s'était engagé dans le chemin de gravier qu'ils avaient emprunté pour arriver à la ferme, lundi dernier. Ils avaient suivi la vieille Ford Festiva de Lev Ward. Le prédicateur avait veillé à respecter la limitation de vitesse. Jeffrey avait l'impression qu'il en ferait autant même sans un flic derrière lui. Quand le révérend s'arrêta dans l'allée menant au hangar, il mit même son clignotant.

Jeffrey mit au point mort.

— Il habite là-haut.

Il leva le nez, content qu'il n'y ait pas de fenêtres en façade du hangar, par où Connolly aurait pu les voir arriver.

— Reste ici.

Il se dirigea vers l'entrée du bâtiment. Ward voulut le suivre, mais il l'arrêta.

— J'ai besoin que vous restiez ici.

Lev semblait sur le point de protester.

— Je pense que vous êtes franchement à côté de la plaque, chef Tolliver. Cole aimait Abby. Il n'est pas homme à commettre un acte pareil. Je ne sais pas quel animal en serait capable, mais Cole n'est pas…

Jeffrey s'adressa à Lena.

— Veille à ce qu'il ne vienne pas m'interrompre.

Puis, il ajouta un mot à l'intention de Lev :

— Je vous saurais gré de rester ici jusqu'à ce que je redescende.

— Il faut que je prépare mon allocution, fit le prédicateur. Nous accompagnons Abby dans sa dernière demeure, aujourd'hui. La famille m'attend.

Jeffrey n'ignorait pas que la famille comptait dans ses rangs un avocat assez pointu, et il n'avait certes aucune envie de voir Paul Ward débarquer au beau milieu de sa conversation avec le contremaître. L'ancien taulard était affûté, et il aurait déjà assez de mal comme ça à le faire craquer sans que Paul vienne s'en mêler.

Jeffrey n'était pas dans sa juridiction, il n'avait pas de mandat d'arrêt et le seul motif défendable qu'il aurait eu pour s'entretenir avec Connolly lui venait des propos d'une strip-teaseuse qui aurait tué sa propre mère pour un shoot. Il ne pouvait dire à Lev qu'une seule chose : « Faites ce que vous avez à faire. »

Lena fourra les mains dans ses poches, regarda le pasteur s'éloigner.

— Il va tout droit rejoindre son frère.

— Si tu dois leur ligoter les pieds et les poings, je m'en moque, lui répondit-il. Tiens-les à l'écart de cette baraque.

— Oui, chef.

En silence, il monta l'escalier très raide qui menait au logement de Connolly. Arrivé en haut, sur le palier, il regarda par la vitre de la porte et le vit debout devant l'évier. Il était dos à lui, et quand il se retourna, il constata qu'il venait de remplir une bouilloire d'eau. Il n'eut pas l'air surpris de voir quelqu'un en train de regarder à travers sa vitre.

— Entrez, s'écria-t-il, en posant la bouilloire sur la cuisinière.

Il y eut une série de crépitements, le temps que le gaz s'allume.

— M. Connolly, commença Jeffrey, ne sachant trop comment aborder la situation.

— Cole, rectifia l'homme. J'étais justement en train de me préparer un peu de café.

Il lui sourit, l'œil pétillant, comme la veille.

— Vous en voulez une tasse ?

Il avisa un pot de café instantané Folgers sur le plan de travail et réprima une sensation de dégoût. Son père ne jurait que par Folgers, prétendant que c'était le meilleur remède contre la gueule de bois. Pour sa part, il aurait encore préféré boire l'eau des chiottes, mais il accepta.

— Ouais, c'est pas de refus.

Cole sortit une tasse supplémentaire du placard. Jeffrey vit qu'il n'y en avait que deux.

— Asseyez-vous, fit Connolly, en dosant deux cuillerées bien pleines de café noir et granuleux dans les deux mugs.

Il écarta une chaise de la table, observa l'appartement, une seule pièce avec une cuisine d'un côté et la chambre de l'autre. Le matelas était tendu de draps blancs, avec un dessus-de-lit tout simple, bordé au cordeau, à la militaire. Cet homme menait une existence spartiate. Mis à part une croix accrochée au-dessus du lit et une affiche religieuse scotchée sur l'un des murs blanchis au lait de chaux, rien ne révélait le moindre indice sur l'homme qui vivait là.

— Vous êtes installé ici depuis longtemps ?

— Oh, fit-il, paraissant réfléchir. Je crois que ça va faire quinze ans, maintenant. Nous sommes tous arrivés à la ferme, ça remonte à pas mal de temps. Je suis longtemps resté dans la maison, mais ensuite les petits-enfants ont grandi, ils avaient envie d'avoir leur chambre, leur espace à eux. Vous savez comment sont les enfants.

— Ouais, fit Jeffrey. C'est un chouette endroit que vous avez là.

— Je l'ai construit moi-même, annonça-t-il avec fierté. Rachel m'a proposé une chambre chez elle, mais quand j'ai vu cette pièce ici, en haut, j'ai tout de suite compris que je parviendrais à en tirer quelque chose.

— Vous êtes un sacré menuisier, s'extasia Jeffrey, étudiant les lieux plus attentivement.

Le coffre dans lequel ils avaient découvert Abby présentait un assemblage à onglets de belle précision, tout comme le second. L'homme qui avait confectionné ces boîtes était méticuleux, il avait pris le temps de faire les choses correctement.

— Pour une découpe, prendre ses mesures à deux fois.

Il s'assit à la table, posa une tasse devant son visiteur, et garda l'autre pour lui. Il y avait une Bible entre eux, une pile de serviettes coincée dessous.

— Qu'est-ce qui vous amène ?

— J'ai encore quelques questions. J'espère que ça ne vous ennuie pas.

Connolly secoua la tête, comme s'il n'avait rien à cacher.

— Bien sûr que non. Si je peux vous aider. Allez-y.

Jeffrey huma le café instantané posé devant lui, et il dut écarter la tasse avant de pouvoir parler. Il décida de commencer par Chips Donner. O'Ryan leur avait fourni un lien concret. Le rapport avec Abby était déjà plus ténu, et le contremaître n'était pas du genre à tresser la corde qui le pendrait.

— Avez-vous déjà entendu parler d'un bar, le Pink Kitty ?

Connolly conserva le même regard, observant Jeffrey.

— C'est une boîte de strip-tease sur la nationale.

— C'est exact.

Cole déplaça son mug d'un demi-centimètre vers la gauche, pour le centrer en face de la Bible.

— Vous êtes déjà allé là-bas, Cole ?

— C'est une drôle de question à poser à un chrétien.

— Il y a une strip-teaseuse qui dit vous avoir vu là-bas.

Il se massa le sommet de son crâne chauve, essuyant de la transpiration.

— Il fait chaud, fit-il, en se rendant à la fenêtre.

Ils étaient au deuxième étage et la fenêtre était étroite, mais Jeffrey se raidit, craignant que Connolly essaie de s'enfuir.

Le contremaître se retourna vers lui.

— Je n'accorderais pas trop foi à la parole d'une putain.

— Non, concéda Jeffrey. Elles ont tendance à vous répondre ce que vous avez envie d'entendre.

— Tout à fait, dit-il, en remettant à sa place le pot de café instantané.

Il se rendit à l'évier et rinça la cuiller, en la séchant avec un torchon bien usagé avant de la ranger dans le tiroir. La bouilloire se mit à siffler, et il la retira du feu en s'aidant du torchon.

— Approchez-moi ces tasses, demanda-t-il à Jeffrey, qui les fit glisser à l'autre bout de la table. Quand j'étais dans l'armée, reprit-il, en versant de l'eau bouillante dans les tasses, il n'y avait pas un bar à putes dans les parages où on ne finissait pas par traîner nos guêtres. Des lieux de perdition.

Il reposa la bouilloire sur la cuisinière et récupéra la cuiller qu'il venait de laver pour remuer le café.

— J'étais un homme faible, à l'époque. Un homme faible.

— Qu'est-ce qu'Abby fabriquait au Pink Kitty, Cole ?

Connolly continua de remuer le café, transformant le liquide translucide en un breuvage immonde.

— Abby voulait aider les gens, dit-il, en retournant à l'évier. Elle ne savait pas qu'elle entrait dans la gueule du loup. Elle avait une âme sincère.

Jeffrey regarda Cole relaver la cuiller. Il la rangea dans le tiroir, puis vint se rasseoir en face de Jeffrey.

— Est-ce qu'elle a essayé d'aider Chips Donner ?

— Il n'en valait pas la peine, rétorqua Connolly, en portant la tasse à ses lèvres.

De la vapeur s'en éleva, et il souffla sur le liquide avant de la reposer.

— Trop chaud.

Jeffrey se redressa sur sa chaise pour éviter cette odeur.

— Pourquoi il n'en valait pas la peine ?

— Lev et les autres ne le voient pas, mais certains de ces individus entendent juste profiter du système.

Il pointa le doigt sur lui.

— Vous et moi, nous savons comment sont ces gens. C'est mon boulot de les chasser de la ferme. Ils occupent la place de quelqu'un d'autre... un autre qui se montrera désireux de mieux faire. Quelqu'un qui nourrira une foi puissante en notre Seigneur.

Jeffrey s'engouffra dans l'ouverture.

— Ces gens mauvais veulent juste exploiter la situation à leur avantage. Prendre ce qu'ils peuvent et filer.

— C'est exactement cela, acquiesça-t-il. C'est mon boulot de les éjecter, et en vitesse.

— Avant qu'ils ne souillent tous les autres.

— Exact.

— Qu'est-ce que Chips a fait avec Abby ?

— Il l'emmenait dans les bois. Elle était trop innocente. Une innocente.

— Vous l'avez vu l'emmener dans les bois ? demanda Jeffrey, songeant qu'il était assez curieux de la part d'un homme de soixante-deux ans de suivre une jeune fille dans ses allées et venues.

— Je voulais m'assurer que tout allait bien, lui expliqua-t-il. Cela ne me gêne nullement de vous confier que je m'inquiétais pour son âme.

— Vous vous sentez responsable de cette famille ?

— Vu l'état dans lequel est Thomas, il fallait que je veille sur elle.

— Je rencontre ça tout le temps, l'encouragea Jeffrey. Il suffit d'une pomme pourrie pour gâter tout l'arbre.

— C'est bien vrai, monsieur.

Il souffla de nouveau sur son café, risqua une gorgée. Il grimaça, il s'était brûlé la langue.

— J'ai essayé de la raisonner. Elle allait quitter la ville avec ce garçon. Elle bouclait son sac, elle se dirigeait tout droit sur le chemin du vice. Je ne pouvais pas laisser cela se produire. Au nom de Thomas, au nom de la famille, je ne pouvais pas les laisser perdre encore une âme.

Jeffrey opina, tout le puzzle se mettait en place. Il voyait Abigail Bennett faire ses bagages, croyant débuter une nouvelle vie, jusqu'à ce que l'arrivée de Cole Connolly ne chamboule tout. Qu'est-ce qui avait pu traverser la tête d'Abby, tandis qu'il la conduisait dans la forêt ? Elle devait être terrorisée.

— Je ne comprends pas pourquoi vous vouliez qu'elle meure.

La tête de Connolly se redressa d'un coup sec. Il dévisagea Jeffrey une fraction de seconde.

— Vous avez construit cette boîte, Cole, fit-il en désignant l'appartement. Vous faites les choses bien. Votre savoir-faire vous trahit.

Il essaya de pousser son avantage.

— Je ne pense pas que vous vouliez sa mort.

Connolly ne répondit pas.

— C'est de sa mère que je me soucie, poursuivit Jeffrey. Esther est une femme d'une grande bonté.

— C'est vrai.

— Elle a besoin de savoir ce qui est arrivé à sa fille, Cole. Quand j'étais chez elle, à inspecter les affaires d'Abby, à essayer de comprendre ce qui lui était arrivé, Esther m'a supplié. Elle m'a agrippé le bras, Cole. Elle avait les larmes aux yeux.

Il marqua un silence.

— Esther a besoin de savoir ce qui est arrivé à son enfant. Elle en a besoin pour la paix de son esprit.

Connolly se contenta de hocher la tête.

— Voilà où j'en suis, Cole. Je vais devoir impliquer des gens. Je vais devoir lancer des hameçons, voir ce qui remonte au bout de ma ligne.

Connolly se redressa sur sa chaise, les lèvres pincées.

— Je vais commencer par Mary, puis Rachel.

— Je doute que Paul laisse faire.

— Je peux les retenir vingt-quatre heures en garde à vue sans devoir prononcer aucune inculpation.

Et il persista, tâchant de trouver le bon degré de pression.

— À mon avis, Mary et Rachel pourraient être deux témoins de fait.

— Faites ce que vous voulez, dit-il avec un haussement d'épaules.

— C'est Thomas qui va être le plus coriace, insista-t-il, les yeux toujours rivés sur l'ancien militaire, pour voir jusqu'où il pouvait pousser le vieil homme.

À l'évocation du nom de son mentor, son corps se tétanisa. Jeffrey poursuivit.

— Nous ferons tout notre possible pour veiller à son confort. Ces portes de cellules sont assez étroites, mais je suis sûr que nous pourrons le porter, si jamais son fauteuil roulant ne passe pas.

Le robinet de l'évier avait une petite fuite et, dans le silence qui suivit, il entendit dans la petite pièce l'écho de l'eau qui gouttait. Il ne quittait plus Connolly des yeux, il surveillait tout changement d'expression dans le visage de cet homme qui luttait avec la menace qu'agitait devant lui Jeffrey.

Jeffrey qui sentait grandir le poids de son influence, et insistait encore.

— Je vais le garder en prison, Cole. Je recourrai à toutes les solutions pour découvrir la vérité. Croyez-moi.

Connolly tenait la main serrée sur sa tasse, mais il parut avoir pris une décision, car elle se relâcha.

— Vous laisserez Thomas tranquille ?

— Vous avez ma parole.

Cole Connolly opina. Néanmoins, avant de continuer, il prit son temps. Jeffrey était sur le point de le relancer, quand le vieil homme se livra enfin.

— Aucune n'est morte, avant.

Jeffrey sentit monter une poussée d'adrénaline, mais il fit de son mieux pour ne pas rompre le cours de la conversation. Personne n'admettait jamais directement avoir commis un acte horrible. Ils prenaient toujours un chemin détourné, ils se faufilaient vers une forme d'aveu, en se convainquant eux-mêmes d'être de braves gens qui avaient eu un faux pas momentané, et mal agi.

— Aucune n'est morte, avant, répéta Connolly.

Jeffrey s'efforça de proscrire toute nuance accusatrice dans sa voix.

— À qui d'autre avez-vous fait la même chose, Cole ?

Celui-ci secoua lentement la tête.

— Rebecca ?

— Elle refera surface.

— Comme Abby ?

— Comme de la mauvaise graine, fit-il. Rien de ce que j'ai pu dire à cette fille n'a jamais eu d'effet. Elle n'écoutait jamais rien de ce que je disais.

Il plongea les yeux dans son café, mais il n'y avait chez lui aucune trace de remords.

— Abby attendait un enfant.
— Elle vous l'a dit ?
Il imagina Abby essayant d'utiliser cette confession comme un levier, croyant que cela dissuaderait le vieux contremaître de l'enfermer dans cette boîte.
— Ça lui faisait plaisir de me briser le cœur. Mais cela m'a fourni aussi la conviction nécessaire pour faire ce qui devait être fait.
— Donc vous l'avez enterrée près du lac. À l'endroit où Chips l'emmenait faire l'amour.
— Elle allait s'enfuir avec lui, répéta-t-il. J'allais la rejoindre pour prier avec elle, et elle était en train de boucler son sac, elle s'apprêtait à fuir avec cette ordure, pour élever leur bébé dans le péché.
— Et vous ne pouviez pas la laisser faire ça.
— C'était une innocente. Elle avait besoin de ce moment de solitude pour prendre la mesure de tout ce qu'elle avait toléré de la part de ce garçon. Elle était souillée. Elle avait besoin de se relever, et de renaître.
— C'était donc cela ? Vous les avez enterrées pour qu'elles puissent renaître ?
Connolly ne répondit rien.
— Avez-vous enterré Rebecca, Cole ? C'est là qu'elle est, en ce moment même ?
Il posa la main sur sa Bible, qu'il cita.
— « Que les pécheurs disparaissent de la terre, et que les méchants ne soient plus. »
— Cole, où est Rebecca ?
— Je te l'ai dit, fils, je l'ignore.
Jeffrey ne le lâcha pas.
— Abby était-elle une pécheresse ?

— J'ai remis la décision entre les mains du Seigneur. Il m'a demandé de leur accorder un peu de temps pour la prière, pour la contemplation. Il m'a confié cette mission, et j'ai donné aux fils l'opportunité de changer d'existence.

Là encore, il cita les Écritures.

— « L'Éternel garde tous ceux qu'il aime, et Il détruit tous les méchants. »

— Abby n'aimait pas le Seigneur ?

La tristesse de cet homme paraissait sincère, comme s'il n'avait joué aucun rôle dans cette mort terrible.

— Le Seigneur a choisi de la reprendre, dit-il en s'essuyant les yeux. Je me suis borné à suivre ses ordres.

— Le Seigneur vous a-t-il demandé de frapper Chips à mort ?

— Ce garçon n'apportait rien de bien dans le monde.

Jeffrey prit cela comme un aveu de culpabilité.

— Pourquoi avez-vous tué Abby, Cole ?

— C'était la décision du Seigneur de la reprendre.

Son chagrin était sincère.

— Elle a fini étouffée. Pauvre petite.

— C'est vous qui l'avez enfermée dans ce coffre.

Il eut un hochement sec de la tête, et Jeffrey sentait la colère du contremaître monter.

— En effet.

Jeffrey insista encore un peu plus.

— Vous l'avez tuée.

— « Je ne retire aucun plaisir de la mort des méchants », récita-t-il. Je ne suis qu'un vieux soldat. Je vous l'ai dit. Je ne suis que Son messager.

— Ah oui ?

— Oui, c'est ainsi, riposta-t-il sur le ton du sarcasme, en frappant du poing sur la table, les yeux flamboyants de colère.

Il lui fallut une seconde pour se maîtriser, et Jeffrey se souvint de Chips Donner, de ses entrailles pulvérisées par ces deux poings-là. D'instinct, il recula les reins contre le dossier de la chaise, rassuré par le contact de son revolver.

Connolly reprit une gorgée de café.

— Avec Thomas, dans l'état où il est...

Il porta la main à son estomac, un rot âcre lui échappa.

— Excusez-moi. Indigestion. Je sais que je ne devrais pas boire de ce truc. Mary et Rachel ne cessent de me le répéter, mais la caféine est la seule drogue à laquelle je ne parviens pas à renoncer.

— Avec Thomas, dans l'état où il est..., disiez-vous.

Connolly posa sa tasse.

— Il faut que quelqu'un intervienne. Il faut que quelqu'un prenne la famille en charge, sinon tout ce pour quoi nous avons œuvré ira à vau-l'eau. Nous ne sommes tous que des soldats. Nous avons besoin d'un général.

Jeffrey se souvint d'O'Ryan leur disant que l'homme, au Pink Kitty, avait donné de la drogue à Chips.

— Difficile de dire non quand quelqu'un vous brandit la tentation sous le nez. Pourquoi proposiez-vous de la drogue à Chips ?

Connolly remua sur sa chaise, comme s'il essayait de trouver la position où il serait le plus à l'aise.

— Le serpent a tenté Ève, et elle a cédé. Chips était comme les autres. Aucun d'eux ne résiste jamais longtemps.

— J'imagine.

— Dieu a prévenu Adam et Ève de ne rien cueillir dans l'arbre, et pourtant ils ont cédé.

Il fit glisser une serviette de sous la Bible et s'en essuya le front.

— Soit vous êtes fort, soit vous êtes faible. Ce garçon était faible.

Et il ajouta, tristement :

— Je suppose qu'à la fin, Abigail l'était aussi. Le Seigneur œuvre à Sa manière. Ce n'est pas notre tâche de Le remettre en cause.

— Abby a été empoisonnée, Cole. Dieu n'a pas décidé de la reprendre. Quelqu'un l'a assassinée.

Le contremaître scruta Jeffrey, la tasse de café resta en suspens devant ses lèvres. Il prit son temps pour répondre, en avalant une gorgée, et reposa le mug devant la Bible.

— Vous oubliez à qui vous parlez, mon garçon, l'avertit-il, et, sous le ton calme, la menace était perceptible. Je ne suis pas qu'un vieil homme, je suis un ancien taulard. Vous ne me coincerez pas avec vos mensonges.

— Je ne vous mens pas.

— Eh bien, monsieur, vous me pardonnerez de ne pas vous croire.

— Elle a été empoisonnée au cyanure.

Il secoua la tête, toujours incrédule.

— Arrêtez-moi si vous voulez. Je n'ai rien d'autre à ajouter.

— À qui d'autre avez-vous fait subir cela, Cole ? Où est Rebecca ?

Il secoua la tête, en riant.

— Vous me prenez pour une espèce de mouchard, hein ? Vous croyez que je vais tirer à pile ou face, rien que pour sauver ma peau ?

Il pointa Jeffrey du doigt.

— Laisse-moi te dire quelque chose, fils. Je...

Il porta la main à sa bouche, en toussant.

— Je n'ai jamais...

Il toussa encore. La toux se transforma en spasme. Jeffrey bondit de sa chaise. Il vit un flot de bile noire jaillir de la bouche de l'homme.

— Cole ?

Connolly avait du mal à respirer, il était haletant. Il s'agrippa le cou d'une main, ses ongles arrachant la peau.

— Non, éructa-t-il, dans un râle, les yeux rivés sur Jeffrey avec une lueur de terreur. Non ! non !

Son corps se convulsa avec une telle violence qu'il s'abattit sur le sol.

— Cole ? répéta Jeffrey, figé sur place, interdit devant le visage de ce vieil homme transformé en un horrible masque d'agonie et de peur.

Ses jambes se détendirent comme un ressort, heurtant la chaise si brutalement qu'elle alla se fracasser contre le mur. Il souilla son pantalon, macula le plancher d'excréments en rampant vers la porte. Subitement, il s'immobilisa, le corps agité d'un dernier spasme, et ses yeux se révulsèrent. Ses jambes tremblaient si fort qu'une de ses chaussures vola.

En moins d'une minute, il était mort.

* * *

Quand Jeffrey redescendit l'escalier, Lena faisait les cent pas autour de sa Town Car. Il sortit son mouchoir, essuya la transpiration de son front et se rappela que Connolly avait eu le même geste, quelques instants avant de mourir.

Il glissa le bras par la fenêtre ouverte de la voiture pour attraper son téléphone portable. Rien que de se pencher, cela lui donna la nausée, et il se redressa en respirant à fond.

— Ça va ?

Il retira sa veste et la jeta dans l'habitacle. Il composa le numéro de Sara au bureau.

— Il est mort, fit-il à Lena.

— Quoi ?

— On n'a pas beaucoup de temps devant nous, la prévint-il, avant de s'adresser à la réceptionniste du cabinet médical. Tu peux aller la chercher ? C'est urgent.

— Que s'est-il passé ? s'enquit Lena.

Elle baissa la voix.

— Il a tenté un mauvais coup ?

Il n'était guère surpris qu'elle puisse le suspecter d'avoir abattu un suspect en garde à vue. Avec tout ce qu'ils avaient traversé, il était conscient de n'avoir pas précisément donné l'exemple.

Sara arriva à l'autre bout du fil.

— Jeffrey ?

— J'ai besoin de toi à la ferme Ward.

— Que se passe-t-il ?

— Cole Connolly est mort. Il a bu un café. Je pense qu'il devait y avoir du cyanure dedans. Il a...

Il n'avait pas envie de repenser à ce qu'il avait vu.

— Il est mort devant moi.

— Jeffrey, ça va ?

Comme Lena écoutait, il ne s'étendit pas.

— C'était assez dur.

— Mon chéri, fit-elle.

Il détourna le regard, loin de la voiture, comme s'il vérifiait que personne d'autre n'arrivait, mais surtout pour éviter que Lena ne le voie ainsi, le visage décomposé. Cole Connolly était un être infect, un salaud et un malade qui pervertissait les enseignements de la Bible pour justifier ses actes épouvantables, mais il n'en demeurait pas moins un être humain. Dans son esprit, peu de gens méritaient une mort pareille, et si Connolly figurait en tête de cette liste, il n'avait guère apprécié pour autant être spectateur de ses souffrances.

— J'ai besoin de toi ici, et vite, dit-il à Sara. Je voudrais que tu l'examines avant qu'on soit forcés d'appeler le shérif du comté. On n'est pas exactement sur ma juridiction, ajouta-t-il, à l'intention de Lena.

— J'arrive.

Il rabattit le clapet du portable, le fourra dans sa poche et s'appuya contre la voiture. Il avait encore l'estomac retourné, et il était toujours sous le coup de la panique, croyant avoir bu de ce café, tout en sachant avec certitude qu'il n'en était rien. C'était la première et unique fois de sa vie qu'au lieu de se résumer à un coup de pied au cul, les déplorables habitudes de son père lui auraient été bénéfiques. Il prononça une prière silencieuse pour remercier Jimmy Tolliver, n'ignorant pourtant pas que s'il y avait un paradis, son père n'en aurait jamais franchi la porte.

— Chef ? fit Lena. Je viens de vous poser une question. Rebecca Bennett. Il a dit quelque chose à son sujet ?

— Il a prétendu ignorer où elle était.

— D'accord.

Elle lança un coup d'œil vers la ferme.

— Qu'est-ce qu'on fait, maintenant ?

Pour le moment, il n'avait aucune envie de prendre la situation en main. Tout ce qu'il désirait, c'était rester adossé contre sa voiture, tâcher de souffler un peu en attendant Sara. Si on lui laissait au moins ce choix.

— Dès que Sara sera là, je veux que tu ailles chercher Deux-Balles. Dis-lui que ton téléphone ne captait pas par ici. Et tu prends tout ton temps pour arriver là-bas, vu ?

Elle acquiesça.

Il plongea le regard dans la pénombre du hangar, l'étroite volée de marches digne d'une scène de Dante.

— Il a reconnu avoir fait ça à d'autres filles ?

— Oui. Il a soutenu qu'aucune n'était morte, avant.

— Tu le crois ?

— Ouais, répondit-il. Quelqu'un a envoyé ce mot à Sara. Quelqu'un qui a survécu à tout ça.

— Rebecca, devina-t-elle.

— Ce n'était pas la même écriture, dit-il, se remémorant le mot qu'Esther lui avait remis.

— Tu penses que l'une des tantes aurait pu l'écrire ? La mère ?

— Esther n'était sûrement pas au courant. Elle nous aurait tout révélé. Elle aimait sa fille.

— Esther est loyale envers sa famille, lui rappela Lena. Elle s'en remet à ses frères.

— Pas tout le temps, répliqua-t-il.

— Lev, fit-elle. Lui, je ne sais pas. Je n'arrive pas à le cerner.

Il hocha la tête, ne voyant pas trop quoi répondre.

Elle croisa les bras et garda le silence. Il leva de nouveau les yeux vers la route, les ferma, tâchant de refouler ses aigreurs d'estomac. C'était même plus qu'une simple nausée. Il avait des vertiges, comme s'il était sur le point de s'évanouir. Était-il si sûr de n'avoir pas goûté à ce café ? Il avait bien bu un peu de cette citronnade si acide, l'autre jour. Était-il impossible qu'il ait avalé du cyanure ?

Lena se mit à arpenter la cour et, quand elle entra dans le hangar, il ne l'arrêta pas. Elle en ressortit quelques minutes plus tard, en consultant sa montre.

— J'espère que Ward ne va pas revenir.

— Ça fait combien de temps ?

— Moins d'une heure. Si Paul arrive ici avant Sara...

— Allons-y, décida-t-il, se forçant à s'écarter de sa voiture.

Elle le suivit dans le bâtiment, en silence, pour une fois. Elle ne lui posa aucune question, jusqu'à ce qu'ils soient entrés dans la cuisine, et qu'elle voie les deux tasses sur la table.

— Tu penses qu'il l'a bu exprès ?

— Non, affirma-t-il, catégorique, lui qui n'était jamais sûr de rien.

Quand il avait compris ce qui lui arrivait, Cole Connolly avait eu l'air horrifié. Il le soupçonnait même de connaître l'identité de celui ou celle qui l'avait empoisonné. La panique dans son regard avait suffi à lui prouver que cet homme n'ignorait rien de ce qui l'attendait. Et qu'il savait qu'on l'avait trahi.

Lena veilla à contourner le corps. Jeffrey se demandait si la pièce ne présentait pas de danger, quelles précautions ils auraient dû prendre, mais il ne parvenait pas à fixer ses pensées. Il n'arrêtait pas de revoir cette tasse de café. Quelles que soient les circonstances, il acceptait toujours le verre que lui proposait celui ou celle dont il essayait d'obtenir des informations. C'était le B-A-BA du flic de savoir mettre son interlocuteur à l'aise, de lui laisser croire qu'il vous rendait service. De lui permettre de s'imaginer qu'on était amis.

— Regarde ça.

Elle se tenait devant la penderie, désignant les vêtements accrochés à la barre. Pareil que ceux d'Abby. Tu te souviens ? Sa penderie aussi était comme ça. Je te jure, on aurait pu mesurer les écarts au centimètre. Les mêmes espaces.

Elle indiqua les chaussures.

— Et là, même chose.

— C'est Cole qui a dû les remettre en place, en conclut-il, en dénouant sa cravate, pour mieux respirer. Il lui est tombé dessus alors qu'elle faisait ses valises pour quitter la ville.

— Les mauvaises habitudes ont la vie dure.

Elle plongea la main vers le fond du placard, en ressortit une valise rose.

— Ça n'a pas l'air d'être à lui.

Elle posa la valise en plastique sur le lit et l'ouvrit.

Le cerveau de Jeffrey ordonna bien à ses pieds de bouger, pour qu'il puisse s'approcher, mais ils refusèrent d'obéir. En fait, il avait reculé, et il était déjà presque à la porte.

Apparemment, Lena n'avait rien remarqué. Elle tira sur la doublure de la valise et défit la fermeture à glissière de la poche externe.

— Bingo.

— Qu'est-ce que c'est ?

Elle retourna la valise et la secoua. Un portefeuille marron tomba sur le lit. En l'attrapant par les bords, elle l'ouvrit et lut :

— Charles Wesley Donner.

Jeffrey tira de nouveau sur sa cravate. Même avec la fenêtre ouverte, la pièce se transformait en sauna.

— Rien d'autre ?

Du bout des doigts, elle sortit un autre objet de la doublure.

— Un billet d'autocar pour Savannah. Daté de quatre jours avant sa disparition.

— Il y a un nom dessus ?

— Abigail Bennett.

— Tu me le gardes.

Elle rangea le billet dans sa poche tout en allant vers la commode. Elle ouvrit le tiroir du haut.

— Tout comme chez Abby. Les sous-vêtements pliés de la même manière.

Elle ouvrit le tiroir suivant, puis un autre.

— Chaussettes, chemises, tout. Tout est identique, rangé comme chez elle.

Il s'adossa contre le mur, les entrailles nouées. Il avait du mal à reprendre son souffle.

— Cole a eu le temps de m'expliquer qu'elle allait filer avec Chips.

Elle se rendit aux placards de la cuisine.

— Ne touche à rien, lui conseilla-t-il.

On aurait dit une femme prise de panique.

Elle lui lança un regard, retraversa la pièce. Elle s'arrêta devant l'affiche, les mains sur les hanches. Une croix, entre deux mains géantes, jointes en conque. Un feu irradiait de cette croix, comme un faisceau d'éclairs. Elle passa le plat de la main sur l'affiche, comme pour essuyer quelque chose.

— Qu'est-ce que c'est ? parvint-il à lui demander, refusant de regarder par lui-même.

— Attends.

Elle souleva le coin, en veillant à ne pas déchirer le bord, qui était scotché, et l'écarta d'un geste lent. Derrière, le mur était évidé, et une série d'étagères étaient clouées entre les montants de la maçonnerie.

Il fit l'effort d'avancer d'un pas. Sur les étagères, il y avait des sachets. Il devinait aisément de quoi il s'agissait, mais Lena les lui apporta quand même.

— Regarde.

Elle lui tendit l'un de ces sachets de couleur claire. Il en reconnut le contenu, mais la partie la plus intéressante, c'était l'étiquette, avec un nom écrit dessus.

— Qui est Gerald ? demanda-t-il.

— Qui est Bailey ?

Elle lui tendit un autre sac, et encore un autre.

— Qui est Kate ? Et qui est Barbara ?

Il tenait ces sacs dans le creux de ses bras, calculant qu'il y avait là pour deux ou trois mille dollars de came.

— Certains de ces noms me disent quelque chose.

— Comment ça ?

— Les gens de la ferme que nous avons interrogés.

Elle retourna à cette niche cachée, dans le mur.

— Méthadone, coke, herbe. Il stockait un peu de tout, ici.

Jeffrey considéra le cadavre, sans penser à rien, et puis il s'aperçut qu'il était incapable de s'en détourner.

— Il donnait de la drogue à Chips, souligna-t-elle. Il en donnait peut-être aussi à d'autres ?

— Le serpent a tenté Ève, lui dit-il, citant Connolly.

Des pas résonnèrent derrière lui, et il se retourna, pour voir Sara monter les marches.

— Désolée d'avoir été aussi longue, s'excusa-t-elle, alors qu'elle était arrivée en un temps record. Qu'est-ce qui s'est passé ?

Il sortit sur le palier.

— Recouvre-moi ça, demanda-t-il à Lena, en désignant l'affiche.

Il glissa les sachets dans sa poche, pour les faire examiner sans attendre le bon vouloir d'Ed Pelham.

— Merci d'être venue, ajouta-t-il à l'intention de Sara.

— Je t'en prie.

Lena le rejoignit sur le palier.

— Va me chercher Deux-Balles, lui ordonna-t-il.

Il avait compris qu'ils ne trouveraient rien de plus ici. Et il avait déjà suffisamment retardé la venue du shérif de Catoogah County.

Dès que Lena fut partie, Sara prit la main de Jeffrey.

— Il était assis là, à boire un café.

Elle balaya la pièce du regard, puis revint vers lui.

— Tu en as bu ?

Il déglutit, comme s'il avait des éclats de verre dans le gosier. C'était sans doute ainsi que cela avait commencé pour Cole, par cette sensation dans l'arrière-gorge. Il s'était mis à tousser, puis il avait été pris de spasmes, et la douleur l'avait presque déchiré en deux.

— Jeffrey ?

Il ne put que secouer la tête.

Elle ne lui lâcha pas la main.

— Tu as froid, fit-elle.

— Je suis un peu secoué.

— Tu as tout vu ?

Il opina.

— J'étais là, debout, Sara. Je l'ai regardé mourir.

— Tu ne pouvais rien faire.

— Peut-être que...

— Ça l'a tué trop vite, insista-t-elle.

Comme il ne réagissait pas, elle le prit dans ses bras, le serra contre elle. Elle lui chuchota dans le cou.

— Ça va aller.

Il laissa ses yeux se fermer à nouveau, posa la tête contre son épaule. Elle sentait le savon et la lavande, le shampooing, le propre. Il inspira profondément, il avait besoin de son parfum pour se laver de la mort qu'il avait respirée ces trente dernières minutes.

— Il faut que je parle à Terri Stanley, fit-il. Le cyanure, c'est la clef. Lena n'a pas...

— Allons-y, l'interrompit-elle.

Il ne bougea pas.

— Tu veux voir...

— J'en ai assez vu, lui dit-elle, en le tirant par la main. Je ne peux rien faire pour le moment. Il constitue un risque biologique. Tout, ici, d'ailleurs. Tu n'aurais pas dû entrer, ajouta-t-elle. Lena n'a rien touché ?

— Il y avait une affiche. Il avait de la drogue cachée derrière.

— Il consommait ?

— Je ne pense pas, répondit-il. Il en offrait aux autres, pour les tenter.

La berline du shérif de Catoogah County arriva au pied du hangar, suivie d'un tourbillon de poussière. Il ne comprenait pas comment le bonhomme avait pu arriver si vite. Lena n'avait quand même pas eu le temps de se rendre au poste de police du comté voisin.

— Qu'est-ce qui se passe ici, bon sang ? s'exclama Pelham, en sautant de voiture, si vite qu'il ne prit même pas la peine de fermer sa portière.

— Il y a eu un meurtre, lui annonça Jeffrey.

— Et comme par hasard, vous étiez là ?

— Tu as parlé à mon adjointe ?

— Je l'ai croisée sur le chemin et elle m'a fait signe de m'arrêter. Tu peux t'estimer sacrément heureux que j'aie déjà été en route.

Jeffrey ne se sentait pas la force de lui dire où il pouvait se carrer ses menaces. Il marcha en direction de la voiture de Sara, il n'avait qu'une envie, mettre le plus de distance possible entre Cole Connolly et lui.

— Tu veux me raconter un peu ce que vous foutez dans ma juridiction, sans mon autorisation ?

— On part, lui rétorqua Jeffrey, comme si ce n'était pas évident.

— Vous n'allez pas me planter là comme ça, ordonna le shérif de Catoogah. Revenez par ici, nom de Dieu.

— Tu vas m'arrêter ? lui lança Jeffrey, en ouvrant la portière de la voiture.

Sara était juste derrière lui. Elle s'adressa à Pelham.

— Ed, pour ce coup-ci, vous devriez peut-être appeler le Georgia Bureau of Investigation.

Deux-Balles bomba le torse, on aurait cru une otarie.

— On sait faire nos relevés sur les lieux du crime tout seuls, sans l'aide de personne, merci beaucoup.

— Je n'en doute pas, lui assura-t-elle, avec cette politesse exquise dont elle usait quand elle était sur le point de couper quelqu'un en deux. Mais comme je pense que l'homme qui est là-haut a été empoisonné au cyanure, et comme il suffit d'une concentration de trois cents unités par million dans l'atmosphère pour tuer un être humain, je vous suggère de faire appel à un spécialiste équipé pour traiter les scènes criminelles présentant un risque biologique.

Pelham ajusta le ceinturon de son arme.

— Vous estimez qu'il y a un danger ?

C'est encore Sara qui lui répondit.

— Celui-ci, je ne pense pas que Jim ait très envie de s'en occuper.

Jim Ellers était le médecin légiste de Catoogah County. À près de soixante-dix ans, l'ancien propriétaire d'un des funérariums les plus florissants de la région avait pris sa retraite mais conservé sa fonction médico-légale, pour gagner un peu d'argent de poche. Il n'était pas médecin de formation, mais faire des autopsies pour payer son abonnement au club de golf ne le dérangeait pas le moins du monde.

— Merde ! lança Pelham en crachant par terre. Vous savez combien ça va coûter ?

Il n'attendit pas la réponse, retourna d'un pas martial à sa voiture et attrapa sa radio.

Jeffrey s'installa dans celle de Sara, qui le rejoignit.

— Connard, marmonna-t-elle, en démarrant.

— Tu peux me déposer à l'église ?

— Bien sûr.

Elle s'éloigna du hangar en marche arrière.

— Où est ta voiture ?

— J'imagine que Lena est toujours dedans.

Il consulta sa montre.

— Elle devrait pas tarder.

— Ça va aller ?

— Il va me falloir un verre bien tassé.

— J'en ai un qui t'attend dès que tu rentres à la maison.

Il sourit, en dépit des circonstances.

— Désolé de t'avoir fait perdre ton temps en te demandant de venir ici.

— Ce n'est pas une perte de temps, se défendit-elle, en s'arrêtant devant un édifice tout blanc.

— C'est ça, l'église ?

— Oui.

Il sortit de la voiture, contempla ce petit bâtiment sans prétention.

— Je te retrouve plus tard à la maison, lui dit-il.

Elle se pencha et prit sa main dans la sienne.

— Sois prudent.

Il la regarda démarrer, attendit d'avoir perdu sa voiture de vue avant de monter les marches de l'église. Il pensait frapper à la porte, mais il se ravisa, l'ouvrit et pénétra dans la chapelle.

La vaste salle était déserte, mais il entendit des voix dans le fond. Il y avait encore une porte, derrière la chaire, et cette fois, il frappa.

Paul Ward lui ouvrit, et la stupéfaction se lut sur son visage.

— Que puis-je faire pour vous ?

Il lui barrait l'entrée, mais Jeffrey entrevit la famille réunie à une longue table, derrière lui. Mary, Rachel et Esther étaient assises d'un côté, Paul, Ephraïm et Lev de l'autre. Tout au bout, il y avait un vieil homme dans un fauteuil roulant. Une urne en métal était posée devant lui, qui contenait probablement les cendres d'Abby.

Lev Ward se leva.

— Je vous en prie, entrez, dit-il.

Paul n'était pas pressé de s'écarter pour lui ouvrir le passage, visiblement guère ravi de l'accueillir.

— Je suis désolé de vous interrompre, commença Jeffrey.

— Avez-vous découvert quelque chose ? lui demanda Esther.

— Il y a du nouveau.

Il s'approcha de l'homme dans le fauteuil roulant.

— Je ne crois pas que nous nous connaissions, M. Ward.

La bouche de l'homme remua bizarrement, et il prononça un nom. Jeffrey crut comprendre « Thomas ».

— Thomas, répéta Jeffrey. Je suis navré de vous rencontrer en de telles circonstances.

— Quelles circonstances ? s'étonna Paul, et Jeffrey interrogea son frère du regard.

— Je ne leur ai rien dit, lui assura Lev, sur la défensive. Je vous ai donné ma parole.

— Quelle parole ? s'exclama Paul. Lev, bon sang, dans quoi tu t'es fourré ?

Thomas eut un geste de rappel au calme, de sa main tremblante, mais Paul l'interrompit :

— Papa, tout ceci est grave. Si je dois être le conseil de la famille, il faut que l'on m'écoute.

Rachel eut une réaction surprenante.

— Tu n'es pas responsable de nous, Paul.

— Paul, intercéda Lev. Je t'en prie, assieds-toi. Je ne me suis pas attiré le moindre ennui.

Jeffrey n'en était pas si sûr.

— Cole Connolly est mort, leur annonça-t-il.

Autour de la table, ce fut un sursaut collectif, et il eut soudain l'impression de se retrouver dans une histoire à la Agatha Christie.

— Mon Dieu, fit Esther, la main sur le cœur. Que s'est-il passé ?

— Il a été empoisonné.

Esther dévisagea son mari, puis son frère aîné.

— Je ne comprends pas.

— Empoisonné ? s'écria Lev, en s'effondrant dans son siège. Mais comment ?

— Je suis à peu près certain que c'était du cyanure. Ce même cyanure qui a tué Abby.

— Mais..., commença Esther, en secouant la tête. Vous disiez qu'elle avait été asphyxiée.

— Le cyanure est une substance asphyxiante, lui précisa-t-il, comme si, jusqu'à cette minute, il ne leur avait pas caché la vérité à dessein. Quelqu'un a sans doute dissous les sels dans de l'eau, avant de la verser par le tuyau...

— Le tuyau ? s'écria Mary.

C'était la première fois qu'elle parlait et il vit son visage devenir livide.

— Quel tuyau ?
— Le tuyau qui était raccordé à la caisse, leur expliqua-t-il. Le cyanure a réagi...
— La caisse ? fit encore Mary en écho, comme si c'était la première fois qu'elle en entendait parler.
Et peut-être était-ce le cas, songea-t-il. L'autre jour, avant qu'il ne leur explique ce qui était arrivé à Abby, elle était sortie précipitamment du salon. Les hommes de la famille avaient donc pu épargner cette information à ses oreilles délicates.
— Cole m'a avoué que ce n'était pas la première fois, reprit-il, en observant chacune des sœurs, tour à tour. Est-ce qu'il a puni les autres enfants de cette façon, quand ils étaient grands ?
Il considéra Esther.
— Avait-il déjà puni Rebecca de la sorte ?
Esther semblait avoir du mal à respirer.
— Mais pourquoi aurait-il...
Paul la coupa.
— Chef Tolliver, je pense que nous avons besoin de nous retrouver entre nous, maintenant.
— J'ai encore quelques questions, insista-t-il.
— J'en suis convaincu, lui répondit l'avocat, mais nous sommes...
— En fait, l'interrompit-il, l'une de ces questions vous est destinée.
Paul cligna les yeux.
— Moi ?
— Abby est-elle venue vous voir, dans les quelques jours qui ont précédé sa disparition ?
— Eh bien..., réfléchit-il. Oui, je crois.
— Elle t'a apporté ces papiers, Paul, intervint Rachel. Pour le tracteur.

— Exact, se souvint-il. Je les avais laissés ici, dans ma serviette. Il fallait signer certains documents juridiques, précisa-t-il, et aller les déposer avant la fermeture des bureaux.

— Elle ne pouvait pas les faxer ?

— Il fallait que ce soit les originaux. C'était une commission rapide, un simple aller-retour. Abby s'en occupait souvent.

— Pas souvent, rectifia Esther, en le contredisant. Peut-être une ou deux fois par mois.

— Nous jouons sur les mots, fit Lev. Elle allait porter des documents pour Paul, qu'il n'ait pas à perdre quatre heures de sa journée sur la route.

— Elle prenait le bus, indiqua Jeffrey. Pourquoi ne conduisait-elle pas ?

— Abby n'aimait pas prendre l'autoroute, lui répondit Lev. Y a-t-il un problème ? Croyez-vous qu'elle ait rencontré quelqu'un dans le bus ?

— Étiez-vous à Savannah, la semaine où elle a disparu ?

— Oui, lui répliqua l'avocat. Je vous l'ai déjà dit. Une semaine sur deux, je suis là-bas. Je suis seul à gérer les affaires juridiques de la ferme. C'est très prenant.

Il sortit un petit carnet de sa poche et griffonna quelques indications.

— Voici le numéro de mon cabinet à Savannah, fit-il en arrachant le feuillet. Vous n'avez qu'à appeler ma secrétaire... Barbara. Elle peut vérifier où j'étais.

— Et le soir ?

— Vous me demandez de vous fournir un alibi ? s'indigna-t-il, incrédule.

— Paul, intervint Lev.

— Écoutez-moi bien, reprit Paul, en pointant l'index sous le nez de Jeffrey. Vous avez interrompu la cérémonie funéraire de ma nièce. Je comprends que vous deviez exercer votre métier, mais ce n'est pas le moment.

Jeffrey ne céda pas d'un pouce.

— Écartez votre doigt de ma figure.

— Je commence à en avoir assez...

— Écartez votre doigt de ma figure, répéta-t-il.

Au bout d'un moment, l'avocat eut le bon sens de laisser sa main retomber. Jeffrey regarda les sœurs, puis Thomas, à l'extrémité de la table.

— Quelqu'un a tué Abby, leur lança-t-il et, tout au fond de lui, il sentait la colère le consumer. Elle a été enterrée dans cette boîte par Cole Connolly. Elle y est restée plusieurs jours et plusieurs nuits... jusqu'à ce que quelqu'un... quelqu'un qui savait où elle était ensevelie... vienne lui verser du cyanure dans la gorge.

Esther porta la main à sa bouche, elle avait les larmes aux yeux.

— Je viens de voir un homme mourir de cette mort-là, poursuivit-il. Je l'ai regardé se tordre sur le sol, pris de spasmes, cherchant de l'air, sachant pertinemment qu'il allait mourir, et priant sans doute Dieu d'en finir, de l'emporter, pour l'affranchir de cette douleur.

Esther laissa retomber la tête, elle pleurait pour de bon. Le reste de la famille paraissait sous le choc, et quand il balaya la pièce des yeux, personne ne soutint son regard, sauf Lev. Le prédicateur semblait sur le point de prendre la parole, mais Paul l'en empêcha en lui posant la main sur l'épaule.

— Rebecca est toujours portée disparue, leur rappela Jeffrey.

— Vous croyez..., souffla Esther.

Sa question demeura en suspens, elle prenait toute la mesure de ces révélations, dans toute leur violence.

Jeffrey observait Lev, tâchant de lire dans son regard vide de toute expression. La mâchoire de Paul se contracta, mais il ignorait si c'était de colère ou d'inquiétude.

Ce fut Rachel qui, à l'idée du danger qu'encourait sa nièce, posa enfin la question, d'une voix chevrotante.

— Vous pensez que Rebecca a été enlevée ?

— Je pense que quelqu'un dans cette pièce sait exactement ce qui s'est passé... et que cette personne a sans doute sa part de responsabilité.

Il lança une poignée de cartes de visite sur la table.

— Là-dessus, il y a tous mes numéros. Quand vous serez disposés à découvrir la vérité, appelez-moi.

Vendredi

Chapitre Treize

Sara, allongée dans son lit, regardait par la fenêtre. Elle entendait Jeffrey s'affairer dans la cuisine, entrechoquer des casseroles. Vers cinq heures ce matin, il lui avait fichu une peur bleue, à sautiller dans le noir en enfilant son short de jogging, l'air d'un meurtrier armé d'une hache dans le jeu des ombres projetées par la lune. Une heure plus tard, il l'avait de nouveau réveillée, jurant comme un charretier quand il avait marché accidentellement sur Bob. Délogé du lit par Jeffrey, le lévrier s'était finalement résigné à coucher dans la baignoire, mais quand il les avait découverts tous les deux dedans, l'indignation avait été partagée.

Pourtant, la présence de Jeffrey dans la maison la réconfortait. Elle aimait se retourner dans son lit au milieu de la nuit, et sentir la chaleur de son corps. Elle aimait le son de sa voix et le parfum de la crème aux flocons d'avoine dont il s'enduisait les mains, quand il croyait qu'elle regardait ailleurs. Et surtout, elle aimait qu'il lui prépare le petit déjeuner.

— Bouge tes fesses de ce lit et viens battre les œufs, beugla-t-il depuis la cuisine.

Elle marmotta une réponse dont elle aurait eu honte si elle était parvenue aux oreilles de sa mère, et sortit des couvertures en se traînant. La maison était glaciale, alors que le soleil cognait sur le lac, les vaguelettes reflétant des copeaux de lumière cuivrée par les fenêtres qui donnaient sur l'arrière. Elle attrapa le peignoir de Jeffrey et s'en enveloppa, avant de se glisser dans le couloir à pas feutrés.

Il était devant ses fourneaux, occupé à faire frire du bacon. Il portait son survêtement et un T-shirt noir, qui mettait joliment en valeur son cocard, dans le soleil matinal.

— Je me disais bien que tu devais être réveillée, fit-il.

— L'avantage de se connaître par cœur..., lui répondit-elle, en cajolant Billy qui venait se frotter contre elle.

Bob était vautré sur le canapé, les pattes en l'air. Et elle aperçut Bubba, son chat, qui traquait on ne savait trop quoi dans le jardin.

Il avait déjà sorti les œufs et les avait mis à côté d'un bol. Elle les cassa, tâchant de ne pas laisser dégouliner les blancs sur le plan de travail. Voyant qu'elle en mettait partout, il prit la relève.

— Va t'asseoir.

Elle se laissa choir sur le tabouret du coin repas, et le regarda nettoyer le gâchis.

— Tu n'arrivais pas à dormir ? lui demanda-t-elle.

La réponse était évidente.

— Non, lui dit-il, en jetant le torchon dans l'évier.

Il était préoccupé par cette affaire, mais elle savait aussi qu'il était perturbé par Lena. Depuis les débuts de leurs relations, il avait toujours été inquiet pour Lena Adams. Au début, c'était parce que sur le terrain, dans la rue, elle était trop tête brûlée, trop agressive lors des arrestations. Par la suite, il s'était inquiété de son désir permanent de compétition et de rivalité, de sa volonté féroce d'être la meilleure de l'unité, par tous les moyens. En tant qu'inspecteur de police, il l'avait préparée avec soin, en l'associant avec Frank, son équipier, mais en la prenant sous son aile, en la formant dans un but précis – un but, Sara en était convaincue, qu'elle n'atteindrait jamais. Lena avait l'esprit trop étroit, elle était trop égoïste pour suivre. Voilà douze ans, Sara aurait pu prédire qu'il continuerait aujourd'hui encore de s'inquiéter pour elle. Qu'elle se soit fourrée avec ce skinhead néonazi d'Ethan Green, c'était vraiment la seule chose qui l'ait jamais surpris chez cette femme.

— Tu vas essayer de parler à Lena ?

Il ne répondit pas à sa question.

— Elle est trop futée pour ça.

— Je ne pense pas que la maltraitance ait quoi que ce soit à voir avec l'intelligence.

— C'est pour ça qu'à mon avis Cole n'a rien fait à Rebecca, lui répliqua-t-il. Elle est trop volontaire. Il ne serait pas allé choisir quelqu'un qui lui aurait trop résisté.

— Brad cherche toujours du côté de Catoogah ?

— Ouais, grogna-t-il, sans avoir l'air d'espérer que cette recherche débouche sur quoi que ce soit.

Il revint à nouveau sur Cole Connolly, comme si, dans sa tête, il menait une tout autre conversation.

— Rebecca aurait tout raconté à sa mère et Esther... Esther aurait égorgé Cole.

Se servant de sa main valide, il cassa les œufs dans le bol, un par un.

— Cole n'aurait jamais couru ce risque.

— Les prédateurs ont une aptitude innée à choisir leurs victimes, acquiesça-t-elle, repensant à Lena.

En un sens, les circonstances de sa vie, les préjudices qu'elle avait subis, avaient pris le dessus, la transformant en une cible facile pour un individu comme Ethan. Sara voyait bien comment c'était arrivé. C'était tout à fait logique, et pourtant, connaissant Lena, elle avait encore du mal à comprendre.

— Cette nuit je n'ai pas arrêté de le revoir, la panique dans ses yeux quand il a compris ce qui se passait. Bon Dieu, quelle horrible façon de mourir.

— Il est arrivé la même chose à Abby, lui rappela-t-elle. Sauf qu'elle était seule dans le noir et n'avait aucune idée de ce qui lui arrivait.

— Je crois qu'il savait, nuança-t-il. En tout cas, je crois qu'à la fin, il a compris.

Devant la cafetière, il y avait deux mugs, Jeffrey les remplit, et en tendit un à Sara. Elle le vit hésiter, avant de boire une gorgée, et se demanda s'il pourrait boire son café désormais sans repenser à Cole Connolly. Objectivement, elle exerçait un métier bien plus confortable que le sien. Il était tout le temps en première ligne. Il était le premier à voir les cadavres, à annoncer la mort aux parents et aux proches, à sentir leur besoin désespéré de savoir qui avait supprimé leur enfant, leur mère ou leur amant. Pas étonnant que les flics connaissent un taux de suicide supérieur à celui de toutes les autres professions.

— D'instinct, tu dirais quoi ?

— Je ne sais pas, avoua-t-il, en battant les œufs à la fourchette. Lev a admis qu'il était attiré par Abby.

— Mais c'est normal, fit-elle, avant de se reprendre. Enfin, normal si c'est arrivé comme il l'a raconté.

— Paul soutient qu'il était à Savannah. Je vais vérifier, mais ça ne rendrait toujours pas compte de ses soirées.

— Ce qui pourrait aussi jouer en faveur de son innocence, lui rappela-t-elle.

Elle avait appris de Jeffrey, depuis longtemps, que le suspect disposant d'un alibi en béton était justement celui qu'il fallait surveiller de près. Elle-même n'aurait pu produire un témoin susceptible de jurer qu'elle était restée seule chez elle, pendant toute la nuit, quand on avait assassiné Abigail Bennett.

— Rien de neuf à propos de la lettre qu'on t'a envoyée, dit-il. Je doute que le labo déniche quoi que ce soit, d'ailleurs.

Il se rembrunit.

— Ces conneries coûtent une fortune.

— Pourquoi tu as commandé ces expertises, alors ?

— Parce que je n'aime pas l'idée qu'on te mêle comme ça à une affaire, dit-il, et elle perçut la note de ressentiment dans sa voix. Tu n'es pas flic. Tu n'es pas concernée.

— On a pu me l'envoyer en sachant que je t'en parlerais.

— Pourquoi ne pas l'envoyer au poste, tout simplement ?

— Mon adresse figure dans l'annuaire, dit-elle. Celui qui l'a expédiée pouvait redouter qu'au poste, une lettre se perde. Tu crois que c'est une des sœurs ?

— Elles ne te connaissent même pas.

— Tu leur as dit que j'étais ta femme.

— N'empêche, j'aime pas ça, répéta-t-il, en séparant les œufs qu'il fit glisser sur deux assiettes, avant d'ajouter deux toasts dans chacune.

Il en revint à leur premier sujet de conversation.

— Le cyanure, c'est là qu'est le lien difficile à établir.

Il lui tendit l'assiette de bacon et elle en prit deux morceaux.

— Plus nous étudions la question, plus il semble que Dale soit la source d'approvisionnement. Mais Dale, ajouta-t-il, jure que le garage est fermé à clef en permanence.

— Et tu le crois ?

— Il a beau frapper sa femme, raisonna-t-il, je pense qu'il m'a dit la vérité. Ces outils, c'est son gagne-pain. Il ne va pas laisser cette porte ouverte, surtout avec des ouvriers de la ferme qui traversent sa propriété.

Il sortit la confiture et la lui passa.

— Tu crois qu'il est impliqué ?

— Je ne vois pas comment. Il n'a aucun lien avec Abby, aucune raison d'empoisonner Cole. Je devrais boucler toute la famille, les prendre tous séparément, et voir qui craque le premier.

— Je doute que Paul le permette.

— Je vais peut-être devoir coffrer le vieux.

— Oh, Jeffrey, fit-elle, mue par un sentiment protecteur envers Thomas Ward, sans savoir pourquoi. Non. C'est un vieil homme sans défense.

— Personne n'est sans défense, dans cette famille.

Il marqua un temps.

— Même pas Rebecca.

Elle pesa le sens de ses propos.

— Tu crois qu'elle est dans le coup ?

— Je crois qu'elle se cache. Je crois qu'elle sait quelque chose.

Il s'assit à côté d'elle, au comptoir, frotta les sourcils, tournant et retournant les détails obsédants qui l'avaient maintenu éveillé toute la nuit.

Elle lui massa le dos.

— Quelque chose va finir par céder. Il faut juste que tu reprennes tout depuis la case départ.

— Tu as raison, dit-il en levant les yeux vers elle. On en revient toujours à ce cyanure. C'est la clef. Il faut que je parle à Terri Stanley. Il faut que j'arrive à l'éloigner de Dale, voir ce qu'elle a à dire.

— Elle a rendez-vous à la clinique aujourd'hui, lui signala-t-elle. J'ai dû lui trouver une place à l'heure du déjeuner.

— Un problème ?

— Son petit dernier, ça ne s'arrange pas.

— Tu vas lui parler de ses bleus ?

— Je suis dans la même situation que toi. Je ne peux pas franchement la prendre dans un coin et la forcer à tout me révéler. Si c'était aussi simple, tu serais au chômage.

Sara avait elle-même éprouvé une certaine culpabilité, troublée d'avoir reçu Terri Stanley pendant toutes ces années sans jamais deviner la vérité.

Elle poursuivit.

— Je ne peux pas trahir la confiance de Lena et puis, d'après ce que je crois savoir, ça la braquerait.

Ses gamins sont malades. Elle a besoin de mon cabinet. Pour elle c'est un refuge. Si je voyais qu'on a touché à un cheveu de ses gosses, ajouta-t-elle, tu peux me croire, j'interviendrais. Je ne la laisserais pas repartir avec eux.

— Quand elle vient en consultation, il lui arrive d'être accompagnée par Dale ?

— Pas à ma connaissance.

— Ça t'ennuie si je fais un saut pour lui parler ?

— Je ne sais pas, ça me gêne, lui avoua-t-elle, n'aimant pas l'idée de voir son cabinet servir d'annexe au poste de police.

— Dale a un revolver chargé dans sa boutique, et quelque chose me dit qu'il n'aime pas trop que les flics causent à sa femme.

— Ah !

Ce fut tout ce qu'elle trouva à dire. Ça changeait tout.

— Pourquoi je n'attendrais pas plutôt sur le parking qu'elle sorte ? suggéra-t-il. Ensuite, je l'emmènerai au poste.

Sara savait que ce serait bien plus sûr, mais l'idée de se retrouver impliquée dans une mise en scène pour piéger Terri Stanley ne lui plaisait pas beaucoup.

— Son fils sera avec elle.

— Marla adore les enfants.

— Ça ne me plaît pas.

— Je suis convaincu que ça n'a pas plu davantage à Abby Bennett de se retrouver enfermée dans cette boîte.

Il marquait un point, mais elle n'appréciait toujours pas. Tout en sachant qu'elle commettait une erreur, elle se laissa fléchir.

— Son rendez-vous est à midi et quart.

* * *

Le funérarium de Brock était installé dans une demeure victorienne bâtie au début du siècle par le gérant du dépôt de maintenance ferroviaire d'Avondale. Malheureusement, ce personnage avait puisé dans les coffres de la société de chemin de fer pour financer la construction de la maison et, quand il s'était fait pincer, l'endroit avait été revendu aux enchères. John Brock avait racheté le tout pour une bouchée de pain et l'avait transformé en l'un des plus beaux funérariums de la région d'Atlanta.

À la mort de John, son fils unique avait hérité de l'affaire. Sara allait au collège avec Dan Brock et le funérarium était sur le trajet de son bus. La famille habitait au-dessus de la société, et tous les matins, en semaine, quand le bus s'arrêtait devant la maison des Brock, elle avait un mouvement de recul – pas parce qu'elle faisait la délicate, mais parce que la mère de Dan insistait, qu'il pleuve ou qu'il fasse beau, pour attendre avec son fils devant la maison et l'embrasser. Après cet au revoir gênant, Dan grimpait dans le bus, où tous les garçons l'accueillaient en se moquant de lui.

En règle générale, il finissait par s'asseoir à côté de Sara. Elle ne faisait pas partie de la bande la plus en vue, ni celle des drogués, ni même celle des chouchous. La plupart du temps, elle était plongée dans un livre et ne remarquait pas qui s'asseyait à côté d'elle, sauf si Brock s'affalait lourdement. À l'époque déjà, il était loquace, et plutôt bizarre. Elle s'était toujours sentie désolée pour lui et, en plus de trente ans, depuis l'époque où ils se rendaient ensemble en cours, cela n'avait jamais changé. Ce célibataire endurci chantait dans le chœur de l'église et vivait toujours avec sa mère.

— Il y a quelqu'un ? fit-elle en ouvrant la porte donnant sur le grand couloir qui courait sur toute la longueur de la maison.

Audra Brock n'avait pas beaucoup changé la décoration depuis le temps où son mari avait acheté la demeure, et les épais tapis, les lourdes tentures étaient d'époque. Des chaises étaient disposées tout le long du corridor, des tables avec des boîtes de Kleenex discrètement cachées à côté des compositions florales, qui offraient leur consolation aux endeuillés.

— Brock ? appela-t-elle, en posant sa serviette sur l'une des chaises, pour en sortir le certificat de décès d'Abigail Bennett.

Elle avait promis à Paul Ward d'apporter ces paperasses à Brock dès hier, mais elle avait été trop occupée. Carlos avait pris l'une de ses rares semaines de congé, et elle ne voulait pas faire attendre la famille un jour supplémentaire.

Brock ? essaya-t-elle de nouveau, consultant sa montre, se demandant où il était.

Elle allait arriver en retard à son cabinet.

— Il y a quelqu'un ?

Il n'y avait pas de voitures garées dehors, et elle en déduisit qu'aucune cérémonie n'était en cours. Elle avança dans le couloir, risqua un œil dans chacun des salons funéraires. Elle le trouva dans le dernier. C'était un grand gaillard dégingandé, mais il avait quand même réussi, en se penchant en avant, à plonger toute la partie supérieure du corps dans un cercueil, le couvercle calé contre son dos. La jambe d'une femme, repliée au genou, pointait vers le plafond, à côté de lui, un pied délicat, chaussé d'un haut talon, pendant hors de la bière. Si Sara n'avait su de quoi il retournait, elle aurait cru assister à une scène scabreuse.

Brock ?

Il sursauta, se cognant la tête contre le couvercle.

— Bonté divine, s'exclama-t-il en riant, la main sur le cœur, alors que le couvercle se rabattait en claquant. Tu as failli me faire mourir de peur.

— Désolée.

— Enfin, vu l'endroit, ce serait de circonstance ! plaisanta-t-il, en se tapant la cuisse.

Sara fit l'effort de rire à son tour. Il était à peu près aussi drôle que sociable.

Il passa la main sur le rebord luisant du cercueil jaune clair.

— Une commande spéciale. Joli, hein ?

— Euh, ouais, acquiesça-t-elle, ne sachant trop quoi dire d'autre.

— Un admirateur de l'Institut de technologie de Grant, lui précisa-t-il, en désignant le mince filet noir qui courait sur tout le couvercle. Dis-moi, fit-il encore, avec un sourire rayonnant. Ça m'ennuie de te demander ça, mais est-ce que tu pourrais me donner un coup de main ?

— Qu'est-ce qui ne va pas ?

Il rouvrit le couvercle, lui montra le corps d'une femme replète qui devait avoir environ quatre-vingts ans. Ses cheveux gris étaient relevés en chignon, les joues légèrement fardées de rouge pour leur donner un peu d'éclat. On l'aurait bien vue au musée Grévin, plutôt que dans ce cercueil jaune citron. Ce qui gênait Sara dans l'embaumement, c'était tous ces artifices. Le blush et le mascara, les produits chimiques qui conservaient le corps pour l'empêcher de pourrir. Elle n'était pas trop ravie à l'idée de mourir et que quelqu'un ou, pire encore, qu'un Dan Brock la bourre de coton par divers orifices, pour lui éviter des fuites de liquides d'embaumement.

— J'essayais de la lui rabaisser, lui expliqua-t-il, en indiquant la veste de la femme, qui était remontée en bouchon autour des épaules. Elle est assez costaude. Si tu pouvais lui soulever les jambes pendant que je tire dessus...

— Bien sûr, s'entendit-elle répondre, même si c'était bien la dernière chose dont elle avait envie ce matin.

Elle souleva donc les jambes de la femme par les chevilles et Brock tira vite fait la veste vers le bas, tout en continuant de bavarder.

— Je n'avais pas envie de la trimballer jusqu'en bas pour la placer sous la poulie et maman n'est plus assez vaillante pour m'aider à ce genre d'exercice.

Sara reposa les jambes.

— Elle va bien ?

— Sciatique, chuchota-t-il, comme si sa mère pouvait être gênée que l'on diffuse la nouvelle de cette affliction. Quand on commence à vieillir, c'est terrible. Enfin.

Il glissa la main le long du tour de cercueil, pour lisser le capitonnage en soie. Quand il eut fini, il se frotta les paumes comme pour se laver les mains de cette tâche.

— Merci de m'avoir aidé. Que puis-je faire pour toi ?

— Ah. Elle en avait presque oublié le motif de sa venue.

Elle regagna la première rangée de chaises, où elle avait déposé les papiers concernant Abby.

— J'avais promis à Paul Ward de t'apporter le certificat de décès avant jeudi, mais j'ai été coincée.

— Je suis sûr qu'il n'y aura aucun problème, fit Brock, tout sourire. J'ai même pas encore récupéré Chips du crématorium.

— Chips ?

— Charles. Désolé, Paul l'a appelé Chips, mais j'imagine que ce n'est pas son vrai nom.

— Pourquoi Paul veut-il le certificat de décès de Charles Donner ?

Dan haussa les épaules, comme si cette requête était la chose la plus naturelle du monde.

— Quand des gens de la ferme décèdent, c'est toujours lui qui se procure les certificats.

Elle s'appuya contre le dossier de sa chaise, éprouvant le besoin de se retenir à quelque chose de solide.

— Combien de gens de la ferme sont morts ?

— Non, fit l'autre en riant, et pourtant, elle ne voyait pas ce qu'il y avait de drôle. Désolé de t'avoir induite en erreur. Pas beaucoup. Deux, un peu plus tôt cette année... avec Chips, ça fera trois. Et l'an dernier, ça devait être deux.

— Moi, ça me paraît beaucoup, lui répliqua-t-elle, songeant qu'il n'avait pas compté Abigail, ce qui porterait le total à quatre rien que pour cette année.

— Oui, peut-être, reprit Brock, avec plus de lenteur, comme si la singularité de la situation venait de lui apparaître. Mais il faut considérer le genre de gens qu'ils ont là-bas. Des loques, surtout. J'estime que c'est vraiment très chrétien, de la part de la famille, d'endosser les frais.

— De quoi sont-ils morts ?

— Voyons un peu, fit-il, en se tapotant le menton de l'index. Tous de mort naturelle, ça, je peux te l'affirmer. Si on ose appeler la boisson et la drogue des causes naturelles. L'un deux était tellement plein de gnôle qu'il a fallu moins de trois heures pour le réduire en cendres. Il est arrivé avec son propre produit accélérant dans l'organisme, celui-là. Un type assez maigre, en plus. Pas beaucoup de graisse.

Elle n'ignorait pas que la graisse brûlait plus facilement que les muscles, mais ce n'était pas très agréable à entendre, si tôt après son petit déjeuner.

— Et les autres ?

— J'ai des copies des certificats dans mon bureau.

— Ils viennent de chez Jim Ellers ? demanda-t-elle – le médecin légiste de Catoogah County.

— Ouaip, confirma-t-il, en l'invitant du geste à l'accompagner dans le couloir.

Elle le suivit, mal à l'aise. Jim Ellers était un homme charmant, mais comme Brock, c'était un gérant de funérarium, pas un médecin. Jim renvoyait toujours ses cas les plus difficiles vers elle ou vers le labo de l'État. Sur les huit dernières années, elle gardait le souvenir d'une blessure par balle et un coup de couteau, que l'on avait transférés à son bureau depuis Catoogah, mais rien d'autre. Jim avait dû considérer ces décès à la ferme comme relevant de la routine. Peut-être. Brock avait raison de souligner que ces ouvriers étaient de vraies loques. L'alcool et la drogue étaient des maux difficiles à traiter, et si on n'y remédiait pas, ils conduisaient généralement à des problèmes de santé catastrophiques, puis à la mort.

Dan ouvrit de larges portes escamotables en bois sur la pièce où se situait jadis la cuisine. L'espace récupéré était devenu sa pièce de travail, et un bureau massif trônait au milieu, un monceau de paperasses entassé dans la corbeille de courrier entrant.

Il s'excusa.

— Maman a été un peu trop souffrante pour remettre de l'ordre.

— Ce sera parfait.

Il se rendit à une série d'armoires de rangement, dans le fond de la pièce. Il porta de nouveau les doigts à son menton, se tapota, n'ouvrit aucun tiroir.

— Quelque chose ne va pas ?

— Attends que je me souvienne des noms.

Il eut un grand sourire contrit.

— Maman se débrouille tellement mieux que moi pour se rappeler ces choses.

— Brock, c'est important. Va chercher ta mère.

Chapitre Quatorze

— Oui, m'dame, fit Jeffrey au téléphone, en levant les yeux au ciel à l'intention de Lena.

Elle comprit que Barbara, la secrétaire de Paul Ward, était en train de lui raconter sa vie. La voix métallique de cette femme était si claironnante qu'elle l'entendait à deux mètres de distance.

— D'accord, dit-il. Oui, m'dame.

Il se prit la tête dans la main.

— Euh, excusez-moi... excusez..., essaya-t-il. J'ai un autre appel. Merci. Tandis qu'il reposait le combiné pour raccrocher, le caquètement de Barbara continuait de crépiter dans l'écouteur.

— Bon Dieu, soupira-t-il, en se frottant l'oreille. Et c'est le cas de le dire...

— Elle a tenté de sauver ton âme ?

— Disons juste qu'elle a l'air très heureuse d'apporter sa contribution à l'église.

— Elle a dit quelque chose qui serve d'alibi à Paul ?

— Probable, admit-il, en se rasseyant dans son fauteuil.

Il baissa les yeux sur ses notes, qui se résumaient à trois mots.

— Elle confirme ce qu'il a raconté à propos de Savannah. Elle se souvient même d'avoir travaillé tard avec lui, le soir de la mort d'Abby.

Lena n'ignorait pas que déterminer l'heure précise d'un décès n'était pas une science exacte.

— Toute la nuit ?

— C'est bien la question, concéda-t-il. Elle dit aussi qu'Abby est arrivée avec des papiers deux jours avant sa disparition.

— Et ça avait l'air d'aller ?

— Un vrai petit rayon de soleil, comme toujours, ce sont ses propres termes. Paul a signé certains de ces documents, ils sont allés déjeuner et il l'a raccompagnée à la gare routière.

— Ils auraient pu se disputer pendant le déjeuner.

— Exact. Mais pourquoi irait-il tuer sa nièce ?

— Peut-être parce qu'elle était enceinte, suggéra-t-elle. Ce ne serait pas la première fois qu'on voit ça.

Il se massa la mâchoire.

— Ouais, reconnut-il, et elle vit bien que cela lui laissait un goût amer dans la bouche. Mais Cole Connolly était quasi convaincu que c'était la faute de Chips.

— Tu es certain que Cole ne l'a pas empoisonnée ?

— Je ne suis certain de rien. Il faudrait peut-être séparer les deux affaires, arrêter de se demander qui a tué Abby. Qui a tué le contremaître ? Qui voulait sa mort ?

Concernant la mort d'Abby, elle n'était pas tout à fait convaincue de la sincérité de Connolly. Après l'avoir vu mourir devant lui, Jeffrey était assez secoué. Il semblait sûr de l'innocence de Connolly, mais peut-être son jugement était-il influencé par le souvenir de cette scène monstrueuse.

— Peut-être que quelqu'un savait que Cole avait empoisonné Abigail et a décidé de se venger, de le faire souffrir comme elle avait souffert.

— Avant la mort de Cole, je n'ai dit à personne au sein de la famille qu'elle avait été empoisonnée, lui rappela-t-il. D'un autre côté, celui ou celle qui a fait ça savait qu'il buvait un café tous les matins. Il m'a confié que les sœurs revenaient sans cesse à la charge là-dessus, elles voulaient qu'il arrête.

Lena poussa le raisonnement un peu plus loin.

— Rebecca aussi pouvait être au courant.

Il opina.

— Il y a une raison pour qu'elle reste à l'écart. Au moins, j'espère que c'est un choix de sa part.

Elle pensait justement la même chose.

— Tu es sûr que Cole ne l'a pas enfermée quelque part ? Pour la punir de quelque chose ?

— Je sais, tu te dis que je ne devrais pas le croire sur parole, commença-t-il, mais je ne pense pas qu'il l'ait enlevée. Les individus de son espèce savent qui choisir.

Il se pencha sur son bureau, les mains jointes devant lui, comme s'il allait lui livrer une réflexion cruciale.

— Ils choisissent les victimes dont ils savent qu'elles ne parleront pas. C'est le même réflexe qui pousse Dale à se défouler sur Terri. Ces types-là savent qui ils peuvent malmener... qui la bouclera et encaissera, et qui résistera.

Lena se sentait les joues brûlantes.

— Rebecca m'a eu l'air assez effrontée. Nous ne l'avons vue qu'une seule fois, mais j'ai eu la sensation qu'elle ne laisserait personne lui marcher sur les pieds.

Elle eut un geste désabusé.

— Mais on ne sait jamais, hein ?

— Non, lui fit-il, avec un regard circonspect. Si ça se trouve, c'est Rebecca qui est derrière tout ça.

Frank se tenait sur le seuil de la pièce avec une liasse de papiers en main. Il énonça une vérité qu'ils n'avaient ni l'un ni l'autre prise en compte.

— L'empoisonnement, c'est un crime de femme.

— Quand elle nous a parlé, Rebecca avait peur, se souvint Lena. Elle n'avait pas envie que la famille soit au courant. Là encore, peut-être qu'elle ne voulait pas qu'ils sachent parce qu'elle nous menait en bateau.

— Est-ce qu'elle pourrait correspondre au profil du meurtrier ?

— Non, reconnut-elle. Lev et Paul, pourquoi pas. Rachel est assez vigoureuse, elle aussi.

— À propos, qu'est-ce qu'il fabrique, le frère, à Savannah ? lança Frank.

— C'est une ville portuaire, souligna Jeffrey. Le commerce est encore très développé, par là-bas.

Il désigna les papiers dans la main de son inspecteur.

— C'est quoi ?

— Le reste des vérifications de solvabilité, lui répondit-il, en les lui tendant.

— Rien qui t'ait sauté aux yeux ?

Frank secoua la tête, à l'instant même où la voix de Marla crachotait dans l'interphone.

— Chef, Sara sur la trois.

Il décrocha.

— Salut.

Lena fit mine de sortir, par discrétion, mais il lui fit signe de se rasseoir. Il sortit son stylo.

— Épelle-moi ça, demanda-t-il à Sara, à l'autre bout du fil, et il nota. D'accord. Ensuite.

Lena lut à l'envers la série de noms qu'il inscrivait, rien que des hommes.

— Parfait, dit-il encore à Sara. Je te rappelle plus tard. Il raccrocha, et enchaîna sans même prendre le temps de respirer.

Sara est chez Brock. Elle m'annonce que, ces deux dernières années, neuf personnes sont mortes à la ferme.

— Neuf ?

Lena était certaine d'avoir mal entendu.

— Brock a eu quatre cadavres entre les mains. C'est Richard Cable qui a réceptionné les autres.

Lena savait que Cable dirigeait l'un des funérariums de Catoogah County.

— Quelle était la cause de ces décès ? s'enquit-elle.

Jeffrey arracha la page de son carnet.

— Éthylisme, overdose. L'un d'eux est mort d'une crise cardiaque. C'est Jim Ellers, à Catoogah County, qui a pratiqué les autopsies. Pour chaque cas, il a conclu à des causes naturelles.

Lena restait sceptique, non par rapport à ce qu'expliquait Jeffrey, mais quant à la compétence d'Ellers.

— Il a parlé de neuf personnes en deux ans, habitant toutes au même endroit, décédées de mort naturelle ?

— Cole Connolly avait beaucoup de drogue cachée dans sa chambre.

— Tu penses qu'il les a aidés à s'en procurer ? demanda Frank.

— En tout cas, c'est ce qu'il a fait avec Chips, fit Jeffrey. Cole me l'a révélé lui-même. Il m'a raconté qu'il le tentait avec la pomme du jardin d'Éden, quelque chose dans ce goût-là.

— Donc, en déduisit-elle, Cole isolait les « faibles », il leur agitait de la drogue ou je ne sais trop quoi d'autre sous le nez, histoire de voir s'ils se laissaient tenter, lui prouvant ainsi qu'il ne s'était pas trompé sur leur compte.

— Et ceux qui ont accepté ces petits cadeaux ont fini par rejoindre leur créateur, commenta Jeffrey, mais à son sourire de crocodile, elle comprit qu'il en savait davantage.

— Quoi ?

— L'Église de la Grande Bonté payait toutes les crémations.

— Des crémations, répéta Frank. Donc, nous ne pouvons pas exhumer les corps.

Elle savait bien que cela ne s'arrêtait pas là.

— Qu'est-ce qui m'échappe ?

— Paul Ward détenait tous leurs certificats de décès.

Lena demanda bêtement :

— Pourquoi aurait-il besoin de...

Mais elle formula la réponse avant d'avoir achevé sa question.

— ... une assurance-décès.

— Bingo, s'écria Jeffrey, en tendant à Frank le papier où figuraient les noms. Trouve-moi Hemming et épluche l'annuaire. Nous en avons un de la ville de Savannah ?

Frank hocha la tête.

— Trouve-moi les grosses compagnies d'assurance. Nous allons commencer par là. N'appelle pas les agents locaux, appelle les agences nationales de lutte contre la fraude. Les locaux pourraient être impliqués.

— Les assurances vont nous livrer cette information-là au téléphone ? s'étonna Lena.

— S'ils pensent avoir été escroqués, oui, fit Frank. Je m'y colle tout de suite.

Alors que Frank ressortait de la pièce, Jeffrey pointa le doigt sur Lena.

— Je savais qu'il était question d'argent. Il fallait bien que ça renvoie à du concret.

— Tu avais raison, admit-elle.

— Nous avons trouvé notre général, en conclut-il. Cole m'a raconté qu'il était un vieux soldat, mais qu'il avait besoin d'un général pour lui dicter ses actes.

— Quelques jours avant de mourir, Abby était à Savannah. Elle a pu découvrir la vérité sur les polices d'assurance-décès.

— Comment ça ?

— Sa mère disait qu'elle avait travaillé un temps au bureau. Qu'elle était bonne en calcul.

— Lev l'a vue dans leurs locaux, devant la photocopieuse. Elle a pu tomber sur quelque chose qu'elle n'était pas censée savoir.

Il marqua un temps de silence, repassant les hypothèses en revue.

— Rachel nous a aussi précisé qu'Abby était allée à Savannah avant de mourir parce que Paul avait oublié des documents dans sa serviette. Abby a donc pu voir ces polices d'assurance.

— Alors tu penses qu'en allant à Savannah, elle l'a confronté ?

Il hocha la tête.

— Et Paul a appelé Cole pour l'inciter à la punir.

— Ou bien il a appelé Lev.

— Ou Lev, en effet, admit-il.

— Cole savait déjà pour Chips. Il les a suivis, Abby et lui, dans les bois. Je ne sais pas, dit-elle. Tout de même, c'est curieux. Paul ne m'a pas paru spécialement croyant.

— Pourquoi faudrait-il qu'il le soit ?

— Ordonner à Cole d'enterrer sa nièce dans un coffre en pleine forêt ? C'est Lev qui m'évoquerait plutôt ton général. En plus, Paul n'est jamais allé au garage de Dale. Si c'est de là que provenait le cyanure, alors tout désigne Lev, c'est le seul que nous puissions relier au garage.

Elle s'interrompit un instant.

— Ou Cole.

— Je ne pense pas que c'était Cole, insista-t-il. Tu as déjà eu une véritable conversation avec Terri Stanley à ce sujet ?

De nouveau, elle se sentit rougir, de honte cette fois.

— Non.

Il resta lèvres pincées, s'abstint de formuler l'évidence. Si elle en avait parlé avec Terri, ils ne seraient sans doute pas ici en ce moment. Rebecca serait peut-être chez elle, saine et sauve. Cole Connolly serait encore en vie, et ils seraient de retour en salle d'interrogatoire, face à l'assassin d'Abigail Bennett.

— J'ai merdé, confessa-t-elle.

— Ouais, tu as merdé.

Il attendit quelques secondes avant de reprendre.

— Tu ne m'écoutes pas, Lena. J'ai besoin de pouvoir te faire confiance, de savoir que tu vas bien faire ce que je te demande.

Il se tut un instant, comme s'il s'attendait à ce qu'elle l'interrompe. Elle n'en fit rien, et il poursuivit.

— Tu peux être un bon flic, un flic intelligent. C'est pour ça que je t'ai nommée inspecteur.

Elle baissa les yeux, incapable d'accepter ce compliment, sachant ce qui allait suivre.

— Tout ce qui arrive dans cette ville relève de ma responsabilité, et si quelqu'un est blessé, ou pire, uniquement parce que tu es incapable de respecter mes ordres, alors c'est sur moi que tout retombe.

— Je sais. Je suis désolée.

— Être désolée, cette fois, ça ne suffira pas. Être désolée, ça signifie que tu intègres ce que je te dis là, et que tu ne recommenceras plus.

Il la laissa encaisser.

— D'accord, tu es désolée, mais c'est une fois de trop. J'ai besoin d'actes, pas de mots creux.

Ce ton égal, c'était encore pire que s'il lui avait crié dessus. Elle regarda par terre, se demandant combien de fois encore il allait tolérer qu'elle foire de la sorte, avant de couper définitivement les ponts.

Brusquement, il se leva. Ce geste la prit par surprise. Elle tressaillit, saisie d'une panique inexplicable, certaine qu'il allait la frapper.

Jeffrey avait l'air abasourdi, il la regarda comme si c'était la première fois de sa vie qu'il la voyait.

— J'ai juste...

Elle ne trouvait pas ses mots.

— Tu m'as fait peur.

Il se pencha par la porte, s'adressa à Marla.

— La femme qui est sur le point d'entrer ici, tu la renvoies.

Il se tourna vers Lena.

— Mary Ward est ici. Je viens de la voir se garer sur le parking.

Lena tâcha de retrouver son sang-froid.

— Je croyais qu'elle n'aimait pas conduire.

— J'imagine qu'elle a fait une exception.

Et il continuait de la regarder comme si elle était pour lui un livre illisible.

— Tu vas être capable de gérer ça ?

— Bien sûr, fit-elle, en s'extrayant de son siège.

Elle rentra sa chemise dans son pantalon, elle se sentait fébrile, pas du tout à sa place.

Il prit sa main dans les siennes, ce qui la déconcerta à nouveau. Jamais il ne l'avait touchée de la sorte. Ce n'était pas son genre.

— J'ai besoin que tu sois sur le coup, et tout de suite.

— Tu peux compter sur moi, lui assura-t-elle, en retirant sa main pour de nouveau rentrer sa chemise, alors que c'était déjà fait. Allons-y.

Elle ne l'attendit pas. Elle redressa les épaules et traversa la salle de la brigade, d'un pas décidé. Quand Lena ouvrit la porte, Marla avait déjà la main posée sur le bouton de la serrure électrique.

Mary Ward se tenait à l'accueil, son sac à main serré contre sa poitrine.

— Chef Tolliver, dit-elle, comme si Lena n'était pas là. Elle avait sur les épaules un foulard noir et rouge assez miteux, et ressemblait encore plus à une petite vieille que lors de leur première entrevue. Cette femme devait avoir à peine dix ans de plus que Lena. Soit elle jouait la comédie, soit c'était l'un des êtres les plus authentiquement pathétiques qui ait jamais arpenté la surface de la terre.

— Venez donc dans mon bureau, proposa Jeffrey, en prenant Mary par le coude et, avant qu'elle ait pu changer d'avis, il la fit entrer. Vous vous souvenez de l'inspecteur Adams ?

— Lena, fit cette dernière, toujours obligeante. Puis-je vous servir un café, ou quelque chose d'autre ?

— Je ne consomme pas de caféine, lui répondit la femme, d'une voix cassée, enrouée, comme si elle avait crié.

Lena entrevit un mouchoir en papier roulé en boule dans le creux de sa manche, et elle en conclut qu'elle avait dû pleurer.

Sans doute pour ne pas éveiller sa méfiance, Jeffrey installa Mary à l'une des tables de travail situées juste à côté de son bureau. Il attendit qu'elle prenne place, puis s'assit à côté d'elle. Lena demeura en retrait, songeant que la sœur Ward serait plus à l'aise si la conversation se déroulait avec lui.

— Que puis-je faire pour vous, Mary ?

Ils attendirent qu'elle parle, elle prit son temps et, dans cette petite salle, sa respiration était nettement perceptible.

— Vous disiez que ma nièce était dans une caisse, chef Tolliver.

— Oui.

— Que Cole l'avait enterrée dans cette caisse.

— C'est exact, confirma-t-il. Cole l'a reconnu devant moi, avant de mourir.

— Et c'est là que vous l'avez découverte ? Vous avez trouvé Abby vous-même ?

— Mon épouse et moi étions dans les bois. Nous avons repéré un tube métallique dans le sol. Nous l'avons déterrée nous-mêmes.

Mary sortit le mouchoir de sa manche et s'essuya le nez.

— Voilà plusieurs années, commença-t-elle.

Et elle se reprit.

— Je crois nécessaire de remonter en arrière.

— Prenez votre temps.

C'était exactement ce qu'elle donnait l'impression de faire, et Lena resta lèvres serrées, luttant contre son envie pressante de la secouer, de tout lui arracher de la bouche.

— J'ai deux fils, poursuivit Mary. William et Peter. Ils vivent dans l'Ouest.

— Je me souviens que vous nous aviez parlé d'eux, fit-il, mais Lena, elle, n'en avait aucun souvenir.

— Ils ont choisi de quitter l'Église, expliqua-t-elle avant de se moucher. Perdre mes deux enfants, ce fut pour moi très dur. Ce n'est pas nous qui leur avons tourné le dos. Tout le monde fait ses propres choix. Nous n'excluons pas les gens sous prétexte que...

Elle n'acheva pas sa phrase.

— Ce sont mes fils qui nous ont tourné le dos. Qui m'ont tourné le dos.

Jeffrey attendit, le seul signe qui trahissait son impatience, c'était sa main agrippée à l'accoudoir du fauteuil.

— Cole s'est montré fort dur avec eux, continua-t-elle. Il les punissait.

— Les maltraitait-il ? Leur faisait-il subir des sévices sexuels ?

— Il les punissait, quand ils se conduisaient mal.

C'était tout ce qu'elle semblait disposée à admettre.

— Mon mari était décédé un an plus tôt. J'étais reconnaissante envers Cole, pour son aide. Je pensais qu'ils avaient besoin de la présence d'un homme fort dans leur vie.

Elle renifla, s'essuya le nez.

— C'était une autre époque.

— Je comprends, lui dit-il.

— Cole a... avait... des idées très arrêtées sur le bien et le mal. Je me fiais à lui. Mon père se fiait à lui. Il était surtout et avant tout un homme de Dieu.

— Et il se serait produit quelque chose qui aurait changé ça ?

Elle paraissait submergée de tristesse.

— Non. Je croyais à tout ce qu'il disait. Jusqu'à y sacrifier mes propres enfants. Je croyais en lui. Et j'ai tourné le dos à ma fille.

Lena sentit ses sourcils dessiner un accent circonflexe.

— Vous avez une fille ?

Elle fit oui de la tête.

— Genie.

Jeffrey se redressa dans son fauteuil, mais tout son corps restait tendu.

— Elle m'a rapporté... Genie m'a rapporté ce qu'il lui avait fait subir.

Elle observa un temps de silence.

— La caisse dans les bois.

— Il l'avait enterrée là-bas ?

— Ils étaient partis camper, lui expliqua-t-elle. Il emmenait tout le temps les enfants camper.

Lena savait que son chef pensait à Rebecca, qui déjà, par le passé, s'était enfuie dans les bois.

— Que vous a raconté votre fille ? Qu'est-il arrivé ?

— Elle m'a raconté que Cole l'avait piégée, qu'il lui avait proposé de l'accompagner pour une marche dans les bois.

Elle s'arrêta, puis s'obligea à poursuivre.

— Il l'a laissée là-bas cinq jours.

— Qu'avez-vous fait quand elle vous en a parlé ?

— J'ai interrogé Cole.

Elle secoua la tête devant sa propre stupidité.

— Il m'a répondu que si je préférais croire Genie plutôt que lui, il ne pourrait rester à la ferme. Il semblait très convaincu.

— Mais il n'a pas nié ?

— Non. Et je n'avais pas compris, jusqu'à hier soir. Il n'a jamais nié. Il m'a dit que je devrais prier, laisser le Seigneur me souffler qui croire... Genie ou lui. Je me suis fiée à lui. Il possède un sens tellement strict du bien et du mal. Je l'ai pris pour un homme très religieux.

— Un autre membre de la famille était-il au courant ?

Elle secoua de nouveau la tête.

— J'avais honte. Elle avait menti.

Mary se reprit.

— Elle avait menti sur certaines choses. À présent, je le vois bien, mais à l'époque, c'était plus difficile de se rendre compte. Genie était une jeune fille très rebelle. Elle prenait de la drogue. Elle traînait avec des garçons. Elle s'est détournée de l'Église. Elle s'est détournée de la famille.

— Que leur avez-vous dit, au sujet de la disparition de Genie ?

— Je suis allée demander conseil à mon frère. Il m'a dit de leur dire qu'elle s'était enfuie avec un garçon. Je pensais que cela nous épargnerait l'embarras de la vérité, et aucun de nous ne souhaitait contrarier Cole.

Elle se tamponna le coin de l'œil avec son mouchoir en papier.

— Il nous était si précieux, à l'époque. Mes frères étaient tous deux partis à l'université. Aucune de nous n'était capable de s'occuper de la ferme. Cole dirigeait tout avec mon père. Il avait su se rendre indispensable.

La porte s'ouvrit avec fracas, Frank entra, et s'arrêta net en voyant Jeffrey et Mary Ward assis à ce bureau. Il s'approcha et posa la main sur l'épaule de son supérieur, en lui tendant une chemise. Jeffrey ouvrit le dossier, sachant que Frank ne l'aurait pas dérangé si ce n'était pas important. Lena le vit consulter plusieurs fax. Le budget du poste de police était toujours très serré, et la machine, qui avait environ dix ans d'âge, était alimentée par des rouleaux de papier thermique au lieu de papier ordinaire. Il lissait les pages tout en les parcourant. Quand il releva les yeux, Lena ignorait s'il avait lu de bonnes ou de mauvaises nouvelles.

— Mary, dit-il, tout ce temps, je vous ai appelée Mme Ward. Morgan est votre nom d'épouse ?

La surprise se lut sur son visage.

— Oui, dit-elle. Pourquoi ?

— Et votre fille s'appelle bien Teresa Eugenia Morgan ?

— Oui.

Il lui accorda une minute de répit, qu'elle se ressaisisse.

— Mary, reprit-il. Abby avait-elle rencontré votre fille ?

— Bien sûr, fit-elle. À la naissance d'Abby, Genie avait dix ans. Elle la traitait comme son petit bébé. Après le départ de Genie, Abby était anéantie. Elles étaient toutes les deux anéanties.

— Abby aurait-elle pu rendre visite à votre fille, le jour où elle s'est rendue à Savannah ?

— À Savannah ?

Il sortit une des pages de télécopie de la chemise.

— Nous avons une adresse pour Genie au 241 Sandon Square, à Savannah.

— Eh bien, non, dit-elle, un peu troublée. Ma fille vit ici, en ville, chef Tolliver. Son nom d'épouse, c'est Stanley.

* * *

Lena était au volant, ils roulaient en direction du domicile des Stanley, tandis que Jeffrey s'entretenait avec Frank sur son téléphone portable. Il maintenait son carnet à spirales en équilibre sur un genou, tout en notant ce que son lieutenant lui expliquait, ponctuant par un borborygme de temps à autre pour confirmer qu'il avait bien entendu ce qu'il lui disait.

D'un regard, Lena vérifia dans le rétroviseur que Brad Stephens était derrière eux. Il les suivait dans son véhicule de patrouille et, pour une fois, elle était contente que ce policier de grade subalterne soit dans les parages. Brad était assez niais, mais il s'était mis à la musculation, et cela se voyait. Jeffrey leur avait parlé du revolver chargé que Dale Stanley conservait au-dessus d'une des armoires de son garage. Elle n'était pas pressée de se confronter au mari de Terri, mais au fond d'elle-même, elle espérait qu'il tenterait quelque chose, que Jeffrey et Brad auraient un prétexte pour lui montrer ce que ça donnait, quand un plus grand et un plus fort que vous décidait de vous flanquer une raclée du feu de Dieu.

— Non, dit Jeffrey à Frank, ne l'enferme pas en cellule. Apporte-lui du lait et des cookies si elle veut. Seulement, tu la tiens à distance du téléphone et de ses frères.

Lena savait qu'il parlait de Mary Morgan. Quand il lui avait annoncé qu'elle ne devait pas quitter le poste de police, elle était restée interloquée, mais comme presque tous les citoyens respectueux des lois, elle avait tellement peur d'aller en prison qu'elle était restée assise, hochant la tête, acquiesçant à tout ce qu'on lui disait.

— Bon travail, Frank, le félicita encore Jeffrey. Tiens-moi informé de ce que tu pourras encore dégotter.

Il raccrocha et se remit à griffonner dans son carnet en silence.

Lena n'eut pas la patience d'attendre qu'il ait terminé de noter.

— Qu'est-ce qu'il t'a raconté ?

— Jusqu'à présent, ils ont découvert six polices d'assurance, lui répondit-il, sans cesser d'écrire. Lev et Terri sont les bénéficiaires des contrats d'Abby et Chips. Mary Morgan figure sur deux, Esther Bennett sur deux autres.

— Qu'est-ce qu'en dit Mary ?

— Qu'elle ne voit pas du tout de quoi Frank voulait parler. Que c'est Paul qui gère tous les comptes de la famille.

— Et Frank la croit ?

— Il n'est pas sûr. Bon sang, je n'en suis pas sûr non plus, et pourtant je lui ai causé pendant une bonne demi-heure.

— Je ne dirais pas qu'ils roulent sur l'or.

— Sara dit qu'ils confectionnent leurs vêtements eux-mêmes.

— Pas Paul, releva-t-elle. À combien s'élèvent ces polices ?

— Environ cinquante mille chacune. Ils sont cupides, mais pas stupides.

Elle savait qu'une somme exorbitante aurait éveillé les soupçons des agents d'assurances. Mais la famille était tout de même parvenue à réunir près d'un demi-million de dollars sur les deux dernières années, le tout exonéré d'impôts.

— Et la maison ? demanda Lena.

Sur les contrats, chaque bénéficiaire de ces polices était enregistré à cette même adresse de Savannah. Un rapide coup de fil au tribunal de Chatham County leur avait révélé que la maison de Sandon Square avait été acquise par Stephanie Linder cinq ans plus tôt. Soit il y avait un autre membre de la famille Ward dont Jeffrey ignorait tout, soit quelqu'un avait joué un mauvais tour à la famille.

— Tu penses que Dale est impliqué, lui aussi ?

— Frank a effectué une vérification de solvabilité. Dale et Terri sont tous les deux endettés jusqu'au cou... cartes de crédit, prêt hypothécaire, deux véhicules à rembourser... Ils sont sous le coup de trois procédures de recouvrement de l'assurance-maladie. Sara m'a dit que leur gamin avait été admis deux fois à l'hôpital. Ils courent après l'argent.

— Tu penses que c'est Terri qui l'a tuée ?

Frank ne s'était pas trompé en remarquant que l'empoisonnement était en général un crime de femme.

— Pourquoi aurait-elle fait ça ?

— Elle savait ce que faisait Cole. Elle aurait pu le suivre.

— Mais pourquoi tuer Abby ?

— Elle ne l'a pas forcément tuée, hasarda-t-elle. Il se peut que ce soit Cole, et que Terri ait décidé ensuite de lui administrer un peu de sa propre médication.

Il secoua la tête.

— Je ne pense pas que Cole ait tué Abby. Après sa mort, sa tristesse était sincère.

Lena n'insista pas, mais à ses yeux, il accordait trop le bénéfice du doute à l'un des pires enfoirés sur lesquels elle soit jamais tombée.

Il ouvrit son téléphone portable et composa un numéro.

— Salut, Molly, fit-il. Tu peux laisser un message à Sara de ma part ? Dis-lui qu'on va chez les Stanley. Merci.

Il raccrocha, et s'adressa à Lena.

— Terri avait rendez-vous avec Sara à l'heure du déjeuner.

Il était dix heures et demie. Lena repensa au revolver dans le garage de Dale.

— Et pourquoi on serait pas passé la chercher là-bas, alors ?

— Parce qu'on n'a rien à faire dans le bureau de Sara.

Elle trouvait l'excuse assez boiteuse, mais elle se garda bien de s'aventurer trop loin sur ce terrain. Jeffrey était le meilleur flic qu'elle ait jamais connu, mais dès qu'il s'agissait de Sara Linton, il se conduisait comme un toutou. Chez n'importe quel autre homme, cette façon qu'elle avait de le balader aurait été gênante, mais lui, il avait l'air d'en tirer une certaine fierté.

À en croire sa réponse, il avait dû lire dans ses pensées – tout au moins en partie.

— Je ne sais pas de quoi Terri est capable. Ce dont je suis absolument convaincu, c'est que je n'ai aucune envie de la voir piquer une crise dans un cabinet rempli de gosses.

Il pointa du doigt une boîte aux lettres qui dépassait du bas-côté de la route.

— C'est par ici, sur la droite.

Elle ralentit, s'engagea dans l'allée des Stanley, Brad juste derrière elle. Elle vit Dale occupé à travailler dans son garage, et sentit sa respiration se bloquer. Elle l'avait rencontré une fois, il y avait de cela des années, à un autre pique-nique de la police, à l'époque où son frère, Pat, venait d'intégrer l'unité. Elle avait oublié à quel point il était grand. Et fort.

Jeffrey descendit de voiture, mais elle se sentit hésiter. Elle dut se forcer à poser la main sur la portière, l'ouvrir et sortir. Elle entendit la portière de

Brad se refermer derrière elle, mais elle n'avait pas l'intention de quitter Dale une seule seconde des yeux. Il se tenait juste en deçà de l'entrée du garage, soupesant dans ses mains épaisses une clef anglaise qui avait l'air bien lourde. L'armoire au revolver était à quelques mètres de là. Comme Jeffrey, il avait un sombre cocard sous l'œil.

— Salut, Dale, lança ce dernier. Où est-ce que vous avez attrapé cet œil au beurre noir ?

— Me suis cogné dans une porte, ironisa-t-il, et elle se demanda comment il s'était fait ça, en réalité.

Pour le frapper à la tête, Terri aurait dû monter sur une chaise. Dale pesait à peu près cinquante kilos de plus qu'elle et la dépassait d'au moins soixante centimètres. Elle observa ses mains ; avec une seule, il aurait pu faire le tour de son cou. Il l'étranglerait sans hésiter. Elle détestait cette impression, détestait sentir ses poumons agités de spasmes, ses yeux partir en arrière, tout s'effaçant autour d'elle tandis qu'elle s'accrochait pour ne pas perdre connaissance.

Jeffrey s'avança, encadré de Brad et Lena.

— J'aurais besoin que vous sortiez de votre garage, lui dit-il.

Dale resserra sa poigne autour de la clef à molette.

— Qu'est-ce qui se passe ?

Il eut un rapide sourire crispé.

— Terri vous a appelés ?

— Pourquoi nous aurait-elle appelés ?

— Pour rien, dit-il sans s'appesantir, mais la clef, dans sa main, laissait entendre qu'il avait des raisons d'être sur ses gardes.

Lena lança un coup d'œil vers la maison, tâchant d'apercevoir Terri. Si Dale avait un cocard, Terri avait probablement dix fois pire.

À l'évidence, Jeffrey pensait de même.

— Vous n'avez pas de souci à vous faire.

Dale était plus malin qu'il n'en avait l'air.

— J'ai pas cette impression.

— Sortez du garage, Dale.

— C'est chez moi ici, fit celui-ci. Vous n'avez pas le droit d'entrer. Je veux que vous sortiez tout de suite de ma propriété.

— Nous voulons parler à Terri.

— Personne ne parle à Terri sans mon accord, donc…

Jeffrey s'arrêta à moins de deux mètres du garagiste, et Lena passa sur sa gauche, espérant pouvoir atteindre ce revolver, sur l'armoire, avant lui. Elle s'aperçut que l'armoire en question était complètement hors de portée, et réprima un juron. C'est Brad qui aurait dû prendre son côté. Il la dépassait d'au moins une tête. Le temps qu'elle traîne un tabouret jusque-là pour récupérer l'arme, Dale aurait déjà franchi la frontière du Mexique.

— Posez cette clef à molette, ordonna Jeffrey.

Dale eut un rapide regard vers Lena, puis vers Brad.

— Vous devriez p'têt reculer d'un ou deux pas.

— Ce n'est pas vous qui commandez, ici, Dale, lui rétorqua-t-il.

Lena avait envie de poser la main sur la crosse de son arme, mais elle savait qu'elle ne devait agir que sur le signal de son chef. Et pour l'instant, celui-ci gardait les bras le long du corps, estimant sans doute pouvoir amadouer Dale. Elle n'était guère convaincue.

— Vous me coincez, là, reprit Dale. J'aime pas ça.

Il leva la clef à hauteur de la poitrine, posa la tête de l'outil dans sa paume. Lena savait que ce type n'était pas un imbécile. La clef pourrait causer pas mal de dégâts, mais pas à trois adversaires à la fois, surtout si l'on considérait que les trois adversaires en question étaient armés. Elle observait Dale avec attention, sachant dans ses tripes qu'il allait essayer d'attraper son flingue.

— Ne faites pas ça, lui dit Jeffrey. Nous voulons juste parler à Terri.

Pour un homme de son gabarit, Dale bougea vite, mais Jeffrey fut plus rapide. Il arracha sa matraque à la ceinture de Brad et lui en flanqua un coup derrière les genoux, au moment où le garagiste se précipitait pour s'emparer de son revolver. Et il s'écroula au sol comme un tas de briques.

Lena fut stupéfaite de voir Brad, si docile en temps normal, enfoncer son genou dans le dos de Dale, le plaquer au sol pour le menotter. Une volée derrière les genoux, et Stanley s'était écroulé. Il ne résista même pas quand Brad lui tira sur les mains d'un coup sec, se servant de deux paires de menottes pour lui maintenir les poignets dans le dos.

— Je vous avais prévenu, Dale.

Quand Brad le souleva pour le mettre à genoux, le gaillard jappa comme un chien.

— Bon Dieu, faites gaffe, se plaignit-il, roulant des épaules comme s'il avait peur qu'on ne les lui déboîte. Je veux parler à mon avocat.

— Vous pourrez l'appeler plus tard.

Jeffrey tendit la matraque à son homme de patrouille.

— Installe-le à l'arrière de la voiture.

— Oui, chef, fit Brad, en relevant Dale, lui arrachant encore un jappement.

Le géant avança vers la voiture en traînant les pieds, escorté par une tempête de poussière.

— Pas si coriace, le bonhomme, hein ? plaisanta Jeffrey, surtout pour Lena. Je parie que ça lui plaisait vraiment, de taper sur sa petite femme.

Elle sentit une goutte de sueur lui perler dans le bas du dos. Jeffrey épousseta son jean et se dirigea vers la maison.

— Il y a deux gosses à l'intérieur, lui rappela-t-il.

Lena chercha quoi dire.

— Tu crois qu'elle va résister ?

— Je ne sais pas ce qu'elle va faire.

La porte d'entrée s'ouvrit avant qu'ils aient atteint la véranda. Terri Stanley se tenait sur le seuil, un bébé endormi sur la hanche. À côté d'elle, un autre enfant, qui devait avoir deux ans. Il se frottait les yeux de ses petits poings, comme s'il venait de se réveiller. Terri avait les joues creusées, les yeux cerclés de cernes noirs. La lèvre était éclatée, un nouvel hématome bleu-jaunâtre lui soulignait la mâchoire, et de vilaines zébrures rouges lui striaient le cou. Lena comprenait pourquoi Dale n'avait aucune envie qu'ils parlent à sa femme. Il l'avait tabassée. Elle ne comprenait même pas comment elle tenait encore debout.

Terri suivit des yeux son mari qu'on emmenait vers la voiture de patrouille, et quand elle leur adressa la parole d'une voix atone, elle prit soin d'éviter leurs regards à tous les deux.

— Je ne porterai pas plainte. Autant le relâcher.

Jeffrey se retourna vers la voiture.

— On va juste le laisser mariner un peu.

— Vous ne faites qu'aggraver les choses.

Visiblement, elle s'exprimait en faisant très attention à ne pas se rouvrir la lèvre. Lena connaissait l'astuce, et n'ignorait pas non plus qu'au fond de la gorge, c'était un enfer, de devoir forcer sur ses cordes vocales, rien que pour se faire entendre.

— Il ne m'avait jamais frappée comme ça. Pas au visage.

Sa voix flancha. Elle avait l'air prise au piège, accablée.

— Il a fallu que mes gamins voient ça.

— Terri..., commença Jeffrey, mais à l'évidence, il ne savait pas comment achever sa phrase.

— Si je le quitte, il me tuera.

L'accent traînant était encore exagéré par l'enflure de la lèvre.

— Terri...

— Je ne porterai pas plainte.

— On ne vous le demande pas.

Elle eut une seconde de flottement, comme si ce n'était pas la réponse à laquelle elle s'attendait.

— Il faut qu'on se parle, reprit-il.

— De quoi ?

Il eut recours à un vieux truc de flic.

— Vous savez bien de quoi.

Elle se tourna vers son mari, assis à l'arrière du véhicule de Brad.

— Il ne vous fera aucun mal.

Elle eut un regard las, comme s'il venait de lui sortir une très mauvaise plaisanterie.

— Nous n'irons nulle part tant que nous n'aurons pas parlé avec vous.

Elle se laissa finalement fléchir, et s'écarta de la porte ouverte.

— Bon, alors, entrez. Tim, maman doit parler avec ces gens.

Elle prit le petit garçon par la main, le conduisit dans un recoin où trônait la télévision. Lena et Jeffrey attendirent dans le grand hall d'entrée au pied de l'escalier, le temps qu'elle insère un DVD dans le lecteur.

Lena leva les yeux vers le haut plafond, qui ouvrait sur le couloir de l'étage. Là où aurait dû pendre un lustre, seuls quelques câbles à nu dépassaient du plâtre. Le long des marches, les murs présentaient des éraflures, là où quelqu'un avait crevé le panneau d'un coup de pied. De l'autre côté, les colonnettes qui maintenaient la rambarde avaient presque l'air tordues, et tout en haut, avant le palier, plusieurs autres étaient fendues ou cassées. Lena imagina Dale traînant sa femme en haut des marches, et elle, fouettant l'air de ses jambes. Il y avait douze marches en tout, et deux fois autant de colonnettes où la jeune femme avait pu s'agripper, pour tenter d'empêcher l'inévitable.

La voix stridente de Bob l'Éponge se répercuta sur le carrelage froid de l'entrée, et Terri refit son apparition, toujours avec son bébé à califourchon sur la hanche.

— Où pouvons-nous nous parler ? lui demanda Jeffrey.

— Laissez-moi le temps de poser celui-ci, fit-elle. La cuisine est dans le fond.

Elle se dirigea vers l'escalier, et Jeffrey fit signe à Lena de la suivre.

La maison était plus vaste qu'il n'y paraissait vu de l'extérieur. Le palier, en haut des marches, conduisait à un long corridor avec trois chambres à coucher et une salle de bains. Terri s'arrêta à la hauteur de la première et Lena se tint en retrait. Au lieu de la suivre à l'intérieur, elle resta à la porte de la chambre des enfants et vit Terri coucher le bébé endormi dans son berceau. La pièce était décorée de couleurs vives, avec des nuages au plafond, une scène champêtre aux murs, des moutons et des vaches à l'air joyeux. Au-dessus du berceau, un mobile, avec encore des moutons. Lena ne voyait pas le gamin, sa mère lui caressait la tête, mais quand Terri lui retira ses chaussons au crochet, ses petites jambes se raidirent. Lena n'avait pas compris que c'était si petit, des pieds de bébé, avec leurs orteils en forme de coussinets tout menus, et cette voûte plantaire cambrée comme une pelure de banane, quand ils ramenaient leurs genoux potelés contre leur poitrine.

Terri tourna la tête vers Lena, avec un regard intense.

— Vous avez des gosses ?

Elle lâcha un soupir rauque, que Lena comprit comme une ébauche de rire.

— Je veux dire, à part celui que vous avez laissé à Atlanta.

Lena savait qu'elle essayait de la menacer, de lui rappeler leur présence à toutes les deux dans cette clinique, et pour le même motif, mais Terri Stanley n'avait pas les épaules pour ce genre de confrontation. Quand la jeune mère se retourna, Lena eut surtout envie de la plaindre. La chambre était lumineuse, le soleil donnait en plein sur son hématome à la mâchoire, comme s'il était en technicolor. La lèvre s'était rouverte, un filet de sang lui suinta au menton. Lena se rendit compte que, six mois plus tôt, elle aurait été en face de son propre reflet.

— On ferait n'importe quoi pour eux, lui confia Terri sur un ton empreint de tristesse. On supporterait tout.

— Tout ?

La jeune femme avala sa salive, en grimaçant de douleur. Dale avait visiblement cherché à l'étrangler. Les hématomes n'étaient pas encore tous apparents, mais cela ne tarderait pas, et ils lui dessineraient comme un collier noirâtre autour de la gorge. Un épais fond de teint les dissimulerait, mais elle se sentirait la nuque raide, toute la semaine, elle ferait attention en tournant la tête, tâchant de ne pas grimacer de douleur chaque fois qu'elle déglutirait, attendant que les muscles se relâchent, que la douleur reflue.

— Je ne peux pas vous expliquer..., dit-elle.

Lena n'était pas en position de lui faire la leçon.

— Vous savez que vous n'êtes pas obligée.

— Ouais, acquiesça-t-elle, en se tournant de nouveau.

Elle remonta une couverture bleu ciel jusque sous le menton du bébé. Lena l'observa de dos, se demandant si cette jeune mère serait capable de commettre un meurtre. Si oui, elle serait bien du genre à recourir au poison. Jamais Terri n'aurait été capable de tuer quelqu'un en face. D'un autre côté, elle avait su rendre à Dale la monnaie de sa pièce. Il ne s'était pas fait ce cocard à l'œil en se rasant.

— Apparemment, vous lui en avez collé un bon, observa Lena.

Terri se retourna, déconcertée.
— Quoi ?
— Dale, précisa-t-elle, en désignant son propre œil.
Terri eut un authentique sourire, et tout son visage changea. Elle eut un aperçu de ce qu'avait été cette femme, avant que tout cela n'arrive, avant que Dale ne se mette à la frapper, avant que la vie ne devienne un calvaire que l'on supporte au lieu d'être une source de plaisir. Elle était belle.
— Je l'ai payé cher, lui avoua-t-elle, mais ça m'a fait vraiment du bien.
Lena sourit, elle aussi, sachant en effet tout le bien qu'on éprouvait à rendre coup pour coup. On finissait toujours par payer, mais sur le moment, bon sang, c'était fantastique. Ça vous rendait presque euphorique.
Terri inspira à fond, et laissa échapper un filet d'air.
— Allons-y.
Lena la suivit en bas des marches, leurs pas se répercutèrent sur les planches. Au rez-de-chaussée, il n'y avait pas de moquette, et on aurait dit des claquements de sabots de cheval. Dale l'avait sans doute fait exprès, pour savoir à tout moment où se trouvait sa femme.
Elles entrèrent dans la cuisine où Jeffrey regardait des photos et des coloriages des enfants sur le réfrigérateur. Sur ces dessins, Lena vit que Terri avait inscrit les noms des animaux qu'ils étaient censés représenter. Lion, Tigre, Ours. Les points de ses « i » étaient en forme de rond ouvert, comme ceux des filles, au lycée.

— Asseyez-vous, proposa Terri, en prenant place à la table. Jeffrey resta debout, mais Lena s'assit en face d'elle. La cuisine était impeccable, pour cette heure de la matinée. Les assiettes et les couverts du petit déjeuner séchaient dans l'égouttoir et les plans de travail étaient propres et bien essuyés. Lena se demanda si la jeune femme était naturellement pointilleuse ou si Dale lui avait inculqué cela à force de coups.

Terri considérait fixement ses mains jointes devant elle. Cette femme était déjà de petite taille, mais sa façon de se tenir la rapetissait encore. Elle dégageait un véritable halo de tristesse. Lena n'arrivait pas à comprendre comment Dale pouvait la frapper sans la briser en deux.

— Vous voulez quelque chose à boire ?

Les deux policiers répondirent en même temps. Après ce qui était arrivé à Cole Connolly, Lena doutait de pouvoir accepter quoi que ce soit de la part de qui que ce soit.

Terri se redressa contre le dossier de sa chaise, et Lena l'observa attentivement. Elle s'aperçut qu'elles étaient à peu près du même gabarit. La jeune femme devait peser cinq kilos de moins qu'elle, et Lena devait la dépasser de trois ou quatre centimètres, mais à part cela, il n'y avait pas tant de différences entre elles.

— Vous êtes pas venus me parler de Dale, hein ?

— Non.

Elle s'attaqua à une petite peau de son pouce. Du sang séché était visible, là où elle s'était déjà mordillé le doigt.

— J'aurais dû me douter que vous finiriez par venir.

— Pourquoi ? s'enquit Jeffrey.

— Le mot que j'ai envoyé au docteur Linton. Faut croire que c'était pas très malin de ma part.

Là encore, Jeffrey ne montra aucune réaction.

— Et pourquoi ça ?

— Ben, je sais que vous êtes capables d'aller dégotter tout un tas de preuves dans un mot comme ça.

Lena acquiesça, comme si c'était vrai, pensant que la jeune femme avait regardé trop de séries policières à la télévision, ces séries où les techniciennes de labo se baladent en tailleur Armani et talons hauts, prélèvent un minuscule bout de peau sur une épine de rose, regagnent leur labo au petit trot, et là, grâce au miracle de la science, découvrent que l'agresseur était un albinos droitier qui collectionnait les timbres et vivait chez sa mère. Mis à part le fait qu'aucun labo criminel au monde ne pourrait s'offrir les trillions de dollars d'équipements qu'on y voyait, la vérité, c'était que l'ADN se rompait. Des facteurs extérieurs pouvaient compromettre l'état de la fibre, ou parfois l'échantillon ne suffisait pas au prélèvement. Les empreintes digitales étaient sujettes à interprétation, et il était très rare qu'on dispose de suffisamment de points de comparaison pour que les résultats tiennent devant un tribunal.

— Pourquoi avez-vous envoyé cette lettre au docteur Linton ?

— Je savais qu'elle en tirerait quelque chose. C'est pas que vous n'auriez rien fait, s'empressa-t-elle d'ajouter, mais le docteur Linton, elle prend soin des gens. Elle veille vraiment sur eux. Je savais qu'elle comprendrait.

Elle haussa les épaules.

— Je savais qu'elle vous en parlerait.

— Pourquoi ne pas être allée le lui dire de vive voix ? Vous m'avez vu, lundi matin, au cabinet. Pourquoi ne m'en avez-vous pas parlé à ce moment-là ?

Elle eut un rire froid.

— Dale m'aurait tuée, s'il avait su que je me mêlais de ça. Il déteste l'Église. Il déteste tout, chez eux. C'est juste...

Sa voix resta en suspens.

— Quand j'ai appris ce qui était arrivé à Abby, je me suis dit qu'il fallait que vous sachiez que c'était pas la première fois qu'il faisait ça.

— Qui ?

Sa gorge se noua, quand elle essaya de prononcer son nom.

— Cole.

— Il vous a enfermée dans une caisse, au milieu de la forêt ?

Elle hocha la tête, ses cheveux lui retombèrent devant les yeux.

— On était censés camper. Il m'a emmenée là-bas pour une promenade.

Elle avala sa salive.

— Il m'a conduite dans cette clairière. Il y avait ce trou dans la terre. Un rectangle. Il y avait une caisse dedans.

— Qu'avez-vous fait ? lui demanda Lena.

— Je ne me souviens pas. Je ne pense pas avoir même eu le temps de crier. Il m'a frappée vraiment fort, il m'a poussée dedans. Je me suis ouvert le genou, éraflé la main. Je me suis mise à hurler, mais il s'est assis sur moi et il a levé son poing, comme s'il allait me cogner.

Elle s'arrêta, tâchant de ne pas perdre toute contenance en racontant son histoire.

— Donc, je me suis couchée là-dedans. Je me suis couchée, et lui, il posait ces planches au-dessus de moi, il les clouait une par une...

Lena étudia ses mains, elle imaginait les clous qu'on enfonçait, le son métallique du marteau heurtant leur large tête en fer, sa peur insondable, étendue là, incapable de rien faire.

— Pendant tout ce temps, il priait, reprit Terri. Il racontait des choses sur Dieu qui lui donnait la force, et qu'il n'était qu'un messager du Seigneur.

Elle ferma les yeux, des larmes s'en échappèrent.

— Ensuite, tout ce que je me rappelle, c'est que j'ai levé les yeux. Le soleil passait à travers les lattes, je crois, mais ça me faisait juste l'effet d'une obscurité un peu moins profonde. Il faisait si noir, là-dedans.

Elle frémit à ce souvenir.

— J'entendais la terre s'abattre sur la caisse, pas vite, lentement, comme s'il avait tout son temps. Et il n'arrêtait pas de prier, de plus en plus fort, comme s'il voulait être sûr que je l'entende.

Elle se tut.

— Qu'avez-vous fait ? lui demanda Lena.

Une fois de plus, Terri avala sa salive, et sa gorge se contracta.

— Je me suis mise à crier, et le bois de la caisse étouffait mes cris. Cela me faisait mal aux oreilles. Je ne pouvais plus rien dire. Je pouvais à peine bouger. Ça me revient, parfois, j'entends encore. La nuit, quand j'essaie de m'endormir, j'entends encore ce cognement sourd de la terre sur la caisse. Les gravillons qui s'écoulent par les fentes, qui se coincent dans ma gorge.

À évoquer cette scène, elle s'était mise à pleurer plus fort.

— Cet homme était si mauvais.

— Et c'est pour ça que vous avez quitté votre foyer, en déduisit Jeffrey.

Terri parut surprise qu'il évoque ce choix.

— Votre mère nous a raconté ce qui s'était passé, Terri.

Elle rit, un rire qui sonnait creux, dépourvu de toute gaieté.

— Ma mère ?

— Elle est venue au poste ce matin.

D'autres larmes lui montèrent aux yeux, sa lèvre inférieure tremblait.

— Elle vous a dit ? Maman vous a dit ce qu'a fait Cole ?

— Oui.

— Elle ne me croyait pas, souffla-t-elle, et sa voix n'était plus qu'un murmure. Je lui ai dit ce qu'il m'avait fait, et elle m'a répondu que j'inventais. Elle m'a prévenue que j'irais en enfer.

Elle regarda autour d'elle dans la cuisine, ce qui faisait sa vie.

— Je pense qu'elle ne se trompait pas.

— Où êtes-vous allée, quand vous êtes partie de la maison ? lui demanda Lena.

— À Atlanta. Avec ce garçon... Adam. Pour moi, c'était juste un moyen de me sortir de là-bas. Je ne pouvais pas rester, pas avec eux qui ne me croyaient pas.

Elle renifla, s'essuya le nez avec la main.

— J'avais si peur que Cole vienne encore me chercher. Je n'en dormais pas. Je ne pouvais plus manger. Je n'attendais plus qu'une chose, qu'il revienne me prendre.

— Pourquoi êtes-vous revenue ?

— J'ai juste...

Sa phrase se figea.

— J'ai grandi ici. Et ensuite j'ai rencontré Dale...

De nouveau, elle n'acheva pas sa pensée.

— Quand je l'ai connu, il était bon. Si tendre. Il n'a pas toujours été comme il est maintenant. Les enfants qui tombent malades, ça le met pas mal sous pression.

Jeffrey ne la laissa pas poursuivre dans cette voie.

— Depuis combien de temps êtes-vous mariés ?

— Huit ans, lui répondit-elle.

Huit années à se faire tabasser. Huit années à invoquer des excuses, à le couvrir, à se convaincre que cette fois ce serait différent, que cette fois il changerait. Huit années en sachant au fond de ses tripes qu'elle se mentait, mais sans pouvoir rien y faire.

Si elle avait été forcée d'endurer ça pendant huit ans, Lena serait morte.

— Quand j'ai rencontré Dale, j'étais clean, mais encore traumatisée. J'avais pas beaucoup d'estime de moi-même.

Lena perçut le regret dans sa voix. Elle ne se complaisait pas, elle ne s'apitoyait pas sur elle-même. Elle se retournait sur son passé, et constatait que le trou qu'elle s'était creusé elle-même n'était pas très différent de celui où Cole Connolly l'avait ensevelie.

— Avant ça, je prenais du speed, je me shootais. J'ai fait des trucs vraiment pas bien. Je pense que c'est Tim qui a le plus payé pour tout ça. Son asthme est vraiment sévère. Qui sait combien de temps ces drogues restent dans l'organisme ? Qui sait ce que ça vous provoque, à l'intérieur ?

— Quand avez-vous décroché ? lui demanda-t-il.

— À vingt et un ans. J'ai arrêté, et voilà. Je savais que sinon, je serais morte avant mes vingt-cinq ans.

— Avez-vous eu le moindre contact avec votre famille, depuis ?

Elle s'attaqua de nouveau à sa petite peau.

— J'ai demandé de l'argent à mon oncle, il y a de ça un certain temps, admit-elle. J'en avais besoin pour... Une fois encore, elle eut du mal à avaler. Lena savait pour quoi elle avait eu besoin de cet argent. Terri n'avait pas de boulot. Dale conservait probablement pour lui jusqu'au moindre centime qui entrait dans cette maison. Il fallait bien qu'elle paie les soins, d'une manière ou d'une autre, et emprunter de l'argent à son oncle avait été le seul moyen.

Elle reprit, en s'adressant à Jeffrey.

— Le docteur Linton a été vraiment gentille, mais il fallait bien lui payer quelque chose pour tout ce qu'elle avait fait. Les médicaments de Tim ne sont pas remboursés par son assurance-santé.

Subitement, elle leva la tête, les yeux luisants de peur.

— Ne dites rien à Dale, supplia-t-elle, en s'adressant à Lena. Je vous en prie, ne lui dites pas que j'ai demandé de l'argent. Il est fier. Il n'aime pas que je mendie.

Lena se doutait bien qu'il voudrait savoir à quoi servait cet argent.

— Avez-vous revu Abby ? lui demanda-t-elle.

Ses lèvres tremblèrent, elle essayait de ne pas pleurer.

— Oui. Parfois, elle passait voir comment on allait, les enfants et moi. Elle nous apportait à manger, des bonbons pour les gamins.

— Vous saviez qu'elle était enceinte ?

Terri hocha la tête, et Lena se demandait si Jeffrey sentait toute cette tristesse qui émanait d'elle. Elle repensait probablement à l'enfant qu'elle avait perdu, celui d'Atlanta. Et Lena se surprit à penser à la même chose. Pour une raison qui lui échappait, c'est l'image du bébé, au premier étage, qui lui vint à l'esprit, ses petits pieds recroquevillés, levés en l'air, ce geste qu'avait eu Terri pour remonter la couverture sous son menton délicat. Lena dut baisser les yeux, pour que Jeffrey ne voie pas ses larmes qui montaient.

Elle sentit le regard de Terri Stanley posé sur elle. Cette mère avait cette sensibilité qu'ont les femmes battues, cette intuition, cette faculté de reconnaître chez les autres les changements d'émotions après toutes ces années à essayer de ne pas dire ou ne pas faire la chose qu'il ne fallait pas.

Jeffrey n'avait pas conscience de tout cela.

— Qu'avez-vous dit à Abby quand elle vous a appris, pour l'enfant ?

— J'aurais dû comprendre ce qui allait se passer, dit-elle. J'aurais dû l'avertir.

— L'avertir de quoi ?

— Pour Cole, ce qu'il m'avait fait subir.

— Pourquoi ne lui avez-vous rien dit ?

— Ma propre mère ne m'avait pas crue, lâcha-t-elle d'un ton brusque. Je ne sais pas… Avec les années, j'ai fini par croire que j'avais peut-être tout inventé. Je prenais tellement de drogue, à l'époque, des tas de substances dures. Je pensais pas droit. C'était plus commode de me dire que j'avais tout inventé.

Lena savait de quoi elle parlait. Vous vous mentez à vous-même, par degrés, pour tenir le coup.

— Est-ce qu'Abby vous a dit qu'elle fréquentait quelqu'un ? voulut savoir Jeffrey.

Terri acquiesça.

— Chips, fit-elle, avec une nuance de regret. Je lui avais dit de garder ses distances avec celui-là. Elle m'a dit qu'elle allait partir avec ce garçon quand tante Esther et oncle Eph iraient à Atlanta, deux jours plus tard.

— Avait-elle l'air tendu ?

Elle pesa la question.

— Elle semblait préoccupée. Ça ne lui ressemblait pas. Enfin, elle avait pas mal d'autres soucis. Elle était... elle était distraite.

— Comment ça distraite ?

Terri baissa la tête, elle tentait de dissimuler sa réaction.

— Par des trucs, c'est tout.

— Terri, il faut que nous sachions quel genre de trucs, insista-t-il.

Elle reprit enfin la parole.

— Nous étions dans la cuisine, commença-t-elle.

Elle désigna la chaise où Lena était assise.

— Elle était là. Elle avait la serviette de Paul sur les genoux, elle la tenait comme si elle était incapable de la lâcher. Je me souviens de m'être dit que j'aurais pu la revendre, et qu'avec l'argent, j'aurais de quoi faire manger mes gamins pendant un mois.

— C'est une belle serviette ? fit Jeffrey.

Lena comprit qu'il pensait exactement la même chose qu'elle. Abby avait regardé dans cette serviette et y avait découvert quelque chose que Paul ne voulait pas qu'elle voie.

— Il a dû la payer au moins mille dollars. Il jette l'argent par les fenêtres. C'est un truc que je comprends pas.

— Et qu'a dit Abby ? lui demanda-t-il encore.

— Qu'il fallait qu'elle aille voir Paul, et ensuite, quand elle serait de retour, qu'elle partirait avec Chips.

Elle renifla.

— Elle voulait que je dise à son père et à sa mère qu'elle les aimait de tout son cœur.

Terri se remit à pleurer.

— Il faut que je le leur dise. Je dois au moins ça à Esther.

— Pensez-vous qu'elle ait confié à Paul qu'elle était enceinte ?

Elle secoua la tête.

— Je n'en sais rien. Elle a pu partir pour Savannah, aller chercher de l'aide.

— De l'aide pour se débarrasser du bébé ? demanda Lena.

— Mon Dieu, non, s'écria-t-elle, choquée. Abby n'aurait jamais tué son bébé.

Lena sentit ses lèvres remuer, mais sa voix se coinça quelque part, plus au fond.

— Qu'attendait-elle de Paul, à votre avis ? demanda Jeffrey.

— Peut-être de l'argent ? supposa-t-elle. Je lui avais dit qu'il lui en faudrait, si elle décampait avec

Chips. Elle ignorait comment fonctionne le monde réel. Quand elle avait faim, il y avait de quoi manger sur la table. Quand elle avait froid, elle tournait le thermostat. Elle n'a jamais eu à se débrouiller toute seule. Je l'ai prévenue, elle aurait besoin d'argent à elle, et de le cacher à Chips, de mettre de côté, pour elle, au cas où il la laisserait tomber. Je ne voulais pas qu'elle commette les mêmes erreurs que moi.

Elle s'essuya le nez.

— C'était une si gentille, si gentille fille.

Une gentille fille qui avait essayé de soutirer à son oncle de l'argent sale, songea Lena. Et elle lui posa la question.

— Vous pensez que Paul lui a donné cet argent ?

— Je ne sais pas, admit-elle. C'est la dernière fois que je l'ai vue. Après ça, elle était censée partir avec Chips. J'ai vraiment pensé que c'est ce qu'elle avait fait, jusqu'à ce que j'apprenne... que vous la trouviez, dimanche.

— Où étiez-vous, samedi soir ?

Terri s'essuya encore le nez, du dos de la main.

— Ici, leur répondit-elle. Avec Dale et les gosses.

— Quelqu'un peut confirmer ?

Elle se mordit la lèvre inférieure, elle réfléchissait.

— Eh bien, Paul est passé, leur dit-elle. Juste une minute.

— Samedi soir ? vérifia-t-il, avec un coup d'œil à Lena.

Paul avait plusieurs fois répété qu'il était à Savannah, la nuit de la mort de sa nièce. Sa secrétaire si loquace avait même corroboré ses dires. Il avait prétendu être rentré en voiture à la ferme dimanche, pour aider à retrouver Abby.

— Pourquoi Paul est-il venu ici ?

— Il apportait à Dale ce machin pour une de ses voitures.

— Quel machin ?

— Ce machin de Porsche. Paul aime les voitures tape-à-l'œil... qu'est-ce que je dis, il aime tout ce qui est tape-à-l'œil. Il se débrouille pour cacher ça à papa et aux autres, mais il aime bien avoir ses jouets à lui.

— Quel genre de jouets ?

— Il apporte ici de vieux clous qu'il déniche dans des ventes aux enchères, et Dale les lui répare à prix d'ami. Enfin, en tout cas, c'est comme ça que Dale le présente. Je ne sais pas combien il lui facture, mais ça doit forcément être moins cher ici qu'à Savannah.

— Paul apporte souvent des voitures ici ?

— Ça lui est arrivé deux, trois fois, d'après ce que je sais.

Elle se débarrassa de la question.

— Demandez à Dale. En général, moi, je suis derrière, je travaille à la sellerie.

— Quand j'ai vu Dale, l'autre jour, il n'a pas mentionné que Paul était passé.

— Je pense bien, fit-elle. Paul le paie en espèces. Il ne le déclare pas aux impôts.

Elle essayait de justifier les méthodes de son mari.

— On a des procédures de recouvrement. L'hôpital a déjà saisi le salaire de Dale, quand Tim y a été admis, l'an dernier. Les relevés bancaires conservent la trace de tout ce qui entre et sort. Si nous n'avions pas cet argent liquide en plus, on perdrait la maison.

— Je ne travaille pas pour le fisc, la rassura-t-il. Tout ce qui m'importe, c'est samedi soir. Vous êtes sûre que Paul est passé ici samedi ?

Elle hocha la tête.

— Vous pouvez demander à Dale. Ils sont restés dans le garage à peu près dix minutes, ensuite il est reparti. Je l'ai juste vu par la fenêtre de devant. Paul ne m'adresse pas vraiment la parole, à moi.

— Pourquoi ?

— Je suis une femme déchue, fit-elle, d'une voix dénuée de toute trace de sarcasme.

— Terri, est-ce que Paul s'est déjà trouvé seul dans le garage ?

Elle eut un air désabusé.

— Évidemment.

— Combien de fois ?

Il ne la lâchait plus.

— Je n'en sais rien. Pas mal de fois.

Il abandonna son ton conciliant. Il la harcelait.

— Disons, au cours des trois derniers mois ? Il y est entré, dans cette période ?

— Je suppose, répéta-t-elle, plus agitée. Pourquoi, quelle importance que Paul soit entré dans le garage ?

— J'essaie juste de comprendre s'il aurait eu le temps d'emporter quelque chose qui s'y trouvait.

Devant cette allusion, elle ricana.

— Dale lui aurait tordu le cou.

— Et les polices d'assurance-décès ?

— Quelles polices ?

Il sortit un fax plié en deux et le posa sur la table devant elle.

Elle lut le document, le front plissé.

— Je ne comprends pas.

— C'est une police d'assurance-vie d'une valeur de cinquante mille dollars, dont vous êtes la bénéficiaire.

— Où avez-vous trouvé ça ?

— Vous n'avez pas à poser de questions, lui rétorqua-t-il, quittant tout à fait son ton compréhensif. Dites-nous ce qui se passe, Terri.

— J'ai cru..., commença-t-elle, en secouant la tête.

— Vous avez cru quoi ? fit Lena.

Elle secoua encore la tête, s'arracha sa petite peau du pouce.

— Terri ? insista-t-elle, ne voulant pas que Jeffrey soit trop dur avec elle.

À l'évidence, elle avait quelque chose à dire. Ce n'était pas le moment de faire preuve d'impatience. Jeffrey ajusta le ton.

— Terri, nous avons besoin de votre aide, là. Nous savons que Cole l'a enfermée dans cette caisse, tout comme il l'a fait avec vous, sauf qu'Abby n'en est jamais ressortie. Nous avons besoin de votre aide, pour découvrir qui l'a tuée.

— Je ne...

Mais elle n'acheva pas.

— Terri, Rebecca est toujours portée disparue, lui rappela-t-il.

Elle prononça un ou deux mots entre ses dents, comme si elle s'encourageait. Sans autre avertissement, elle se leva.

— Je reviens.

— Attendez une minute.

Il la rattrapa par le bras, alors qu'elle s'apprêtait à sortir de la cuisine, mais elle grimaça et il la relâcha.

— Désolée, s'excusa-t-elle, en se frottant le bras, là où Dale l'avait blessée.

Lena vit des larmes de douleur noyer les yeux de la jeune femme.

— Je reviens tout de suite, répéta-t-elle pourtant.

Jeffrey ne l'arrêta pas, ne la toucha pas.

— Nous venons avec vous, lui dit-il néanmoins, sur un ton signifiant qu'il ne s'agissait pas d'une simple proposition amicale.

Elle hésita, puis acquiesça d'un geste bref de la tête. Elle regarda à l'autre bout du couloir, comme pour s'assurer qu'il n'y avait personne. Lena savait qu'elle cherchait Dale. Alors même qu'il était menotté dans la voiture de patrouille, elle restait encore terrorisée à l'idée qu'il s'en prenne à elle.

Elle ouvrit la porte de derrière, jeta encore un regard furtif, cette fois pour s'assurer que les deux policiers la suivaient.

— Laissez-la entrouverte, au cas où Tim aurait besoin de moi, fit-il à Jeffrey.

Il retint la moustiquaire pour qu'elle ne claque pas, entrant ainsi dans le jeu de sa paranoïa.

Tous trois sortirent dans la cour. Les chiens étaient tous des corniauds, probablement récupérés à la fourrière. Ils geignirent doucement, en sautant vers Terri, tâchant d'attirer son attention. Elle leur caressa la tête au passage, d'un geste absent, et se dirigea vers le garage à pas comptés. Elle s'arrêta à l'angle, et Lena découvrit une dépendance. Si Dale regardait de ce côté-ci, il les verrait s'approcher de cette petite bâtisse.

Jeffrey s'en aperçut au même instant que Lena.

— Je peux..., proposa-t-il, à la seconde où Terri, respirant à fond, s'avançait dans l'arrière-cour.

Lena la suivit, sans regarder vers la voiture de patrouille, sentant bien dans son dos tout le poids du regard de Dale.

— Il ne regarde pas, leur affirma Jeffrey, mais Lena et Terri avaient toutes les deux trop peur pour se retourner.

La jeune femme sortit une clef de sa poche et l'inséra dans la porte de l'appentis. Elle alluma la lumière en pénétrant dans la pièce encombrée, exiguë. Une machine à coudre était installée au milieu, des rouleaux de cuir sombre empilés contre les murs, une lumière crue au plafond. Ce devait être l'atelier où Terri cousait la sellerie des voitures que Dale remettait en état. La pièce était humide, renfermée. Ce n'était guère mieux qu'un de ces ateliers où l'on exploitait de la main-d'œuvre à bas prix et, au cœur de l'hiver, ce devait être un enfer.

Terri se retourna, pour finalement regarder par la fenêtre. Lena suivit son regard et vit la silhouette noire de Dale Stanley assis à l'arrière de la voiture.

— Quand il saura ça, il me tuera, souffla la jeune femme. Mais ça fera jamais qu'un truc de plus, hein ? lança-t-elle à Lena.

— Nous avons les moyens de vous protéger, Terri, lui affirma Lena. Nous pouvons le conduire tout de suite en prison et il ne reverra plus jamais la lumière du jour.

— Il sortira.

— Non, soutint Lena, car elle savait qu'on pouvait se débrouiller pour que certains détenus ne ressortent plus.

Si vous les enfermiez dans la bonne cellule, avec le bon codétenu, vous aviez de quoi leur bousiller l'existence pour toujours.

— On peut s'en assurer, souligna-t-elle et, au regard que lui fit la jeune femme, elle sut qu'elle avait compris.

Alors qu'il arpentait la petite pièce, Jeffrey avait suivi toute cette conversation. Subitement, il écarta deux rouleaux de tissu du mur derrière lesquels s'échappait un bruit, un peu comme une souris qui détale. Il repoussa encore un rouleau, tendit la main à la jeune fille tapie contre la cloison.

Il venait de trouver Rebecca Bennett.

Chapitre Quinze

Jeffrey regarda Lena en compagnie de Rebecca Bennett, songeant que même après tant d'années, si quelqu'un lui avait demandé d'expliquer ces soudains changements chez Lena, il aurait été à court de mots.

Cinq minutes plus tôt, elle était assise dans cette même cuisine pendant qu'il interrogeait Terri Stanley, ouvrant à peine la bouche et se conduisant comme une enfant apeurée. Désormais, avec la fille Bennett, c'était elle qui avait le contrôle, elle endossait le rôle du flic qu'elle pouvait être plutôt que celui de la femme battue qu'elle était.

— Dis-moi ce qui s'est passé, Rebecca, fit-elle, d'une voix forte, en prenant les mains de la jeune fille dans les siennes avec un savant dosage d'autorité et d'empathie.

Lena avait fait cela un million de fois auparavant, mais cette transformation restait toujours aussi incroyable.

Rebecca hésita, c'était encore une enfant terrorisée. Elle était visiblement épuisée, le temps passé à se cacher de son oncle l'avait usée, érodée comme un caillou par l'eau d'un fleuve. Elle se tenait les épaules voûtées, la tête penchée comme si tout ce qu'elle voulait, c'était disparaître.

— Après, quand vous êtes partis, commença-t-elle. Je suis allée dans ma chambre.

— Lundi ?

Elle acquiesça.

— Maman m'a demandé de m'allonger.

— Que s'est-il passé ?

— J'avais attrapé froid, j'ai remonté mes draps, et là, j'ai trouvé des papiers.

— Quels papiers ? lui demanda-t-elle.

Rebecca regarda Terri, et la jeune femme lui adressa un petit signe de tête, pour lui signifier qu'elle pouvait y aller. Rebecca observa un temps de silence, les yeux posés sur sa cousine. Puis elle plongea la main dans la poche de devant de sa robe et en sortit une liasse de papiers soigneusement pliés. Lena y jeta un œil, puis les tendit à Jeffrey. Il vit qu'il s'agissait des originaux de polices d'assurance dont Frank avait déjà fait des copies.

Lena se cala contre le dossier de sa chaise, étudia la jeune fille.

— Pourquoi ne les as-tu pas trouvés, dimanche ?

L'adolescente lança un nouveau regard à Terri.

— Je suis restée chez ma tante Rachel, dimanche soir. Maman ne voulait pas que je sorte avec tout le monde chercher Abby.

Jeffrey se souvint qu'Esther lui avait fourni à peu près la même explication, au bistro. Il leva les yeux sur les documents, juste à temps pour surprendre un échange de regards entre les deux cousines.

Lena avait capté ce manège, elle aussi. Elle posa la paume de la main sur la table.

— Quoi d'autre, Becca ? Qu'est-ce que tu as trouvé d'autre ?

Terri se remit à se mâchonner la lèvre, tandis que Rebecca restait les yeux rivés sur la main de Lena, posée à plat sur la table.

— Ce qu'Abby t'a laissé, c'est parce qu'elle te faisait confiance, pour que tu agisses comme il fallait, lui rappela-t-elle, en gardant un ton égal. Ne trahis pas cette confiance.

La jeune fille fixait toujours la main de Lena, si longtemps que Jeffrey se demanda si elle n'était pas en transe. Finalement, elle leva le visage vers Terri et fit oui de la tête. Sans dire un mot, celle-ci se rendit au réfrigérateur et retira les aimants qui fixaient certains dessins des enfants. Il y en avait plusieurs couches, avant qu'elle n'atteigne le métal de la porte.

— Dale ne regarde jamais de ce côté-là, fit-elle, en tirant sur une feuille de papier de livre comptable, pliée derrière un collage d'enfant, une image de crucifixion.

Au lieu de la tendre à Jeffrey ou à Lena, elle remit la page à sa cousine. Lentement, celle-ci la déplia, puis la fit glisser sur la table, vers Lena.

— Tu as trouvé ça aussi sous le lit ? lui demanda cette dernière, en lisant la page.

Jeffrey se pencha sur son épaule, vit une liste de noms, reconnut parmi eux des ouvriers de la ferme. Les colonnes étaient ventilées en dollars et en dates, certaines déjà passées, d'autres encore à venir. Il confronta mentalement les dates et les polices. Il eut un choc, car il comprit qu'il s'agissait d'une sorte de compte prévisionnel, reprenant les bénéficiaires de chaque police, avec la date à laquelle on pouvait espérer le versement de la prime.

— Abby m'a laissé ça, dit-elle. Elle voulait que ce soit moi qui le garde, je ne sais pas pourquoi.

— Pourquoi tu ne l'as montré à personne ? lui demanda Lena. Pourquoi t'es-tu enfuie ?

Terri répondit à la place de sa cousine, d'une voix douce, comme si elle avait peur de se créer des ennuis.

— Paul, fit-elle. C'est son écriture.

Rebecca avait les larmes aux yeux. Elle opina en réponse à la question silencieuse de Lena, et Jeffrey sentit la tension monter d'un cran face à cette révélation, l'exact opposé de ce à quoi il s'était attendu. Les deux jeunes femmes étaient visiblement terrifiées de ce qu'elles tenaient entre leurs mains, et le fait de le remettre à la police ne leur apportait aucun soulagement.

— Vous avez peur de Paul ?

Rebecca hocha la tête, tout comme Terri.

Lena étudia de nouveau le document, même si Jeffrey était persuadé qu'elle avait compris tous les éléments portés dans cette page.

— Donc, tu as trouvé ça lundi, et tu savais que c'était l'écriture de Paul.

Rebecca ne réagit pas, mais Terri intervint.

— Elle est venue ici, ce soir-là, malade d'inquiétude. Dale s'était écroulé ivre mort dans le canapé. Je l'ai cachée ici dans l'appentis, jusqu'à ce qu'on décide quoi faire.

Elle secoua la tête.

— Même si on peut pas toujours faire quelque chose.

— Vous avez envoyé cet avertissement au docteur Linton, lui rappela-t-il.

Elle eut un mouvement d'épaule désabusé, comme si elle reconnaissait que cette lettre avait été un moyen assez lâche de révéler la vérité.

Lena questionna Terri, avec gentillesse.

— Pourquoi n'en avez-vous pas parlé à la famille ? Pourquoi ne pas leur avoir montré ces documents ?

— Paul, c'est l'enfant chéri. Ils ne le voient pas comme il est vraiment.

— À savoir ?

— Un monstre, répliqua Terri.

Ses yeux s'emplirent de larmes.

— Il agit comme si vous pouviez vous fier à lui, comme s'il était votre meilleur ami, et puis il fait volte-face et il vous poignarde dans le dos.

— Il est mauvais, approuva Rebecca, en marmonnant.

Terri poursuivit, sur un ton plus ferme, mais elle avait encore les larmes aux yeux.

— Il joue les décontractés, les sympas, comme s'il était de votre côté. Vous voulez savoir qui m'a donné mon premier fix ?

Elle pinça les lèvres, regarda Rebecca, se demandant sans doute si elle devait révéler tout cela devant la jeune adolescente.

— C'est lui. C'est Paul qui m'a filé ma première ligne de coke. Nous étions dans son bureau et il m'a promis que c'était super. Je ne savais même pas ce que c'était... pour moi, ça aurait aussi bien pu être de l'aspirine.

À présent, elle était en colère.

— C'est lui qui m'a rendue accro.

— Pourquoi aurait-il fait cela ?

— Parce que rien ne l'en empêchait. C'est là qu'il prend vraiment son pied, quand il peut nous corrompre. Contrôler tout le monde pendant que lui, il reste en retrait et regarde nos vies s'écrouler.

— Vous corrompre, comment ? demanda Lena, et Jeffrey savait où elle voulait en venir.

— Pas comme ça, fit Terri. Bon Dieu, s'il nous baisait, ce serait plus facile.

À ce langage, Rebecca se raidit, et sa cousine modéra ses propos.

— Il aime nous rabaisser, reprit-elle. Il supporte pas les filles... il nous déteste, il pense qu'on est stupides.

Ses larmes se mirent à couler, et Jeffrey perçut que sa colère était attisée par la sensation cuisante d'avoir été trahie.

— Maman et eux tous, ils pensent qu'il fait des miracles. Je lui ai parlé de Cole, et elle est allée trouver Paul, et Paul lui a dit que je racontais n'importe quoi. Donc elle l'a cru.

Écœurée, elle lâcha un rire étranglé.

— C'est un tel salopard. Il se comporte en ami, comme si vous pouviez lui faire confiance, et ensuite, il vous punit.

— Non, pas lui, rectifia Rebecca, mais sur un ton toujours aussi calme.

Jeffrey voyait bien qu'elle avait du mal à admettre que son oncle soit capable de causer tant de mal. Pourtant, elle continua.

— Il s'arrange pour que ce soit Cole. Et ensuite, il fait comme si de rien n'était.

Terri s'essuya les yeux, ses mains tremblaient.

Lena attendit quelques secondes avant de poser encore une question.

— Rebecca... est-ce qu'il t'a enfermée, sous terre ?

Elle secoua lentement la tête.

— Abby m'a dit qu'il lui avait fait ça, à elle.

— Combien de fois ?

— Deux. Et ensuite, il y a eu cette dernière..., ajouta-t-elle.

— Oh, mon Dieu, souffla Terri. J'aurais pu arrêter ça. J'aurais pu dire quelque chose...

— Vous ne pouviez rien faire, lui assura Lena, mais Jeffrey n'était pas sûr que ce soit si vrai.

— Cette caisse..., commença Terri, en serrant très fort les paupières, face à ce souvenir. Il revient tous les jours, pour prier. Vous pouvez l'entendre par le tuyau. Parfois il hurle si fort, et vous, vous êtes tétanisée, mais vous êtes déjà tellement contente de savoir qu'il y a quelqu'un là, dehors, de savoir que vous n'êtes pas complètement seule.

Elle s'essuya encore les yeux de son poing fermé, et ses mots étaient empreints d'un mélange de tristesse et de colère.

— La première fois qu'il m'a infligé ça, je suis allée voir Paul, et Paul m'a promis de lui parler. J'ai été si bête. Il m'a fallu tellement de temps pour comprendre que c'était lui qui demandait à Cole de me faire subir tout ça. Jamais Cole n'aurait pu savoir autant de choses à mon sujet, ce que je faisais, avec qui j'étais. Tout venait de Paul.

Rebecca sanglotait, à présent.

— Aucun de nos actes ne trouvait jamais grâce à ses yeux. Il en avait toujours après Abby, il essayait de la pousser à commettre des erreurs. Il n'arrêtait pas de lui répéter que ce n'était plus qu'une question de temps, avant qu'arrive un homme qui lui collerait ce qu'elle méritait.

— Chips, fit Terri, en crachant ce nom. Il a fait pareil avec moi. Il a mis Adam en travers de mon chemin.

— Paul a monté la rencontre d'Abby et Chips de toutes pièces ? s'enquit Jeffrey.

— Tout ce qu'il avait à faire, c'était s'assurer qu'ils se retrouvent souvent ensemble. C'est le côté crétin des hommes.

Elle rougit, comme si elle se rappelait qu'elle s'adressait à un homme.

— Je veux dire...

— C'est bon, fit-il.

Sans faire remarquer que les femmes pouvaient se montrer tout aussi stupides. Dans le cas contraire, il n'aurait plus qu'à fermer boutique.

— Il aime voir se produire des événements horribles. Il aime bien maîtriser les choses, piéger les gens et ensuite leur tomber dessus.

Elle se mordilla de nouveau la lèvre inférieure, un filet de sang perla de la peau fendue. À l'évidence, les années qui s'étaient écoulées n'avaient pas amoindri sa colère.

— Personne ne le remet jamais en cause. On part du principe qu'il dit la vérité. Ils sont tous à ses pieds.

Rebecca était restée silencieuse, mais les propos de sa cousine avaient l'air de raffermir sa volonté. Elle leva les yeux.

— Oncle Paul a installé Chips avec Abby dans le bureau. Chips ne connaissait rien à ce genre de travail, mais Paul s'est débrouillé pour qu'ils se retrouvent suffisamment souvent tous les deux, et qu'il se passe des choses.

— Quel genre de choses ? voulut savoir Lena.

— Qu'est-ce que vous croyez ? fit Terri. Elle allait avoir un bébé.

Rebecca en eut le souffle coupé, et posa un regard hébété sur sa cousine.

Cette dernière s'excusa aussitôt.

— Je suis désolée, Becca. Je n'aurais pas dû te le dire.

— Le bébé, chuchota Rebecca, une main agrippée à sa poitrine. Son bébé est mort.

Des larmes lui dégoulinèrent sur les joues.

— Oh, mon Dieu. Il a tué aussi son bébé.

Lena observa un silence de mort, et Jeffrey l'étudia attentivement, sans comprendre pourquoi les paroles de la jeune femme exerçaient sur elle un tel impact. Terri semblait tout aussi déconcertée, elle fixait le réfrigérateur du regard, les dessins multicolores de ses enfants. *Lion. Tigre. Ours.* Des prédateurs. Comme Paul.

Il ne comprenait pas vraiment ce qui se passait, mais il ne lui avait pas échappé que Lena avait sauté une question grave. Il intervint.

— Qui a tué son bébé ?

Rebecca leva les yeux vers Terri, et toutes deux le regardèrent.

— Cole, fit Terri, comme si c'était évident. Cole l'a tué.

Il voulut clarifier la chose.

— Il a empoisonné Abby ?

— Empoisonné ? répéta-t-elle après lui, perplexe. Elle a étouffé.

— Non, pas du tout, Terri. Abby a été empoisonnée. Quelqu'un lui a administré du cyanure.

La jeune femme s'affaissa sur sa chaise, avec une expression signifiant qu'elle comprenait enfin ce qui s'était passé.

— Dale a du cyanure dans son garage.

— C'est exact.

— Paul y est entré, fit-elle. Il était tout le temps fourré là-bas.

Jeffrey concentra toute son attention sur elle, espérant du fond du cœur que Lena comprenait à présent à quel point elle avait merdé, en n'obtenant pas de Terri qu'elle réponde à cette question simple, deux jours plus tôt. Il la lui posa.

— Est-ce que Paul était au courant, pour le cyanure ?

Elle hocha la tête.

— Je suis tombé sur eux, une fois. Dale était en train de faire un placage au chrome sur une des voitures de Paul.

— Quand ?

— Il y a quatre, cinq mois. Sa mère a appelé et je suis allée le prévenir. Dale était furieux contre moi parce que je n'étais pas censée être là. Paul n'aimait pas que je sois là. Il refusait même de poser les yeux sur moi.

Son visage s'assombrit, et il vit qu'elle n'avait pas envie de tout raconter devant sa cousine.

— Dale a sorti une blague sur le cyanure. Il faisait l'intéressant devant Paul, histoire de lui prouver à quel point j'étais stupide.

Il imaginait fort bien, mais il avait quand même besoin de l'entendre.

— Qu'est-ce que Paul a dit, Terri ?

Elle se tirailla la lèvre, et une nouvelle goutte de sang perla.

— Dale m'a dit qu'il allait verser du cyanure dans mon café, un de ces jours, que je n'en saurais rien avant que ça me cogne dans l'estomac et que les acides activent le poison.

Sa lèvre tremblait, mais cette fois c'était de dégoût.

— Il m'a dit que ça me tuerait lentement, que je saurais exactement ce qui m'arrivait, et qu'il m'observerait, en train de me débattre par terre, de chier dans mon froc. Il m'a dit qu'il me regarderait dans les yeux, jusqu'à la dernière minute, comme ça je saurais que c'était lui.

— Qu'a fait Paul quand Dale vous a raconté ça ?

Terri consulta Rebecca du regard, tendit la main pour lui caresser les cheveux. Elle avait encore du mal à accuser Dale, et il se demandait de quoi elle essayait de protéger la jeune fille.

Il reposa sa question.

— Qu'a fait Paul quand il a raconté ça, Terri ?

Terri laissa retomber la main sur l'épaule de Rebecca.

— Rien. J'ai cru qu'il allait rire, mais il n'a absolument rien fait.

* * *

Pour la troisième fois, Jeffrey consulta sa montre, puis revint vers la secrétaire postée en sentinelle, dans l'antichambre du bureau de Paul, à la ferme. Elle était moins bavarde que celle de Savannah, mais tout aussi protectrice vis-à-vis de son patron. La porte derrière elle était ouverte, et il entrevit des fauteuils cossus en cuir et deux énormes blocs de marbre, une dalle en verre posée dessus, qui tenait lieu de table de travail. Des bibliothèques tapissaient les murs, des recueils juridiques reliés cuir et des souvenirs de golf disséminés un peu partout. Terri Stanley avait raison, son oncle appréciait vraiment d'avoir ses jouets à portée de la main.

La secrétaire leva le nez de son ordinateur.

— Paul devrait être de retour sous peu.

— Je pourrais patienter dans son bureau, suggéra-t-il, songeant que cela lui permettrait de jeter un œil sur ses affaires.

Cette idée tira un ricanement au cerbère.

— Paul n'aime déjà pas que j'y entre en son absence, fit-elle, en tapant sur son clavier. Il vaut mieux que vous attendiez ici. Il sera là dans une seconde.

Il croisa les bras, se renfonça dans son siège. Il n'était là que depuis cinq minutes, mais il envisageait maintenant d'aller lui-même chercher l'avocat. La secrétaire n'avait pas appelé son patron pour le prévenir que le chef de la police était là, mais sa Town Car blanche immatriculée de plaques gouvernementales était assez facile à repérer. Or, il s'était garé juste en face des portes principales du bâtiment.

Il consulta de nouveau sa montre, constata qu'il s'était encore écoulé une minute. Il avait laissé Lena chez les Stanley, pour surveiller les deux femmes. Il n'avait pas envie que la culpabilité de Terri la pousse à commettre une bêtise, par exemple téléphoner à sa tante Esther ou, pire, à son oncle Lev. Il avait donc insisté auprès de Lena, elle était là pour les protéger, et aucune des jeunes femmes n'y avait trouvé à redire. Brad avait coffré Dale pour entrave aux forces de police, mais cette mise en détention ne tiendrait pas plus d'une journée. Il doutait fort que sa femme prenne part à des poursuites judiciaires. Elle avait à peine trente ans, elle était coincée avec deux gosses malades et ne possédait aucune formation professionnelle. Elle n'aurait rien pu faire, à part peut-être appeler Pat Stanley à la rescousse pour qu'il calme son frère. Si cela ne dépendait que de Jeffrey, Dale serait allé moisir séance tenante au fond d'une mine de sel.

— Révérend Ward, fit la secrétaire, et Lev passa la tête dans la pièce. Vous savez où est Paul ? Il a un visiteur.

— Chef Tolliver, fit Lev, en entrant dans la pièce.

Il était en train de se sécher les mains avec une serviette en papier et Jeffrey en déduisit qu'il sortait des lavabos.

— Un problème ?

Il toisa l'homme, toujours guère convaincu que Lev ne soit pas du tout au courant de ce qui se passait. Rebecca et Terri avaient insisté sur son indifférence, mais pour lui, il était clair que le révérend était le chef de cette famille. Il ne se représentait pas Paul se livrant à ce genre de manigances au nez et à la barbe de son aîné.

— Je cherche votre frère.

Lev baissa les yeux sur le cadran de sa montre.

— Nous avons une réunion dans vingt minutes. J'imagine qu'il ne doit pas être bien loin.

— J'ai besoin de lui parler tout de suite.

— Puis-je vous aider ? proposa-t-il.

Il était content que Lev lui facilite les choses.

— Allons dans votre bureau.

— C'est à propos d'Abby ? lui demanda le révérend, empruntant le couloir, pour rejoindre le fond du bâtiment.

Il portait un jean délavé, une chemise en flanelle, et des bottes de cow-boy éraflées dont les semelles avaient dû être remplacées une bonne dizaine de fois. Un fourreau en cuir recevant un cutter à lame rétractable était fixé à sa ceinture.

— Vous posez de la moquette ? demanda Jeffrey, sur ses gardes à cause de cet outil, doté d'une lame de rasoir extrêmement affûtée, capable d'entailler à peu près n'importe quoi.

Lev eut l'air déconcerté.

— Oh, fit-il, en regardant à hauteur de sa hanche, comme s'il était surpris d'y trouver ce fourreau. J'étais occupé à ouvrir des cartons, lui expliqua-t-il. Les livraisons arrivent toujours le vendredi.

Il s'arrêta devant une porte ouverte.

— Nous y sommes.

Il lut l'écriteau sur la porte. « Dieu soit loué et soyez les bienvenus ! »

— Mon humble demeure, annonça le révérend.

À l'inverse de son frère, il n'avait pas de secrétaire pour garder son domaine. En fait, la pièce était petite, presque aussi petite que celle de Jeffrey, au poste de police. Un bureau métallique se dressait au centre, une chaise à roulettes sans accoudoirs placée derrière. Deux chaises pliantes étaient disposées devant et des livres étaient entassés par terre, en piles bien rangées. Des coloriages d'enfant, probablement ceux de Zeke, étaient punaisés aux murs.

— Désolé pour le désordre, s'excusa-t-il. Mon père dit qu'un bureau encombré est le signe d'un esprit encombré. À mon avis, il n'a pas tort, ajouta-t-il avec un rire.

— Le bureau de votre frère est un peu plus... majestueux.

De nouveau, Lev rit.

— Quand nous étions petits, papa s'en prenait tout le temps à lui, mais Paul est adulte maintenant, un peu âgé pour recevoir la fessée.

Il redevint sérieux.

— La vanité est un péché, mais nous avons tous nos faiblesses.

Jeffrey se retourna, histoire de jeter un rapide coup d'œil dans le couloir. En face du bureau, il y avait un petit corridor où était installée une photocopieuse.

— Quelle est votre faiblesse, à vous ?

Ward parut vraiment prendre le temps d'y réfléchir.

— Mon fils.

— Qui est Stephanie Linder ?

Il eut l'air de ne pas saisir.

— Pourquoi me demandez-vous cela ?

— Répondez à ma question.

— C'était mon épouse. Elle est morte il y a cinq ans.

— Vous en êtes sûr ?

Il s'indigna.

— Je pense savoir si ma femme est morte ou non.

— Simple curiosité. Voyez-vous, votre sœur Mary est venue nous voir aujourd'hui et m'a appris qu'elle avait une fille. Je ne me souviens pas que qui que ce soit ait mentionné son existence avant cela.

Lev eut la sagesse d'afficher une mine contrite.
— Oui, c'est exact. Elle a une fille, en effet.
— Une fille qui a fui la famille.
— Genie... Terri, comme elle se fait appeler maintenant... était une adolescente très difficile. Elle a eu une existence très troublée.
— Et je dirais que ça continue. Pas vous ?
— Elle s'est rangée, nuança-t-il. Mais elle a sa fierté. Je ne désespère pas qu'elle se réconcilie avec la famille.
— Son mari la bat.
Lev en ouvrit la bouche de surprise.
— Dale ?
— Et Cole l'a enfermée dans une caisse, elle aussi, tout comme Abby. Quand il lui a fait subir ce traitement, elle avait à peu près l'âge de Rebecca. Mary ne vous en a jamais parlé ?
Lev posa la main sur sa poitrine, comme s'il avait besoin d'un soutien pour rester debout.
— Pourquoi aurais-je...
Sa voix se perdit, manifestement, le voile commençait peu à peu de se lever sur les agissements de Cole Connolly, pendant toutes ces années.
— Mon Dieu, chuchota-t-il.
— À trois reprises, Lev. Cole a enfermé Abby dans cette caisse à trois reprises. La dernière fois, elle n'en est plus ressortie.
Ward leva les yeux au plafond, mais Jeffrey fut soulagé de voir que c'était pour contenir les larmes qu'il avait dans les yeux, et non pour entamer une prière improvisée. Il le laissa un peu souffler, lutter avec ses propres émotions.
— Qui ? À qui d'autre encore a-t-il infligé ça ? lui demanda enfin le révérend.

Il ne répondit pas, mais fut content d'entendre cette fureur dans sa voix.

— Mary nous avait dit que Genie s'était enfuie à Atlanta pour se faire avorter.

À l'évidence, il crut pouvoir anticiper la question suivante de Jeffrey.

— Mon père, lui expliqua-t-il, est un fervent défenseur de la vie, chef Tolliver, tout comme moi. Pourtant...

Il observa un temps de silence, comme s'il en avait besoin pour se reprendre.

— Nous ne lui aurions jamais tourné le dos. Jamais. Nous commettons tous des actes que Dieu n'approuve pas. Cela ne signifie pas nécessairement que nous soyons mauvais. Notre Genie... Terri... n'était pas une méchante fille. Juste une adolescente qui a mal agi... très mal agi, un jour. Nous lui avons tendu la main. Je lui ai tendu la main. Elle n'a pas voulu la prendre.

Il secoua la tête.

— Si seulement j'avais su...

— Quelqu'un savait, objecta Jeffrey.

— Non, insista Lev. Si l'un d'entre nous avait su ce que fabriquait Cole, cela aurait eu de graves répercussions. J'aurais appelé la police moi-même.

— Vous n'avez pas l'air d'aimer que la police vienne se mêler de quoi que ce soit.

— Je protège nos ouvriers.

— Et moi, il me semble que, pendant que vous tentiez de sauver une bande d'inconnus, vous mettiez votre famille en péril.

La mâchoire de Lev se contracta.

— Je sais bien pourquoi vous voyez les choses ainsi.

— Pourquoi ne vouliez-vous pas déclarer la disparition de Rebecca ?

— Chaque fois, elle revient, dit-il. Vous devez comprendre, c'est une forte tête. Nous n'y pouvons rien...

Il n'acheva pas sa phrase.

— Vous ne pensez pas..., hésita-t-il. Cole... ?

— Est-ce que Cole a enterré Becca comme il a enterré les autres filles ? fit Jeffrey, complétant la question à sa place, en l'observant attentivement, tâchant de se représenter ce que son interlocuteur avait en tête. Qu'en pensez-vous, révérend Ward ?

Lev respira lentement, comme s'il avait du mal à assimiler tout ceci.

— Il faut la retrouver. Elle va toujours dans les bois... mon Dieu, les bois...

Il allait sortir, mais Jeffrey l'arrêta.

— Elle est saine et sauve.

— Où ? Conduisez-moi à elle. Esther est dans tous ses états.

— Elle est saine et sauve.

Ce fut tout ce que Jeffrey consentit à lui révéler.

— Je n'ai pas fini de m'entretenir avec vous.

Le révérend comprit qu'il ne pouvait franchir cette porte sans se mesurer à Jeffrey. Même s'il était certain d'avoir le dessus, Jeffrey fut content de voir que l'autre, un plus grand gabarit que lui, s'en tînt là.

— Allez-vous au moins appeler sa mère ?

— C'est déjà fait, mentit-il. Esther a été très soulagée d'apprendre la nouvelle.

Lev reprit ses esprits, il était rasséréné, mais visiblement toujours en proie à des émotions contradictoires.

— Cela fait beaucoup de choses à intégrer.

Il avait cette manie de se mordiller la lèvre inférieure, tout comme sa nièce.

— Pourquoi m'avez-vous posé des questions sur ma femme ?

— Était-elle propriétaire d'une maison à Savannah ?

— Bien sûr que non, répondit-il. Stephanie a vécu ici toute sa vie. Je ne crois même pas qu'elle soit jamais allée à Savannah.

— Combien de temps Paul a-t-il travaillé là-bas ?

— Environ six ans.

— Pourquoi Savannah ?

— Nous avons beaucoup de négociants et d'acheteurs dans cette région. Il est plus commode pour lui de traiter avec eux de vive voix.

Et il ajouta, avec un air un peu coupable :

— Pour Paul, le rythme de la ferme est trop lent. Il aime passer du temps en ville.

— Son épouse l'accompagne ?

— Il a six enfants, releva Lev. Il consacre évidemment beaucoup de temps à son foyer.

Jeffrey remarqua qu'il s'était mépris sur le sens de sa question, mais peut-être était-il normal, dans cette famille, que les maris laissent leur épouse seule avec les gamins une semaine sur deux. Il n'imaginait pas un seul homme qui ne serait ravi de ce genre d'arrangement, mais il avait du mal à admettre qu'une femme s'en satisfasse.

— Êtes-vous déjà allé à son domicile de Savannah ?

— Très souvent, répondit Lev. Il habite un appartement au-dessus du bureau.

— Il n'habite pas une maison sur Sandon Square ?

Lev eut un rire tonitruant.

— Certainement pas, fit-il. C'est l'une des rues les plus chères de la ville.

— Et votre femme ne s'y est jamais rendue ?

Le révérend secoua encore une fois la tête.

— J'ai répondu à toutes vos questions du mieux que j'ai pu, reprit-il, quelque peu irrité. Vous allez enfin m'expliquer où on va comme ça ?

Jeffrey décida que c'était son tour de lâcher un peu de lest. Il sortit les originaux des polices d'assurance de sa poche et les remit à Lev.

— Abby a laissé ça à Rebecca.

Lev prit les feuillets, les déplia et les étala à plat sur son bureau.

— Comment ça, laissé ?

Il ne lui répondit pas, mais Lev ne s'en aperçut pas. Il était penché sur son bureau, il lisait en suivant avec son doigt. Jeffrey remarqua la mâchoire crispée, la colère que dégageait sa simple posture.

Le révérend se redressa.

— Ces gens ont vécu à la ferme.

— C'est exact.

— Celui-ci, fit-il en levant l'une des pages. Larry s'est enfui. Cole nous a dit qu'il s'était enfui.

— Il est mort.

Lev le fixa du regard, ses yeux scrutèrent le visage de Jeffrey, oscillèrent comme s'il tentait d'y déchiffrer le sens de toute cette affaire.

Jeffrey sortit son carnet.

— Larry Fowler est mort d'éthylisme le vingt-huit juillet de l'année dernière. La levée du corps a été assurée par le médecin légiste de Catoogah County à vingt et une heures cinquante.

Lev le dévisagea encore une seconde, il n'y croyait pas tout à fait.

— Et celui-ci ? demanda-t-il, en levant la page. Mike Morrow. La saison dernière, il conduisait le tracteur. Il avait une fille dans le Wisconsin. Cole nous a soutenu qu'il était parti vivre avec elle.

— Overdose de drogue. Treize août, minuit trente.

— Pour quelle raison nous aurait-il raconté qu'ils avaient filé, s'ils étaient morts ?

— J'imagine qu'il aurait du mal à expliquer pourquoi tant de gens sont morts dans votre ferme, ces deux dernières années.

Il consulta de nouveau les polices, parcourant les pages.

— Vous pensez... vous pensez qu'ils...

— Votre frère a payé pour la crémation de neuf corps.

Ward avait déjà le teint terreux, mais quand il comprit l'ampleur des conséquences de ce que disait Jeffrey, son visage devint complètement livide.

— Ces signatures, commença-t-il, en étudiant de nouveau les documents. Ce n'est pas la mienne, protesta-t-il, en pointant le doigt sur l'une des pages. Ici, continua-t-il, ce n'est pas celle de Mary, elle est gauchère. Et ce n'est certainement pas celle de Rachel. Pourquoi aurait-elle souscrit une police d'assurance au nom d'un homme qu'elle n'a jamais connu ?

— À vous de me le dire.

— Ce n'est pas possible, dit-il, en roulant les pages en boule dans son poing. Qui aurait fait ça ?

— À vous de me le dire, répéta Jeffrey.

Une veine palpitait à la tempe du révérend. Quand il se remit à feuilleter les feuilles froissées, il avait les dents serrées.

— Avait-il une police au nom de mon épouse ?

Jeffrey lui répondit en toute honnêteté.

— Je n'en sais rien.

— Où avez-vous eu son nom ?

— Toutes les polices sont enregistrées à l'adresse d'une maison de Sandon Square. La propriété est inscrite au nom de Stephanie Linder.

— Il… s'est servi…

Lev était si atterré qu'il avait du mal à s'exprimer.

— Il s'est servi… du nom de ma femme… pour ça ?

Dans son métier, Jeffrey avait vu beaucoup d'hommes adultes fondre en larmes, mais en général ils pleuraient parce qu'ils avaient perdu un être cher ou – plus souvent – parce qu'ils comprenaient qu'ils allaient finir en prison, et s'apitoyaient déjà sur leur sort futur. Les larmes de Lev Ward étaient de rage pure.

— Attendez, fit Jeffrey alors que celui-ci lui passait devant. Où allez-vous ?

Lev courut dans le couloir, en direction du bureau de Paul.

— Où est-il ? demanda-t-il.

Jeffrey entendit la secrétaire lui répondre.

— Je ne…

Lev courait déjà vers les portes d'entrée, Jeffrey sur ses talons. Lev n'avait pas l'air spécialement athlétique, mais il possédait une longue foulée. Le temps que Jeffrey atteigne le parking, il était déjà à sa voiture. Au lieu de monter dedans, il resta figé là.

Jeffrey le rejoignit à petites foulées.
— Lev ?
— Où est-il ? gronda-t-il. Accordez-moi dix minutes avec lui. Rien que dix minutes.
Il n'aurait pas cru cela de ce prêcheur au naturel si doux.
— Lev, il faut rentrer à l'intérieur.
— Comment a-t-il pu nous faire ça ? Comment a-t-il pu…
Il semblait chercher à mesurer ce que cela supposait. Il se tourna vers lui.
— Il a tué ma nièce ? Il a tué Abby ? Et Cole, aussi ?
— Je le crois, admit-il. Il avait accès au cyanure. Il savait comment s'en servir.
— Mon Dieu, souffla-t-il, et ce n'était pas juste une formule, mais une authentique supplique. Pourquoi ? dit-il, implorant. Pourquoi aurait-il fait cela ? De quoi Abby était-elle coupable ?
Jeffrey ne répondit pas à ses questions.
— Il faut que nous trouvions votre frère. Où est-il ?
Lev était trop en colère pour lui répondre. Il faisait non de la tête, dans un geste brusque.
— Il faut que nous le trouvions, lui répéta Jeffrey.
À cet instant, son téléphone sonna dans sa poche. Il vit qu'il s'agissait de Lena et s'écarta pour décrocher, ouvrit le clapet.
— Qu'y a-t-il ?
Lena chuchotait, mais il l'entendit comme si elle parlait haut et clair.
— Il est là, lui dit-elle. La voiture de Paul vient de s'arrêter dans l'allée.

Chapitre Seize

Le cœur de Lena lui cognait jusque dans l'arrière-gorge, une pulsation constante qui lui interdisait presque de parler.

— Tu ne tentes rien tant que je ne suis pas là, lui ordonna Jeffrey. Cache Rebecca. Il ne faut pas que Paul la voie.

— Et si...

— Il n'y pas de « si », bordel, inspecteur. Fais ce que je te dis.

Elle lança un coup d'œil à Rebecca, vit la terreur dans les yeux de la jeune fille. Elle pouvait mettre un terme à tout ceci, tout de suite – plaquer Paul au sol, coller ce salopard en garde à vue. Et ensuite ? Jamais ils n'obtiendraient d'aveux de cet avocat. Devant n'importe quel jury populaire, il s'en sortirait les doigts dans le nez, et l'affaire se conclurait sur un non-lieu pour absence de preuve.

— C'est clair ? fit Jeffrey.

— Oui, chef.

— Mets Rebecca en sécurité, lui ordonna-t-il encore. C'est notre seul témoin. C'est ton boulot, là, tout de suite, Lena. Pas de conneries cette fois.

Il coupa la communication, et il y eut un déclic sonore.

Terri était à la fenêtre de devant, elle lui signalait les mouvements de Paul.

— Il est dans le garage, chuchota-t-elle. Il est dans le garage.

Lena attrapa Rebecca par le bras, la tira dans le vestibule.

— Monte au premier, lui dit-elle, mais la jeune fille, terrorisée, ne bougea pas.

— Il contourne par l'arrière. Oh, mon Dieu, vite!

Elle courut au bout du couloir, afin de suivre sa progression.

— Rebecca, répéta Lena, pour convaincre l'adolescente d'avancer. Il faut qu'on monte à l'étage.

— Et si..., fit-elle. Je ne peux...

— Il est dans l'appentis, signala encore Terri. Becca, je t'en prie! Monte!

— Il va se mettre si fort en colère, geignit-elle. Oh, Seigneur, je vous en...

— Il se rapproche de la maison!, s'écria Terri d'une voix suraiguë.

— Rebecca, insista encore Lena.

Terri revint en courant du bout du couloir, poussa Rebecca, tandis que Lena la tirait vers l'escalier.

— Maman! Tim s'accrocha à sa mère, en lui entourant la jambe de ses bras.

Elle répliqua à son fils d'une voix sévère.

— Monte au premier étage, tout de suite.

Et comme il ne réagissait pas assez vite, elle lui flanqua une tape sur le derrière.

La porte du fond s'ouvrit, Paul appela, et tout le monde se figea.

— Terri ?

Tim était en haut des marches, mais Rebecca restait pétrifiée de peur, soufflant comme un animal blessé.

— Terri ? répéta Paul. Où es-tu, bon sang ?

Lentement, ses pas traversèrent la cuisine.

— Bon Dieu, quelle pagaille, ici.

Usant de toute sa force, Lena prit Rebecca, et lui fit monter l'escalier, moitié en la portant, moitié en la traînant. Le temps qu'elle arrive en haut, elle était essoufflée, et elle avait l'impression qu'on lui avait déchiré les entrailles en deux.

— Je suis là ! lança Terri à son oncle, et elle regagna la cuisine, ses chaussures claquant sur le carrelage du vestibule.

Lena entendit des voix étouffées, et elle poussa Rebecca et Tim vers la chambre la plus proche. Elle s'aperçut, mais trop tard, que c'était celle du bébé.

Dans le berceau, le petit gazouilla. Elle s'attendait à ce qu'il se réveille et pleure. Il s'écoula ce qui lui sembla une heure, avant que l'enfant détourne la tête et replonge dans le sommeil.

— Oh, Seigneur, murmura Rebecca, en priant.

Lena plaqua la main sur la bouche de l'adolescente, se dirigea prudemment vers l'armoire, en prenant Tim par la main. Pour la première fois, Rebecca parut comprendre, et elle ouvrit lentement la porte, les paupières serrées, s'attendant à ce qu'un bruit alerte Paul de leur présence. Rien ne vint, et elle se laissa glisser au sol, en serrant Tim dans ses bras, puis se cacha derrière une pile de couvertures.

Doucement, Lena referma la porte, en retenant son souffle, redoutant que Paul ne fasse irruption. Elle l'entendait à peine parler, tant son cœur cognait fort, mais subitement ses pas lourds résonnèrent jusqu'en haut des marches.

— Cet endroit est une porcherie, s'écria-t-il, et elle l'entendit arpenter la maison, renversant des objets sur son passage.

Lena savait que la maison était impeccable, tout comme elle savait que Paul était une ordure.

— Nom de Dieu, Terri, t'as retouché à la coke ? Regarde-moi ce foutoir. Comment peux-tu élever tes enfants dans un endroit pareil ?

Terri marmonna une réponse, et il s'emporta.

— Pas d'impertinences avec moi !

Il était maintenant dans le vestibule carrelé, et sa voix gronda jusqu'au sommet de l'escalier comme un roulement de tonnerre. Prudemment, Lena s'avança à pas de loups vers le mur en face de la chambre du bébé, s'y plaqua, écoutant Paul Ward beugler sur Terri. Elle attendit encore un tout petit instant, puis se faufila sur sa gauche à pas comptés du côté du palier, afin de voir en bas ce qui se passait. Jeffrey lui avait commandé d'attendre, de cacher Rebecca jusqu'à son arrivée. Elle aurait dû rester dans la chambre, faire taire les enfants, veiller à leur sécurité.

Elle retint son souffle, s'approcha encore petit à petit de l'escalier, risqua un regard.

Paul lui tournait le dos. Terri était juste en face de lui.

Elle revint se glisser derrière l'angle du mur, son cœur battait si fort qu'elle sentait l'artère jugulaire palpiter dans son cou.

— Quand rentre-t-il ? demanda Paul.

— Je ne sais pas.

— Où est mon blason de voiture ?

— Je ne sais pas.

Elle avait répété cette même réponse à toutes ses questions, et il lui rétorqua brusquement.

— Qu'est-ce que tu sais, Terri ?

Elle garda le silence, si longtemps que Lena se tourna de nouveau vers le rez-de-chaussée, pour s'assurer que la jeune femme était bien toujours là.

— Il va bientôt revenir, fit-elle, et ses yeux papillonnèrent brièvement dans la direction de Lena. Tu peux l'attendre dans le garage.

— Tu veux que je sorte de la maison ? s'étonna-t-il.

Lena recula promptement et il se retourna.

— Pourquoi ça ?

Elle posa la main sur sa poitrine, adjurant son cœur de ralentir. Les hommes de la trempe de Paul possédaient un instinct presque animal. Ils entendaient à travers les murs, voyaient tout ce qui se passait. Elle consulta sa montre, essayant de calculer combien de temps s'était écoulé depuis qu'elle avait appelé son chef. Il était à un quart d'heure de route au moins, même avec ses gyrophares allumés et sirène hurlante.

— Qu'est-ce qui se passe, Terri ? Où est Dale ?

— Sorti.

— Ne joue pas à la plus fine avec moi.

Lena entendit un claquement sourd et sec, de la chair contre la chair. Dans sa poitrine, son cœur cessa de battre.

— S'il te plaît. Attends dans le garage.

Il restait sur le ton de la conversation.

— Pourquoi tu ne veux pas de moi dans la maison, Terri ?

Et encore ce claquement sec. Elle n'avait pas besoin de regarder pour savoir ce qui se passait. Elle connaissait ce bruit écœurant, elle savait que c'était une gifle, administrée du plat de la main, et elle connaissait exactement la sensation que cela faisait au visage.

Il y eut un bruit en provenance de la chambre du bébé, Rebecca ou Tim qui changeait de position dans l'armoire, et une latte de plancher craqua. Glacée, elle ferma les yeux. Jeffrey lui avait ordonné d'attendre, de protéger Rebecca. Il ne lui avait fourni aucune instruction sur ce qu'il fallait faire au cas où il les trouverait.

Elle rouvrit les yeux. Elle savait exactement ce qu'elle allait tenter. Avec précaution, elle fit coulisser son revolver de son étui, le braqua au-dessus du palier. Paul était grand. Son seul avantage, c'était l'effet de surprise, et elle n'allait pas gâcher cet atout pour rien. Elle percevait déjà presque un avant-goût de ce sentiment de victoire, quand Paul passerait l'angle du mur, s'attendant à tomber sur un enfant apeuré, et découvrant à la place un Glock pointé sur sa grande gueule suffisante.

— C'est juste Tim, insista Terri, d'en bas.

Il ne répondit rien, mais elle entendit le bruit de ses pas sur les marches de bois. Des pas lents, prudents.

— C'est Tim, répéta-t-elle.

Les pas cessèrent.

— Il est malade.

— Toute ta famille est malade, répliqua-t-il, narquois, en posant lourdement sa chaussure sur la marche suivante, son mocassin Gucci qui aurait suffi à payer une mensualité entière de cette petite maison. C'est à cause de toi, Terri. Toutes ces drogues que tu as prises, cette manie de baiser à droite et à gauche. De sucer tout ce qui passe, de te faire enculer. Je parie que t'as de la jute plein le bide, qui te pourrit de l'intérieur.

— Arrête.

Lena referma la main sur son arme, la braqua droit devant elle, bras tendu, pointée sur le palier. Elle attendait qu'il arrive en haut, qu'elle puisse lui fermer sa sale gueule.

— Un de ces jours, reprit-il, en montant une autre marche. Un de ces jours, il va falloir que je le dise à Dale.

— Paul...

— Comment tu crois qu'il va le prendre, de savoir qu'il a trempé sa queue dans tout ce merdier ? Tout ce foutre qui te macère dans les tripes.

— J'avais seize ans ! sanglota-t-elle. Qu'est-ce que j'aurais pu faire ? Je n'avais pas le choix !

— Et maintenant tes gosses sont malades, fit-il, manifestement réjoui de sa détresse. Malades de ce que tu as fait. Malades de toute cette maladie et de toute cette crasse que tu as en toi.

Il s'exprimait sur un ton qui tétanisa de haine le ventre de Lena. Elle mourait d'envie de faire un bruit, n'importe quoi, qui le pousse à monter plus vite. Dans sa main, le revolver était brûlant, prêt à exploser dès qu'il pénétrerait dans son champ de vision.

Il continua de monter les marches.

— Tu n'étais qu'une sale pute.

Elle ne réagit pas.

— Et tu fais encore des passes ? poursuivit-il, en se rapprochant.

Encore quelques pas et il serait là. Ses paroles étaient si haineuses, si familières. On aurait cru Ethan s'adressant à Lena. Ethan qui monterait cet escalier pour lui éclater la tête.

— Tu crois que je ne sais pas pourquoi tu avais besoin de cet argent ? lui lança Paul.

Il s'était arrêté à deux marches du sommet, il était si près qu'elle pouvait sentir le parfum capiteux de son eau de Cologne.

— Trois cent cinquante dollars, fit-il, en frappant la rambarde comme s'il venait de sortir une bonne plaisanterie. C'est beaucoup d'argent, Terri. Pourquoi il te fallait tout cet argent ?

— Je t'ai dit que je te rembourserais.

— Tu me rembourseras quand tu pourras, la rassura-t-il, comme s'il était son vieux copain, et non son bourreau. Dis-moi à quoi il t'a servi, Genie. Moi, je voulais juste t'aider.

Lena grinça des dents, elle surveillait son ombre, qui s'attardait sur le seuil du palier. Terri avait demandé à Paul de l'argent pour payer la clinique. Il avait dû la forcer à ramper, et puis il lui avait flanqué une beigne, avant qu'elle reparte.

— Tu en avais besoin pour quoi ? insista-t-il, et ses pas refluèrent, il redescendait, maintenant qu'il avait un nouvel angle d'attaque sur sa proie.

Dans sa tête, Lena lui hurla de revenir par ici, mais quelques secondes plus tard elle entendit ses souliers frapper le carrelage du vestibule, avec un rebond mat, comme s'il avait joyeusement sauté les dernières marches.

— Il te fallait cet argent pour quoi, espèce de putain ?

Elle ne répondit pas, il la gifla de nouveau, et le bruit de cette gifle cingla aux oreilles de Lena.

— Réponds, sale putain.

— Je m'en suis servie pour payer les factures de l'hôpital, dit-elle d'une voix faible.

— Tu t'en es servie pour te faire extraire ce bébé du ventre.

Terri avait la respiration sifflante. Lena abaissa le bras qui tenait son arme, elle ferma les yeux, elle écoutait le chagrin de la jeune femme.

— Abby m'a raconté, lui dit-il. Elle m'a tout raconté.

— Non.

— Elle était vraiment inquiète pour sa cousine Terri, poursuivit-il. Elle ne voulait pas qu'elle aille en enfer pour l'acte qu'elle allait commettre. Je lui ai promis que je t'en parlerais.

Terri dit quelque chose qui le fit rire. Lena enroula l'angle du mur, arme dressée, braquée sur le dos de Paul, qui frappa encore Terri au visage, si fort cette fois qu'elle s'écroula par terre. Il l'empoigna, la releva, et la fit pivoter, juste à la seconde où Lena retournait se cacher derrière l'angle.

Elle referma les yeux, repassant dans sa tête, au ralenti, la scène qu'elle venait de voir. Il avait tendu la main pour empoigner Terri, il l'avait soulevée d'un coup sec tout en pivotant vers l'escalier. Il avait une bosse sous sa veste. Un revolver ? Avait-il une arme sur lui ?

Il reprit, sur un ton dégoûté.

— Lève-toi, espèce de pute.

— Tu l'as tuée, l'accusa Terri. Je sais que tu as tué Abby.

— Surveille tes propos, la prévint-il.

— Pourquoi ? fit-elle, suppliante. Pourquoi as-tu fait du mal à Abby ?

— Le mal, elle se l'est fait elle-même. Vous auriez dû comprendre qu'il fallait se tenir à carreau, et pas mettre le vieux Cole en rogne.

Lena attendit que Terri lui réplique quelque chose, qu'il était pire que Cole, qu'il avait tout manigancé, mis dans la tête de Connolly l'idée qu'il fallait punir les filles.

Mais elle resta silencieuse, et la seule chose que Lena entendit, ce fut le bourdonnement du frigo dans la cuisine. Elle jeta un œil à l'angle du mur, à l'instant où la jeune femme retrouvait un semblant de voix.

— Je sais ce que tu lui as fait, dit-elle, et Lena la maudit de cette effronterie.

Le moment était bien mal choisi pour faire preuve de fermeté. Jeffrey allait arriver d'ici peu, encore cinq minutes, tout au plus.

— Je sais que tu l'as forcée à avaler du cyanure. Dale t'a expliqué comme t'y prendre.

— Et alors ?

— Pourquoi ? Pourquoi vouloir tuer Abby ? Elle ne t'avait rien fait, jamais. Elle ne faisait rien d'autre que t'aimer.

— Cette fille était mauvaise, lâcha-t-il, comme si c'était une raison suffisante. Cole était au courant.

— C'est toi qui as raconté ça à Cole, lui soutint-elle. Tu crois que je ne sais pas comment ça marche ?

— Comment ça marche ?

— C'est toi qui lui dis qu'on est mauvaises. Tu lui fourres toutes ces idées horribles dans le crâne, et lui, il nous punit.

Elle rit, d'un rire plein de sarcasme.

— C'est drôle que Dieu ne lui souffle jamais de punir les garçons. T'es jamais entré dans cette caisse, Paul ? Tu t'es jamais fait enterrer, pour être allé voir tes putes à Savannah et pour avoir sniffé ta coke ?

Paul lui rétorqua avec hargne.

— « Allez voir cette maudite et enterrez-la... »

— Je t'interdis de me balancer les Écritures à la figure.

— « Car elle s'est rebellée contre son Dieu », cita-t-il encore. « Et ce qui reste de toi tombera par l'épée. »

Manifestement, Terri connaissait ces versets. Sa colère figea l'air de la pièce.

— Boucle-la, Paul.

— « Leurs enfants seront réduits en miettes sous leurs yeux... Leurs femmes grosses d'enfants seront violées. »

— « Même le Démon peut invoquer les Écritures pour défendre sa cause. »

Il rit, comme si elle venait de marquer un point contre lui.

— Tu as perdu ta religion depuis belle lurette, lui dit-elle.

— Et c'est toi qui dis ça ?

— Moi au moins je ne me raconte pas le contraire, lui rétorqua-t-elle, d'un ton encore plus ferme, encore plus tranchant.

Tout à coup, elle était la femme qui avait rendu coup pour coup à Dale. Elle était la femme qui avait osé se défendre.

— Pourquoi l'as-tu assassinée, Paul ?

Elle attendit.

— C'est à cause des polices d'assurance ?

Lena vit le dos de l'avocat se raidir. L'évocation du cyanure n'avait pas suffi à le déstabiliser, mais celle de ces polices d'assurance introduisait une variable inattendue dans l'équation.

— Qu'est-ce que tu sais de cette histoire ?

— Abby m'en a parlé, Paul. La police est au courant.

— Qu'est-ce qu'elle sait, la police ?

Il lui empoigna le bras, le lui tordit. Lena sentit son corps se tendre. Elle releva le Glock, attendant le bon moment.

— Qu'est-ce que tu leur as raconté, sale petite idiote ?

— Lâche-moi.

— Je te fais sauter la tête, pétasse. Dis-moi ce que tu as raconté à la police.

Lena sursauta. Tim avait surgi de nulle part, il courut derrière elle et faillit trébucher dans l'escalier pour arriver jusqu'à sa mère. Lena avait essayé de le retenir au passage, mais elle l'avait manqué et battit en retraite à la dernière seconde avant que Paul ne la voie.

— Maman ! cria l'enfant.

Terri eut une réaction de surprise, et Lena l'entendit parler à son fils.

— Tim, retourne là-haut, maman doit parler avec l'oncle Paul.

— Viens par ici, Tim, fit ce dernier, et quand ses petits pieds descendirent les marches, Lena sentit son ventre faire un bond.

— Non..., protesta Terri. Tim, éloigne-toi de lui.

— Viens, mon grand bonhomme, dit Paul.

Lena risqua un rapide coup d'œil. Il tenait l'enfant dans ses bras, et le petit lui noua les jambes autour de la taille. Elle recula aussitôt, bien consciente que si Paul se retournait, il la verrait. Bordel, articula-t-elle sans bruit, se maudissant de ne pas avoir tiré quand c'était possible. De l'autre côté du couloir, elle entr'aperçut Rebecca, dans la chambre du bébé, qui faufilait la main pour refermer la porte de l'armoire. Lena jura encore plus fort, intérieurement, contre la jeune fille qui n'avait pas réussi à retenir le gamin.

Elle jeta de nouveau un œil vers le vestibule, tâchant d'évaluer la situation. Paul était toujours dos à elle, mais Tim s'agrippait très fort à lui, son petit bras grêle accroché à ses épaules, les yeux tournés vers sa mère. À une telle distance, impossible de dire quels dégâts ferait son neuf millimètres. La balle risquait de déchiqueter le corps de Ward et d'atteindre Tim. Elle tuerait l'enfant sur le coup.

— Je t'en prie, l'implora la mère, comme si c'était sa propre vie que Paul tenait entre ses mains. Laisse-le.

— Dis-moi ce que tu as raconté à la police.

— Rien. Je ne leur ai rien raconté.

Paul refusait d'avaler ça.

— Est-ce qu'Abby t'a donné ces documents, Terri ? C'est ça qu'elle a fait ?

— Oui, fit la jeune femme, d'une voix tremblante. Je vais te les rendre. Je t'en prie, laisse-le partir.

— Tu vas les chercher tout de suite et après on va causer.

— Je t'en prie. Laisse-le.

— Va me chercher ces documents.

Terri n'était visiblement pas une menteuse très chevronnée.

— Ils sont dans le garage, prétendit-elle, et Lena sentit que Paul ne se laissait pas abuser.

— Va les chercher, lui dit-il néanmoins. Moi, je vais surveiller Tim.

Elle dut hésiter, car il éleva la voix.

— Tout de suite.

Les mots avaient résonné si fort qu'elle sursauta. Quand il parla de nouveau, il avait retrouvé un ton normal et, en un sens, pour Lena, encore plus terrifiant.

— Tu as trente secondes, Terri.

— Je ne...

— Vingt-neuf... vingt-huit...

La porte de la maison s'ouvrit en claquant et elle fila. Lena resta totalement immobile, le cœur battant la chamade.

En bas, Paul reprit la parole, comme s'il s'adressait à Tim, mais il faisait en sorte que sa voix porte suffisamment.

— Tu crois que tante Rebecca est là-haut, Tim ? lui demanda-t-il, tout joyeux, presque taquin. Pourquoi tu ne vas pas voir si tante Rebecca ne serait pas là-haut, hein ? Voir si elle ne se cache pas comme le petit rat qu'elle est...

Tim émit un bruit que Lena ne comprit pas.

— C'est ça, Tim, approuva Paul, comme s'ils jouaient à un jeu. On va monter lui parler, et ensuite on va la frapper à la figure. Ça te plaît, Tim ? On va la frapper à la figure jusqu'à ce que ses os craquent.

Comme ça, on sera sûr que le joli petit visage de tante Becca sera si cassé que personne voudra plus jamais la regarder.

Lena écoutait, elle attendait qu'il monte les marches, pour lui faire sauter la tête des épaules. Il ne monta pas. Manifestement, le persiflage faisait partie de son jeu. Et pourtant le son de sa voix continuait de la terrifier. Elle avait une telle envie de lui faire mal, de le faire taire pour toujours. Personne ne devrait plus jamais être obligé de l'entendre.

La porte s'ouvrit et se referma en claquant. Terri était hors d'haleine, les mots se bousculaient dans sa bouche.

— Je ne les ai pas trouvés. J'ai cherché...

Merde, songea Lena. Le revolver de Dale. Non.

— Tu me pardonneras de ne pas être étonné.

— Qu'est-ce que tu vas faire ?

Terri avait toujours la voix tremblante, mais il y avait autre chose, sous la peur, la certitude masquée de détenir une forme de pouvoir. Elle avait dû attraper le revolver, s'imaginer qu'elle pourrait l'arrêter.

Tim eut une remarque qui fit rire Paul.

— Tout juste, acquiesça-t-il, et il s'adressa à la mère. Tim pense que sa tante Rebecca est là-haut.

Lena entendit encore un bruit, cette fois un cliquetis métallique. Elle le reconnut instantanément – le déclic d'un revolver que l'on arme.

Paul fut surpris, mais guère plus effarouché.

— Où est-ce que tu as eu ce truc ?

— Il est à Dale, dit-elle, et Lena sentit ses tripes se nouer. Je sais m'en servir.

Il éclata de rire, comme si l'arme était en plastique. Lena jeta un œil par-dessus la rambarde et le vit s'avancer vers Terri. Elle avait raté sa chance. Il tenait le gosse. Elle aurait dû l'affronter dans l'escalier, s'attaquer à lui à ce moment-là. Pourquoi avait-elle écouté Jeffrey, putain ? Elle aurait dû jaillir et vider son chargeur dans la poitrine de ce salaud.

— Il y a une grande différence entre savoir s'en servir et réellement s'en servir.

Lena sentit tout le tranchant de ses paroles, et maudit son indécision. Foutu Jeffrey, avec ses ordres. Elle savait se débrouiller toute seule. Elle aurait dû écouter son instinct d'abord et avant tout.

— Va-t'en, Paul.

— Tu vas utiliser cet engin ? ironisa-t-il. Tu risques de toucher Tim.

Il la provoquait, comme si c'était un jeu.

— Vas-y. Voyons quelle gâchette tu fais.

Lena le voyait distinctement réduire l'espace qui le séparait de Terri, avec Tim dans ses bras. Il secoua même un peu l'enfant, pour faire enrager la mère.

— Allons, Genie, voyons un peu si tu oses. Tire sur ton bébé. Tu en as déjà tué un, non ? Alors, pourquoi pas un autre ?

Les mains de Terri tremblaient. Elle tenait l'arme pointée devant elle, les jambes écartées, la paume soutenant la crosse. Plus il s'approchait d'elle, plus sa détermination semblait vaciller.

— Sale pute, idiote, siffla-t-il, railleur. Vas-y, tire-moi dessus.

Il n'était qu'à trente centimètres de l'arme.

— Appuie sur la détente, fillette. Montre-moi comme tu es forte. Défends-toi, pour une fois dans ta misérable existence.

Enfin, il tendit le bras et se saisit de l'arme.

— Petite garce, idiote.

— Lâche-le, supplia-t-elle. Lâche-le et laisse-le partir.

— Où sont ces documents ?

— Je les ai brûlés.

— Menteuse ! Roulure !

Il lui abattit l'arme sur la joue gauche. Elle s'effondra, du sang lui gicla de la bouche.

Lena sentit ses dents lui faire mal, comme si Paul l'avait frappée, elle, et non Terri. Il fallait qu'elle tente quelque chose. Il fallait qu'elle arrête ça. Sans réfléchir, elle s'agenouilla, puis s'aplatit au sol. La procédure aurait voulu qu'elle s'identifie, qu'elle offre à Paul une chance de se défaire de son arme. Mais elle savait qu'en aucun cas il ne se rendrait. Les hommes comme lui ne renonçaient jamais, pas tant qu'ils croyaient conserver une chance de s'échapper. À cette minute, il en avait deux : une sur sa hanche, et l'autre par terre.

Lena rampa de l'autre côté du couloir, pour venir se poster en haut du palier, en agrippant son arme à deux mains, la crosse calée sur le rebord de la marche.

— Allons, allons, fit Paul.

Il était debout devant Terri, dos à Lena, les jambes de Tim enroulés autour de la taille. Elle ne voyait pas la position exacte du corps de l'enfant, elle ne pouvait pas ajuster son tir et être sûre à cent pour cent de ne pas toucher l'enfant aussi.

— Regarde, tu fais de la peine à ton fils.

Tim restait silencieux. Il avait probablement vu sa mère se faire tant de fois démonter la tête que cela ne l'atteignait plus.

— Qu'est-ce que tu as raconté à la police ?

Terri avait les bras tendus devant elle, et Paul leva le pied, s'apprêtant encore à la frapper.

— Non ! cria-t-elle, quand son mocassin italien vint lui écraser le visage.

Une fois encore, elle heurta violemment le sol, laissant échapper un gémissement douloureux, dans un souffle, qui perça Lena au cœur.

À nouveau, elle visa, les mains fermes, tâchant d'ajuster sa ligne de tir. Si seulement Paul arrêtait de bouger. Si Tim glissait encore un peu plus bas, elle pourrait en finir. Il ne savait pas qu'elle était à l'étage. Il s'écroulerait avant d'avoir compris d'où venait la balle.

— Allons, Terri.

Elle n'avait pas esquissé un geste pour se lever, mais il leva encore le pied et le lui enfonça dans le dos. Elle ouvrit la bouche, laissa échapper un gémissement.

— Qu'est-ce que tu leur as raconté ? répéta-t-il.

C'était devenu une litanie. Elle le vit approcher le canon du revolver de la tête de Tim et elle baissa son arme, sachant qu'elle ne pouvait courir ce risque.

— Tu sais que je le tuerais. Tu sais que je vais faire sauter sa petite cervelle, ça va gicler partout dans la maison.

Elle lutta pour se remettre à genoux. Elle joignit les mains devant elle comme une suppliante.

— Je t'en prie, je t'en prie. Lâche-le. Je t'en prie.

— Qu'est-ce que tu leur as raconté ?

— Rien, dit-elle. Rien !

Tim s'était mis à pleurer, et Paul le fit taire.

— Tais-toi, maintenant, Tim. Sois un homme, sois fort pour oncle Paul.

— Je t'en prie, l'implora-t-elle encore.

À la limite de son champ de vision, Lena entrevit du mouvement. Rebecca se tenait à l'entrée de la chambre du bébé, immobile sur le seuil. Lena lui fit un signe de tête, puis, comme l'adolescente ne bougeait pas, elle durcit l'expression de son visage et lui ordonna de reculer, avec un geste énergique.

Quand Lena se retourna vers le vestibule, elle vit que Tim avait enfoui son visage dans le creux de l'épaule de Paul. Le corps du petit garçon se raidit, il venait de lever les yeux et de voir Lena en haut de l'escalier, son arme pointée vers le bas. Leurs regards se croisèrent.

Sans crier gare, Paul fit volte-face, revolver braqué, et tira une balle droit en direction de sa tête.

L'explosion fit hurler Tim, et Lena roula sur le flanc, priant pour échapper au deuxième coup de feu qui retentit dans la maison.

Il y eut des éclats de bois, et la porte d'entrée s'ouvrit d'un coup.

— Pas un geste !

C'était Jeffrey, mais elle l'entendit comme de très loin, les oreilles encore bourdonnantes. Elle ne savait pas si c'était de la sueur ou du sang qui lui coulait goutte à goutte sur la joue, et elle regarda de nouveau par-delà l'escalier. Jeffrey était campé dans le vestibule, son arme pointée sur l'avocat. Paul tenait toujours Tim contre sa poitrine, le revolver planté sur la tempe de l'enfant.

— Lâchez-le, ordonna Jeffrey, avec un rapide regard en hauteur, vers Lena.

Elle porta la main à sa tête, reconnut le contact poisseux du sang. Son oreille en était couverte, mais elle ne sentait aucune douleur.

Terri pleurait, dans une sorte de plainte funèbre, elle se tenait le ventre à deux mains, elle suppliait Paul de lâcher son enfant. On aurait dit qu'elle priait.

— Baissez votre arme, lança Jeffrey à Paul.

— Non merci, ironisa l'autre.

— Vous n'irez nulle part, le prévint-il, levant de nouveau les yeux vers Lena. Vous êtes cerné.

Le regard de Paul suivit celui de Jeffrey. Lena tenta de se lever, mais un vertige l'en empêcha. Elle se remit à genoux, son arme par terre à côté d'elle. Elle était incapable d'y voir clair.

— À mon avis, elle a besoin d'un coup de main, fit calmement l'avocat.

— Je t'en prie, supplia Terri, presque enfermée dans son monde. Je t'en prie, lâche-le. Je t'en prie.

— C'est fini, Ward. Lâchez cette arme.

Lena sentit un goût métallique dans sa bouche. Elle porta de nouveau la main à sa tête, se palpa le cuir chevelu. Elle ne trouva rien d'inquiétant, mais son oreille commençait à la lancer. Doucement, elle tâta le cartilage jusqu'à ce qu'elle découvre ce qui provoquait ce saignement. La partie supérieure du lobe de l'oreille avait été arrachée, sur peut-être cinq millimètres. La balle l'avait effleurée.

Elle se redressa, sur les genoux, cligna des yeux, s'efforçant de retrouver une vision plus nette. Terri avait la tête levée vers elle, la perçait presque du regard, ses yeux l'implorant de tenter quelque chose.

— Sauvez-le, suppliait-elle. Sauvez mon bébé, s'il vous plaît.

Lena essuya un filet de sang qui lui coulait dans l'œil, et comprit enfin ce que c'était, cette bosse sous la veste de Paul. Un téléphone portable. Ce salaud avait un téléphone portable attaché à sa ceinture par un clip.

— Je vous en prie, suppliait Terri. Lena, s'il vous plaît.

Elle pointa son arme vers la tête de Paul. Elle ouvrit la bouche, et sentit dans sa gorge une haine brûlante.

— Lâche ça.

Paul se retourna, avec Tim contre lui. Il leva les yeux vers Lena, jaugeant la situation. Elle vit bien qu'au fond de lui, il ne croyait pas qu'une femme soit vraiment capable de le menacer, ce qui redoublait encore sa haine.

Elle durcit le ton.

— Lâche ça, salopard.

Pour la première fois, il avait l'air nerveux.

— Lâche cette arme, répéta-t-elle, et elle se leva, le bras bien tendu.

Si elle avait pu être sûre de son coup, elle l'aurait tué, là, tout de suite, elle lui aurait déchargé toutes ses balles dans le crâne, jusqu'à ce qu'il n'en reste plus qu'un moignon de colonne vertébrale.

— Obéissez, Paul. Lâchez cette arme.

Lentement, il abaissa le revolver, mais au lieu de le laisser tomber par terre, il le braqua sur la tête de Terri. Il savait qu'ils n'oseraient pas tirer, pas tant qu'il se servait de Tim comme bouclier. Pointer son arme sur Terri, c'était pour lui un moyen supplémentaire d'affirmer sa maîtrise de la situation.

— À mon avis, c'est à vous que ce conseil s'adresse.

Terri était assise par terre, les bras levés vers son fils.

— Ne lui fais pas de mal, Paul.

Tim essaya d'aller vers sa mère, mais Paul le tenait bien.

— Je t'en prie, ne lui fais pas de mal.

Ward recula vers la porte d'entrée.

— Posez vos armes. Tout de suite.

Jeffrey l'observa, sans un geste, pendant plusieurs secondes. Enfin, il posa son pistolet sur le carrelage et leva les mains en l'air, pour lui montrer qu'elles étaient vides.

— Des renforts sont en route.

— Ils n'arriveront pas à temps.

— Ne faites pas ça, Paul. Laissez cet enfant ici.

— Pour que vous puissiez me suivre ? ricana-t-il, en changeant Tim de position sur sa hanche.

Le petit garçon avait compris ce qui se tramait et il respirait fort, comme s'il avait du mal à trouver de l'air. Paul s'approcha encore de la porte, indifférent à la souffrance de l'enfant.

— Je ne crois pas, non...

Il leva les yeux vers Lena.

— À votre tour, inspectrice...

Elle attendit le signe de tête de Jeffrey, avant de se baisser pour poser son arme par terre. Elle resta accroupie près de son revolver.

La respiration de Tim devenait de plus en plus laborieuse, et il fut pris d'une sorte de toux, comme s'il luttait pour inhaler.

— Tout va bien, chuchota sa mère, en avançant vers lui, toujours sur les genoux. Respire, mon bébé. Essaie de respirer.

Paul se dirigeait à pas mesurés vers la porte d'entrée, sans quitter Jeffrey du regard, calculant que la vraie menace viendrait de là. Lena descendit de quelques marches, sans trop savoir ce qu'elle ferait, si jamais elle arrivait en bas. Elle avait envie de le déchiqueter de ses mains, de l'entendre hurler de douleur, une douleur atroce.

— Ça va aller, mon bébé, fredonnait Terri, en rampant à genoux vers eux.

Elle tendit la main, touchant le pied de son fils du bout des doigts. Maintenant, le garçonnet haletait pour de bon, sa poitrine fluette se soulevait.

— Respire.

Paul avait presque franchi la porte.

— N'essayez pas de me suivre, fit-il à Jeffrey.

— Vous n'allez pas emmener cet enfant.

— Vous croyez, vraiment ?

Il allait sortir, mais Terri tenait le pied de Tim dans la paume de sa main, l'empêchant de partir. Paul lui posa le canon sur le front.

— Recule, dit-il.

Lena, n'ayant pas compris à qui il s'adressait, se figea dans l'escalier. Elle avança encore d'un pas, et Paul menaça à nouveau Terri.

— Dégage.

— Son asthme...

— Rien à foutre, aboya-t-il. Dégage.

— Maman t'aime, chuchota Terri, encore et encore, oubliant la menace, se raccrochant au pied de Tim. Maman t'aime très fort...

— La ferme, siffla Paul.

Il essaya de se dégager, mais elle tint bon, sa main enveloppa la jambe de Tim, pour une meilleure prise. Paul leva le revolver, lui abattit la crosse sur le crâne.

Dans un geste fluide, Jeffrey attrapa son arme, la braqua sur la poitrine de Paul.

— Bouge pas !

— Mon bébé, fit Terri.

Elle avait titubé, mais elle était restée dressée sur les genoux, et retenait encore la jambe de son fils.

— Maman est là, mon bébé. Maman est là.

Tim devenait bleu, il claquait des dents, comme s'il avait froid. Paul essaya de le retirer à sa mère, mais elle tenait toujours bon, et elle s'adressa encore à son petit garçon.

— « ... ma grâce te suffit... »

— Allons-y.

Paul essaya de le récupérer, d'un coup sec, mais elle refusait toujours de laisser échapper son fils.

— Terri...

Paul avait l'air paniqué, comme si une espèce d'animal enragé l'avait pris entre ses pattes.

— Terri, je ne plaisante pas.

— « ... ma puissance s'accomplit dans la faiblesse... »

— Lâche, bordel !

Une fois de plus, il leva son arme, la frappa avec encore plus de sauvagerie. Elle tomba en arrière, mais elle tendit l'autre main, s'agrippa à la chemise de son oncle, tirant dessus pour s'aider à se relever.

Jeffrey braquait son arme sur Paul, mais même de si près, il ne pouvait courir le risque de tirer. Le petit garçon était dans sa ligne de mire. Son problème était le même que celui de Lena. Un centimètre de trop, et il le tuerait.

— Terri, essaya Lena, comme si elle pouvait l'aider.

Elle avait atteint le bas des marches, mais tout ce qu'elle pouvait faire, c'était regarder la jeune femme s'accrocher à Tim, son front ensanglanté appuyé contre sa petite jambe. Le petit battait des paupières. Il avait les lèvres bleues, son visage était d'une pâleur fantomatique, ses poumons luttaient pour puiser de l'air.

— Ne bougez pas, Paul, le somma Jeffrey.

— « C'est quand je suis faible », chuchota Terri, « que je suis forte ».

Paul se démena pour se dégager, mais Terri ne lâchait pas prise, elle s'agrippa à son pantalon, par la taille. Paul leva l'arme encore plus haut et l'abattit, mais à la dernière minute elle pencha la tête de côté. Le revolver ricocha sur la joue, lui heurta la clavicule, glissa dans la main de Paul. Un seul coup partit, en plein dans la figure de la jeune femme. Elle tituba de nouveau, réussit à se maintenir droite, en se retenant à Ward et à son fils. Sa mâchoire n'était plus qu'un trou béant, des fragments d'os pendaient. Le sang se déversait par la blessure ouverte, éclaboussa le sol carrelé, et, dans un geste réflexe, la jeune maman blessée resserra sa poigne sur la chemise de Paul, ses empreintes sanglantes zébrant le tissu blanc.

— Non, fit-il, et il trébucha en arrière, tâchant de lui échapper.

Il était horrifié de ce qu'il voyait, son expression trahissant un mélange de peur et de répulsion. Sous le choc, il lâcha son arme et faillit laisser tomber Tim en s'affalant contre la balustrade de la véranda.

Terri ne lâchait toujours pas prise, rassemblant ses dernières forces. Quand elle l'attira vers le sol, du sang gicla dans sa chemise, et elle retomba sur lui. Elle tira encore sur la chemise, se hissant vers son fils. La peau de Tim était d'une pâleur mortelle, il avait les yeux clos. Terri posa la tête tout contre son dos, en détournant la moitié pulvérisée de son visage.

D'un coup de pied, Jeffrey éloigna le revolver de la main de l'avocat, puis libéra l'enfant du poids de sa mère. Il l'allongea sur le sol, puis essaya de le réanimer.

— Lena, beugla-t-il. Lena !

Elle sursauta, sortit de son état de transe et, avec des gestes mécaniques, elle ouvrit le clapet de son téléphone, appela une ambulance, puis vint s'agenouiller auprès de Terri et plaça les doigts sur le cou de la jeune femme. Le pouls était faible, et elle lui recoiffa les cheveux, pour dégager son visage fracassé.

— Ça va aller, lui assura-t-elle.

Paul essaya de s'extirper de sous la jeune femme, mais Lena l'arrêta, d'un ton plein de hargne.

— Si je t'entends respirer, je te tue.

Il acquiesça, les lèvres tremblantes, et il baissa les yeux sur la tête en bouillie, posée entre ses cuisses. Jamais il n'avait tué d'aussi près, il s'était toujours protégé de l'abjecte réalité de ses méfaits. La balle avait arraché tout le côté du visage, ressortant par la base du cou. Il avait des traces noires sur la peau, des brûlures de poudre. La joue gauche était lacérée, la langue était visible au travers. De l'os fracturé était mélangé à du sang et à de la matière grise. Des fragments de molaires étaient collés dans les cheveux.

Lena approcha son visage de la jeune femme.

— Terri ? Terri, tenez bon.

Ses yeux se rouvrirent en papillonnant. Elle avait la respiration courte, elle lutta pour parler.

— Terri ?

Lena voyait la langue s'agiter dans la bouche, l'os blanc du maxillaire tremblant sous l'effort.

— Ça va aller, fit-elle, réconfortante. Les secours sont en route. Accrochez-vous.

La mâchoire remuait lentement, elle peinait, dans un effort désespéré pour parler. Elle n'arrivait pas à articuler, la bouche refusait de coopérer, épuisant le peu de force qu'il lui restait.

— J'ai... réu... réussi.

— Vous avez réussi, la rassura-t-elle, en lui saisissant la main, veillant à ne pas la bousculer.

Les blessures de la colonne vertébrale étaient très délicates, plus elles étaient hautes, plus les dégâts étaient importants. Elle ne savait même pas si Terri arrivait encore à sentir cette main qui serrait la sienne, mais il fallait qu'elle se raccroche à quelque chose.

— Je suis là, Terri. Tenez bon.

— Allez, Tim, marmonna Jeffrey, et elle l'entendit compter, appuyant sur la poitrine du petit, tâchant de remettre le cœur en marche.

La respiration de Terri ralentit. Elle battit de nouveau des paupières.

— J'ai... réus...si.

— Terri ? Terri ?

— Respire, Tim, insista Jeffrey.

Il aspira une grande goulée d'air, qu'il souffla dans la bouche toute molle du petit.

Des bulles de sang rouge vif éclatèrent sur les lèvres mouillées de Terri. Sa poitrine rendit un gargouillement, elle avait les traits flous.

— Terri ? supplia Lena, en lui tenant la main encore plus fort, comme pour y réintroduire la vie.

Elle entendit une sirène au loin, qui lançait son appel, comme une balise. C'était les renforts de police. L'ambulance n'aurait pu être là aussi vite. Pourtant, elle mentit.

— Vous entendez ? demanda Lena en lui agrippant la main aussi fort que possible. L'ambulance est en route, Terri.

— Allez, Tim, répéta Jeffrey, d'une voix plus câline. Allez.

Terri cligna des yeux, et Lena comprit qu'elle entendait le hululement de la sirène, elle savait que l'aide était en route. Elle respira profondément.

— J'ai… réuss…

— Un, deux, fit Jeffrey, comptant les compressions.

— J'ai…

— Terri, parlez-moi, supplia Lena. Dites-moi ce que vous avez réussi ?

Elle luttait pour parler, toussa faiblement, vaporisant une fine bruine de sang au visage de Lena. Celle-ci resta immobile, tout près d'elle, sans cesser de la regarder dans les yeux, pour qu'elle ne perde pas connaissance.

— Dis-moi, répéta-t-elle, cherchant un signe dans son regard, le signe qu'elle allait s'en sortir.

Il fallait juste qu'elle l'oblige à parler, à s'accrocher.

— Dis-moi ce que tu as réussi.

— Je…

— Tu quoi ?

— Je…

— Allez, Terri. Ne lâche pas. Ne renonce pas, pas maintenant.

Lena entendit la voiture de patrouille s'arrêter dans l'allée avec un crissement.

— Dis-moi ce que tu as fait.

— Je..., commença-t-elle, je me suis...

— Qu'est-ce que tu as... ?

Lena sentit des larmes brûlantes sur ses joues, et la main de Terri relâchait son étreinte autour de la sienne.

— Ne me lâche pas, Terri. Dis-moi ce que tu as fait.

Elle retroussa la lèvre, un spasme, presque, comme si elle voulait sourire, sans plus savoir comment y arriver.

— Qu'est-ce que tu as fait, Terri ? Quoi ?

— Je... me... suis...

Elle toussa encore un nuage de sang.

— ... échappée.

— C'est ça, fit Jeffrey, à Tim tout haletant, qui avalait sa première goulée d'air. C'est parfait, Tim. Respire.

Un filet de sang s'écoula de la commissure des lèvres de la jeune mère, traçant une ligne liquide vers sa joue, comme le trait au crayon d'un enfant en travers de la page. Ce qui restait de sa mâchoire se relâcha. Ses yeux devinrent vitreux.

Elle était morte.

* * *

Ce soir-là, Lena quitta le poste de police vers neuf heures. Elle avait l'impression de ne pas être rentrée chez elle depuis des semaines. Elle se sentait encore affaiblie, tous ses muscles endoloris, comme si elle avait couru mille kilomètres. Son oreille était engourdie, à cause de la piqûre qu'on lui avait administrée à l'hôpital, pour suturer la blessure provoquée par la balle de Paul. Ses cheveux recouvriraient un peu la partie d'oreille manquante, mais elle savait que chaque fois qu'elle se regarderait dans un miroir, chaque fois qu'elle toucherait sa cicatrice, elle se souviendrait de Terri Stanley, de l'expression de son visage, cette ébauche de sourire quand elle avait lâché prise.

Même s'il n'en subsistait aucun signe visible, elle avait encore l'impression d'avoir du sang de la jeune femme sur elle – dans ses cheveux, sous les ongles. Quoi qu'elle fasse, elle en sentait encore l'odeur, le goût, le contact. Il pesait lourd, comme la culpabilité, et il avait cette saveur amère de la défaite. Elle n'avait pas pu l'aider. Elle n'avait rien fait pour la protéger. Terri avait raison – elles se noyaient toutes les deux dans le même océan.

Au moment où elle tournait pour entrer dans son quartier, son téléphone portable sonna ; elle regarda le numéro qui s'affichait, priant pour que Jeffrey n'ait plus besoin d'elle au poste. Elle plissa les yeux pour lire le numéro, ne le reconnut pas. Elle laissa sonner encore plusieurs fois, avant que cela lui revienne, tout d'un coup. Le numéro de Lu Mitchell. Après toutes ces années, elle l'avait presque oublié.

Elle faillit faire tomber le téléphone en voulant décrocher, puis lâcha un juron quand elle le plaqua contre son oreille blessée. Enfin, elle le fit passer de l'autre côté, puis répondit.

— Allô ?

Il n'y eut pas de réaction, et son cœur se serra. L'appel avait dû être redirigé vers sa messagerie.

Elle était sur le point d'interrompre la connexion quand elle entendit Greg.

— Lee ?

— Ouais, fit-elle, s'efforçant de ne pas paraître trop essoufflée. Salut. Comment ça va ?

— J'ai appris ce qui s'était passé. Tu y étais ?

— Ouais, lui dit-elle, se demandant depuis quand on ne lui avait plus posé de questions sur son travail : Ethan était trop égocentrique et Nan était trop prude.

— Est-ce que ça va ?

— Je l'ai vue mourir, lui confia-t-elle. Je lui tenais la main, et je l'ai regardée mourir.

Elle entendit la respiration de Greg sur la ligne et repensa à Terri, au bruit de son souffle, les derniers instants.

— C'est bien qu'elle t'ait eue à ses côtés.

— Je n'en sais rien.

— Non, précisa-t-il. C'est bien qu'elle ait eu quelqu'un auprès d'elle.

À cela, elle ne put s'empêcher de lui répliquer.

— Je ne suis pas quelqu'un de bien, Greg.

Là encore, tout ce qu'elle entendit fut sa respiration.

— J'ai fait de graves erreurs.

— Tout le monde en fait.

— Pas comme moi. Pas comme celles que j'ai commises.

— Tu veux m'en parler ?

Elle avait envie d'en parler, plus que tout au monde, de lui raconter ce qui s'était passé, de le choquer avec des détails monstrueux. Elle en fut incapable. Elle avait besoin de lui, elle avait besoin de savoir qu'il était là, tout près, à tenir la pelote de laine de sa maman, pendant que Lu lui tricotait encore une de ses écharpes immondes.

— Bon, dit Greg, et Lena fit un effort pour meubler le silence.

— Le CD, il me plaît.

Le ton était plus léger.

— Tu l'as eu ?

— Ouais, lui dit-elle, en s'obligeant à mettre un peu de gaieté dans sa voix. J'aime vraiment bien la deuxième chanson.

— Ça s'appelle « Oldest Story in the World ».

— Ça, je le saurais, si tu m'avais noté les titres.

— Justement, c'est l'intérêt d'aller s'acheter les vrais CD en boutique, espèce d'idiote.

Elle avait oublié ce que ça faisait de se faire taquiner, et elle se sentit un peu soulagée du poids qui lui oppressait la poitrine.

Il continua.

— Les textes de pochette sont super. Un tas de photos des filles. Ann m'a l'air superchaude.

Il eut un gloussement, sa façon à lui de se moquer de lui-même.

— Enfin, je ne chasserais pas Nancy de mon lit non plus, mais tu me connais, je préfère les brunes.

— Ouais. Elle se sentit sourire, elle aussi, et elle aurait aimé qu'ils continuent à parler comme ça éternellement, ne plus penser à Terri agonisante, ou à ses enfants finalement abandonnés par la seule personne au monde qui aurait été capable de les protéger. Maintenant, ils n'auraient plus que Dale – Dale et la peur de se faire tuer comme leur mère.

Elle s'obligea à se sortir ça du crâne.

— Le douzième morceau est bien aussi.

— C'est « Down the Nile ». Depuis quand tu aimes les ballades ?

— Depuis... Je ne sais pas. J'aime ça, c'est tout.

Elle s'était garée dans l'allée derrière la Toyota de Nan.

— « Move On » est vachement bien aussi, reprit Greg, mais elle ne suivait plus vraiment.

La lumière de la véranda s'était allumée. Le vélo d'Ethan était appuyé contre les marches.

— Lee ?

Son sourire s'était effacé.

— Ouais ?

— Ça va ?

— Ouais, souffla-t-elle, avec un léger vertige.

Que fabriquait Ethan à la maison ? Qu'est-ce qu'il faisait avec Nan ?

— Lee ?

Elle eut du mal à avaler sa salive, s'obligea à parler.

— Il faut que j'y aille, Greg. D'accord ?

— Quelque chose ne va pas ?

— Non, mentit-elle, mais elle avait l'impression que son cœur allait exploser. Tout va bien. Je peux pas te parler.

Elle raccrocha avant qu'il ait pu répondre, laissa tomber le téléphone sur le siège à côté d'elle, ouvrit la portière d'une main qu'elle était incapable d'empêcher de trembler.

Elle ne savait pas trop comment elle était arrivée en haut des marches, mais elle se retrouva la main sur le bouton de la porte, les paumes moites. Elle respira à fond, elle ouvrit.

— Salut !

Nan sauta de sa chaise, et passa derrière, comme si elle avait besoin d'un bouclier. Elle avait les yeux écarquillés, la voix trop haut perchée.

— Justement, nous t'attendions. Oh, mon Dieu ! Ton oreille !

Elle mit la main à sa bouche.

— C'est moins grave que ça n'en a l'air.

Ethan était sur le canapé, le bras sur le dossier, jambes écartées, dans une posture hostile, qui réussissait à déteindre sur toute la pièce. Il ne dit pas un mot, mais c'était inutile. La menace suintait par tous ses pores.

— Ça va ? insista Nan. Lena ? Qu'est-ce qui s'est passé ?

— Une intervention, fit-elle, sans détacher le regard d'Ethan.

— Ils n'ont pas dit grand-chose aux infos, dit Nan.

Lena se dirigea vers la cuisine, si tendue que la tête lui tournait. Ethan ne bougeait pas, la mâchoire crispée, les muscles bandés. Lena vit son sac à ses pieds, et se demanda ce qu'il avait là-dedans. Quelque chose de lourd, sans doute. Quelque chose pour la frapper.

— Tu veux du thé ? lui proposa Nan.

— Non merci, répondit-elle, puis elle se tourna vers Ethan. Allons dans ma chambre.

— Lee, on pourrait jouer aux cartes.

La voix de Nan était hésitante. Elle était visiblement inquiète, mais elle persista.

— Pourquoi on ne jouerait pas aux cartes ?

— C'est bon, dit Lena, consciente qu'elle devait tout faire pour la mettre à l'abri du danger.

C'était Lena qui s'était mise dans cette impasse, mais Nan n'avait pas à subir ça. Elle le devait à Sibyl. Elle se le devait à elle-même.

— Lee ? essaya encore Nan.

— C'est bon, Nan. Allons dans ma chambre, répéta-t-elle à Ethan.

Il ne bougeait toujours pas, histoire de bien lui faire sentir qu'il était le maître de la situation. Quand il se leva enfin, il prit son temps, étira les bras devant lui, en faisant semblant de bâiller.

Elle lui tourna le dos, ignorant son petit numéro. Elle entra dans sa chambre et s'assit sur le lit, attendit, priant pour qu'il laisse Nan tranquille.

Ethan la rejoignit d'un pas nonchalant, la regardant d'un air méfiant.

— Où tu étais ? demanda-t-il, en refermant la porte avec un déclic discret.

Il tenait son sac d'une main, les bras le long du corps.

— Au boulot, dit-elle, désabusée.

Il lâcha le sac, qui heurta le sol avec un bruit métallique.

— Je t'ai attendue.

— Tu n'aurais pas dû venir ici.

— Ah oui ?

— Je t'aurais appelé.

Et elle ajouta un autre mensonge :

— J'allais passer te voir plus tard.

— T'as tordu la jante de ma roue avant. Ça va me coûter quatre-vingts dollars de réparations.

Elle se leva, se rendit à son bureau.

— Je te rembourserai, dit-elle, en ouvrant le tiroir.

Elle rangeait son argent dans une vieille boîte à cigares. À côté, il y avait un boîtier en plastique noir contenant un Mini-Glock. Le père de Nan était flic et, après le meurtre de Sibyl, il avait insisté pour que sa fille accepte cette arme. Nan l'avait confiée à Lena, qui l'avait rangée dans le tiroir. La nuit, elle gardait son arme de service à portée de main sur la table de chevet, mais savoir que l'autre Glock était dans le tiroir, rangé dans son boîtier en plastique, ouvert, était la seule certitude qui lui permettait de trouver le sommeil.

Elle aurait pu prendre ce revolver, là, tout de suite. Le prendre et s'en servir, se débarrasser enfin d'Ethan.

— Qu'est-ce que tu fais ? lui demanda-t-il.

Lena sortit la boîte à cigares et referma le tiroir. Elle posa la boîte sur la commode et ouvrit le couvercle. La grande main d'Ethan passa devant elle, et referma le couvercle.

Il se tenait debout derrière elle, son corps touchant à peine le sien. Elle sentit le chuchotis de son souffle dans sa nuque.

— Je ne veux pas de ton argent.

Elle s'éclaircit la gorge.

— Qu'est-ce que tu veux ?

Il s'approcha encore d'un pas.

— Tu sais très bien ce que je veux.

Elle sentit son sexe durcir, quand il vint l'appuyer contre ses fesses. Il posa les mains de part et d'autre, sur la commode, il la prenait au piège.

— Nan n'a pas voulu me dire qui était le type au CD.

Elle se mordit la lèvre, sentit la brûlure quand elle se fit saigner. Elle pensait à Terri Stanley, quand ils avaient frappé à sa porte ce matin, sa façon de parler presque sans remuer la mâchoire, pour éviter de rouvrir la plaie. Terri n'aurait plus jamais à prendre cette précaution. Elle ne resterait plus jamais couchée la nuit, les yeux ouverts, à se demander ce que Dale allait lui faire subir, la prochaine fois. Elle n'aurait plus jamais peur.

Ethan se mit à se frotter contre elle. Ce contact l'écœurait.

— Nan et moi, on a eu une bonne petite conversation.

— Laisse Nan tranquille.

— Tu veux que je te laisse ?

Sa main se baladait sur elle, lui attrapa le sein, si fort qu'elle dut se planter les dents dans la chair de la lèvre, pour s'empêcher de crier.

— C'est à moi, ça, lui rappela-t-il. Tu m'entends ?

— Oui.

— Personne te touche, sauf moi.

Lena ferma les yeux, se forçant à ne pas crier quand sa bouche vint lui effleurer la nuque.

— Celui qui te touche, je le bute.

Il referma le poing sur son sein, comme s'il voulait le lui arracher.

— Un cadavre de plus, pour moi, c'est que dalle, siffla-t-il. Tu m'entends ?

— Oui.

Son cœur cogna dans sa poitrine, un coup, avec un bruit sourd, et puis elle ne le sentit plus battre. Elle s'était sentie tout engourdie de peur, mais tout aussi soudainement, plus rien.

Lentement, elle se retourna. Elle vit ses mains remonter à son visage, pas pour le gifler, mais pour le prendre entre ses paumes avec tendresse. Elle se sentait un peu étourdie, prise de vertige, comme si elle était ailleurs dans la chambre, en train de regarder la scène de loin. Quand ses lèvres se joignirent aux siennes, cela ne lui fit aucun effet. Sa langue n'avait aucun goût. Quand sa main força le passage vers les boutons de son pantalon, ses doigts calleux ne firent naître en elle aucune sensation.

Sur le lit, il fut plus brusque que jamais, il l'immobilisa. D'une certaine manière, c'était son absence de réaction qui le mettait encore plus en colère. Tout au long, Lena fut comme absente, même quand il s'enfonça en elle comme une lame lui tranchant les entrailles. Elle avait autant conscience de sa douleur que de sa respiration. Un fait brut, un processus incontrôlable que son corps endurait.

Ethan termina vite et Lena resta allongée là, comme si elle venait de se faire monter par un chien. Il roula sur le dos, le souffle lourd, satisfait. Ce n'est que lorsqu'elle entendit son ronflement régulier qu'elle crut lentement récupérer l'usage de ses sens. L'odeur de la sueur d'Ethan. Le goût de sa langue. Cette moiteur collante entre ses jambes à elle.

Il n'avait pas mis de préservatif.

Elle se retourna sur le flanc, avec précaution, sentit s'écouler ce qu'il avait laissé en elle. Elle regarda les minutes, puis les heures, défiler sur le réveil. Une heure. Deux. Avant de se lever, elle attendit que trois heures soient passées. Elle retenait son souffle, guettant un changement de cadence dans la respiration d'Ethan quand elle s'accroupit au sol.

Elle avança d'un pas lent, comme si elle était dans l'eau, fit coulisser le tiroir du haut de son bureau, en sortit le boîtier en plastique noir. Elle s'assit par terre, dos à Ethan, déverrouilla le loquet en retenant son souffle. Le bruit retentit comme un coup de feu. Elle essaya de ne pas sursauter, quand il changea de position dans le lit. Elle ferma les yeux, luttant contre la panique, s'attendant au contact de sa main dans son dos, à ses doigts refermés autour de sa gorge. Elle tourna la tête, regarda par-dessus son épaule.

Il était sur le côté, il lui tournait le dos.

L'arme était chargée, une balle déjà engagée dans la chambre. Elle la recueillit au creux de ses paumes, elle la sentait peser de plus en plus lourd, au point de relâcher les mains, qui glissèrent sur ses genoux. Version plus petite de son arme de service, ce Mini-Glock était capable de faire autant de dégâts à bout portant. Elle referma les yeux, revit la brume de sang que Terri lui avait soufflée au visage, elle entendit ses dernières paroles, presque triomphantes : *Je me suis échappée.*

Elle fixa l'arme du regard, le métal froid contre ses mains. Elle se retourna, pour vérifier qu'Ethan était toujours endormi.

Son sac était toujours par terre. Elle ouvrit la fermeture Éclair, en serrant les dents, et le bruit se répercuta dans sa poitrine. C'était un joli sac, Swiss Army, avec plusieurs grandes poches et plein de rangements. Ethan gardait un peu tout dans ce sac – son portefeuille, ses livres scolaires, et même certains vêtements de gym. Il ne remarquerait pas quelques centaines de grammes de plus.

Elle plongea la main, ouvrit la glissière de la grande poche arrière. Il y avait des crayons, des stylos, mais rien d'autre. Elle cacha l'arme à l'intérieur et referma la poche, laissant le sac par terre.

À reculons, elle rampa jusqu'au lit, s'aida de ses mains pour se relever, et puis, centimètre par centimètre, elle se recoucha à côté d'Ethan.

Il eut un soupir, presque un grognement, roula sur le dos, et son bras vint s'affaler en travers de sa poitrine. Elle tourna la tête pour regarder le réveil, compta les minutes qui restaient jusqu'à ce que l'alarme se déclenche, jusqu'à ce qu'Ethan sorte de son existence pour toujours.

Samedi

Chapitre Dix-Sept

Brusquement, Bob tendit le museau en direction du champ, vers le bas-côté de la route, et Sara resserra la main sur la laisse. En bon chien de chasse, Bob ne pouvait s'empêcher de courir après tout ce qui passait, et elle savait que si elle lâchait la laisse, elle ne le reverrait sans doute jamais.

Jeffrey, qui s'accrochait tout aussi fermement à la laisse de Billy, lança lui aussi un coup d'œil en direction du champ.

— Un lapin ?

— Un tamia, supposa-t-elle, en guidant Bob vers l'autre côté de la chaussée.

Il céda facilement, la paresse étant une sorte d'impératif génétique chez les lévriers, et s'éloigna à grands bonds chaloupés.

Jeffrey prit Sara par la taille.

— Tu as froid ?

— Un peu, fit-elle, fermant les yeux pour se protéger du soleil.

Quand le téléphone les avait réveillés ce matin à sept heures moins cinq, ils avaient tous les deux poussé un gros juron, mais l'invitation de Cathy à partager quelques crêpes pour le petit déjeuner les avait convaincus de rouler hors du lit. Ils avaient beaucoup de travail en retard ce week-end, mais elle s'était dit qu'ils seraient plus d'attaque, l'estomac plein.

— J'ai réfléchi, lui dit-il. On devrait peut-être adopter un autre chien.

Elle le regarda de travers. Ce matin, quand Jeffrey avait pris sa douche sans d'abord vérifier si le lévrier ne dormait pas à sa place habituelle, Bob avait failli mourir d'une crise cardiaque.

— Ou un chat ?

Elle éclata de rire.

— Tu n'aimes déjà pas celui qu'on a.

— Oui, bon…, fit-il en haussant les épaules. Peut-être un nouveau, qu'on aurait choisi tous les deux.

Sara posa la tête contre son épaule. Contrairement à ce qu'il croyait, elle n'était pas toujours capable de lire dans ses pensées, mais à cet instant précis, elle savait exactement de quoi il avait envie, en réalité. Sa façon de parler de Terri et son fils, hier soir, lui avait fait comprendre une chose qu'elle n'avait jamais envisagée. Depuis des années, elle avait toujours perçu son incapacité à concevoir comme un manque, une perte, mais à présent, elle s'apercevait que ce manque, cette perte l'atteignait, lui aussi. Elle n'aurait pas su dire pourquoi, au juste, mais en un sens, que ce besoin soit tout aussi profond chez lui transformait plutôt ce sentiment d'échec en épreuve à surmonter.

— Je garderai un œil sur ces gosses, lui confia-t-il, et elle comprit qu'il faisait allusion aux deux enfants de Terri. Pat ne va pas le lâcher.

Sara doutait que le frère de cet homme ait la moindre influence en la matière.

— Dale va obtenir la garde ?

— Je l'ignore. Quand j'appuyais sur la poitrine du gamin..., commença-t-il, et elle savait qu'il était malade à l'idée d'avoir fêlé deux côtes à Tim Stanley, lors de cette réanimation cardio-pulmonaire. Ils sont si petits. Ses os, de vrais cure-dents.

— Ça valait mieux que de le laisser mourir.

Et puis, sachant que le propos devait lui paraître dur, elle chercha à le rassurer.

— Jeffrey, des côtes fêlées, ça se répare. Tu as sauvé la vie de Tim. Tu as fait ce qu'il fallait.

— J'étais content de voir arriver cette ambulance.

— Dans quelques jours, il sera sorti de l'hôpital, lui assura-t-elle, en lui passant la main dans le dos pour apaiser ses inquiétudes. Tu as fait ce qu'il fallait.

— Ça m'a fait repenser à Jared, avoua-t-il, et la main de Sara se figea.

Jared, le garçon qu'il avait presque considéré comme un neveu, pendant toutes ces années, pour découvrir tout récemment que c'était son fils.

— Je me souviens, quand il était petit, je le lançais en l'air et je le rattrapais. Il adorait ça. Il riait si fort qu'il en avait le hoquet.

— Nell t'aurait tué, lui dit-elle, songeant qu'à chaque fois qu'il le lançait en l'air, la mère de Jared devait retenir son souffle.

— Quand je le rattrapais, je sentais le poids de ses petites côtes contre mes mains. Il avait un rire tellement formidable. Il adorait se retrouver en l'air.

Il eut un demi-sourire, il pensait à voix haute.

— Il sera peut-être pilote, un jour.

Ils marchèrent en silence, seuls leurs pas et le collier des deux chiens résonnaient. Elle reposa la tête contre son épaule, c'était ce qu'elle désirait plus que tout, rester ainsi là, un moment. Il resserra le bras autour de sa taille, et elle regardait les chiens, se demandant ce que ça lui ferait de tenir une poussette au lieu d'une laisse.

À six ans, Sara avait crânement annoncé à sa mère qu'un jour elle aurait deux enfants, un garçon et une fille, et que le garçon aurait des cheveux blonds et la fille des cheveux châtains. Vingt ans plus tard, Cathy la taquinait encore à ce sujet. Tout au long de ses années d'université, puis de faculté de médecine, et enfin d'internat, c'était resté une éternelle plaisanterie dans la famille, surtout que les rencontres amoureuses de Sara étaient pour le moins assez rares. Pendant des années, on s'était sans arrêt moqué de sa précocité, mais ensuite les taquineries avaient brusquement cessé. À vingt-six ans, elle avait perdu toute possibilité d'avoir des enfants. À vingt-six ans, elle avait perdu cette croyance enfantine, qu'il suffisait de vouloir très fort une chose pour la rendre possible.

Marchant la tête contre l'épaule de Jeffrey, cédant à une dangeureuse rêverie, elle se demanda à quoi auraient ressemblé leurs enfants. Jared avait les cheveux foncés de son père, les yeux d'un bleu intense, comme sa mère. Leur bébé aurait-il eu les cheveux roux, une tignasse auburn qui aurait poussé à la diable ? Ou bien aurait-il hérité la crinière noire, presque bleue, épaisse et ondulée de Jeffrey, le genre de chevelure dans laquelle on ne pouvait s'empêcher de passer les doigts ? Aurait-il été gentil et aimable comme son père, serait-il devenu un jour le genre d'homme à rendre une femme heureuse au-delà de toutes ses espérances ?

Jeffrey prit une profonde inspiration, souffla, et sa poitrine se souleva.

Elle s'essuya les yeux, espérant qu'il ne l'ait pas surprise dans ses rêveries idiotes.

— Comment va Lena ?

— Je lui ai donné sa journée.

Il se frotta les yeux, lui aussi, mais elle était incapable de lever les siens vers lui.

— Elle mériterait une médaille, pour avoir enfin respecté les ordres.

— La première fois, c'est toujours unique.

Il ponctua son bon mot d'un petit rire ironique.

— Bon Dieu, elle est tellement à côté de ses pompes.

Elle referma la main sur son bras, autour de sa taille, songeant qu'ils n'étaient pas, elle et lui, en meilleure forme qu'elle.

— Tu sais que tu n'arriveras pas à la cadrer, n'est-ce pas ?

Il lâcha encore un profond soupir.

— Ouais, je sais.

Elle leva la tête, vit que ses yeux étaient aussi humides que les siens.

Au bout de quelques secondes, il fit claquer sa langue pour rappeler Billy, qui s'était éloigné.

— Enfin...

— Enfin..., fit-elle en écho.

Il se racla plusieurs fois la gorge, avant de poursuivre.

— L’avocat de Paul devrait être ici vers midi.

— D’où arrive-t-il ?

— D’Atlanta, dit-il avec du dégoût dans la voix.

Elle renifla, tâchant de reprendre contenance.

— Tu crois vraiment que Paul Ward va avouer quoi que ce soit ?

— Non, admit-il, en tirant sur la laisse de Billy, pour empêcher le lévrier de fouiner sur le bas-côté de la route. Dès qu’on l’a dégagé du corps de Terri, il n’a plus ouvert le bec.

Sara songea au sacrifice de cette femme.

— Tu penses que les charges vont tenir ?

— La tentative d’enlèvement et les coups de feu, sans problème. Avec deux flics pour témoins, ça se discute pas.

Il secoua la tête.

— Qui sait de quel côté tout ça va pencher ? Je pourrais défendre la préméditation. J’étais présent. Avec un jury populaire, pas moyen de savoir...

Il laissa sa voix se perdre.

— Ton lacet est défait.

Il lui tendit la laisse de Billy et s’agenouilla devant elle pour renouer le lacet.

— On l’a coincé pour meurtre dans le cadre d’une entreprise criminelle, et pour tentative de meurtre sur la personne de Lena. Avec tout ça, il devrait y avoir de quoi le mettre pas mal de temps à l’ombre.

— Et Abby ? demanda-t-elle, en regardant les mains de Jeffrey.

Elle se rappela la première fois qu’il lui avait renoué son lacet. Ils étaient dans les bois, et elle n’était pas très sûre de ses sentiments à son égard, jusqu’à ce moment-là, quand il s’était agenouillé devant elle. En le regardant faire, elle s'était demandée comment elle avait pu ignorer à quel point elle avait besoin de lui dans sa vie.

— Allez, ouste ! dit-il à Bob et Billy qui essayaient de mordiller les lacets.

Il se releva, reprit la laisse.

— Pour Abby, je ne sais pas. Le témoignage de Terri lui mettait à coup sûr le cyanure dans les mains, mais elle n'est plus là pour tout raconter. Dale ne va pas se vanter d'avoir expliqué à Paul comment s'y prendre avec les sels.

Il la reprit par la taille, l'attira plus près de lui, et ils reprirent leur marche.

— Rebecca reste incertaine. Esther m'a dit que je pourrais lui parler demain.

— Tu penses qu'elle va t'apporter quoi que ce soit d'utile ?

— Non, reconnut-il. Tout ce qu'elle peut raconter, c'est qu'elle a trouvé des papiers qu'avait laissés Abby. Bon sang, elle n'est même pas sûre qu'Abby les lui a bien laissés. Elle n'a pas entendu ce qui est arrivé à Terri, elle était dans l'armoire, et elle ne peut rien dire sur les sépultures, puisqu'elle ne l'a appris que par ouï-dire. Même si un juge reçoit son témoignage, c'est Cole, et lui seul, qui enfermait les filles dans ces caisses. Paul, lui, gardait les mains propres. Ça, brouiller les pistes, il savait faire...

— Je ne vois pas comment même un avocat d'Atlanta plein de bagout parviendrait à présenter sous un angle favorable le fait que la famille de son client tout entière est prête à témoigner contre lui.

Bizarrement, pour Paul Ward, c'était là que résidait la véritable menace. Non seulement il avait falsifié les signatures des membres de sa famille, mais il avait encaissé des chèques libellés à leurs noms et empoché l'argent. À eux seuls, ces détournements de fonds pouvaient l'envoyer en prison pour un bon bout de temps.

— Sa secrétaire s'est rétractée, aussi. Elle dit que finalement, Paul n'est pas resté travailler si tard, ce soir-là.

— Et les autres ouvriers de la ferme qui sont morts ? Ceux aux noms desquels il avait souscrit des polices ?

— Peut-être qu'ils sont morts tout bêtement et que Paul a eu de la veine.

Mais elle savait qu'il n'y croyait pas trop lui-même. Même s'il voulait engager des poursuites à ce sujet, en aucun cas Jeffrey n'aurait pu recueillir la moindre preuve d'un acte criminel. Les neuf corps avaient été incinérés et les familles – si ces hommes en avaient encore – avaient coupé les ponts depuis longtemps.

— Même chose pour le meurtre de Cole. Il n'y avait aucune empreinte sur le pot de café, en dehors des siennes. Les empreintes de Paul étaient présentes dans l'appartement, mais comme celles de tous les autres.

— Je pense que Cole a eu ce qu'il méritait, fit-elle, sachant qu'elle se montrait cruelle.

Avant de rencontrer Jeffrey, elle s'était offert le luxe de croire à une justice où tout était noir ou blanc. Elle se fiait aux tribunaux, aux jurés, au serment qu'ils avaient prêté. Vivre avec un flic l'avait forcée à changer radicalement d'avis.

— Tu as fait du bon travail, conclut-elle.

— Je serai d'accord le jour où Paul Ward sera dans le couloir de la mort.

Elle aurait préféré savoir cet homme derrière les barreaux jusqu'à la fin de ses jours, mais elle n'avait pas envie de discuter avec Jeffrey de la peine de mort. Malgré tous ses efforts, c'était un sujet sur lequel elle ne parvenait pas à le faire changer d'opinion.

Ils étaient arrivés à la maison des Linton, et elle vit son père agenouillé devant la Buick blanche de sa mère. Il était occupé à laver la voiture, nettoyant les rayons des jantes avec une brosse à dents.

— Salut, papa, fit-elle, en l'embrassant sur la tête.

— Ta mère est allée faire un tour dans cette espèce de ferme, grommela Eddie, en plongeant la brosse dans de l'eau savonneuse.

Manifestement, il était contrarié que Cathy soit allée rendre visite à un ancien petit ami, mais il avait décidé de s'en prendre plutôt à sa voiture.

— Je lui ai dit d'y aller avec ma camionnette, mais elle m'écoute jamais.

Sara constata que, comme d'habitude, son père n'avait pas pris la peine de réagir à la présence de Jeffrey.

— Papa ? dit-elle.

— Hein ? marmonna-t-il.

— Je voulais te dire...

Elle attendit qu'il relève le nez.

— Jeffrey et moi, on vit ensemble.

— Sans déconner, fit Eddie, en revenant à son pneu.

— On pensait adopter un autre chien.

— Félicitations, répondit-il, sur un ton qui était tout sauf enjoué.

— Et se marier, ajouta-t-elle.

La brosse à dents marqua un temps d'arrêt et, à côté d'elle, Jeffrey en eut carrément le souffle coupé.

Eddie brossa une tache de goudron. Il leva les yeux sur sa fille, puis sur Jeffrey.

— Tiens, fit-il, en tendant la brosse à ce dernier. Si tu veux faire à nouveau partie de la famille, au boulot.

Sara débarrassa Jeffrey de la laisse de Billy, pour qu'il puisse retirer sa veste. Il la lui tendit.

— Merci, fit-il.

Elle le gratifia d'un sourire éclatant.

— Je t'en prie.

Il s'empara de la brosse, s'agenouilla à côté du père de Sara, et s'attaqua aux rayons de la jante.

Visiblement, pour Eddie, ça ne suffisait pas. Il le rappela à l'ordre.

— Mets-y un peu d'huile de coude. Même mes filles font mieux que ça.

Sara mit la main devant sa bouche, pour qu'ils ne la voient pas sourire.

Elle les laissa seuls, qu'ils se rabibochent ou s'entre-tuent, et attacha les laisses des chiens à la rambarde de la véranda. À l'intérieur, il y eut un éclat de rire en provenance de la cuisine, et elle s'enfonça dans le couloir, avec l'impression qu'il s'était écoulé des années, et non six journées, depuis la dernière fois qu'elle était passée par là.

Cathy et Bella étaient presque à la même place que l'autre jour, sa tante assise à la table de la cuisine avec un journal, et Cathy s'affairant devant sa cuisinière.

— Qu'est-ce qui se passe ? demanda-t-elle, en embrassant sa mère sur la joue, tout en chipant un bout de bacon dans l'assiette.

— Je pars, lui apprit Bella. C'est mon petit déjeuner d'adieu.

— C'est trop bête, répondit-elle. J'ai l'impression de ne t'avoir pas vue du tout.

— Mais c'est le cas, releva sa tante.

Elle repoussa ses excuses d'un geste de la main.

— Tu as été prise par tes histoires.

— Où est-ce que tu vas ?

— À Atlanta.

Et elle lui adressa un clin d'œil.

— Repose-toi bien avant de venir me voir.

Sara leva les yeux au ciel.

— Sans rire, ma belle, insista-t-elle. Viens me voir là-bas.

— Je risque d'être assez prise pendant un bout de temps, commença-t-elle, sans trop savoir comment leur apprendre la nouvelle.

Elle attendit d'avoir leur attention pleine et entière, un sourire idiot sur les lèvres.

— Qu'y a-t-il ? demanda sa mère.

— J'ai décidé d'épouser Jeffrey.

Cathy retourna à ses fourneaux.

— Eh bien, ça t'en a pris du temps. C'est un miracle qu'il veuille encore de toi.

— Merci beaucoup, répliqua-t-elle, se demandant même pourquoi elle s'était donné cette peine.

— N'écoute pas ta mère, ma chérie, intervint Bella, en se levant de table.

Elle la serra fort dans ses bras.

— Félicitations.

— Merci, répondit-elle sur un ton lourd de sous-entendus, à l'intention de sa mère.

Cathy sembla n'en faire aucun cas.

Sa tante replia le journal et se le cala sous le bras.

— Je vous laisse, toutes les deux. Ne dites pas de mal de moi derrière mon dos, d'accord ?

Sara observa sa mère, étonnée qu'elle ne dise rien. Enfin, ne supportant plus ce silence, c'est elle qui parla la première.

— Je pensais que tu serais heureuse pour moi.

— Je suis heureuse pour Jeffrey. Tu as drôlement pris ton temps, toi.

Elle posa la veste de Jeffrey à cheval sur le dossier de la chaise de Bella et s'assit. Elle se préparait à ce qu'on lui fasse les leçons sur ses défauts, et fut surprise de ce qui suivit.

— Bella m'a dit que tu t'étais rendue à cette église, avec ta sœur.

Sara se demandait ce que sa tante lui avait raconté d'autre.

— Oui, m'dame.

— Tu as rencontré Thomas Ward ?

— Oui, répéta-t-elle, laissant tomber le « m'dame ». Il m'a l'air charmant.

Cathy tapota sa fourchette sur le rebord du poêlon, avant de se retourner. Elle croisa les bras.

— Tu as une question à me poser, ou tu préfères te dégonfler, et passer encore par l'intermédiaire de ta tante Bella ?

Sara sentit une bouffée écarlate remonter de son cou jusqu'à son visage. Elle n'y avait pas vraiment réfléchi sur le moment, mais sa mère avait raison. Elle avait fait part de ses craintes à Bella parce qu'elle savait que sa tante allait les rapporter à sa mère.

Elle respira à fond, prenant son courage à deux mains.

— C'était lui ?

— Oui.

— Lev est...

Elle chercha ses mots, regrettant vraiment, pour le coup, de ne plus passer par l'intermédiaire de Bella. Les yeux de sa mère la perçaient comme deux aiguilles.

— Lev a les cheveux roux.

— Tu es médecin ? lui demanda Cathy d'un ton vif.

— Enfin, je...

— Tu as fait médecine ?

— Oui.

— Alors tu devrais posséder quelques notions de génétique.

Cathy était dans une colère qu'elle n'avait pas vue chez sa mère depuis longtemps.

— Est-ce que tu as seulement pensé à ce qu'éprouverait ton père s'il savait que tu croyais que...

Elle s'arrêta là, s'efforçant visiblement de maîtriser sa fureur.

— Je te l'ai déjà dit, Sara. Je t'ai dit que c'était purement affectif. Il n'y a jamais rien eu de physique.

— Je sais.

— T'ai-je jamais menti ?

— Non, maman.

— Ça briserait le cœur de ton père, s'il savait...

Elle avait pointé sa fille du doigt, mais elle laissa retomber sa main.

— Parfois, je me demande ce que tu as dans le crâne.

Elle se retourna de nouveau vers son fourneau, reprit sa fourchette.

Sara essuya cette rebuffade du mieux qu'elle put, bien consciente que sa mère n'avait pas réellement répondu à sa question. Incapable de s'en empêcher, elle répéta donc.

— Lev a les cheveux roux.

Cathy laissa tomber sa fourchette, et se retourna de nouveau.

— Comme sa mère, espèce d'idiote !

Tessa entra dans la cuisine, un épais volume dans les mains.

— La mère de qui ?

Cathy se ressaisit.

— Ça ne te regarde pas.

— Tu fais des crêpes ? demanda-t-elle, en déposant le livre sur la table. Sara lut le titre. *Les Œuvres complètes de Dylan Thomas.*

— Non, se moqua sa mère. Je suis en train de changer l'eau en vin.

Tessa lança un regard à sa sœur, qui haussa les épaules, comme si elle n'avait rien à voir avec la fureur de sa mère.

— Le petit déjeuner sera bientot prêt, les informa-t-elle. Mettez la table.

Tessa ne bougea pas.

— En fait, ce matin, j'avais prévu quelque chose.

— Quoi ? s'étonna sa mère.

— J'ai dit à Lev que je ferais un saut à l'église, dit-elle, et Sara se mordit la langue pour ne rien dire.

Tessa vit que sa sœur se retenait et argumenta.

— C'est difficile pour eux en ce moment.

Sara opina, mais Cathy avait le dos raide comme un piquet, et sa désapprobation était flagrante.

Tessa essayait de rester prudente.

— Ce n'est pas parce que Paul était mauvais qu'ils le sont tous.

— Je n'ai pas dit ça, se récria sa mère. Thomas Ward est l'un des hommes les plus droits que j'aie jamais rencontrés.

Elle lança un regard noir à Sara, la mettant au défi d'ajouter quoi que ce soit.

Tessa s'excusa.

— Je suis désolée de ne pas fréquenter ton église, j'ai juste...

Cathy l'interrompit avec brusquerie.

— Je sais exactement pourquoi tu vas là-bas, ma jeune demoiselle.

Tessa adressa un coup d'œil perplexe à sa sœur, mais cette dernière ne put que hausser de nouveau les épaules, contente que ce soit sa mère qui relance la bagarre.

— C'est un endroit pour prier.

Cette fois, Cathy pointa le doigt sur sa fille cadette.

— Pas pour s'envoyer en l'air.

Tessa s'esclaffa, puis s'arrêta, voyant que sa mère était sérieuse.

— Ce n'est pas du tout ça, protesta-t-elle. J'aime bien aller là-bas.

— Tu aimes bien Lev Ward, oui...

— Bon d'accord, fit-elle, un sourire lui retroussant les lèvres. Mais j'aime bien aussi cette église.

Cathy posa les mains sur ses hanches, et regarda ses deux filles tour à tour comme si elle ne savait pas ce qu'elle allait faire d'elles.

— Maman, je parle sérieusement. J'ai envie d'aller là-bas. Pas seulement pour Lev. Pour moi.

Malgré ses sentiments à ce sujet, Sara la soutint.

— Elle dit la vérité.

Cathy pinça les lèvres et, l'espace d'un instant, Sara crut qu'elle allait pleurer. Elle avait toujours su que la religion était importante pour sa mère, mais elle ne les avait jamais forcées. Elle avait envie que ses enfants choisissent leur forme de spiritualité de leur plein gré, et Sara voyait bien à présent combien elle était heureuse que Tessa ait accompli ce chemin. L'espace d'un court instant, elle se sentit jalouse de ne pouvoir faire de même.

— Le petit déjeuner est prêt ? beugla Eddie, et la porte de la maison claqua derrière lui.

Le sourire radieux de Cathy se mua en mine renfrognée, et elle se tourna de nouveau vers ses fourneaux.

— Votre père se figure que je tiens une crêperie.

Eddie entra dans la pièce de son pas lourd, ses orteils dépassant de ses chaussettes. Jeffrey suivait avec les chiens, qui vinrent aussitôt à la table et s'installèrent par terre, attendant les miettes.

Eddie considéra le dos tout raide de sa femme, puis ses filles, et perçut la tension ambiante.

— La voiture est propre, annonça-t-il.

Il avait l'air d'attendre quelque chose et Sara se dit que s'il espérait une médaille, il avait choisi la mauvaise matinée.

Cathy se racla la gorge, et retourna une crêpe dans le poêlon.

— Merci, Eddie.

Sara s'aperçut qu'elle n'avait pas encore informé sa sœur de la nouvelle. Elle se tourna vers elle.

— Jeffrey et moi, on va se marier.

Tessa introduisit un doigt dans sa bouche et fit un petit bruit sec. Le « ouah » qu'elle prononça était dénué de tout enthousiasme.

Sara s'assit, posa les pieds sur le ventre de Bob. Avec toutes les conneries qu'elle avait pu entendre de la part de sa famille depuis trois ans, elle estimait au moins mériter une chaleureuse poignée de main.

— Le gâteau au chocolat de l'autre soir vous a plu ?

Aussitôt, Sara baissa les yeux sur Bob, comme si le sens de la vie était inscrit en grosses lettres sur sa panse.

Jeffrey parvint à s'extraire un mot de la bouche.

— Ou-oui.

Et il réserva à Sara un regard cinglant qu'elle sentit sans même le voir.

— Une merveille.

— J'en ai encore au frigo, si vous voulez.

— Génial, lui dit-il, d'une voix mielleuse. Merci.

Sara entendit une sonnerie, et il lui fallut un petit moment pour s'apercevoir que c'était le téléphone portable de Jeffrey. Elle fouilla dans la poche de sa veste et en sortit l'appareil, qu'elle lui tendit.

— Tolliver, fit-il.

Il eut l'air perplexe, une seconde, puis son visage s'assombrit. Il s'éloigna dans le couloir, pour plus de discrétion. Sara entendait ce qu'il disait, mais ses reparties n'étaient guère de nature à l'éclairer sur la teneur de la conversation. « Quand est-il parti ? », demanda-t-il. Puis : « Tu es certaine que c'est ce que tu veux ? » Il y eut un léger temps de silence. « Tu prends la bonne décision. »

Il revint dans la cuisine, présenta ses excuses.

— Il faut que j'y aille. Eddie, ça vous ennuie si je vous emprunte votre camionnette ?

La réponse de son père surprit grandement Sara.

— Les clefs sont à côté de la porte d'entrée.

Lui qui avait consacré ces cinq dernières années à haïr Jeffrey du fond du cœur.

— Sara ? fit celui-ci.

Elle attrapa sa veste et l'accompagna au bout du couloir.

— Que se passe-t-il ?

— C'était Lena, dit-il, tout excité. Elle dit qu'Ethan a volé un revolver à Nan Thomas, hier soir.

— Nan a un revolver ?

Elle imaginait mal la bibliothécaire possédant une arme quelconque sinon des ciseaux de couture.

— Elle m'a dit que le flingue est dans son sac.

Il attrapa les clefs d'Eddie sur leur crochet, près de la porte d'entrée.

— Il est parti travailler il y a cinq minutes.

Elle lui tendit sa veste.

— Pourquoi elle t'a raconté ça ?

— Il est toujours en liberté conditionnelle, lui rappela-t-il, à peine capable de dissimuler son allégresse. Il va devoir purger sa peine en entier... dix ans de plus sous les verrous.

Sara ne croyait pas un mot de cette histoire.

— Je ne comprends pas pourquoi elle t'appelle, toi.

— Peu importe, fit-il, en ouvrant la porte. Ce qui compte, c'est qu'il retourne en prison.

Il descendit les marches de la véranda, et elle se sentit gagnée par une peur lancinante.

— Jeffrey.

Elle attendit qu'il se retourne.
— Sois prudent.
Elle ne voyait pas quoi lui dire d'autre.
Il lui répondit par un clin d'œil, comme s'il n'y avait pas de quoi en faire tout un plat.
— Je serai de retour dans une heure.
— Il a un revolver.
— Moi aussi, lui rappela-t-il, en marchant vers la camionnette de son père.
Il lui fit signe de la main, comme pour la chasser.
— Vas-y. Je serai de retour en moins de deux.
La portière s'ouvrit avec un couinement et, à contrecœur, elle rentra dans la maison.
Il l'arrêta de nouveau.
— Mme Tolliver ?
Elle se retourna. Rien qu'en entendant ce nom, son cœur d'idiote se mit à battre la chamade.
Il eut un petit sourire en coin.
— Garde-moi du gâteau, cette fois.

Remerciements

À ce stade de ma carrière, il me faudrait un volume de 3 000 pages pour remercier tous ceux qui m'ont soutenue depuis le début. En tête de liste, je dois citer Victoria Sanders et Kate Elton, qui, je l'espère, n'en ont pas trop marre de moi. Je me sens infiniment reconnaissante envers mes amis de Random House, en Amérique et un peu partout dans le monde. Travailler avec Kate Miciak, Nita Taublib et Irwyn Applebaum a été un immense plaisir. Je me sens l'écrivain le plus chanceux de la terre d'avoir tous ces gens dans mon équipe, et je suis très heureuse que Bantam soit ma nouvelle maison. Le plus beau compliment que je puisse leur faire, c'est qu'ils ont tous la passion de la lecture.

Au Royaume-Uni, Ron Beard, Richard Cable, Susan Sandon, Mark McCallum, Rob Waddington, Faye Brewster, Georgina Hawtrey-Woore et Gail Rebuck (et tous les autres) continuent d'être mes champions bien-aimés. Rina Gill est la Sheila la plus formidablement autoritaire qu'une fille puisse rechercher. Wendy Grisham m'a sorti une Bible au milieu de la nuit, ce qui m'a évité de baptiser tous les personnages de ce roman « Machin ».

J'ai vécu une expérience incomparable en me rendant aux Antipodes, l'an dernier, et j'aimerais remercier tous ceux qui, en Australie et en Nouvelle-Zélande, ont fait de ce périple le voyage de ma vie. Grâce à vous, mes amis, je me suis sentie chez moi, alors que j'étais à un million d'années-lumière de la maison. Je suis tout spécialement reconnaissante à Jane Alexander de m'avoir permis de découvrir les kangourous et de m'avoir avertie seulement après coup que, parfois, les koalas font leur crotte quand ils sont dans vos bras (les photos sont visibles sur www.karinslaughter.com/australia). Margie Seale et Michael Moynahan méritent vraiment les plus grandes louanges. Leur soutien énergique m'a inspiré une grande humilité.

Je remercie également, pour leur soutien depuis toutes ces années, Meaghan Dowling, Brian Grogan, Juliette Shapland et Virginia Stanley. Et je suis très heureuse de la vieille complicité qui me lie à Rebecca Keiper, Kim Gombar et Colleen Winters.

Une fois de plus, le Dr David Harper m'a fourni les informations médicales qui m'ont permis de donner l'impression que Sara savait à peu près ce qu'elle faisait. Toutes les erreurs qui subsistent dans ces pages sont dues soit à mon manque d'écoute, soit au fait que, lorsqu'un médecin fait tout comme il faut, cela devient vite ennuyeux. Sur un plan plus personnel, je veux remercier BT, EC, EM, MG et CL pour leur compagnie de tous les jours. FM et JH ont toujours été disponibles quand il fallait. ML et BB-W m'ont prêté leurs noms (désolée !). Patty O'Ryan est la malheureuse gagnante du jeu-concours « Votre nom dans un livre de la série Grant County ! ». Voilà ! Ça t'apprendra à être joueuse ! Benee Knauer s'est montrée solide comme un roc. Renny Gonzalez mérite une mention spéciale pour sa bonté de cœur. Ann et Nancy Wilson ont su adoucir chez moi l'idée de vieillir – vous me faites toujours vibrer. Mon père m'a préparé de la soupe, quand je suis partie dans les montagnes écrire. Et quand je suis rentrée à la maison, DA était là – comme toujours, tu es mon cœur.

Achevé d'imprimer par N.I.I.A.G.
en décembre 2006
pour le compte de France Loisirs, Paris

N° d'éditeur : 47754
Dépôt légal : Novembre 2006

Imprimé en Italie